後六十種曲

第九册

朱恒夫　主　編

復旦大學出版社

目　　録

鎖麟囊（京劇） ……………………… 民國·翁偶虹、程硯秋　1
人物行当 ………………………………………………… 5
第一場 …………………………………………………… 5
第二場 …………………………………………………… 7
第三場 ………………………………………………… 15
第四場 ………………………………………………… 17
第五場 ………………………………………………… 18
第六場 ………………………………………………… 18
第七場 ………………………………………………… 25
第八場 ………………………………………………… 25
第九場 ………………………………………………… 27
第十場 ………………………………………………… 28
第十一場 ……………………………………………… 30
第十二場 ……………………………………………… 31
第十三場 ……………………………………………… 31
第十四場 ……………………………………………… 32
第十五場 ……………………………………………… 32

四進士（京劇） ………………………………… 周信芳　整理　51
人物表 ………………………………………………… 55
第一場 ………………………………………………… 55
第二場 ………………………………………………… 56
第三場 ………………………………………………… 69

第四場	70
第五場	80
第六場	81
第七場	81
第八場	83
第九場	87
第十場	90
第十一場	95
第十二場	101
第十三場	104
第十四場	106

天仙配（黃梅戲） ……………… 陸洪非 改編 115
- 第一場 遊鵲橋 … 119
- 第二場 路遇 … 126
- 第三場 上工 … 137
- 第四場 織錦 … 141
- 第五場 吃棗 … 150
- 第六場 滿工 … 155
- 第七場 槐陰別 … 159

團圓之後（莆仙戲） …………………… 陳仁鑒 171
- 人物表 … 175
- 第一場 團圓 … 175
- 第二場 約會 … 178
- 第三場 觸見 … 181
- 第四場 審問 … 185
- 第五場 阻刑 … 190
- 第六場 詰柳 … 195

| 第七場 獄會 | 198 |
| 第八場 認父 | 201 |

連升三級（高甲戲） 王冬青 改編 207
人物表	211
第一場 求親	211
第二場 闖道	221
第三場 移卷	225
第四場 驚寵	232
第五場 乞聯	241
第六場 炫才	251
第七場 連升	256

沙家浜（京劇） 文牧等 編劇 汪曾祺等 改編 269
人物表	273
第一場 接應	273
第二場 轉移	275
第三場 勾結	283
第四場 智鬥	285
第五場 堅持	299
第六場 授計	305
第七場 斥敵	314
第八場 奔襲	322
第九場 突破	323
第十場 聚殲	324

曹操與楊修（京劇） 陳亞先 327
| 第一場 | 331 |
| 第二場 | 335 |

第三場	339
第四場	346
第五場	351
第六場	356
第七場	362

易膽大（川劇） ………………………… 魏明倫 367

序　曲		371
第一場	名優之死	371
第二場	立志復仇	378
第三場	一鬧茶館	387
第四場	二鬧墳山	397
第五場	三鬧靈堂	399
第六場	樂極生悲	405

金龍與蜉蝣（淮劇） ……………………… 羅懷臻 415

人物表		419
序　幕	流亡	419
第一場	出海	421
第二場	入宮	424
第三場	盤桓	429
第四場	闖宮	437
第五場	祭祖	441
尾　聲	入主	445

傅山進京（晉劇） ………………………… 鄭懷興 447

人物表	451

梁山伯與祝英臺(崑劇) ………………………… 曾永義　481
家門大意 …………………………………………………… 485
一、草橋結拜 ……………………………………………… 485
二、學堂風光 ……………………………………………… 488
三、十八相送 ……………………………………………… 492
四、訪祝欣奔 ……………………………………………… 496
五、花園相會 ……………………………………………… 497
六、逼嫁殉情 ……………………………………………… 499
七、哭墓化蝶 ……………………………………………… 503

附錄十五種 ……………………………………………… 507
望湖亭(傳奇) …………………………………… 明・沈自晉　509
第一齣　敘略 ……………………………………………… 512
第二齣　暗祐 ……………………………………………… 512
第三齣　辭媒 ……………………………………………… 514
第四齣　懷甥 ……………………………………………… 517
第五齣　憐才 ……………………………………………… 520
第六齣　赴館 ……………………………………………… 523
第七齣　女學 ……………………………………………… 526
第八齣　泛景 ……………………………………………… 527
第九齣　奇遇 ……………………………………………… 531
第十齣　自嗟 ……………………………………………… 534
第十一齣　作伐 …………………………………………… 538
第十二齣　裝婿 …………………………………………… 540
第十三齣　拒色 …………………………………………… 544
第十四齣　題詩 …………………………………………… 546
第十五齣　和韻 …………………………………………… 550
第十六齣　發盤 …………………………………………… 552
第十七齣　納聘 …………………………………………… 555

第十八齣　延賓 …………………………………… 556
第十九齣　踏勘 …………………………………… 558
第二十齣　導旦 …………………………………… 560
第二十一齣　玉旨 ………………………………… 561
第二十二齣　再倩 ………………………………… 562
第二十三齣　迎婚 ………………………………… 566
第二十四齣　降雪 ………………………………… 572
第二十五齣　盼椊 ………………………………… 574
第二十六齣　合巹 ………………………………… 576
第二十七齣　踏雪 ………………………………… 580
第二十八齣　達旦 ………………………………… 582
第二十九齣　激怒 ………………………………… 585
第三十齣　于歸 …………………………………… 587
第三十一齣　長程 ………………………………… 592
第三十二齣　報喜 ………………………………… 593
第三十三齣　預夢 ………………………………… 594
第三十四齣　嗜酒 ………………………………… 596
第三十五齣　書錦 ………………………………… 598

鎖 麟 囊

(京劇)

民國·翁偶虹、程硯秋

【作者簡介】翁偶虹(1908—1994)，北京人。原名翁麟聲，筆名藕紅，後改偶虹。翁偶虹青年時期就讀於京兆高級中學，業餘常以票友身份登臺。畢業後致力於戲曲研究和劇本創作。1930年中華戲劇專科學校建立，翁被該校聘任兼課。1934年在中華戲曲專科學校任編劇和導演。1935年被聘任為中華戲劇專科學校戲曲改良委員會主任委員。1949年以後在中國京劇院任編劇，并任中央文史研究館館員。翁偶虹先後為程硯秋、金少山、李少春、袁世海、葉盛蘭、童芷苓、黄玉華、吳素秋等演員以及中華戲曲專科學校、富連成科班編寫劇本。一生共編寫劇本(包括移植、整理、改編)一百餘部，其代表劇作有《宏碧緣》、《火燒紅蓮寺》、《三婦艷》、《甕頭春》、《鎖麟囊》、《女兒心》、《鴛鴦淚》、《美人魚》、《蝶戀花》、《碧血桃花》、《英雄春秋》、《白虹貫日》、《罵綿袍》、《將相和》、《紅燈記》等。翁偶虹十分注重人物的塑造，他把能否寫出生動的人物形象視為一劇成敗之關鍵。他在塑造人物時，很少使用那種平鋪直敘的方式，而是着力於在不同的事件和戲劇矛盾中去揭示人物內在的心理狀態。由於翁偶虹諳熟京劇舞臺藝術，因此他所寫的京劇劇本，唱念做打，安排得十分得當。特別是作者在編寫劇本中，講究與演員的"默契"，能够根據演員的特點，進行技術上的發揮。又由於他有較高的文化素養，故而他的作品具有文學性、表演性兼得的特點。其劇作立意深刻，結構嚴謹，宜於舞臺演出。

　　程硯秋(1904—1958)，滿族，北京人。原名承麟，後改為漢姓程，初名程菊儂，後改艷秋，字玉霜。1932年起更名硯秋，改字禦霜。京劇旦角，為四大名旦之一。程硯秋在藝術創作上勇於革新創造，唱腔講究音韻，注重四聲，並根據自己獨有的嗓音特點，創造出一種幽咽婉轉、若斷若續的唱腔風格，形成獨有的特點。他創作的角色，典雅嫻靜，恰如霜天白菊，有一種清峻之美。其表演無論是眼神、身段、步法、指法、水袖、劍術等，都有一系列的創造和與衆不同的特點。程硯秋的演出劇目非常豐富，傳統戲有《武家坡》、《賀后罵殿》、《三擊掌》、《玉堂春》、《汾河灣》等側重唱功的青衣戲，也有《游龍戲鳳》、《虹霓關》、《弓硯緣》等側重於表演念白和武功的花旦、刀馬旦戲。他和羅瘦公、金仲蓀、翁偶虹等人合作改編創作了《紅拂傳》、《花舫緣》、《鴛鴦塚》、《青霜劍》、《春閨夢》、《荒山淚》、《文姬歸漢》、《鎖麟囊》、《女兒心》、《亡蜀鑒》、《碧玉簪》、《馬昭儀》、《玉鏡臺》、《賺文娟》、《聶隱娘》、《梅妃》、《沈雲英》、《孔雀屏》、《玉獅墜》、《龍馬姻緣》、《梨花記》、《風流棒》、《勘情記》、《陳麗卿》、《竇娥冤》、《英臺抗婚》等許多劇目。1953年起任中國戲曲研究院副院長。

【劇情概要】登州富家之女薛湘靈出嫁，途中遇雨，只得將花轎停在春秋亭避雨。此時載着貧女趙守貞的另一乘花轎也避入其中。因亭間狹小，從人便退到別處，僅留二女獨對。薛湘靈聽到趙守貞在轎中哭泣，便問緣故，得知守貞是因為貧窮，對未來生活擔憂所致。湘靈頓生憐惜之情，從嫁資中取出鎖麟囊相贈。雨止，二人別去。六年後，洪水沖毀登州，薛湘靈夫家財產盡失，她與家人失散之後逃難到了萊州，為求生計，只好在當地紳士盧家為傭婦。一日陪冫蠻小公子天麟遊戲，在樓上見到了供在香案上的當日贈予守貞的鎖麟囊，不覺悲泣。原來盧夫人即趙守貞，如今既知湘靈為贈囊之人，由衷感激，改容敬禮，薛、趙兩人亦結為金蘭。此劇故事為翁偶虹取材於《劇說》，在排演過程中，程硯秋參與創作。本書採用的是程硯秋的演出本。

【版本流傳】萬鳳姝、萬如泉根據程硯秋的演出實況錄音，記錄整理，文化藝術出版社1996年出版的《京劇流派劇目薈萃》第九輯收錄了該本。

【演出情況】該劇於1940年4月29日首演於上海黃金大戲院，由南北兩地的著名演員連袂演出，程硯秋飾薛湘靈、吳富琴飾趙守貞、趙桐珊飾胡婆、孫甫亭飾薛母。第二年4月演於北京的長安大戲院。之後成為程硯秋的代表作與程派藝術的經典之作。

(高頤珊)

人物行当

薛湘靈——原為富貴人家的少女、少婦，後淪落為傭婦。正旦。
薛夫人——薛湘靈的母親。老旦。
趙守貞——原為貧困人家的少女。出嫁後成為富貴人家的主婦。旦。
盧勝籌——趙守貞的丈夫。老生。
薛　良——薛湘靈家的老僕。老生。
程　俊——普通市民。丑。
胡　杰——普通市民。丑。
盧天麟——趙守貞的兒子。娃娃生。
周大器——薛湘靈的兒子。娃娃生。
周庭訓——薛湘靈的丈夫。老生。
碧　玉——趙守貞的丫鬟。丑旦。
梅　香——薛湘靈的丫鬟。丑旦。
胡　婆——原為薛湘靈的僕人。丑。
趙禄寒——趙守貞的父親。老生。
盧　仁——盧家的僕人。丑。
盧　義——盧家的僕人。丑。
老儐相——替人家張羅婚禮者。丑。
少儐相——老儐相的兒子，與父同行。丑。

第一場

少儐相：（內白）啊哈！
　　　　　（少儐相上。）
少儐相：（念）頭戴一枝花，喜事到他家。
　　　　　（白）我，少儐相的便是。今天是六月十七，明天是十八，乃是個好日子,娶媳婦的多,有兩家辦喜事的。一家是薛家,一家是趙家。薛家的小姐許配了周家;趙家的丫頭許配了盧家了。薛家是個大户,有的是錢哪!上那兒去錢少不了。可我有心上薛家去,不知道我爸爸樂意不樂意。好啦,把他請出來,我和他商量商量。(走至左臺口,向"上場門"施一禮。)爸爸有請!
(老儐相上)

老儐相:(念)學會當儐相,專為他人忙!
少儐相:(白)爸爸有禮。
老儐相:(白)兒子少禮。把我請出來有什麼事啊?
少儐相:(白)您知道今天是幾兒了?今兒個不是六月十七嗎?明兒個十八是個好日子。
老儐相:(白)怎麼着,明天就十八了。不是你提,我倒真忘了。明天是個好日子,咱們爺倆可够忙的。
少儐相:(白)真個的,有兩家辦喜事,一家是薛家,一家是趙家,咱們商量商量,誰上誰家去呀?
老儐相:(白)別忙,我算算,薛家小姐給周家。
少儐相:(白)這就兩處了。
老儐相:(白)還有趙家跟盧家哪!
少儐相:(白)這就四處了。
老儐相:(白)這四處的事情,就够咱們忙的。趙家不要提,單說周家和薛家,那都是有錢的財主!
老儐相:(白)不錯!都是財主,家中的禮法一定多!
老儐相:(白)財主當然是禮多,明天你上趙家去,我老人家上周家和薛家。
少儐相:(白)怎麼就應當我上趙家哪!
老儐相:(白)你聽我說呀!趙家小門小户,没什麼禮法,你去正合適;薛家大,得我去。
少儐相:(白)您這就是勢利眼!
老儐相:(白)怎麼我是勢利眼哪?

少儐相：（白）您想啊！多大的喜事我沒有給人張羅過？怎麼這會單讓我上趙家那麼窮的人家去呀？您這不是勢利眼嗎？
老儐相：（白）得了別說了！好孩子！你也夠勢利眼的。他家窮也得給咱們錢，富也得給咱們錢。這話又說回來了，要沒有我這個老勢利眼，哪兒有你這個小勢利眼哪！
少儐相：（白）不過怎麼說，明天我也要到薛家去！
老儐相：（白）別擡槓了！不論誰上誰家去吧，想法子把錢賺到家纔成！明天你還是上趙家去吧。
少儐相：（白）我不去！
老儐相：（白）你是非去不可！
（老儐相下。）
少儐相：（白）我偏不去！乾脆，明兒個我也奔薛家了。
（少儐相下。）

第二場

薛　良：（內白）走啊！（薛良提鎖麟囊上。）
薛　良：（白）咳！（唱【二簧散板】）
這幾日為小姐出閣期到，
閤府中上與下晝夜奔勞。
（白）我薛良，在薛府為奴，老夫人性情不好，明日乃是我家小姐于歸之期，夫人要與小姐繡個鎖麟囊，以祝小姐早生貴子。老夫人命我挑選花樣，前日繡了一個，不稱小姐心意，老夫人命我去換，近日纔得繡好，不免呈與小姐觀看，不知可稱小姐心意啊！（接唱【二簧散板】）
這也是嬌養兒天生性傲，
全不念老娘親生養劬勞。
為一個鎖麟囊東顛西跑，
（胡婆內白：薛哥慢走！）
薛　良：（接唱【二簧散板】）又聽得眾夥伴呼叫聲高。

（王青、薛順、胡婆同上。）

薛　良：（白）你們這是往哪裡去呀？

胡　婆：（白）你拿着那是什麼？

薛　良：（白）鎖麟囊，小姐嫌繡得不好，這是換來的！

胡　婆：（白）喲！我瞧瞧！這可繡得好！可是咱們看着好，還不知道小姐看得上看不上哪！

薛　良：（白）是啊。

胡　婆：（白）老管家，老夫人叫我們準備嫁妝，咱們小姐老嫌不好，叫我們去換。我們這是給她換來了，你看小姐這是什麼脾氣呀？這也不好，那也不好！

薛　良：（白）小姐先前不是這樣脾氣呀！

胡　婆：（白）您不知道吧？

薛　良：（白）不曉得。

胡　婆：（白）她就是為新姑爺周庭訓。

薛　良：（白）為他何來呢？

胡　婆：（白）哎，他不是老婦人的內侄嗎？真格的，這位新姑爺的人品怎樣啊？

薛　良：（白）嗐，他乃是一個浪蕩公子，品行壞得很哪。

胡　婆：（白）噢！品行不好，那麼您喜歡他不喜歡他呢？

薛　良：（搖頭）哎！

胡　婆：（白）還是的。您想想，您都不喜歡他，咱們小姐能夠喜歡他嗎？這個，都是老夫人這麼一點私心，打算把這份家財哪，都便宜她的內侄，還饒上這麼一個知書明理、如花似玉的小姐。小姐鬧脾氣呢，為的是羞在老婦人的臉上。嗐，可就累在咱們的腿上了。今兒個換這個，明兒個換那個，都換得了老夫人的內侄姑爺嗎？小姐表哥丈夫的人品嘛？

薛　良：（白）是呀。

胡　婆：（白）這會兒您明白了吧，別發愁啦，回去吧。

薛　良：（白）你們的東西都換齊了？

衆　人：（同白）換齊啦！
薛　良：（白）一同回去便了。
　　　　（唱【二簧散板】）與你等急速歸件件回報，
　　　　（衆人同走圓場。）
薛　良：（接唱【二簧散板】）怕小姐不稱心枉走徒勞。
胡　婆：（白）您瞧瞧，您就別發愁啦，進去得啦。別發愁啦，跟我進來。啊，梅香這個丫頭往哪裡去啦？
薛　良：（白）這個丫頭往哪裡去了？
胡　婆：（白）那麼您叫叫她吧，叫叫她吧。
薛　良：（白）啊，梅香！梅香啊！
　　　　（梅香上。）
梅　香：（白）來啦！
梅　香：（白）你們在這嚷什麼呀？你不知道嗎？這兩天小姐的脾氣不好，正在那兒生氣哪！老夫人在那兒睡晌覺，要是吵了老夫人的晌覺，咱們都要挨説啦。喂，你們的東西都換齊了嗎？
衆　人：（同白）換齊啦。
梅　香：（白）一個一個往裡遞。王青啊，把鞋換好啦？
王　青：（白）換好啦！
梅　香：（白）我瞧瞧這花樣好不好。這花樣挺好看的。
王　青：（白）這是新花樣。
梅　香：（白）你在這兒等一等，我去拿給小姐瞧去。
　　　　（梅香入內，出。）
梅　香：（白）王青呀，王青！
王　青：（白）有！
梅　香：（白）你換來換去，怎麼換了這麼一個花樣呀，小姐還是不中意，你拿回去再換吧。
王　青：（白）這就是新鮮花樣啊！
梅　香：（白）拿回去，拿回去吧。
薛湘靈：（內白）梅香！

梅　香：（白）噯，來啦！小姐什麼事？

薛湘靈：（內白）那花樣兒要鴛鴦戲水的！

梅　香：（白）噯，是啦。花樣要鴛鴦戲水的。

薛湘靈：（內白）轉來！

梅　香：（白）噯，來啦。

薛湘靈：（內白）鴛鴦麼，一個要飛的，一個要游的，不要太小，也不要太大。

梅　香：（白）噯！不要太小，也不要太大！（梅香一邊點頭，一邊出門）

薛湘靈：（內白）轉來！轉來！

梅　香：（白）來啦，來啦！

薛湘靈：（內念）鴛鴦要五色，彩羽透清波。莫繡鞋尖處，提防走路磨。

梅　香：（白）噯，提防走路磨。

薛湘靈：（內白）轉來，快快轉來！

梅　香：（白）知道了，知道了。

薛湘靈：（內念）配影須加畫，襯個紅蓮花。蓮心用金線，蓮瓣用朱砂。

梅　香：（白）蓮、瓣、用……我說小姐，您說的太細緻，我記不清楚，乾脆您到前庭，親自告訴他們來吧。

薛湘靈：（內白）咳，沒用的丫頭！

梅　香：（白）沒用呀就沒用吧。

薛湘靈：（內白）快快攙我來呀！

梅　香：（白）你看，還得用人攙着。

　　　　　（梅香下。梅香攙薛湘靈上。）

薛湘靈：（唱【四平調】）

　　　　怕流水年華春去渺，

　　　　一樣心情百樣嬌。

　　　　非是我心情多驕傲，

　　　　如意珠兒手未操，啊，手未操。

　　　　　（白）這花衫兒樣兒不好，要配那鴛鴦戲水的樣兒，越發的不中看了，真真令人生氣！

梅　香：（白）我說小姐，您嫌這花裳花樣不好呀，不要緊的，我去把朱媽媽找來，叫她給做一件，您說好不好呀？

薛湘靈：（白）那便好。

梅　香：（白）那麼我去找去。（梅香出門，用手招呼王青）王青，你把這花鞋交給我，你把朱媽媽找來，就說小姐找她做衣裳哪。

王　青：（白）是。

　　　　　（王青下。）

梅　香：（白）（對着王青的背影）快着去。我說薛順哪，你們東西換了沒有哇？

薛　順：（白）換好啦，你看好不好？

梅　香：（白）這個手帕不錯，你等着，我拿進去瞧瞧。

薛　順：（白）是啦。

梅　香：（白）小姐，您瞧這塊手絹好不好哇？您瞧吧，够多麽漂亮。

　　　　　（薛湘靈不高興地放下手帕）

梅　香：（白）唉，我知道啦，小姐嫌這塊手絹太花哨啦吧？不要緊的，我再叫他給您換一塊去。啊，薛順，小姐喜歡素淨的，再拿回去換一塊吧。

薛　順：（白）沒法再換啦，沒法再換啦。唉，你看這麻煩勁的。

　　　　　（薛順下。胡婆上）

梅　香：（白）喲，胡媽媽也來啦！

胡　婆：（白）喲，梅香啊，小姐還生氣嗎？

梅　香：（白）小姐還生氣哪。

胡　婆：（白）還生氣哪？

梅　香：（白）可不是嗎。

胡　婆：（白）不要緊，等我去看看去。

梅　香：（白）對啦，您去吧，您又不是外人。

　　　　　　小姐，胡媽媽來啦！
胡　婆：（白）小姐，我給您換了一對花瓶，還有個吉祥話哪，叫富
　　　　貴白頭。
梅　香：（白）小姐，够多麽吉祥呀，這花樣多好哇。
胡　婆：（白）又吉祥，又好看，您中意嗎？中意啦，那麽我就給您
　　　　放在這兒啦，小姐，您要中意的話，我就到下邊歇着去啦？
薛湘靈：（白）你歇息去吧。
胡　婆：（白）那麽我去啦。
梅　香：（白）對啦，您去歇着去吧。嘿，胡媽媽，小姐跟您還真有
　　　　面子。
胡　婆：（白）跟我還不錯呀！
梅　香：（白）可不是麽。
胡　婆：（白）她中了意了！
梅　香：（白）真難得呀。
胡　婆：（白）我這纔放了心。
　　　　（胡婆下。薛良上）
梅　香：（白）我說薛大爺，您的東西換好啦？
薛　良：（白）鎖麟囊換回來了。
梅　香：（白）這個花樣挺漂亮的，您在這等一會，我拿了給她瞧
　　　　瞧去。
薛　良：（白）好。
梅　香：（白）我說小姐，東西我都給您擺好啦，您自己來瞧吧。小
　　　　姐，您看這花樣好不好？您再瞧瞧這對花瓶還是富貴白
　　　　頭哪。小姐您瞧，小姐，您再瞧瞧這個鎖麟囊，好不好呀？
　　　　（薛湘靈看。）
薛湘靈：（唱【四平調】）
　　　　仔細觀瞧，仔細選挑，
　　　　鎖麟囊上彩雲飄。
　　　　是麒麟為何生雙角？
　　　　好似青牛與野麃。

　　　　　是何人將囊來買到，
梅　　香：（白）是那薛良。
薛湘靈：（接唱【四平調】）速喚薛良再去一遭。
　　　　　（白）快去！
梅　　香：（白）我知道啦。老大爺，您拿回去再換換吧！
薛　　良：（白）怎麼還是不中意麼？
梅　　香：（白）小姐還是不中意。
薛　　良：（白）難了哇！（唱【二簧散板】）
　　　　　聞一言不由我珠淚雙掉，
　　　　　為什麼不稱心又把頭搖？
　　　　　為人奴怎敢把忠言相告，
　　　　　（薛夫人上。）
薛夫人：（白）啊！（唱【二簧散板】）
　　　　　又聽得老薛良哭聲嚎啕！
　　　　　（白）啊，薛良！
薛　　良：（白）老夫人。
薛夫人：（白）你為何在此痛哭？
薛　　良：（白）小姐命我掉換鎖麟囊，三番五次總不稱心，故而啼哭。
薛夫人：（白）為了此事。隨我進來。
　　　　　（薛良、薛夫人同入，薛湘靈立起。）
梅　　香：（白）小姐，老夫人來啦。
薛湘靈：（白）孩兒參見母親。
薛夫人：（白）罷了，一旁坐下。哎，大膽薛良，你乃是我家三世老奴，必知小姐的性情，怎麼換來換去，花樣總是不好，惹得你家小姐生氣，其情可惱。還不與我再去換來！（薛夫人故意生氣地抖下左袖）
薛　　良：（白）是是是。
薛湘靈：（白）薛良，不必換了。
薛夫人：（白）是呀，你家小姐不要你換，你就不必換了，將囊兒放

　　　　　　下，謝過你家小姐。
薛　　良：（白）謝過小姐。
薛湘靈：（白）歇息去吧。
　　　　　（薛湘靈與梅香耳語。）
梅　　香：（白）唉，老大爺，小姐瞧你怪辛苦的，賞給你一錠銀子。
薛　　良：（白）多謝小姐，多謝老夫人！
　　　　　（薛良出門。）
薛　　良：（白）唉！
　　　　　（薛良下。薛夫人笑。）
薛夫人：（白）好女兒，乖女兒，明日吉期到了，兒呀，為娘為你終身，許配你表兄為妻，這也是我為娘的好意呀！哈哈……啊，女兒還不知我的苦心嗎？哎，你還有什麼不稱心、不滿意的嗎？為娘與你繡了個鎖麟囊，以祝你早生貴子呀。啊！你為何不語？再要不言不語，為娘我就要生氣了！
　　　　　（薛夫人佯怒。）
薛湘靈：（白）哎呀母親，孩兒哪有不悅之心，只是……
　　　　　（薛湘靈羞。）
薛夫人：（白）怎麼樣啊？
　　　　　（薛夫人笑。）
薛夫人：（白）好女兒，乖女兒，為了出嫁之事，羞得你這般光景，你自己不肯明言，好好好。梅香！
梅　　香：（白）噯！
薛夫人：（白）將我的珠寶箱兒拿來，叫你家小姐親自挑選。
梅　　香：（白）噯，是啦。
　　　　　（梅香下，提箱上。）
薛夫人：（白）好女兒，乖女兒，隨為娘來喲。
　　　　　（薛夫人笑拉薛湘靈轉至另室。）
薛夫人：（唱【四平調】）
　　　　　仔細觀瞧，仔細觀瞧；
　　　　　隨心所欲，自己選挑。

　　　　　（白）啊女兒，這是夜明珠，乃無價之寶，是我們家傳之物，喏喏喏，我與你裝在這麟囊之內，你還有什麼不稱心的麼？不滿意的嗎？

薛湘靈：（白）母親，多裝也會懊惱！（薛湘靈將囊交與梅香，笑，欲下。）

薛夫人：（白）不是這樣講，我們本地的鄉風，女子出嫁，必有這鎖麟囊，多裝珠寶，祝你麟兒早降之意呀。來來來，這是赤金鏈兒，來，也與我兒裝在裡面。

梅　香：（白）我說老夫人，您就是把這裡頭裝上多少好東西，也抵不過我們小姐心愛的呀……

薛夫人：（白）哎，休得胡言，來來來，為娘我這裡還有許多的珠寶，與你多裝一些也就是了。我與你挑上一挑，兒啊，我與你挑上一挑。（邊說邊回身至箱前挑珠寶）

　　　　　（薛湘靈對梅香示意，梅香拿囊，薛湘靈悄悄下。）

薛夫人：兒呀，你來看哪！（用手誤拉梅香。發覺小姐不在，對梅香）你家小姐哪裡去啦？

梅　香：（白）小姐往後面休息去啦。

薛夫人：（白）快快將珠寶與她送去。

梅　香：（白）知道啦。（梅香下。）

薛夫人：（白）淘氣的丫頭。我與她這些珠寶，她倒走了！唉！這都是我嬌生慣養了的呀！

　　　　　（笑）哈哈哈。（下）

第三場

（趙祿寒上。）

趙祿寒：（白）唉！想我趙祿寒，家道中落，半世清貧，明日乃是我女兒新婚之期，盧家送來聘禮，甚是豐富，只是我家如此貧寒，無陪嫁之資。外出借貸，分文未曾借到，我只好急速回家，與我那女兒說明便了。到了自家門首。且住！

見了我那女兒，她若問我妝奩之事，我是何言答她！這，這，這便如何是好……哎，我若不回去，我那女兒一定要盼望於我。還是叫門的是！
（趙祿寒低聲。）

趙祿寒：（白）女兒開門來。嗳！想我雖然貧窮，怎麼竟連自己的女兒都不敢高聲叫了麼？女兒開門來！

趙守貞：（內白）來了。
（趙守貞從"下場門"上。）

趙守貞：（唱【西皮搖板】）
薄命人豈敢怨窮居陋巷，
為出聘累我父終日奔忙；
可憐他父母心去借銀兩，
（趙守貞開門。）

趙守貞：（白）爹爹回來了！
（攙趙祿寒入座。）

趙祿寒：（唱【西皮搖板】）見此情倒叫我費盡思量。

趙守貞：（白）爹爹回來了。

趙祿寒：（白）兒啊！為父的對不起你了哇！
（趙祿寒哭。）

趙守貞：（白）爹爹何出此言？

趙祿寒：（白）明日就是我兒新婚之期，看你婆家送來的聘禮，甚是豐富，只是我家如今貧寒，妝奩一無所有；為父四處借貸，又未借到，豈不是對不起你了！

趙守貞：（白）爹爹說哪裡話來！想這催妝之物，俱是敷衍俗人眼目的東西，難道一無所有，女兒就不登花轎了麼？

趙祿寒：（白）真乃孝道女兒！只是我家昔日也是小康之家，你如今出嫁，無有妝奩，為父心中怎能得安？唉！為父的對不起你了哇！（唱【西皮搖板】）
我的兒性情好寬心話講，
嫁女兒無妝奩怎拜花堂。

（趙守貞強作笑容。）

趙守貞：（白）爹爹！（唱【西皮搖板】）
自古道人貧窮誰肯來往？
想當日得意時鐵也增光！
如今人喜的是添花錦上，
老爹爹豈不知世態炎涼。
（趙祿寒、趙守貞同下。）

第四場

（胡傑、程俊分上，兩人急走相撞。）

胡　傑：（白）嘿！你怎麼往人身上走哇？（看）喲！這不是程大哥嗎？

程　俊：（白）這不是胡兄弟嗎？

胡　傑：（白）是我呀！大哥您這是上哪兒呀？

程　俊：（白）今日有個辦喜事的，我出份子去。

胡　傑：（白）誰家呀？

程　俊：（白）你還不知道哇！薛小姐不是給了周家啦？我上薛家出份子去。

胡　傑：（白）您幹嗎穿這麼好的衣服啊？

程　俊：（白）薛家是大財主人家，去的都是高親貴友，穿的都是好衣裳，我也得穿件好的，跟他們好一塊擺一擺呀！

胡　傑：（白）您穿這麼好的衣裳，留神待會兒下雨！

程　俊：（白）那怕什麼！我這不是帶着雨傘哪嗎！

胡　傑：（白）喝！您倒全預備好了。

程　俊：（白）真個的，你上哪兒去呀？

胡　傑：（白）我也出份子去。

程　俊：（白）誰家呀？

胡　傑：（白）趙家姑娘不是給了盧勝籌了嗎？我也上他們那兒出份子去。

程　俊：（白）你上趙家去呀！趙家的丫頭命太不好了！怎麼單趕上這個下雨的天氣！唉！也不是説！像趙家小門小户的辦喜事，也就是你們這種人去出份子。哎呀！了不得啦！真要下雨,掉點兒啦！
胡　傑：（白）薛小姐出門怎趕上這個天氣呀？
程　俊：（白）嘿！你知道薛小姐這是什麼一轉嗎？
胡　傑：（白）我不知道。
程　俊：（白）她是龍女一轉！常言説得好：龍行有雨，虎行有風呀！
胡　傑：（白）教你這麼一説，薛家小姐出嫁趕上雨是應該的。
程　俊：（白）然也，然也！真實孺子可教也。
胡　傑：（白）別胡説啦！哎喲下雨了！
　　　　（胡傑、程俊分下）

第五場

（吹打，兩轎夫舉小帳子，兩轎夫扯飄網，八旗手持執事同上，薛湘靈乘轎上，梅香、薛良隨上，過場。）

第六場

（風雨聲，兩轎夫舉小帳子，兩轎夫扯飄網，八旗手持執事同上，薛湘靈乘轎上，梅香、薛良隨上。）

梅　香：（白）老大爺，天可要下雨呀。
薛　良：（白）還是走啊。哎呀。天氣不好，我們要快些走啊。
　　　　（薛良見下雨。）
薛　良：（白）快些避雨呀！
　　　　（小吹打，衆人入亭避雨，帳子內放大邊椅，薛湘靈坐，轎夫等撐衣。）
　　　　（亂鐘，趙家轎夫等急上。趙守貞乘轎，趙禄寒隨上。）

趙祿寒：（白）好大雨呀，好大雨！
轎　夫：（白）下大了！不能走了！在這亭子上避會兒吧！
趙祿寒：（白）走哇！
轎　夫：（白）不能走了！淋壞了轎子怎麼辦哪！夥計們把轎子放下！
趙祿寒：（白）你要輕放！轎中還有人呢！
轎　夫：（白）得了！這裡頭又不是雞蛋，怕蹲壞了！
趙祿寒：（白）啊！這是怎麼講話？
梅　香：（白）得了！你們喊什麼？別嚇着我們小姐！你們也湊在這兒。唉，我說薛大爺，你瞧它們那頂轎子紅不紅，黃不黃，那是什麼顏色呀！
薛　良：（白）少講話呀。
趙祿寒：（白）唉！真真的晦氣晦氣，我們的花轎破，與你們什麼相干？真真豈有此理？
梅　香：（白）你得了吧！我沒見過這樣嫁閨女的！今天我可開了眼啦！
趙祿寒：（白）哎天哪！想我趙祿寒人雖貧窮，志氣不窮，不想被這勢利小人恥笑，真真氣死我也！
（趙守貞在轎子內。）
趙守貞：（白）爹爹，爹爹！
（哭頭）啊……老爹爹呀！（唱【西皮散板】）
　　勸爹爹休發那無名火爆，
　　無故地閑爭吵却也無聊；
　　家貧窮遭白眼被人嘲笑，
　　我父女志不窮忍耐這遭！
梅　香：（白）小姐！她哭上啦！
薛湘靈：（唱【西皮二六板】）
　　春秋亭外風雨暴，
　　何處悲聲破寂寥？
　　隔簾只見一花轎，

想必是新婚渡鵲橋。
吉日良辰當歡笑,
為什麼鮫珠化淚拋?
此時却又明白了,(唱【西皮快板】)
世上哪有盡富豪!
也有饑寒悲懷抱,
也有失意痛心哭嚎啕;
轎内的人兒彈別調,
必有隱情在心潮。

趙守貞:(唱【西皮散板】)
推開轎簾向外瞧,
聘女之家是富豪;
只恐怕我過門也遭嘲笑,
那時候老爹爹又要心焦!

梅　香:(白)小姐,她哭起來沒完啦。

薛湘靈:(白)呀!(唱【西皮流水板】)
耳聽得悲聲慘心中如搗,
同路人為什麼這樣嚎啕?
莫不是夫郎醜難諧女貌?
莫不是强婚配鴉占鸞巢?
叫梅香你把那好言相告,
問那廂因何故痛哭無聊?
(行弦。)

梅　香:(白)我說小姐,咱們避咱們的雨,他們避他們的雨,等到雨過天晴,各自走去,咱們管她哭不哭哪!

薛香靈:(唱【西皮流水板】)
梅香說話好顛倒,
蠢才胡言亂解嘲;
憐貧濟困是正道,
哪有那袖手旁觀在壁上瞧!

（行弦。）

梅　　香：（白）您別生氣,我去給您問問去。（對趙祿寒）咳,老頭兒!

趙祿寒：（白）做什麼?

梅　　香：（白）我們小姐問下來啦：轎子裡頭是你什麼人?她為什麼哭?你說説我們聽聽。

趙祿寒：（白）好了,好了。你們避你們的雨,我們避我們的雨,等雨過天晴,各自走去,好好好,多謝了,多謝了,你呀,不用問了,不用問了!

梅　　香：（白）嘿!還記仇哪!（對轎內薛湘靈）小姐,我問啦,人家不告訴我。

薛湘靈：（唱【西皮流水板】）
　　　　梅香説話太潦草,
　　　　難免懷疑在心梢。
　　　　想必是人前逞驕傲,
　　　　不該詞費又滔滔;
　　　　休要噪,且站了,
　　　　薛良與我再問一遭。
　　　　（行弦。）

薛　　良：（白）遵命!老先生,有禮了!

趙祿寒：（白）還禮了,何事呀?

薛　　良：（白）請問老先生上姓?

趙祿寒：（白）在下姓趙。

薛　　良：（白）轎中是你何人?

趙祿寒：（白）乃是我的女兒。

薛　　良：（白）她為何這樣痛哭,難道不願出聘麼?

趙祿寒：（白）唉!實不瞞老哥哥説,是我家業貧寒,無有妝奩,又趕上這樣大雨,我女兒恐我心中不安,故而啼哭。

薛　　良：（白）原來如此。（對轎內薛湘靈）小姐,他家姓趙,轎中乃是他的女兒,因家中貧寒,無有妝奩,唯恐他父心中不安,

　　　　　　故此傷心耳！
薛湘靈：（白）呀！（唱【西皮流水板】）
　　　　　　聽薛良一語來相告，
　　　　　　滿腹驕矜頓雪消；
　　　　　　人情冷暖非天造，
　　　　　　何不移動半分毫？
　　　　　　我今不足她正少，
　　　　　　她為饑寒我為嬌；
　　　　　　分我一隻珊瑚寶，
　　　　　　安她半世鳳凰巢。
　　　　　　忙把梅香低聲叫，
　　　　　　（行弦。）
薛湘靈：（白）梅香！
梅　香：（白）小姐，什麼事？
　　　　　　（薛湘靈舉囊。）
薛湘靈：（白）把此囊給她去吧。轉來！（唱【西皮流水板】）
　　　　　　莫把姓名信口曉。
　　　　　　（行弦。）
梅　香：（白）我說小姐，可不是我捨不得，想這鎖麟囊，是老夫人專為您過得門去，早降麟兒，要是給了他們，豈不辜負老夫人一番好意嗎！
薛湘靈：（唱【西皮流水板】）
　　　　　　這都是神話憑空造，
　　　　　　自把珠玉誇富豪；
　　　　　　麟兒哪有神送到？
　　　　　　積德纔生玉樹苗；
　　　　　　小小囊兒何足道，
　　　　　　慰她饑渴勝瓊瑤。
梅　香：（白）好，我去給她去。老大爺，您請過來吧。
趙祿寒：（白）何事呀？

梅　香：（白）我們小姐聽說您的姑娘哭得可憐，這有鎖麟囊一個，裡頭珠寶甚多，送給你們作妝奩吧。

趙祿寒：（白）慢來慢來，我與你們夙不相識，焉能受此厚禮，使不得，使不得！

梅　香：（白）唉！我們小姐乃是一番的誠意，您就把它收下吧。

趙祿寒：（白）使不得！

梅　香：（白）收下吧，收下吧！

趙祿寒：（白）使不得，使不得！

梅　香：（白）有的，給他錢他都不要啊。我說小姐，您把這收回去吧，人家不要！

薛湘靈：（白）怎麼？贈他珠寶，怎會不要？

梅　香：（白）他說咱們萍水相逢，夙不相識，他不要。

薛湘靈：（白）奇怪呀？

梅　香：（白）我瞧這個老頭呀，可真有點倔脾氣。

薛湘靈：（白）薛良！

薛　良：（白）是。

薛湘靈：（白）你把這鎖麟囊送去，以表我敬佩之意。

薛　良：（白）老先生請過來！

趙祿寒：（白）何事？

薛　良：（白）我家小姐，聽說你女兒惦記於你，甚為敬佩，無有所贈，只有鎖麟囊，內有珠寶甚多，老先生收下，定無憂矣！

趙祿寒：（白）慢來，慢來，方纔也曾言過：我與你們夙不相識，焉能受此厚禮。使不得，使不得！

薛　良：（白）我家小姐，乃是誠意而贈，老先生收下吧！

趙祿寒：（白）慢來，有道是君子固窮，萬萬的使不得！

薛　良：（白）唉，你若不收，豈不辜負了我們小姐的好意呀！

趙祿寒：（白）使不得，使不得！

趙守貞：（白）是何物？待女兒看來。

趙祿寒：（白）我兒看來。

趙守貞：（白）爹爹，與他們夙不相識，為何贈此厚禮？爹爹退還他們纔是啊。

趙祿寒：（白）為父也是再三的推託，是他言道：女兒惦記於我，甚為敬佩，故而執意要贈。

趙守貞：（白）這……唉！想這世態炎涼，多是勢利之輩，不想在這春秋亭上，却得知音。爹爹對他們去講：將囊內之物取出，留下空囊，以志深情厚誼！

趙祿寒：（白）好，待為父與他們言講。老哥哥，我女兒言道：與你們夙不相識，不敢受此厚禮，只是深情厚誼，却之不恭。現將珠寶退還，她將空囊留下，永作紀念。

薛　良：（白）啊，待我稟明我家小姐。啊小姐，老先生言道：與我們夙不相識，不敢受此厚禮，只是深情厚誼，却之不恭，現將珠寶退還，她將空囊留下，永作紀念。

薛湘靈：（白）好好好，人各有志，不可相強，待我將珠寶取出就是。薛良！

薛　良：（白）有。

薛湘靈：（白）你將這空囊奉贈，以作紀念吧！

薛　良：（白）遵命。（對趙祿寒）老先生。

趙祿寒：（白）老哥哥。

薛　良：（白）我家小姐已將珠寶收回，請你們將此囊留下，以作紀念吧。

趙祿寒：（白）好，多謝了！兒啊，鎖麟囊在此，我兒好好收起。

趙守貞：（白）是。

　　　　（趙守貞收囊。）

趙守貞：（同白）爹爹，女兒我要下轎，請那位小姐一見吧！

薛湘靈：（同白）薛良，我要下轎，請那位小姐一見吧！

趙祿寒：（同白）慢來，慢來。未曾拜堂，無有見外人的道理呀！

薛　良：（同白）慢來，慢來。未曾拜堂，無有見外人的道理呀！

薛　良：（白）天已晴了！我們要趕路了，吹打起來！

　　　　（薛家衆人同下。）

薛　良：（白）老先生，我們後會有期，請了請了！

（薛良下。）

赵禄寒：（白）哎呀呀，天已晴了，我们也快快赶路哇！
赵守贞：（白）爹爹且慢！还未曾问那小姐的姓名呢？
赵禄寒：（白）哎呀呀，匆忙之间，为父倒忘怀了！老哥哥请转！老哥哥请转！唉，去远了！
赵守贞：（哭）喂呀！
赵禄寒：（白）儿啊，人生何处不相逢，也许日后有相见之日啊！
轿　夫：（白）老爷子，天气不好，我们快快赶路吧。
赵禄寒：（白）是啊！赶路要紧，快快吹打起来！
轿　夫：（白）吹打起来！
赵禄寒：（笑）哈哈哈……
（赵家众人同下。）

第七场

（薛家众人同上。傧相上。薛湘灵、周庭训同上。）

傧　相：（白）赞礼：一拜天地，二拜高堂，夫妻交拜，同入洞房。
（薛相灵、周庭训拜堂，同下，众人同下。）

第八场

（薛良上。）

薛　良：（唱【西皮摇板】）
送亲已毕回家转，
见了夫人说根源。
（乱锤。老傧相、少傧相相打同上，胡杰、程俊同上劝解。）
程　俊：（白）别打了，别打了！你们为什么呀？
老傧相：（白）我跟你说，他是我的儿子，我们都是当傧相的。今天是好日子，办喜事的人家多，我叫他上赵家去，别上周家去，周家是财主，礼法多，我怕他弄砸了，他不听话，偏上

　　　　　　周家去了！趙家他給人家耽誤了！人家找我去了。我罵
　　　　　　他，他倒說我是勢利眼，您說我該打他不該打他？
程　俊：（白）您別生氣，我問問去。喂，我問你：你爸爸怎麼是勢
　　　　利眼哪？
少儐相：（白）他巴結大財主，怎麼不是勢利眼！
程　俊：（白）噢！你爸爸叫你上趙家去，你偏要上周家去，周家是
　　　　大財主，趙家又窮，這麼說你也是勢利眼哪！
胡　傑：（白）嘿！要說起來呀！你也是勢利眼。
程　俊：（白）怎麼？
胡　傑：（白）咱們昨兒在道上碰見，你不是說薛家是財主，薛小姐
　　　　是龍女一轉，還說什麼龍行有雨，虎行有風，下雨是應該
　　　　的？趙家小門小戶，下雨是命苦！你這不也是勢利眼嗎？
程　俊：（白）你纔是勢利眼哪！
胡　傑：（白）你纔是哪！
老儐相：（白）二位別吵啦！你們二位不是勢利眼，要說勢利眼，我
　　　　兒子纔是勢利眼呢！
胡　傑：（同白）嘿！你找便宜來啦？
程　俊：（同白）嘿！你找便宜來啦？
少儐相：（白）你們別忙，要說我爸爸纔是勢利眼哪！
胡　傑：（同白）喝！這麼說，我們也算勢利眼吧！
程　俊：（同白）喝！這麼說，我們也算勢利眼吧！
薛　良：（白）你等不必爭吵！世界之上，為富不仁反不如那貧而
　　　　有志，況且富貴之家也不見得長此富貴啊！
程　俊：（白）照你這麼一說：財主還能窮的了！這我可不信。
胡　傑：（白）不信，咱們打個賭！
少儐相：（白）我說薛家一輩子也窮不了！他要是窮了，我們兩個
　　　　人給人家當馬騎，管五歲大的孩子叫大叔。
程　俊：（白）對！咱們走着瞧，走，走，走！
　　　　（同下。）
薛　良：（白）真真是勢利小人！

（薛良下。）

第九場

（胡傑上。）

胡　傑：（數板）不好了,不好了！我的心膽戰,今年秋天雨水成了大患,莊稼又被水來泡,房屋也被水來淹,黎民百姓遭了塗炭,老老少少哭蒼天,死人掛在那柳樹上,活人剩不下那三成半。三成半,還不算,看看淹到登州的城裡邊,城裡百姓也要遭大難。急得我東跑西顛一個勁的滿街轉。來在大街我把鄰居喚,（白）哎！

（程俊上。）

程　俊：（念）忽聽門外有人喚,急急忙忙我去看。用手開開門兩扇,原來是老弟在面前,在面前。（白）哎！我說老弟,你幹嘛這麼慌裡慌張的,急得一腦門子汗哪？

胡　傑：（白）我的老大哥,這麼大事情,你怎麼都不知道哇？

程　俊：（白）什麼事情？我哪兒知道哇？

胡　傑：（白）下了這麼些日子的雨,您都不知道嗎？

程　俊：（白）我知道呀。這比六年前的連陰天還厲害！

胡　傑：（白）是呀,咱城裡不要緊,鄉里頭發了大水啦！

程　俊：（白）是呀！

胡　傑：（白）莊稼都叫水泡起來啦！房屋也被水淹啦！黎民百姓淹死了不少啊！看看咱們的河堤就要破,咱們城就不得了啦,也要被水淹啦。

程　俊：（白）這可怎麼辦哪？

胡　傑：（白）您得想個主意。

程　俊：（白）我是見事則迷,一點主意都沒有哇！

胡　傑：（白）沒有主意啊,我倒有個主意。

程　俊：（白）什麼主意？快說。

胡　傑：（白）把街坊四鄰、地保都給喊了來,大夥保護河堤要緊哪!

程　俊：(白)這個主意不行!

胡　傑：(白)怎麼不行?

程　俊：(白)街坊四鄰湊到一塊,可拿不出多少錢來?要找還得找有錢的大戶,有錢的大戶跟縣官一說,纔有主意。

胡　傑：(白)這事光憑錢可辦不了!萬貫家財,大水一來,滿完!

程　俊：(白)滿完,我不信!有錢能使鬼推磨,大戶人家一咳嗽,龍王他也得"二忽"!

胡　傑：(白)到了這個節骨眼,你還勢利眼哪!

程　俊：(白)甭管我,你要去找你街坊去,我還是找財主們商量商量去!回見,回見!
(程俊下。)

胡　傑：(白)沖這個,這個河堤也保不好!咳!
(胡傑下。)

第十場

(梅香上。)

梅　香：(念)終日團團轉,不知為誰忙!(白)我,梅香。自從我們小姐,嫁到周家,我也作了陪房的丫頭。一晃六年了!小姐生了一個小少爺,名叫大器。生得倒也是挺好的!就是養得太嬌了,脾氣比當初我們小姐還大,要是招惹了他,就是神仙也哄不好!今天是接姑奶奶的日子,我們小姐要回娘家,車輛已然安排停當,不免請出小姐動身。有請姑奶奶。
(薛湘靈手拉周大器上。)

薛湘靈：(唱【西皮搖板】)欣逢這日晴和回家望看,

周大器：(白)媽呀,是不是要上我姥姥那去?我不去!

薛湘靈：(白)你為何不去?

周大器：(白)那一次我跟姥姥要根頭髮,拴螞蚱玩,她都不給我,我不去。
薛湘靈：（白）休得胡說！
　　　　（唱【西皮搖板】）哪有千金髮任你摘玩。
周大器：（白）我不去嘛。
薛湘靈：（唱【西皮搖板】）我與你買竹馬小試庭院，
周大器：（白）媽，你要給我買馬玩？我可要綠馬。
薛湘靈：（白）黑馬白馬，倒也現成，哪有綠馬？
周大器：（白）我要綠馬，我要綠馬。
梅　香：（白）別哭，別哭，有綠馬，有綠馬。
周大器：（白）你說有成嗎，非得我媽說纔成哪！媽，有沒有啊？
薛湘靈：（白）有，有，有。
周大器：（白）你瞧，有啦。
薛湘靈：（唱【西皮搖板】）這是我疼愛他嬌縱千端。
　　　　（車夫上，薛湘靈上車。）
薛湘靈：（唱【西皮原板】）
　　　　新婚後不覺得光陰似箭，
　　　　駐青春依舊是玉貌朱顏。
　　　　攜嬌兒坐車中長街遊遍，
　　　　（衆人在亂錘聲中同上。）
衆　人：（同白）了不得啦，發大水啦！
　　　　（衆人同下。）
薛湘靈：（白）啊！（唱【西皮散板】）
　　　　又聽得呼號聲動地驚天！
　　　　却為何衆百姓紛紛逃竄？
　　　　見此景倒叫我膽戰心寒！
　　　　叫車夫改程途忙往回轉，
　　　　（難民自兩邊分上，薛湘靈、周大器、梅香被衆人沖散分下。）

第十一場

（四船夫撐救生船旗號，程俊、胡傑、老儐相、少儐相、周庭訓同上。）

周庭訓：（唱【西皮搖板】）
　　　　真乃大禍從天降，
　　　　洪水成災好慘傷！
　　　　賢妻嬌兒把命喪，
　　　　妻兒呀……

胡　傑：（唱【西皮搖板】）奉勸公子莫悲傷。
　　　　（白）我說公子，此乃是天災人禍，您就是哭也沒有用啦。

周庭訓：（白）唉！這場洪水，將我的萬貫家財俱都淹沒，我那妻子孩子，也不知生死存亡啊！

胡　傑：（哭）嗚……

程　俊：（白）嘿！你又幹嘛哭哇。

胡　傑：（白）你沒有聽見公子說嗎？

程　俊：（白）他說什麼？

胡　傑：（白）這場大水把他的萬貫家財都給沖沒啦！

老儐相：（白）沖的是他的家財，又沒沖你的，你哭什麼呀？

少儐相：（白）我說您這話可不對？人家有錢，跟人家說話得客氣點啊！

程　俊：（白）得了！他有錢，跟他客氣；他沒錢，還跟他客氣什麼呀？

少儐相：（白）別介，別介！周公子家財被淹了，薛家可沒被淹；人家絕窮不了！薛家把錢給周家點，不幾天還是有錢！說話還得客氣點！

程　俊：（白）對！我沒有想得到！

胡　傑：（白）你們真是勢利眼！到這節骨眼上還勢利眼哪！

周庭訓：（白）你等不必爭吵，開船。

船　夫：（白）開船哪！
　　　　（眾人同下。）

第十二場

（二難民、薛良、梅香、周大器、薛夫人同上。）

薛夫人：（唱【西皮搖板】）
　　　　這樣大水不料想，
　　　　萬貫家財付汪洋。
　　　　（白）唉，萬貫家財被水沖去，我那湘靈女兒生死不知，怎不叫我傷心哪！
　　　　（薛夫人哭。）
薛　良：（白）老夫人不必如此，我們到了岸上再作計較。
薛夫人：（白）是呀，也只好如此！（唱【西皮搖板】）
　　　　女兒生死難料想，
　　　　怎不教人淚汪汪！
　　　　（白）兒呀！
　　　　（薛夫人哭下。眾人隨下。）

第十三場

（盧仁、盧義同上。）
盧　仁：（念）登州發大水，
盧　義：（念）遍地是災民。
盧　仁：（白）兄弟請了！
盧　義：（白）請了！我說大哥，咱們相公怎麼一個人辦粥廠啊？
盧　仁：（白）咳！你不知道。自從登州發了大水，難民都往咱們萊州來了。咱們相公看着這不忍，找了本地鄉紳，要辦個粥廠，救濟災民！誰想這些個有錢的人家，都捨不得花錢，咱們相公火了！他說："你們是怎麼富貴的我不曉得；

我盧勝籌可是從不得意的時候過來的。眼瞧着水災,我不能不管。"所以纔賭氣只一個人拿錢辦了個粥廠,咱們夫人也願意。這叫做"自求心安"。

盧　義：(白)敢情還有這麼些事呢！天不早了！快點上粥廠張羅去吧！

盧　仁：(白)走着,走着。

（盧仁、盧義同下。）

第十四場

（胡婆貧裝、提籃上。）

胡　婆：(念)登州發大水,差點兒作了鬼。

我,胡婆,從前在薛府上傭工。不想登州城讓水給淹啦,還算好,遇見了救生船,把我給救上來啦。到了這萊州府,我人生面不熟,兩眼黑呼呼的,上哪兒吃飯去呀！幸虧本地盧相公設下了粥廠,我每天三頓,全仗着這點粥來保養着。看天不早啦,還是打粥去吧。

（胡婆下。）

第十五場

（長絲頭,薛湘靈貧裝上。）

薛湘靈：(哭頭)啊啊啊啊！老娘親！大器兒！官人哪……啊……

(唱【西皮散板】)一霎時又來到一個世界,

(白)梅香、院公！

(接唱【西皮散板】)叫梅香喚院公為何不來？

(白)官人,我餓了哇！

(唱【西皮散板】)

腹內饑喚郎君他他也不在,

却為何到荒郊不見亭臺。

(薛湘靈看衣服。接唱【西皮散板】)
恍惚間與眾人同把舟載,
莫不是應驗了無情的水災。
老娘親她必定波中遇害,
苦命的大器兒魚腹葬埋。
(胡婆上,望。)

胡　　婆：(白)呦,這不是姑奶奶嗎?
薛湘靈：(白)啊！胡媽媽。
胡　　婆：(白)是我呀！
(薛湘靈、胡婆抱頭而泣。)
薛湘靈：(唱【西皮散板】)見胡婆好一似空山聞籟,
你可曾見我夫與我萱臺?
胡　　婆：(白)我說姑奶奶,您看這場水災,登州城讓水都給淹啦,
老夫人和姑老爺,恐怕一時您見不着面啦!
薛湘靈：(唱【西皮散板】)
聽他言把我的肝腸痛壞,
你送我回故鄉尋找屍骸。
胡　　婆：(白)姑奶奶,剛纔我不是說了嗎,登州城讓水都給淹啦,
故鄉變成大河啦,老夫人和姑老爺八成變了魚糞和蝦米
屎啦。
(胡婆見薛湘靈哭。)
胡　　婆：(白)喲,您別哭啊,您餓不餓哇?
薛湘靈：(白)我腹中甚是饑餓,胡媽媽你快快與我安排飯菜。
胡　　婆：(白)喲！您還當是從前咱們在家哪,說聲開飯就端上來
啦？四個碟子、八個碗,絲溜片炒的燕窩魚翅！這會您可
別做那個夢啦。
薛湘靈：(白)我用何物來充饑呀？也未曾帶着銀兩。如何是好？
胡　　婆：(白)您怎麼這麼糊塗,說未帶銀兩,您要知道發大水,咱
們不早就搬家了嗎。
薛湘靈：(白)用何物充饑呀？

　　　　　　（薛湘靈哭。）
胡　　婆：（白）真個的,您有住處沒有哇?
薛湘靈：（白）住處?
胡　　婆：（白）啊。
薛湘靈：（白）我無有啊。
胡　　婆：（白）姑奶奶,您別哭,我跟您說得啦,此地有一個盧家莊,有位盧相公,設下粥廠,登州來的災民,都上那兒打粥去,您跟我也去打粥去好不好哇?
薛湘靈：（白）想這粥乃是飯後之品,薄薄一碗稀粥,焉能充饑呀!
胡　　婆：（白）喲! 姑奶奶,到了這個節骨眼,你那轉文哪! 我也跟您說一句吧,這叫做"此一時,彼一時也"。
薛湘靈：（白）呀!（唱【西皮散板】）一席話驚得我如夢方醒,
　　　　　　（薛湘靈、胡婆同走圓場,盧仁、盧義反上,衆難民同上,領粥,吃粥,胡婆領一碗與薛湘靈,老婦上。）
盧　仁：（白）沒有了,下午再來吧!
老　婦：（白）哎呀!
　　　　　　（老婦哭。薛湘靈把自己的粥給了老婦。）
胡　　婆：（白）喲! 姑奶奶,您怎麼把粥給了她啦?
薛湘靈：（白）唉!（唱【西皮散板】）看見了年邁人想起萱臺!
胡　　婆：（白）您還沒吃那,怎麼都給了她了!
薛湘靈：（白）看她實在可憐!
胡　　婆：（白）這倒也說的對!
　　　　　　（盧仁看薛湘靈,和盧義耳語。）
盧　仁：（白）喂! 他們打完粥不走,在這兒磨蹭什麼?
胡　　婆：（白）二位多擔待吧! 這位沒有打過粥!
盧　仁：（白）我有件事跟你商量商量。
胡　　婆：（白）什麼事呢?
盧　仁：（白）我們府裡缺少一個哄小少爺的老媽子,我看這位年輕輕的,幹這件事準行,有吃的住的,不知你們願意不願意?

胡　婆：（白）你等等，我跟她說一聲。小姐，您別走哇！您聽見沒有？他們府裡要雇一個哄小少爺的老媽子，您去好不好？

薛湘靈：（白）你為何不去？

胡　婆：（白）不是有您嗎？還是您去合適，我這麼大歲數，在外邊也方便，您不如先在這兒待着，慢慢再打聽家裡的消息！

薛湘靈：（白）不知這小少爺是怎樣的哄法？

胡　婆：（白）我問您：當初在家裡時候，我是怎樣哄您來着，您就怎樣的哄人家！那就行了！

（薛湘靈哭。）

胡　婆：（白）您別哭了！願意去不願意呀！

（胡婆見薛湘靈點頭。）

胡　婆：（白）願意去，好。我說二位，她願意去。

盧　仁：（白）那就跟我們走吧！

胡　婆：（白）對！小姐您就跟他們走吧！

薛湘靈：（白）胡媽媽，你要常來看我呀！

胡　婆：（白）過兩天我一定來看您，別難過了！我走了。

（胡婆下。）

盧　仁：（白）跟我走吧！

（薛湘靈、盧仁同走圓場，薛湘靈隨盧仁入門。）

盧　仁：（白）你在這兒等會。有請相公、夫人。

（丫鬟、碧玉、盧勝籌、趙守貞同上。）

盧勝籌：（念）功名成就免貧困，

趙守貞：（念）終日感念贈囊人。

盧勝籌：（白）何事？

盧　仁：（白）啟禀相公、夫人：您不是叫我找一個哄小少爺的老媽子嗎？已經找到了。

盧勝籌：（白）現在哪裡？

盧　仁：（白）現在門外。

趙守貞：（白）叫她進來。

盧　仁：（白）來，來，來，見過相公，夫人。

薛湘靈：（白）參見相公、夫人。
趙守貞：（白）這女子你姓什麼？
薛湘靈：（白）姓薛。
趙守貞：（白）哪裡人氏？
薛湘靈：（白）登州人氏。
趙守貞：（白）登州災情如何？
薛湘靈：（白）被水淹沒了。
趙守貞：（白）丫鬟，領她到後面更衣、用飯。
丫　鬟：（白）隨我來。
　　　　（薛湘靈隨丫鬟同下。）
盧勝籌：（白）夫人，你我的兒子往哪裡去了？
趙守貞：（白）丫鬟，請你家小少爺。
碧　玉：（白）是了！有請小少爺。
　　　　（盧天麟跳上。）
盧天麟：（白）來了，來了！爹爹，媽。
趙守貞：（白）兒啊，你往哪裡去了？
盧天麟：（白）我念書玩去了。
趙守貞：（白）既然念書，又為何貪玩？
盧天麟：（白）媽，您不知道。我是一邊念書，一邊玩。
趙守貞：（白）相公，看將起來，你我的兒子是有出息的。
盧勝籌：（白）你看他滿身灰塵，還有什麼出息呀！
趙守貞：（白）兒啊，你哪裡來的這身灰塵哪？
　　　　（趙守貞替盧天麟撣土。）
盧天麟：（白）媽，我念書念膩了，上後花園打秋千去啦，摔了一個跟頭。
趙守貞：（白）兒呀，摔着了無有哇？
盧天麟：（白）不要緊，沒摔着。
趙守貞：（白）如今與我兒雇了一個媽媽，哄弄我兒玩耍，可好哇？
盧天麟：（白）我不要。
趙守貞：（白）怎麼？

盧天麟：（白）七八十歲的老媽子多麼討厭哪！
趙守貞：（白）兒呀，這個媽媽不老哇！
盧天麟：（白）不行，我得看看。
趙守貞：（白）丫鬟，喚薛媽前來。
碧　玉：（白）薛媽快來。
　　　　（薛湘靈僕裝上。）
薛湘靈：（念）一家離散付東流，骨肉牽掛在心頭。
碧　玉：（白）咳！瞧你這個勁！快着點，夫人叫你哪！進來。
盧天麟：（白）媽，就是她嗎？
碧　玉：（白）咳，過來見過小少爺。
薛湘靈：（白）跟我玩耍可好？
盧天麟：（白）好，媽，我願意跟她玩。走走，咱們玩去。
趙守貞：（白）薛媽，帶她到外面玩耍去吧，要小心荷花池，當心太湖石，莫惹梁上蜂，休惹蛛網絲。
趙守貞：（白）啊，薛媽，後園到處可以遊玩，唯有那東南小樓，不可上去，若違我命，定責不貸。
薛湘靈：（白）是。
　　　　（薛湘靈欲行。）
趙守貞：（白）啊，薛媽，哄着小少爺玩耍，千萬不可打秋千，不要摔壞了我的兒子呀！
盧勝籌：（白）夫人你忒以地羅唣了！
盧天麟：（白）走吧，走吧。
趙守貞：（白）啊，薛媽……
盧勝籌：（白）啊，夫人，我代你講了吧：要"小心荷花池，當心太湖石，莫惹梁上蜂，休惹蛛網絲"。哈哈哈！
　　　　（盧勝籌、趙守貞同下。）
盧天麟：（白）走吧，走吧！我們玩去啦！
　　　　（薛湘靈、盧天麟、碧玉同走圓場。）
盧天麟：（白）真個的，薛媽，你們家也有這樣的房子麼？
薛湘靈：（白）這……我乃貧寒之家，無有哇！

碧　玉：（白）什麼！她家也配有這樣的房子？無非半間破草房！
盧天麟：（白）啊，薛媽，你們有這樣的花園嗎？
碧　玉：（白）什麼，他們家有這樣的花園，她也配呀！她上咱們這兒來開眼啦！我告訴你：薛媽，這是三間花廳，裡面有床鋪，小少爺要是玩累了，哄他睡覺。這哄小孩可不是容易的，要是磕着碰着，你可擔待不起呀！我說的話，你愛聽不聽！
薛湘靈：（白）多謝指教。
碧　玉：（白）這不算什麼，喂，薛媽，這有玩藝，你知道這個怎麼玩嗎？
　　　　（碧玉拿玩具。）
盧天麟：（白）拿過來吧，你幹什麼哪？
碧　玉：（白）教給她，她好哄你玩啊。
盧天麟：（白）這兒不要你，快給我出去，快給我出去！
碧　玉：（白）這是怎麼說的？有了新就忘了舊是怎麼着？你還不錯呢……
　　　　（碧玉下。）
盧天麟：（白）薛媽，你倒是跟我玩啊！
薛湘靈：（白）好哇。公子，你看看這個可好哇？
　　　　（薛湘靈拿玩具。）
盧天麟：（白）這個呀，不好。
薛湘靈：（白）這個呢？
　　　　（薛湘靈另拿一個。）
盧天麟：（白）這個呀，也不好！這我都玩膩啦！你給我想個新主意玩，好不好哇？
薛湘靈：（白）我與你想一個……噢，與你剪個紙人兒如何？
盧天麟：（白）怎麼着，你給我剪個紙人？那好極啦，好極啦。你倒是快着點呀！
薛湘靈：（白）好好好。
盧天麟：（白）快着點兒呀，快着點，你倒是給我快着點兒呀！

薛湘靈：（白）這個紙人兒可好哇？
盧天麟：（白）真不錯，你會剪馬嗎？教這小人騎馬玩，那夠多好哇。
薛湘靈：（白）好好好。
盧天麟：（白）可是這麼着，我要綠馬。
（薛湘靈聞言一驚，觸動心事，又隱忍住。）
盧天麟：（白）快着點呀，快着點呀，你倒是快着點呀！
薛湘靈：（白）人二足，馬四足，是要慢些的。
盧天麟：（白）是呀，人兩足，馬四足，當然剪的慢啦，那不成，那你也得給我快着點！
薛湘靈：（白）你看這個綠馬可好哇？
盧天麟：（白）綠馬兒真好玩，它會走嗎？
薛湘靈：（白）紙馬兒焉能會走？
盧天麟：（白）它不會走，我會走，你瞧，我學馬，馬是這麼樣走。
（盧天麟爬行。）
薛湘靈：（白）快快起來！公子不要髒了衣服哇！
盧天麟：（白）對呀，別髒了衣服。我學完了，該你啦。
薛湘靈：（白）什麼？
盧天麟：（白）學馬走。
薛湘靈：（白）噯，人是人，馬是馬，人哪有學馬的道理呀？
盧天麟：（白）你就學一個得啦。
薛湘靈：（白）我不能學。
盧天麟：（白）你不學？那還是我來學！
薛湘靈：（白）快快起來，快快起來！
盧天麟：（白）你倒給我學個馬，您看這還有馬鞭子，你當大馬，我當趕馬的！你快給我學呀，你快着點呀，你倒是快着點呀！
薛湘靈：（白）蝴蝶來了！
盧天麟：（白）蝴蝶在哪兒哪？我怎麼看不見哪！在哪兒？
薛湘靈：（白）它又飛了！

盧天麟：（白）我要蝴蝶！我要蝴蝶！
　　　　（盧天麟哭。）
薛湘靈：（白）啊，公子不要啼哭，我與你剪個紙的可好哇！
盧天麟：（白）快點，給我剪！快着點呀。
　　　　（盧天麟睡熟。）
薛湘靈：（白）咳！（唱【二簧慢板】）
　　　　一霎時把七情俱已磨盡，
　　　　參到了酸辛處淚濕衣襟。
　　　　（唱【二簧快三眼】）
　　　　我只道鐵富貴一生鑄定，
　　　　又誰知禍福事頃刻分明；
　　　　想當年我也曾綺裝衣錦，
　　　　到今朝只落得破衣舊裙，
　　　　這也是老天爺一番教訓，
　　　　他教我，收餘恨，免嬌嗔，且自新，改性情，休戀逝水，苦海回身，早悟蘭因。
　　　　可歎我平白地遭此貧困，遭此貧困，我的兒啊……
　　　　（盧天麟囈語，翻身。）
盧天麟：（白）快着點呀！
薛湘靈：（唱【二簧快三眼】）
　　　　把麟兒誤作了自己的寧馨！
　　　　憶當年出嫁時娘把囊贈，
　　　　宜男夢在囊上繡個麒麟；
　　　　到如今受淒涼娘又喪命，親娘喪命，我的娘啊……
　　　　（盧天麟醒。）
盧天麟：（白）薛媽！你不哄我玩，怎麼哭啦！我告訴我媽去。
薛湘靈：（唱【二簧快三眼】）公子醒我侍奉且莫高聲。
　　　　（行弦。）
盧天麟：（白）咱們到花園玩去。到了花園，你給我逮隻蝴蝶兒！
薛湘靈：（白）好好好。

（薛湘靈、盧天麟同入園。）

盧天麟：（白）我要一個黃的。

薛湘靈：（白）你要黃的。

盧天麟：（白）我還要一個紅的。

薛湘靈：（白）還要個紅的。

盧天麟：（白）對啦！到了花園，可得給我逮着呀。我的皮球在這兒哪，我給你拍個皮球看看。

薛湘靈：（白）你要當心哪！

盧天麟：（白）我知道啦。

薛湘靈：（白）當心！

盧天麟：（白）薛媽，我給你扔個高的，你瞧瞧。

（盧天麟拋球，誤入樓上。）

盧天麟：（白）哎喲，皮球扔到樓上去啦。你快去給我撿下來。快着點呀，你倒是快着點呀！

薛湘靈：（白）啊公子，夫人無有命令，我不敢前去啊！

盧天麟：（白）你給我撿去！我要皮球。

薛湘靈：（白）不要也罷。

盧天麟：（白）我要，我要！有我哪，你給我上樓找去。

薛湘靈：（唱【二簧快三眼】）公子命敢不遵把朱樓來進，

（行弦。）

盧天麟：（白）你怎麼還不上去？

薛湘靈：（白）我怕夫人怪罪！

盧天麟：（白）我媽不答應有我哪！怕什麼，你給我拿去。

薛湘靈：（唱【二簧快三眼】）我只得放大膽四下找尋。

（薛湘靈上樓，找球。盧天麟偶扯簾，薛湘靈見鎖麟囊驚視，哭出聲。）

薛湘靈：（唱【二簧散板】）驀地裡見此囊依舊還認——

盧天麟：（白）我告訴我媽去！

（盧天麟下。）

薛湘靈：（唱【二簧散板】）

分明是出閣日娘贈的鎖麟；
今朝見此囊莫非夢境？
我怎敢把此事細追尋！
手托囊思往事珠淚難忍，
（薛湘靈哭。趙守貞攜盧天麟、碧玉、丫鬟急同上，上樓，薛湘靈驚放囊。）

趙守貞：（白）大膽！（唱【二簧散板】）大膽薛媽亂胡行。
　　　　（白）哎！大膽薛媽，平白地上樓做甚？
薛湘靈：（白）夫人息怒！適纔公子將球拋在樓上，命我上樓尋球，我說不敢，恐怕夫人怪罪；公子言道，有他做主。
趙守貞：（白）兒啊！此話可是你講的？
盧天麟：（白）不錯，是我叫她上來的。她瞧見這個紅布口袋就哭啦！
趙守貞：（白）有這等事！薛媽隨我下樓，有話問你。
　　　　（趙守貞見薛湘靈看囊。）
趙守貞：（白）看什麼？
薛湘靈：（白）鎖麟囊。
趙守貞：（白）怎麼講？
薛湘靈：（白）鎖麟囊。
趙守貞：（白）快快隨我來！
　　　　（眾人同下樓。）
趙守貞：（白）啊，薛媽，你到底是哪裡人氏？
薛湘靈：（白）登州人氏。
趙守貞：（白）你叫什麼名字？
薛湘靈：（白）這……
碧　玉：（白）你瞧，夫人問你話，你快說！幹嘛又裝模作樣的？
薛湘靈：（白）我叫薛湘靈。
趙守貞：（白）你以前家世如何？
薛湘靈：（白）我的家世麼？——與夫人一樣啊！
趙守貞：（白）如今呢？

薛湘靈：（白）如今被大水淹沒了！
趙守貞：（白）你幾時出嫁的？距今幾年了？
薛湘靈：（白）這……己酉年六月十八日出閣,今已六載！
趙守貞：（白）六月十八日,今已六載啊,兒啊！你今年幾歲了？
盧天麟：（白）媽,我不是五歲了嗎？
趙守貞：（白）五歲了！玩耍去吧。
盧天麟：（白）我玩去啦。
（盧天麟下。）
趙守貞：（白）碧玉,與薛媽看座！
碧　玉：（白）夫人,您在這,哪有她的座兒呀？
趙守貞：（白）有話問她,請她坐下。
碧　玉：（白）不是,她是老媽子,怎麼就有座兒啦？
趙守貞：（白）不必多言,快快看座。
碧　玉：（白）想不到,她倒紅啦！
（碧玉挪椅。）
碧　玉：（白）您請坐吧。
（碧玉噘聲。）
薛湘靈：（白）請來上座。
碧　玉：（白）我站慣了。
趙守貞：（白）請坐。啊,薛媽,那年六月十八日天氣如何？你可記得呀？
薛湘靈：（白）記得。
趙守貞：（白）記得。慢慢講來。
薛湘靈：（白）夫人容稟。（唱【西皮原板】）那一日風光好忽然轉變,（行弦。）
趙守貞：（白）忽然轉變,又怎樣啊？
薛湘靈：（唱【西皮原板】）霎時間日色淡似墜西山。（行弦。）
趙守貞：（白）似墜西山,後來呢？
薛湘靈：（唱【西皮原板】）
　　　　　在轎中只覺得天昏地暗,

　　　　　　耳邊廂,風雨斷,雨聲喧,雷聲亂,
　　　　　　樂聲闌珊,人聲吶喊,都道是大雨傾天。
　　　　　（行弦。）
趙守貞:（白）何處避雨?
薛湘靈:（白）春秋亭。
趙守貞:（白）春秋亭?我來問你:那日春秋亭中避雨,就是你一乘
　　　　花轎,還有第二乘?
薛湘靈:（白）還有一乘。
趙守貞:（白）哦,還有一乘?那花轎是怎樣的風光?
薛湘靈:（白）那花轎麼?夫人哪!（唱【西皮原板】）
　　　　　　那花轎必定是因陋就簡,
　　　　　　隔簾兒我也曾側目偷觀;
　　　　　　雖然是古青廬以樸為儉,
　　　　　　哪有這短花簾,舊花幔,參差流蘇,殘破不全。
　　　　　（行弦。）
趙守貞:（白）那花轎殘破不全!碧玉,將薛媽座位移至客位。
碧　玉:（白）我說夫人,她在這兒坐着就可以啦,怎麼又跑到客位
　　　　去啦?
趙守貞:（白）不必多言。
碧　玉:（白）好,不但紅,而且紅得發紫啦。起來,起來,我給你挪
　　　　窩兒。
　　　　　（碧玉移座。）
趙守貞:（白）請坐。我來問你:那轎中人她又是怎樣?
薛湘靈:（白）夫人哪!（唱【西皮原板】）
　　　　　　轎中人必定有一腔幽怨,
　　　　　　她淚自彈,聲不斷,似杜鵑,啼別院,
　　　　　　巴峽哀猿,動人心弦,好不慘然。
　　　　　　于歸日理應當喜形於面,
　　　　　　為什麼悲切切哭得可憐!
　　　　　（行弦。）

趙守貞：（白）哭得可憐，難道你就無動於衷麼？
薛湘靈：（唱【西皮原板】）
　　　　那時節奴妝奩不下百萬，
　　　　怎奈我在轎中赤手空拳。
　　　　（行弦。）
趙守貞：（白）赤手空拳，就罷了不成麼？
薛湘靈：（唱【西皮原板】）
　　　　急切裡想起了鎖麟囊一件，
　　　　囊雖小却能作救命泉源。
　　　　（行弦。）
趙守貞：（白）碧玉！快將薛媽座位，移到上座。
碧　玉：（白）夫人可是這麼着，她來到咱們家，一手還沒露呢！怎麼又上座啦？
趙守貞：（白）又來多口！快快移來吧。
碧　玉：（白）您這叫步步高升啊！
趙守貞：（白）快快請坐吧。那鎖麟囊中盛有何物？慢慢講來。
薛湘靈：（白）夫人哪！（唱【西皮流水板】）
　　　　有金珠和珍寶光華燦爛，
　　　　紅珊瑚碧翡翠樣樣俱全；
　　　　還有那夜明珠粒粒成串，
　　　　還有那赤金練、紫瑛簪、白玉環、雙鳳鏨、八寶釵釧，
　　　　一個個寶孕光含。
　　　　這囊兒雖非是千古罕見，
　　　　換衣食也夠她生活幾年。
趙守貞：（白）那女子收下了無有哇？
薛湘靈：（唱【西皮搖板】）
　　　　那女子心性潔世俗不染，
　　　　留下了鎖麟囊把珠寶退還。
趙守貞：（白）呀！（唱【西皮搖板】）
　　　　聽她言不由我心中暗轉，

果然是當年知己到此間。
趙守貞：（白）碧玉，領薛媽後面更衣！
碧　玉：（白）您的衣服，給她穿哪？
趙守貞：（白）是呀。將我那上等的衣服與她挑選！
碧　玉：（白）得，走吧。
薛湘靈：（白）啊夫人！這是何意呀？
趙守貞：（白）不必多疑，我絕無惡意，快快去吧！
碧　玉：（白）走，跟我穿衣服去啊。我說薛媽，我真是佩服你就算得啦，你呀，算是把我們夫人給蒙啦！
（薛湘靈隨碧玉同下。盧勝籌上。）
盧勝籌：（白）咳！這是哪裡說起，真是善門難開，善門難閉！
趙守貞：（白）相公何出此言！
盧勝籌：（白）娘子哪里知道，我們將薛媽收下來，不想她的母親、她的丈夫、她的兒子與一兩位親友，都找上門來了！
趙守貞：（白）怎麼，她的母親、丈夫、孩子、親朋都來了麼？哎呀，來得正好，如若不然，我還要派人尋找他們前來。
盧勝籌：（白）夫人，你莫非瘋了麼？設此粥廠，已有人怪我市惠！如今又收留這一家……
趙守貞：（白）你可曉得這薛媽她是哪個？
盧勝籌：（白）是哪一個。
趙守貞：（白）就是那贈囊之人，來到我們這裡呀！
盧勝籌：（白）哎呀呀！想你當日出嫁之時，受盡世態炎涼，唯有這贈囊之人情深意重！今日到此，厚禮相待纔是。
趙守貞：（白）是啊！她闔家今在何處？
盧勝籌：（白）現在外面。
趙守貞：（白）快快請了進來。
盧勝籌：（白）我親自請來。有請！
（胡婆、薛母、周庭訓、周大器、程傑、胡俊、老儐相、少儐相同上。）
胡　婆：（白）啊，老夫人隨我進來吧，姑奶奶就在這兒。老夫人，我給您引薦引薦吧。這是盧相公,這是盧夫人。這是我們老夫人,這是我們姑老爺。

周庭訓:(同白)這廂有禮。
薛夫人:(同白)這廂有禮。
趙守貞:(白)這廂還禮。
薛夫人:(白)啊,盧夫人,我的女兒現在何處哇?
趙守貞:(白)現在我們這裡,先請坐下,待我請來。碧玉快來。
(碧玉上。)
碧　玉:(白)什麼事?
趙守貞:(白)薛娘子可曾換好衣服無有哇?
碧　玉:(白)您不是說,把您的好衣服拿出來給她穿嗎?我就把您的箱子打開啦,我教她自己挑,我說你看哪件好看,你穿哪件。我拿出一件,她穿上啦。甭提多麼好看啦,這麼辦,我把她請出來,您看看怎麼樣!
趙守貞:(白)請了出來。
碧　玉:(白)您等着。有請薛娘子!
(薛湘靈上。)
薛湘靈:(唱【西皮二六板】)
　　換珠衫依舊是當年容樣,
　　莫不是心頭幻我身在夢鄉。
薛夫人:(白)啊,女兒!
薛湘靈:(唱【西皮二六板】)
　　猛擡頭見老娘笑臉相向,
　　兒的娘!
　　問一聲老娘來自何方?
薛夫人:(白)我們遇見救生船,將我們救到岸上,又聽見胡媽媽言道,方知你在此居住啊。
薛湘靈:(唱【西皮二六板】)這纔是脫危難吉人天相,
周大器:(白)媽,我在這兒哪。
薛湘靈:(唱【西皮二六板】)我的兒呀!

見我兒不由我喜笑非常！
老天爺他還我珠歸掌上，

周大器：（白）媽，我爸爸也來啦！
周庭訓：（白）娘子！
薛湘靈：（唱【西皮二六板】）見官人倒叫我無限倉惶。
周庭訓：（白）娘子，你因何至此啊？
薛湘靈：（唱【西皮二六板】）一霎時觸情腸感懷萬狀，
周庭訓：（白）啊！娘子，我們夫妻離而復合，怎麼倒哭泣起來了？
薛夫人：（白）是啊！一家團圓，正該高興纔是，怎麼倒傷起心來了！
薛湘靈：（唱【西皮二六板】）
我官人怎知我歷盡滄桑！
到此時真教我有話難講，
薛夫人：（白）兒啊！你有什麼為難之事，告知為娘，與你做主。
薛湘靈：（白）（哭頭）兒的娘啊！（唱【西皮搖板】）
想當年贈人物豈望報償？
老娘親與官人要明以往，
問一聲盧娘子便知端詳。
薛夫人：（白）啊，夫人，我的女兒蒙你收留，我們感激不盡，為何還要這般的款待與她呀？
趙守貞：（白）老夫人啊！（唱【西皮搖板】）
都只為感知己實在難忘，
六年前薛娘子贈我麟囊。
（盧天麟上。）
薛夫人：（白）哦，原來如此。
梅　香：（白）薛良，敢情要鎖麟囊，不要珠寶的就是他們！
薛　良：（白）是啊！盧夫人就是那位趙家小姐。
胡　傑：（白）嘿！我也想起來啦！我說你們兩個過來！
程　俊：（同白）幹什麼？
少儐相：（同白）幹什麼？

胡　　傑：（白）當初打賭的事，你們還記得嗎？趙家可是闊了，薛家倒窮了，你們倆怎麼說吧？
程　　俊：（同白）我們認輸還不成嗎？噲。
少儐相：（同白）我們認輸還不成嗎？噲。
　　　　（程俊、少儐相對盧天麟、周大器。）
程　　俊：（同白）你們倆多大了？
少儐相：（同白）你們倆多大了？
周大器：（同白）五歲了！
盧天麟：（同白）五歲了！
程　　俊：（同白）真巧！——得，二位大叔。
少儐相：（同白）真巧！——得，二位大叔。
薛湘靈：（白）盧夫人，且喜我一家重聚，高情厚誼，容當後報，我就此告辭了！
趙守貞：（白）且慢！我有一言，列位聽了：想當年我出嫁之日，受盡世態炎涼，在春秋亭上得遇薛娘子，蒙她慷慨贈我鎖麟囊；我雖璧還珠寶，但深感義重情長；知己之誼，時刻難忘。今日又得相會，我有意與薛娘子結為姊妹，同居一處，意下如何？
薛湘靈：（白）這個……就依夫人！
趙守貞：（白）賢妹請。
薛湘靈：（白）請啊！（唱【西皮快板】）
　　　　休將往事存心上，
　　　　為人心地須善良！
　　　　得知己，齊歡暢，
　　　　結金蘭，訴衷腸；
　　　　待等來年禾場上，
　　　　把酒共謝鎖麟囊。
　　　　（盧天麟、周大器分騎程俊、少儐相背上，趙守貞、薛湘靈三請，同下，眾人同下。）

四 進 士

(京劇)

周信芳 整理

【作者簡介】周信芳(1895—1975)，京劇表演藝術家，京劇麒派藝術創始人。名士楚，字信芳，藝名麒麟童，浙江慈城人。他既全方位地繼承了京劇傳統，又吸收地方戲、電影、話劇、芭蕾舞、華爾滋、探戈等多種表演方式的精華，對傳統京劇加以改造，被公認為京劇海派代表人物。他的嗓音帶沙，但中氣充足，唱腔接近口語，酣暢樸直；念白飽滿有力，富有濃厚的生活氣息；注重做功，表演從人物內心出發，嫻熟地運用唱、念、做、打的程式性表現手法，因而內外和諧而真實生動。善用髯口、服飾及道具等來塑造人物；在音樂作曲、鑼鼓、服裝、化妝等方面作了許多革新和創造，使人物在塑造性格和表達感情上達到舞臺藝術的最高境界。周信芳不但精通表演藝術，亦有傑出的編、導才能。自編和與人合編的劇目不下一百二十部。一些傳統戲經過他的改編、導演和演出，而熠熠生輝。其代表作有《明末遺恨》、《洪承疇》、《徽欽二帝》、《打漁殺家》、《打嚴嵩》、《四進士》、《投軍別窰》、《路遙知馬力》、《走麥城》、《烏龍院》、《追韓信》、《斬經堂》、《徐策跑城》、《掃松下書》、《清風亭》、《鴻門宴》、《明末遺恨》、《秦香蓮》、《文天祥》、《海瑞上疏》、《義責王魁》、《澶淵之盟》等。

【劇情概要】該劇改編自鼓詞《紫金釵》。明朝嘉靖年間，新科進士毛朋、田倫、顧讀、劉題四人出京為官，分別時相互發誓：赴任後不違法瀆職，倘若貪污受賄、買賣人情，則甘受國法制裁。時河南上蔡縣姚廷椿的妻子田氏圖謀財產，毒死丈夫的弟弟姚廷梅，又串通弟媳楊素貞之兄楊青，將楊素貞轉賣給布商楊春為妻。楊春聽了素貞哭訴，可憐她的遭遇，撕毀身契，領她告狀。正遇毛朋私訪，代寫狀紙，囑去信陽州申訴。楊素貞與楊春失散，遇到惡棍，為被革職的書吏宋士傑所救，認為義女，攜至州衙告狀。田氏逼她的弟弟巡按田倫代通關節。田倫便給信陽知州顧讀寫了求情信並送上三百兩白銀。田的下書差役，恰好投宿在宋士傑開設的旅店中。宋偷看了信文，發現與義女楊素貞事有關。顧讀得到書信與銀兩後，徇情枉法，釋放了被告，却禁押了楊素貞。宋上堂質問，竟被杖責。宋士傑遇到楊春，讓其至巡按毛朋處告狀，毛朋接狀，宋士傑作證，田、顧、劉均以違法失職問罪，判田氏夫婦死罪，為素貞申明了冤情。

【版本流傳】此劇本為20世紀50年代周信芳等演出的臺本。《全本四進士》為上海國粹出版社於民國二十七年（1938）出版，此本見《周信芳演出劇本選集》，中國戲劇出版社1955年出版。

【演出情況】該劇最初為四本連臺本戲，主角是毛朋和楊素貞，經過不斷的演出，精簡為一本戲。也稱為《宋士傑》。宋士傑成為劇中主角，前面的戲便逐漸省略，一般只從柳林寫狀演起。早期，雷喜福、王鴻壽、潘月樵等，均曾多次演出該劇，周信芳於1912年4月2日在迎貴仙茶園演出全部《四進士》，將久已不演的前面部分演全。合作者有四盞燈、小紅燈等。自20世紀20年代以後，該劇成為周信芳、馬連良的代表劇目。兩人演來風格各異，各有所長。1929年12月6日，大舞臺演出由馬連良主演的《四進士》，由胡碧蘭飾楊素貞，曹連孝飾毛朋，姜妙香飾田倫，馬富祿飾萬氏。同月26日，天蟾舞臺演出由周信芳主演的《四進士》，由趙如泉飾毛朋，小楊月樓飾萬氏，王芸芳飾楊素貞，劉奎官飾顧讀，陳鶴峰飾楊春。上海觀眾得以在一月之內先後欣賞到馬、麒兩派的《四進士》，稱一時之盛。1956年3月，上海電影製片廠將此劇攝成彩色戲曲藝術片，片名《宋士傑》，周信芳主演。同年10月，周信芳率上海京劇院赴蘇聯訪問，期間也演出了該劇。

（朱俊源）

人 物 表

宋士傑——曾在信陽州道臺衙門做過刑名書辦,現與妻子開一旅店。

楊素貞——一個受冤屈的婦女,與田氏是妯娌,後為宋士傑義女。

楊　春——商販,楊素貞義兄。

毛　朋——河南八府巡按。

顧　讀——信陽州道臺。

田　倫——江西巡按,在家守孝。

劉　題——上蔡縣知縣。

萬　氏——宋士傑妻子。

田　氏——田倫之姐。

下書人甲——田倫府中奴僕。

下書人乙——田倫府中奴僕。

丁　旦——信陽州道臺衙役。

劉二混——地痞。

楊　青——楊素貞哥哥。

田　母——田倫之母。

黃大順——按院衙役。

姚廷椿——田氏丈夫。

第一場

毛　朋:【引子】奉命代天出朝堂,
　　　　　　一片丹心保家邦。
　　(念定場詩)奉旨出朝,地動山搖。
　　　　　　逢龍鋸角,遇虎拔毛。
　　(白)本院,毛——朋。大明嘉靖駕前為臣,二甲進士出

　　　　　身,蒙聖恩,身受河南八府巡按。到任以來,查得上三府
　　　　　官清民順。今日牌發下五府,待我喬裝改扮,前去私訪。
　　　　　書吏!
書　　吏:在!
毛　　朋:去至二堂,聽我吩咐!
書　　吏:遵命!
毛　　朋:黃大順!
黃大順:在!
毛　　朋:命你去至各府州縣,張貼告示。若有販捎人口者,責打四
　　　　　十大板,一面長枷,不得有誤!
黃大順:遵命!
毛　　朋:人役門外廂伺候!

第二場

楊　　春:(唱【西皮搖板】)
　　　　　我與楊青來約定,
　　　　　今日相會在柳林。
楊　　青:走哇!
楊素貞:(唱【西皮搖板】)
　　　　　隨兄長回娘家探望母病,
　　　　　却為何今日裏來到柳林?
楊　　青:妹妹!看什麼哪?
楊素貞:啊!兄長!你我往日回家,走的不是這條路徑哪!
楊　　青:噢!它是這麼回事:剛纔呀道上走的人多,咱們哪竟顧轉
　　　　　這小河溝了,八成是走錯了路了!咱們在這兒歇會兒,咱
　　　　　們打聽打聽去啊!
楊素貞:就依兄長!
楊　　青:哎!給我!給我!
楊　　春:啊!宗兄!宗兄!

楊　青：噓！嘿嘿！別嚷！別嚷啊！
楊　春：那個女子可曾帶來？
楊　青：帶來了！你呀，順着我的手兒瞧！
楊　春：哎！倒也不錯哇！
楊　青：七八分的人品吧！
楊　春：身價銀子多少？
楊　青：不是說好了嗎？三十兩！
楊　春：婚書呢？
楊　青：嘿！真有你的啊！兩下抵換！
楊　春：兩下抵換？
楊　青：她婆婆陳氏主的婚，沒錯吧？
楊　春：不錯！
楊　青：哎！宗兄啊！真格的，你們怎麼走啊？
楊　春：去至前面雇一脚程。
楊　青：雇一脚程，那多麻煩哪？你瞧見沒有？我這兒有頭驢。
楊　春：哎！讓與我吧！
楊　青：讓給你了？好！您給十兩！
楊　春：忒多了！
楊　青：太多了？少給點也成啊！
楊　春：五兩！
楊　青：五兩？得！五兩就五兩！拿銀子來！你等會兒啊！
楊　春：哎！這是怎樣啊？
楊　青：我把鞍韂卸下來！
楊　春：你卸了鞍韂，怎樣乘騎？
楊　青：常言説的好，賣馬還不賣鞍哪不是？
楊　春：也讓與我吧！
楊　青：讓給你了？好！再給五兩！
楊　春：二兩五！
楊　青：好嘛！見面分一半兒！得！二兩五就二兩五！拿銀子來！哎！拿來！拿來！哎！宗兄啊！真格的，你們怎麼趕着走哇？
楊　春：到前面折一柳枝！
楊　青：那多麻煩哪？你瞧見沒有？我這兒有杆鞭子！
楊　春：啊！你又要多少？
楊　青：哎！便宜不過當家子，我送給你了！
楊　春：多謝了！
楊　春：再會！
楊　青：再會！
楊　青：宗兄啊！呆會兒等我走得遠了，你再帶她走，省得她哭哭啼啼的，叫我的心裡頭也怪難受的！
楊　春：啊！却是為何？
楊　青：唉！不瞞您説，她不是外人！她是我的親妹妹！
楊　春：噢！原來是大舅！
楊　青：好説！親戚！親戚！
楊　春：再會！再會！
楊　青：再會！再會！再會！正是：兄妹分別在柳林，叫人難捨又難分。眼巴巴不見親胞妹，咳！妹妹！一見銀子我黑了心。喝酒去！
楊　春：那一娘行，隨我趕路！
楊素貞：你是何人，叫我與你趕路？
楊　春：我來問你：方纔那一漢子，他是何人？
楊素貞：他是我的兄長！
楊　春：着哇！他得了我三十兩銀子，將你賣與我了！
楊素貞：我却不信！
楊　春：你去問來！
楊素貞：好！待我問來！
楊素貞：兄長！兄長！
楊　春：趕路！
楊素貞：喂呀！（唱【西皮散板】）
　　　　惱恨兄長心忒狠，

不該將我賣與他人。
（白）是我兄長將我賣與你了，有何為證？

楊　　春：有婚書為證哪！
楊素貞：好！拿來我看！
楊　　春：且慢！你乃有氣之人，將婚書拿到手中，三把兩把扯碎，我豈不落個人財兩空啊！
楊素貞：依你之見呢？
楊　　春：我在這裡念，你在那裡聽！
楊素貞：好！你且念來！
楊　　春：哎！站遠些！"立婚書人陳氏，只因楊素貞在家吵鬧不賢，令其胞兄——"怎麼？你要搶？
楊素貞：喂呀！
楊　　春：哼！這還了得！
楊素貞：（唱【西皮散板】）
　　　　素貞心中主意定，
　　　　要想同行是萬不能！
楊　　春：（唱【西皮散板】）
　　　　三十兩銀子買了你，
　　　　就該隨我一路行！
楊素貞：住了！（唱【西皮散板】）
　　　　你家也有姐和妹，
　　　　也叫她們去亂嫁人！
楊　　春：呸！（唱【西皮散板】）
　　　　聽一言來怒氣生，
　　　　為何開口便傷人？
　　　　楊春打……
楊素貞：（唱【西皮散板】）
　　　　素貞哭哇……
楊　　春：你要與我趕路哇！
楊素貞：不能與你趕路哇！

（毛朋与童儿上）

毛　朋：（唱【西皮散板】）
問客官打娘行所為何情？

楊　春：噢！原來是位算命的先生哪！

毛　朋：啊！你怎麼曉得我是算命的先生啊？

楊　春：啊！看你這個樣兒，豈不是那算命的先生嗎？

毛　朋：哎呀呀！你真是好眼力！

楊　春：本來的好眼力呀！

毛　朋：啊！客官！因何與這娘行爭吵起來？

楊　春：唉！先生有所不知：只因他兄長得了我三十兩銀子，將她賣與我了。

毛　朋：噢！

楊　春：她不肯隨我趕路，故而爭吵。

毛　朋：我却不信哪！

楊　春：你去問來！

毛　朋：待我向前！

毛　朋：啊！這一娘行！你兄長得了他三十兩銀子，將你賣與他了。你為何不隨他趕路哇？

楊素貞：先生有所不知：只因我丈夫死得不明，我有滿腹含冤未曾申訴，豈能與他人趕路？

楊　春：哈哈！先生不來，你也不説你滿腹含冤；先生剛剛到此，你就滿腹含冤。哦！也罷！你就將你的滿腹含冤説講出來，我們也好聽上一聽哪！

毛　朋：是啊！你將滿腹含冤説講出來，我們也好聽個明白！

楊素貞：先生客官容禀。

毛　朋：慢慢講來！

楊　春：慢慢講來！

楊素貞：（唱【西皮導板】）
楊素貞在柳林悲聲告禀，

毛　朋：慢慢講來！

楊　春：先生請坐！請坐！
毛　朋：請問客官，尊姓大名？
楊　春：在下楊春。
毛　朋：噢！楊春？好個響亮的名字啊！
楊　春：誇獎了！
毛　朋：好個響亮的名字啊！
楊素貞：(唱【西皮慢板】)
　　　　尊先生與客官細聽分明：
毛　朋：請問客官：你是哪裡人氏啊？
楊　春：南京水西門人氏！
毛　朋：噢！南京水西門人氏？哎呀呀！好地方啊！
楊　春：小地方！
毛　朋：好地方啊！
楊　春：小地方！
毛　朋：南京水西門人氏，是個好地方啊！
毛　朋：(转脸对杨素贞)慢慢地講！
楊素貞：(唱【西皮慢板】)
　　　　家住在河南上蔡縣境，
毛　朋：(对杨春)請問客官：你做何生理？
楊　春：販賣布匹為生！
毛　朋：噢！販賣布匹為生？哎呀！大買賣呀！
楊　春：小買賣！
毛　朋：販賣布匹為生！
楊　春：小買賣！
毛　朋：是個大買賣呀！
楊素貞：(唱【西皮慢板】)
　　　　西門外姚家莊有我的門庭。
毛　朋：家中都有何人？講！
楊素貞：(唱【西皮慢板】)
　　　　在家中與大伯分居過活，

恨田氏用藥酒害死夫君。
我兄長貪銀錢將我賣定,
可憐那小保童尚未成人。
訴此間只覺得咽喉氣緊,
先生哪!

毛　朋：呀！（唱【西皮散板】）
八臺官在一旁暗自思忖。
（白）啊！客官！你看她說得可憐,就放她回去吧！
楊　春：我也想放她回去,只是我三十兩銀子,我捨它不起！
毛　朋：啊！客官！眼前若有人替她還你那三十兩銀子,你可願放她回去呀？
楊　春：慢說是三十兩,就是十兩銀子,我就放了她了！
毛　朋：好！你且稍待！
毛　朋：童兒！
書　童：有！
毛　朋：取十兩銀子過來！
書　童：一路上銀錢俱已花費了！
毛　朋：哎呀！慚愧呀！
楊　春：啊！先生！何出此言？
毛　朋：一路上銀錢俱已花費了,豈不是慚愧呀？
楊　春：怎麼？你無有錢哪？
毛　朋：正是！
楊　春：走你的路,少管閒事啊！
毛　朋：啊！客官！待我向前勸她與你一同趲路,你看如何？
楊　春：哎！這倒使得！好話多講！
毛　朋：那個自然！
毛　朋：啊！這一娘行！去至前面人煙稠密之處,高聲喊叫"異鄉人好苦",自有人前來搭救於你！你要記下了！
楊素貞：記下了！
毛　朋：你要好好地隨他趲路哇！

毛　　朋：再會了！
楊　　春：請了！
毛　　朋：（唱【西皮搖板】）
　　　　　罵一聲小楊春瞎了眼睛，
　　　　　把按院當做了算命先生。
　　　　　回衙去差人役將他拿問，
　　　　　責打他四十板枷號頭門。（下）
楊　　春：我們也趕路吧！
楊素貞：（唱【西皮搖板】）
　　　　　低下頭來暗思忖，
楊　　春：哎！你要與我趕路哇！
楊素貞：有了！（唱【西皮搖板】）
　　　　　可將金鐲贖自身。
　　　　　（白）啊！客官！你方纔言道：若有人與你三十兩銀子，你便放我回去。我這裡金鐲一隻，權當身價銀子，你看如何？
楊　　春：你這金鐲是哪裡來的？
楊素貞：這個！客官哪！我公爹在世之時，留下紫金鐲一對，命我夫妻各戴一隻。言道"夫死妻不嫁，妻死夫不娶"。如今我丈夫被田氏所害，望求客官將金鐲收下，放我回去。日後也好與我那屈死的丈夫報仇雪恨哪！
楊　　春：（唱【西皮搖板】）
　　　　　聽一言來心難忍，
　　　　　背地難壞我楊春。
　　　　　（白）唉！聽他說得實在可憐，不免放她一走也就是了！待我與他說明。
楊　　春：啊！那一娘行！你的身價銀子我不要了，放你回去了！
楊素貞：你放了我了？
楊　　春：放了你了！
楊素貞：那婚書還在你手中呢！

楊　春：哦！人都不要了，婚書要它何用？當面扯碎！當面扯碎！
楊素貞：多謝客官！
楊　春：去吧！
楊　春：哎！娘行轉來！
楊素貞：啊！客官！這柳林之内四處無人，你可知這男女有別呀？
楊　春：哈哈！我剛剛把婚書扯碎，你就説男女有别。看將起來，你這個人哪，哼哼！真真地無有良心哪！
楊素貞：喂呀！恩人哪！
楊　春：好了！好了！起來！起來！起來！我這三十兩銀子，就買了個"恩人"二字！我來問你：你今意欲何往？
楊素貞：我回婆家去！
楊　春：婆家去不得！
楊素貞：怎麽去不得？
楊　春：倘若你那刁嫂田氏再將你害死，豈不是羊入虎口？
楊素貞：如此，我回娘家去！
楊　春：娘家？哎！越發地去不得了！
楊素貞：怎麽去不得？
楊　春：你那胞兄再將你變賣旁人，再找第二個楊春哪，呵呵！難了！
楊素貞：我楊素貞是走投無路的了哇！
楊　春：也罷！你姓楊，我也姓楊。倒不如我二人結爲仁義的兄妹，還要替你申寃告狀！
楊素貞：此話當真？
楊　春：當真哪！
楊素貞：我却不信！
楊　春：我敢對天一表！
楊素貞：我就跪下了！
楊　春：哎呀！好個聰明的女子啊！（唱【西皮摇板】）
　　　　我把你當做同胞妹，
楊素貞：（唱【西皮摇板】）

　　　　　　我與你好似一母生。

楊　春：（唱【西皮搖板】）
　　　　　尊聲賢妹快請起，（毛朋上）

毛　朋：哈哈！（唱【西皮搖板】）
　　　　　我在一旁看了一個真。
　　　　　（白）客官！看將起來，你不是個好人哪！

楊　春：我怎麼不是好人哪？

毛　朋：你怎麼與這娘行拜起天地來了？

楊　春：先生不要胡言！是我聽她說得可憐，情願身價銀子不要，與她結為仁義兄妹，還要替她申冤告狀！

毛　朋：我却不信哪！

楊　春：你去問來！

毛　朋：待我向前。

毛　朋：啊！這一娘行！方纔你不隨他一同趕路，如今怎麼又與他拜起天地來了？

楊素貞：先生休得胡說！是他見我滿腹含冤，身價銀子不要，還要與我結為仁義兄妹，還要替我申冤告狀！

毛　朋：噢！有這等事？她的婚書呢？

楊　春：啊！扯碎了！

毛　朋：扯碎了？

楊　春：扯碎了！

毛　朋：哎呀呀！看將起來，你是個好人哪！

楊　春：我本來是個好人哪！

毛　朋：啊！客官！你們前去告狀，可有狀紙無有？

楊　春：狀紙？到前面請人寫上一張！

毛　朋：客官！待我與你們代寫一張如何哇？

楊　春：噢！先生與我們代寫一張？

毛　朋：正是！

楊　春：此時寫不成了！

毛　朋：怎麼寫不成了？

楊　　春：無有筆墨紙硯哪！
毛　　朋：筆墨紙硯哪？我那箱兒內有！
楊　　春：怎麼？你那箱兒內有？
毛　　朋：正是！
楊　　春：哎呀呀！看將起來，你纔不是個好人呢！
毛　　朋：啊！我怎麼不是好人哪？
楊　　春：你想啊：我們無有狀紙，你替我們寫；無有筆墨紙硯，你那箱兒內有。你豈不成了挑司、嫁訟的先生嗎？
毛　　朋：客官有所不知：方纔在前面與人抄寫書文，留下白紙一張。有道是"閑來置"，
楊　　春："忙來用"。
毛　　朋：偏偏用上了！
楊　　春：哎！這倒巧得很！
毛　　朋：巧得很！
楊　　春：巧得很哪！
毛　　朋：客官！叫她說個由頭上來！
楊　　春：啊！賢妹！說個由頭上來！
楊素貞：小婦人楊素貞，年二十八歲，係河南汝寧府上蔡縣四都八甲里姚家莊人氏。狀告……
毛　　朋：哎！好了！好了！客官！寫好了！
楊　　春：(對毛朋)多謝了！
楊　　春：啊！賢妹！寫好了！
楊素貞：兄長！就煩先生將狀紙念上一遍，日後見了按院大人，我也好照狀回話。
楊　　春：說的是啊！啊！先生！就請先生與我們念上一遍吧！
毛　　朋：聽了哇！"具告狀人孀婦楊素貞，年二十八歲，係河南汝寧府上蔡縣四都八甲里姚家莊人氏。狀告大伯姚廷椿、刁嫂田氏、胞兄楊青等，為害夫霸產典賣鯨吞事。"這是八個字的由頭，叫她記下了！
楊　　春：噢！是是是！啊！賢妹！這是八個字的由頭，你要記

　　　　　下了!
楊素貞：記下了!
楊　春：先生往下念!
毛　朋："大伯廷椿,用藥酒毒死兒夫廷梅,刁嫂田氏用鋼刀刺殺七歲的保童。"
楊素貞：喂呀!
毛　朋：啊!她為何啼哭哇?
楊　春：我哪裏曉得!
毛　朋：你去問哪!
楊　春：啊!賢妹!你為何啼哭哇?
楊素貞：想那保童乃是我的兒子,被田氏所害,怎不令人痛哭?
楊　春：唉!外甥啊!
毛　朋：啊!客官!你怎麼也哭起來了?
楊　春：先生有所不知:那保童是她的兒子,豈不是我的外甥?被那田氏害死,怎不叫我痛心?唉!外甥!
楊素貞：喂呀!
毛　朋：啊!客官!不必如此!有道是"牛吃房上草,風吹千斤石。狀紙入公門,無賴不成詞"。此乃是一句賴詞,那保童他不曾死啊!
楊　春：噢!不曾死啊?
毛　朋：不曾死!
楊　春：啊!賢妹!那保童他不曾死啊!
楊素貞：不曾死?
楊　春：不曾死!先生往下念吧!
毛　朋："胞兄楊青推母有病,將小女子誆到柳林,賣與販捎人——"
楊　春：拿過來!我不告了!
毛　朋：怎麼不告了?
楊　春：按院大人有告條在外,若有販售人口者,責打四十大板,一面長枷。我自己先把自己告下來了!我不告了!

毛　朋：噢！如此説來，你還曉得王法？
楊　春：朝廷的王法哪個不曉？
毛　朋：待我與你改過如何？
楊　春：你與我改得好，我便告得好！
毛　朋：我保改得好！
楊　春：我保告得好！
毛　朋：我保你一告便准！
楊　春：哎！我這裏承情了！
毛　朋：哎！待我改個"異鄉人"如何？
楊　春：異鄉人？哎！改得好！
毛　朋：改個"異鄉人"！"賣與異鄉人楊春為妻。楊春聞聽紫金鐲之事，心中不忍，身價銀子不要，婚書扯碎，認為仁義兄妹，替小婦人申冤告狀。聞得大人愛民如子，法不枉斷，因此前來越衙告狀。望乞青天大人快拿凶犯到案，問明情由，依律除奸。則亡夫瞑目泉下，小婦人草木得生。依字上告！依字上告！"拿去！
楊　春：多謝先生！賢妹好好收起！
楊素貞：啊！兄長！請問先生家住哪裏？此狀若有不准，也好請先生再寫上一張！
楊　春：賢妹説的是！啊！先生！
毛　朋：哎！
楊　春：請問你住在何處啊？
毛　朋：我就住在道臺衙門旁邊，有一小小的卦棚。上面寫着"説不倒的老先生"，哎！就是我哇！
楊　春：啊！什麼叫做"説不倒的老先生"哪？
毛　朋：我説得倒旁人，旁人説不倒我。所以麼，叫做"説不倒的老先生"！
楊　春：如此説來，此狀若是遞上，你就是説不倒的老先生。
毛　朋：若是遞不上呢？
楊　春：若是遞不上啊？你就是扳得倒的老先生！

毛　　朋：哈哈……告辭了！

楊　　春：多謝了！

毛　　朋：（唱【西皮搖板】）
　　　　　好一個小楊春頗知王法，
　　　　　免去了四十板一面長枷。

楊　　春：我們也趕路吧！

楊素貞：（唱【西皮搖板】）
　　　　　在柳林遇見了大恩人，
　　　　　一重恩當報九重恩。（下）

第三場

（劉二混、二光棍上）

劉二混：自幼遊手好閒，專好坑蒙拐騙。我，劉二混。我說兄弟們！

二光棍：大哥！

劉二混：這兩天咱們可是"盤子裡頭扎猛子"，淺住了！

二光棍：可不是嗎！

劉二混：沒什麼說的，咱們去至大道邊、小道沿，看有合適的買賣，做它一票兩票的，走着！

二光棍：哎！走着！（下）

（楊素貞、楊春上）

楊素貞：（唱【西皮搖板】）
　　　　　離了柳林往前進，
　　　　　不知何日把冤伸。

楊　　春：啊！賢妹！我那包袱落在柳林了！

楊素貞：這便如何是好？

楊　　春：你在此稍待！（下）

楊素貞：（唱【西皮搖板】）
　　　　　在此且把兄長等。（下）

（杨春上）

楊　春：啊！賢妹！

（刘二混上）

劉二混：哎哎！我説你這兒直眉瞪眼的找什麽哪？

楊　春：找我的妹子啊！

劉二混：噢！找你的妹子？一小媳婦騎着個毛驢？

楊　春：不錯！不錯！

劉二混：她往那邊去了！拿過來吧你！（搶了包袱跑下）

楊　春：啊！我的包袱！

第四場

（宋士傑上）

宋士傑：嗯哼！

宋士傑：（定場詩）

人道公門好修行，看來不差半毫分。

能行方便且方便，一字之間有重輕。

（白）老漢，宋士傑，在前任道臺衙門當過一名刑房書吏。是我辦事傲上，纔將我的刑房革掉。夫妻二人在西門以外，開了一座小小店房，不過是避閑而已。今天有幾個朋友，約我去吃酒，呵呵！街肆上走走！

宋士傑：啊！見着信陽州一班無頭光棍追趕一個女子，若是追在無人之處，那女子定要吃他們的大虧！待我趕上前去，打他一個抱不平！哎！只因我多管人家的閒事，纔將我的刑房革掉，我又管的什麼閒事啊？唉！不管也罷！街肆上走走！

（楊素貞上）

楊素貞：異鄉人好苦哇！

宋士傑：本當不管，那女子言道"異鄉人好命苦"！此事我宋士傑不管，他們哪一個敢管？哎！有了！待我回得家去，與我那婆兒商議商議，設法救她一救。媽媽！媽媽！媽媽哪裏？走來！
（萬氏上）

萬　氏：哈哈！最愛吃素念經文，要學南海觀世音。
宋士傑：錯了！
萬　氏：喲！我剛出來怎麼就錯了哪？
宋士傑：救苦救難，你如何比得？
萬　氏：嗨！我們老兩口常常地幫助人家，大事化小，小事化無。怎說比不得哪？
宋士傑：還是比不得！
萬　氏：比得！
宋士傑：比不得！
萬　氏：比得！
宋士傑：比不得！
萬　氏：比得！比得！嘚兒！比得！
宋士傑：呵呵！就算比得！
萬　氏：本來就比得嘛！哎！老頭子！叫我出來，有什麼事兒啊？
宋士傑：今天有幾個朋友約我吃酒，我行在大街之上，見信陽州一班無頭光棍追趕一個女子。若是追在無人之處，那女子定要吃他們的大虧。我將你喚將出來，商議商議，設法救她一救哇！
萬　氏：我說老頭子！
宋士傑：哎！
萬　氏：你這個老脾氣就是改不了！只因你好管閒事，那衙門裡纔把你的差事給革退了。怎麼着？今兒個你又要管閒事了？要管哪，你管！太太我可不管！
宋士傑：媽媽！本當不管，那女子言道"異鄉人好命苦"！媽媽！念她是個異鄉人，應當管一管哪！
萬　氏：我管她什麼異鄉人本地人？不管！
宋士傑：媽媽！你要學大慈大悲，應當管一管哪！

萬　氏：我不管！
宋士傑：媽媽！你是好人哪！
萬　氏：好人哪，也不管！
宋士傑：不管？
萬　氏：不管！
宋士傑：不管？
萬　氏：不管！不管！不管嘚兒定了！
宋士傑：她不管？是啊！救人一命，少活十年！
萬　氏：哎喲！我說老頭子！你怎麼越活越糊塗了？誰不知道救人一命，多活十年，你怎麼說少活十年哪？
宋士傑：少活十年！
萬　氏：多活十年！
宋士傑：少活！
萬　氏：多活！
宋士傑：少活！
萬　氏：多活！多活！多活嘚兒十年！
宋士傑：你曉得多活，為什麼不去救她？
萬　氏：哈哈！好你個老頭子！在這兒等着我哪？哎！老頭子！要是打出禍來哪？
宋士傑：有我擔待！
萬　氏：怎麼着？有你擔待？
宋士傑：啊！
萬　氏：好嘞！老頭子！你聽了：萬氏開言道，老頭子你是聽：
宋士傑：講！
萬　氏：上房拿棒槌，專打抱不平！
宋士傑：走！
萬　氏：走！
宋士傑：媽媽！就是她！
　　　　（楊素貞被劉二混追上，宋士傑攔住劉二混）
劉二混：哈哈……宋爺爺！老沒見了，您可好啊？

宋士傑：娃娃！你好啊？
劉二混：我也好！我過去了我！
宋士傑：清平世界，朗朗乾坤，要搶人家該當何罪呀？
劉二混：哎喲！宋爺爺！您不知道！我們哥幾個呀這兩天實在是沒落子了！得！您高擡貴手，我先過去！
宋士傑：今天撞見宋家爺爺，休想過去！
劉二混：哈哈！
宋士傑：啊！
劉二混：跟你好說，你是不讓！
宋士傑：娃娃要造反？
劉二混：啊！我今兒就要造反了！
萬　氏：我打死你！
劉二混：哎喲！歸你們了！（下）
宋士傑：讓他去吧！
萬　氏：走！孩子！
萬　氏：來來來！小娘子！坐着！坐着！
楊素貞：多謝媽媽搭救！
萬　氏：哎喲！別謝了！別謝了！坐這兒歇會兒啊！
萬　氏：老頭子！幹嗎呀？
宋士傑：媽媽！將她救下了？
萬　氏：救下啦！
宋士傑：就該叫她走，怎麼領到家中來了？
萬　氏：哎！咱們家開的是什麼呀？
宋士傑：開的是店哪！
萬　氏：着哇！既然開的是店，賣的是飯，有客人來了，不往裡邊讓，難道說你還把她往外推嗎？
宋士傑：呵呵！媽媽講得有理！媽媽！
萬　氏：哎！
宋士傑：應當問問人家姓什麼叫什麼啊！
萬　氏：哎！我去問問去！小娘子！你姓什麼叫什麼呀？

楊素貞：我姓楊名素貞。
萬　氏：老頭子！
宋士傑：哎！
萬　氏：她叫楊素貞！
宋士傑：噢！哪裏人氏啊？
萬　氏：哎！問問去！
宋士傑：問問去！
萬　氏：小娘子！你是哪兒的人哪？
楊素貞：河南上蔡縣人氏。
萬　氏：老頭子！
宋士傑：哎！
萬　氏：她是河南上蔡縣人氏！
宋士傑：孤身女子，千里路程，到此做什麼來了？
萬　氏：我哪兒知道哇？
宋士傑：媽媽！你去問哪！
萬　氏：哎！我去問問！我説小娘子：你孤身一人，到這兒幹嗎來啦？
楊素貞：越衙告狀來了。
萬　氏：哎喲！這膽子還真不小哪！老頭子！
宋士傑：哎！
萬　氏：她是越衙告狀的！
宋士傑：這個冤枉一定是大了哇！
萬　氏：可不是嗎？
宋士傑：噢！媽媽！你問問她有狀無狀！
萬　氏：哎！
宋士傑：拿來我看哪！
萬　氏：我説老頭子啊！
宋士傑：哎！
萬　氏：你有話一塊兒説，讓我這麼跑來跑去的，哎！你這是遛我呢？

宋士傑：無有了！
萬　氏：沒了？我問問去！我說小娘子：你越衙告狀，有狀子嗎？
楊素貞：有！
萬　氏：拿來！給我看看！
楊素貞：這！無有！
萬　氏：得！多乾哪！老頭子！
宋士傑：哎！
萬　氏：問來了！
宋士傑：噢！
萬　氏：我問她有狀沒狀，她說"有"。
宋士傑：拿來我看哪！
萬　氏："這！無有！"
宋士傑：媽媽！你這是怎麼樣了？
萬　氏：我這是怎麼蘷來的怎麼賣！
宋士傑：噢！媽媽！
萬　氏：哎！
宋士傑：你去對她言講，我在前任道臺衙門當過刑房書吏，狀紙若有不到之處，我與她更改更改。媽媽！
萬　氏：哎！
宋士傑：我們夫妻是好人哪！
萬　氏：對了！誰不知道我們是好人哪？
宋士傑：對她言講！
萬　氏：我去說去啊！我說小娘子：我們老頭子在前任道臺衙門當過刑房書吏，你把狀紙拿出來，給他看看。若有不到之處呢，也好給你更改更改！哎！我們老兩口可都是好人哪！
楊素貞：如此媽媽請看！
萬　氏：哎喲！多聰明啊！我這一說給她改狀子，她就拿出來了！
宋士傑：媽媽！
萬　氏：哎！

宋士傑：你在做什麼？
萬　氏：看狀哪！
宋士傑：看狀啊？
萬　氏：啊！
宋士傑：哎呀呀！倒了哇！
萬　氏：啊！倒啦？
宋士傑：哎！
萬　氏：哎喲！我這是給你看！
宋士傑：哈哈……
萬　氏：來！給我念念啊！念給我聽聽啊！
宋士傑："具告狀人孀婦楊素貞，年二十八歲，係河南汝寧府上蔡縣四都八甲里姚家莊人氏。狀告大伯姚廷椿、刁嫂田氏、胞兄楊青，為害夫霸產典賣鯨吞事。"媽媽！
萬　氏：哎！
宋士傑：這八個字的由頭，叫她記下了！
萬　氏：哎！小娘子！這八個字的由頭，你可得記住了啊！
楊素貞：是！
萬　氏：往下念！
宋士傑：噢！"大伯廷椿，用藥酒毒死我親夫廷梅，刁嫂田氏用鋼刀刺殺七歲的保童。"
楊素貞：（哭）喂呀！
宋士傑：媽媽！她為什麼哭哇？
萬　氏：我不知道哇！
宋士傑：問問她！
萬　氏：我說小娘子：你幹嗎哭哇？
楊素貞：想那保童乃是我的兒子，被田氏所害，怎不令人痛哭？
萬　氏：哎喲！別哭！別哭！老頭子！我問來啦！你想啊！那保童是她的兒子，倘若被人殺死了，她這心裡頭能不難過嗎？別說她了，就是我心裡頭，也怪不好受的！
宋士傑：呃！這叫做"牛吃房上草"，

萬　　氏：没那麼長的脖子！
宋士傑："風吹千斤石。"
萬　　氏：哪儿那麼大的風啊？
宋士傑："一字入公門，無賴不成詞。"這是一句賴詞，她的兒子不曾死！
萬　　氏：啊！她的兒子沒死啊？
宋士傑：無有死！對她言講！
萬　　氏：哎！跟她説説去！我説小娘子：這是寫狀人的一句賴詞，你的兒子沒死！別難過了啊！
楊素貞：不曾死？
萬　　氏：沒死！老頭子！往下念！
宋士傑：噢！"胞兄楊青推母有病，將小女子誆之柳林，賣——"
萬　　氏：我給你拿副眼鏡去！
宋士傑：不用！不用！噢！這是改過了！本來要寫"販捎人"，因按院大人有告示在外，有人提起"販捎"二字，責打四十大板，一面長枷。如今改為"異鄉人楊春"，這一改免了這個娃娃四十大板，一面長枷，哎！改得好！
萬　　氏：改得好？
宋士傑：改得好！
萬　　氏：往下念！
宋士傑："賣與異鄉人楊春為妻。楊春見金鐲不忍，身價銀子不要，反將婚書扯碎，結為仁義兄妹，替小婦人申冤。聞聽大人愛民如子，法不枉斷，因此前來越衙告狀。望求青天大人拘拿凶犯到案，問明情由，依律除奸。則亡夫瞑目泉下，小婦人草木得生。依字上告，依字上告。"
萬　　氏：好！
宋士傑：好！媽媽！寫狀紙的老先生有八臺之位呀！
萬　　氏：你怎麼知道的？
宋士傑：哎！筆力上帶着哇！
萬　　氏：噢！筆力上帶着哪？

宋士傑：哎！可惜他時運未至。
萬　氏：這時運一到呢？
宋士傑：定是八臺！
萬　氏：噢！就是八臺呀？
宋士傑：好是好！廢物了！
萬　氏：喲！怎麼廢物了哪？
宋士傑：媽媽你想啊！道臺衙門陋規甚多，一個孤身女子，呈遞不上，也是枉然！把還與她！
萬　氏：哎！我說小娘子！這狀子寫得好是好，可惜呀！它廢物啦！
楊素貞：怎見得廢物了？
萬　氏：你想啊：那衙門之中陋規甚多，你一個異鄉女子，呈遞不上，豈不是廢物了嗎？來！收好了！收好了！
楊素貞：如此說來，我這滿腹含冤，就無處申訴了？
萬　氏：哎喲！別哭哇！你別哭哇！
楊素貞：喂呀！
萬　氏：哎喲！我呀，就是見不得這個！哎！話又說回來了！我跟她非親非故啊！要是沾這麼一點親哪，不用說，這場官司，媽媽我替她打定啦！
楊素貞：如此乾娘請上，受女兒一拜！
萬　氏：哎喲！起來！起來！哎喲！多聰明的孩子啊！別怕啊！都有乾娘我哪！別怕！我說來呀！來呀！
宋士傑：哎！你叫哪一個哇？
萬　氏：叫你哪！
宋士傑：叫我做什麼？
萬　氏：去！告狀去！
宋士傑：啊！替哪個告狀啊？
萬　氏：給我乾女兒告狀去！
宋士傑：哪個是你的乾女兒？
萬　氏：啊！你不知道啊？

宋士傑：不曉得！
萬　氏：楊素貞已經拜在我的名下了，我是她的乾媽，她是我的乾女兒，還不應該你去告狀去嗎？
宋士傑：噢！她是你的乾女兒？
萬　氏：對啦！
宋士傑：你是她的乾媽媽？
萬　氏：没錯！
宋士傑：呵呵！與我什麼相干！
萬　氏：喲！老頭子吃醋了！來來來！乾女兒！給乾父磕頭去！
楊素貞：如此，乾父請上，受女兒一拜！
宋士傑：不敢當！不敢當啊！
萬　氏：告狀去！
宋士傑：告狀去！
萬　氏：告狀去！告狀去！
萬　氏：哎！回來！
宋士傑：哎！
萬　氏：聽我跟你說呀：出門告狀別喝酒！
宋士傑：不喝酒！
萬　氏：乾女兒的狀子一定要遞上去！
宋士傑：好！
萬　氏：你要是遞不上去啊，
宋士傑：哎！
萬　氏：你就別回來！
宋士傑：我回來便怎麼樣啊？
萬　氏：你要是回來呀，
宋士傑：嗯！
萬　氏：哈！我就這一丫子把你給踹出去！
宋士傑：哎呀呀！老厭氣！哈哈……（下）
萬　氏：乾女兒！給你做好吃的去！走……

第五場

丁　旦：（念）身在公衙內，
　　　　　　官差不自由。
　　　　（白）在下，丁旦。只因衙中出了一樁不明案件，不免去找宋家伯伯臺前領教。

丁　旦：啊！宋家伯伯！
宋士傑：噢！丁旦！娃娃你好哇？
丁　旦：我好啊！宋家伯伯！你可好？
宋士傑：好好！明日再見！
丁　旦：啊！宋家伯伯！
宋士傑：哎！
丁　旦：只因衙中出了一樁不明案件，
宋士傑：噢！
丁　旦：要在宋家伯伯臺前領教！
宋士傑：噢！衙中出了疑難案件了？
丁　旦：是啊！
宋士傑：哎！不妨事！改日再談！
丁　旦：啊！宋家伯伯！
宋士傑：哎！
丁　旦：我請你吃酒！
宋士傑：啊！
丁　旦：請你吃酒！
宋士傑：吃酒哇？
丁　旦：我的東道哇！
宋士傑：哎！哦！好！走走走！
丁　旦：走走走！（下）

第六場

（衙門。中军把守。顧讀端坐辦公）
（差人甲上）

差人甲：門上哪位聽事？
中　軍：做什麼的？
差人甲：彰、衛、懷三府投文！
中　軍：候着！
差人甲：是！
中　軍：啟大人：
顧　讀：何事？
中　軍：彰、衛、懷三府投文！
顧　讀：公文收下，明日午堂發簽！
中　軍：是！
中　軍：公文收下，明日午堂發簽！
差人甲：是！（下）

第七場

（宋士傑、丁旦上）

宋士傑：娃娃！方纔酒樓上的話，你要牢牢謹記。這件事照我說的去辦，就無有事了！
丁　旦：記下了！
宋士傑：哎呀！來到衙門了！你去問問大人可曾升過堂了？
丁　旦：噢！是是是！
宋士傑：酒樓之上多吃了幾杯，大人升過堂，如何是好哇？
丁　旦：列位請了！
中　軍：請了！
丁　旦：大人可曾升過午堂？

中　軍：大人已然升過午堂,明日午堂發簽!
丁　旦：有勞了!
中　軍：好說!
丁　旦：啊!宋家伯伯!
宋士傑：哎!
丁　旦：大人已經升過午堂了!
宋士傑：怎麼講?
丁　旦：升過午堂了!
　　　　(宋士傑做出懊悔狀)
丁　旦：你怎麼發酒瘋啊!
宋士傑：呸!(唱【二黃散板】)
　　　　三杯酒把我的大事誤了,
　　　　看起來衙門中無有好人。
　　　　(白)唉!酒樓之上,多吃了一杯,升過堂,狀紙沒有遞上,只好回去呀!唉!吃酒的誤事啊!回得家去,乾女兒迎上前來言道：乾父哇!你回來了?我說我回來了。乾女兒必然問道：狀紙可曾遞上?我說道遇見了一個朋友,酒樓之上多吃了一杯,大人升過堂,狀紙無有遞上。我那乾女兒必然言道：乾父哇!我不是你的親生女兒,若是你的親生女兒,這酒不吃,狀紙也就遞上了。這兩句言語總是有的!這兩句言語總是——
　　　　(走圓場。萬氏、楊素貞上)
萬　氏：回來了?
宋士傑：哦!
萬　氏：進去吧?
宋士傑：哎!
萬　氏：哎喲!又喝酒啦!
楊素貞：啊!乾父!回來了?
宋士傑：回來了!
楊素貞：狀子可曾遞上了?

宋士傑：遇見了一個朋友，酒樓之上多吃了一杯。大人升過堂，狀紙無有遞上。

楊素貞：是啊！我不是你的親女兒，

宋士傑：嘿！來了！來了！

楊素貞：若是你的親女兒，酒也不飲了，這狀子麼也就遞上了！

宋士傑：我早曉得有這兩句話呀！乾女兒！我且問你：膽大膽小？

楊素貞：膽大怎說？膽小怎講？

宋士傑：膽小本縣去告！

楊素貞：兒若膽大呢？

宋士傑：隨我擊鼓鳴冤！

楊素貞：乾父哇！我若膽小，也到不了此地！

宋士傑：好哇！既然膽大，隨我擊鼓鳴冤，媽媽！

萬　氏：哎！

宋士傑：看守門戶，隨我來！（下）

第八場

（和楊素貞走圓場。公堂）

宋士傑：為父上前！

宋士傑：看堂的！看堂的呀！看堂的！這個娃娃哪裡去了？嘿！待我來照顧他四十板子再說！（擊鼓）

看堂人：嘿嘿！宋爺爺！宋爺爺！這是鬧着玩的嗎？這個？

宋士傑：娃娃！哪裡去了？

看堂人：我、我出恭去了！

宋士傑：啊！這是公事嗎？

看堂人：我出恭也不是私事不是？

宋士傑：有道是"公門無有半時閒"！

看堂人：哎喲！我憋不住了！

宋士傑：幸虧遇見你宋家爺爺，曉得其中的規矩。

看堂人：哎！您是老在行啦！

宋士傑：若是遇見那些不曉得事務的，
看堂人：哎！他也到不了這兒！
宋士傑：他這樣大搖大擺走上前來，是這樣——
看堂人：哎！我可防着你這下了！哎！
宋士傑：你過去吧你！
顧　讀：看堂的！看堂的！
看堂人：來了！來了！伺候大人！
顧　讀：你往哪裡去了？
看堂人：我、我拉屎去了我！
顧　讀：與我重責四十！
看堂人：哎喲！
衙役甲：一十！
衙役乙：二十！
衙役甲：三十！
衙役乙：四十！
顧　讀：打你個自不小心！帶擊鼓人！
看堂人：是！哎喲！哎喲！可打着了我了！哎喲！哎喲！
宋士傑：娃娃！你挨了吧？
看堂人：可不挨了嗎？
宋士傑：四十個板子？
看堂人：哪兒啊？四十瘸子！
宋士傑：啊！什麼叫做"瘸子"啊？
看堂人：哎喲！您不知道！
宋士傑：哎！
看堂人：前兩天有個案子，髒銀哪，沒分給這哥倆。打我的時候，他們把這板子立起來打的，可不是四十瘸子嗎？
宋士傑：大人怎樣傳話？
看堂人：大人哪？大人叫你上堂回話哪！你這個老不死的！
宋士傑：曉得了！
宋士傑：狀紙在此，頂在頭上，大膽向前！

楊素貞：叩見大人！
顧　讀：嘟！本道放告自有日期，你為何擅擊堂鼓？分明是一刁婦，來！
眾衙役：有！
顧　讀：扯下去打！（丁旦上）
丁　旦：且慢！大人！看這女子像是遠方而來，必是滿腹含冤，望大人其刑可免！
顧　讀：嗯！免！呈狀！
丁　旦：是！
宋士傑：丁旦倒回答得好！
顧　讀："具告狀人孀婦楊素貞，年二十八歲，係河南汝寧府上蔡縣四都八甲里姚家莊人氏。狀告大伯姚廷椿、刁嫂田氏、胞兄楊青等，為害夫霸產典賣鯨吞事。"楊素貞！越衙告狀，你住在哪裡？
楊素貞：住在乾父家中。
顧　讀：你乾父是誰？
楊素貞：宋士傑！
顧　讀：宋士傑？這個老兒他還在呀？現在哪裡？
楊素貞：現在堂口！
顧　讀：起過一旁！帶宋士傑！
丁　旦：是！啊！宋家伯伯！
宋士傑：哎！
丁　旦：大人傳你！
宋士傑：啊！大人傳我？
丁　旦：哎！大人傳你，你要小心了！隨我進來！
宋士傑：噢！呵呵！大人傳我哇！（走圓場）
宋士傑：報！宋士傑告進！
宋士傑：宋士傑與大人叩頭！
顧　讀：宋士傑！
宋士傑：有！

顧　讀：你還不曾死嗎？
宋士傑：呵呵！閻王不要命，小鬼不來纏，我是怎樣地死啊？
顧　讀：你為何與人家包攬詞訟？
宋士傑：怎見得小人包攬詞訟？
顧　讀：楊素貞越衙告狀，住在你的家中。你又引她前來，這豈不是包攬詞訟？
宋士傑：小人有下情回稟！
顧　讀：講！
宋士傑：啊！小人宋士傑，在前任道臺衙門當過一名刑房書吏。只因我辦事傲上，纔將我的刑房革掉。在西門以外，開了一座小小的店房，不過是避閑而已。曾記得那年去往河南上蔡縣辦差，住在楊素貞她父的家中。那時節楊素貞纔這麼點大，拜在我的名下，認為義女。數載以來，書不來，信不去。楊素貞她父一死，她長大成人，許配姚廷梅為妻。她的親夫被人害死，因此前來越衙告狀。常言道"是親者不能不顧，不是親者不能相顧。"她是我的乾女兒，我是她的乾父。乾女兒不住在乾父的家中，難道說叫她住在庵堂寺院？
顧　讀：好一張厲口！
宋士傑：句句實言！
顧　讀：楊素貞，小堂討保！
宋士傑：小人願保！
顧　讀：啊！你為何保她？
宋士傑：乾父不保乾女兒，他們哪一個敢保？
顧　讀：我原要你保！
宋士傑：保保何妨！
顧　讀：下去！
宋士傑：走！
顧　讀：下去！
宋士傑：走！

顧　　讀：下去！
宋士傑：走哇！
宋士傑：走走走走走！
楊素貞：啊！乾父！
宋士傑：哎！
楊素貞：你這兩句話，回答得好哇！
宋士傑：這兩句話回答不上，焉能稱得起包攬詞訟的老先生？兒啊！回得家去，叫你那乾媽媽做些個麵食饃饃，我們吃得飽飽的，打這場熱鬧的官司。走哇！走哇！哎！走哇！（下）
顧　　讀：來！
丁　　旦：有！
顧　　讀：拿我公文，去至上蔡縣，捉拿姚、楊二家聽審，不准賣法。若是賣法，必打斷爾的狗腿！退堂！（下）

第九場

田　　倫：（引子）職授封疆，秉忠心，扶保君王。
（定場詩）詩書藏腹內，文章占高魁。手捧仙枝桂，門庭耀光輝。
（念）下官田倫。蒙聖恩，放我江西巡按，業已領憑。不幸我父亡故，守孝在家，未曾上任。來人！
中　　軍：有！
田　　倫：伺候了！
（田氏上）
田　　氏：巧計安排定，前來說人情。兄弟！兄弟！
田　　倫：姐姐來了！姐姐請坐！
田　　氏：坐着！坐着！
田　　倫：姐姐獨自歸家，為了何事？
田　　氏：兄弟有所不知：只因楊素貞在信陽州把我告下來了。你給我寫封求情的書信，我也好打個上風官司啊！
田　倫：聞得你在姚家甚不安分，這封求情的書信萬萬寫不得！
田　氏：兄弟呀！（唱【西皮搖板】）
不看僧面看佛面，
不看魚情看水情。
田　倫：（唱【西皮搖板】）
傷天害理心不正，
欺心昧義敗人倫。
我若與你修書信，
王法條條不徇情。
田　氏：呀！（唱【西皮搖板】）
兄弟不肯修書信，
倒叫田氏無計行。
回頭便把母親請，
（田母上）
田　母：（唱【西皮搖板】）
請出為娘為何情？
田　倫：參見母親！
田　母：罷了！
田　倫：請坐！
田　母：啊！女兒！你在姚家侍奉婆婆，到此做什麼？
田　氏：母親有所不知：只因楊素貞在信陽州把我告下來了。是我回來讓我兄弟給我寫封求情的書信，他不肯寫。好媽！您跟他說說得了！
田　母：啊！兒啊！你就該與你姐姐寫封求情的書信哪！
田　倫：母親有所不知：孩兒同科四人，曾在雙塔寺前盟過誓願：大家不准官吏過簡，密劄求情。若有此事，準備棺木一口，仰面還鄉。這封求情的書信，萬萬寫不得！
田　母：啊！女兒！你聽見無有？他們在雙塔寺前盟過誓願，況且你在姚家十分不賢。這封求情的書信哪，是不能與你寫的！

田　氏：怎麼着？不寫？
田　母：不能寫的！
田　氏：不寫就不寫！我告訴你們：官司要是打贏了便罷，要是打輸了，我把裙子一解，往肩膀上一搭。茶館進來，酒肆出去。有人問我呀，我就說是田倫的姐姐！不寫不是？我走啦！我走啦！
田　母：啊！女兒！我們可以商議商議！
田　氏：商量商量吧！
田　母：啊！兒啊！你就與她寫了這封書信吧！
田　倫：孩兒實難從命！
田　母：啊！兒啊！你再若不准，為娘我、我──（欲跪）
田　氏：哎呀！媽呀！
田　倫：母親快快請起，我寫就是！只是還需三百兩銀子押書！
田　母：還需要三百兩銀子！
田　氏：好媽！您給我墊上得了！
田　倫：母親請至後面！
田　母：你快着寫吧！
田　倫：來！
中　軍：有！
田　倫：帶路書房！
中　軍：是！
田　倫：看三百兩銀子過來！
中　軍：是！
田　倫：唉！這是哪裡說起！（唱【西皮原板】）
　　　　上寫田倫頓首拜，
　　　　拜上了信陽州顧年兄。
　　　　雙塔寺前分別後，
　　　　倒有幾載未相逢。
　　　　姚家莊有個（以下唱【流水】）楊氏女，

　　　　　她本姚家不賢人。
　　　　　藥酒毒死親夫主,
　　　　　反賴姐丈姚廷椿。
　　　　　三百兩銀子押書信,
　　　　　還望年兄念弟情。
　　　　　上風官司歸故里,
　　　　　登門叩謝顧年兄。
　　　　　家屬安泰！家屬安泰！
田　倫：家丁們進見！
中　軍：家丁們進見！
下書人甲：來了！堂上一呼,
下書人乙：階下百諾。
下書人甲
下書人乙：參見大人！有何吩咐？
田　倫：這有封書信,下到信陽州顧大人那裡。還有三百兩銀子押書。
下書人甲
下書人乙：是！
田　倫：須要小心！
下書人甲
下書人乙：遵命！
下書人甲：夥計！
下書人乙：哎！走着！
田　倫：正是：我今修書信,忐忑不安寧。
下書人甲：哎！我説夥計！
下書人乙：夥計！

第十場

　　　（下書人甲、乙走圓場）

下書人甲：我們奉田大人之命，到信陽州下書。日子晚了，咱們找個小店，暫住一宵，你看怎麼樣啊？

下書人乙：哎！那兒就是個小店！

下書人甲：哎！店家！店家！

宋士傑：哦！來了！來了！孟嘗君開店，千里客來投。哦！二位公差住店麼？

下書人甲：你這兒有上房嗎？

宋士傑：有！裡面請！

下書人甲：夥計！走着！

下書人乙：走着！

宋士傑：請！二公用些什麼？

下書人甲：明燈一盞！

下書人乙：暖酒一壺！

宋士傑：噢！請稍待！（下，旋上）

宋士傑：二公！暖酒、明燈到！還用些什麼？

下書人乙：天時不早，各討方便吧！

下書人甲：哎！各討方便吧！

宋士傑：哎！

下書人甲
下書人乙 ：啊！

宋士傑：小心火燭！

下書人甲
下書人乙 ：是！您走您的吧！

宋士傑：（旁白）哎呀！且住！看他二人來的蹊蹺，聽他們講說什麼？

下書人甲：夥計！你說這田、顧、劉三位大人誰忠誰奸哪？

下書人乙：咳！你管他誰忠誰奸哪？有道是酒酒酒，終日有，有錢的上天堂，沒錢的下地獄。管他呢！喝酒吧！

下書人甲：哎！對了！喝着！喝着！

下書人甲：
下書人乙：天不早啦，吹燈睡覺！
宋士傑：聽他們說道"酒酒酒，終日有，有錢的上天堂，沒錢的下地獄。"口角帶字，還說什麼"田、顧、劉"！田、顧、劉是什麼人哪？上蔡縣劉題；信陽道顧讀；這田？未曾上任，江西巡按田倫。莫非是他？他們是為了姚、楊二家的官司而來！他們進店的時節，手中有一個包裹十分的沉重，裡面必有要緊之物。也罷！等他二人睡着，我不免將門……唉！為了乾女兒的事情，就說不得了！將門撥開，取將出來，看上一看。若有乾女兒的事情，也好做一個準備呀！聽他們睡着了無有！倒也睡着了！待我行事便了！
（做撥門閂，進房，翻檢包裹等動作）
宋士傑：（唱【西皮導板】）
　　　　"上寫田倫頓首拜"，（萬氏上）
萬　氏：哞！
宋士傑：哦！媽媽！
萬　氏：哎！老頭子！
宋士傑：裡面有客！
萬　氏：有客人哪？當家的！你做什麼哪？
宋士傑：哦！我替乾女兒辦公事啊！
萬　氏：是啊！她們孤兒寡母的，我們不幫她誰幫她呀？
宋士傑：是啊！
萬　氏：老頭子！
宋士傑：哎！
萬　氏：你自個兒的身體也要緊哪！辦完了事，早點睡去吧！啊！
宋士傑：曉得！
萬　氏：早點歇着啊！
宋士傑：我的媽媽她是個好人哪！（唱【西皮原板】）
　　　　"拜上了信陽州顧大人。
　　　　雙塔寺前分別後，

倒有幾載未相逢。
姚家莊有個（以下唱【快板】）楊氏女，
她本是姚家不賢人。
藥酒毒死親夫主，
反賴我姐丈姚廷椿。
三百兩紋銀押書信，
還望年兄念弟情。
上風官司歸故里，
登門叩謝顧年兄。
家屬安泰！"
（白）果然是田倫與顧讀密劄求情！那顧讀若將人情准下，我那乾女兒的官司豈不是輸了？哎呀！這這……哎！有了！待我將書信上面的言語謄寫在衣襟之上，日後也好做一個憑證哪！嗯！就是這個主意！呵呵！顧讀啊！顧讀！你秉公而斷還則罷了；你若貪贓枉法，我這領衣襟就是你大大的對頭了！謄寫下來！（下）

下書人甲：夥計！天亮了！
下書人乙：找店家！
下書人甲：找店家！
下書人甲：店家！
　　　　（宋士傑上）
宋士傑：噢！來了！來了！噢！二公起得甚早哇！
下書人甲：店家！
宋士傑：哎！
下書人甲：跟您借樣東西可有哇？
宋士傑：噢！什麼東西？
下書人甲：酒罈子！
宋士傑：噢！酒罈子？
下書人甲：哎！對了！酒罈子！
宋士傑：有！請稍待！（搬酒罈子）

下書人甲
下書人乙：哎！您慢點！您慢點！

宋士傑：二公！可使得？

下書人甲：哎！挺好！挺好！

下書人乙：就是這個！

下書人甲：哎！我說店家！

宋士傑：哎！

下書人甲：店錢我們都擱桌上了！

宋士傑：噢！好！

下書人甲：哎！店家！還得跟您打聽點兒事啊！

宋士傑：什麼事情？

下書人甲：這道臺衙門怎麼走哇？

宋士傑：噢！道臺衙門？

下書人甲：哎！對了！

宋士傑：進得城去，一問就知道了！

下書人甲：噢！好！一問就知道了！多謝！多謝！

宋士傑：好！慢走！

下書人甲：慢走！

宋士傑：慢走！

下書人甲：哎！店家！

宋士傑：啊！

下書人甲：還得跟您打聽個人兒啊！

宋士傑：噢！是哪一個哇？

下書人甲：宋士傑！

下書人乙：哎！對！宋士傑！

宋士傑：噢！宋士傑？

下書人甲：哎！對了！

宋士傑：哈哈！小老兒就是啊！

下書人甲：噢！原來是宋伯伯！

下書人乙：哎喲！宋伯伯！

宋士傑：不敢當！
下書人甲：等我們辦完了事回來，還得住您這店裡頭！
宋士傑：回來的時節多住幾天！
下書人甲：還得跟您討教討教啊！
下書人乙：對！還得跟您討教討教啊！
宋士傑：哎！玩耍玩耍！
下書人甲：回見！
宋士傑：好！慢走！
下書人甲：回見！
宋士傑：哎！再會！再會！
宋士傑：呵呵！這兩個娃娃年紀輕，不會辦事，這樣的不謹慎！老漢積些個陰功；若是不積陰功，將那三百兩的"三"字加上兩道，改成一個"五"字，這兩個娃娃也交不了差呀！

第十一場

（信陽州衙門）

顧　讀：楊素貞越衙告狀，宋士傑攪鬧公堂。
下書人甲：門上有人嗎？
中　軍：做什麼的？
下書人甲：下書人求見！
中　軍：候著！
中　軍：啟大人：下書人求見！
顧　讀：傳！
中　軍：是！
中　軍：隨我進來！
下書人甲：是！
下書人甲：參見大人！
顧　讀：你等奉何人所差？
下書人甲：田大人所差，前來下書！

顧　讀：呈上來！
下書人甲：是！
顧　讀：田年兄有書信前來，待我拆開一觀！下書的！
下書人甲
下書人乙：有！
顧　讀：這壇內可有？
下書人甲
下書人乙：有三……
顧　讀：攛了下去！攛了下去！
顧　讀：下書的！
下書人甲：有！
顧　讀：回稟你家大人，就說修書不及，照書行事！去吧！
下書人甲
下書人乙：遵命！
下書人甲：夥計！走吧！
下書人乙：走吧！走吧！
顧　讀：田年兄啊！田年兄！這點小事，你又何必如此！哎呀！且住！想我們同年弟兄未出京之時，在雙塔寺盟過誓願：此番在外為官，若有人官吏過簡，匿案循情，備得棺木一口，仰面還鄉。我若准了這份人情，這豈不是貪贓賣法？
（丁旦上）
丁　旦：人犯帶到！
顧　讀：知道了！
丁　旦：是！
顧　讀：下去！
顧　讀：田年兄啊！田年兄！此事我就替你擔待了吧！來！
丁　旦：有！
顧　讀：升堂！
丁　旦：升堂！
田　氏：叩見大人！

楊　青：叩見大人！
姚廷椿：叩見大人！
顧　讀：你們哪一個叫楊青？
楊　青：犯生叫楊青。
顧　讀：口稱犯生，莫非在庠？
楊　青：庠不庠的，我是個監生。
顧　讀：你胞妹何人主婚？
楊　青：她婆婆陳氏主婚。
顧　讀：何人代筆？
楊　青：犯生代的筆。
顧　讀：身價銀多少？
楊　青：得銀三十兩，我還了酒賬了。
顧　讀：哼！賣屋又賣基，一樹能剝幾層皮！孔夫子門前，哪有你這樣的狂生！低頭！姚廷椿！
姚廷椿：有！
顧　讀：為何害死你的胞弟？從實講來！
姚廷椿：害不害人的我不知道！我淨睡了覺了！你問我媳婦，她知道！
顧　讀：原來是個縮頭的男子！
姚廷椿：縮頭倒不縮頭，就是有點怕老婆！
顧　讀：低頭！
姚廷椿：是！
顧　讀：田氏！為何害死你的小叔？從實講來！
田　氏：啟稟大人：楊素貞私通奸夫，謀害親夫，小婦人可是安分守己的好人哪！
顧　讀：嗯！本道早就知道你們俱是好人，下堂討保去吧！
田　氏
楊　青：謝大人！
姚廷椿

楊　青
姚廷椿：（同白）討保去！（下）

田　氏：楊素貞啊！楊素貞！今兒個也打官司，明兒個也打官司，打來打去，你還打得出姑奶奶的手心去嗎？哼！（下）

顧　讀：帶楊素貞！

中　軍：楊素貞上堂！

宋士傑：兒啊！不要害怕！大膽向前！

楊素貞：是！

楊素貞：與大人叩頭！

顧　讀：楊素貞！你為何告此謊狀？

楊素貞：替夫申冤，何為謊狀？

顧　讀：你私通奸夫，害死親夫，這豈不是謊狀？

楊素貞：小婦人若做出此事，不去逃生，反來送死不成？

顧　讀：不動大刑，諒你不招！來！將她拶起來！

（衙役對楊素貞動刑科）

楊素貞：（唱【西皮散板】）
　　　　大堂之上用了刑，

顧　讀：有招無招？

楊素貞：冤枉難招！

顧　讀：收！

楊素貞：（唱【西皮散板】）
　　　　受刑不過願招供。

顧　讀：鬆刑！叫她畫供！

中　軍：畫供！

楊素貞：供招是實！

顧　讀：傳禁婆！

禁　婆：伺候大人！

顧　讀：帶了刑具收監！

（楊素貞出外見到了宋士傑）

楊素貞：啊！乾父！女兒受刑不過，我、我、我招認了哇！

宋士傑：哎呀！兒啊！暫受一時之苦，為父替你申冤！
宋士傑：（大喊）冤枉！
顧　讀：何人在堂口喊冤？
中　軍：啟大人：宋士傑！
顧　讀：宋士傑？嘿嘿！有了宋士傑，這場官司就熱鬧了！帶宋士傑！
中　軍：宋家伯伯！大人傳你，你要小心了！
宋士傑：知道了！報：宋士傑告進！
宋士傑：宋士傑與大人叩頭！
顧　讀：宋士傑！
宋士傑：有！
顧　讀：你為何在堂口喊冤？
宋士傑：大人你辦事不公！
顧　讀：本道辦的哪些兒不公？
宋士傑：原告收監，被告逃跑，你是哪些兒公道？
顧　讀：楊素貞告的乃是謊狀！
宋士傑：怎見得是謊狀？
顧　讀：她私通奸夫，害死親夫，這豈不是謊狀？
宋士傑：奸夫是誰？
顧　讀：楊春！
宋士傑：哪裡人氏？
顧　讀：南京水西門！
宋士傑：楊素貞？
顧　讀：河南上蔡縣！
宋士傑：却又來！一個河南上蔡縣，一個南京水西門。路隔千里，是怎樣的通奸？
顧　讀：哎！這！他是先奸而後娶！
宋士傑：既然是先奸而後娶，他二人不去逃命，來到你這信陽州送死不成？
顧　讀：哎！宋士傑！

宋士傑：有！
顧　讀：你口口聲聲護庇那楊素貞，莫非你受了賄了？
宋士傑：受賄？
顧　讀：受賄！
宋士傑：哎哎！受賄！受賄！受賄不多！
顧　讀：多少？
宋士傑：不多！
顧　讀：多少？
宋士傑：三百兩！
顧　讀：哎！你與打打……
宋士傑：且慢！你打我不得！
顧　讀：我怎麼打你不得？
宋士傑：身無過犯，你打我不得！
顧　讀：打你自有你的過犯！
宋士傑：我有什麼過犯？
顧　讀：這個？
宋士傑：哪個？
顧　讀：這個？
宋士傑：哪個？
顧　讀：我打你個……欺官傲上！
宋士傑：哼哼……今天不挨上幾個板子，你也不好意思退堂。來來來！你們打呀！
顧　讀：打！
二衙役：一十！二十！三十！四十！打完！
宋士傑：謝大人責！
顧　讀：宋士傑！
宋士傑：有！
顧　讀：本道打得你可公？
宋士傑：不公！
顧　讀：可是？

宋士傑：不是！
顧　讀：哼！不公也要公，不是也要是！從今以後，我這道臺衙門就不准你來！
宋士傑：進進又待何妨？
顧　讀：再若來時，我定要你的老狗命！
宋士傑：哼！哼！不定誰要誰的命哪！
顧　讀：下去！
宋士傑：這就走！（因被打受傷，艱難掙扎）
顧　讀：下去！
宋士傑：這就走！
顧　讀：轟了下去！
宋士傑：這就走！
宋士傑：（唱【西皮散板】）
　　　　公堂打我四十板，
　　　　一狀要告他三個官！（下）
丁　旦：啟大人：按院大人在此下馬！
顧　讀：知道了！爾等衙前伺候！退堂！

第十二場

楊　春：屋漏偏遭連陰雨，破船又遇頂頭風。自從那日與賢妹失散之後，是我病倒店房之中。如今幸得痊癒，不免尋找妹子，與她申冤告狀，我就此前往！（欲下，與走路歪歪扭扭的宋士傑相撞）
宋士傑：（唱【西皮垛板】）
　　　　惱恨信陽道，
　　　　貪贓又放刁。
　　　　無故打我四十板，
　　　　怒火沖起萬丈高。
　　　　大着膽我要把三官告，

　　　　　我不懼江翻海倒駭浪驚濤，
　　　　　有理不怕犯律條。
宋士傑：（對楊春）回來！回來！
楊　春：啊！你喚我回來做什麼？
宋士傑：哎呀呀！你這個娃娃好無有道理！有道是"低頭走路，擡頭看人"。你將老漢偌大年紀撞倒塵埃，一言不發，揚長而去。哎！是何道理呀？
楊　春：分明是你撞了我，反說我撞了你。楊春有心事在懷，若無心事，我定不與你甘休！
宋士傑：哎呀！反道我撞起他來了！哎！哎！回來！
楊　春：回來就回來！又喚我做什麼？
宋士傑：我來問你：你叫什麼名字？
楊　春：楊春！
宋士傑：哎呀！你呀，是我的乾兒子到了啊！
楊　春：啊！我還是你的乾老子呢！
宋士傑：呃！你這是怎麼講話！
楊　春：你這是怎麼講話！
宋士傑：有個楊素貞你可認識？
楊　春：啊！他是我的義妹呀！
宋士傑：是啊！楊素貞是我的乾女兒，你是她的乾哥哥，哎！豈不是我的乾兒子嗎？
楊　春：呵呵！我這三十兩銀子，買出一個乾老子來了！請問尊姓大名？
宋士傑：小老兒宋士傑！
楊　春：如此受我一拜！
宋士傑：罷了！罷了！
楊　春：他倒實受了！
宋士傑：楊春！你慌裡慌張，今欲何往啊？
楊　春：尋找我那義妹，與她申冤告狀。
宋士傑：你要告的是哪一家？

楊　　春：姚楊二家。
宋士傑：如今不要告姚楊二家！
楊　　春：要告哪一個啊？
宋士傑：要告田、顧、劉！
楊　　春：田、顧、劉有什麼過犯哪？
宋士傑：告他自有他的過犯！我對你講：田倫密劄求情，官吏過簡，該告不該告？
楊　　春：該告！
宋士傑：顧讀貪贓賣法，匿案准情，該告不該告？
楊　　春：越發地該告啊！
宋士傑：劉題好酒貪杯，不理民訟，該告不該告？
楊　　春：也該告！
宋士傑：該告就好哇！
　　　　（內有鳴鑼開道的聲音）
宋士傑：哎！是哪位大人鳴鑼開道？
楊　　春：待我前去問來！
楊　　春：請問列位：是哪位大人在此鳴鑼開道哇？
行　　人：按院大人在此下馬！
楊　　春：多謝了！
楊　　春：啊！義父！
宋士傑：哎！
楊　　春：是按院大人在此下馬！
宋士傑：怎麼？是按院大人在此下馬？
楊　　春：不錯！
宋士傑：好好好！我寫好了狀紙。
楊　　春：告狀啊？
宋士傑：啊！
楊　　春：待我前去！
宋士傑：呵呵！只因按院大人有告示在外，有人攔轎喊冤，責打四十大板。我偌大年紀，挨不起了。楊春這個娃娃倒也年輕力壯啊,呵呵!這四十個板子就照顧了他吧!這是乾老子與乾兒子的見面禮呀!呵呵……

第十三場

楊　春:(攔轎大喊):冤枉!
毛　朋:扯下去打!
楊　春:異鄉人好苦!
毛　朋:異鄉人?免!呈狀上來!
毛　朋:你叫何名字?
楊　春:小人名叫楊春。
毛　朋:楊春?你為何告此謊狀?
楊　春:怎見得小人是謊狀?
毛　朋:狀紙上面寫的宋士傑,口稱楊春,豈不是謊狀?
楊　春:小人有下情!
毛　朋:講!
楊　春:宋士傑乃是小人的乾父,只因年紀大了,挨擠不上,故命小人前來代替告狀。大人詳情!
毛　朋:好!狀紙收下,叫宋士傑三日後察院聽審!
楊　春:遵命!
毛　朋:開道!(下)
　　　　(宋士傑上)
宋士傑:天到這般時候,楊春還不見回來,待我迎上前去!(楊春上)
楊　春:參見乾父!
宋士傑:回來了?
楊　春:回來了!
宋士傑:狀紙可曾遞上啊?
楊　春:遞上了。
宋士傑:噢!遞上了?

楊　春：遞上了！
宋士傑：嗯！遞上了？走過去！走過去！（端詳著）
宋士傑：遞上了？
楊　春：遞上了！
宋士傑：真的遞上了？
楊　春：真的遞上了！
宋士傑：（端詳著）走過來！走過來！走過來！哎呀！你的狀紙啊，未曾遞上啊！
楊　春：我真的遞上了！
宋士傑：我對你實說了吧：只因按院大人有告示在外，有人攔轎喊冤，責打四十大板。哎！我看你這樣好端端的，這狀紙麼，哎！未曾遞上啊！
楊　春：哈哈！我幸虧遇見你一個乾父啊，若多遇見幾個，我這兩腿也就被打爛了！
宋士傑：哎呀！取笑了！你是怎樣遞上的？
楊　春：是我前去攔轎喊冤，按院大人吩咐扯下去打。是我言道"異鄉人好苦"，按院大人就免了我的刑法。問道"你叫何名字？"
宋士傑：你叫楊春哪！
楊　春：是啊！我說我叫楊春。按院大人問道：你為何告此謊狀？
宋士傑：怎見得是謊狀？
楊　春：是啊！按院大人言道：這狀紙上面寫的是宋士傑，你口稱楊春，豈不是謊狀？
宋士傑：這這……哎呀！這倒是我失了檢點了哇！
楊　春：啊！乾父！不要著急！我回答得好哇！
宋士傑：你是怎樣地回答？
楊　春：是我說道："宋士傑乃是小人乾父，只因年紀大了，挨擠不上，故命小人前來代替告狀。"按院大人就准了我的狀子，我麼，就是這樣大搖大擺地走回來了！
宋士傑：哎呀！楊春！你會講話呀！

楊　　春：本來的會講話呀！
宋士傑：是啊！有我這樣的乾老子，就有這樣的乾兒子啊！啊！楊春！大人怎樣吩咐下來？
楊　　春：大人吩咐，叫乾父三日後察院聽審。
宋士傑：哎！我們這樁案子是贏是輸？
楊　　春：自然是贏哪！
宋士傑：管它是贏是輸，回得家去，叫你那乾媽媽多做些個麵食饃饃，我們吃得飽飽的，打它這場熱鬧官司！楊春！接包袱！走哇！
楊　　春：走哇！

第十四場

（按察院衙門）

毛　　朋：
顧　　讀：為何不見劉年兄到來？
田　　倫：他官卑職小，不敢進見！
毛　　朋：俱是同年弟兄，說什麼官大官小！來！
中　　軍：有！
毛　　朋：有請劉老爺！
中　　軍：有請劉老爺！
劉　　題：報！劉題告進！
劉　　題：卑職劉題參見老大人！
中　　軍：起！免！打躬！
毛　　朋：與劉老爺看座！
劉　　題：大人在此，哪有卑職座位？
毛　　朋：俱是同年弟兄，說什麼官大官小！請坐！
劉　　題：謝座！
毛　　朋：劉年兄！
劉　　題：大人！

毛　朋：上蔡縣民情如何？
劉　題：官清民順。
毛　朋：既是官清民順，為何有人越衙告狀？
劉　題：有道是"民不舉，官不究"哇！
毛　朋：哼！說什麼"民不舉，官不究"，分明是你好酒貪杯，不理民詞！制度留下，回衙聽參！
劉　題：完了！
毛　朋：啊！二位年兄！
顧　讀
田　倫：大人！
毛　朋：小弟有一事不明，要在二位年兄臺前領教！
顧　讀
田　倫：大人有何金言，當面請講，何言"領教"二字？
毛　朋：田年兄！
田　倫：大人！
毛　朋：有一位官長，官吏過簡，匿案求情，該問何罪？
田　倫：這！按律當絞！
毛　朋：噢！按律當絞？
田　倫：當絞！
毛　朋：多承指教！多承指教！
毛　朋：啊！顧年兄！
顧　讀：大人！
毛　朋：有一位貪贓枉法，匿案准情，該問何罪？
顧　讀：按律當斬！
毛　朋：噢！按律當斬！
顧　讀：當斬！
毛　朋：多承指教！多承指教！
毛　朋：二位年兄！
顧　讀
田　倫：大人！

毛　　朋：如今有人將你二人告下來了！
顧　　讀：
田　　倫：有道是"有告必有證"！
毛　　朋：自然有證！來！
中　　軍：有！
毛　　朋：帶宋士傑！
中　　軍：宋士傑上堂！
顧　　讀：宋士傑！
宋士傑：大人！
顧　　讀：你怎麼也來了？
宋士傑：按院大人傳我，不敢不來！
顧　　讀：見了大人，當講則講；不當講，不可胡言亂語！
宋士傑：當講的我自然要講；不當講的，呵呵！也要講上幾句啊！
顧　　讀：哼！
宋士傑：這不是你的道臺衙門了！宋士傑告進！
宋士傑：見大人！
毛　　朋：宋士傑！
宋士傑：有！
毛　　朋：你告的兩位官長俱已在此，你將狀紙上的情由，一一訴來。若有一句差錯，要你的老命！
宋士傑：是！容稟：
毛　　朋：講！
宋士傑：草民我宋士傑，在西門外開了一座小小的店房，那日來了兩位公差，住在老漢我的店中。是他二人言道"酒酒酒，終日有，有錢的上天堂，無錢的下地獄。"口角帶字。我深夜之時，將門……
毛　　朋：為何不講？
宋士傑：有剁手之罪！
顧　　讀：來！剁他的手！
毛　　朋：且慢！恕你無罪，往下講來！

宋士傑：謝大人！將門撥開。有一個包裹十分的沉重，還有書信一封，是小人……
毛　朋：啊！為何又不講？
宋士傑：有挖目之罪！
顧　讀：挖他的二目！
毛　朋：且慢！一概恕你無罪，往下講來！
宋士傑：謝大人！有書信一封，乃是田大人與顧大人一封求情密劄的書信。我看此事關係重大，小人將書信上邊的言詞一字套一字，一句套一句，寫在我的衣襟之下。若是不信，大人請看！
毛　朋：打座！
毛　朋："上寫田倫頓首拜，拜上信陽顧大人。雙塔寺前分別後，倒有幾載未相逢。姚家莊有個楊氏女，她本姚家不賢人。藥酒毒死親夫主，反賴我姐丈姚廷椿。三百兩紋銀押書信，"撤座！"還望年兄念弟情。上風官司歸故里，登門叩謝顧年兄。家屬安康，家屬安康！"
宋士傑：大人明冤！
毛　朋：將宋士傑衣襟入庫！
毛　朋：宋士傑下堂伺候！
宋士傑：是！
顧　讀：宋士傑！你好厲害的衣襟哪！
宋士傑：大人！你好厲害的板子啊！
顧　讀：回得衙去，我定要你的老狗命！
宋士傑：你還回得去嗎？哼哼！他還回得去呀！（下）
毛　朋：啊！二位年兄！
顧　讀
田　倫：大人！
毛　朋：宋士傑的衣襟，就是你二人的質對了！
顧　讀：田仁兄！你不該與我寫那求情的書信哪！
田　倫：本當不寫，怎奈老母欲跪堂前。有道是：父母恩情重，

毛　　朋：國家法度嚴。
顧　　讀：不聽恩師語，
毛　　朋：這王法大如天！
顧　　讀：
　　　　　還望大人諒情一二！
田　　倫：
毛　　朋：説什麼諒情不諒情，聖上欽賜尚方寶劍，一同拜過！
毛　　朋：小弟得罪了！升堂！
毛　　朋：嘟！膽大田倫、顧讀！竟敢貪贓枉法，聽候聖旨發落！黃大順！
黃大順：在！
毛　　朋：將他二人押了下去！
黃大順：遵命！
顧　　讀：遵命！
田　　倫：唉！
毛　　朋：來人！
中　　軍：有！
毛　　朋：命你去至監中，將楊素貞釋放！
中　　軍：遵命！
毛　　朋：帶姚、楊二家！
中　　軍：姚、楊二家上堂！
姚廷椿
　　　　　叩見大人！
田　　氏：
楊　　青
毛　　朋：你等怎樣害死姚廷梅？從實招來！
姚廷椿
　　　　　啓禀大人：我們可是安分守己的好人哪！
田　　氏：
楊　　青
毛　　朋：哼！不動大刑，諒你們不招！大刑伺候！

姚廷椿
田　氏：哎！別介！別介！我們招啦！
楊　青
毛　朋：叫他們畫供！
中　軍：畫供！
楊　青
姚廷椿：供招是實！
田　氏
毛　朋：將他們押入死囚牢！帶了下去！
毛　朋：來！
中　軍：有！
毛　朋：宋士傑上堂！
中　軍：宋士傑上堂！
宋士傑：參見大人！
毛　朋：宋士傑！
宋士傑：有！
毛　朋：你一狀告倒兩位封疆大臣、一位百里侯，該當何罪？
宋士傑：大人格外開恩！
毛　朋：念你年邁，免去罪名一等，發往邊外充軍，當堂上刑，下堂去吧！
宋士傑：謝大人！（唱【西皮散板】）
　　　　公堂之上上了刑，
　　　　好似鼇魚把鉤吞。
　　　　悲切切出了都察院，
　　　　（楊春、楊素貞迎上）
楊　春
楊素貞：乾父！
宋士傑：（唱【西皮散板】）
　　　　只見楊春與素貞。
　　　　你本河南上蔡縣，

　　　　　　你是南京水西門，
　　　　　　我三人從來不相認，
　　　　　　宋世傑與你們是哪門子親？
　　　　　　我為你挨了四十板，
　　　　　　我為你披枷戴鎖到邊外去充軍。
　　　　　　可憐我年邁人離鄉井，
　　　　　　楊春！楊素貞哪！誰是我披麻戴孝的人？
楊　春
楊素貞：乾父哇！
楊　春：（唱【西皮散板】）
　　　　乾父不必兩淚淋，
楊素貞：（唱【西皮散板】）
　　　　女兒言來聽分明：
楊　春：（唱【西皮散板】）
　　　　乾父若是遭不幸，
楊素貞：（唱【西皮散板】）
　　　　兒就是披麻帶孝的人。
宋士傑：妄想！
楊素貞：（唱【西皮散板】）
　　　　站立堂口來觀定，
　　　　這大人好似那寫狀的人。
　　　　（白）啊！兄長！這位大人就是在柳林與我們寫狀的那位先生！
楊　春：啊！待我看來！哎呀！果然是那位算命的先生哪！
宋士傑：哎！你們講說什麼？
楊　春：啊！乾父！這位大人就是在柳林之中與我們寫狀之人！
宋士傑：你看得清？
楊　春：看得清！
宋士傑：你認得準？
楊素貞：認得準！

宋士傑：呵呵！好哇！（唱【西皮散板】）
　　　　只要你看得清來兒認得明，
　　　　我充軍的事兒就去不成。
　　　　二次便把察院進，（圓場，对堂上的毛朋）
　　　　尊聲青天老大人：
　　　　百姓們告官當有罪，
　　　　無有狀紙也告不成。
毛　朋：（唱【西皮散板】）
　　　　本院奉旨出帝京，
　　　　喬裝改扮到柳林。
　　　　只為不平把狀寫，
　　　　王法條條不徇情。
宋士傑：（唱【西皮散板】）
　　　　大人奉命出帝京，
　　　　明察暗訪為黎民。
　　　　有朝大人回朝轉，
　　　　你在淩煙閣上標美名，
　　　　你是個大忠臣！
毛　朋：哼！（唱【西皮散板】）
　　　　柳林寫狀為百姓，
宋士傑：（唱【西皮散板】）
　　　　宋士傑我打的抱不平。
毛　朋：哼！（唱【西皮散板】）
　　　　你百姓告官當問斬！
宋士傑：大人！（唱【西皮散板】）
　　　　你在那柳林寫狀，
　　　　這犯法你是頭一名！
毛　朋：呀！（唱【西皮散板】）
　　　　宋士傑說話如利刃，
　　　　問得本院無話云。

　　　　　下得位來忙鬆捆，
　　　　　你可算說不倒的一位老先生！
　　　　　（白）宋士傑！你可有後？
宋士傑：無後！
毛　朋：好！本院做主，將楊春拜在你的門下，以為義子，下堂
　　　　去吧！
楊　春：謝大人！
宋士傑：謝大人！

天　仙　配

（黃梅戲）

陸洪非　改編

【作者簡介】陸洪非(1923—2007)，安徽望江人。安徽省藝術研究所一級編劇。年輕時做過記者、編輯與望江中學語文教師，喜愛黃梅戲劇本的收集及唱詞研究。1951年在安慶行署文教處工作，撰寫《從農村到城市的黃梅戲》一文，被收入上海新文藝出版社1952年出版的《華東地方戲曲介紹》一書中。1952年，接觸到黃梅戲藝人胡玉庭的口述本，在此基礎上整理、創作成《天仙配》。調至安徽省文化局劇目室之後，專門從事黃梅戲的創作。先後整理、改編了《女駙馬》、《春香鬧學》、《砂子崗》、《寶英傳》等劇本。20世紀80年代之後，他將主要精力投入到黃梅戲和安徽戲曲史料的整理和研究上，主持編寫了《中國戲曲志·安徽卷》，完成四萬餘言的《綜述》，撰寫了三十餘萬字的專著《黃梅戲源流》。

【劇情概要】董永行孝事始見於東漢末年武梁祠石刻畫像。魏晉時，曹植《靈芝篇》和干寶《搜神記》增加了天帝遣神女下凡、助董永償債的情節。唐代董永變文和宋元話本《董永遇仙傳》，着重描寫路遇、償債、訣別等內容。明代青陽腔《織錦記》(現存《槐蔭相會》、《槐蔭分別》兩齣)又衍出許多情節，對後世戲曲有很大影響。清代很多地方戲能演此劇，劇名或稱《槐蔭樹》，或稱《百日緣》，劇情基本相同。黃梅戲《天仙配》又名《七仙女下凡》，是黃梅戲早期積累的"三十六大本"之一。劇情略云：秀才董永家貧，父亡，賣身傅府為奴，得資葬父。因孝行感天，玉帝命七仙女下嫁董永，賜婚期百日。成婚後七仙女為傅府一夜織成十匹錦絹，傅員外喜，認董永為乾兒，焚賣身契。時滿百日，傅員外贈銀送董永回家，途中夫妻泣別。七仙女臨別時告之有孕，留白扇囑其進京獻寶。董永獻寶得官，七仙女產子後如約送至人間。董永再與傅員外之女結為夫妻。1953年5月，陸洪非根據胡玉庭口述本進行改編。改編本主要改動處有：(1)七仙女奉旨下凡改為嚮往人間，私自下凡；(2)改董永秀才身份為農民，刪去其拜傅員外為乾爹和獻寶得官、娶傅女為妻等情節；(3)將傅員外主動焚契改為百般刁難，將傅員外贈銀送董永回家改為七仙女因能織絹而將三年工期縮短為百日；(4)改眾仙女立觀漁樵耕讀四人過場，為眾仙女見景生情而翩然起舞；

(5) 刪去董父、舅父、舅母、金星、傅小姐、天使、雷神、太監、四功曹等共十二個人物；(6) 改原本十八場六百八十四句唱詞為七場四百四十二句唱詞（七場為賣身、鵲橋、路遇、上工、織絹、滿工、分別）；(7) 唱詞多為重新撰寫，沿用傳統之詞也經過不同程度之修改。改編後的劇情為：董永賣身葬父，在傅員外家為奴。玉帝第七女同情董永遭遇，私自下凡，與董永結為夫婦。七仙女一夜織錦十匹，幫助董永將三年長工縮短為百日。百日期滿，玉帝逼迫七仙女返回天庭，董永夫妻忍痛分別。

【版本流傳】該劇演出後，出版過多種單行本。1959年，收入《中國地方戲曲集成·安徽省卷》。齊魯書社於1991年出版的由王季思主編《中國十大悲劇集》亦收入該劇。

【演出情況】該劇於1953年由安徽省黃梅戲劇團首演。1954年參加華東區戲曲觀摩演出大會，獲劇本一等獎，飾演七仙女和董永的嚴鳳英、王少舫獲演員一等獎。1955年，《天仙配》攝製成電影戲曲藝術片。1963年再一次搬上銀幕，易名《槐蔭記》。該劇被越劇等多個劇種移植，在海內外有廣泛的知名度，其中的唱段"樹上的鳥兒成雙對"至今仍是人們愛唱愛聽的歌曲。

（高頤珊）

第一場　遊鵲橋

　　　　（七仙女上）

七仙女：（唱仙腔）

　　　　香煙繚繞彩雲飛，

　　　　七女悶坐瓊瑤池。

　　　　凡人都説神仙好，

　　　　神仙心事有誰知。

　　　　久坐斗牛宮中，心中煩悶，今日父王大宴四海神仙，不免趁此機會，請出衆位仙姐，同到宮外遊玩一番。——七女拜請衆位仙媛。

　　　　（衆仙女翩翩而來）

大　姐：（念）終日坐"斗牛"，

衆仙女：（念）心中悶悠悠。

　　　　七妹，請出我們何事？

七仙女：小妹心中憂悶，想同衆位仙姐宮外遊玩一番。

二　姐：父王戒律森嚴，使不得吧？

七仙女：二姐休要害怕，今日父王大宴四海神仙，管不了我們的事呀！

衆仙女：大姐，你看怎樣？

大　姐：父王大宴四海神仙，管不了我們的事，出去遊玩一時，倒也使得。

衆仙女：（高興地）大姐，到哪裡去玩？

大　姐：我看哪……到御池去玩！

三　姐：那裡有什麽好玩？

大　姐：那裡有仙魚、仙鶴、仙鵝、仙鴨……

衆仙女：不好，不好！

三　姐：七妹，你説到哪裡去玩？

七仙女：我想到天河去玩？

二　　姐：（畏縮地）到天河去玩？
三　　姐：你呀，就是膽小。（對七仙女）七妹，你講天河有什麼好玩的？
七仙女：那天河兩岸，有仙花、仙草。站在鵲橋之上，觀賞風景，天上人間，一目了然。
衆仙女：好，好，我們到天河去玩。（衆向前，大姐屹立不動。）
三　　姐：大姐，我們到天河去玩吧！
大　　姐：（彆扭地）你們去，我看家。（打算入內）
四　　姐：
六　　姐：大姐！
大　　姐：我不和你們年紀輕的人一道玩耍。
七仙女：大姐，有道是："天宮無歲月，神仙無老少。"依小妹看來，大姐比我們還年輕哩！
大　　姐：（忍不住地一笑）你呀，真會講話，我就是心疼你呀！
衆仙女：大姐，我們一同到鵲橋去玩吧！
大　　姐：好。
衆仙女：大姐帶路。
大　　姐：請。
衆仙女：請。
　　　　（衆仙女翩翩起舞）
衆仙女：（唱仙腔）
　　　　遠看天河如玉帶，
　　　　飄飄蕩蕩天河來。
　　　　姊妹七人鵲橋上，
　　　　望見凡間鮮花開。
三　　姐：大姐，還是七妹的主意好噢。——你望凡間多麼的好玩呀！
大　　姐：實在好玩得很哪！
　　　　（衆仙女四顧，面現喜色。）
七仙女：姐姐，你看……

眾仙女：什麼？
七仙女：你看那一老翁，頭戴斗笠，身穿蓑衣，肩背魚網，手拿船篙，站在那船頭之上……
大　　姐：那是打魚的嘛。
眾仙女：呵，打魚的。
大　　姐：妹妹，我要贊他幾句。
六仙女：你要贊得好好的。
大　　姐：聽了！
　　　　（眾仙女仿漁翁動作起舞）
大　　姐：（唱仙腔）
　　　　漁家住在水中央，
　　　　兩岸蘆花似圍牆。
　　　　撐開船來撒下網，
　　　　一網魚蝦一網糧。
眾仙女：贊得好。
七仙女：大姐，你看那高山之上，一位少年，肩背扁擔，手拿板斧……
大　　姐：那是砍柴的。
七仙女：那砍柴的少年，在深山之中，豈不怕豺狼虎豹？
大　　姐：他手裡拿着板斧呀！
二　　姐：那個砍柴的，我也要贊他幾句。
三　　姐：（譏笑地）父王戒律森嚴，使不得吧！
二　　姐：你這個長嘴丫頭！
七仙女：讓二姐贊上幾句吧！
眾仙女：要贊得好好的噢！
二　　姐：聽了！
　　　　（眾仙女仿樵夫動作起舞）
二　　姐：（唱仙腔）
　　　　手拿開山斧一張，
　　　　肩扛扁擔上山崗。

　　　　　　不怕豺狼和虎豹，
　　　　　　賣柴買米度時光。
衆仙女：贊得好。
三　姐：七妹，你來看……
七仙女：呵，那田莊之上，人來人往，耕田種地，播種插秧……
大　姐：種莊稼的，多少熱鬧呀！
衆仙女：熱鬧得很！
七仙女：莊稼之人，一年四季，忙忙碌碌，實在辛苦得很！
三　姐：我也要贊他幾句。
二　姐：(報復地)還少掉你這張嘴嗎？
七仙女：三姐，你要贊得好好的噢！
三　姐：聽了！(唱仙腔)
　　　　　　莊稼之人沒得閒，
　　　　　　一粒白米一滴汗。
　　　　　　八月場上收成好，
　　　　　　不愁吃來不愁穿。
衆仙女：贊得好。
七仙女：衆位姐姐，你看那聖堂之中，坐了一位書生。
四　姐：在哪裡？
七仙女：在那裡。
大　姐：怎麽，又讓你看見了！
四　姐：衆位姐妹，我也要贊他幾句。
衆仙女：要贊得好好的。
四　姐：聽了！(唱仙腔)
　　　　　　讀書之人坐窗前，
　　　　　　三更燈火五更天。
　　　　　　十年窗下勤攻讀，
　　　　　　為了金榜把名傳。
　　　　　　(鼓樂聲起)
七仙女：來了，來了。

大　　姐：幹什麼的來了？
七仙女：你看那吹吹打打，鼓樂喧天……
大　　姐：是迎親的嘛。
七仙女：（意味深長地）迎親的？
二　　姐：（不敢正視）迎親的？
三　　姐：二姐，你來看，迎親的是多少好玩呀！
二　　姐：（勉強地）呵……
七仙女：衆位姐姐，妹妹要贊幾句。
二　　姐：（怕事地）這個……
三　　姐：（支持地）要贊就贊吧！
七仙女：大姐？
大　　姐：你就贊他幾句吧。
七仙女：衆位姐姐，聽了！（唱仙腔）
　　　　　人間天上不一樣，
　　　　　男婚女嫁配成雙。
　　　　　夫妻恩愛説不盡，
　　　　　好似鴛鴦在池塘。
　　　　　（衆仙女驚訝）
三　　姐：（同情地，開玩笑地）死丫頭，真不知道害羞！
二　　姐：（對七仙女）你呀，也太過放肆了。
大　　姐：算了，算了，你我不要洩露，也就是了。
二　　姐：（謹慎地）姐姐，回去吧！
大　　姐：（望着凡間，若有所見。隨便應着二姐）嗯……
三　　姐：時間還早哩！
大　　姐：喂，你們看哪！
衆仙女：什麼？
大　　姐：一個莊稼漢子。
　　　　　（七仙女凝視凡間，默默無言，面現同情之色。）
七仙女：那漢子粗眉大眼，面帶忠厚，但不知他哭哭啼啼，為了
　　　　何事？

大　　姐：這個人嘛？家住丹陽，姓董名永，父子二人，耕種為本，只因家道貧寒，父親死後，沒有棺木安葬，萬般無奈，賣身為奴，故他心中憂愁，啼啼哭哭。
衆仙女：如此孝心，真是少有！
七仙女：（關懷地）他這樣孤孤單單，無依無靠，實在可憐得很……
三　　姐：我看你呀……
　　　　　（鐘聲響起）
二　　姐：大姐，快些回去吧！
衆仙女：如此，大姐請。
　　　　　（七仙女凝視凡間，未覺。大姐暗扯七仙女的衣袖。）
大　　姐：請。
　　　　　（七仙女隨衆仙女下）
　　　　　（落中幕，七仙女手拿白扇上。）
七仙女：（唱彩腔）
　　　　　遊罷鵲橋回宮轉，
　　　　　不由七女心不安。
　　　　　說什麼五色彩雲舞翩翩，
　　　　　哪及凡間花開朵朵並蒂蓮；
　　　　　說什麼羣仙歡聚蟠桃宴，
　　　　　哪及凡間夫妻粗茶淡飯肩並肩；
　　　　　說什麼神仙享清福，
　　　　　真好比犯人坐牢監。
　　　　　轉身再對凡間望，
　　　　　只見那青山綠水緊相連，
　　　　　竹籬茅舍人來住，
　　　　　一座寒窰靠山邊。
　　　　　那董永在寒窰收收撿撿，
　　　　　背包裹拿雨傘珠淚漣漣。
　　　　　他那裡憂愁我這裡煩悶，
　　　　　他那裡流淚我這裡心酸。

七女有心下凡去──（鐘鼓聲）
　　又聽得鐘鼓鬧喧喧，
　　父王打坐靈霄殿，
　　四海神仙在兩邊，
　　左邊青龍來蟠柱，
　　右邊白虎嘴朝天。
　　青龍白虎我不怕，
　　怕只怕靈霄殿上戒律嚴……
　　今日不到凡間去，
　　孤孤單單到何年？（堅決地）
　　去凡間，去凡間，
　　不去凡間心不安。
　　（大姐上）

大　姐：七妹慢走。
七仙女：（驚慌地）大姐！
大　姐：你獨自一人，往哪裡去？
七仙女：呵……適纔鵲橋遊玩，我失落一件東西。
大　姐：在鵲橋上失落了東西，就該到鵲橋上去找，為什麼往南天去呢？南天門是到凡間去的路呀！
七仙女：這……
大　姐：不用害怕。傻妹妹，你的心事，我早就曉得了。
七仙女：大姐！……
大　姐：這可不是鬧着玩的，千萬不能讓父王知道了。
七仙女：呵，父王？
大　姐：聽說父王宴罷四海神仙，就要到西天王母那裡去。
七仙女：（高興地）父王要到西天去了。
大　姐：此番下得凡去，山有高低，人有好壞，還要多加小心纔對。
　　　　（贈難香給七仙女）
七仙女：這……
大　姐：姐姐給你"難香"一枝。急難之時，你把"難香"焚着，我姊妹六人下凡去幫助你。

七仙女：多謝大姐。（與大姐依依不捨）

大　姐：一路之上，多加保重了。

七仙女：（唱彩腔）

　　　　多謝姐姐好心腸，
　　　　為我下凡贈"難香"。
　　　　（大姐下）

七仙女：（接唱）駕起祥雲走得快，
　　　　好似箭離弦來馬脫韁。
　　　　此番我到凡間去，
　　　　但願夫妻恩愛日月長。（下）

第二場　路　　遇

（董永上）

董　永：（唱平詞）

　　　　爹爹埋葬在荒山，
　　　　哭得董永淚不乾。
　　　　只因家貧如水洗，
　　　　賣身為奴把父殮。
　　　　前村有個傅員外，
　　　　家財豪富金積如山，
　　　　給我白布兩匹銀五兩，
　　　　要做長工整三年。
　　　　叫我三朝限期滿，
　　　　前去上工不能遲延。
　　　　收拾包裹拿起雨傘，
　　　　窰內空空好慘然。
　　　　往日孩兒把門出，
　　　　爹爹送我到窰前。

　　　　千言萬語來叮囑，
　　　　怕我饑來怕我寒。
　　　　如今出門無人照應，
　　　　滿腹苦愁對誰言。
　　　　手捧石塊把窰門遮攔——（用手搬石塊堵窰門，接唱）
　　　　唉！歎不盡的苦愁叫不應的天。
　　　　這纔是黃連樹上掛豬膽，
　　　　苦上加苦心如箭穿。
　　　　擦乾眼淚往前走，
　　　　無可奈何去到傅家灣。（下）
　　　　（中幕啟，七仙女上。）
七仙女：（唱仙腔）
　　　　霞光萬丈祥雲朵朵，
　　　　七女下凡快步如梭。
　　　　南天門我把仙衣解脫，
　　　　一霎時變成了人間姣娥。（轉平詞）
　　　　來在丹陽落下地，
　　　　只見路旁槐樹一棵。
　　　　青枝綠葉多茂盛，
　　　　枝頭還有鳥做窠，
　　　　鳥兒雙飛又雙宿，
　　　　要比神仙快活得多。
董　永：（内）苦呀！
七仙女：（接唱）猛然聽得有人叫苦，
　　　　原來是董永他來着。
　　　　站在上大路將他等候，
　　　　看看他見了我動靜如何？
　　　　（董永上）
董　永：（接唱）手拿雨傘肩背包裹，
　　　　點點淚珠灑胸窩，

　　　　　急急忙忙上大路走,(見七仙女,一怔,唱)
　　　　　大路上哪來的美嬌娥。
　　　　　她把眼睛瞧着我,
　　　　　面帶笑容又是為何?
　　　　　心內焦急能點火,
　　　　　哪有心腸看姣娥。
　　　　　爹爹也曾交待我,
　　　　　男女交談是非多。
　　　　　上大路不走下大路躲,
　　　　　免得平地起風波。(下)
七仙女：(接唱)你看董永多穩重,
　　　　　見我一面臉帶桃紅。
　　　　　若與此人成婚配,
　　　　　夫妻恩愛樂無窮。
　　　　　怎奈當面難開口,
　　　　　我不免槐樹下面託媒公。
　　　　　本方土地在哪裡?
　　　　　(土地上)
土　地：(念)土地土地,一年兩季,
　　　　　二月初二,八月初一。
　　　　　見過仙姑。
七仙女：罷了。
土　地：仙姑到此,喚出小神何事?
七仙女：只因董永辭別寒窰,前往傅家上工,我有心幫助於他,你
　　　　　看可好?
土　地：董永為人忠厚老實,仙姑若肯幫助於他,小神願助一臂
　　　　　之力。
七仙女：(高興地)你願意幫助於我?
土　地：願意相助。
七仙女：如此有勞你了。

土　　地：聽候仙姑吩咐。
七仙女：我想……（鼓起勇氣衝口而出）與他結為夫婦，願你做個月老紅媒。
土　　地：這個……好倒是好，只怕玉帝得知，吃罪不了。
七仙女：有道是"一人做事一人當"，豈肯連累你遭殃！
土　　地：小神願做紅媒，但不知怎樣行事？
七仙女：附耳上來。
土　　地：呵……恭喜仙姑，小神遵命。
　　　　（土地下）
七仙女：（唱平詞）
　　　　七女主意來打定，
　　　　吩咐土地把媒成。
　　　　劈破玉籠飛彩鳳，
　　　　任我到西或到東。
　　　　神仙走路如風送，
　　　　下大路見董永以禮相迎。
　　　　（董永上）
董　　永：（唱）家貧不幸父亡故，
　　　　破船偏遇頂頭風，
　　　　忍悲含淚下大路走——（見七仙女）
　　　　上大路娘子下大路相逢。
　　　　大姐，這就是你的不是了。
七仙女：怎見得是我的不是？
董　　永：適纔我行走上大路，你擋住我的去路；我行走下大路，你又擋住我的去路，故而說是你的不是。
七仙女：（故意地）呀，呀啐！（和善地）大哥，自古道"大路通天，各走各邊"，難道說你走得，我站都站不得嗎？
董　　永：（自語地）這位大姐，倒也說得有理。是呀，難道說我走得，她站都站不得嘛！——（對七仙女）大姐，請你行個方便，讓我過去。

七仙女：這倒像話。如此，請。
（七仙女讓路，董永走過，七仙女故意撞董永。）
董　永：大姐，撞我一膀，是何道理？
七仙女：你肩背包裹，手拿雨傘，心中有事，慌裡慌張，撞了我一膀子，我沒怪你，你倒怪起我來了。
董　永：（自語）是呀，我心中有事，慌裡慌張，撞了她一膀子也未可知。（對七仙女）再請。
（七仙女又想撞董永，董永閃開。）
董　永：這明明是你要撞我呀！
七仙女：你撞我也好，我撞你也好，這且不管，我來問你，可想過去？
董　永：怎麼不想過去！
七仙女：我與你中途相遇，說將起來也是個緣分，你家住哪裡，姓甚名誰，對我講來，就讓大哥趕路。
董　永：大姐！（唱平詞）
　　　　家住丹陽無父無母，
　　　　姓董名永一身孤。
　　　　爹爹死後無棺木，
　　　　賣身傅家做奴僕。
　　　　有勞大姐讓我一步，
　　　　切莫耽誤窮人的工夫。
七仙女：（接唱）聽你說出心腹事，
　　　　不由得落下同情淚。
　　　　你好比一隻離羣雁，
　　　　孤孤單單多可憐。
　　　　任雨打來任風吹，
　　　　無依無靠無家歸。
　　　　只要大哥不嫌棄，
　　　　我願與你——
董　永：怎樣？

七仙女：（接唱）並翅飛。

董　永：（接唱）聽她言來心歡喜，
　　　　她願與我並翅飛，
　　　　雙宿雙飛多自在——
　　　　可惜我身為奴仆不由己。
　　　　大姐呀！
　　　　適纔之言從何說起，
　　　　說什麼與董永並翅而飛？
　　　　你好比鮮花迎春開放，
　　　　我好比嫩柳遭受霜摧。
　　　　望你讓我把路趕，
　　　　你看天上紅日已偏西。

七仙女：哎呀呀！耽擱了大哥的路程，待我這廂給你賠禮。

董　永：還禮。

七仙女：大哥，你肩背包裹，手拿雨傘，慢說一禮，就是十禮百禮，也算不得的。

董　永：是呀，想我肩背包裹，手拿雨傘，慢說一禮，就是十禮百禮也算不得的。——（對七仙女）好好，待我將包裹、雨傘放下與大姐見禮。大姐，這廂有禮了。

七仙女：（念）有禮無禮，包裹、雨傘拾起。
　　　　（董永還禮時，七仙女將白扇插董永頸後，並拾起包裹雨傘。）

董　永：（自語）待我拿起包裹、雨傘趕路。呀！我的包裹、雨傘為何不見了？（對七仙女）唉，大姐，將我的包裹、雨傘拿去是何道理？

七仙女：包裹、雨傘是我的！

董　永：明明是我的！

七仙女：是我的，是我的！
　　　　（土地上）

土　地：哈哈，哈哈，一男一女，在這荒郊野外，拉拉扯扯，像個什麼樣子？
董　永：一個不講理的，又來一個不講理的。
土　地：哪個說老漢不講理呀？
董　永：公公講理就好了，待我告訴與你。
土　地：講！
董　永：適纔我走上大路，這位大姐擋住我的去路；我走下大路，她又擋住我的去路。我二人爭論起來，她與我賠禮，我與她還禮，她說我的包裹、雨傘未曾放下，算不得禮；待我將包裹、雨傘放下與她見禮，她將我的包裹、雨傘拿去了。你說是哪個有理？
土　地：如此說來，這倒是你有理。
董　永：公公，我有多大的理？
土　地：有芝麻大的理。
董　永：理大理小，總算是我有理。
土　地：小娘子，(七仙女與土地會意地一笑)那位漢子言道：適纔他行走上大路，你攔住他的去路；他行走下大路，你又擋住他的去路。你二人爭論起來，你與他賠禮，他與你還禮，你說他的包裹、雨傘未曾放下，算不得禮；待他將包裹、雨傘放下，你就將他的包裹、雨傘拿去了。這還不是你無理嘛！
七仙女：公公不要聽一面之辭，小女子還有下情相告。
土　地：講！
七仙女：這位大哥，名叫董永，前三天走我門前經過，約我同行，今日來在陽關大道，他有拋別之意。你說是哪個有理？
土　地：他有拋別之意？
七仙女：是呀！
土　地：如此說來，是你有理。
七仙女：我有多大的理？
土　地：你有綠豆那麼大的理。
七仙女：理大理小，總算是我有理。

土　地：漢子,還是你沒有理。

董　永：怎見得是我無有理?

土　地：那位小娘子言道:你前三天走她門前經過,約她同行,今日來在陽關大道,你有拋別之意,故而說你無理。

董　永：既然相約同行,我把何物與她為憑,她把何物與我為證?

土　地：是呀,小娘子,既然相約同行,他把何物與你為憑,你把何物與他為證?

七仙女：有憑有證。

土　地：何憑何證?

七仙女：他把包裹、雨傘給我為憑,(示包裹、雨傘)我把白扇與他為證。

土　地：(對董永)有憑有證。

董　永：何憑何證?

土　地：你把包裹、雨傘與她為憑;她把白扇與你為證。

董　永：白扇在哪裡?

土　地：(對七仙女)白扇在哪裡?

七仙女：在他頸項後面。

董　永：(摸出白扇,驚)哎呀呀,這就奇怪了。(看看七仙女,看看土地,莫知所措。)

土　地：(對董永)事到如今,你看是公和,還是私休?

董　永：公和怎講?

土　地：自古道:"公和公和,板子難馱。"將你送到衙門,責打四十大板。

董　永：私休呢?

土　地：私休嘛……(回顧七仙女,七仙女面現羞澀)你與這位小娘子配合百年之好,也就算了。

董　永：這個——(看看七仙女)我看這位大姐容貌端正,心直口快,與她配為夫妻,豈不是好……唉,可惜我一來孝服在身;二來家道貧寒,賣身為奴……(對土地)公公,好倒是好,只是……(轉口,婉言推辭)無有主婚為媒之人。

土　地：老漢與你主婚為媒。
董　永：公公，一個頭不能戴兩頂紗帽，主婚就不能為媒，為媒就不能主婚。
土　地：(對七仙女)那漢子言道，一個頭不能戴兩頂紗帽，主婚就不能為媒，為媒就能主婚。
七仙女：怎麼？主婚就不能為媒嘛……公公，你這大年紀，可與我主得婚？
土　地：主得婚。
七仙女：擡頭一看——請這槐樹為媒可好？
土　地：呵，槐樹為媒？
七仙女：你叫那漢子上前叫它三聲，它若開口說話，我與他配合百年夫妻；叫它不應，他走他的陽關道，我過我的獨木橋。
土　地：(對董永)老漢可與你主得婚？
董　永：倒也主得婚。
土　地：擡頭一看——請這槐樹為媒可好？
董　永：老槐樹乃是啞木頭！
土　地：你上前叫它三聲，它若開口說話，你與這位小娘子配合百年夫妻；叫它不應，你走你的陽頭道，她過她的獨木橋。
董　永：慢說三聲，就是叫它三十聲，三百聲，也是不會講話的。
土　地：你就叫來。
董　永：老槐樹，老槐樹，這位大姐與我配合百年之好，你願做個月老紅媒，就請開口講話！(對土地)公公聽到沒有？
土　地：沒有聽到。(對七仙女)你把包裹給他。(對董永)再叫第二聲。
董　永：老槐樹，老槐樹，這位大姐與我配合百年之好。你願做個月老紅媒，就請開口講話。(對土地)公公，聽到沒有？
土　地：沒有聽到。(對七仙女)你把雨傘給他。
七仙女：包裹、雨傘給他，他若逃走，我就找你。
土　地：雨傘給你。三聲叫了兩聲，就剩這一聲，快去叫來。
董　永：老槐樹，老槐樹，這位大姐與我配合百年之好。你願做個月老紅媒,就請開口講話!
(七仙女對槐樹搧扇)

內　聲:（唱仙腔）
槐樹開口把話講,
過路漢子聽明白:
你與大姐成婚配,
槐樹與你做紅媒。

董　永:（接唱）啞木頭說話真稀奇,
我二人相配是天意。
走上前來雙膝跪,
我向槐樹深施一禮。
回頭來再把公公謝,
公公、大姐聽仔細:
我上無片瓦遮身體,
下無寸土立腳地,
寒窰無有半升米,
賣與人家做奴隸,
只怕後來受委屈。
（七仙女示意土地）

土　地:（接唱）董永休要三心三意,
老漢有話告訴你。
上無片瓦她不嫌貧,
下無寸土她情願意。
來、來,二人見個和氣禮,
槐樹下面配成好夫妻。
董永,你與這位小娘子同到傅府上工,老漢就此告辭了。

七仙女:多謝公公。

土　地:呵,小娘子,你與董永夫妻婚配,是一椿天大的喜事,中途路上,老漢沒有什麼禮物送把你們,請不要見怪。這裡有點散碎銀子,就請收下。

七仙女：何勞公公破費。
土　地：一定要收下的。
七仙女：多謝公公。
土　地：不用謝了。（轉身欲下）
董　永：送公公。
土　地：免送。（下）
七仙女：董郎，這些銀子，你將它收在包裹裡面吧。
董　永：收在娘子懷中也是一樣。
七仙女：董郎，這到傅府，走哪條路而去？
董　永：走上大路。
七仙女：請。
董　永：有道是："妻前夫後，有福有壽。"娘子，你且先行一步。
七仙女：董郎，你快來呀！
　　　　（七仙女下）
董　永：（旁白）想我董永，心非鐵石，難道不知娘子的美意。怎奈賣身紙上寫的無牽無掛，如今我與娘子一同上工，倘若員外責難起來，如何是好？
　　　　（董永猶疑不決，七仙女上）
七仙女：董郎，來呀！
董　永：我來了。（仍未走動）
七仙女：你怎麼不來呀！
董　永：娘子呀！（唱平詞）
　　　　非是董永不上前，
　　　　滿腹心事口難言。
　　　　賣身紙上寫的無牽無掛，
　　　　到如今哪來的夫妻牽連？
　　　　倘若傅家將你作踐，
　　　　我心何忍又何安？
七仙女：（接唱）相勸董郎休作難，
　　　　妻有主意在心間。

夫是他家長工漢，
妻到他家洗衣漿衫，
既然與你夫妻配，
哪怕暫時受熬煎！

董　永：（接唱）聽你言來我喜歡，
娘子心腸真良善，
夫妻挽手大路上，

董　永
七仙女：（同唱對板）雙雙同到傅家灣。

董　永：（接唱）可歎我是長工漢。
七仙女：（接唱）走到駝子樹下暫把身彎。
董　永：（接唱）怕只怕連累娘子受辛苦，
七仙女：（接唱）為妻受苦心情願。
董　永：（接唱）三年苦處怎忍受？
七仙女：（接唱）苦盡甘來回家園。
董　永：（同唱）那時間，夫妻好比鴛鴦鳥，
七仙女：朝夕雙飛肩並肩。
（董永、七仙女同下）

第三場　上　工

（傅公子上）

傅公子：（念）無風不怕冷，有錢何愁貧。
等候小董永，我家來上工。
（董永、七仙女同上）

董　永：到了傅府，娘子在此稍待，讓我進去。
七仙女：董郎進得府去，你要說為妻來了喲！
（董永進門見傅公子）
董　永：公子，董永上工來了。
傅公子：呵……你來了，替我挑水去。

董　永：我門外……
傅公子：門外還有東西？
董　永：我還有包裹在外面。
傅公子：快去拿來！
董　永：（出門）娘子，包裹拿來。
七仙女：董郎，進得府去，你可說我來了？
董　永：哎呀，未曾説。
七仙女：二次進府，可不要忘記了！（交包裹與董永）
董　永：（進府）公子。
傅公子：快快替我弄柴去！
董　永：我門外還有……
傅公子：還有什麽？
董　永：呵……還有雨傘在外邊。
傅公子：你這個真囉唆，快去拿來！
董　永：（出門）娘子，雨傘給我。
七仙女：二次進府，可説妻子來了？
董　永：哎呀呀，還未曾説。
七仙女：怎麽不説呢？
董　永：那賣身紙上明明寫的孤單一身，今日哪來的夫妻二人呢？
七仙女：你就説是在大路旁邊撿來的一個妻子呀。
董　永：這就不對了！你是一個人呀，怎麽能撿得到呢？
七仙女：哎，是哄哄公子的呀。
董　永：這……
七仙女：董郎，你太小心了，還是讓我自己進去！
　　　　（七仙女入内，傅公子看了發呆。）
傅公子：董永，她是何人？
董　永：是……是我的妻子。
傅公子：怎麽是你的妻子？——好哇，你賣身紙上明明寫的無牽無掛，如今哪裡來的妻子？（對内）啟稟爹爹！
　　　　（傅員外上）

傅員外：官保，何事？
傅公子：董永拐了一個花花娘子來了。
傅員外：這還了得！（對董永）董永，這個女子從何而來？
董　永：員外，是……
傅員外：先前以為你是賣身葬父，一片孝心，故而給你白布兩匹、紋銀五兩，誰知你是個不良之徒，拐騙良家婦女！
董　永：員外……
傅員外：官保，將董永的銀子、白布追回，把他二人趕出府門！
傅公子：（看看七仙女，別有用心地拉傅員外，旁語）爹爹，難道你老糊塗了，三年長工，只要兩匹白布、五兩銀子，這樣的便宜貨，到哪裡去找呀？
傅員外：嗯——（對董永），將這女子送走再來上工！
（傅公子在一旁急得搓手）
七仙女：員外，古話說的好："夫有千斤擔，妻挑五百斤。"董郎前來你家做工，我豈能遠走高飛！
傅員外：（無言回答，怒向董永）董永，我來問你，這女子到底是哪裡來的？
董　永：我與她路途相遇，匹配良緣。
傅員外：事到如今，你還強辯，真正豈有此理！（唱火工板）
心中惱恨小董永，
花言巧語哄騙人。
終身大事要有父母之命，
哪能夠在路途私配婚姻？
分明是你良心不正，
拐騙婦女犯罪不輕。
手持家法將你打——
（傅員外打董永，七仙女持扇一揮，董永轉身向後，傅員外一陣頭昏，每次都打在傅公子身上。）
傅公子：（接唱）下下打在孩兒身。（哭）
傅員外：（接唱）下下打上官保身，

　　　　　莫非房中出妖精！
七仙女：（接唱）非是房中出妖精，
　　　　　分明是你頭發昏。
傅員外：（接唱）問聲大膽小董永，
　　　　　你帶妖精害誰人！
董　永：妖精在哪裡？
傅員外：（指七仙女）她是妖精！
七仙女：（唱火工板）
　　　　　不是妖來不是怪，
　　　　　我是凡間一裙釵。
傅員外：（接唱）既是凡間一裙釵，
　　　　　你到我家為何來？
七仙女：（接唱）夫到你家種莊稼，
　　　　　我能織錦會紡紗。（落板）
傅員外：你會紡紗？
七仙女：會紡紗。
傅員外：你能織錦？
七仙女：能織錦。
傅員外：也罷。董永，你這娘子來路不明，本當將她趕走，念在她能紡紗織錦的分上，暫且容她留在我家。
董　永：謝謝員外。
　　　　（傅公子一旁表示得意）
傅員外：要她一夜為我織成十匹雲錦。
董　永：這不是故意為難嗎？娘子，我連累你了！
七仙女：員外，要我一夜織成十匹雲錦，倒也不難……
董　永：娘子，萬萬不能答應呀！
傅員外：（對七仙女）你就與我織來！
七仙女：難道我白白與你一夜織成十匹雲錦不成？
傅員外：你能在一夜之間織成十匹雲錦，我嘛……願將他的三年長工改為百日。

董　　永：倘若織不成呢？
傅員外：三年之後再加三年！
七仙女：員外你的言語當真？
傅員外：老夫向無戲言。
七仙女：如此立下文約。
董　　永：娘子,這怎麼使得！
傅員外：好,立下文約。
傅公子：爹爹,一不賣田賣地,二不賣妻鬻子,三不賣身為奴,你給她寫什麼文約！
傅員外：（拉傅公子,旁白）你要知道,一夜織不成十匹雲錦,三年長工之後,還要再加三年哩！（寫文約給七仙女）拿去！
七仙女：董郎,這文約你要好好收藏起來！（董永為難地接下）有了它,我們就可以早日回家呀！
傅員外：官保,將董永夫妻帶到機房織錦。
傅公子：是。
傅員外：來！
傅公子：何事？
傅員外：將無頭亂絲給她一捆,叫她十年也織不成這十匹雲錦。
（傅公子下）
傅員外：（對董永）董永呀董永,明朝天亮沒有十匹雲錦交來,替我多做三年長工,可不要怨我了。
董　　永：員外！
（傅員外昂然不睬地下）
董　　永：（不知所措地）娘子！
七仙女：（示意不必着急）董郎！
（董永、七仙女同下）

第四場　織　錦

（董永、七仙女同上）

七仙女：（唱平詞）
　　　　難怪董郎心中煩惱，
　　　　哪知我是仙女下靈霄。
　　　　來在機房忙坐倒，
　　　　他那裡愁容滿鎖眉梢。
　　　　董郎，何必如此煩惱？
董　永：娘子，你看這無頭亂絲，一夜之間，怎能織成十匹雲錦？
七仙女：織得成，織不成，這却難說；像你這樣愁眉苦臉，也是無濟於事呀！
董　永：娘子，如今惹下這滔天大禍，不但我董永苦上加苦，你也要跟我受罪呵！
七仙女：董郎，休要焦急。
董　永：娘子，你不知道員外的厲害呀！
七仙女：他是怎樣的厲害？
董　永：適纔公子將黃絲交把我的時候，還這樣言道，明日五鼓天明，若無十匹雲錦送去，除了罰我三年長工，還要將你我夫妻綁在西廊角下飽打一頓。
七仙女：這是嚇你這個老實人的呀！
董　永：你還怕他不敢打我們嗎？娘子，我勸你連夜逃走了吧，我董永寧願一人在此挨打受罪。
七仙女：董郎，話是我說出來的，禍是我惹出來的，我若連夜逃走，叫你一人在此受苦不成？
董　永：娘子呀！（唱平詞）
　　　　勸你不要顧董永，
　　　　快到遠方去逃生。
　　　　縱然你有十雙手，
　　　　十匹雲錦也難織成。
七仙女：（接唱）不要急來不要焦，
　　　　為妻織錦手藝高。
　　　　十匹雲錦事情小，

百匹千匹有妻代勞。
董郎，暫到後面歇息，讓為妻將十匹雲錦織將起來。

董　　永：內心焦急，如何能夠安睡？
七仙女：這……（拿出白扇）呵，有了。（對董永）你在此地，為妻少不得要同你說說講講，反而耽攔我織錦了。等我將十匹雲錦織好，就來陪伴於你。你把包裹、雨傘和扇帶了進去。將白扇放在枕頭下面，免得失落了。
董　　永：唉！（下）
七仙女：（唱仙腔）
　　為的是早一日回到寒窰，
　　明日要把十匹雲錦來交。
　　下凡時大姐對我言道，
　　她叫我有難時把"難香"來燒。
　　"難香"本是仙家寶，
　　一縷青煙上九霄。
　　但願姐姐早知道。
　　快快下凡走一遭。
（七仙女焚香，從仙女上。）
大　　姐：（唱仙腔）
　　青香上達九重天，
眾仙女：（接唱）香煙繚繞為哪般？
大　　姐：（接唱）想必七妹遭急難，
眾仙女：（接唱）姊妹六人去凡間。
　　駕起祥雲如風送，
　　不覺來到傅家灣。
七仙女：見過眾位姐姐。
眾仙女：七妹，你真的變成一位凡間大姐了。
七仙女：眾位姐姐下得凡來，父王可曾知道？
眾仙女：父王知道那還了得！
三　　姐：要不是父王西天赴宴去了，她（指二姐）敢跟我一陣來嗎？

二　姐：不用你多嘴！
大　姐：七妹，董永在哪裡？
衆仙女：把他請將出來，讓我們大家見見。
七仙女：（指內）衆位姐姐，是我看他心內焦急，故將寶扇放在他的身邊，讓他在內房好好的安睡一夜。
大　姐：他為何心內焦急？
七仙女：姐姐哪裡知道，妹妹初下凡來，進得傅府，就遇着了一件為難之事。
大　姐：什麼為難之事？
七仙女：員外要我一夜織成十匹雲錦。
大　姐：那是一點小事。慢説十匹，就是百匹千匹，為姐的一梭、兩梭就織成功了。
七仙女：有了衆位姐姐幫助就是小事，妹妹一人在此就是大事呀！
大　姐：七妹，有絲沒有？
七仙女：有絲在此。
大　姐：哎呀呀，這個人家良心不好，把這黃絲一起抖亂了，怎麼能織得起錦呀！
衆仙女：大姐，何不請動天絲？
大　姐：（念）天靈靈，地靈靈，天絲下凡塵。
衆仙女：大家接絲。
三　姐：七妹，你與妹夫乃是新婚之喜，不要耽擱了美好時光。織錦之事，有我們姊妹代勞。
四　姐
五　姐：（同）你陪妹夫去吧！
六　姐
七仙女：我要在衆位姐姐面前見識見識！
四　姐
五　姐：（同）不要你在這裡，不要你在這裡。
六　姐
七仙女：自古道"夫妻乃百年之好"，後來的日子還長哩！

大　姐：好了，不必多講了，一夜工夫易過，快快經將起來，梳將起來。

衆仙女：大家動起手來。（經絲、梳絲）

（起更）

大　姐：幾更了？

衆仙女：鼓打一更。

大　姐：織將起來。

衆仙女：織將起來。（唱五更調）

　　　　一更一點月兒圓，

　　　　一更杜鵑叫了一更天。

　　　　可憐小杜鵑，

　　　　叫得心兒疼，

　　　　叫得口兒乾，

　　　　叫得天也流淚，

　　　　叫得地也心酸。

　　　　夜夜啼哭，

　　　　到底為哪般？

大　姐：（接唱）問聲妹妹什麼叫？

衆仙女：（接唱）大姐織錦許多的囉唆，

　　　　一更杜鵑叫了一更天。

大　姐：呵，杜鵑叫，我就來織個"杜鵑枝上啼"。

衆仙女：快些織吧！

（鼓打二更）

大　姐：幾更了？

六仙女：鼓打二更。

大　姐：我就織將起來。

六仙女：（唱五更調）

　　　　二更月兒掛天邊，

　　　　二更喜鵲叫了二更天。

　　　　你聽小喜鵲，

　　　　　　那廂一聲叫，
　　　　　　叫得人喜歡。
　　　　　　喜鵲枝頭高唱，
　　　　　　好事就在眼前。
　　　　　　鵲橋高架，
　　　　　　銀河渡天仙。
　　　　　（對七仙女笑）
大　姐：（接唱）問聲妹妹什麼叫？
衆仙女：（接唱）大姐織錦許多的囉唆，
　　　　　　二更喜鵲叫了二更天。
大　姐：怎麼鼓打二更，還聽到喜鵲叫？
三　姐：七妹的喜日，喜鵲日夜都叫呀！
大　姐：我來織個"鵲橋渡天仙"。
衆仙女：快些織吧！
　　　　（鼓打三更）
大　姐：幾更了？
六仙女：鼓打三更了。
大　姐：我就織將起來。
衆仙女：（唱五更詞）
　　　　　　三更月兒照窗前，
　　　　　　三更斑鳩叫了三更天。
　　　　　　一對小斑鳩，
　　　　　　吱吱又咕咕，
　　　　　　好像把心談。
　　　　　　日裡並翅而飛，
　　　　　　夜裡交頸而眠。
　　　　　　雙宿雙飛，
　　　　　　賽似做神仙。
大　姐：（接唱）問聲妹妹什麼叫？
六仙女：（接唱）大姐織錦許多囉唆，

　　　　　三更斑鳩叫了三更天。
大　　姐：呵，斑鳩叫，我來織個"斑鳩並翅飛"。
衆仙女：你快織吧！
　　　　（鼓打四更）
大　　姐：幾更了？
衆仙女：鼓打四更。
大　　姐：我就織將起來。
衆仙女：（唱五更調）
　　　　　四更月兒向西偏，
　　　　　四更鴻雁叫了四更天。
　　　　　一隻小鴻雁，
　　　　　飛來又飛去，
　　　　　看它好孤單，
　　　　　替誰傳遞書信，
　　　　　流落在這沙灘！
　　　　　快去尋伴，
　　　　　何必獨自眠？
大　　姐：（接唱）問聲妹妹什麼叫？
衆仙女：（接唱）大姐織錦許多囉唆，
　　　　　四更鴻雁叫了四更天。
大　　姐：呵，鴻雁叫，我來織個"鴻雁傳書"。
衆仙女：你就快織吧！
　　　　（鼓打五更）
大　　姐：幾更了？
衆仙女：鼓打五更。
七仙女：鼓打五更，十匹雲錦尚未織成，如何是好？
大　　姐：不要慌，不要忙，姐姐加把勁就是了。
衆仙女：（唱五更調）
　　　　　五更月兒下了山，
　　　　　五更金雞叫亮了天。

　　　　　　聽得小金鳥,
　　　　　　那廂高聲叫,
　　　　　　叫人心不安。
　　　　　　金雞籠中報曉,
　　　　　　催動姊妹心弦,
　　　　　　陽關一別,
　　　　　　何日能相見?
大　　姐:(接唱)問聲妹妹什麼叫?
衆仙女:(接唱)大姐織錦許多的囉唆,
　　　　　　五更金雞叫亮了天。
大　　姐:哎哎,累死我了。把機頭割斷,讓我來數數看有多少匹?
　　　　　　(數)一、二、三……
衆仙女:七、八、九……
大　　姐:歇了,歇了,你們還打起姐姐的"夾賬"來了,我只要把嘴
　　　　　　一扭,心裡面就有了數了。(量錦)
衆仙女:大姐,有多少匹?
大　　姐:十匹,還多三尺六寸。
衆仙女:多餘幾尺,作何安排?
大　　姐:我看,讓七妹留着,等她將來養了個小寶寶,也好穿件綢
　　　　　　袍子。
　　　　　　(七仙女現出難為情的樣子)
衆仙女:還是大姐遇事都想得周到。
七仙女:有勞衆位姐姐幫忙,小妹實在感激不盡。
三　　姐:你們夫妻恩愛,莫忘了我們在斗牛宮中冷冷靜靜也就
　　　　　　是了。
七仙女:妹在凡間無時無刻不思念衆位姐姐。
三　　姐:有了如意郎君,還記得我們嘛!
二　　姐:七妹,千萬不要久戀紅塵,我看你還是跟我們上天去吧!
七仙女:這個……
三　　姐:七妹,不要着急。聽得值日功曹言道:父王這次西天赴

宴，要住兩三個月纔能回來。再說就是父王回來了，我們也可以設法瞞過。

二　　姐：看你的本事吧！
大　　姐：天已明亮，仙凡不便，速回天庭。
衆仙女：七妹，我們告辭了。
七仙女：送送衆位姐姐。
衆仙女：不必送了。（唱彩腔）
只為七妹遇急難，
駕起祥雲到凡間，
助妹織成十匹錦，
三年長工改百天。
（衆仙女下）
七仙女：（接唱）送過仙姐上天庭，
收收撿撿手不停。
十匹雲錦織成了，
笑在眉頭喜在心。
董郎！
（董永上）
董　　永：（唱八板）
昏昏沉沉榻上眠，
不覺睡到五更天。（如夢初醒地）
上前來把娘子問，
十匹雲錦可織全？
七仙女：（見董永，故意將錦置身後。）哎呀呀，尚未織成哩！
董　　永：早知道你是織不成的。
七仙女：（學傅員外）嗯，三年之後，再加三年！
董　　永：事到如今，你還開起玩笑來了。娘子，我看你還是逃走了吧。
七仙女：你呢？
董　　永：我嘛，只有在此，捱打受罪。

七仙女：董郎，你看這是什麼？（出示雲錦）
董　永：（驚喜地）呀，這是從哪裡來的？
七仙女：為妻一夜織成的嘛。
董　永：娘子！（唱彩腔）
　　　　一見雲錦色色新，
　　　　娘子果然有才能。
　　　　織出龍來龍現爪，
　　　　織出鳳來鳳翻身。
　　　　一夜織成十匹錦，
　　　　莫非你是織女星。
七仙女：（接唱）為妻不是織女星，
　　　　名師傳得手藝精。
　　　　十匹雲錦交與你，
　　　　送給員外好贖身。
董　永：（得意地）娘子，我將雲錦送給員外。你忙了一夜，也該歇息了。
七仙女：快些送去吧！（下）
董　永：（喜悅地）這樣一來，過了一百天，就可以回家去了。（下）

第五場　吃　棗

（七仙女上）

七仙女：（唱平詞）
　　　　七月秋高天氣爽，
　　　　曉風吹面陣陣涼，
　　　　夏去秋來過的快，
　　　　來到傅家日夜忙。
　　　　黑夜裡為小姐把嫁衣來做，
　　　　天沒亮又要下河洗衣裳。
　　　　董郎比我更辛苦，

風裡雨裡下田忙。
忙裡偷閒我把破衣來補——
（董永暗上）

七仙女：（接唱）免得我家董郎受了風涼。
董　永：娘子！
七仙女：呵，董郎你回來了？
董　永：回來了。
七仙女：你怎麼回來得這樣遲呀？
董　永：剛剛從田裡回來，員外又叫我舂米去了。娘子，你怎麼還不歇息呀？
七仙女：等你嘛。
董　永：娘子，我們來到傅家已經三個多月了，天天要你等到這般時候，叫我心中——
七仙女：何忍又何安呀！（董永笑）坐下來吧，我打盆熱水讓你洗洗手腳。
董　永：娘子，我在廚下洗過了。
七仙女：你又騙我，看你滿身灰塵！
（七仙女欲打水，被董永拉開住）
董　永：娘子，這裡有幾枚棗子。
七仙女：哪裡來的？
董　永：前村莊戶好友送給我的。
七仙女：你吃了吧！
董　永：帶給你的。娘子，我倒想起一個"彩頭"來了。
七仙女：什麼"彩頭"？
董　永：常言道的好："棗子棗子，早生貴子！"
七仙女：董郎。（對董永耳語）
董　永：娘子有喜了，讓我謝天謝地。
七仙女：董郎，今天是什麼日子？
董　永：七月十二。
七仙女：明日呢？

董　永：這還用問,七月十三嘛。
七仙女：你我四月初五上工,明日七月十三,百日長工,也算熬到頭了。
董　永：我早就算過了,只有九十八天呀!
七仙女：來一天,去一天呢?
董　永：還是娘子想的周到。
七仙女：明日五鼓天明,告訴員外一聲,就可以回家去了。
董　永：一來娘子有喜,二來百日滿工,這真叫做"又娶兒媳又嫁女"——
七仙女：此話怎講?
董　永："雙喜臨門"。
七仙女：董郎,看你樂得像三歲娃娃,穿花衣,戴花帽,過新年的一般。
董　永：這倒不假,娘子!(唱)
　　　　　想到明日要回家,
　　　　　喜得心裡開了花。
　　　　　夫妻雙雙窰門進,
　　　　　忙把牆壁來粉刷。
　　　　　東邊安上一張床,
　　　　　西邊就把鍋臺搭。
　　　　　我挑水來你燒飯,
　　　　　我種田來你送茶。
　　　　　我種棉花你織布,
　　　　　我種糯米你做粑。
　　　　　我上山打柴,下河捕魚,
　　　　　你在家裡養雞養鵝帶養鴨。
　　　　　只要夫妻勤勤儉儉,
　　　　　吃不愁來穿不怕。
　　　　　等到明年百草發芽,
　　　　　夫妻添個小娃娃。

　　　　　生下一個男孩子,
　　　　　跟着我下田地扶犁拉耙——
　　　　　生下一個女孩兒,
　　　　　跟娘子在家中織錦繡花。
　　　　　娘子呀!
　　　　　我與娘子熬過長夜見天日,
　　　　　太陽一出就回家。
七仙女:董郎,看你樂得發瘋了。夜盡更深,歇息了吧!
董　永:(興奮得難以自抑)娘子,你先去睡,我在此收拾一下,等到東方發白,喊你一同回家。
七仙女:你我一同收拾。(拿出縫好的衣服)董郎,這件衣服是我剛纔補好的。你將它穿上,免得受了風涼。回得家去,穿得一身乾淨衣服,人家也説你像個有了妻子的人呀!
董　永:娘子,你我夫妻一同回家,是件天大的喜事呀,我看你也該梳洗梳洗,換件衣服。
七仙女:明日再説罷。
　　　　(金雞報曉)
董　永:雞都叫了,還"明日再説"呢?
七仙女:那我梳洗去了。(下)
董　永:(唱)聽得金雞報曉聲,
　　　　　東方發白天已明。
　　　　　忙把包裹來捆好,
　　　　　拿起雨傘憶前情;
　　　　　離別寒窰只有我一人,
　　　　　如今有我的娘子一同行。
　　　　　娘子前面走,董永後面跟,
　　　　　夫妻雙雙同把窰門進。
　　　　　倘若二爹娘雙雙在世,
　　　　　見了我夫妻多高興。
　　　　(七仙女上)

七仙女：董郎！梳洗好了。老看着我做什麽？
董　永：我看你呀——（唱）
　　　　衣服穿得正合身，
　　　　衣上的紅花好似樹上生；
　　　　你的臉好似天邊月，
　　　　眼睛好似過天星。
　　　　娘子動脚把路走，
　　　　好似晴空飛彩雲；
　　　　娘子開口把話説，
　　　　好似空谷敲銀鈴。
　　　　娘子長的似天仙，
　　　　今朝看來更愛人。
七仙女：董郎，看你把我誇到哪裡去了！
董　永：娘子呀！（唱）
　　　　娘子好處説不盡，
　　　　虧你待我一片心。
　　　　你幫我縫來幫我補，
　　　　為我受氣為我受驚。
　　　　不是你一夜織成十匹錦，
　　　　我今朝哪能出火坑。
　　　　看看東方紅日出，（高興地拉七仙女就走）
　　　　你我快出傅家門。
七仙女：好，我們告辭員外回家。你的包裹、雨傘呢？
董　永：心裡高興，差點把包裹、雨傘都忘了。
七仙女：你呀……呵，我的白扇呢？
董　永：放在床上，我替你拿去。（下）
七仙女：（自語）成婚以來，今天纔看到他這樣高興！
　　　　（鼓樂聲，仿佛帝王出巡。）
七仙女：（唱）天空傳來鼓樂聲，
　　　　　　不由七女心一驚：

　　　　　莫非父王西天赴宴回宮轉，
　　　　　莫非父王巡視在天空？
　　　　　倘若他到斗牛宮中去，
　　　　　知我下凡定發雷霆。
　　　　　不妨事呵！
　　　　　三姐也曾對我言道：
　　　　　她能設法瞞過父親。
　　　　　三姐為人多機巧，
　　　　　膽大心細有才能；
　　　　　還有善心的老大姐，
　　　　　我的事情她會擔承……
　　　　（董永暗上）
董　永：娘子，你在想些什麼？
七仙女：呵……想我們一同回家的事呀！
董　永：你的白扇。（遞扇）
七仙女：（接扇）辭別員外回家。
董　永：請。
　　　　（同下）

第六場　滿　工

　　　　（傅員外上）
傅員外：（唱彩腔）
　　　　　雖說富貴前生定，
　　　　　也要算盤打得精。
　　　　　五兩銀子兩匹布，
　　　　　買來長工小董永。
　　　　　他家娘子手藝巧，
　　　　　一夜織成十匹錦。
　　　　　如今秋風吹得稻粱熟，

　　　　　　五穀粒粒賽黃金。
　　　　　　雞叫三遍天已亮,
　　　　　　吩咐董永下田不能停。
　　　　　　官保!
　　　　　　(傅公子上)
傅公子:爹爹,何事?
傅員外:天已亮了,吩咐董永下田!
傅公子:是。
　　　　　　(董永、七仙女同上)
董　永:(念)金雞叫三遍,
七仙女:(念)辭工回家園。
傅公子:董永,你來得正好,爹爹叫你下田。
董　永:我正要告訴員外。
傅員外:不要告訴我了,下田收割去吧。
董　永:不,我滿工了。
傅員外:你三年長工還只做了幾個月,怎麼就說滿工了?
七仙女:三年長工?
傅員外:明明是三年長工——(對傅公子)官保,將董永的賣身文約拿來!
　　　　　　(傅公子下,取文約上。)
傅公子:爹爹,董永的賣身文約拿來了。
傅員外:董永,你看,這文約上面明明寫著"賣身不賣年月久,三年一滿就回程"哩!
七仙女:你難道忘了一夜織成十匹雲錦的事嗎?(示意董永拿文約給傅員外看)
董　永:員外,你看這文約上面明明寫著"一夜織成十匹錦,三年長工改百天"哩!
傅員外:就算一百天,也不該今日滿工。
董　永:該今日滿工。
傅員外:你與我算來!

董　永：四月初五上工，今天七月十三……
傅員外：着呀，四月初五上工，今天七月十三，只有九十八天。
傅公子：還差兩天哩，怎麼就不下田了？
七仙女：員外，怎說只有九十八天，這來一天，去一天呢？
傅公子：來一天，去一天，哪能算得？
七仙女："皇曆上的日子，百姓們的工夫"，怎能不算？
傅員外：(情急無奈，另生主意)好，你說算得就算得。
董　永：
七仙女：(同)員外，這就告辭了。
傅員外：慢來！慢來！
董　永：何事？
傅員外：你就這樣帶着你的娘子回家過日子嗎？我看這是癡心妄想！
董　永：怎叫癡心妄想？
傅員外：你這娘子，乃中途拐騙來的，老夫告到衙門，不但叫你夫妻分離，還要叫你坐穿牢底！
董　永：員外，漫說我這娘子不是拐騙來的，就是拐騙來的，也是你的罪大，我的罪小。
傅員外：何以見得？
董　永：我與娘子成婚以來，住在誰的家裡！
傅員外：住在老夫家裡。
董　永：替誰人織過雲錦？
傅員外：替老夫織過雲錦。
董　永：娘子與我成婚以來，既然住在你的家裡，替你織過雲錦，你當初為何不報知官府，為何不告到衙門？
傅員外：這……
董　永：員外，我來告訴你，我們夫妻成婚之時，是有媒有證的。你若告到當官，那時候，媒人出場，證人上堂，將你問成誣告之罪，不罰你一千，也要罰你八百。
傅員外：這……(另生計謀)董永，我對你是一片好心呀！

董　　永：這我知道。
傅員外：董永呀！（唱平詞）
　　　　我平日待你不算薄,
　　　　何必着急轉回程。
　　　　家中無父又無母,
　　　　田地又無半毫分。
　　　　回到寒窑受辛苦,
　　　　何不留在我家中？
董　　永：（接唱）員外美意我領情,
　　　　寧願回家受苦辛。
　　　　寒窑雖破能遮風雨,
　　　　忍饑挨餓也不靠旁人。
傅員外：董永,不要如此執拗,從今以後,我將你們當作親生兒女一樣看待。來,與我家官保結拜仁義弟兄。
傅公子：（對董永）我與你結拜仁義弟兄,（對七仙女）我拜你做乾姐姐。
董　　永：
七仙女：（同）手長袖短,高攀不上。
傅員外：説什麽"手長袖短,高攀不上",讓我把賣身文約當面撕毀。
　　　　（傅公子撕文約,董永急忙拾過來。）
七仙女：撕毀也罷,不撕也罷,如今它已是一張廢紙了。（對董永）董郎,你看紅日已上樹梢,我們回家去吧。
董　　永：員外,這就告辭了。
　　　　（董永、七仙女同下）
傅員外：這樣大忙的天,他們説走就走。
傅公子：董永娘子長的這樣好看,可惜跟他走了。
傅員外
傅公子：（同）唉,真正可惱！
　　　　（傅員外、傅公子下）

第七場　槐蔭別

（董永、七仙女上）

董　永：（唱彩腔）
　　　　日出東山又轉西，
七仙女：（接唱）夫妻熬過了百日期。
董　永：（接唱）今朝雙雙回窰去，
七仙女：（接唱）好似脫籠的鳥往林中飛。
董　永：（接唱）苦盡甘來全虧你，
　　　　一夜織成錦十匹。
七仙女：（接唱）你為我來我為你，
　　　　夫妻相愛何必提。
董　永：娘子，你看——（唱）
　　　　遍地黃花微微笑，
　　　　高山樂得把頭低。
　　　　路旁行人低聲語，
　　　　誇獎你我好夫妻。
　　　　（鐘鼓聲起，七仙女心事沉重。）
七仙女：董郎，前村莊戶好友，待我夫妻恩情深重，今日滿工，理當前去告辭一聲。
董　永：娘子說得有理，我且先行一步。
七仙女：你在前面等候於我。
董　永：娘子，快些來呀！（下）
七仙女：（唱彩腔）
　　　　今日回家心歡喜——（鐘鼓聲）
　　　　忽聽鐘鼓聲聲催。
　　　　怕只怕父王知道了，
　　　　他要我與董永兩分離。
　　　　但願平安回家去，

夫妻恩愛樂無期。
（鐘鼓聲又起）
（內聲。七女聽着：玉帝駕幸斗牛宮,知你私自下凡,龍心大怒,命你午時三刻,返回天庭。如若不然,定派天兵天將捉拿於你,並將董永碎屍萬段!）

七仙女：（唱彩腔）
　　父王天宮傳下命,
　　晴天霹靂起禍星。
　　捉拿七女我不怕,
　　傷害董郎萬不能。
　　與他相逢在槐陰,
　　夫妻恩愛海樣深。
　　一杯涼水二人喝,
　　一碗淡飯兩半分。
　　無奈何在傅家受人磨折,
　　夫妻相愛難相近。
　　實指望今日長工滿,
　　夫妻們回寒窰朝夕不分;
　　實指望他耕田來我織錦,
　　男耕女織樂盈盈;
　　實指望來年春三月,
　　看董郎抱嬌兒背靠窗門。
　　不料父王太無情,
　　驚破好夢做不成。
　　倘若是將董郎中途抛下,
　　他一人回寒窰怎能為生?
　　可憐他無父又無母,
　　除了我七女無有親人。
　　鞋襪破了誰為他補?
　　衣服舊了誰為他縫?

渴了誰為他燒茶水？
餓了誰為他飯菜烹？
清早起誰為他梳來誰為他洗？
到夜晚誰為他把被溫？
受冤受屈他向誰講？
受涼受热誰去問寒温？
可憐他上無片瓦下無寸土，
窮極無奈又要賣身；
怕他一入陷阱難自拔，
誰為他織錦來贖身？
思前想後難分手，
實實難捨夫妻情。
董郎呀！
非是為妻心腸硬，
中途拋你上天庭。
只怕父王戒律嚴，
連累我夫受天刑。
我情願粉身碎骨斬仙臺，
也不能讓你膽戰心驚。
無限恩愛無限恨，
生離死別箭穿心。
急急忙忙大路奔。
見了董郎訴衷情。（下）
（董永上）

董　永：（唱彩腔）
龍歸大海鳥入林，
夫妻今日回家門。
不覺來到槐樹下，
等候娘子一同行。
（七仙女上）

七仙女：（唱陰司腔）
　　　　董郎前面匆匆走，
　　　　七女後面淚雙流。
　　　　他那裡笑容滿面多歡喜，
　　　　哪知道七女心中無限愁。
　　　　實指望配夫妻天長地久，
　　　　又誰知今日就要兩分手；
　　　　在路途我只把父王埋怨，
　　　　何不讓我夫妻同到白頭？
董　永：娘子，來呀！
七仙女：（接唱）滿腹苦愁難出口，
　　　　見董郎暫將傷心淚收。
董　永：娘子，為何這樣慢慢行走？
七仙女：董郎，只因為妻懷孕在身，難以趕路。
董　永：娘子，我暫且告別一時。
七仙女：夫呀，你往哪裡去？
董　永：你看這荒郊野外，前無茶棚，後無酒店，娘子懷孕在身，我不免到大市街前，雇乘轎子擡你回家。
七仙女：豈不花費銀錢！
董　永：依娘子之見？
七仙女：攙扶為妻行走一程，也就是了。
董　永：待我攙扶於你。（唱仙腔）
　　　　攙扶起來攙扶起，
七仙女：（接唱）七女心中好慘淒。
董　永：（接唱）夫妻好似比翼鳥，
七仙女：（接唱）狂風一起各東西。
　　　　麻雀跳在糠籮裡，
　　　　一陣歡喜一陣悲。
　　　　回頭看見老槐樹，
　　　　七女心中更慘淒。

　　　　　　記得當初下凡日，
　　　　　　青枝綠葉兩相依，
　　　　　　只怕要折斷連理枝。（悲痛地站着）
董　永：娘子，為何又不行走了？
七仙女：董郎，剛纔是什麼地方？
董　永：槐樹之下。
七仙女：夫呀，當初你我二人成婚，多蒙槐樹為媒。今日走此經過，應當拜謝於它。
董　永：不是娘子提起，為夫倒忘記了。槐樹在上，董永在下：先前夫妻成婚，蒙你為媒，今日打此經過，受我一拜！（拜樹）娘子，我拜過了。
七仙女：夫呀，人妻懷孕在身，不能低頭跪拜，替我拜上幾拜如何？
董　永：娘子懷孕在身，我替你拜上幾拜也就是了。（再拜）娘子，替你拜過了，我們走吧！
七仙女：夫呀，天氣還早，各搬頑石打坐一時。
董　永：我搬你坐。娘子，你看這兩塊頑石，一頭高，一頭低，真像兩把椅子。
七仙女：我說不像椅子。
董　永：像什麼？
七仙女：像梯子。
董　永：何以見得？
七仙女：董郎，你看這兩塊頑石，一頭高來一頭低，好似為妻上天梯。
董　永：娘子比得好，你我今日回家，真像從地獄爬上天堂一樣呀！
七仙女：董郎，這……
董　永：怎樣？
七仙女：董郎，這有兩塊銀子，你且收下。
董　永：哪裡來的？
七仙女：難道你忘記了嘛？當初成婚之時，那個主婚的老漢，在這

　　　　　　槐樹下面送把我們的。
董　永：呵——（唱彩腔）
　　　　接過銀子來問你，
　　　　娘子給我是何意？
七仙女：（接唱）留你獨自理生計，
　　　　買柴買米好充饑。
董　永：娘子，如今不用我獨自料理生計，放在你的身邊也就是了。
七仙女：放在你的身邊。
董　永：我就收下。（收到包裹裡面）
七仙女：董郎，這裡有一束絲線，你也收下。
董　永：哪裡來的？
七仙女：前村大娘送把我的。
董　永：（唱）用手接過黃絲線，
　　　　娘子給我有何用？
七仙女：（唱）倘若日後衣服破，
　　　　你自己補來自己縫。
　　　　（二人坐在石頭上）
董　永：娘子忙的時候，我自己縫縫補補也是一樣呀。
　　　　（看七仙女）
七仙女：你兩眼盯着我做什麼？
董　永：你受了傅家的氣嗎？
七仙女：何以見得？
董　永：我見你臉帶淚痕。
七仙女：這……這是迎風淚。
董　永：娘子，你騙我。有道是：迎風淚，點把點；傷心淚，掉滿臉。（替七仙女擦淚）娘子，從今以後我們再不受傅家的氣了。
七仙女：董郎呀！（欲言又止）
董　永：呵，我們還是回家去吧！你看紅日當空了。
七仙女：（驚）呀，紅日當空！好，回家去。（反走）

董　永：嘿，娘子，你走錯啦，那是到傅家去的路。到我家走這邊來！

七仙女：你有你的家，我有我的家。

董　永：怎麼，夫妻分家了嗎？

七仙女：並非是夫妻分了家，乃是我要回娘家去。

董　永：哎呀呀，我董永真糊塗了，夫妻成婚以來，白日種田，夜晚織錦，倒將岳父岳母都忘記了。娘子，今日你我夫妻回門去吧！

七仙女：我的娘家，你是去不得的。

董　永：為何去不得？

七仙女：唉！今日是我爹娘生壽之日，你我兩手空空怎能去得？

董　永：依你之見？

七仙女：望空一拜，也就是了。

董　永：待我望空一拜。岳父岳母在上，小婿董永在下，今日二老生壽之日，恭喜你福如東海，壽高百歲！

七仙女：天哪，天哪！

董　永：娘子，常言道：人生七十古來稀。我說"百歲"你還要"添"。我就添一千歲，添一萬歲，哈哈哈……

七仙女：（旁白）董郎一片癡情，待我用白扇指點於他。
　　　　（對董永）董郎，這把白扇，你拿去看來。

董　永：我早已看過了，（接扇）確是一把好白扇。

七仙女：外面好，裡面更好。

董　永：待我看來。（念）
　　　　扇子白如雪，中間一輪月。
　　　　月裡有嫦娥，要與凡人別。

七仙女：夫呀，那上面的詩句，你可認識？

董　永：倒也認識！

七仙女：你可解得開！

董　永：這就解不開了。

七仙女：（旁白）解不開也是枉然，不免取下金釵，變對鴛鴦，再來

打動於他。（念）
天靈靈，地靈靈，一對鴛鴦下凡塵。
夫呀，你看那是什麼？

董　永：那沙灘之上，好似一對鴛鴦。

七仙女：正是一對鴛鴦。

董　永：可有雌有雄？

七仙女：董郎，雌鴛鴦與雄鴛鴦乃是一對恩愛夫妻，今日雌鴛鴦要拋別雄鴛鴦上天，故而低頭落淚。

董　永：我却不信。

七仙女：待我叫來：雌鴛鴦，雌鴛鴦，今日你要上天，為何不展翅高飛？（鳥飛）

董　永：待我也叫雄鴛鴦上天：雄鴛鴦，雄鴛鴦，你與雌鴛鴦乃是一對恩愛夫妻，今日雌鴛鴦上天，你為何不跟着上天？你飛呀！你飛呀！（着急地）待我撿塊石頭趕它上天！（拋石頭）娘子，為何趕它不走？

七仙女：夫呀，雌鴛鴦乃是個仙鳥，為妻乃是一個仙女，故能趕它上天；雄鴛鴦乃是一個凡鳥，我夫乃是一個凡人，怎能叫它上天？

董　永：你是個仙女，我還是個仙男哩！

七仙女：我當真是個仙女。

董　永：你當真是個仙女？

七仙女：為妻不是仙女，一夜怎能織成十四雲錦？

董　永：呵！

七仙女：夫呀，難道你忘記了！

董　永：既是仙女，為何今日愁眉苦臉？

七仙女：夫呀，你妻乃是玉帝七女，是我私自下凡匹配於你，實指望恩愛夫妻，天長地久。不料父王今日得知此情，命我午時三刻上天。

董　永：娘子！

七仙女：董郎！

董　永：（唱仙腔）
　　　　玉帝玉帝是何意！
　　　　何苦要奪我的妻！
　　　　娘子呀！
　　　　我與你配婚在這槐樹底，
　　　　難道説要在樹下兩分離！
七仙女：（接唱）恩愛夫妻兩分離，
　　　　鐵石心腸也慘淒。
　　　　為妻有意陪伴你，
　　　　怎奈玉旨不能移。
董　永：（接唱）説什麽玉旨不能移，
　　　　我叫主婚之人來説理。
七仙女：（接唱）你説主婚之人哪一個？
董　永：這個……
七仙女：（接唱）他是本方土地變化的。
董　永：（接唱）聽説主婚之人是土地，
　　　　急得董永没主意。
　　　　我將銀子拋在地，
　　　　要你銀子有何益？
　　　　縱有黄金千萬兩，
　　　　也難換得我的妻。
　　　　娘子！
　　　　我把絲線交給你，
　　　　我要絲線有何益？
　　　　縱有千丈萬丈線，
　　　　也難繫住我的妻！
　　　　娘子，當初你我成婚之日，是槐樹為媒，待我上前找他。
七仙女：不找也罷。
董　永：老槐樹，夫妻成婚之時，虧你開口説話，今日娘子要上天去，你何不將她留下！老槐樹，你開口講話，你開口講話！

七仙女：董郎，叫也無益了。
董　永：娘子，先前應在第三聲上，待我再去叫來！
　　　　——老槐樹，老槐樹，你開口講話！
七仙女：它是啞木頭！
董　永：啞木頭——（唱仙腔）
　　　　啞木頭來啞木頭，
　　　　哭得董永熱淚流。
　　　　配婚之日你為媒，
　　　　今日裡為何不將娘子留？
七仙女：（接唱）恩愛夫妻難分手，
　　　　看看紅日已當頭，
　　　　午時三刻就要到，
董　永：（接唱）拉住娘子不肯丟。
七仙女：（接唱）非是你妻願上天，
　　　　父命上天我實難留。
董　永：（接唱）妻也難來夫也難，
七仙女：（接唱）夫妻兩難共一般。
董　永：（接唱）夫難好比龍離水，
七仙女：（接唱）妻難好比虎下山。
董　永：玉帝呀！為何要活活拆散我們恩愛夫妻？
　　　　（鼓樂聲）
七仙女：不要傷害我家董郎，七女來也！（欲走）
董　永：（見七仙女要走）娘子，娘子！（昏倒在地）
七仙女：（又走近董永，唱仙腔）
　　　　一見董郎他昏倒，
　　　　哭得七女淚如濤。
　　　　落下雲頭忙跪下，
　　　　腰間解下裙一條。
　　　　忙將中指來咬破，
　　　　修封血書把心表。（哭，破指寫血書）

奉勸我夫莫心焦,
留下血書仔細瞧:
一夜夫妻百日好,
百日夫妻怎捨得丟拋!
如今你妻身懷孕,
是男是女不知曉。
生下男兒叫董秀,
生下女兒叫碧桃。
來年春暖花開日,
槐樹下面把子交……
（鼓樂聲）
（內聲：午時三刻已到,七女速速歸天!）

七仙女：（唱仙腔）
千言萬語表不盡,
無奈玉旨不寬饒。
董郎!（下）

董　永：娘子（唱仙腔）
適纔昏迷倒荒郊——
只見血跡斑斑裙一條。
上寫着一夜夫妻百日好,
百日夫妻怎捨得丟拋!
如今你妻身懷孕,
是男是女不知曉。
生下男兒叫董秀,
生下女兒叫碧桃。
來年春暖花開日,
槐樹下面把子交……
娘子!

七仙女：（內）董郎!

董　永：娘子慢走,為夫來也!（下）

團 圓 之 後

（莆仙戲）

陳仁鑒

【作者簡介】陳仁鑒(1913—1995),國家一級編劇。福建省莆田市仙遊縣榜頭鎮南溪村人。曾任中國戲劇家協會理事、顧問,福建省戲劇家協會顧問,莆田市劇協名譽主席,福建省藝術研究所副所長。從1953年起,陳仁鑒正式投身戲曲的改革與劇本創作。他是仙遊縣鯉聲劇團的創始人之一。一生創作了六十多部劇本,代表作有《團圓之後》(一名《父子恨》)、《春草闖堂》(與人合作,由他主筆)、《嵩口令》等。他的作品有着鮮明的時代精神,能將思想性和藝術性、雅與俗高度完美地統一起來。

【劇情概要】書生施佾生三件喜事接踵而至:高中新科狀元,皇帝下旨為其母葉氏建造貞節牌坊,衣錦還鄉與柳氏成婚。然在三日之後,新媳婦拜見婆婆時,却撞見了婆婆的情人。葉氏見隱私已露,無顏見人而自盡。舅舅葉慶丁自認為是新媳婦逼死婆婆,便到衙門告狀。柳氏把實情告訴丈夫施佾生後,施佾生怕自己獲欺君罔上之罪,也怕母親名譽受損,在無計可施的情況下,他請求新婚妻子自誣逼死婆婆之罪,並允諾設法搭救。按司洪如海提審柳氏,柳氏供認逼死婆婆,洪如海大怒,痛責柳氏,並抓來她的父兄,責其管教不嚴之罪,當堂各打四十大板,並以柳氏忤逆之罪擬判處極刑。施佾生心如刀絞,求知府杜國忠說情。杜國忠見狀生疑,請求洪如海將案子交他審理。施佾生至獄中探望柳氏,勸說柳氏承擔一切罪名。柳氏十分為難,雖然願以自己的生命保護丈夫的前程和婆婆的名節,但是不忍心自己無辜的父兄受其牽累。誰料,他們夫妻間的談話被躲在隔壁的杜國忠竊聽到,並說要追查真相。施佾生回家為母守靈,由來弔唁母親的表叔鄭司成的哭訴,方知母親的情人就是鄭司成。施佾生想到自己一家都是被他所害,於是在酒中下毒,欲與他同歸於盡。鄭司成知酒中有毒後,一口飲下,死前說出他和葉氏的關係以及佾生的身世。原來葉氏和表兄鄭司成從小青梅竹馬,感情甚篤,只因葉氏父兄嫌窮愛富,逼迫她嫁到施家。而葉氏從未與鄭司成斷絕關係。葉氏過門五個月後,丈夫死去,不久她生下施佾生,他實際上是鄭司成之子。葉氏與鄭司成精心將施佾生教養成人。施佾生聽後悲痛萬分,見到生父被自己毒死在面前，亦喝下毒酒自盡。杜國忠、洪如海前來捉拿鄭司成。柳氏從獄中趕來，見丈夫即將死去，肝腸痛斷。杜國忠和洪如海要為柳氏請建"節孝坊"，柳氏拒絕，撞擊為婆婆而建的貞節牌坊而死。

【版本流傳】該劇首次刊登於1957年12月的《熱風》雜誌上。後收入中國戲劇出版社1981年出版的陳仁鑒戲曲作品集《春草集》中。

【演出情況】該劇由福建省仙遊縣鯉聲劇團於1957年首次搬上舞臺，後成為鯉聲劇團甚至整個莆仙戲代表性劇目，每次演出，都受到觀眾熱烈歡迎。1959年，《團圓之後》被確定為國慶十周年晉京獻演劇目。1960年，國務院總理周恩來指示劇組到長春拍成戲曲電影，從此該劇在全國反復上映。

（朱恒夫）

人 物 表

施俏生　　柳懿兒　　葉婉娘　　鄭司成　　葉慶丁
洪如海　　杜國忠　　林甫顏　　柳德修　　柳世澤
中　軍　　衙　役　　劊子手　　禁　婆　　院　子
婢　女

第一場　團　圓

（施府大廳）
（二婢女扶葉婉娘上）
葉婉娘：（唱）笙歌盈耳奏團圓，喜筵開處笑語喧。
（葉慶丁、鄭司成同上）
（內報："狀元爺回府！"）
葉婉娘：請相見！
（施俏生上）
施俏生：（唱）鼇頭獨占娶名媛，請來旌表報慈萱。
（同相見）
施俏生：上啟母親，兒念母親年輕守寡，茹苦撫孤，曾在金殿，請旨旌表。現聖旨已頒，布政大人即將到府開讀。
葉婉娘：哦！我兒何必多此一舉！
葉慶丁：賢妹十八載苦節，教子成名；甥兒擇孝為先，請朝廷表彰閨範，理所當然。
葉婉娘：別說啦！
院　子：（上）稟太夫人，柳家花轎到。
葉婉娘：我兒就內。
（施俏生下）
葉婉娘：院子，鳴炮奏樂，準備拜堂。
院　子：是！（下傳）

(內樂起。媒婆扶新娘柳懿兒上,施佾生同上。)
(夫婦行交拜禮。媒婆扶懿兒下。)
(佾生行告祖禮,上香上果。拜祖、拜母。)

葉婉娘：(阻)我兒,為娘功微德薄,先拜舅舅吧!
葉慶丁：賢妹之言差矣,"父母之恩,昊天罔極",愚兄哪敢有占?
鄭司成：先母後舅,同受一禮吧!
施佾生：是。(唱)
　　　　叩拜慈母養育恩,(拜母)
　　　　再拜六親舅為尊。(拜慶丁)
葉慶丁：賢甥,為舅運途多舛,家境凋零,未能惠顧你家。幸虧鄭表叔竭力關照,理宜上前行禮!
鄭司成：賢表侄大魁天下,小弟忝列親朋,已屬榮幸。哪裡當得起大禮!
葉慶丁：鄭賢弟何必推辭,想你我和妹夫三人,自幼同窗,情逾骨肉;不幸妹夫早夭,賢弟念中表之親,同窗之誼,內教其子,外理其家。今日吾甥成名,豈有不拜之理!
葉婉娘：我兒,你若無鄭表叔,安有今日,不妨上前一拜!
施佾生：孩兒曉得。(唱,拜)
　　　　表叔深恩話不盡,一拜難將謝意申。
鄭司成：(唱)蘭桂香清釀一脈,今日雷鳴心也溫。
院　子：(上)啟狀元爺,布政林甫顏老爺,到府開讀聖旨。
施佾生：備香案迎接。母親請內。
(院子傳下。二婢扶葉婉娘,與葉慶丁、鄭司成分下。林甫顏上。)
林甫顏：聖旨到,跪聽宣讀。
施佾生：萬歲!
林甫顏：詔曰:"狀元施佾生奏:生母葉氏,年輕守寡,苦節堅貞。朕心喜焉。本朝以禮教治天下,葉氏懿德堪嘉,即封一品夫人,並御書'貞節'二字,着有司撥款建坊,以資旌表。欽此。"

施佾生：萬萬歲！
林甫顏：來，御書晉上。
（二衙役晉御書，置廳中供桌上。下。）
林甫顏：施賢契，本司已遵旨撥款，即日興建貞節坊，並備辦禮儀，為太夫人道賀。
施佾生：佾生何德何能，敢勞方伯大人惠貺。
林甫顏：理當如此。
院　子：(上)稟爺，按司洪大人、知府杜大人，同全省文武官員，備禮到府拜賀。
施佾生：奏樂相迎！
（院子下傳。按司洪如海、知府杜國忠上。葉慶丁、鄭司成上，隨施佾生同迎。相稱呼。）
洪如海
杜國忠：太夫人有柏舟之操，天子旌表，我等特來拜賀。
施佾生：家母德容局促，實不敢受諸位大人之禮。
洪如海
杜國忠：無妨。請太夫人登堂受禮，以慰企慕之殷。
施佾生：其實擔當不起！
林甫顏：既然如此，我等就對御書行禮，如拜太夫人一般。
洪如海
杜國忠：妙呀！
（同行禮。施佾生還禮。禮畢。）
洪如海：林大人呀，本省地處邊陬，民風澆薄，婦人四德不修，朝三暮四。施太夫人有青松之操，天子旌表，實可以樹閨范，正人心，挽一省頹風。
林甫顏：是呀，十八歲孀居，金石為心，教子成器，實屬巾幗之賢！
杜國忠：施狀元能體阿母之心，克紹箕裘；賢孝之名，播於一郡。今日少年登第，頭角崢嶸，前程正未可限量。
林甫顏：狀元以"八佾舞於庭"的"佾"字為名，也是不同凡響！
葉慶丁：此名乃鄭司成賢弟所起。

杜國忠：有此雅名，必有佳意。
葉慶丁：吾甥出世，便異常人，舍妹入門遇喜，八月便生甥兒。
杜國忠：哦！有此奇事？
洪如海：相書云："早生者氣清主貴，遲生者氣厚主壽。"本司也是九月而生，早生二月，何足為奇。
鄭司成：是，早生一月，位列憲臺，早生二月，貴不可言。
眾　官：對，貴不可言。哈哈哈！
杜國忠：鄭先生，施狀元之名，你確實起得妙極！
鄭司成：豈敢。
施佾生：請諸位大人，花廳飲宴。
眾　官：請！

第二場　約　會

（葉婉娘臥室）

（內三更，葉婉娘上。房外佇立，若有所俟。鄭司成偷偷上，急偕入。關門）

葉婉娘：啐！（唱）
見你面，又氣又愁。這纔是，不是冤家不聚頭。藕須斷，絲難連，伯勞紛飛雁離儔！西樓月落，猶展雙眸。不得已，有約待你三更後。

鄭司成：你今晚的話，我真不明白。

葉婉娘：唉！（唱）
奴成狀元母，朝廷又旌表，前情若不斷，事泄禍非小！

鄭司成：哦！（唱）
不必心焦，空把前情隨意拋，簷垂隱燕，柳暗藏鶯。二十載綢繆誰曉？到如今，又何必自斷鵲橋！

葉婉娘：如今媳婦入門，朝夕不離，若然被她觸目，叫奴何顏在世？（哭唱）
怨只怨，如我枉癡情，致今日，妻非妻，夫非夫，空自承節貞！致今日，母不母，婆不婆，何以教後人？千愁萬恨無依倚，茫茫塵世怎立身！

鄭司成：為我二人恩愛，叫你備受委屈！

葉婉娘：哼，事到如今，還談什麼恩愛！速即分離，一刀兩斷。

鄭司成：你出此言，其心何忍！（唱）
我與你自幼耳鬢廝磨，青梅竹馬情意多。

葉婉娘：那是童年的事，提起做甚？

鄭司成：後來長大了，你又是如何待我的呢？

葉婉娘：你我同列家父門牆，師兄妹之情，分內應有。

鄭司成：豈止此情嗎？（唱）
青園坐柳，水榭倚欄，香袖憑肩，記否當時嬌態？對雙星，鴛盟曾誓；指明月，共證鴛箋！

葉婉娘：那時我還未與施家訂婚呢？

鄭司成：與施家訂婚之後，你待我又是如何？（婉娘低頭不語）你……你說吧！

葉婉娘：唉，冤家冤家！（唱）
春鶯聲聲廝喚，蠶絲團團纏身，衷情訴盡醉未飲，恰叫人難却盟心！暗相親，全不念奴身已是屬他人！

鄭司成：婉娘呀！（唱）
回思往事豈全非，白水東流去，化雲亦回西。你我瑤臺對理，諒上天亦將證我理無虧。怪當年：心心相印，行往神追；若非宿緣舊債，是誰差扒，你我做一堆？

葉婉娘：剪不斷，理還亂。你……你別説啦！
（婉娘掩面，激動而吞聲地啜泣着。）

鄭司成：（挨近她，低聲地唱）
曾記否？你悄聲低語：不願委身與姓施；曾記否？你暗裡囑咐：要我投桃你報李；曾記否？你見他來便回避，猶如參商各東西。似此往事應念記，忍令鴛鴦兩仳離？

葉婉娘：（唱）鴛鴦原冀結同命，棒打無情兩地飛！

鄭司成：我好恨呀！

葉婉娘：你恨誰呢？
鄭司成：（唱）恨你父兄，高門厚第是攀；貪財利，把好姻緣拆散。況文君雖寡，求凰一曲也難彈。以致二十載，無法與卿來團圓。
葉婉娘：你如今還提團圓的話嗎？（唱）
奴為施門母，子是施家郎，名分早已定，況又受榮封。速速分離去，從此永相忘。
鄭司成：哎！（唱）
要我相忘，猶如天回玄黃，地返洪荒。俏生是我子——
葉婉娘：是你子，你人前相認去吧！
鄭司成：（唱）你是我妻房——
葉婉娘：是妻房，你人前相稱去吧！
鄭司成：（唱）為父為夫今在此，相認相稱又何妨？
葉婉娘：你今夜是瘋了還是癲了？
鄭司成：我不病也不癲！（唱）
二十載相敬相親，人前藏影又掩形，明是表親暗是夫，萬般心機都用盡；春蠶絲老方成繭，蠟炬膏盡始無芯；天雖知情天不語，地可為證地噤音。千愁萬恨向誰訴，唯你纔是知情人！
唉！（唱）
我為你母子，茹苦又含辛；我為你母子，淒涼只孤身！中途忽變志，斷義要分襟。夜寒更漏永，淚痕滿孤枕！
（坐在一旁垂淚）
葉婉娘：（上前慰之）你今夜如此，真像三歲孩兒。
鄭司成：你母子如今榮貴團圓，要將我拋棄了！
葉婉娘：罪過，你說這話，真是刺痛我心！你難道不明白，我自幼與你相愛至今，豈甘半途而廢。但俏生是你唯一愛子，你要為他着想，再不能專情任性了。如今事勢已非昔比，一旦隱情披露，不但你我性命不保，連你心愛的兒子，性命也要保不住呀！

鄭司成：呀！婉娘，我的妻呀！

葉婉娘：鄭郎，我的夫呀！（二人相抱而泣）

第三場　　觸　　見

（施府後堂）（柳懿兒上）

柳懿兒：（唱）三朝遵禮出蘭房，款步輕盈進後堂；守得嚴慈好教導，從姑聽訓做羹湯。奴家柳懿兒。于歸施狀元，成婚纔正三日，恩愛勝過百年。今朝為廟見之期，金雞初唱，及早登堂。

（唱）何幸有婆貞松操，為媳更應行孝道；夫婿雖相戀憐，今晨應起早！

你看，後堂寂靜無人，太姑房門未開。奴不免在堂外靜候，以盡為媳之道。

（柳下。婉娘上開門、探視，讓鄭司成出。柳上，觸見。鄭急奔下。柳亦驚下。）

葉婉娘：呀！（大恐。唱）

奴前世冤孽何其多，今日裡果然受惡報！為度殘生斷前情，偏破隱私把禍招！可憐我，建牌坊，受封誥；稱母儀，樹節操。倘若事傳播，難對吾兒孝；況聞媳婦賢，何顏施教導！啐！恨父兄，性太拗，誤奴兩情好。致今日，落陷阱，行鬼道，願全乖，事顛倒。千思萬想死要早！罷罷了，奴今日不死不了！不死不了！（續唱）肝腸寸斷，恨把銀牙咬，將身赴幽冥；唯願墓門早生草！

（葉婉娘下。靜場。柳懿兒驚恐地上。四顧。）

柳懿兒：太姑……太姑……（入內室）哎呀！

（回上。摔倒，爬起，招呼。）相公……相公呀……

（施佾生急上）

施佾生：夫人何事慌張？

柳懿兒：太姑她……她懸梁自盡了！

施伩生：呀！（急同入內。回上。免冠，去飾，素服。哀樂，與柳伏地痛哭。）娘親呀！我的娘親呀！

柳懿兒：（同時）太姑呀！我的太姑呀！

施伩生：夫人，母親因何自盡……

柳懿兒：這個……

施伩生：你何故沉吟呢？

柳懿兒：我嗎？

施伩生：到底為了何事？

柳懿兒：難言，實是難言！

施伩生：（旁白）夫人言語支吾，定是有故！（對內）院子，請舅父出來！

（院子內傳。葉慶丁上。）

葉慶丁：賢甥，何事慌張？

施伩生：舅父，母親自盡而亡！

葉慶丁：有此事？（入內，哭叫"賢妹呀！賢妹呀！"回上，唱）
一見吾妹死可傷，怒火騰騰問一場。
甥兒，汝母因何事自盡？

施伩生：今早柳氏前來廟見，不知何故，忽報母親自盡。方纔動問，未曾吐實。

葉慶丁：柳氏，何不吐實？

柳懿兒：甥媳進的門來，已見太姑自盡在梁。

葉慶丁：胡說！吾妹房中自盡，你如何進得房門？

柳懿兒：呀！這……

葉慶丁：（厲聲）休得瞞混，到底為了何事？

柳懿兒：舅父，奴家委實不知！

葉慶丁：賤人，做人媳婦，廟見之時，太姑自盡，能推不知嗎？哼，看你神色慌張，言語支吾，定是倚仗娘家大姓，廟見不尊禮法，態度傲慢，出言忤逆，致吾妹忍無可忍，憤而自盡！

柳懿兒：奴家不敢……

葉慶丁：不敢？你自負父為名儒，平日在家，驕縱成性，目無尊長，所以一入施門，就做出事來！

柳懿兒：委實無有此事。

葉慶丁：還敢強辯！賢甥，你母乃誥命夫人，死有不明，官家能不動問？待為舅就去報官，請官府決斷！

（葉慶丁要下，柳懿兒急攔。）

柳懿兒：舅父，還須從長計議……

葉慶丁：不用多言！

（葉慶丁推顛柳懿兒，急下。）

柳懿兒：舅父，舅父……（向佾生）相公，此事非奴之過，切切不可孟浪！

施佾生：你有何言，還不早說！

柳懿兒：奴說？

施佾生：你說。

柳懿兒：奴實說？

施佾生：照實說來！

柳懿兒：相公！（唱）

別君廟見進後堂，忽見一男人，沖出太姑房。

施佾生：嘎！（驚）男人是誰？

柳懿兒：（唱）為妻哪能識，急忙避一旁。再來她已自縊亡！

施佾生：你妄言？

柳懿兒：奴怎敢。

施佾生：是真情？

柳懿兒：哪有假。

施佾生：哦！（幾暈倒，柳急扶。唱）

原來母親有隱衷，為子怎能知短長。求封誥，請表彰，原擬馨香百代，卻招欺君禍殃。狀元門第如紙薄，祖德家聲付汪洋！

柳懿兒：相公！事到如今，宜想轉圜之策。

施佾生：呸！（唱）

看你婦人行太癡，進退失慎觸母私！事後動問不吐實，而今補漏已嫌遲!
柳懿兒：奴欲顧全太姑名節，不敢明言；如今反招罪戾，何以為人？
施佾生：現舅父已去報官，官家來時，必然尋根究底。
柳懿兒：叫奴如何回答？
施佾生：這……
　　　　（二人尋思對策，搓手急步）
施佾生：夫人，你是賢德之妻嗎？
柳懿兒：婦人以夫為天，父母早有明訓。
施佾生：夫人！（唱）
　　　　真相莫使外人知，強收淚眼望吾妻，肯為施家全三保，卿與孟光德義齊！
柳懿兒：如何三保呢？
施佾生：一者，保祖上家風。
柳懿兒：生為施家人，不保家風，難對祖宗於地下。
施佾生：二者，保母親名節。
柳懿兒：若不替太姑保名節，族親唾棄，就成不孝之人。
施佾生：三者，保為夫官箴。
柳懿兒：相公官箴得保，為妻何等光彩！
施佾生：願三保？
柳懿兒：當然願三保！
施佾生：我說？
柳懿兒：你說。
施佾生：這個……
柳懿兒：相公為何欲言又止？
施佾生：又怕學生說出，夫人見怪於我。
柳懿兒：你我恩愛夫妻，哪有見怪之理！
施佾生：夫人呀！（唱）
　　　　緹縈上書救父，盧氏冒刃衛姑，事急燃眉無他計，求卿暫忍一時苦！
　　　　（佾生下跪。懿兒扶起。）

柳懿兒：相公何須如此，奴家縱然一死，也是無怨！
施佾生：（唱）暫認罪，自承忤逆；再設法，解脫無辜。
（內報："福州府知府杜大人，帶領三班衙役，慌慌忙忙而來！"）
施佾生：夫人，方纔之言，你可記得？
柳懿兒：奴家記得。
施佾生：（對內）院子，備孝服，迎接杜知府！
（內應聲）

第四場　審　問

（按司公堂）
（二幕外。葉慶丁怒上。）
葉慶丁：（唱）葉家門第舊名聲，當年一語驚四鄰；今日堂堂狀元母，豈能率爾任怨沉。
我葉慶丁，柳氏已供認忤逆，可恨杜知府，却遲遲不肯判刑，叫我怎肯甘休。不免前往按衙，再行申訴便了。（唱）莫道餓鷹猶猛搏，須知寒蛇更纏人。
（圓場。擊鼓。中軍上。）
中　軍：何事擊鼓？
葉慶丁：縉紳葉慶丁，為節婦鳴冤！
中　軍：請等！
（分下。內洪如海聲："升堂！"）
（二幕啟，衙役喊堂，與中軍引洪如海上。）
洪如海：（唱）職司按臺理刑名，鐵面無私不徇情。
本憲福建提刑按察使洪如海，掌一省刑名按劾之事，執法無私。中軍，傳葉慶丁進見。
中　軍：葉慶丁進見。
葉慶丁：（上）憲臺大人在上，治生葉慶丁一禮。
洪如海：葉先生免禮。太夫人何事有冤？
葉慶丁：洪大人！（唱）

　　　　　柳氏忤逆滅天倫，迫得吾妹一命殞。
洪如海：（大驚）哦！有此事？
葉慶丁：（唱）知府審理不決斷，
　　　　　特上公堂請理論。
洪如海：呀！葉氏乃誥命節婦，朝廷旌表，此事非同小可，杜國忠豈能不究。中軍，取吾令，到福州府將柳氏提來，待本司親自審問。
中　軍：得令！（取令下）
　　　　　（內報："施狀元到！"）
洪如海：有請！（下位迎）
　　　　　（施佾生孝服上。向洪一揖，伏地而哭。）
洪如海：狀元純孝，突遭大故，實是可傷。請節哀順變，以保千金之軀。施狀元請起。（扶佾生起）施狀元請座！
施佾生：晚生孝服在身，不敢就座。
洪如海：但坐不妨！
　　　　　（施佾生坐，以袖掩面而泣。）
洪如海：聞柳氏忤逆迫姑，我省有此頹風，本司忝居憲臺，不能以德化頑，心實有愧！
施佾生：佾生未能修身以齊家，禍延生母，不敢歸怨他人！
葉慶丁：吾妹堂堂誥命，正值尊榮安享之時，却遭人倫之變。國法安在？綱常何存？
施佾生：此事罪在佾生，若再揚湯，恐路人沸騰，反添我一人之過！
洪如海：此皆施狀元賢孝自譴之詞，本司焉有不知。
中　軍：（上）稟大人，柳氏提到了。
洪如海：押上來！
　　　　　（二衙役押柳懿兒上。跪。）
洪如海：嘎，柳氏，入門三日，膽敢迫死太姑，從實一一招來！
柳懿兒：容訴！（唱）
　　　　　廟見之時禮欠修，太姑訓導若為仇，反唇相譏闖大禍，尚望酌情恕女流！

洪如海：嘿嘿嘿，還想減輕罪名嗎？國朝欽定誥律，內有"威逼其親尊長致死"者，應按何等？
葉慶丁：應按不准贖死罪等。
施佾生：（一驚）呀……
洪如海：狀元賢孝，能饒恕此等罪名嗎？
施佾生：大人，佾生自恨……
洪如海：安得不恨！
葉慶丁：求大人按律究辦！
洪如海：來，柳氏押下，先笞四十，以平施狀元之憤！
施佾生：（急）這……
（衙役已押柳懿兒下。內鞭打聲和着懿兒哀叫聲。佾生如坐針氈。）
施佾生：（旁唱）鞭聲如雨驟，喊聲似急飆。淚往肚裡流，刀在心頭攪。酷吏用嚴刑，舌結難求饒。添薪有悍舅，一旁似鴟梟！
（衙役扶柳懿兒上。懿兒暈倒。）
衙　役：稟大人，婦人暈厥！
洪如海：用冷水潑醒！
（衙役潑水。柳懿兒漸醒。）
柳懿兒：（唱）五內如崩殂，萬針扎肌膚。回首看夫面，顏容漸模糊！
洪如海：嗐哼！（唱）
悍婦太可惡，萬死有餘辜。重典申國法，一掃衆人怒。
葉慶丁：洪大人，"虎兒出於柳，是誰之過？"
洪如海：是，柳德修父子，枉稱一郡鴻儒，却教出如此忤逆之女，若不究辦，安能振綱常，對節婦！
施佾生：（急）洪大人，此事晚生只能自責，豈堪……
洪如海：狀元之言，怨懟極矣。中軍，簽一道，速傳柳德修父子，到堂聽審。
中　軍：是！（接簽下）

施俊生：洪大人！（唱）
羊亡自怨牢不修，求之過甚增怨尤！惡婦事出在夫家，豈可再挑岳家仇？
洪如海：狀元忠厚過矣。法之不張，則王道廢弛；世之清濁，賴吾輩激揚！本司備位督憲，鐵面無私。此案有關國體，豈懼怨尤，而畏葸不進！
施俊生：（掩面而泣）母親呀！我的娘呀！
（中軍上）
中　軍：上啟大人，柳德修父子傳到了。
洪如海：帶上來！
中　軍：是。
（下與二衙役押柳德修、柳世澤上。）
柳德修
柳世澤：憲臺大人在上，縉紳生員柳德修、柳世澤一禮。
洪如海：嘿嘿嘿，柳德修，柳世澤，女嫁三日，逼死其姑，你父子好家教呀！
柳德修
柳世澤：喔，不敢，不敢！
洪如海：今天子恭修孝治，忤逆為諸罪之首。你父子有女不教，絕滅人倫。本司先辦你治家不嚴之罪，再行論處。來，將柳家父子革去衣巾，攛下先打五十板！
柳德修
柳世澤：且慢，容我父子詢問明白。
柳懿兒：哎呀！此事與我父兄無干！
洪如海：不用多言，來，推下打，打，打！
（衙役推柳父子下。內板聲，呻吟聲。施俊生坐立不安。）
柳懿兒：（站起，又僕。暗拉俊生衣襟）救奴父兄，救奴父兄！
施俊生：（顫抖，暗示止。旁唱）
重鉛灌頂，如啞似聾，前門拒虎，後門進狼。汗流浹背，進退彷徨！

柳懿兒：（哭唱）父兄平白，豈可牽曳，可行則行，可止則止！奴縱然，呼救無補；你因何，片語不提？
（衙役推柳德修、柳世澤上。二人怒指懿兒。）

柳德修
柳世澤：呸！（唱）

看你行事實堪驚，出嫁三日犯罪名。橫禍飛來鄉閭震，公堂忍看父兄刑？

柳德修：呸！（唱）父母閨門豈無教，女誡內則要力行。實指望：配坤順，振閨聲。誰料你：忘地義，背天經！

柳世澤：（唱）父鴻儒，兄青衿，士林皆欽敬，被你一旦傾！

柳德修：逆女呀！你在家之時，溫柔恭順，敬長上，孝雙親。誰知一出嫁，竟反常態，逆天逆理。你……你到底有何理可辯？

柳懿兒：爹爹呀！（唱）
女兒實……實是……

柳德修：是怎樣？
（柳懿兒看俏生面。俏生震顫，低頭。）

柳懿兒：（續唱）是……是一時懵懂！

柳世澤：妹，你果有此事嗎？

柳懿兒：妹……妹無……

柳世澤：無？
（施俏生急暗示止）

柳懿兒：有……有呀！

柳德修
柳世澤：呸！（唱）

果有此情，實忘家箴；一死何足惜，只恨辱敗我門庭！
（柳父子斥指，懿兒跌地。）

柳懿兒：（唱）欲辯難，相對何堪；黃連味苦，唯有自家咽！（祈求地）
兒本是肖女，莫作不賢看！

施佾生：岳……岳……岳父，内……内……兄，不……不必責怪此婦，想我施佾生，也……也命該如……如此！
葉慶丁：甥兒！你母已死，兩家成為仇讎，有何親戚之情？
施佾生：（一震，裝翻臉）呸！（唱）
　　　　惡婦太無情，你等亦靜聽：兩家成仇恨，我是天子門生！
葉慶丁：洪大人，吾妹乃一品夫人，今日被逼而死，如何回奏天子？
洪如海：（拍案而起）來，將柳德修父子，押下監牢，另判徒刑！
　　　　（衙役押柳德修父子下）
洪如海：（出座挽佾生手）施狀元，柳氏昨為你婦，今為你仇，本司為挽狂瀾於既倒，定要將她處以極刑！
施佾生：呀！這……（發抖）
洪如海：一者可以振綱常！
施佾生：哦！
洪如海：二者可以正人心！
施佾生：誠恐……
洪如海：三者可以慰節婦在天之靈。
施佾生：只……只怕……（戰慄不已）
洪如海：（入座）十惡不赦大罪，非立決不足以快人心！
　　　　（寫斬牌）來，將柳氏綁赴刑場，立時斬決，然後單詳申奏便了！
　　　　（二劊子手上，洪丟下斬牌。柳翻跌。佾生驚倒。）

第五場　阻　　刑

（按衙戒石亭外）

施佾生：（内唱）雲時間天暗雲低，滿眼裡霧障煙迷。（上。顫抖）悲風含沙卷，杜宇帶血啼。神志昏步履蹣跚，辨不清南北東西！哎呀！活活一個賢德妻，無罪法場慘橫屍，可憐她，為我母子受罪戾，千古銜冤難洗！她無辜，她無罪，我要救她；不能讓她受死！不能讓她受死……（唱）迅雷掩耳何及？欲救無計可施！心急如油煎，時兮一刻不容遲疑……

（二劊子手押柳懿兒上。懿兒目盯施佾生。）

柳懿兒：（唱）天慘慘兮地淒淒，如今就死口無詞！惟願太姑名節美，惟願夫君耀門楣！明年忌日，荒草墳上燒片紙！

（劊子手押柳懿兒下）

施佾生：（僕地又起，顛，顫。唱）

急騰騰，砸碎了玉人無蹤跡；眼睜睜，套入了刀銃難掙離！猜不透官場怒與喜，叫後人責我行不義！

（內杜國忠：呼喊聲。施佾生：踮足探望。）

施佾生：呀！（唱）

忽見儀門外，知府行步疾。他曾理此案，似欲為掩飾！不如懇求他，暫解眼前急。雲開光一線，照我淚衫濕！

（圓場）

（杜國忠上）

杜國忠：（唱）柳氏一案，事關國鈞，豈可孟浪，須要刨根。啊！忽見施狀元，身顛步不穩，喪魂失魄，又添我疑雲！

施佾生：（遇杜，急拉其手）杜府臺，杜先生，你來了，你……你來了！

杜國忠：是是，施狀元，何事慌張？

施佾生：我妻已綁赴法場！

杜國忠：按司要斬……

施佾生：望你……

杜國忠：望我何來？

施佾生：看我……

杜國忠：看你何事？

施佾生：面……面上……（兩膝一屈，幾倒。）

杜國忠：（急扶）施狀元仔細仔細！

施佾生：救她一命！

杜國忠：時已急矣。（對前）前面上差聽者，請將犯婦，暫停儀門之外,待本府見了憲臺,再行定奪。
(內聲:"知道了!")

杜國忠:施狀元,看你神情惶急,尊夫人似有冤情?
施佾生:噢!(有些清醒)這個……
杜國忠:既有冤情,洪憲臺調審,就該反供。
施佾生:未反供。
杜國忠:既有冤,又不反供,此是何者?
施佾生:這個……此……此婦確有忤逆之行,她,她也懵懂極矣!
杜國忠:(作驚狀)確有忤逆!呵!既然確有忤逆,就讓她受刑了吧。
    (對前)前面上差聽者……
施佾生:(急拉)杜府臺,杜先生……
杜國忠:施狀元?
施佾生:你我同朝為官……
杜國忠:就該互為扶持……
施佾生:請你替我向……(指內)向……
杜國忠:向憲臺大人……
施佾生:求情……
杜國忠:你是說要我替她求情嗎?
施佾生:我是說,念在她年紀尚輕,世事未諳……
杜國忠:洪憲臺為人固執,忤逆又是重罪,若以此詞告宥,斷難聽從。看來,本府求不得情了!(對前)上差聽者……
施佾生:(急拉)杜府臺,慢點,慢點!
杜國忠:慢不得了,洪憲臺親自監斬,後面騎馬便到!
施佾生:呵,蒼天呀!(唱)
    枉與我金堂玉馬朝宮闕,到此時慈母懸梁妻濺血!榮華富貴早成空,前淚未乾後淚續。官場何冰冷,老天何肆虐!
杜國忠:狀元之言,情殊可憫。其實下官到貴府看驗之時,便有諒情垂救之心。只是如今督憲大人大怒,若求釋放,定遭罪責。

施佾生：定讞須察情，刑罰有輕重。只求減輕一等，亦不致因此受責。

杜國忠：照狀元之意，是要求減輕？

施佾生：是要求減輕。

杜國忠：先求不死？

施佾生：宥她一命！

杜國忠：（大笑）哈哈哈！狀元公愛妻甚矣！本府知道了！

施佾生：（一怔）這……你……

杜國忠：狀元既死其母，豈可又死其妻！下官定體此情，在憲臺面前，據情力爭。

施佾生：（覺杜有異）杜府臺，杜先生……
（內馬蹄聲）

杜國忠：憲臺已至，速即回避。本府定救尊夫人一命！

施佾生：杜府臺，你切切……
（洪如海騎馬上。葉慶丁、二衙役跟上。杜揮手，施佾生急下。）

杜國忠：憲臺大人在上：福州府知府杜國忠叩見。

洪如海：嗯！杜國忠，不替節婦伸冤，該當何罪？

杜國忠：卑職正為此案而來。已將犯婦阻於儀門之外。

洪如海：莫非要替她求情嗎？（下馬）

杜國忠：大人呀！（唱）
此案內中別有因，柳氏逼姑恐非真。

洪如海：胡說！柳氏當堂認供不諱，其父兄亦無言可辯，還有什麼別因。來，帶馬！（上馬）

杜國忠：大人！（攔馬唱）
未迫先供豈無由，都緣案裡有隱憂。柳家女子有婦德，名聞鄰里孰與儔。入門三日迫姑死，理難通順情難有。況聞狀元阿母，秉性溫柔。榮膺朝廷旌表，正宜享受。豈因勃谿，甘赴九幽？據我探索，別有緣由。

洪如海：何由？
杜國忠：恐與葉氏本人有關！
葉慶丁：杜知府，此言何意？
杜國忠：（唱）適纔卑職入儀門，狀元神志已全昏，既言其妻是忤逆，又強本府請從寬，扯住兩手未肯放，雙袖泛瀾滿淚痕！
洪如海：哦，有此事！
葉慶丁：吾甥年少，未經世故，念三日夫妻之情，不忍之心，容或有之，安有其他！
杜國忠：（唱）狀元行孝久聞名，何至愛妻勝母親。再三苦求免死罪，還怪官場冷如冰，若非其母有他隱，應送其妻受典刑。
洪如海：哦！
葉慶丁：洪大人，杜知府先不判柳氏之罪，今又誣吾妹行有他隱，似此存偏見，謗節婦，居心何在？乞請明鑒！
杜國忠：（緊逼）大人，殺死柳氏事小，顛倒教化事大。旌表乃朝廷大典，若被人竊取，則歪風伸長，綱常下墜，世道人心，從此反覆。此責誰敢擔承？
洪如海：（震動）呵！
葉慶丁：洪大人。杜國忠必受柳家之賄，因此……
洪如海：（對杜）依你之見？
杜國忠：案交卑職復審……
葉慶丁：洪大人……
洪如海：（以手止葉）如無別情呢？
杜國忠：任憑發落。
洪如海：如無別情，攔阻行刑，誹謗節婦，本司定要革你官職，按律究辦。
杜國忠：甘受其罪！
洪如海：（對衙役）傳下去，將犯婦柳氏，交與杜知府，帶回復審。
衙　役：是！（下）
　　　　（施佾生急上）
施佾生：杜國忠，你你你……

（杜國忠直逼施佾生，陰冷地獰笑着。）

第六場　詰　柳

（知府内衙）
（府衙二役帶柳懿兒，與杜國忠同上。）

柳懿兒：（唱）淚潸潸，心煎煎，地哭與天咽！回味今日事，舉首只望天！

杜國忠：給施夫人鬆綁！（衙役鬆綁）你等在外伺候。本府内衙文案，不許一人進入。

衙　役：是！（同下）

杜國忠：聞夫人在按司公堂，又是未迫供，而先承罪，因此憲臺大怒，立要將你典刑？

柳懿兒：唉！苦！

杜國忠：下官在貴府問案之時，已知夫人有難言之痛，及聞按司問斬，甘冒大不韙，闖衙力爭，以救夫人一命。此事夫人知否？

柳懿兒：犯婦感激不盡！

杜國忠：但事到如今，還求夫人，為下官開脱罪責！

柳懿兒：此言何來？

杜國忠：若不能查清此案，夫人負屈不伸，下官亦將因此革職嚴辦。夫人能不動於心嗎？

柳懿兒：薄命之人，未能為力！

杜國忠：素聞夫人，温柔恭順，你父兄又是一郡鴻儒，平日受其熏育，何至入門三日，迫死太姑？

柳懿兒：事由勢迫，死因願成，大人不必枉費心機！

杜國忠：察狀元神色，聽夫人言詞，下官也知今日之事，乃是不得不然！

柳懿兒：願早暝雙目！

杜國忠：夫人！（唱）

你是柳家賢女兒,幼秉家教效班姬,如許韶華似玉潔,何甘毀瑜換囚衣?

柳懿兒: 哦……

杜國忠: 夫人真欲振一國綱常,扶聖人名教,就該將此案內情,與下官說出,纔不負你父兄教誨之恩。

(柳懿兒鉗口瞑目,一言不發。)

杜國忠: 嘿,夫人用心亦良苦矣,只是無人得知!

柳懿兒: 自有天知。

杜國忠: (大笑)哈哈哈!(唱)
天心豈欲亂綱常,似此閫德天亦傷。作繭自縛徒招罪,空承忤逆名豈香。本欲求賢反受辱,死後萬載臭名揚!

柳懿兒: (一震)啊!(唱)
聞此言,暗自驚,奴家枉費一片心,千年萬載受罵名!

(施佾生上,在外靜聽。)

杜國忠: 夫人,如今再不吐實,就有三不保!

柳懿兒: 何謂三不保?

杜國忠: 一不保,柳氏祖上家風,被你所辱,遺羞後代!

柳懿兒: (一驚)呵!這……這二不保呢?

杜國忠: 二不保,你父兄不能逃刑罰,流徙千里!

柳懿兒: 呀!(掩面而泣)三……三不保呢?

杜國忠: 三不保,夫人不能保自身,暴屍法場!

柳懿兒: 天哪……

杜國忠: 夫人,你縱一死,既毀了柳家,又成施門罪人,所為何來?所為何來?

柳懿兒: 呀!(大悟)這……這……大人……奴……奴情願……

杜國忠: 快快說來!

(施佾生急沖入,衙役上拉,被推開。施凝視柳懿兒,圓場。)

施佾生: 呸!(唱)
見賢不思齊,你豈是我妻?古來金石性,亂語不受迷。賢愚千古事,時來人自知!

衙　役:稟太爺,施狀元不由勸阻,在外聽審,又闖入後堂。
杜國忠:無用之輩,退下!
衙　役:是!(做鬼臉下)
杜國忠:施狀元,本府問案,因何不召自來?
施佾生:案關生母之仇,豈能不容過問?
杜國忠:嘿嘿!狀元現在亦能想到生母之仇了。但在儀門,也不曾忘却夫妻之義呀!
施佾生:呀!杜國忠,你……你好不陰險!
杜國忠:來!(衙役上)長枷一面,將柳氏收監,明日再審。
衙　役:是!
(施、柳對看,懿兒掩泣與衙役下。)
施佾生:哎呀!杜國忠,你衙前甜言蜜語,原來口是心非,有意羅織罪名,與我御前論理……
杜國忠:(厲聲)施佾生,還敢以天子門生相脅!你知罪嗎?
施佾生:呵!(驚退)我……我有何罪?
杜國忠:嘿嘿!(唱)
青瑁欲將美玉泥,竊取旌表罪欺君。桃代李僵非巧計,迫妻承罪滅常倫!
施佾生:杜國忠,何憑何證,如此加誣!
杜國忠:哈哈!(唱)
懷紙包火必自焚,欲蓋彌彰枉求人。須知本府嚴審察,料事還憑眼如神。柳氏已自生悔意,反供之日難逃刑。
衙役,掩門!
(杜國忠徑下。衙役上。)
衙　役:施狀元,要關門了!
(施佾生顛蹭出衙。衙役關門下。)
施佾生:啊!(唱)
遍人間豺狼滿地,整寰宇刀劍如林!張牙舞爪,飛鋒揮刃。逼得你聲破名敗,到頭來碎骨粉身,與其受辱萬人前,不如將身汨羅沉!

第七場 獄　　會

（監獄）
（柳懿兒負枷上）

柳懿兒：（唱）負枷坐獄心悽愴,想今生已上冤死榜；屈意事良人,招成了斷頭供狀！婦道難全,世情何在？只愁父兄,千里流放。生女何用？枉受無限凄涼！
（施佾生倉皇地上）

施佾生：禁婆,開門,開門！

禁　婆：（上）誰叫門？（開小窗）呵,原來是狀元爺！
（開監門）請進！
（施佾生潛入）

施佾生：禁婆,這些薄禮請收起,偏僻地方找一處,讓我與妻子說話。

禁　婆：府太爺交待,給尊夫人收拾一間僻靜的房子,無人錯雜,待我引進。
（禁婆引施佾生進）

禁　婆：喂,夫人,施狀元……
（施佾生止禁婆,膽怯地回顧。禁婆下。）

柳懿兒：相公呀……

施佾生：（又止柳,低聲）夫人,可恨杜國忠,百般挑唆,要你反供。事到如今,你到底如何主意？

柳懿兒：咳！（唱）
看你男子未知理,所謀全非寧不疑？要奴知禮成非禮,要奴行孝變忤逆！三保三不保,進退何所依？自古一死本易事,似此乖常難為妻！

施佾生：呀！夫人,當初學生要你承罪,本想狀元何難庇妻,有司不致重究。誰知事出意外,洪如海大發雷霆,為夫欲救,插言不得,心有難言之痛,惟天可表!

柳懿兒:如今你意如何?

施佾生:如今勢成騎虎,杜國忠反其道而行,真相行將披露於人前。夫人不行三保,施家千百年祖澤休矣。欲保祖澤……

柳懿兒:就顧不得為妻了嗎?

(以枷直逼其夫,施佾生跪。)

柳懿兒:啐!(唱)

看你一念全未休,盡心只為施家謀,白玉帶,金紫綬,甘把結髮作仇讎!父兄流徙千里外,誰憐窮途萬斛愁!

施佾生:(伏地而泣,唱)

夫人言詞我知愧,我今淚乾心也碎。陷柳謀施實未敢,弄巧成拙是我罪!而今已無回天力,長跪作別黃泉歸。魂遊地下魂不散,望鄉臺上望深閨!

柳懿兒:此言何意?

施佾生:我出無奈,勸你代罪,株連柳家,是為不義之人。所以不必忌諱,徑向杜國忠求情,以救夫人,致隱情披露……

柳懿兒:呵……

施佾生:如今杜國忠定要翻箱挖底,使施家祖澤傾墜。為保母名節,為救妻一命,捨我一死,別無他途!

柳懿兒:這個……

施佾生:若隱情披露,我在生必然受辱,不如徑行自盡。夫人可指我忤逆,迫你承罪,使杜國忠難以破案,則事還有可為。(唱)

只求賢妻不吐實,祖風母德免沉淪。只求賢妻伐我罪,孝義二字得並存!千罪萬罪我擔承,官府難誅地下魂!一夜夫妻百年愛,死別生離心如焚!

(要下,柳懿兒急攔。)

柳懿兒:從容,從容。相公!(唱)

聞君哀告,得明苦衷,方纔錯怪,望乞寬容!你若冤死無天理,可憐潔白紙一張!
相公!你是施家單根種,斷絕奕世應珍重,奴是薄命一女流,存亡禍福未可傷。奴今出言君記取,(跪下)日月三光證天中,願為施門全三保,縱然一死不反供。

施佾生:夫人,學生為母就死,理所應當;你乃無罪之人,禍延父兄,萬萬不可!

柳懿兒:此事不能歸怨相公,只要我咬定原供,情夫不能歸案,則杜知府官箴尚且難保,你又何必自絕宗祀。只是奴死之後,相公可向洪按司求情,免我父兄株連之罪,則九泉之下,可以瞑目!

施佾生:呵,夫人!(唱)
衷情悃款意低回,琪花瑜玉難匹配。懿卿賢德,一代豐碑!自家之事自家受,佾生豈能再抱愧,存亡禍福我自知,此時不死待何時?(要行)

柳懿兒:住了!相公若死,非但施家千百年香火湮滅,且為妻伶俜淒涼,無依無靠,苟活人世,亦有何用?奴死為是。

施佾生:我死應當!

柳懿兒:奴死!

施佾生:我死!
(夫妻相抱而哭)

施佾生 (同唱)鶼鶼原期百年過,寒霜烈焰嚴相逼。鏡花水月一
柳懿兒:剎空,世道如囚天如墨!
(杜國忠、禁婆上。佾生、懿兒驚倒。)

杜國忠:哈哈!你等不問自招了!

施佾生:杜國忠,與你何冤何仇,如此作難!

杜國忠:事關教化,顛倒不得!

施佾生:我自承忤逆,先求一死,無干無證,其奈我何?

柳懿兒:杜知府,奴也情願一死。公堂之上,若不反供,請問如何結案?

杜國忠:真相已明,看我捉獲奸夫!

施佾生
柳懿兒：(直指杜國忠)好不凶狠的賊哪！

第八場　認　父

(施家祠堂)
(二幕外。鄭司成面色憔悴上。)

鄭司成：(唱)情好廿載，一朝遭變。情難遣，淚已殫；睜眼閉眼，都見她面。塵世緣已斷，浮生無可戀，願隨心上人，九泉永相伴。
　　　　自從遭變，聞柳氏自承迫姑，累及父兄。禍由我起，本欲自首承罪，以救媳婦一家。但我自首，勢必暴露隱情，毀了吾兒。天呀天！如今欲救媳，必難救兒；欲救兒，必難救媳。自思惟有隨婉娘於地下，一死以謝世人！死好，死不錯！(要下)呀，我決意求死，吾兒將永不知生父是我。臨死之前，父子理宜相認相認！(要行)慢點，我兒闔家淒惶，對我怨恨必深，豈有相認？唉！
　　　　(唱)我雖有子認亦難，只好伶仃淚暗彈。幽冥不聽喚爹聲，叫我死去難合眼！如今既不能認子，又不能救媳，千愁萬緒，向誰投訴呢？
　　　　(續唱)唯有訴與情妻聽，因何不喚我同行？長夜孤零睜雙眼，淒風送析顫黃燈。你前去，我要跟，跟你跟到陰山下，閻王面前訴一遍。(下)
(二道幕啟：祠堂大廳上設有靈座，白幃垂地，幃後停葉氏柩。靈前燭光陰暗，男女紙人，站立座旁。祠外正建立牌坊，御書"貞節"二字，暫掛於大廳橫梁上。)
(夜空黑雲迷漫，遠處雷聲隱隱。)
(內三更。施佾生憔悴地席坐靈旁。)

施佾生：(唱)燭影憧憧白幃垂，靈堂淒淒陰風吹！恨生施家做人子，悔奪高魁請旨回！

唉！杜國忠若然破案，情夫就要招供……（唱）此時案已破，何顏人世居！但願求早死，（取毒藥，看。）哈，笑臉對毒砒！

（影動，俗生注視，見有人來，避入靈後。鄭司成臉色灰黑，神情迷亂，顫顫地上，探索着。）

鄭司成：靈堂無人恰好！（上看，下跪。）婉娘，我的情妻呀！（哭唱）

拜情妻，淚沾襦，今夜陰靈回家無？當時恩情深似海，魂兮應來會你夫！

（施俗生從靈後走出）

施俗生：（旁白）原來是他！（切齒上前）表叔！

鄭司成：（驚倒）原來是表……表侄！

施俗生：原來是表叔！

鄭司成：我……我怕你母靈前燈火失明，順路到此一望。

施俗生：有勞表叔！表叔請坐！

鄭司成：不……不坐了……（要下）

施俗生：母新謝世，只有表叔相親，不妨略坐片時，聊語衷腸！

鄭司成：也説得是。表侄同坐！

（二人坐，靜默片時。）

施俗生：近日表叔，因何罕見？

鄭司成：表侄丁憂，愚叔淚眼相對，徒增彼此之悲！

（鄭司成百感交集，忽然泣不成聲。施俗生亦相對痛哭。）

施俗生：（勉强收淚）表叔還是節哀為是，以保千金之軀。

鄭司成：想念前情，不覺難以自抑！（拭淚）

施俗生：（指門外）天子為家母起造牌坊，原為褒獎貞節。誰知坊造未成，反促她人歸泉路！

（遠處隱隱響起雷聲，祠堂天井上，電光微微一閃，顯出梁上的御書"貞節"二字。）

（祠外二衙役於閃電中探頭。隱下。）

（鄭司成起立，難支欲倒。施俗生急扶，忽一陣冷風吹來，燭光搖搖欲熄。)

鄭司成：夜色已深，冷風侵骨，就此告退。
施佾生：表叔怕冷，小侄備有熱酒，不妨略飲數杯禦寒，再談片刻也好。
鄭司成：足見表侄殷勤之意！
施佾生：表叔稍坐。(下)
鄭司成：(唱)死別吞聲在此時，吾兒只知自姓施。心為施家生怨恨，生父是誰他不知。
(施佾生取酒上)
施佾生：表叔，失陪了！(擺酒)
鄭司成：表侄一向對我尊敬，你自小我也十分疼你……
施佾生：(倒酒)表叔請酒！
鄭司成：(執杯在手，諦視施佾生)小時候，你母總要我抱……
施佾生：我母乃自盡致死，柳氏因此被處極刑……
鄭司成：(一震)她……她是我家賢……
施佾生：杜國忠闖衙阻刑，說吾母另有隱情！
(發雷)
鄭司成：隱情?！(起立，放下酒杯。)杜國忠倒也……
施佾生：表叔請酒！
鄭司成：倒也頗有見識！(拿起酒杯)他……他現在……
施佾生：正在審理此案，偵騎四出，拘捕正犯。
(雷響，電閃，梁上御書"貞節"二字，鮮明閃現。鄭司成狠狠地飲下杯酒。)
(二衙役於雷電中探身祠外，交頭接耳。隱下。)
鄭司成：嘿嘿！(冷笑，鎮靜的倒酒)來吧！杜國忠……
施佾生：公堂之上，三木肆威，不但受辱而死，而且施家……
鄭司成：什麼施家?！我兒……
施佾生：(霍地站起)你、你口出何言？
鄭司成：你是鄭家人，是我的兒子……(拿杯放於唇邊將飲)
施佾生：(急拉其手，拿開杯，凶厲地)你、你別胡言亂語!!

鄭司成：我胡言亂語？（苦笑）嘿，兒呀！（唱）
　　　　我與你母，自小兩情癡。心合神契，形影不相離。盟誓約：生要同衾死同穴，天上神祇早已知！
　　　　（按腹，痛苦地拿杯要喝。）
施佾生：（搶過杯）不要喝！
鄭司成：只因你舅父貪財，不由你母千求萬懇，將她強嫁施家有錢之婿。
施佾生：你就該……
鄭司成：兒呀！（唱）
　　　　天上地下情能離，草木也應無新枝。鴛鴦本是鶼鶼鳥，痛恨被分兩地飛。寧願違禮受人唾，不願委身與姓施。為報深情在未嫁，珠胎暗結二月期！
施佾生：哦！（跌坐）你說此言，寧是真的？
鄭司成：天可作證。你母過門八月，便生吾兒，你名佾生，就是此意。
施佾生：哎呀！（站起）這……
鄭司成：你投錯胎了！我兒，此是誰之過錯？難道全是你父母之過嗎……（腹痛，伸手拉過酒杯要飲）
施佾生：（急制止）不要飲，這是毒酒！
鄭司成：早知是毒酒。但為父此時不死，更待何時？（雙淚交流）兒呀！你生後五月，施景登一病身亡——
　　　　（唱）從此不時到施家，教讀吾兒度歲華。人前不敢來認子，臨死應喚一聲爹！
　　　　（執杯一飲而下）
　　　　（雷電轟鳴、煜耀。施佾生拉已不及。）
施佾生：哎呀！（跪）爹爹！爹爹呀！
鄭司成：（抱子頭）兒呀！我親生的兒子呀！
施佾生：爹爹呀！
　　　　（雷電隆隆閃閃，經久始熄。）
鄭司成：（唱）十八年來相對看，咫尺如隔萬重山。今日歸來依膝

　　　　　下,雖然一死也怡顏!
　　　　　哎喲!哎……喲……(按腹、要倒)
施佾生:(急扶)爹呀!(唱)
　　　　　睜開淚眼把爹攙,往事方知一夢間。子是豺狼親下毒,欲
　　　　　鑄團圓反鑄散!
鄭司成:兒呀!此事非你之過,非你之過!
　　　　　(雷聲霹靂,電光閃耀。鄭司成倒地死。施佾生撫屍
　　　　　慟哭。)
施佾生:爹爹呀!(唱)
　　　　　父屍一具橫眼前,急電重雷震長天。為申教化天倫滅,欲
　　　　　振綱常骨肉殘!借問聖人緣何事,——不合降生在人間!
　　　　　(將餘下毒酒飲入腹中。衙役引杜國忠上。)
衙　役:稟太爺,奸夫死在地上。
杜國忠:施狀元,竊取旌表,毒死奸夫,難免罪上加罪!
　　　　　(施佾生以袖批杜。杜驚退。雷聲隆隆,電光閃閃。)
施佾生:(唱)奸官枉費心腸!加重罪名亦何傷?我是堂堂鄭家
　　　　　子,父母相愛應成雙。(遠處雞鳴)金雞破曉,驚雷震四
　　　　　方,看汝等誇誇其口,直是吃人狼!
　　　　　(洪如海與中軍急上)
施佾生:哎……哎喲!(毒發,按腹)
　　　　　(杜國忠大驚,對洪示鄭、施兩人俱已服毒。)
洪如海:中軍,速速釋放施夫人,到此相見!
中　軍:是!(急下)
施佾生:哎喲!(按腹唱)
　　　　　不容我生我去矣!去到陰間評個理:吾父有何罪?吾母
　　　　　豈無恥?(顛倒)
　　　　　(柳懿兒慌忙上,見狀急扶。)
柳懿兒:相公呀!
施佾生:夫人!(唱)
　　　　　我是鄭家親生兒,地上生父我下砒;枉為施家揚祖德,你

是鄭門賢德妻！

柳懿兒：鄭郎呀！

施佾生：（唱）生身父母須合葬，葬在鄭家祖塋裡；我身埋在父母側，墓碑切不刻姓施！

（雷電大作，震動屋宇。施佾生死。柳懿兒抱屍痛哭。）

柳懿兒：夫呀！鄭氏夫呀！（唱）

為妻忍受萬般苦，難救夫君一命還。歎官吏一心正法，使善良有口難分！

杜國忠：施夫人息怒息怒。你乃賢孝之婦，三從俱有，四德皆備。現把施家祠堂改名節孝祠，將"貞節"牌坊改賜與你，以守節終身，樹立懿範！

洪如海：杜知府明見不差，待本司立刻申奏朝廷，請旨頒賜，千古流芳！

（雷聲震耳，大雨傾盆而下。電光閃處，照見樑上"貞節"二字，磷光震顫。）

柳懿兒：（向天激憤而唱）

呵！"貞節"！呵！牌坊！翁姑為你喪，夫君為你亡！今又賜與我，施家節孝堂！奴是鄭家媳，豈作施門孀？終身受禁錮，淒涼雨與風！族親俱冷眼，雖生與死同！

（雷聲撕裂，大雨滂沱。柳懿兒聲嘶力竭地唱）

雷霹靂兮把天撕，電閃爍兮把地創；風怒吼兮把乾坤毀，雨滂沱兮把宇宙蕩！奴將何往？奴歸何方？親人俱在地下，陰間永隨鄭郎！觸倒牌坊歸去也，世事留題問穹蒼？！

（柳懿兒奔出祠堂。雷聲震，閃電耀。衙役急上。）

衙　役：上啟二位大人，柳氏撞坊而死！

洪如海
杜國忠：啊！（一聲霹靂，驚倒。）

連升三級

（高甲戲）

王冬青　改編

【作者簡介】王冬青(1917—1973),原名王松齡,福建泉州人。幼時家境貧寒,勉強讀完初中。青年時期在報界工作。1957年春泉州市高甲戲劇團成立,王冬青任劇團編劇、創作組長兼業務秘書。王冬青先後改編、創作的高甲戲有《連升三級》、《筍江波》、《管甫送》、《許仙謝醫》、《織錦迴文》、《王金奎祭法場》、《邱二娘》、《劉胡蘭》、《綠水情深》等,其中《連升三級》發揮了高甲戲丑行的特長,被上海戲劇學院選為實習教材。"文化大革命"中,《連升三級》被批判,王冬青慘遭迫害,1973年溘然離世。

【劇情概要】該劇由王冬青根據布袋戲劇本改編。故事寫明末崇禎時,土財主子弟賈福古向老儒甄玉齋的女兒甄似雪求婚遭拒,在相士吳鐵口的慫恿下,賈福古冒充已故舉人族兄賈博古之名入京赴考。賈在京衝撞了權宦九千歲魏忠賢的馬頭,却因禍得福。魏出於偶然的好奇派人送賈進了考場。考官徐大化和王永光認為賈是"九千歲派來的人",當作魏的至親,遂偷換了甄玉齋的試卷,使賈成為新科狀元。在皇帝的瓊林宴上,賈福古答非所問、破綻百出。兩位主考官發現賈是個草包,因怕擔"失察"的罪名,便竭力幫襯賈;丞相馮庸為擴大勢力,壓過魏忠賢,也積極地推薦賈。於是,崇禎皇帝任命賈為翰林院修撰。魏忠賢作壽,賈福古求甄似雪代撰對聯。甄寫對聯揭露魏忠賢篡位的陰謀,欲借此除掉賈。賈持對聯獻魏時,偏偏遇見馮庸。適崇禎下詔抄殺魏忠賢,賈被列為魏黨。丞相馮庸力贊賈撰聯揭奸,保舉賈入閣。崇禎賜賈連升三級,成為一品大臣,並下詔以甄似雪配賈為妻。甄似雪拒嫁賈福古,表示"這個朝廷大如天,逼我頑石點頭難"。甄似雪與賈福古當場對文,揭穿了這幫昏君、庸臣、騙子的嘴臉,然後含笑翩然離去。

【版本流傳】《劇本》雜誌1962年第9期刊載。福建人民出版社於1963年出版單行本。王季思主編由江蘇文藝出版社於1993年出版的《中國當代十大喜劇集》收錄了該部劇本。

【演出情況】該劇於1958年由福建省泉州市高甲戲劇團首演。1963年,在京、滬、寧、津等地演出,引起轟動。田漢在《人民日報》上發表文章,稱《連升三級》為中國戲曲藝術增添了一顆"南海明珠";鄧拓評價《連升三級》將丑角的藝術演到了登峰造極的地步；曹禺也稱其堪與莫里哀的經典喜劇相媲美。之後，全國有三十多個劇種將其移植上演。

（宋　波）

人　物　表

賈福古——二十四歲，土財主的子弟。
賈　仁——三十多歲，賈福古的僕人。
甄玉齋——六十多歲，老儒。
甄似雪——十八歲，玉齋女兒。
秋　紅——十六歲，似雪的婢女。
崇禎皇帝——三十多歲。
魏忠賢——六十歲，權監，封九千歲。
馮　庸——近七十歲，丞相。
王永光——四十多歲，胖子，考官。
徐大化——五十多歲，瘦子，考官。
吳鐵口——五十歲左右，江湖星相人。
老監、小監二人、廠衛四人
門子、報子
宮監二人、親隨二人
文官、武官、詔使
錦衣衛四人
宮娥二人
武士二人

第一場　求　親

（時代：明代崇禎年間。）
（地點：通州、京都。）
（幕啟：佛寺後的花園，園中有座羅漢石塔。）
（幕啟時，幕後傳出佛會的鐘磬、木魚聲，禮佛誦經聲。它給人的感覺是世俗熱鬧的味兒多於宗教肅穆的味兒。）
（賈仁引賈福古上。）

賈福古：（唱）手搖小扇笑嘻嘻，
　　　　　　三步二步入佛寺。
賈　仁：大爺呀！（唱）
　　　　放慢行，須留意。
賈福古：是，是。（唱）
　　　　咱來放慢行，學做斯文意致。
賈　仁：（唱）稍時佛殿會美人，
　　　　　　施展手段求親誼。
賈福古：啊哈——嘻！（唱）
　　　　今朝若是會着伊，
　　　　我，賈福古斷不錯過好緣機！
　　　　賈仁，只是本大爺心中不解。
賈　仁：大爺有啥不解？
賈福古：（念）憑我家資有萬金，
　　　　　　甄家為何不動心？
賈　仁：（念）而今親見大爺好人品，
　　　　　　想伊月裹嫦娥也輕身！
賈福古：哈哈哈！……呃，行遍半個佛寺，還尋不見美人？
賈　仁：大爺莫急，奴才探聽得準準，今日甄家父女要來趕佛會，
　　　　咱到後殿等處逡逡巡巡，或有奇逢。
賈福古：行兮！（與賈仁同下）
　　　　（甄似雪內聲："秋紅，伴我來呀！"秋紅應聲："曉得。"引甄
　　　　似雪上。）
甄似雪：（唱）佛前已上三炷香，
　　　　　　趁此寺中漫遊賞。
　　　　（甄玉齋內聲："似雪！似雪女兒！"並即上。）
甄玉齋：哦！女兒，你且在此處稍待亦佳，你爹將去訪會住持，請
　　　　他為我解此好簽詩也。
甄似雪：爹親，你這般誠心禱佛求籤，真的要上京赴考？
甄玉齋：子曰："君子務本"，科舉功名就是君子本分，你爹不但要

赴考,而且明日即將起程矣!

甄似雪:爹親,莫去也罷!(天真地撫弄她父親的白鬍子)看你鬢髮都已斑白了,還苦苦想那功名富貴做甚!

甄玉齋:不然也,不然也!孔子曰:"富而可求也,雖執鞭之士,吾亦為之!"我甄玉齋者,一生苦讀聖賢經書,焉能不致功名富貴?只恨連考十三科,猶未名登龍虎榜,若竟埋沒老死,豈非抱恨九泉乎?今者崇禎萬歲,新登寶基,定必廣開賢路,拔擢英秀,況是今日佛祖又以上吉靈簽賜我。古時姜子牙八十拜相,梁灝八十二名占金榜,盡皆大器晚成也!哈哈,你爹老運亨通,晚境異香,其在眼前矣!
(甄似雪為之失笑)

甄玉齋:女兒,為何發笑?

甄似雪:請問爹親,李白、杜甫因何爺中狀元?中狀元的因何無李白、杜甫?

甄玉齋:李白、杜甫?狀元?(被窘)哼!"知之為知之。不知為不知,是知也。"女兒家竟敢妄自談古論今!(旁白)我這女兒,聰明秀慧,就是性情不隨俗也!(邊說邊下)

甄似雪:(望着她父親的龍鍾背影)啊!我爹真是……

秋　紅:小姐,咱就在此等待片時,卻也無妨。你看,這花圃萬紫千紅,百花齊放,實是好春景,待婢子陪你玩賞一番。

甄似雪:三春花草,都也尋常,未知還有較好的去處?

秋　紅:較好的去處?——有了,花圃中這座羅漢石塔,雕有五百羅漢,五百體態,小姐,咱相共前去數羅漢。

甄似雪:好呀!數羅漢,真別致。
(甄似雪與秋紅二人走向石塔)

甄似雪:(唱)百花繞塔鬥芳妍,
　　　　　　五百羅漢坐花前。

秋　紅:小姐,這些羅漢,為何體態各自不同?(唱)這一尊昏顛顛,這一尊笑連連,(幕後合唱)昏顛顛——

甄似雪:(唱)定有俗事煩心田,

　　　　（幕後合唱）
　　　　笑連連——
甄似雪：（唱）應無閒愁胸掛牽。
秋　紅：是,是。婢子曉得了。
　　　　（賈福古主僕暗上偷窺,一副饞醜之相。但甄似雪、秋紅均未發覺。）
甄似雪：（繞塔）秋紅,你來看——（唱）
　　　　那飛鈸尊者因何頭欹偏？
秋　紅：（喝）只恐鈸兒飛出天外天。
　　　　（幕後合唱）
　　　　頭欹偏,
　　　　怕鈸兒飛上天。
甄似雪：（讚賞點頭）是。（唱）
　　　　那長眉尊者因何垂疲眼？
秋　紅：（唱）不耐打坐,想要放腳眠。
　　　　（幕後合唱）
　　　　垂疲眼,
　　　　想要放腳眠。
甄似雪：（點頭）都想得有趣！
賈福古：（上前,冒失地）不！嘻,嘻！（唱）
　　　　這個老和尚,
　　　　難過美人關,
　　　　假裝無意,
　　　　偷看女天仙！
　　　　（甄似雪、秋紅驚羞、厭惡,甄似雪移一步避開,秋紅白賈福古一眼後,突生報復嘲弄之意。）
秋　紅：小姐！（唱）
　　　　還有降龍伏虎眼睜圓？
甄似雪：嗯。（會意,唱）
　　　　想將無賴狠狠打一拳！

秋　　紅：哈哈哈！……
賈福古：不是，不是！這降龍伏虎的——（唱）
　　　　抽龍筋，剝虎皮，
　　　　龍虎肉鹵大面，
　　　　吃喝一頓飽，
　　　　逍逍遥遥去上煙花院。
秋　　紅：唪！你這人！我們數羅漢與你何相干？
賈福古：（在賈仁指點下，強裝斯文，整衣施禮）嘻嘻嘻！聞知小姐
　　　　是才女，小生也是才子，今日特來討、討——教！
甄似雪：（冷笑）好笑煞人！幾時見過這般輕狂無狀的"才子"！
賈福古：正是才子。小生家資萬貫，良田千頃，今年二十四，尚
　　　　未——（突然逼近甄似雪面前）尚未討老婆！
秋　　紅：呸！你這人好無理，平白無端，向我們說出這般那般
　　　　做甚？
　　　　（唱）才子應是讀書郎，
　　　　幾曾見才子這般無禮又輕狂？
賈福古：（唱）才子應是讀書郎……（續不下去）
賈　　仁：（唱）美人面前難端莊。
賈福古：是是！（唱）美人面前難端莊……（又續不下去）
賈　　仁：（唱）張生風流跳粉牆。
賈福古：啊哈！說得正好，正好！
　　　　（唱）張生風流跳粉牆，
　　　　一心要會美秋香。
秋　　紅：哈哈！真個是"說得正好"！（唱）
　　　　張生若是配秋香，
　　　　唐伯虎與崔鶯鶯雙拜堂！
　　　　卓文君多情為宋玉，
　　　　西施女唐宮伴明皇；
　　　　古今鸞鳳肆顛倒，
　　　　急得月老喊荒唐！

（幕後合唱）
月老喊荒唐,
笑話出了一大場!……
（甄似雪、秋紅大笑,但賈福古不解,仍欣欣自得。）

賈　仁：大姐仔,你家小姐是通州才女,我家大爺賈福古也是通州才子;才子,才女,正好彼此彼此。我家大爺也曾幾次差遣媒人——

秋　紅：啐!誰人要聽你這油嘴!（向甄似雪）小姐,原來此人就是屢次提親都被咱回絕的草包賈福古,今日竟敢自稱才子。小姐何不出一個對,將他當面考倒,讓他更加狼狽出醜,纔消得咱一肚怒氣。

甄似雪：説得也是,這般下流無賴,合該將他奚落一番。

秋　紅：（向賈福古）喂!你自稱"才子",從來未曾聞名,我們此時出一個對,讓你對對看。

賈福古：對對?（低聲）賈仁,她要招我對對。

賈　仁：有啥為難!對對就是"天對地","文對武","阿父對阿母"。和她對!

賈福古：慢着!賈仁你豈不知我呀!——十年一卷"千字文","天地玄黃"血攻心!

賈　仁：勿要緊。——雖然見書如見虎,大爺聰明不糊塗!

賈福古：哈哈!正是如此。平日咱鄉里中,誰人不稱讚本大爺聰明?（向秋紅）不怕!大姐仔,將對出來!

秋　紅：小姐,要出什麼讓他對咯?

甄似雪：你要出,就現成的景物隨意來出。

秋　紅：（觸目所見）啊!遠處有一隻大粉蝶飛舞花間……啊!小姐"蛺蝶穿花"好嗎?

甄似雪：這對連三歲小童也對得來!嗯,但也無妨。

秋　紅：（向賈福古）喂!"蛺蝶穿花"讓你對。

賈福古："蛺蝶穿花"?——"蛺蝶穿花"要對什麼咯?（苦忍索）……啊哈!有,有了。"蛺蝶穿花"對"蒼蠅放蛆"。

（甄似雪，秋紅相顧失笑。賈福古主僕誤會為讚賞。）

賈　　仁：（唱）對得好！對得妙！
賈福古：（唱）對得美人哈哈笑。
甄似雪：秋紅呀！（唱）
　　　　笑他八戒照鏡顯醜相，
秋　　紅：（唱）笑他魚目混珠不放光。
　　　　喂！（向賈福古，唱）
　　　　笑你這般人物稱才子，
　　　　面皮足足厚三丈！
　　　　（幕後合唱）
　　　　正是這般人物稱才子，
　　　　"蒼蠅放蛆"成文章！
秋　　紅：哼！虧你對得出來，分明是一個大草包，敢來冒充才子。像你這般"才子"呀，狗看見退三步，人看見大嘔吐，鬼魂看見驚得逃入墓！
甄似雪：秋紅，你罵得正好。咱不可多耽延，相共前去找我爹親。
　　　　（甄似雪、秋紅同下）
賈福古：啊！她罵我"草包"，莫非我對得不通？
賈　　仁：通！通！通！若問孔子公，他也說你通。
賈福古：既然是通，為何手指到我鼻尖上罵？
賈　　仁：咳！女人的脾氣，愛在心內，罵在嘴頭。大爺，趁她爹甄玉齋也在寺內，託人不如當面，乘此機緣，前去求親。
賈福古：有理！跟她前去找甄老先生。（唱）
　　　　趁熱打鐵是道理，
　　　　揮拳帶踢去求親誼。
　　　　（賈福古主僕下）
吳鐵口：（喊上）來呀！鐵口，相命，辨氣色，觀五形，問吉凶，卜前程……
　　　　（賈福古內聲：老先生，老先生！……）
　　　　（甄玉齋內聲：此一親事難以從命，難以從命也！……）

吴鐵口：（背身向內，認真瞻望）哈哈！我的生意來了，今日柴米有着落了！（急躲一旁）
（甄玉齋面帶不耐煩的神色匆匆上，賈福古主僕尾隨糾纏上。）

賈　仁：甄老先生，我家大爺萬貫家資，千頃良田，也配得起你家千金。……

甄玉齋：咳，咳！非也！孔子曰："士各有志，不能相強。"小女雖然寒微，總是書香門第，儒家之後。——此事就毋庸再論矣！

賈福古：你是嫌我賈福古無功名，纔不肯——

甄玉齋：嘿嘿，豈敢！（諷刺地）如賈大爺者……簪花及第必也！

賈福古：這是說我若能簪花及第，你女兒就肯嫁我？

甄玉齋：哈哈！大爺若能簪花及第，飛黃騰達，自係另外一回之事。咳，言止於此，老夫尚有他事，失陪，失陪！
（甄玉齋擺脫糾纏，拱手下，並喊"女兒，等我一步！"）

賈福古：（大聲歎氣）唉！氣死本大爺！這分明是笑我肚內無墨汁，狗頭難生麒麟角。……賈仁，我想起來了，難怪我爹因為我不讀書，懶做官，有一次，氣得踢死一隻母狗，原來連娶老婆也和這有轇轕。

賈　仁：大爺。你也莫得煩惱，若要簪花三及第，中狀元、榜眼、探花，却也無難。

賈福古：啥？無難？

賈　仁：你豈無聽見人說："十年寒窗勤苦讀，一舉成名天下知。"你就刻苦讀他十年書。

賈福古：（怒，扇打賈仁）死奴才呀！再讀十年書，你大爺已經老得鬍鬚到肚臍了！

吴鐵口：（湊上前來）恭喜！恭喜！

賈　仁：（揮拳要打）你娘的！老子挨扇柄，你來恭喜？

吴鐵口：誤會，誤會！（向賈福古）大爺恭喜！江湖上聞名的相士，山人吳鐵口有禮。

賈福古：本大爺求親不成，喜從何來？
吳鐵口：（大肆賣弄玄虛）嗨！嗨！大爺大喜臨身，貴不可言！（指手畫腳）你看：天庭平衡，地格豐盈，主大器早成。眉如虹帶彩，眼如星靈快，兩耳墜珠入海，定卜富貴康泰。者，者！臉暈朝霞，紫氣如花，保你百日內發跡定無差。——恭喜，恭喜！
賈福穀：（驚異，愣住）嘎！你說啥？
吳鐵口：大爺——不，大人呀！
賈　仁：大人？
吳鐵口：正是大人！你看：面是大人，手是大人，腳是大人，連頭髮都是大人，大大的大人！（唱）
勸大人，赴京試，
包保你，成大器。
三元及第命宮有，
鳳儔鸞友遂心志；
福星已高照，
豈可輕自棄！
賈福古：哇！話說得真中聽，可惜本大爺識的字比算盤珠還少，是一個篾籠糊紗布。
吳鐵口：此話怎說？
賈福古："白燈（丁）"。——三元及第，從何說起？
吳鐵口：（一時窘住，但隨即臨機應變）哈哈！此言就差了。漢朝劉邦，亭長得天下；本朝洪武，牧童做皇帝。豈憑什麼大學問？（知心親切地）再說，而今科舉場上通關節，買題目，僱槍手，冒名頂替……亦是尋常。
賈　仁：啊哈！是了。大爺，你族兄賈博古，中過舉人，上月患病身亡，你若冒他名字前去赴考，博古、福古，福古、博古，同宗同祖，有何不可？
吳鐵口：如此最妙，妙不可言！真是天賜良機，助大人平步青雲，只要大人多帶些金銀入京使用，自然更加如意。

贾福古：金银我岂怕无！只是你敢担保相得准？
吴铁口：准！准！准！（捧起挂在胸前的白布招牌，拍胸）"吴铁口"三字是金招牌，宁肯饿死，也从来不随便奉承一句好话。大人命相若无准，我这招牌给你砸作灰粉！
贾福古：哈嘻！想不到我这四两人有千斤命！贾仁，送先生五两银子。
贾　仁：嗨嗨！五两？（掏付银子）
吴铁口：大人不用客气，不用客气！（假作推辞，其实是急把银接过）谢大人赏赐，山人就此告辞了。
贾　仁：（拉住吴铁口）慢着，先生顺便为我相一下。
吴铁口：你？——好！塌塌鼻鞍，尖尖下颏，应话"是是"，差叫"来来"，平安无事，一生一世做奴才！（做鬼脸急下）
贾　仁：（追打不及）呸！我家大爷会做官，贾仁就不会发迹？
贾福古：（喝住贾仁）回来！死奴才呀！我做大官，提拔你做大奴才，有啥不好？相命先生的话说得对！
贾　仁：是，是，对！
贾福古：贾仁，不可耽延，随我入京赴试。——"有钱能使鬼推磨"，金银财宝多多为我携带。
贾　仁：大爷，你真要赴试？
贾福古：本大爷是大大贵人，甄玉斋说我必定簪花及第，吴铁口也相我会高中，我要赴试，岂是假说！（唱）
　　我相貌，不平凡，
　　入京都，夺三元，
　　驸马高车返家园，
贾　仁：（唱）自有才女配凤鸾。
贾福古：（唱）称心如意，说也说不完！
　　（幕后合唱）
　　从今后——
　　奇逢巧遇，巧遇奇逢说不完！
贾福古：哈哈哈！哈哈！……

（賈福古連串狂笑，險些跌倒，賈仁急扶住他。）

第二場　闖　道

（二道幕外）

賈福古：（催馬奔上，唱）
匆忙，匆忙赴春闈，
心急，心急如雷槌，（回望）
可恨呀！（唱）
賈仁行路像烏龜！
賈仁！賈仁！
（賈仁內聲："來了！來了！"氣瑞喘地挑行李趕上。）

賈福古：死奴才呀！吃飯"三戰呂布"，出門"玉真行路"，若是誤了本大爺功名大事，不饒你這條狗命！

賈　仁：（旁白）哎呀！尚未做官，就排起這套官威！（向賈福古）大爺呀，不是我行路蹣跚遲延，是你一路貪杯流連。

賈福古：唗，唗！正是你行步遲延，不是我貪杯流連！（揚鞭要打）

賈　仁：大爺饒饒我，奴才不敢了！

賈福古：考期緊迫，日頭又要落山了，還不速速趕路！

賈　仁：是是，速速趕路。
（二人圓場，馬疲乏不前，賈福古鞭馬，發急。）

賈福古：唉！……（唱）
一路上，受此馬緩延拖累，
恨爹媽，不生我四條腳腿！

賈　仁：（好笑）啊哈！（摔跤）哎喲！

賈福古：死奴才呀！你笑啥因？跌啥事？

賈　仁：無，無……（瞭望）啊，大爺，原來已到京都城口了。

賈福古：哈！連腳帶手滾入去！
（賈福古主僕翻滾下）
（二道幕啟：京都棋盤街。午夜，街燈幽暗，月淡星稀。）

（開幕時鼓打三更。四廠衛佩刀提大燈籠,二武士執斧鉞排場同上。老監後上。）

老　監：（高聲）九千歲駕回王府,着官民人等清道回避。

廠　衛
武　士：呵！

老　監：（特意低聲向內囑咐）九千歲今夜帶有三分酒意,小心伺候。

（二小監內聲"有",並即上。）

（老監向內打恭,魏忠賢騎馬緩緩上,略帶酒意,小監左右扶持。）

魏忠賢：（唱）九千歲,爵位高,
滿朝綱,我勢豪；
潛蛟早晚翻滄海,
新君忌我枉徒勞！
宵夜東廠謀機密,
帶酒回府意醄醄；
遊天街,賞月色,
看京華王氣,
魏忠賢,志高魏武曹！
哈哈哈！……

（在魏忠賢的得意笑聲中,賈福古昏頭昏腦鞭馬沖上,賈福古馬突見燈光和儀仗,驚惶狂闖,撞魏忠賢馬頭,魏忠賢儀仗一時紛亂。）

老　監：誰人狂妄闖道？拿下！

（廠衛等應聲動手,賈福古反抗。）

賈　仁：（跟上,見狀驚叫）我苦,惹大禍了！（急從原路匿下）

賈福古：拿我？豈有此理,我此刻哪有閒工夫讓你們拿？（仍要突路,被阻,定神看魏忠賢馬前"九千歲"字樣的大燈,旁白）"九千成"？什麼"九奸臣,十奸臣"？（窺魏忠賢,低聲）原來是一粒無鬚的老芋頭。哼！找不到考場,比天塌下來更加着急,不説一粒老芋頭,就是十個老虎頭,我也不怕你什麼!

老　監：你嚕蘇什麼?

賈福古：我説大路衆人行,你們真豈有此理——不讓路!

魏忠賢：(詫異)嗯? 要孤王讓路,讓他的路?——哈哈哈!

老　監：真是該殺!

（廠衞揚刀要砍）

魏忠賢：住!（旁白）好膽童,在孤王面前,從來無人有此硬骨頭。(向廠衞)帶來孤王視過。

（賈福古被推到魏忠賢面前,"理直氣壯"地挺立無懼色。）

魏忠賢：嗯,是個小子。真是"初生牛兒不懼虎!"(向賈福古)你不怕死?

賈福古：我? 大富大貴還在後頭,怎會死得了!

魏忠賢：(覺得好笑)這——那你此刻懵懵懂懂,奔啥急喪?

賈福古：我專行赴考,遲了時刻,怎能進考場? 此科前三名拿得穩,誤我賈博古的大事,你賠得起?

魏忠賢：賈博古? 這等貨色會中前三名?（向賈福古）喂,你可是酒醉發酒狂?

賈福古：嘿嘿! 是你醉迷茫,不是我酒發狂!

魏忠賢：我醉?（一串大笑）哈,哈哈! 哈哈! 那你一定會三元及第?

賈福古：一定,若不是一定,我不如在家賭錢、飲酒、嫖煙花、踢紗球,何用迢迢來這京都撞馬頭!

老　監：哼,狂妄無狀,不曉生死,這種人真是該死!

魏忠賢：憨呆莽直,有腸無心,這種人別具一格。却也難得!——況且聽他大口氣,還是筆墨賢才。……(又把賈福古仔細打量)筆墨賢才? ……(懷疑地搖頭)難信呀難信!

老　監：這等草包,真是七文錢的泥人仔,想戴百四十文的紗帽,就説會奪三元! 考場今早五更按時鳴炮放進,隨即封場,而今深夜,你已進去不了!

賈福古：哎呀！我苦了！（唱）
　　　　此言若果真，
　　　　皇天，你太不仁！
　　　　為何天色暗得早，
　　　　白白斷送我高榜好前程！（忽激動若狂，唱）
　　　　任是銅牆鐵壁，鐵壁銅牆，
　　　　我，我也要衝入考場！
　　　　（賈福古四面撞闖，甚至向魏忠賢直沖，被廠衛制伏。）
魏忠賢：哈哈哈！真是……
老　監：將他拿入東廠殺了？
　　　　（魏忠賢搖頭）
老　監：不然，就綁交京尹衙門，辦他闖道驚駕之罪？
　　　　（魏忠賢仍搖頭）
　　　　（賈福古又神經質地掙扎暴跳）
賈福古：（唱）我要入考場，入考場，
　　　　哪管你人間帝王，天上玉皇！
老　監：（氣極）這，這……
魏忠賢：好！送他入考場。
老　監：（大出意外地驚訝）不殺他？
魏忠賢：不用多事，孤王殺人一向不須費力。不過此人……
老　監：但考場已經按時封閉，這是朝廷規矩。
魏忠賢：理他什麼規矩？——嗯，孤王正偏要碰碰這個"朝廷規矩"！
老　監：九千歲雖然"萬人之上"……
魏忠賢：（觸怒）哇！誰說我"一人之下"？廠衛！
廠衛甲：在。
魏忠賢：帶路引他入考場。
廠衛甲：領旨。（向賈福古）喂，走，帶你入考場。
賈福古：啥？
廠衛甲：帶你入考場。

賈福古：有此等事？——嘻嘻！（念）
　　　　果然榮華富貴要臨身，
　　　　一入京都就遇貴人！
賈　仁：（探頭上）大爺，奴才遍地找你不見，而今奴才陪你入
　　　　考場。
賈福古：牽馬！
　　　　（賈福古主僕隨廠衛甲下。賈福古臨去回頭憨笑。向魏
　　　　忠賢一點頭。）
魏忠賢：（目送賈福古下場而去，轉向老監）你説孤王今夜醉了？
　　　　（神秘地微笑點頭，接着又是搖頭地一串大笑）哈哈
　　　　哈！……排駕回府。

第三場　移　　卷

（幕啟：考院內簾，深夜。）
（王永光、徐大化又興奮又疲乏地相邀同上。）

王永光
徐大化：（唱）天子重文章，
　　　　開科設考場，
　　　　你我（我你）二考官，
　　　　為國選才良。
王永光：（唱）選才良，為國忙，
徐大化：（唱）私底事，也不忘，
王永光
徐大化：（唱）趁此深夜好商量。
王永光：是呀，尚有狀元一名，難於定着。
徐大化：不用説，這狀元呀，一定要真真是文章魁首，能壓榜頭，纔
　　　　免引起天下議論。
王永光：也纔顯得你我二位考官居官清白，盡忠職守！
徐大化：萬選擇賢，大公無私！

王永光：正是，正是。不過……
徐大化：不過難就難在這裏！
王永光：（思索）……噢！有了今日第一個交卷的考生甄玉齋，寫了一篇金玉鏗鏘、擲地有聲的大好文章，若是薦他第一，正好折服天下。（揀出試卷付徐大化）你看，他開頭幾筆，就是絕妙。
徐大化：（讀卷）"明主嗣統，紹百王之業；聖澤布宇，熙三代之風，敷仁則萬方皆頌德，掄才允四海無遺珠……（拍案）妙！絕妙！妙在他既刻意歌頌新君，又伸手要討功名，一刀兩面，用意深長，真堪薦為狀元！
王永光：真堪薦為狀元！——英雄所見略同，就此定着。
徐大化：且慢（從袖裏掏出一大疊帖子、函劄，認真地翻了再翻）呃？王大人，說句相知話，（低聲）這個甄玉齋，為何並無權門引薦？
王永光：（也急從袖裏掏出一大疊禮單，認真地翻了再翻）呃？徐大人，說句在行話，（低聲）這甄玉齋，為何我手頭也無他的禮單？
徐大化：無勢？
王永光：無財？
徐大化：無勢，豈有這般便宜！
王永光：無財，斷無白送之理！
徐大化：這——
王永光：功名許他孫山外！
徐大化：正該如此，讓他名落孫山！——啊！不，不！不可輕率魯莽。
王大人，萬一這甄玉齋是權門子弟，豪家親戚，自恃才華，故意不通關節，他日權貴出面追究，如何是好？
王永光：啊！是，是！如非徐大人深慮所及，險誤大事。若是參奏一本，說咱不取真才，貪墨舞弊，如何是好？
徐大化：（尋思得計，向王永光耳語）依我之見，趁此深夜無人知曉，將此人召進密詢一番，有勢，無勢，有財，無財，便知端的。
王永光：有理！有理！（向內）左右！（低聲）密召考生甄玉齋來見。
　　　（內應聲："遵命。"）
甄玉齋：（上）哈哈，妙矣哉！文章得心應手，正喜大有神助，又得考官大人，星夜破格召見，定有佳音也。正是：（念）
　　　功名不欺白髮新，
　　　明朝看我簪花人！
　　　門生甄玉齋誠惶誠恐，拜見恩師大人。
　　　（王永光、徐大化擡眼看甄玉齋，均大失望。）
王永光：（低聲）咳！衣履不豐，一介寒酸。
徐大化：（低聲）哼！窮巷老儒，一望便知。
甄玉齋：（不受理睬，着急）門生甄玉齋拜見恩師大人，既蒙召見，定荷教誨。
徐大化：誤會，誤會，諒係傳呼有錯。
甄玉齋：（迷惘失措）……有錯？
徐大化：考試大典，制例森嚴，簾內簾外，應該避嫌。
王永光：正是如此！（揮手示意令走）。
甄玉齋：（竭力爭取）門生道守仁義，書讀聖賢，雖一生困頓，幸今日得沐春風，百拜座前……
徐大化：（討厭，旁白）哼！你一生困頓，與我何干？
王永光：（討厭，旁白）只憑文章，就可致富貴榮華嗎？（嚴厲地）回去！
　　　（門子突上）
門　子：稟二位大人，有人來叩考院大門。
王永光：胡說！考院重地，且已深夜封場，誰敢打擾，將他驅逐！
徐大化：不，吵鬧春闈，該當重辦，立送京尹衙門，先杖一百大棍！
門　子：稟大人，叩門的手提──魏王府燈籠。
王永光：魏王？

徐大化：九千歲？
王永光
徐大化：（跳起）哎呀！速速接旨！

（門子應聲下）

廠衛甲：（提燈籠上）奉九千歲諭旨，送一考生……
王永光
徐大化：（等不及聽清楚，急跪下）領九千歲諭旨。

廠衛甲：考生已在門外……
王永光
徐大化：（慌張萬分）迎接！

（廠衛甲下）

王永光
徐大化：（糊塗接腔）遵辦！遵辦！

甄玉齋：（尚要糾纏）恩師大人！……
徐大化：（回頭）啊！你還在此地打擾？
王永光：（擺手）回去！回去！門子，趕回號房去！

（王永光、徐大化急步同下）
（門子上。甄玉齋被趕，忽迎面有所見，怔住。）

甄玉齋：哎呀！魏忠賢引薦的就是他？
門　子：走！走！

（門子強拉甄玉齋下）
（王永光、徐大化迎賈福古同上，賈仁隨上。）

王永光
徐大化：（趨奉惟恐不及）不知學士光臨，失迎，失迎！

賈福古：唔，唔，豈敢！（開門見山）請問今科是什麼市價行情？

（王永光、徐大化驚愕）

王永光："恃勢凌人"？考場乃斯文之地，篤行恭信，怎會"恃勢凌人"？

賈福古：該多少銀兩，我一文錢也不少你。

（王永光、徐大化更驚愕無措）

徐大化：銀兩？……哎，壞了！（低聲向王永光。唱）
　　　　魏王定是聞風聲，
王永光：（唱）故遣此人探吾情。
徐大化：王大人，都怪你！都怪你！（唱）
　　　　一向考場作市場，
　　　　金銀買賣肆經營！
王永光：（幾乎嚇壞）這……怎能單怪我一人？
徐大化：（向賈福古）學士此言諒出誤會。下官奉旨典試春闈，為國選賢，竭智盡忠，奉公守法，怎敢有買賣功名情事！
王永光：絕無此事，本人更絕無此事！
賈福古：（迷惑，低聲向賈仁）怪怪！哪有貓兒不吃腥的？他們不賣功名，我要如何是好？
徐大化：（懷鬼胎，自深恐俱，一再向賈福古強調）學士定能明鑒，下官等上報朝廷重命——
王永光：（急接話）下望子孫昌榮。
徐大化：怎敢欺心行事，
王永光：自招天誅地滅！
賈福古：（低聲問賈仁）他們是啥意思？
賈　仁：這——大概是大爺相貌不尋常，有威神。
賈福古：哦！我有威神？（睨視王永光、徐大化）
王永光
徐大化：……（內心更慌怯，忽想到尚未請賈福古就座）啊！請坐，請上坐。（爭着搬椅奉承）
賈福古：（大模大樣一骨碌坐下，因終夜奔波，頓感疲乏）咳！疲倦，疲倦！
王永光：（聽錯）試卷？試卷有！（急從案頭揀一空白試卷，恭敬捧至賈福古面前）學士一入試院，就要及鋒而試，定下筆掃千軍！
賈福古：（面對試卷，不曉如何應付）啊？……（終於天真地）我命中註定要中的，若不，這一卷要賣多少？

徐大化：（大懼，急拉王永光至一旁）瞎！王大人你真懵懂，莫怪他看見試卷就生氣，定是疑心我等要索賄；若是被九千歲得知，你我大禍臨頭。

王永光：哎呀，天地良心！他分明說要試卷，所以我……

徐大化：哼！九千歲交代的人還要考？豈有此理！憑"魏忠賢"三個字，就該給他高中，你我做了多年京官，連這點小人情也不曉得伺候！

王永光：是，是。我一時糊塗，（自敲額角）該死！

徐大化：讓我來，嘻嘻……（聳肩諂笑地走向賈福古）學士深夜光臨，諒多辛苦，依下官看來，還是及早入內沐浴歇息為是。

賈福古：這？

徐大化：學士一概不用操心，諸事明日妥辦。

賈福古：（莫名其妙地點頭）唔，唔。

王永光：是，是。（向內）左右，打掃本大人官舍，伺候貴客歇息。（內應聲。賈福古侃侃然步下，賈仁正要隨後下，徐大化用手勢招呼他。）

徐大化：喂！這位貴管家，敢請教你家學士老爺高姓尊名。

賈　仁：賈——博古。（覷穿王永光、徐大化的心理，蹺起大拇指）真不二價的賈博古，通州有名的才子！

王永光
徐大化：才子？啊！少年英俊，聞名，聞名！

賈　仁：不錯！不錯！這次特地要來——奪三元的。

王永光
徐大化：啊！……（震驚相視）

（賈仁大搖大擺下）

徐大化：嗨，嗨！果然派頭足，威風凜，口氣大，若不是魏王至親，也必是魏王得意門生。我等寧可得罪崇禎皇帝，也不可得罪魏王九千歲！

王永光：那該當如何應付？

徐大化：小心，小心，萬二分小心！不但要替他寫出考卷，還須保他名題金榜。

王永光：哈哈！徐大人真是想得周到，就該如此！

徐大化：既該如此，敢問安排什麼名次？

王永光：魏王面子大，不可造次，進士一名讓他及第。

徐大化：咳！王大人，你總是誤事！（唱）
既知魏王勢大須奉承，
就該薦他高中第一名。

王永光：（唱）三年一個第一名，
不能賣錢太傷心！

徐大化：銀兩事小，你我前程事大。王大人呀，此事若是討得魏王歡心——

（晨雞唱曉）

徐大化：啊！事忙夜短，天已將明，還是替賈博古做文章要緊。

（二人互相推讓後均坐下，苦苦構思，滿頭大汗，不能下筆。）

（晨雞迭唱）

王永光：唉！天已光了。徐大人，說句實話，你我久疏文字，一時也無什麼好筆墨。

徐大化：（忽有所悟，擲筆躍起）有，有了！（唱）
你我枯井汲水枉用心，
不如甄卷移作賈姓名？

王永光：好計，張冠李戴！

徐大化：偷天換日！

王永光：慢着，但恐不稱其才？

徐大化：通州才子，正該中狀元！

徐大化：
王永光：哈哈哈！

（二人得意，挽手同下。臨下場伸個懶腰，打個呵欠。）

第四場 驚　　寵

（二道幕外）
（幕後一串鑼聲，報子高喊："報，報，報！"）

賈　仁：（地上）大爺，趕速出來。高中了！高中了！
（賈福古與報子分由左右急上，互撞，均跌倒在地。）

報　子：（先掙起，高舉大紅報條）捷報賈府賈老爺高中一甲一名狀元。
報，報，報！

賈福古：（來不及站起來，就坐在地上接報條）賞，賞，賞！
（賈仁扶賈福古起，報子接賞行禮下。）

賈福古：（茫茫然）賈仁，中了？

賈　仁：老爺中了！

賈福古：高中了？

賈　仁：真真高中了！

賈福古
賈　仁：——哈！——嘻，嘻！……（狂歡起舞）

賈福古：（唱）吳鐵口，真神仙，
相我高中今果然！

賈　仁：（唱）平地一步登九天，

賈福古：（唱）勝人寒窗讀十年！
（幕後合唱）唉來（嗻），（唎）唉（嗻），（嗻）（唎）唉（唎）（嗻），
歡喜萬萬千。

賈福古：（唱）功名有我份，

賈福古
賈　仁：（唱）富貴榮華在眼前！

（幕後合唱）
榮華富貴在眼前，

　　　　　　（嚏）（唧）哼（唧）（嚏）……
賈　　仁：老爺果然高中，待奴才回通州替你提親。
賈福古：好！——不，且慢。老爺而今狀元及第，豈怕無月裏嫦娥共我配親，何必一定要娶甄似雪？
賈　　仁：正是老爺狀元及第，纔更加要娶甄小姐。
賈福古：此話有啥道理？
賈　　仁：礱粟須礱出米，說話須說出道理。老爺呀！（數板）莫怪奴才說話無委婉，你是"瞎子狀元"，大官要做在眼前，文墨誰替你周旋？
賈福古：這——死奴才呀，話說到我心窩第三坎。我曉得了！（數板）這姻緣不可放手，賢內助天下難求；叫她梳妝樓上辦公文，保我官途順遂永無愁——永無愁！
賈　　仁：還有一說。
　　　　　（數板）
　　　　　當時"蒼蠅放蛆"，
賈福古：（數板）
　　　　　受盡鄙誚苦氣。
賈　　仁：（數板）
　　　　　偏要娶她甄小姐，
賈福古：（數板）
　　　　　纔顯得我賈福古會立志——會立志！
　　　　　賈仁，就命你前去通州，向甄家提這頭親事。
賈　　仁：奴才遵命！（下）
　　　　　（內報："賈老爺，二位考官大人登門賀喜。"）
賈福古：啊！有這等事？不收銀兩，白白送我一個狀元，而今又來登門賀喜。照道理也該和他客氣一番。迎接！
　　　　　（王永光、徐大化同上）
王永光：（念）莫笑考官拜門生，
徐大化：（念）自有緣由須奉承。
賈福古：（迎上）考官大人！

王永光
徐大化：賈狀元，賈貴人！

賈福古：恩師！

王永光
徐大化：賢契！

賈福古

王永光：哈哈哈！……

徐大化

王永光
徐大化：賢契鯉魚化龍，前程萬里，老夫等特來拜賀。

賈福古：多謝，多謝！

徐大化：怎可言謝，九千歲看重賢契，老夫等秉承行事而已。

賈福古：(莫名其妙)九千歲？

王永光：今日新貴人入宮簪花，瓊林赴宴，老夫等善始善終，特來伺候賢契入宮。

賈福古：真好，真好！就此一同前去。
（徐大化、王永光、賈福古三人正要同下，內報："九千歲諭旨到。"）

賈福古：(更莫名其妙)什麼？又是一個九千歲！九千歲是誰？他與我有何轇轕？（廠衛甲上）

賈福古：哦！——原來是你？

廠衛甲：九千歲諭旨，新科賈狀元到魏王府受宴。

徐大化：賈狀元，速速領旨謝恩！

賈福古：(連忙跪下)領九千歲旨，謝九千歲大恩！
（廠衛甲下）

賈福古：(從記憶中搜索，恍然大悟)哈哈哈！……（旁白）原來撞沖馬頭的就是魏王九千歲？送我一個狀元的也是他？嗨！嗨！九千歲比我的祖公更加好！正是——（念）
一朝金榜題姓名，
記起馬頭舊交情。

(向王永光、徐大化)二位請,我要先找九千歲去了。(轉身要走)

徐大化：且慢：九千歲面前,煩請賢契為老夫順便提及一聲,就說考官徐大化竭誠效勞,如何,如何。

王永光：也說考官王永光十分忠實,這般,這般。九千歲若是一時記不起老夫等二人——

賈福古：我就說那一個高高瘦瘦的和那一個矮矮胖胖的。(匆匆下)

王永光：嗨!嗨!究竟不同泛泛,九千歲於賈狀元,真是寵眷獨厚。

徐大化：那,我等只好先到宮中一步,等待伺候他了。

(徐大化與王永光同下)

(二道幕啟：御苑,排宴。細樂悠揚。)

宮　監：(上)萬歲有旨：宣賜三及第貴人入宮簪花。一甲一名狀元及第賈博古。

——一甲一名狀元及第賈博古。(下)

(王永光、徐大化上,因不見賈福古應旨,着急。)

馮　庸：(上,念)
聞道明君得英奇。
特上帝苑瞻桃李。

王永光
徐大化：哦!馮丞相、老先生駕臨。

馮　庸：王、徐二位大人請了。聽說新科狀元賈博古才華蓋世,天下共欽,有此事否?

王永光
徐大化：是,是,才華蓋世,天下共欽。

馮　庸：因此,老夫特來瞻仰、瞻仰。但因何未見他入宮簪花?

王永光
徐大化：這——賈狀元先赴魏王召宴,因此來遲一步。

馮　庸：嗯!(不滿,旁白)魏王召宴,又是僭越!(下)

　　　　　　（內宮監又傳呼）"萬歲有旨：宣賜三及第貴人入宮簪花。一甲一名狀元及第賈博古……"（賈福古在越來越急的傳呼聲中趕上。王永光、徐大化急趨迎。）

徐大化：賈狀元,賈狀元,領旨簪花。
賈福古：領旨。（回頭,向王永光、徐大化,洋洋得意）九千歲就是好！一見面便連聲稱讚我說："人不可以貌相,海水不可斗量,原來賈狀元果然少年英俊,有八斗五車之才,虧孤當時一眼看出！"哈哈！八斗五車資財算得什麼？我家金銀起碼也有八石、五十車！我正要照實回答九千歲,可惜他已經傳旨開宴了。……

　　　　　　（二宮娥上）

宮　娥：請狀元及第賈貴人簪花。

　　　　　　（賈福古在宮娥示意催促中下場）
　　　　　　（王永光、徐大化聞言大驚愕,如夢恍然初醒。）

王永光：……我苦！連"才高八斗,學富五車"也不曉得。
徐大化：想不到原來是一個大草包！
王永光：更想不到其草包一至於此！（埋怨）都是你！都是你徐大人出得好主意："薦他高中第一名！""薦他高中第一名"唉！（唱）
　　　　閹雞看作鳳凰,
　　　　蚯蚓當作蛟龍；
　　　　若是御前露馬腳,
　　　　糊塗考官欺君罪難容。
徐大化：無妨！有魏王做靠山。
王永光：魏王陰陽難測,那時若不認賬,"水漸漸,瀉下低",你我豈不是更加"啞子吃黃連"？
徐大化：……罷,罷了！（唱）
　　　　造塔造到塔尖頂,
　　　　送佛送到西天境；
　　　　為他遮掩到底,

王永光：（唱）只有此路可行！

（內官監又傳呼："萬歲有旨：三及第貴人，賜赴瓊林御宴。"賈福古簪花上，二宮娥引他上場後即下。）

賈福古：二位恩師，你們看我這對金花簪得好？
王永光：（勉強應付）……好，好，恰似麒麟生角。
賈福古：是狗頭生麒麟角，還是龍頭生麒麟角？
徐大化：這……（又氣又不耐煩）自然是麒麟頭！
賈福古：（得意狂笑）哈哈哈！
王永光：（急制止賈福古）咳！賈狀元，御苑龍庭，不可縱情。
徐大化：稍時，萬歲御前，尤須謹慎從事，恭誠有禮。
賈福古：曉得，曉得。我早就聽人言，"伴君如伴虎"，怎可隨便！
徐大化：御前千萬擇言而動，最好只說這幾句。（附賈耳語）
賈福古：（皺眉）這些經文咒語，從何而來？如此嚕蘇！
王永光：這是你的狀元卷開頭頌帝德邀功名的絕妙文章，老夫再教你一遍，（也附賈耳）記得嗎？
賈福古：記得了，不難，不難！我學唱"英臺弔喪"，也只是念一遍就上口。
宮　監：（上）萬歲駕到！

（二宮娥擁崇禎皇帝上，魏忠賢、馮庸隨帝身後上。王永光、徐大化指點賈福古，並與賈福古同伏地接駕）

賈福古：新科狀元臣賈福古見駕，陛下萬歲，萬歲，萬萬歲！
崇　禎：哈哈！……賜卿平身。
賈福古：謝聖恩，萬萬歲！
宮　監：瓊林開筵。

（動細樂。崇禎就中座，魏忠賢、馮庸陪坐左右側；賈福古獨坐右首另席，王永光、徐大化陪坐左首另席。宮娥斟酒。）

崇　禎：（唱）天上文星燦，
　　　　　朝廷得大賢。
　　　　（幕後合唱）

　　　　　　文星燦，得大賢，
　　　　　　鼇頭獨占先。
衆　　臣：（唱）都道聖德丕丕，
崇　　禎：（唱）爭傳文采翩翩。
　　　　　（幕後合唱）
　　　　　　聖德何丕丕？
　　　　　　文采怎翩翩？
衆　　臣：（唱）君王含笑，
崇　　禎：（唱）臣子承歡。
崇　　禎：（唱）瓊林宴上看狀元。
　　　　　（幕後合唱）
　　　　　　瓊林宴，看狀元，
　　　　　　似這般國中"無雙士"，
　　　　　　聲名竟上五雲天！
崇　　禎：（欣欣然注目於賈福古）哈哈哈！
賈福古：（大得意，突趨帝前，獻觴朗誦）"明主懵懂，笑百王罪孽；孽省得動武，死三代祖宗。"
崇　　禎：（駭愕，不知所云）啊！
衆　　臣：（同樣駭愕）啊！
徐大化：哎呀！……（急上前掩飾）啟陛下，賈狀元是恭獻"頌德辭"。
崇　　禎："頌德辭？"
馮　　庸：這是歌頌聖德？
徐大化：正是歌頌聖德。賈狀元他說："明主嗣統，紹百王之業；聖澤布宇，熙三代之風。"
崇　　禎：喔！妙哉！
魏忠賢
馮　　庸：喔！妙哉！妙哉！
王永光
賈福古：（乘勢而下）"夫人，則萬般皆失德；奴才，賭四番盡都輸。"

徐大化：「敷仁，則萬方皆頌德；掄才，允四海無遺珠。」
崇　禎：哈哈！頌揚得體，甚稱朕意，真是狀元才！
魏忠賢
王永光：真是狀元才！
徐大化
馮　庸：果真是狀元才！（旁白）咳咳！原來老夫年高耳不靈，風鳴聽作烏鴉聲。──不過，可恨魏忠賢竟先召他赴宴，此中用意呀……哼！（向崇禎）啟陛下，賈狀元雖具才學，但頌德不跪，慢君傲上。
崇　禎：（被提醒）嗯，慢君傲上？
馮　庸：罪不可恕！
王永光：（低聲向徐大化）真是自壞大事！
徐大化：（低聲）真是要害死你我性命！
崇　禎：（慍怒形於色）哼！
　　　　（場上緊張。王永光、徐大化冷汗浹背；賈福古也察覺不對勁，惶恐發愣，正想跪下，突被魏忠賢的笑聲打住。）
魏忠賢：（連串冷笑）嘿嘿嘿！……馮老丞相少見多怪，賈狀元辭意如此摯誠，丹心可鑒，怎可以細節不諒大賢？
王永光：（如獲救兵，急附和）是，是！九千歲巨眼識英豪，不以細節責大賢。
徐大化：（亦急湊合）昔日李白金鑾殿草嚇蠻書，高踞帝座，御前脫靴，豪氣縱橫，才人本色，唐明皇未嘗以為無禮。
崇　禎：言得有理，哈哈！……（解怒為歡，親接賈福古酒，一飲而盡。）
徐大化：（低聲責賈福古）好險，好險！賈狀元，以後千萬不要讀別字。
賈福古：唔。以後嗎？包保不讀錯。
崇　禎：賈賢卿，朕有一言問你：懷不世才，膺瓊林宴，榮樂如何？
賈福古：（自語）阿！什麼不世才，如河如海？
徐大化：是，是。「小臣不才，帝恩似海。」真是恭謙有禮，應對如流!

崇　禎：果然恭謙有禮,更是應對如流!衆賢卿,非朕之德,焉得此才?

衆　臣：(齊呼)吾皇萬歲,萬歲,萬萬歲!

崇　禎：為國慶得賢良,朕與諸卿共醉一杯。(舉杯,唱)
　　　　賢卿多才,我朝瑞祉,

賈福古：嘻嘻!(唱)
　　　　萬歲好心,看我得起。

崇　禎：(唱)二考官大功錄賢俊,

王永光
徐大化：(唱)聖天子有道拔英奇!

衆　臣：(痛飲歡呼)萬歲。萬歲,萬萬歲!

馮　庸：(忽有所感。旁白)啊,此事緊要,該搶先一步!(低聲向崇禎,唱)
　　　　陛下初登萬世基,
　　　　賢才怎可失交臂?
　　　　須防魏閹爭搶羅致,

崇　禎：老賢卿所言甚是,朕也正有此意,該當如何區處?

馮　庸：(唱)先以官爵將他羈縻。
　　　　"學成濟世才,貨與帝王家。"讀書人誰不想朝廷做官?

崇　禎：有理!(向賈福古)賈賢卿英秀絕倫,朕心喜悅,就此瓊林宴上,封卿為翰林院修撰。

賈福古：(一撲落跪下,叩頭不起)謝聖恩,萬萬歲!

魏忠賢：(看穿)哼!(旁唱)
　　　　馮老賊心惡用意長,
　　　　魏忠賢不甘把賢讓。
　　　　他怎能是你舊明室股肱臣?
　　　　他該是我新王朝大棟梁!
　　　　嘿嘿!(唱)
　　　　勾心鬥角非一日,

看誰手段最高強！

(借題起身扶賈福古)陛下真是重才禮賢,天恩浩蕩!(附賈福古耳)但不可忘我送考大德。

賈福古：(低聲)當然,當然！

(馮庸、崇禎瞧在眼裏,馮庸以手向崇禎示意。)

崇　　禎：賈賢卿,即日翰林院上任；暫屈大才,日後再予遷升。

徐大化
賈福古：謝聖恩。萬歲,萬萬歲!

崇　　禎：(樂不可支)哈哈哈！

魏忠賢：哈哈哈！

馮　庸：哈哈哈！

王永光
徐大化：哈哈哈！

(以上笑聲,各有不同心情。賈福古飄飄然如置身雲端。)

第五場　乞　聯

(二道幕外)

賈　仁：(上,念)

單絲難搓線,

獨木不成林；

男歡女不愛,

恰似無油強點燈,

哎喲！(唱)

真個空行枉費心！

(賈福古上)

賈　仁：叩見老爺。

賈福古：賈仁,回來了？親事諒已成遂？

賈　仁：嘻嘻！甄老先生說：科舉出身最貴氣,單單"狀元"二字就香饌完。

賈福古：啊哈！如此親事成，成了！
賈　仁：成欠未！但是他説：就偏偏不稀罕你這份功名，甄小姐説她寧願相信八月十六是中秋，也不相信老爺你有才學會狀元及第！
賈福古：哼！看我熟豆縐發芽？她看錯了，我還不止狀元及第哩！
賈　仁：老爺，你高升了？
賈福古：（彈冠炫耀）小可，小可，翰林院修撰。
賈　仁：（跳起）啊！奴才向老爺恭喜賀喜！（突然大笑）嘻嘻嘻！那親事包保成了。
賈福古：此話怎説？莫非本老爺而今更加官高好行事，——
賈　仁：勢大好壓人！
賈福古：（做"搶"的手勢）搶？搶親？哈哈！我本就有這主意！來，帶二十名跟隨，隨我通州搶親。事成有賞！
賈　仁：奴才遵命，遵命，再遵命！
　　　　（賈仁下。在內傳聲："來呀！二十名跟隨，大鑼大轎，伺候老爺通州搶親。事成有賞！"）
　　　　（內應聲："呵！"並敲打開道鑼。）
賈福古：哈哈！好威風！（念）
　　　　功名利祿最要緊，
　　　　憑此權勢搶美人！（下）
　　　　（二道幕啟：甄家的廳堂——書軒。）
　　　　（甄玉齋上，歎息排徊。）
甄玉齋：（念）文章憎命又一回，
　　　　更有權勢來相摧。
　　　　唉，唉！我甄玉齋者，心亂如麻也！
　　　　（甄似雪內聲："爹親，爹親，你來、來呀！"並即與秋紅同上。）
甄似雪：爹親，女兒新製一個"嫦娥奔月"的大風箏，恁般美，恁般巧，要邀爹親同去張放玩賞。
甄玉齋：你要邀我放風箏？

甄似雪：是。
甄玉齋：嗟！豈有此理。你爹煩惱不了，焉有此閒情逸致共你放風箏，做兒戲耶？
甄似雪：爹親莫生氣，女兒正是要為你排遣愁悶呀！（唱）
　　　　窗前翠竹夾紅花，
　　　　天外輕風送明霞，
　　　　這盎然情趣，怎可虛賒？
　　　　莫羨玉堂金馬多驕奢，
　　　　莫歎掇科及第非才華，
　　　　倒不如及時行樂些些；
　　　　掛風箏搖曳半天斜，
　　　　逗你個，笑哈哈，
　　　　逍遙是，咱自家！
甄玉齋：噫，嬌癡能言！但又焉知你爹愁懷何止一端！
甄似雪：女兒怎不曉得，也無非是為——
甄玉齋：是是，正是賈福古迎親之事。
甄似雪：咱已再三回絕，莫非爹親有三心二意？
甄玉齋：胡說！"以小人之腹，度君子之量"，其可乎？其可乎？
甄似雪：好，好呀！那咱就是天翻地覆，也不理睬他這賈福古。
甄玉齋：不過……賈福古者，新貴勢大也。
秋　紅：咦！原來老相公還是心頭十五隻吊桶——七上八落！
甄玉齋：哼！誰允你插嘴？
　　　　（秋紅避責下）
甄似雪：爹親，你記得咱佛寺所遇是甚般人才？
甄玉齋：（唱）一竅不通無賴兒；
甄似雪：咱通州紛紛議論的是何事？
甄玉齋：（唱）盜名赴考把世欺；
甄似雪：你在京都親眼看見的又是什麼光景？
甄玉齋：（唱）投靠魏忠賢，全仗權奸撐腰肢！
甄似雪：好哉！爹親，似這般狂妄無賴，盜名欺世，投靠權奸的人物，可會稱你的心？中女兒的意？
甄玉齋：稱心？中意？何有哉！何有哉！
（幕後傳出開道鑼聲，秋紅急上。）
秋　紅：老相公，賈福古帶大隊跟隨，大鑼大轎往我家而來了。
甄玉齋：哎呀！這是前來迎親，我正恐其出此一手，而今將何以為計也？
秋　紅：老相公，咱不是天翻地覆也不答應？
甄玉齋：噢！這……
甄似雪：（邀秋紅欲下，回頭）爹親，千萬不可猶豫。
甄玉齋：斷不猶豫！"富貴不能淫，威武不能屈。"
（甄似雪、秋紅同下）
（賈仁內聲："翰林院賈大人到。"並引賈福古趾高氣揚上。）
甄玉齋：（見賈福古衣冠、派頭，心怯三分）賈大人，請坐也！
賈福古：（坐下，作威作福地）老先生，你當時不允親，但是親口說過，我若能簪花及第，你就肯將女兒嫁我。
甄玉齋：這……
賈福古：老先生，多謝你金言顧愛，我不單簪花及第，而且是——（翹起大姆指）頭名狀元了！
甄玉齋：……是。
賈福古：不只是頭名狀元，而且是——（彈冠）嘿嘿！有財有勢的翰林院修撰賈大人了
甄玉齋：……是，是。
賈福古：將你女兒嫁我做修撰夫人，不會辱沒你吧？
甄玉齋：這……（鼓起勇氣）在下斷斷——不能從命也！
賈福古：哇！哇！（唱）
　　　　你敢將我來看輕，
　　　　不允親事我不饒情！
　　　　我不但皇上親口加官爵，
　　　　還有魏王一手把腰撐；

　　　　魏王權力有天大，
　　　　疼我賽過兒親生；
　　　　誰人敢拂我意，
　　　　老虎頭上打蒼蠅！
賈　　仁：哼，真是紙人坐轎，不識擡舉！
賈福古：你答應不答應？你答應不答應！（咄咄逼人）
賈　　仁：（助勢進逼）快答應！快答應！
甄玉齋：（兩面受攻，無路可退）在下，在下……
　　　　（甄似雪聞聲急上，挺身護甄玉齋，秋紅隨上。）
甄似雪：誰人好權勢，這般無禮。
賈福古：哼！無禮就無禮！誰敢——（回頭見甄似雪，突變嬉皮笑臉）嘻嘻嘻！怎敢，怎敢無禮！
賈　　仁：是是。賈大人今日來討小姐親誼。
　　　　（甄似雪扶甄玉齋下，然後回轉身來。）
甄似雪：嗯。"搬梯摘月"。
賈福古：此話怎說？
秋　　紅：高攀不及。
賈福古：嘻嘻！小姐答應親事就是，何用如此客氣。
賈　　仁：甄小姐呀！（唱）
　　　　狀元高科插金花，
　　　　翰林修撰好才華。
秋　　紅：（唱）任你說得天花墜，"蒼蠅放蛆"且莫誇！
　　　　（甄似雪、秋紅大笑，賈福古主僕尷尬不堪。）
賈福古：哼！嘴舌如刀。"蒼蠅放蛆"，正是要試試你家小姐的心香，你怎知本大人滿腹文章！
秋　　紅：失禮呀失禮！原來賈狀元而今滿腹文章了！
賈福古：正是，不差。若不相信，就讀本狀元爺的"狀元卷"，讓你們見識見識。
秋　　紅："狀元卷"？阿彌陀佛！一定好得會嚇死人！我不愛聽。
賈福古：（誦）"明主嗣、嗣統，紹百——王之業；聖澤佈、佈宇，熙

三——代之風。奴才……"不,不是"奴才",是"夫人","夫人",人,人……(念不下去)

甄似雪：(接誦)"敷仁,則萬方皆頌德;掄才,允四海無遺珠。"是這篇文章嗎?

賈福古：嗨,嗨!甄小姐你這般好才情!——啊,不,不!定是我這篇大文章,已經名聞天下,無人不曉了。哈哈哈!(忽自覺續讀下去更沒有把握)算了,好香只須燒一線,好文唯讀兩句半!

甄似雪：(旁白)就是這兩句半的文章,我更加識透你這個新科狀元了!原來他不只冒名赴考。且是偷換了我爹試卷。(激動)賈福古!

賈福古：賈仁,她為何不客氣,直呼本老爺名字?

賈　仁：叫名較親,諒是要答應親事了。

賈福古：有理。來了!(恭敬作揖)下官在此有禮,未知小姐有啥吩咐?

甄似雪：(唱)看金榜題名字,
並無稀罕你半些兒。
說什麼入蟾宮,攀桂枝,
簪金花,遊帝市,
真個惹人笑死!
我看你——

賈福古：你看我怎樣?總不是洩氣的人物!

甄似雪：(唱)我看你——
恰似鬼怪做遊戲,潑猴穿人衣!
若要我允親誼,
除非日頭從西起!

賈福古：啊啊,氣死我!真是"香的不吃吃臭的"。來呀,搶親!

賈　仁：來呀!老爺有命,搶,搶親!

(內應聲,場上緊張。)

(內聲:"稟大人,京都官邸有人前來稟報要事。"賈福古示意賈仁出視。賈仁下。)
(賈仁內聲:"且慢搶親,且慢動手!"並即捧對聯上。)

賈福古:賈仁,何事?

賈　仁:(把賈福古拉至一旁)自京都官邸,專人快馬前來轉傳魏王旨諭,因魏王要做六十大壽,說老爺才華出眾,又是他的得意門生,交下一對壽聯,請老爺親自撰寫,為他歌頌功德。

賈福古:我苦!"無力遇着虎!"平日翰林院別人修書寫文,我只點頭喊好,羊頭假鹿頭,倒也混得過去。這番真刀真槍,叫我如何應付?賈仁,立刻先回京都,尋大賢人,千金重託,請他代筆。

賈　仁:堂堂修撰大人託人寫聯,若是傳出笑話,老爺怎好在京都做官?

賈福古:那,叫咱鄉里的鄉塾先生……

賈　仁:這也不好。莫說塾師才情有限,萬一漏了風,不怕鄉親笑你?

賈福古:(焦急無計)這,這……

賈　仁:啊!是了。老爺,你近的觀音不拜,反求遠的菩薩?(指甄似雪示意)

賈福古:啊哈!虧得你提醒。(轉身向甄似雪)甄小姐,此刻別有話說。你先替我寫一副對聯,(甄似雪不理)替我寫一對祝賀魏王大壽的好對聯。

甄似雪:魏忠賢的壽聯?

賈福古:正是。魏王九千歲六十大壽,為他歌頌功德。

甄似雪:(旁白)哼,虧你白想。我寧願畫蛇、畫狗、畫烏龜,也莫想我為魏忠賢歌功頌德!(向賈福古)剛纔如此凶惡待人,還敢望我替你寫聯?

賈福古:誤會,誤會!那是下官一時懵懂,該打!該打!(自打嘴巴)賠禮,賠禮!(一連作揖)

甄似雪:今科狀元,天子門生,因何不自己動筆?

賈福古：（旁白）叫我自己動筆，不如叫我挑水上壁！（向甄似雪）小姐呀！（唱）
君子不記小人仇，
賈福古萬般誠意來拜求：
你若肯為我寫對聯，
我祝你多福又多壽；
你若不肯為我寫對聯，

秋　紅：不肯寫，你要怎樣？

賈福古：（唱）我就要，要，要——
跪落地上九叩頭。（跪下磕頭）

秋　紅：笑死人呀！恰似狐狸拜月娘，蜢蝦朝媽祖！
（甄玉齋暗上，睹狀驚奇。）

甄玉齋：奇乎怪哉！這是什麼"戲文"？
（賈福古急站起，撫額，拂衣。）

甄似雪：枉你磕到頭破血流——

賈福古：還是不寫？

甄似雪：……嗯。不寫！

賈福古：（翻臉）果真不寫？哼，莫怪我賈福古心狠手辣了！

賈　仁：（指手畫腳助聲勢）手辣心狠，石柱砸成灰粉！

甄玉齋：咳咳！"君子動口，小人動手。"賈大人不用生怒，以老夫之見，就命小女代勞撰寫，但親事即作罷論。各得其所，不亦可乎？

賈福古：（考慮一下）好，對聯先寫。

甄玉齋：親事罷論。

賈福古：不，親事推遲一些日子，這是本大人大大讓步。

甄玉齋：這……

賈福古：哼！……來呀！
（二跟隨應聲，氣勢洶洶上。）

賈福古：嘿嘿！你看，寫還是不寫？——寫還是不寫？

賈　仁：速速定主意！速速定主意！

賈福古：搶！
　　　　（二跟隨應聲動手）
甄似雪：住！（反挺身向前，壓住跟隨）真要我寫？
賈福古：真要你寫！
甄似雪：（突然一串大笑）哈哈哈！
賈福古：你？
甄似雪：我寫！我已改變主意，要替你寫。
甄玉齋：啊！女兒……
秋　紅：小姐！
賈福古：替我寫！（大喜）嘻嘻！到底是觀音面就有菩薩心，真是知情知意的好小姐！（舉脚踢跟隨）退下！還不退下！
　　　　（二跟隨下）
　　　　（賈福古捧聯呈向甄似雪，甄似雪示意秋紅接聯。）
甄似雪：爹親，你且入內將息，待秋紅伴女兒寫聯。
賈福古：我來，我來為小姐磨墨捧硯。
甄似雪：啐！你在這書軒外等待，不准打擾。
賈福古：遵命，遵命，不敢打擾。不過小姐須用心寫，寫出上好上好的對聯。
　　　　（甄似雪與秋紅步入書軒，甄玉齋下。）
秋　紅：（研墨，舒聯）小姐，你真是要替他寫？
甄似雪：（含笑點頭）秋紅，不用多心，你且看我落筆。（唱）
　　　　書軒內寫對聯，
　　　　別有心意作周旋。
賈福古：（唱）書軒外等寫對聯，
　　　　心頭歡喜萬萬千。
甄似雪：（唱）豈是畏強暴，
　　　　纔將這金箋渲染。
賈福古：（唱）定是怕權勢，
　　　　纔將這大事成全。
甄似雪：（唱）看不慣狼狽互為奸，

(幕後合唱)
看不慣世道無日天；

甄似雪：(唱)故將這刀霜文字，
盡情來潑墨弄玩。
(幕後合唱)
刀霜文字,潑墨弄玩,
敢誅伐,出自纖纖弱腕！

賈福古：賈仁,想甄小姐這時也該寫完了？
賈　仁：老爺不可着急,讓她想到一字值一錠金元寶纔寫出來。
(唱)想你祖宗魏忠賢，
見此聯,笑開顏，
喝一聲："寫得妙！"
老爺官爵又升遷！

賈福古：(唱)官高勢更顯，
到那時,這親更是不為難！
(甄似雪揮毫把聯寫就)

秋　紅：(看聯文,驚詫)小姐,你——
甄似雪：秋紅！
秋　紅：(領悟)哦！……是是,婢子曉得了！(唱)
想那暴虐魏忠賢，
見此聯,翻了臉，
喝一聲："推出斬！"
賈福古性命難保全！

甄似雪：(唱)蛇鼠自相殘，
顯得我,疾惡如仇志堅頑！

甄似雪
秋　紅 ：(捲聯,相顧會心)哈哈哈！

賈福古
賈　仁 ：(期待着,相顧得意)嘻嘻嘻！

(甄似雪向秋紅耳語,秋紅含笑點頭。甄似雪飄然暗下。)

秋　　紅：（捧出對聯）賈大人，煩勞你久等了。
賈福古：好說，好說！多謝你家小姐的天大人情。
　　　　（賈福古急要接聯，秋紅故意一頓。）
秋　　紅：（唱）這對聯，真個字珠文錦，
　　　　　　　　祝王壽，包你三級連升。
賈福古：嘻嘻！小姐真好情意，要助我"連升三級"！
秋　　紅：（唱）賈大人，時到事顯，
　　　　　　　　纔知曉，是假是真！
　　　　（甄玉齋暗上，見狀，奪過聯遞與賈福古。）
甄玉齋：小女學淺，還請大人指正。
賈福古：免，免！免看也是好對聯，好文章！
甄玉齋：大人過目為是。
賈福古：咳！老先生你也太多心了。小姐才學，下官佩服得五體投地，這對聯何用過目！老先生，就此告辭了。本大人若是連升三級，小姐就是我的一品夫人，我不久就來迎親，若是再敢推三託四呀——哼！
　　　　（賈福古大搖大擺下；賈仁也向甄玉齋唬嚇地"哼"一聲，隨下。）
　　　　（賈仁內聲："鳴鑼開道，賈大人起轎回京都！"）
　　　　（幕後響起開道鑼聲。甄玉齋呆立如失。）

第六場　炫　　才

（二道幕外）

馮　　庸：（上，念）
　　　　　　若能誅凶除大患，
　　　　　　保國功高我掌權！
　　　　可恨魏忠賢久蓄反謀，而今又借名做壽，集結朝內外黨羽，密圖不軌。此奸若不及早剪除，朝廷傾毀，君臣覆滅堪憂；若能及早剪除，我老馮庸呀，保國有功，前程無量！因此也

　　　　　　曾將魏閹種種奸謀，密奏萬歲，萬歲道：他深知此賊心懷叵
　　　　　　測，決不姑息養奸，將有區處，只叫老夫假作祝壽，往察諸臣
　　　　　　下與魏閹勾結深淺情況。聖命在身。即到魏府一行也。
　　　　　　（下）
　　　　　　（二道幕啟：魏府壽堂，排場極盡富貴驕奢，鼓樂喧騰。）
　　　　　　（老監前導，二小監隨侍魏忠賢上。）
魏忠賢：（唱）開華筵，慶大壽，
　　　　別有宏謀借添籌。
　　　　（內報："稟九千歲，文武百官造府拜壽。"）
　　　　（內報："稟九千歲，賈博古大人造府拜壽。"）
魏忠賢：賈博古嗎？——嗯，文武百官賜見，賈博古也賜見。
　　　　（王永光、徐大化、文官、武官上）
王永光
徐大化：（念）做官須善事威權，
文　官
武　官：（念）王府賀壽不怠慢。
衆　官：（拜）吾王福壽無疆，千秋復千秋！
魏忠賢：諸位大人平身。
衆　官：謝九千歲隆恩。
　　　　（賈福古捧壽聯上）
賈福古：（唱）拜壽為奉承，
　　　　對聯大人情；
　　　　若是中得魏王意，
　　　　何愁三級不連升！（拜）
　　　　（賈博古叩頭再叩頭）恭祝九千歲福大壽高，無量無疆！
魏忠賢：哈哈！賈大人，平身。
賈福古：臣子壽聯一對，為吾王歌頌功德。
魏忠賢：賈大人恭厚忠誠，深得孤王歡心。（接聯）此聯有勞賈大
　　　　人了！
賈福古：豈敢，豈敢！九千歲做大生日，應當效勞。（唱）

　　　　　杭綢須有蘇繡，
　　　　　好菜也許好酒；
　　　　　若無上好文章，
　　　　　怎配祝頌王壽！

魏忠賢： 嗯。賢卿所撰定是妙文絕對，絕對妙文，待孤王親自展讀。（魏忠賢剛要展卷，內報："啟九千歲，馮老丞相造府拜壽。"）

魏忠賢： （旁白）啊？馮庸老匹夫自從崇禎即位以來，看風使舵，以老賣老，竟以新君心腹自許，處處與孤王作對。……是了，而今既來祝壽，自當虛與應酬。或者他已識時務、明大勢，要趁此前來示誠依附也未可知。——迎接！（離座要出迎，發現對聯尚在手中，即遞與小監）對聯正中掛上。（魏忠賢下，賈福古與老監隨下。二小監掛聯後也隨下。）

王永光
徐大化：（念聯文）"魏王聖德添千歲"；

文　官
武　官：（念聯文）"曹公宏圖在萬年"。

　　　　　（眾相顧，大驚失色。）

王永光： （拉徐大化至一旁）徐大人，這對聯為何將魏忠賢與曹操拉在一堆？真不成味道！

徐大化： 這分明是譏刺魏王要篡奪大明天下，說他是曹操一流，篡漢之賊。

文　官
武　官：哎呀！"虎頭翻筋斗"，賈博古不要性命了！

徐大化： 咳咳！且莫管閒事。魏王喜怒無常，陰陽難測，況兼他與賈博古交情不比尋常，此中用意，豈能揣摩得準？我等還是"各人自掃門前雪，休管他人瓦上霜"吧！

王永光： 是，是，以賣弄有功無賞，反自惹火燒身。

徐大化： 此所謂"君子明哲保身"者也！

　　　　　（魏忠賢與馮庸互相拱讓，賈福古、老監、小監隨上。）

馮　庸：九千歲！
馮　庸
魏忠賢：哈哈哈……
馮　庸：九千歲大壽盛典，當受學生一拜。
魏忠賢：馮老丞相德高望重，孤王怎當得起！
馮　庸：(在互讓中，偶然擡頭見聯)哎！此聯？
魏忠賢：(看聯，旁白)啊哈，賈博古此聯正合我意。……呃？未免鋒芒太露，定是被這老夫窺破，不妥，不妥！(思索，轉身向賈福古)哦！此聯原來是你獻賀的？
賈福古：正是，是我祝賀九千歲大壽。
魏忠賢：(偽作怒)哐！如此狂妄，豈不陷孤王於不忠不臣？老監，將賈博古綁起，隨我入朝請罪。
　　　　(衆驚駭，賈福古茫然不解為何反不討好。)
馮　庸：且住！賈大人，此聯是你撰寫的？
賈福古：當然是我親手撰寫的。
馮　庸：(感慨旁白)咳，咳！賈博古果然是少年出仕，有骨氣！(問魏忠賢)九千歲因何盛怒？
魏忠賢：賈博古謾謗孤王。
衆　官：(附和)是，是，謾謗九千歲！
馮　庸：哈哈哈……
魏忠賢：老丞相何故大笑？
馮　庸：九千歲崇功偉德，天下歸望，此聯所頌，當之無愧。
魏忠賢：當之無愧？
衆　官：當之無愧！當之無愧！
魏忠賢：然則老丞相剛纔見聯，為何震驚？
馮　庸：此事嗎？……老臣不是震驚，乃是深贊賈大人於九千歲，純篤恭誠。
魏忠賢：只是如此？
馮　庸：是，──不，也讚歎他好筆法，妙文章。
衆　官：(附和)好筆法！妙文章！

魏忠賢：（冷笑）嘿嘿！那——賈博古無罪？
馮　庸：不但無罪，況且頌揚得當，該是有功。
魏忠賢：頌揚得當？那……（突然）左右！進酒。
　　　　（小監應聲入內，捧一杯酒上。）
魏忠賢：（舉酒向馮庸）那孤王就請老丞相助我——造反！
馮　庸：（一時難於措詞）這，這……
魏忠賢：哼！你說此聯頌揚得當，孤王當之無愧，但為何見聯震驚？你又說賈博古不但無罪，反而有功；但孤王請你助我造反，你為何又沉吟躊躇？究竟你是存何意？具何心？
　　　　（擲杯）
馮　庸：這……
魏忠賢：（旁白）老匹夫不死，今日定壞我大事，看我先下手為強！
　　　　（厲聲）左右！
老　監：有。
魏忠賢：將此老匹夫——
　　　　（魏忠賢言猶未了。內報：「啟九千歲，聖旨到。」）
魏忠賢：（驚異）呃？
　　　　（詔使捧聖旨上，四錦衣衛緊隨上。魏忠賢勉強跪下接旨；眾隨跪。）
詔　使：（遞詔給馮庸）萬歲有旨：着馮老丞相開讀聖詔。
馮　庸：（讀詔）聖旨開讀。奉天承運，皇帝詔曰：魏逆忠賢，憑恃先帝寵眷，暴惡多端，僭越不軌，居心叵測，陰謀篡奪，即日抄家拿問。欽此！
　　　　（錦衣衛摘魏忠賢冠帶，押下。詔使隨下。）
馮　庸：哈哈哈……（下）
文　官
武　官：哎呀，大禍臨頭了！
王永光
徐大化：哎呀，臨頭大禍了！
　　　　（王永光、徐大化及文武官員驚慌失措，滿場狂奔，分頭逃下。）

賈福古：（渾身顫抖，欲逃，兩腿無力）我苦，我苦！九千歲因何遭殃？……

第七場　連　升

（幕啟：金鑾殿。）

宮監甲：（上）傳旨，萬歲有旨：魏逆忠賢罪在不赦，着錦衣衛解赴刑場，絞決處死。

（內應聲：領旨。）

宮監乙：（上）傳旨，萬歲有旨：宣百官入朝議事。

（內應聲：領旨。）

崇　禎：（上，唱）
　　　　除奸逆，整朝綱，
　　　　英明自負做君王。
（馮庸、賈福古、王永光、徐大化同上）

衆　臣：陛下萬歲，萬歲，萬萬歲！

崇　禎：衆卿平身。

衆　臣：謝聖恩。（分立兩旁）
（二錦衣衛上）

錦衣衛：啟萬歲，魏逆忠賢驗明正身，遵旨絞決。

崇　禎：暴屍國門，示衆三日。

錦衣衛：領旨。
（二錦衣衛下）

崇　禎：衆位賢卿，魏逆多年把持朝政，權挾天子，又欺朕登基未久，陰圖篡奪社稷，幸朕及早將他誅除，免貽大患。

馮　庸：陛下威武聖智，天下明主！

王永光
徐大化：（拾人牙慧）是是。陛下威武聖智，天下明主！
賈福古

崇　禎：（陶醉）朕就是明主，就是明主。哈，哈！只是魏逆生前，

　　　　　廣結私黨，爪牙甚多，望眾卿赤膽忠心，多多揭奏，以
　　　　　便——（加重語氣）一律抄殺不赦！
馮　庸：陛下英明，魏逆餘孽抄殺不赦！
賈福古：抄殺不赦——不赦！
　　　　（王永光、徐大化聞言失色，岌岌自危。）
王永光：（低聲）徐大人，若是"摘瓜抄藤"，但恐你我不免……
徐大化：是。應當速謀自保。
王永光：（焦急）如何自保？要如何自保？……（覷賈福古）徐大
　　　　人，你看他還是"光棍假大佬"！
徐大化：（突生機智）是了，"狗急跳牆"，且借此人性命，保我等前程。
王永光：啊，有理！"烏龜爬門檻，全看此一番（翻）"了。
王永光
徐大化：（一同出奏）啟陛下，魏逆心腹親信尚有一人，平日勾結奸
　　　　邪，盜祿竊職，也在當誅之列。
崇　禎：此人是誰？
王永光
徐大化：（均以手指賈福古）翰林院修撰賈博古！
崇　禎：賈博古，賈博古狀元出身，才華蓋世，恐未必是魏逆一流。
王永光：此人正是魏逆一流，春闈會試，魏逆保送入場，就是一證。
徐大化：登科之日先應魏逆召宴，僭越不法，目無天子朝廷，以致
　　　　簪花賜宴遲誤，又是一證。
崇　禎：原來如此！哦，朕記得了：瓊林宴上輕狂失儀，也是魏逆
　　　　為他美言遮掩。
王永光
徐大化：（急介）這分明又是一證：有此三證，豈非魏逆一流？
崇　禎：（作色）哎——可恨呀！亂臣賊子，豈容漏網，錦衣衛
　　　　何在？
　　　　（二錦衣衛應聲上。賈福古見大禍將臨，驚懼。）
崇　禎：賈博古褫去冠帶，推出午門斬了。
賈福古：哎喲，我苦了！一個好頭顱，要去擲草坡！

（賈福古幾乎昏厥，被錦衣衛拖下）

馮　庸：（激動，挺身出班）刀下留人！容我保奏。

崇　禎：（怒）何人膽敢阻旨？

馮　庸：老臣馮庸，總領百僚，裨補缺漏，今日容我冒死諫奏。

崇　禎：奏來！

馮　庸：賈博古怎可列為魏逆黨羽，望陛下聖鑒！

崇　禎：此言何據？

馮　庸：老臣只舉一事，就足為他辯冤。陛下呀！（唱）
　　　　魏逆做壽大張揚，
　　　　百官如蟻附膻忙；
　　　　賈博古只送一對聯，
　　　　文如刀斧意如霜。
　　　　寓心深且遠，
　　　　揭穿逆賊志圖篡朝綱。
　　　　有官皆諂媚，
　　　　獨他正氣張！

崇　禎：魏逆勢焰熏天，怎容他如此大膽，朕所不信！

馮　庸：陛下不信？

崇　禎：不信！

馮　庸：逆產抄封，此聯定必尚在，陛下召覽，方知老臣言之不謬！

崇　禎：嗯。……內侍，召取此聯。
（宮監甲應聲，入內取聯上，與宮監乙舒聯呈覽。崇禎讀聯文。）

崇　禎："魏王聖德添千歲"，

馮　庸：九千歲添千歲，就是"萬歲"，是魏逆居然以帝王自況。

崇　禎："曹公宏圖在萬年"。

馮　庸："宏圖在萬年"，分明是陰圖篡奪天下。陛下呀！（唱）
　　　　賈博古若列為魏黨，
　　　　豈非是屈殺忠良？
　　　　叫天下忠臣義士皆志冷，
　　　　誰敢赤膽扶君王？

崇　　禎：哎呀！朕素以明主自負，誰料一時不察，險些誤斷股肱。
傳　　旨：立赦賈博古無罪，賜還冠帶，宣入金鑾。
　　　　　（內應聲："領旨。"）
賈福古：（上，唱）
　　　　　惚惚恍恍，迷迷茫茫，
　　　　　生生死死，神魂飄蕩！
　　　　　（擡頭見崇禎，一撲落跪跌在地上。）
崇　　禎：（唱）殿下跪的賈忠良，
　　　　　殿上愧煞崇禎王；
　　　　　急急離座下丹墀，
　　　　　雙手扶起賢棟梁！
　　　　　（崇禎邊唱邊下座，扶賈福古坐御座旁錦墩上。）
賈福古：（無限委屈似地）萬歲呀，我……你……
崇　　禎：（唱）是寡人一時失詳察，
　　　　　害賢卿虛驚受一場。
傳　　旨：賈博古連升三級，一品任用，調入內閣輔政，並賜玉帶金魚，以示激勵忠良。
賈福古：（因禍得福，躍起叩頭）謝聖恩，萬歲，萬歲，萬萬歲！
王永光
徐大化：（驚愕不安）哎呀！"連升三級"？……
馮　　庸：哈哈！聖主不負賢臣，恭喜賈大人高升！
賈福古：多謝馮老丞相顧愛。
王永光
徐大化：（也趨前奉承）恭，恭……恭喜賈大人連升三級！
賈福古：（故使鼻音）多謝二位大人栽培——哼！
王永光
徐大化：唔，唔，唔……（後退，尷尬不堪。）
賈福古：（旁白）連升三級？比吃三個油酥餅更加省力！甄小姐，你真是好人，說要助我連升三級，賈福古果有今日！嘻，嘻，嘻！……

崇　　禎：朕加恩渥，以報賢良，合該封蔭其妻子，賈賢卿！
賈福古：臣在。
崇　　禎：加封賢卿原配為一品懿德夫人。
賈福古：再謝聖恩！——且慢，且慢，臣至今尚未娶妻。
崇　　禎：啊？
賈福古：（唱）為臣虛度廿四春，
　　　　　　心愛甄氏才女伴晨昏，
　　　　　　可惜我愛她不愛，
　　　　　　周周折折，折折周周未成婚。
崇　　禎：原來有此一因！才子才女正該匹配佳偶，待朕為卿完成好事。傳旨：立召甄氏才女入京，與賈賢卿成親，由朕主婚，主偕鸞鳳。
　　　　　（內應聲）
賈福古：啊哈！大大叩謝聖恩，萬歲，萬歲，萬萬歲！
　　　　　（二宮娥捧朝服冠帶上）
宮監乙：請賈大人更換一品朝服，等待行大禮做新郎。
賈福古：是！好！（手舞足蹈，隨二宮娥下。）
崇　　禎：眾位賢卿，朕如此御宇臨政，可稱英明？
馮　　庸
王永光：陛下英明！
徐大化
崇　　禎：朕如此推恩忠良，可稱聖德？
馮　　庸
王永光：陛下聖德。皇恩浩蕩！
徐大化
崇　　禎：古往今來，賢臣當推賈博古！
馮　　庸
王永光：古往今來，聖主無過今天子！
徐大化
君　　臣：（相顧大笑）哈哈哈！……

崇　禎：正是——（念）

　　　　　金鑾殿上配鴛鴦，

馮　庸
王永光　（念）聖朝天子恩無量。
徐大化　（內報："啟萬歲，甄氏女已到京都。"）

崇　禎：宣入朝門。傳旨：金殿龍鳳喜樂，上苑山海大宴伺候。

　　　　（內應聲："領旨。"）

賈福古：（換一品衣冠並披紅彩上，念）

　　　　　聖旨宣來美紅妝，

　　　　　急急上殿做新郎。

　　　　（內報："啟萬歲，甄氏女已到朝門。"）

崇　禎：宣入金鑾。

　　　　（內應聲："領旨。"）

　　　　（二宮娥引甄似雪上）

甄似雪：（唱）風波重疊起，

　　　　　遇親上丹墀。（覷看殿上）

　　　　　啊！……（唱）

　　　　　巍巍宮闕，帝王威儀，

　　　　　峨冠博帶，羣臣熙熙，

　　　　　禁不住心驚意遲疑……（略為畏縮，但立即鼓起勇氣而入。）

　　　　　罷，罷了！（唱）

　　　　　任憑你皇皇聖旨，

　　　　（幕後合唱）

　　　　　皇皇聖旨，天驕帝意。

甄似雪：邪張鬼舞，

　　　　（幕後合唱）

　　　　　邪張鬼舞，做盡離奇。

甄似雪：（唱）甄似雪偏是嬌頑憨癡，

　　　　　到此決不畏些兒！

　　　　　（幕後合唱）
　　　　　嬌頑憨癡，不畏一些兒！
甄似雪：民女甄似雪叩見陛下，萬歲，萬萬歲！
崇　禎：平身。
　　　　　（賈福古急上前要扶甄似雪，被甩袖拒絕。）
　　　　　（君臣爭窺甄似雪，無限讚歎。）
崇　禎：啊哈！果然絕代佳人，秀麗無雙！
馮　庸：珠聯璧合，與賈大人天生一對！
王永光
　　　　：難怪賈大人，君子好逑，為情顛倒！
徐大化
賈福古：嘻嘻！説的都是，都是……（向甄似雪，唱）
　　　　　不虧我病成相思，
　　　　　你今朝難脱身離！
崇　禎：傳旨：樂官奏起喜樂，才郎淑女當殿行交拜大禮。
　　　　　（內應聲："領旨。"）
甄似雪：住了！
崇　禎：為何住了？
賈福古：為何住了？
馮　庸
王永光：是呀。為何住了？
徐大化
甄似雪：啟萬歲，民女與賈博古並無婚約。
崇　禎：原來如此。無妨，無妨！就説前無婚約，當今天子為你主
　　　　　婚，嫁與狀元郎、一品大臣，如此恩榮，還有何不稱意？
甄似雪：民女不敢承旨。
崇　禎：諒你不敢存心抗違朕意。
甄似雪：民女就是不敢承旨。
崇　禎：（怒）咦！（唱）
　　　　　一介弱女敢抗君，
　　　　　此事曠古未曾聞。

　　　　　　金鑾殿上肆侮慢，
　　　　　　朕躬怎為萬乘尊？
　　　　　　若不將你嚴治罪，
　　　　　　難樹天威掌乾坤！
　　　　　　傳旨——
賈福古：（急趨前）陛下！——你可憐我心急要……
崇　禎：哦！……哈哈哈，賢卿，（唱）
　　　　　　成全股肱臣，
　　　　　　這一遭屈法伸聖恩。
　　　　　　傳旨：樂官奏起喜樂，朕為賈賢卿成大婚。
　　　　　（內應聲："領旨。"並動樂。）
賈福古：（跪下）謝聖恩萬萬歲！
　　　　（甄似雪屹立不動）
　　　　（二宮娥捧鳳冠霞被、紅球彩帶上，甄似雪不理。）
　　　　（內贊禮聲："聖主賜大婚，才郎淑女沐天恩！"）
馮　庸：嗨，嗨！真是沐天恩！（向王永光、徐大化）二位大人，我
　　　　等恭逢盛事，該為賈大人吉辭贊禮。
王永光
徐大化：是是，合該贊禮！
馮　庸
王永光
徐大化：（唱）天恩浩蕩蕩，
　　　　　　喜氣鬧洋洋，
　　　　　　（幕後合唱）
　　　　　　浩蕩蕩，鬧洋洋……
馮　庸
王永光：（唱）福祿鴛鴦，地久天長！
徐大化
　　　　　（幕後合唱）
　　　　　　但願不是落空——夢一場。

(宮娥上前要扶甄似雪行禮,被拒。)

賈福古：(着急,向甄似雪)喂,還就些,還就些!
(甄似雪背過臉)

崇　禎：(又變色,厲聲)甄似雪,你真不知感激皇恩罔極?莫怪朕王法無情了!

甄似雪：(旁唱)

這個朝廷大如天,

逼我頑石點頭難!

啟萬歲。天子重才華,御前賜婚姻,真是恩榮無匹。但臣女要與賈大人——

崇　禎：要與賈賢卿共偕花燭了?好呀!

甄似雪：要與賈大人當殿先會文章,歌頌聖德。若是他文章俊秀,臣女願遵旨成婚;若是他文章做不出來——

崇　禎：准你回鄉自擇終身。是嗎?

甄似雪：(敏捷地)謝聖恩!

崇　禎：哈哈哈!甄似雪你好癡呆!賈賢卿乃今科狀元,天子門生,焉何不能與你吟詩作賦,歌頌朕德?內侍,進御用四寶。

宮監甲：領旨。(入內捧文具上)四寶在。
(賈福古惶恐失色。王永光、徐大化也恐賈福古露醜被累,惶惶不安。)

馮　庸：賈大人文場得意於前,筆誅奸逆於後,而今吟詩頌帝德,作賦締良緣,更是兩相輝映!王、徐二大人,你們說老夫之言如何?

王永光
徐大化：這……

馮　庸：哈哈!這豈非是千古風流佳話?

王永光
徐大化：(勉強搭腔)是,是……千古佳話。

宮監甲：請賈大人賦詩。(把文具端給賈福古)

賈福古：(旁白)哎呀!殺頭還輕鬆,吟詩最沉重!(汗流浹背,久久無從下筆,低聲)王大人,你替我寫。
王永光:(為難)不敢,不敢,欺君大罪,擔當不起!
賈福古:不,我手痛,我吟你寫。
(王永光仍推諉,賈福古急,粗暴地強把紙筆等授王永光。)
賈福古:……(搔首再三,彷徨四顧,偶與崇禎視線相觸)啊,有了!——"天子聖恩多"。
馮　庸:哈哈,妙!起手樸實,直追古風,真不是尋常才華,隨後必有驚人之筆!
賈福古:嘻!若是好句,我再續下去。
(崇禎與諸臣均屏息期待着)
賈福古:(視線一轉,落在甄似雪身上,大受啟發)——"助我討老婆"!
眾　人:(大愕然)阿!
甄似雪:(一串朗然大笑)嘿嘿嘿……真不愧是"驚人之筆"!
(唱)
今科有個賢狀元,
天子有個好門生,
這般奇才人間少,
吟出詩來鬼神驚!
(幕後合唱)
奇才人間少,吟詩鬼神驚!
崇　禎:哎!賈博古出言為何如此鄙俗?
甄似雪:萬歲呀萬歲,你知賈博古是何等人?(唱)
鄉曲中,一狂妄,
冒他族兄名字充才良。
崇　禎:這怎可相信!若說無賴冒名,但他魁首文章從何而來?
甄似雪:(唱)若說他,好文章,
偷天換日奪金榜。
崇　禎:更無此事!朝廷取士,場闈謹嚴,誰人膽敢作弊?王、徐

王永光
徐大化：臣等罪該萬死，賈博古乃是魏忠賢連夜薦引入考場，臣等不敢得罪魏逆，乃將另一考生甄玉齋的試卷移換與他，保薦他高中第一名。

崇　禎：呸！

甄似雪：（旁白）果然就是這般見不得天日的行徑！（唱）
魏閹薦考豈尋常，
糊塗考官急煞忙，
替他金妝粉飾，粉飾金妝——
（幕後合唱）
捧呀，捧呀，捧出傀儡場！

王永光
徐大化：（應着歌聲，不自覺地模擬傀儡的表演）嗐，嗐，嗐！

甄似雪：（唱）
當他奇貨第一，妙寶無雙——
（幕後合唱）
獻呀，獻呀，獻與賢君王！

崇　禎：（應着歌聲，不自覺地模擬獻君王的表演）嗤，嗤，嗤！

甄似雪：（唱）憐他蓋世才華，絕代忠良——
（幕後合唱）
保呀，保呀，保此大棟梁！

馮　庸：（應着歌聲，不自覺地作保奏的表演）咳，咳，咳！……不，不！甄氏女荒誕無稽，筆誅奸逆，忠貞為國，賈博古分明寫出好對聯！

甄似雪：好說呀好說！若論那對壽聯，乃是求我代筆的，當時賈福古仗勢逼親，十分凶惡，我無奈代他撰寫，一來緩他凶迫，二來揭穿奸逆。

賈福古：我苦，連祖宗十八代都被她翻出來了！

甄似雪：萬歲呀！（唱）
這黑白怎設想？

這是非怎平章?
這榮辱怎分辨?
這賢愚怎衡量?
罷,罷了!(唱)
記取萬歲有金諾,
許我自擇還家鄉。
民女甄似雪叩謝聖恩萬萬歲!
(甄似雪施禮,勝利含笑,翩翩然從容而下。)
(君臣相顧無言,狼狽不堪。)

崇　　禎:哼!(指向馮庸,唱)
你這賢丞相,
老朽真不枉!

馮　　庸:嗐!(指向王永光、徐大化,唱)
你這好考官,
糊塗恰成雙!
呸!(指向賈福古。唱)
你這大草包,
累眾橫遭殃!

賈福古:啊!(無處洩怒,竟轉而指向崇禎,唱)
你這聖明主,
未免也荒唐,
是你御筆親點我,
能包藏時且包藏!

崇　　禎:(有所被啟發似地)啊!包藏?……
(幕後合唱)
甄似雪,返家鄉,
賢君臣,徒彷徨,
如此傳奇留一段,
饒他千古資傳揚!

(幕在歌聲中徐徐閉下)

沙 家 浜

(京劇)

文牧等　编劇

汪曾祺等　改編

【作者簡介】文牧(1919—1995)，原名王瑞鑫，藝名王文爵，上海松江人。小學畢業後進米行當學徒，1936年拜申曲藝人王雅芳為師學習申曲，在上海市郊和蘇南一帶演出，並兼做編排幕表戲工作。1947年參加施家、上施等滬劇團，1948年加入上藝滬劇團，次年兼任編劇。1949年之後，參加《赤葉河》演出，塑造了王大富形象，獲1950年上海市春節戲曲演唱競賽演員一等獎。1952年起專任編劇。1952年與宗華、幸之執筆改編小說《登記》為滬劇《羅漢錢》，在第一屆全國戲曲觀摩演出大會中獲劇本獎。1953年2月任上海市人民滬劇團工會主席。1954年2月與汪培合作，根據劉白羽小說《春天》改編成滬劇《金黛萊》，在華東戲曲觀摩演出大會中獲劇本一等獎。1959年2月他參考崔佐夫撰寫的《血染着的姓名——三十六個傷病員的鬥爭紀實》，執筆編寫了《蘆蕩火種》。此外，與丁是娥、石筱英、陳榮蘭、宗華等合作創作了《雞毛飛上天》。曾整理的傳統劇目有《阿必大》、《女看燈》、《公孫求乞》、《庵堂相會》等。

汪曾祺(1920—1997)，江蘇高郵人。早年畢業於西南聯大，歷任中學教師、《北京文藝》編輯、北京京劇院編劇等工作。1956年發表京劇劇本《范進中舉》。1963年12月下旬，北京京劇團接到上海市人民滬劇團演出的《蘆蕩火種》劇本，由黨委書記薛恩厚、副團長蕭甲、藝術室主任楊毓敏和專職編劇汪曾祺成立創作組，集中力量從事京劇化的移植改編工作，創作組指定汪曾祺執筆。80年代以後，汪曾祺主要從事小說創作，出版了小說集《晚飯花集》、《汪曾祺短篇小說選》等。所作《大淖記事》獲1981年全國優秀短篇小說獎。比較有影響的作品還有《受戒》、《異秉》等。

【劇情概要】該劇是根據抗日戰爭時期發生在江南的一件真實的故事改編的。原故事為：1939年秋，由葉飛率領的新四軍第六團離開蘇常地區後，留下數十名傷病員，請當地的黨組織與老百姓照顧。傷病員與地方黨組織、抗日羣眾面對日偽頑匪相互勾結、必置傷病員於死地的險惡環境，不畏艱險，堅持鬥爭，最後取得了勝利。現代京劇《沙家浜》寫抗戰時期，江南新四軍浴血抗日。某部指導員郭建光帶領十八名新四軍傷病員在沙家浜養傷。由胡傳魁、刁德一等人組成的"忠義救國軍"假意抗戰,暗投日寇。地下共產黨員阿慶嫂依靠以沙奶奶為代表的進步抗日羣眾,巧妙地掩護了新四軍傷病員,並在戰士們傷癒歸隊後和抗日羣眾一起消滅了盤踞在沙家浜的敵頑武裝。

【版本流傳】該劇最初由中國戲劇出版社於1965年出版。後由人民出版社、湖南人民出版社等多家出版社於20世紀70年代先後出版。1998年,北京師範大學出版社出版的《汪曾祺全集》第七卷收錄了該劇。

【演出情況】滬劇《蘆蕩火種》上演後,在戲劇界和觀眾中引起了廣泛而強烈的反響。當時,僅在上海一地,就有不同劇種的九個劇團對《蘆蕩火種》進行移植,而在全國各地演出《蘆蕩火種》一劇的竟有三十一個劇團之多。北京京劇團改編成京劇之後,最初被定名為《地下聯絡員》,由趙燕俠飾阿慶嫂,譚元壽飾郭建光。毛澤東主席看了後說:"蘆蕩裡都是水,革命火種怎麼能燎原呢?再說,那時抗日革命形勢已經不是火種而是火焰了嘛……戲是好的,劇名可叫《沙家浜》,故事都發生在這裡。"於是,該劇最終名定為《沙家浜》。之後,阿慶嫂改由洪雪飛扮演。20世紀70年代初,《沙家浜》被定為"八個樣板戲"之一,不但被搬到電影銀幕上,在全國各地放映,還被兩百多個戲曲劇種移植。

(朱俊源)

人 物 表

郭建光——男,新四軍某部連指導員。
阿慶嫂——女,中國共產黨黨員,黨的秘密工作者。
沙奶奶——女,沙家浜羣衆積極分子。
程謙明——男,中國共產黨常熟縣縣委書記。
葉思中——男,新四軍某部排長。
班　長——男,新四軍某部班長。
小　凌——女,新四軍某部衛生員。
小　王——男,新四軍某部戰士。
小　虎——男,新四軍某部戰士。
新四軍戰士林大根、張松濤等人。
沙四龍——男,沙奶奶的兒子,沙家浜基幹民兵,後參加新四軍。
趙阿祥——男,沙家浜鎮鎮長。
王福根——男,沙家浜基幹民兵。
阿　福——男,沙家浜革命羣衆。
沙家浜羣衆老幼男女若干人。
刁德一——男,偽"忠義救國軍"參謀長。
胡傳魁——男,偽"忠義救國軍"司令。
劉副官——男,偽"忠義救國軍"副官。
刁小三——男,刁德一的堂弟。
偽"忠義救國軍"士兵若干人。
黑　田——男,日寇大佐。
鄒寅生——男,日寇翻譯。
日寇士兵數人。

第一場　接　應

（抗日戰爭時期,半夜。江蘇省常熟縣地區,日寇設置的

　　　　　一條公路封鎖線。)
　　　　(幕啟:沙四龍由樹後撥開草叢上,偵察四周,脚下一絆,翻"小貓",警惕地張望,向幕內招手。)
　　　　(阿慶嫂上,後隨趙阿祥、王福根。)
阿慶嫂:(唱)【西皮搖板】
　　　　程書記派人來送信,
　　　　傷患今夜到鎮中。
　　　　封鎖線上來接應……
　　　　(沙四龍吹葦葉為聯絡暗號,無反應,沙四龍欲沿公路去尋找,阿慶嫂急忙制止。)
阿慶嫂:(接唱)
　　　　須防巡邏的鬼子兵。
　　　　(阿慶嫂拉着沙四龍,示意趙阿祥暫時隱蔽。王福根突然發現程謙明走來,急回身招呼阿慶嫂。)
王福根:阿慶嫂,來了!
　　　　(程謙明上。)
程謙明:阿慶嫂!老趙同志!
阿慶嫂:程書記!
趙阿祥
阿慶嫂　傷患同志都來了嗎?
程謙明:同志們都來了。你看,郭指導員來了。
　　　　(郭建光上,亮相。葉思中、小虎隨上。)
郭建光:(向葉思中)警戒!(向程謙明)程書記!
程謙明:我來介紹一下:這是郭指導員。這是沙家浜鎮長趙阿祥,這就是阿慶嫂,她是這兒的黨支部書記,又是聯絡員,她的公開身份是春來茶館的老闆娘。她的丈夫阿慶,是我們黨的交通員。
阿慶嫂:郭指導員!
趙阿祥
郭建光　趙鎮長!阿慶嫂!(與二人熱情地握手)

程謙明：你們安心在沙家浜養傷，如果情況有變化，我會來跟你們聯繫。馬上通過封鎖線。
郭建光：葉排長，把同志們領過來。
葉思中：是！
小　虎：指導員！鬼子的巡邏隊！
郭建光：隱蔽！
（軍民迅速隱蔽。）
（一支日本帝國主義的小分隊極其凶惡、狡猾地巡邏而過。）
（沙四龍從樹後出，矯健敏捷地翻"單蠻子"，急向日寇下去的方向窺視。回身向阿慶嫂等招手，眾上。沙四龍、趙阿祥等照顧傷患們通過封鎖線。郭建光、阿慶嫂與程謙明握手告別。）

——幕閉

第二場　轉　移

（前場十多天后。陽澄湖邊，沙奶奶家門前。垂柳成行，朝霞瑰麗。）
（幕啟：沙奶奶正在縫補衣裳。小淩整理繃帶、藥品。小王在折口袋。）
小　淩：小王，來換藥！
小　王：換藥？我不換！
小　淩：為什麼？
小　王：小淩！咱們藥品這麼困難，應該先盡著重傷員用，我這傷很快就會好了。
小　淩：藥是不多了，可是咱們的流動醫院很快就要給咱們送藥來了。你的傷不算重，可也不算輕啊！
小　王：我是輕傷患！
小　淩：輕傷患？那指導員帶著輕傷員幫助老鄉收稻子，為什麼

　　　　　　不叫你去呀？
　　　　　（小王語塞。）
小　凌：小王，來換藥吧！
小　王：我就不換！
小　凌：指導員叫你換的！
　　　　　（小王無可奈何地同意換藥。回身看見沙奶奶。）
小　王：沙奶奶！
小　凌
沙奶奶：哎！小王，你們傷病員同志，就應該聽醫生、護士的話，可不能由着性子來！
　　　　　（小王順從地讓小凌為他換藥。）
小　凌：瞧，沙奶奶都批評你了！
小　王：哼！沙奶奶特別喜歡你，所以說話總向着你唄！
沙奶奶：你說我向着她，我就向着她！人家姑娘說話辦事總站在理上，我就喜歡她嘛！
小　王：那，趕明兒讓四龍跟我們走，把小凌給您留下，我們拿姑娘換您個小子！
沙奶奶：那敢情好！沙奶奶這輩子養了四個兒子，還就是缺個女兒呀！
　　　　　（沙奶奶坐。小凌搬小凳坐沙奶奶身邊。）
小　凌：沙奶奶，您總說您有四個兒子，怎麼我們就看見四龍一個人哪？
沙奶奶：（萬分感慨，階級仇恨湧上心頭）那都是過去的事，還提它幹什麼！
小　凌：沙奶奶，我們都想聽聽。
小　王：是啊，沙奶奶，您說給我們聽聽。
沙奶奶：（滿腔仇恨，忍不住向親人控訴一生的苦難。）說來話長……
　　　　　（唱）【二黃三眼】
　　　　　想當年家貧窮無力撫養，

四個兒子有兩個凍餓夭亡。
遭荒年背上了刁家的閻王賬,
為抵債他三哥去把活兒扛。
【原板】刁老財(站起,更加憤慨地控訴)蛇蠍心腸忒毒狠,
他三哥,終日辛勞,遭受毒打,傷重身亡。
四龍兒脾氣暴性情倔強,
闖進刁家論短長。
刁老財他說是夜入民宅,非偷即搶,
可憐他十六歲孩子也坐牢房。
新四軍打下沙家浜,
我的兒出牢房他得見日光。
共產黨就像天上的太陽一樣!

小　凌：沙奶奶,您說得對呀!
沙奶奶：(接唱)【二黃搖板】
没有中國共產黨,
早已是家破人亡!
小　王：沙奶奶,有了共產黨,咱們窮人就不怕他們了!
沙奶奶：是啊!
（阿福端一碗年糕上。）
阿　福：沙奶奶!
沙奶奶：阿福。
阿　福：我媽叫我給指導員送點年糕來。
沙奶奶：我也蒸了一點。
阿　福：我媽說這是對咱們軍隊的一點心意啊!
沙奶奶：說得對!放在這籃子裡,呆會兒我炒一下給他們吃!
阿　福：小王,李大媽等着你拿口袋裝稻穀,好去藏糧食!
小　王：(一直沉湎在沙奶奶的痛苦的家史裡,忽然想起,要找刁老財去算賬)沙奶奶,您說的那個刁老財他在哪兒?
沙奶奶：怎麼,你還想着這件事哪?刁老財死了!哎,他還有個兒子,前幾年聽說在東洋念書,現在也不知道哪兒去了。

小　　淩：沙奶奶,小王就是愛打破砂鍋問到底!(向小王)小王,李大媽還等着口袋藏糧哪!
小　　王：哎!
阿　　福：咱們一塊兒走。(與小王同下)
　　　　　(沙奶奶提籃子,要去洗衣裳,被小淩發現。)
小　　淩：沙奶奶您又去洗衣裳!我去洗!
沙奶奶：嗐!指導員連夜幫我們搶收糧食,我洗兩件衣裳,還不應該嗎?!
小　　淩：那我跟您一塊去。
沙奶奶：好!走!(與小淩同下)
　　　　　(郭建光與葉思中乘船上。把一籮一籮的稻穀搬下船。)
葉思中：指導員,當心哪!
郭建光：好,葉排長,(指稻穀)把沙奶奶的稻穀趕快藏在屋後埋在地下的缸裡,堅壁起來!
葉思中：是。(將稻穀挑到沙奶奶家屋後)
　　　　　(郭建光順手拿起掃帚打掃場院。勞動之後,面對江南景色,他心情激動,思念戰友,渴望儘快重新奔赴戰場。)
郭建光：(唱)【西皮原板】
　　　　朝霞映在陽澄湖上,
　　　　蘆花放稻穀香岸柳成行。
　　　　全憑着勞動人民一雙手,
　　　　畫出了錦繡江南魚米鄉。
　　　　祖國的好山河寸土不讓,
　　　　豈容日寇逞凶狂!
　　　　戰鬥負傷離戰場,
　　　　養傷來在沙家浜。
　　　　半月來思念戰友,
　　　　(轉【二六】)與首長,(【流水】)也不知轉移在何方。(【快板】)
　　　　軍民們準備反"掃蕩",

何日裡奮臂揮刀斬豺狼?！
傷患們日夜盼望身健壯，
為的是早早回前方！
（沙奶奶偕小淩上。）

小　　淩：指導員！
沙奶奶：

郭建光：沙奶奶！

小　　淩：指導員，沙奶奶又給咱們洗衣裳了！

沙奶奶：這姑娘，洗兩件衣裳還不應該嗎！

郭建光：哈……哈……

沙奶奶：（向郭建光）同志們都回來啦？
（小淩晾衣裳。）

郭建光：回來啦，稻子全收完啦，把您的稻穀都給藏好了。

沙奶奶：好！累壞了！

郭建光：不累呀，沙奶奶！

沙奶奶：快坐這歇會兒！指導員，你看，這是阿福給你們送來的年糕。

郭建光：鄉親們待我們太好了！
（沙四龍提了兩條魚和螃蟹、蝦米上。）

沙四龍：媽！我摸了兩條魚，還有螃蟹、蝦米！

沙奶奶：四龍，剛幹完活就下湖去了？

沙四龍：好給指導員下飯哪！

郭建光：哈……哈……

沙奶奶：好啊，拿來，我拾掇去。

郭建光：我來吧。

沙四龍：媽，您甭管了，我去拾掇。（進屋）

郭建光：沙奶奶，您坐。
（葉思中從屋後上。）

葉思中：指導員，有幾個同志申請歸隊。（遞上申請書）

郭建光：都這麼性急！（看申請書）好，葉排長，我看，一部分同志

　　　　　　傷已經好了,可以先走。
葉思中：是。
沙奶奶：走？上哪兒去？
郭建光：我們找部隊去呀！
沙奶奶：找部隊去？那哪兒成啊！（唱）【西皮搖板】
　　　　同志們殺敵掛了花,
　　　　沙家浜就是你們的家。
　　　　鄉親們若有怠慢處,
　　　　說出來我就去批評他！
葉思中：沙奶奶……
　　　　（郭建光用手一攔。）
郭建光：沙奶奶。叫咱們提意見。提意見……沙奶奶,我給您提個意見哪！
沙奶奶：給我提意見？（爽朗地）好哇,提吧！
郭建光：好吧！沙奶奶,您聽著。（接唱）
　　　　那一天同志們把話拉,
　　　　在一起議論你沙媽媽。
沙奶奶：（認真地）說什麼來着？
郭建光：（接唱）
　　　　七嘴八舌不停口……
沙奶奶：哦,意見還不少哪！
郭建光：（接唱）
　　　　一個個伸出拇指把你誇！
　　　　（郭建光、葉思中、小淩同笑。）
沙奶奶：我可沒做什麼事呀！
郭建光：沙奶奶。（親切地,唱）【西皮流水】
　　　　你待同志親如一家,
　　　　精心調理真不差。
　　　　縫補漿洗不停手,
　　　　一日三餐有魚蝦。

　　　　　同志們說：似這樣長期來住下，
　　　　　只怕是，心也寬，體也胖，
　　　　　路也走不動，山也不能爬，
　　　　　怎能上戰場把敵殺！
沙奶奶：（向葉思中等）喲！你瞧他說的！
　　　　　（郭建光、葉思中、小淩同笑）
郭建光：（接唱）
　　　　　待等同志們傷痊癒——
沙奶奶：（接唱）
　　　　　傷痊癒，（親熱地）也不准離開我家。
　　　　　要你們一日三餐九碗飯，
　　　　　一覺睡到日西斜，
　　　　　直養得腰圓膀又扎，
　　　　　一個個像座黑鐵塔，
　　　　　到那時，身強力壯跨戰馬——
郭建光：（接唱）
　　　　　馳騁江南把敵殺。
　　　　　消滅漢奸清匪霸，
　　　　　打得那日本強盜回老家。
　　　　　等到那雲開日出，家家都把紅旗掛，
　　　　　再來探望你這革命的老媽媽！
　　　　　（阿慶嫂、趙阿祥、王福根、阿福匆匆上。沙四龍聞聲從屋裡出來。）
阿慶嫂：指導員！
郭建光：阿慶嫂。
阿慶嫂：鬼子開始"掃蕩"了。進行得很快！縣委指示，要同志們到蘆蕩裡暫避一時，船和乾糧，我都準備好了！
郭建光：阿慶嫂，老趙同志！你們通知民兵，帶領鄉親們轉移出去，把餘下的糧食盡可能地趕快堅壁起來，來不及堅壁的，就帶着走！

阿慶嫂：好！
趙阿祥：指導員你放心吧。就到咱們看好的地方去，到時候我去接你們。沙奶奶，叫四龍、阿福送同志們去吧？
阿慶嫂：
沙奶奶：好！（進屋取年糕、鍋巴）
沙四龍：船在哪兒？
阿　福：在鎮西北角。
郭建光：葉排長，鎮西北角集合！
葉思中：是！
（小淩收了晾着的衣裳，與葉思中同下。）
阿慶嫂：四龍啊！行船要隱蔽，千萬別讓任何人看見，啊！
沙四龍：哎！
（沙奶奶提竹籃上。）
沙奶奶：把這點鍋巴、年糕都帶上。（把籃子交給沙四龍）這蘆蕩無遮無蓋，傷員同志們怎麼受得住啊！
郭建光：沙奶奶，我們有毛主席英明領導，有紅軍爬雪山過草地的傳統，什麼也難不倒我們！
（炮聲隆隆。）
阿慶嫂：指導員，你們走吧！
郭建光：阿慶嫂，趙鎮長，沙奶奶，你們都要當心哪！
阿慶嫂：
沙奶奶：我們知道。
趙阿祥：
郭建光：阿福、四龍，咱們走吧。（與沙四龍、阿福下）
阿慶嫂：（向趙阿祥、王福根）按照指導員的佈置馬上行動！
趙阿祥：我帶領着鄉親們轉移出去。
王福根：我帶一部分人把沒有堅壁好的糧食藏起來。
阿慶嫂：要快！
趙阿祥：哎！（下）
王福根：
阿慶嫂：沙奶奶，您趕快把東西收一收！我再看看同志們去！

沙奶奶：好！
（阿慶嫂走上土坡。沙奶奶收拾茶具，走向屋裡。）
（燈光轉暗。炮聲、槍聲漸近，遠處火光起。燈光漸亮。阿慶嫂、趙阿祥等扶老攜幼，佈置羣衆轉移。日寇槍殺羣衆，羣衆憤怒地挺身反抗。王福根勇敢地砍死一日寇，背起受傷的鄉親；沙四龍奪得一支步槍，同下。日寇翻譯鄒寅生上。日寇大佐黑田帶日寇士兵上。）

鄒寅生：報告！新四軍沒有，新四軍傷病員也沒有！
黑　田：你，去找"忠義救國軍"，新四軍傷病員，叫他們統統的抓到！
鄒寅生：是！
黑　田：開路！
——幕閉

第三場　勾　結

（距前場三天。偽"忠義救國軍"司令部。）
（幕啟：刁德一與鄒寅生耳語。）

刁德一：我看沒有什麼問題，這個土匪司令在新四軍和皇軍中間也混不下去了，他要想吃喝玩樂，不投靠皇軍是不行嘍。
鄒寅生：投靠皇軍，我看這位胡司令還沒拿定主意，現在這支隊伍還是他說了算哪！
刁德一：他說了算？用不了多久就得我說了算！
鄒寅生：你可真高明啊！
（劉副官上。）
劉副官：報告，司令到！
刁德一：好。
（胡傳魁一副驕橫凶狠相，上。）
胡傳魁：（唱）【西皮散板】
　　　　亂世英雄起四方，

有槍就是草頭王。
鉤掛三方來闖蕩,
老蔣、鬼子、青紅幫。

刁德一：我來介紹一下,這位就是新近改編的"忠義救國軍"的司令,胡傳魁,胡司令！司令,這位是日本皇軍黑田大佐的翻譯官鄒寅生先生。

胡傳魁：好！坐,坐,坐！
（胡傳魁大大咧咧地與鄒寅生握手。）

刁德一：司令,鄒先生帶來皇軍的意見。

胡傳魁：好,說吧！

鄒寅生：胡司令,上回我和刁參謀長說好了的,在掃蕩中,共同圍剿新四軍,這回沒有消滅他們,皇軍對於胡司令很不滿意！

胡傳魁：他不滿意怎麼着！新四軍是有胳膊有腿的,皇軍碰不着,那麼就應當我碰着嗎？跟你說,我不能拿着雞蛋往石頭上撞。這個隊伍,我當家！

鄒寅生：這個隊伍你當家,可是皇軍要當你的家！

刁德一：司令！黑田大佐要消滅咱們這支隊伍！多虧了鄒先生從中幫忙啊！

胡傳魁：幫忙！他也不能光用話甜和人哪,咱們這個隊伍,要錢,要槍,要子彈！

刁德一：這些,倒是都給咱們準備下了。

鄒寅生：咱們要是談妥了,皇軍命令你駐防沙家浜。

刁德一：司令,這可是個魚米之鄉啊！

胡傳魁：老刁,沙家浜是共產黨的地方,那新四軍可不好惹啊！

鄒寅生：司令！皇軍也不好惹啊：

刁德一：司令,有奶就是娘！背靠皇軍,咱們幹他一場！就看你有沒有這個膽量了！

胡傳魁：好！一言為定！（與鄒寅生握手）

鄒寅生：還有個小條件。

胡傳魁：（向刁德一，不滿地）他怎麼這麼些個條件哪！
鄒寅生：新四軍有一批傷員，原來隱藏在沙家浜，皇軍要求胡司令一定把他們抓到。
刁德一：這沒問題，我包下了！
胡傳魁：既然是一塊兒打共產黨嘛，這是個小意思。來人哪！
（劉副官、刁小三上。）

劉副官
刁小三：有！

胡傳魁：傳我的命令：今天下午，隊伍開進沙家浜！

劉副官
刁小三：是！（下）

刁德一：司令，您這回是明靠蔣介石，暗投皇軍，真是左右逢源，曲線救國呀！您可算得是當代的一位英雄！
胡傳魁：他明也好，暗也好，還不是你刁參謀長掛的鈎嗎！這回到了你的老家了，你可以重整家業，耀祖光宗。哎，就是我這強龍也壓不過你這地頭蛇！
刁德一：彼此，彼此……
鄒寅生
胡傳魁：哈哈哈哈……
刁德一
——幕閉

第四場　智　鬥

（日寇在沙家浜鎮"掃蕩"了三天，已經過境。）
（春來茶館。設在埠頭路口。臺的左右各有方桌一張，方凳兩個。日寇過後，桌椅茶具均遭破壞，屋外涼棚東倒西歪。地下有一些斷磚碎瓦，春來茶館的招牌也被扔在地下。）
（幕啟：阿慶嫂扶老攜幼上。）

阿慶嫂：您慢着點！
老大爺：阿慶嫂，謝謝你一路上照顧！
阿慶嫂：没什麼，這是應當的。
老大爺：看，叫他們糟蹋成什麼樣了！
　　　　（又一批羣衆上。）
羣　衆：阿慶嫂！
阿慶嫂：你們回來了！
羣　衆：回來了。
老大爺：我們大傢夥幫助收拾收拾吧！
阿慶嫂：行了，我自己來吧。
　　　　（阿慶嫂從地下把招牌拾起，放在桌子上。衆扶起翻倒的桌凳，撿走玻碎的茶具、磚瓦，支起涼棚。）
少　婦：阿慶嫂，我回去了。
老大爺：阿慶嫂，我們也回去了。
阿慶嫂：你慢點走啊！
老大娘：我們也回去了。
阿慶嫂：（向小姑娘）攙着你媽點！
　　　　（羣衆下。）
　　　　（阿慶嫂揮淨招牌上的泥土，對着觀衆，亮出招牌上的字樣，然後掛起招牌，打開放置茶具的櫃子。）
阿慶嫂：（唱）【西皮搖板】
　　　　敵人"掃蕩"三天整，
　　　　斷壁殘牆留血痕。
　　　　逃難的衆鄰居都回来，我也該打雙槳迎接人。
　　　　（沙奶奶、沙四龍迎面而來。）
沙奶奶：阿慶嫂！
沙四龍：
沙奶奶：你回來了。
阿慶嫂：回來了。
沙四龍：鬼子走了，該把傷病員同志們接回來了！

阿慶嫂：對！四龍，咱們這就走！
沙四龍：走！
（內喊："胡傳魁的隊伍快要進鎮子了！"）
（羣衆跑上，告訴阿慶嫂："胡傳魁來了！……"趕快跑下。）
（趙阿祥、王福根上。）
趙阿祥：阿慶嫂，胡傳魁的隊伍快要進鎮了！
阿慶嫂：他來了！日本鬼子前腳走，他後腳就到了，怎麼這麼快呀？（向王福根）你瞧見他們的隊伍了嗎？
王福根：瞧見了，有好幾十個人哪！
阿慶嫂：好幾十個人？
王福根：戴的是國民黨的帽徽，旗子上寫的是"忠義救國軍"。
阿慶嫂：（思考）"忠義救國軍"？……國民黨的帽徽？……
趙阿祥：聽說刁德一也回來了。
沙奶奶：刁德一是刁老財的兒子！
阿慶嫂：（向王福根）你再看看去。
王福根：哎。（下）
阿慶嫂：胡傳魁這一回來，是路過，是長住，還不清楚，傷員同志們先不能接，咱們得想辦法給他們送點乾糧去。
趙阿祥：我去預備炒米。
沙四龍：我去準備船。
阿慶嫂：要提高警惕呀！
趙阿祥
沙四龍：哎！

（沙四龍扶沙奶奶下，趙阿祥隨下。）
（阿慶嫂走進屋內。）
（內喊："站住！"）
（一婦女跑下。）
（內喊："站住！"刁小三追逐一挾包袱的少女上。）
刁小三：站住！老子們抗日救國，給你們趕走了日本鬼子，你得慰勞慰勞！
（刁小三搶少女包袱。）

少　　女：你幹嘛搶東西？！
刁小三：搶東西？我還要搶人呢！（撲向少女）
少　　女：（急中生計，求救地喊）阿慶嫂！
（阿慶嫂急忙從屋裡出來，護住少女。）
阿慶嫂：得啦，得啦，本鄉本土的，何必呢！來，這邊坐會兒，吃杯茶。
刁小三：幹什麼呀，擋橫是怎麼着？！……
（劉副官上。）
劉副官：刁小三，司令這就來，你在這幹嘛哪？
阿慶嫂：哎，是老劉啊！
劉副官：（得意地）阿慶嫂，我現在當副官啦！
阿慶嫂：喔！當副官啦！恭喜你呀！
劉副官：老沒見了，您倒好哇？
阿慶嫂：好。
劉副官：刁小三，都是自己人，你在這鬧什麼哪？
阿慶嫂：是啊，這位兄弟，眼生得很，沒見過，在這兒跟我有點過不去呀！
劉副官：刁小三！這是阿慶嫂，救過司令的命！你在這兒胡鬧，司令知道了，有你的好嗎？
刁小三：我不知道啊！阿慶嫂，我刁小三有眼不識泰山，您宰相肚裡能撐船，別跟我一般見識啊！
阿慶嫂：（已經察覺他們是一夥敵人，虛與周旋）没什麼！一回生，兩回熟嘛，我也不會倚官仗勢，背地裡給人小鞋穿，劉副官，您是知道的！
劉副官：哎，人家阿慶嫂是厚道人！
阿慶嫂：（向少女）回去吧。
少　　女：他還搶我包袱哪！
阿慶嫂：包袱？他哪能要你的包袱啊！（向刁小三）跟她鬧着玩

　　　　　哪,是吧?(向劉副官)啊?
劉副官:啊。(向刁小三)鬧着玩,你也不挑個地方!
　　　　(刁小三無可奈何地把包袱遞給阿慶嫂。)
阿慶嫂:(把包袱給少女)拿着,要謝謝!快回去吧!
　　　　(少女下。)
劉副官:刁小三,去接司令、參謀長。去吧,去吧!
刁小三:阿慶嫂,回見。
阿慶嫂:回見,呆會兒過來吃茶呀。
　　　　(刁小三凶橫地、恨恨不滿地下。)
劉副官:阿慶嫂,他是我們刁參謀長的堂弟,您得多包涵點呀!
阿慶嫂:這算不了什麼。劉副官,你請坐,呆會兒水開了我就給您泡茶去,您是稀客,難得到我這小茶館裡來!
　　　　(阿慶嫂欲進屋,劉副官從後叫住。)
劉副官:阿慶嫂,您別張羅!我是奉命先看看,司令一會兒就來。
阿慶嫂:司令?
劉副官:啊,就是老胡啊!
阿慶嫂:哦,老胡當司令了?
劉副官:對了!人也多了,槍也多了!跟上回大不相同,闊多嘍。今非昔比,鳥槍換炮了!
阿慶嫂:哦。(下決心進行偵察)啊呀,那好哇!劉副官,一眨眼,你們走了不少的日子了。(一面擦拭桌面,一面觀察劉副官)
劉副官:啊,可不是嘛。
阿慶嫂:(試探地)這回來了,可得多住些日子了?
劉副官:這回來了,就不走了!
阿慶嫂:哦!(斷定他們是長住了,就故意表示歡迎的態度)那好啊!
劉副官:要在沙家浜扎下去了,司令部就安在刁參謀長家裡,已經派人收拾去了。司令說:先到茶館裡來坐坐。
　　　　(內一陣腳步聲。)

劉副官：司令來了！
　　　　（劉副官忙去迎接。阿慶嫂思考對策。）
　　　　（胡傳魁、刁德一、刁小三上。四個偽軍從上坡上走過。）
胡傳魁：嘿，阿慶嫂！
　　　　（胡傳魁脫斗篷。劉副官接住。劉副官下。）
阿慶嫂：（回身迎上）聽說您當了司令啦，恭喜呀！
胡傳魁：你好哇？
阿慶嫂：好啊，好啊，哪陣風把您給吹回來了？
胡傳魁：買賣興隆，混得不錯吧？
阿慶嫂：託您的福，還算混得下去。
胡傳魁：哈哈哈……
阿慶嫂：胡司令，您這邊請坐。
胡傳魁：好好好，我給你介紹介紹，這是我的參謀長，姓刁，是本鎮財主刁老太爺的公子，刁德一。
　　　　（刁德一上下打量阿慶嫂。）
阿慶嫂：（發覺刁德一是很陰險狡猾的敵人，就虛與周旋地）參謀長，我借貴方一塊寶地，落腳謀生，參謀長樹大根深，往後還求您多照應。
胡傳魁：是啊，你還真得多照應着點。
刁德一：好說好說。
　　　　（刁德一脫斗篷。刁小三接住。刁小三下。）
阿慶嫂：參謀長，您坐！
胡傳魁：阿慶哪？
阿慶嫂：還提哪，跟我拌了兩句嘴，就走了。
胡傳魁：這個阿慶，就是腳野一點，在家裡呆不住哇。上哪兒了？
阿慶嫂：有人看見他了，說是在上海跑單幫哪。說了，不混出個人樣來，不回來見我。
胡傳魁：對嘛！男子漢大丈夫，是要有這麼點志氣！
阿慶嫂：您還誇他哪！
胡傳魁：阿慶嫂，我上回大難不死，纔有了今天，我可得好好的謝謝你呀!

阿慶嫂： 那是您本身的造化。喲，您瞧我，淨顧了說話了，讓您二位這麼乾坐着，我去泡茶去，您坐，您坐!（進屋）

刁德一： 司令!這麼熟識,是什麼人哪？

胡傳魁： 你問的是她？

（唱）【西皮二六】

想當初老子的隊伍纔開張，

攏共纔有十幾個人、七八條槍。

【流水】遇皇軍追得我暈頭轉向，

多虧了阿慶嫂，她叫我水缸裡面把身藏。

她那裡提壺續水，面不改色，無事一樣，

（阿慶嫂提壺拿杯，細心地聽着，發現敵人看見了自己，就若無其事地從屋裡走出。）

胡傳魁：（接唱）

騙走了東洋兵，我纔躲過了大難一場。（轉向阿慶嫂）

似這樣救命之恩終身不忘，

俺胡某講義氣終當報償。

阿慶嫂：（有意在敵人面前掩飾自己）胡司令，這麼點小事，您別淨掛在嘴邊上。那我也是急中生智，事過之後，您猜怎麼着，我呀，還真有點後怕呀!

（阿慶嫂一面倒茶，一面觀察。）

阿慶嫂： 參謀長，您吃茶!（忽然想起）喲，香煙忘了，我去拿煙去。（進屋）

刁德一：（看着阿慶嫂背影）司令!我是本地人，怎麼沒有見過這位老闆娘啊？

胡傳魁： 人家夫妻"八一三"以後纔來這兒開茶館，那時候你還在日本留學，你怎麼會認識她哪？!

刁德一： 哎!這個女人真不簡單哪!

胡傳魁： 怎麼，你對她還有什麼懷疑嗎？

刁德一： 不不不!司令的恩人嘛!

胡傳魁：你這個人哪！
刁德一：嘿嘿嘿……
　　　　（阿慶嫂取香煙、火柴，提銅壺從屋內走出。）
阿慶嫂：參謀長，煙不好，請抽一支呀！
　　　　（刁德一接過阿慶嫂送上的煙。阿慶嫂欲為點煙，刁德一謝絕，自己用打火機，點着。）
阿慶嫂：胡司令，抽一支！
　　　　（胡傳魁接煙。阿慶嫂給胡傳魁點煙。）
刁德一：（望着阿慶嫂背影，唱）【反西皮搖板】
　　　　這個女人不尋常！
阿慶嫂：（接唱）
　　　　刁德一有什麼鬼心腸？
胡傳魁：（唱）【西皮搖板】
　　　　這小刁一點面子也不講！
阿慶嫂：（接唱）
　　　　這草包倒是一堵擋風的牆。
刁德一：（略一想，打開煙盒請阿慶嫂抽煙）抽煙！
　　　　（阿慶嫂搖手拒絕。）
胡傳魁：人家不會，你幹什麼！
刁德一：（接唱）
　　　　她態度不卑又不亢。
阿慶嫂：（唱）【西皮流水】
　　　　他神情不陰又不陽。
胡傳魁：（唱）【西皮搖板】
　　　　刁德一搞的什麼鬼花樣？
阿慶嫂：（唱）【西皮流水】
　　　　他們到底是姓蔣還是姓汪？
刁德一：（唱）【西皮搖板】
　　　　我待要旁敲側擊將她訪。
阿慶嫂：（接唱）

我必須察言觀色把他防。
(阿慶嫂欲進屋。刁德一從她的身後叫住。)

刁德一：阿慶嫂！(唱)【西皮流水】
適纔聽得司令講,
阿慶嫂真是不尋常。
我佩服你沉着機靈有膽量,
竟敢在鬼子面前耍花槍。
若無有抗日救國的好思想,
焉能夠捨己救人不慌張！

阿慶嫂：(接唱)
參謀長休要謬誇獎,
捨己救人不敢當……
開茶館,盼興旺,
江湖義氣第一樁。
司令常來又常往,
我有心背靠大樹好乘涼。
也是司令洪福廣,
方能遇難又呈祥。

刁德一：(接唱)
新四軍久在沙家浜,
這棵大樹有陰涼,
你與他們常來往,
想必是安排照應更周詳！

阿慶嫂：(接唱)
壘起七星竈,
銅壺煮三江。
擺開八仙桌,
招待十六方。
來的都是客,
全憑嘴一張。

　　　　　相逢開口笑,
　　　　　過後不思量。
　　　　　人一走,茶就涼……
　　　　　（阿慶嫂潑去刁德一杯中殘茶,刁德一一驚。）
阿慶嫂：（接唱）
　　　　　有什麼周詳不周詳!
胡傳魁：哈哈哈……
刁德一：嘿嘿嘿……阿慶嫂真不愧是個開茶館的,説出話來滴水
　　　　　不漏。佩服! 佩服!
阿慶嫂：胡司令,這是什麼意思呀?
胡傳魁：他就是這麼個人,陰陽怪氣的! 阿慶嫂別多心啊!
阿慶嫂：我倒没什麼!（提銅壺進屋）
胡傳魁：老刁啊,人家阿慶嫂救過我的命,咱們大面兒上得晾得
　　　　　過去,你幹什麼這麼東一榔頭西一棒子,叫我這面子往哪兒
　　　　　擱! 你要幹什麼,你?
刁德一：不是啊,司令,這位阿慶嫂眼觀六路,耳聽八方,膽大心
　　　　　細,遇事不慌。咱們要在沙家浜久住,搞曲線救國,這可
　　　　　是用得着的人啊,就不知道她跟咱們是不是一條心!
胡傳魁：阿慶嫂? 自己人!
刁德一：那要問問她新四軍和新四軍的傷病員,她不會不知道。
　　　　　就怕她知道了不説。
胡傳魁：要問,得我去! 你去,準得碰釘子!
刁德一：那是,還是司令有面子嘛!
胡傳魁：哈哈哈……
　　　　　（阿慶嫂機警從容,端着一盤瓜子從屋內走出。）
阿慶嫂：胡司令,參謀長,吃點瓜子啊。
胡傳魁：好……（喝茶）
阿慶嫂：這茶吃到這會兒,剛吃出味兒來!
胡傳魁：不錯,吃出點味兒來了。——阿慶嫂,我跟你打聽點事。
阿慶嫂：哦,凡是我知道的……

胡傳魁：我問你新四軍……
阿慶嫂：新四軍？有,有！（唱）【西皮搖板】
　　　　司令何須細打聽,
　　　　此地駐過許多新四軍。
胡傳魁：駐過新四軍？
阿慶嫂：駐過。
胡傳魁：有傷病員嗎？
阿慶嫂：有！（接唱）【西皮流水】
　　　　還有一些傷病員,
　　　　傷勢有重又有輕。
胡傳魁：他們住在哪兒？
阿慶嫂：（接唱）
　　　　我們這個鎮子裡,
　　　　家家住過新四軍。
　　　　就是我這小小的茶館裡,
　　　　也時常有人前來吃茶、灌水、涮手巾。
胡傳魁：（向刁德一）怎麼樣？
刁德一：現在呢？
阿慶嫂：現在？（接唱）
　　　　聽得一聲集合令,
　　　　浩浩蕩蕩他們登路程！
胡傳魁：傷病員也走了嗎？
阿慶嫂：傷病員？（接唱）【西皮散板】
　　　　傷病員也無蹤影,
　　　　遠走高飛難找尋！
刁德一：哦,都走了?!
阿慶嫂：都走了。要不日本鬼子"掃蕩"了三天,把個沙家浜像篦頭髮似地篦了這麼一遍,也沒找出他們的人來！
刁德一：日本鬼子人地生疏,兩眼一抹黑。這麼大的沙家浜,要藏起個把人來,那還不容易嗎！就拿胡司令來說吧,當初不

　　　　　是被你阿慶嫂在日本鬼子的眼皮底下,往水缸裡這麼一
　　　　　藏,不就給藏起來了嗎!
阿慶嫂:噢,聽刁參謀長這意思,新四軍的傷病員是我給藏起來
　　　　　了。這可真是呀,聽話聽聲,鑼鼓聽音。照這麼看,胡司
　　　　　令,我當初真不該救您,倒落下話把兒了!
胡傳魁:阿慶嫂,別……
阿慶嫂:不……
胡傳魁:別別別……
阿慶嫂:不不不!胡司令,今天當着您的面,就請你們弟兄把我這
　　　　　小小的茶館,裡裡外外,前前後後,都搜上一搜,省得人家
　　　　　疑心生暗鬼,叫我們裡外不做人哪!(把抹布摔在桌上,
　　　　　撣裙,雙手一搭,昂頭端坐,面帶怒容,反擊敵人)
胡傳魁:老刁,你瞧你!
刁德一:説句笑話嘛,何必當真呢!
胡傳魁:哎,參謀長是開玩笑!
阿慶嫂:胡司令,這種玩笑我們可擔當不起呀!(進屋)
刁德一:(看着隔湖蘆蕩,轉身向胡傳魁)司令,新四軍傷病員沒有
　　　　　走遠,就在附近!
胡傳魁:在哪兒呢?
刁德一:看!(指向蘆葦蕩裡)很有可能就在對面的蘆葦蕩裡!
胡傳魁:蘆葦蕩?(恍然大悟)不錯!來人哪!
　　　　　(劉副官、刁小三上。)
胡傳魁:往蘆葦蕩裡給我搜!
刁德一:慢着!不能搜,司令,你不是這裡的人,還不十分了解蘆
　　　　　葦蕩的情形。這蘆葦蕩無邊無沿,地勢複雜,咱們要是進
　　　　　去這麼瞎碰,那簡直是大海裡撈針。再者説,咱們在明
　　　　　處,他們在暗處,那可淨等着挨黑槍。咱們要向皇軍交
　　　　　差,可不能做這賠本的買賣!
胡傳魁:那依着你怎麼辦呢?
刁德一:我叫他們自己走出來!

胡傳魁：大白天說夢話！他們會自己走出來？
刁德一：我自有辦法！來呀！
劉副官：
刁小三：有！
刁德一：把老百姓給我叫到春來茶館，我要訓話！
劉副官：是！（下）
刁小三：
胡傳魁：你叫老百姓幹什麼？
刁德一：我叫他們下陽澄湖捕魚捉蟹！
胡傳魁：捕魚捉蟹，這裡頭有什麼名堂？
刁德一：每隻船上都派上咱們自己的人，叫他們換上便衣。那新四軍要是看見老百姓下湖捕魚，一定以為鎮子裡頭沒有事，就會自動走出來。到那個時候各船上一齊開火，豈不就……
胡傳魁：老刁，你真行啊！哈哈哈……
（內響起羣衆的聲音，由遠而近。劉副官、刁小三上。）
劉副官：
刁小三：老百姓都來了！
刁德一：好，我訓話。
（內羣衆抗議聲。）
劉副官：站好了！……嗐！站好了！
刁小三：參謀長訓話！
刁德一：鄉親們！我們是"忠義救國軍"，是抗日的隊伍。我們來了，知道你們現在很困難，也拿不出什麼東西來慰勞我們，也不怪罪你們，叫你們下陽澄湖捕魚捉蟹，按市價收買！
（內羣衆抗議聲。王福根："長官，我們不能去，要是碰見日本鬼子的汽艇，我們就沒命了！"……）
刁小三：別吵！
刁德一：大家不要怕，每隻船上派三個弟兄保護你們！

（内群衆抗議聲："那也不去！不敢去！"……）

胡傳魁：他媽的！誰敢不去！不去，就槍斃！
（胡傳魁、刁德一、劉副官、刁小三下。）
（阿慶嫂急忙由屋內走出。）

阿慶嫂：（唱）【西皮散板】
刁德一，賊流氓，
毒如蛇蠍狠如狼，
安下了釣絲佈下網，
只恐親人難提防。
漁船若是一舉槳，
頃刻之間要起禍殃。
（內群衆抗議聲。）

阿慶嫂：（接唱）
鄉親們若是來抵抗，
定要流血把命傷。
恨不能生雙翅飛進蘆蕩，
急得我渾身冒火無主張。
（內刁小三叫喊："不去？不去我就要開槍了！"）

阿慶嫂：開槍？（唱）【西皮流水】
若是鎮裡槍聲響，
槍聲報警蘆葦蕩，
親人們定知鎮上有情況，
蘆葦深處把身藏。（欠身瞭望，看到斷磚、草帽，靈機一動）
要沉着，莫慌張，
風聲鶴唳，引誘敵人來打槍！
（阿慶嫂拿起牆根的斷磚，上覆草帽，扔進水中，急忙躲進屋裡。）
（刁小三跑上。）

刁小三：有人跳水！

（胡傳魁、劉副官急上。）

（劉副官、胡傳魁開槍。刁德一聞聲急上。）

刁德一：不許開槍……唉！不許開槍！

（阿慶嫂走到門旁觀察。）

胡傳魁：為什麼呀！

刁德一：司令！新四軍聽見槍聲，他們能夠出來麼？

胡傳魁：你怎麼不早說哪！刁小三！

刁小三：有！

胡傳魁：把帶頭鬧事的給我抓起幾個來！

刁德一：劉副官！

劉副官：有！

刁德一：所有的船隻都給我扣了，我都把他們困死！

（胡傳魁、刁德一下。劉副官、刁小三隨下。）

（阿慶嫂走到門外，思考，考慮下一步的戰鬥。亮相。）

——幕閉

第五場　堅　　持

（緊接前場，蘆葦蕩裡。天色陰暗，大雨將至。）

（幕啟：郭建光和戰士們在注視着沙家浜鎮的情況。一戰士上。）

一戰士：報告，槍響以後沒有什麼情況。

郭建光：還要監視沙家浜的方向。

一戰士：是。（下）

郭建光：同志們，先去把蘆棚修理好，叫重傷患住進去。告訴葉排長，我到前邊去看看。

眾戰士：是！

（郭建光下。）

林大根：同志們，沙家浜打槍，到底是怎麼回事？

一戰士：槍一響，準是有敵人，不是鬼子就是漢奸。

小　　虎：那沙家浜的鄉親們又要吃苦了！
張松濤：沙家浜要是還有敵人，咱們暫時就出不去，可是現在乾糧、藥品都沒有了，這可是大問題呀！
　　　　（郭建光上，觀察戰士的情緒。）
小　　虎：咱們幹嘛上這兒來呀？那會兒還不如留在沙家浜跟敵人拼一下子哪！
衆戰士：對！
班　　長：你們這些想法，都是蠻幹。要拼，也得等待命令！指導員不是叫咱們修蘆棚嗎？走，先修蘆棚去。
衆戰士：走！修蘆棚去！（下）
　　　　（郭建光目送戰士下，轉身，思索。）
郭建光：（唱）【二黃導板】
　　　　聽對岸響數槍聲震蘆蕩……
　　　　【回龍】這幾天，多情況，勤瞭望，費猜詳，不由我心潮起落似長江。
　　　　【慢三眼】遠望着沙家浜雲遮霧障，
　　　　湖面上怎不見帆過船航，
　　　　為什麼阿慶嫂她不來探望？
　　　　這徵候看起來大有文章。
　　　　日、蔣、汪暗勾結早有來往，
　　　　村鎮上鄉親們要遭禍殃。
　　　　【快三眼】戰士們要殺敵人，冒險出蕩，
　　　　你一言，我一語，慷慨激昂。
　　　　這樣的心情不難體諒，
　　　　階級仇民族恨燃燒在胸膛。
　　　　要防止焦躁的情緒蔓延滋長，
　　　　要鼓勵戰士，察全域，觀敵情，堅守待命，緊握手中槍。
　　　　【原板】毛主席黨中央指引方向，
　　　　鼓舞着我們奮戰在水鄉，
　　　　要沉着冷靜，堅持在蘆蕩，

【垛板】主動靈活,以弱勝強。
河湖港汊好戰場,
大江南自有天然糧倉。
漫道是密霧濃雲鎖蘆蕩,
遮不住紅太陽(叫散)萬丈光芒。
(小虎內喊:"指導員!"急上。)

小　虎:小王同志昏過去了!
　　　　(班長背小王,葉思中、衆戰士同上。)
衆戰士:小王!小王……
郭建光:小淩,快!看看他的傷口是不是惡化了!
小　淩:指導員,剛纔看過了,傷口有點惡化,不要緊。他主要是打擺子,發高燒,再加上餓的。
郭建光:給他吃過藥了嗎?
小　淩:奎寧沒有了!
郭建光:重傷員怎麽樣?
小　淩:傷口都有點惡化,藥也快沒有了!
葉思中:指導員,藥品和乾糧可是個大問題!
郭建光:是啊,我們一定要想辦法。
衆戰士:小王,小王!你好點了嗎?
小　王:同志們,你們看,我這不是很好嘛!(跟蹌地走了幾步)
班　長:小王,你是餓了。我這有塊年糕,你吃了吧。
小　王:不!
衆戰士:小王,你就吃了吧!
小　王:(激動地)同志們,指導員把乾糧都省給重傷員吃了,指導員,你吃了吧。
郭建光:小王!(用手一擋,帶着深厚的階級友愛勸小王吃下年糕)同志們,藥品和乾糧都是個大問題呀,我相信地方黨會千方百計地想辦法,羣衆也會來支援我們。看來目前黨和羣衆都有困難,不能馬上來幫助我們,那我們怎麽辦?難道說我們這支有老紅軍傳統的部隊,就被這小小

　　　　　的困難嚇倒了嗎？
衆戰士：不！
班　長：我們的紅軍爬雪山，過草地，那樣的困難都戰勝了。我們也一定能堅持下去！
衆戰士：對！
郭建光：對！
　　　　（汽艇聲。一戰士上。）
一戰士：報告！湖面上發現汽艇！
郭建光：哦！繼續監視！
　　　　（一戰士下。）
郭建光：葉排長，帶兩個同志到前邊警戒！
葉思中：是！跟我來！
　　　　（葉思中、張松濤、一戰士下。）
郭建光：你們兩個人照顧重傷患！
班　長
小　淩：是！（下）
郭建光：同志們！
衆戰士：有！
郭建光：作好戰鬥準備！
衆戰士：是！
　　　　（衆注視着汽艇聲音方向，汽艇聲漸漸轉弱。）
　　　　（葉思中、張松濤、一戰士上。）
葉思中：指導員，汽艇往沙家浜開去了。
郭建光：根據情況判斷，鬼子是撤退了，剛纔響了一陣槍，現在又發現汽艇……
葉思中：汽艇，只有日本鬼子纔有啊。
郭建光：我看先派兩個人過湖去偵察一下。
葉思中：對！
衆戰士：我去！我去！
郭建光：林大根、張松濤！你們兩個人划船過去，找沙四龍或者阿福,不要去找阿慶嫂。她的處境一定有困難。了解敵情以後,順便弄些草藥。你們要小心謹慎地進去,悄悄地回來!(唱)【西皮二六】
你二人改裝划船到對岸,
鎮西樹下把船拴。
尋來草藥醫病患,
弄清敵情就回還,
同志們滿懷信心將你們盼,
盼望着勝利歸來的偵察員。
【流水】掌握敵情作判斷,
我們就有主動權,
進退出沒都靈便,
好與敵人巧周旋。
傷癒歸隊再請戰,
回兵東進把敵殲,
戰鼓驚天紅旗展,
一舉收復大江南。

林大根
張松濤：堅決完成任務!

郭建光：準備去吧!

林大根
張松濤：是!

(林大根、張松濤下。)
(班長內喊:"指導員!"持蘆根、雞頭米跑上。小淩、一戰士隨上。)

班　長：指導員你看,這蘆根、雞頭米不是可以吃嗎?
郭建光：是可以吃呀!同志們,只要我們大家動腦筋想辦法,天大的困難也能夠克服!毛主席教導我們:往往有這種情形,有利的情況和主動的恢復,產生於"再堅持一下"的努力之中。同志們!(唱)【西皮散板】

困難嚇不倒英雄漢。
紅軍的傳統代代傳。
毛主席的教導記心上,
堅持鬥爭,勝利在明天。
(白)同志們!(縱身躍上土臺)這蘆葦蕩就是前方,就是戰場,我們要等候上級的命令,堅持到勝利!

衆戰士:對!我們要等待命令,不怕困難,堅持到勝利!
(風雨驟起。)

小　虎:大風雨來了!

郭建光:(英勇豪邁地鼓舞鬥志,慷慨激昂地唱)【嗩吶西皮導板】
要學那泰山頂上一青松!
(電閃雷鳴,郭建光跳下土臺,和戰士們共同與暴風雨搏鬥。衆戰士邊舞邊齊唱)
要學那泰山頂上一青松,
挺然屹立傲蒼穹。
八千里風暴吹不倒,
九千個雷霆也難轟。
烈日噴炎曬不死,
嚴寒冰雪鬱鬱蔥蔥。
那青松逢災受難,經磨歷劫,
傷痕累累,瘢跡重重,
更顯得枝如鐵,榦如銅,
蓬勃旺盛,倔強崢嶸。
崇高品德人稱頌,
俺十八個傷病員,要成為十八棵青松!
(戰士們頂風抗雨,巍然屹立,構成一組集體的英雄塑像。)

——幕閉

第六場　授　　計

（前場次日。春來茶館。）

（暴雨纔過，陰雲鬱結。）

（幕啟：茶館門外空無一人，屋裡時時傳來打麻將洗牌的聲音。）

（阿慶嫂由屋內走出。一青年上）

青　年：阿慶嫂，你找我？

阿慶嫂：趙鎮長和四龍他們回來了嗎？

青　年：沒看見哪！

阿慶嫂：四龍要是回來，叫他來一趟。

青　年：哎。（下）

阿慶嫂：劉副官。

劉副官：阿慶嫂，刁參謀長在裡頭嗎？

阿慶嫂：在裡頭看打牌哪。

劉副官：哦。

（劉副官逕自往屋裡走，阿慶嫂略一思索，機警地隨下。）

（劉副官、刁德一從屋內走出。）

刁德一：什麼事？

劉副官：鄒翻譯官找您。

刁德一：哦！

劉副官：皇軍來電話問新四軍傷病員的事。

刁德一：真逼命！咱們抓來的那些老百姓，都是一問三不知，新四軍傷病員，太難找了！

劉副官：我看那個王福根……

刁德一：王福根？

劉副官：那天帶頭鬧事的就是他！

刁德一：對！就在他身上打主意。

劉副官：您快去吧！鄒翻譯官馬上要走，汽艇都準備好了。

刁德一：哎，你在這一帶盯着，我一會就回來。
劉副官：參謀長，我還是躲着點好。這兩天司令老是愛跟我發脾氣，今兒手氣又不好，回頭再跟我來一通……
刁德一：你當司令發脾氣是沖你嗎?! 我心裡有數，有我哪！
劉副官：(諂媚地)哎，我聽參謀長的！
刁德一：到裡頭伺候着去！
劉副官：是！
　　　　(刁德一下，劉副官進屋。)
　　　　(阿慶嫂從屋內走出，看天望水，心情沉重。)
阿慶嫂：刁德一出出進進的，胡傳魁在裡頭打牌。我出不去，走不開。老趙和四龍給同志們送炒麵，到現在還没回來。同志們在蘆蕩裡已經是第五天了。有什麼辦法，能救親人脫險哪！
　　　　(深沉地思考，唱)【二黄慢三眼】
　　　　風聲緊，雨意濃，天低雲暗，
　　　　不由人一陣陣坐立不安。
　　　　親人們糧缺藥盡消息又斷，
　　　　蘆蕩內怎禁得浪激水淹！
　　　　【快三眼】
　　　　他們是革命的寶貴財産。
　　　　十八個人和我們骨肉相連。
　　　　聯絡員身負着千斤重擔，
　　　　程書記臨行時託咐再三。
　　　　我豈能遇危難一籌莫展，
　　　　辜負了黨對我培育多年。
　　　　昨夜裡趙鎮長與四龍去送炒麵，
　　　　為什麼到如今不見回還？
　　　　我本當去把親人來見，
　　　　怎奈是，難脱身，有鷹犬，
　　　　那刁德一他派了崗哨又扣船。

怎麼辦,怎麼辦,怎麼辦?
事到此間好為難……
(耳旁仿佛響起《東方紅》樂曲,信心倍增。)

阿慶嫂:(接唱)
毛主席!
有您的教導,有羣衆的智慧,
我定能戰勝頑敵度難關。
(沙奶奶、沙四龍上。)

沙四龍
沙奶奶 : 阿慶嫂。

阿慶嫂:(一驚)四龍,你們回來了!炒麵送到了嗎?
沙四龍: 沒有。昨兒晚上我和鎮長剛划船出去,就被敵人發現了,我們倆就跳水跑了,船也被他們給扣了。
阿慶嫂: 鎮長呢?
沙四龍: 鎮長一下水,就發了擺子,再加上感冒,正在發高燒,起不來,他叫我先來向你報告一下。
沙奶奶: 阿慶嫂,你看該怎麼辦?
阿慶嫂: 還是得想辦法弄條船,給同志們送點乾糧去!
沙四龍: 要不今兒晚上,我去搞一條……
阿慶嫂:(聽見脚步聲,急忙制止沙四龍的話。從脚步聲中判定來的是劉副官)劉副官來了,叫四龍裝病,跟他借條船,就說送四龍到城裡看病。
(沙四龍伏桌上裝病。劉副官從屋內走出。)
阿慶嫂: 劉副官。
劉副官: 阿慶嫂。(看見沙四龍)哎,這是誰呀?
阿慶嫂: 沙奶奶的兒子。
劉副官: 在這兒幹什麼哪?
阿慶嫂: 病了。
沙奶奶: 劉副官,這孩子病了,想跟您借條船,帶孩子到城裡看看病去。

劉副官：借船？那哪兒行啊！
沙奶奶：阿慶嫂，您給求個人情吧！
阿慶嫂：是啊，劉副官，您瞧這孩子病成這樣，咱們這兒又沒有大夫，您就行個方便吧！
劉副官：阿慶嫂，不是我駁您的面子，我可做不了這個主。船，有的是，就在那邊，一條也不能動，這是刁參謀長的命令，阿慶嫂，您可少管這路閒事，免得招惹是非。
阿慶嫂：唉，這孩子怪可憐的！
（内串鈴聲。一偽軍喊：「站住，幹什麼的？」）
（内程謙明答：「我是看病的大夫！」）
（阿慶嫂、沙奶奶喜出望外，然而不形於色。）
沙奶奶：哦！大夫來了！
阿慶嫂：這就好了！該着這孩子的病好。（向内）可別叫大夫走哇。（向劉副官）劉副官，就讓那位大夫給孩子看病吧！
劉副官：不行！
沙奶奶：劉副官，既然您不肯借船，應請大夫給孩子看看病吧。
劉副官：不行！
阿慶嫂：是啊，劉副官，既然那位大夫來了，還真的讓他走嗎？就給孩子看看吧！
劉副官：阿慶嫂，您是知道的，我在刁參謀長面前不好交代。參謀長說了，這個地方不准閒人來！
阿慶嫂：嗨！這有什麼大不了的事，別說參謀長啦，就是胡司令，這點面子也是肯給的！
劉副官：那好哇，司令在裡頭哪，您去跟他說說去。
阿慶嫂：這麼點小事，就別去驚動他了。
劉副官：可是我做不了這個主啊！
（胡傳魁從屋内走出。）
胡傳魁：什麼事啊？
劉副官：司令！來了個大夫。阿慶嫂說，要讓那位大夫給這孩子看看病。

胡傳魁：看病？
阿慶嫂：噢，是這麼回事：這孩子有病，正趕上那位大夫打這兒路過，我就多了一句嘴，說讓那位大夫給孩子看看。劉副官說，胡司令這點面子是肯給的，就怕刁參謀長知道了，要讓司令為難。他這麼一說，嚇得我也不敢求您了！
胡傳魁：（向劉副官）刁參謀長放個屁也是香的，拿着雞毛當令箭！
阿慶嫂：其實呀，也沒劉副官什麼事。劉副官還說，司令心眼好，為人厚道。我是怕真要是刁參謀長較起真兒來，我覺得怪對不住司令的，那麼，就叫那位大夫……
胡傳魁：看！
劉副官：是！（向內）嗨！請大夫過來！
阿慶嫂：我替孩子謝謝司令了！
沙奶奶：謝謝司令。
（程謙明上）
阿慶嫂
沙奶奶：大夫！
程謙明：你們好啊？
阿慶嫂
沙奶奶：好！
沙奶奶：大夫，請過來診脈吧！
程謙明：好好好。
（程謙明與胡傳魁相遇，胡傳魁打量程謙明。程謙明態度十分安詳。）
阿慶嫂：（有意分散胡傳魁的注意力）胡司令，這會兒手氣怎麼樣啊？
胡傳魁：背透了，四圈沒開和，出來遛遛。
阿慶嫂：您這一遛躂，手氣就來了，呆會兒坐下，我管保您連和三把滿貫！
胡傳魁：好，借你的吉言，和了滿貫我請客！
阿慶嫂：那您這客算請定了，快進去吧，都等着您扳莊哪！

胡傳魁：哦，哈哈哈……（進屋）
劉副官：（向程謙明）你是哪來的？
程謙明：（沉着地）常熟城裡，三代祖傳世醫。
劉副官：有"良民證"嗎？
程謙明：有。
劉副官：拿來看看。
（程謙明取"良民證"交劉副官。）
（阿慶嫂取過兩杯茶。）
阿慶嫂：劉副官，你們這兩天真够辛苦的，沿湖一帶派了崗，扣了船，不許老百姓下湖捕魚，究竟出了什麼事了？
劉副官：沒什麼、沒什麼，聽說蘆蕩裡有新四軍……
阿慶嫂：新四軍？那怎麼不派兵去搜啊？
劉副官：參謀長說了，蘆葦蕩那麼大，上哪兒搜去！不談這個，不談這個。（回頭向程謙明）快瞧病，快瞧病。
阿慶嫂：大夫，這孩子的病……
程謙明：病家不用開口，便知病情根源。說得對，吃我的藥。說得不對，分文不取。
劉副官：嗨嗨嗨，你先別吹，今兒我倒要看看你有多大本事！
程謙明：這個病是中焦阻塞，呼吸不暢啊。
劉副官：等等。（對沙奶奶）他說得對嗎？
沙奶奶：是啊，剛纔還說胸口堵得慌哪！
劉副官：哦，他還有兩下子！
程謙明：看看舌苔。（看沙四龍舌苔）胃有虛火，飲食不周。
沙奶奶：缺食啊！
程謙明：肝鬱不舒，就容易急躁。
沙奶奶：是啊，着急着哪！
劉副官：嗨！頭疼腦熱的，着什麼急呀！
程謙明：不要緊，我開個方子，吃上一劑藥，就會好的！
（劉副官注視程謙明，阿慶嫂、沙奶奶很着急。阿慶嫂想了想，走進屋内。）

程謙明：（唱）【西皮二六】
　　　　病情不重休惦念，
　　　　心靜自然少憂煩。
　　　　家中有人勤照看……
阿慶嫂：劉副官，看什麼哪？
　　　　（阿慶嫂從屋內走出。）
劉副官：我對醫道很有興趣。（向程謙明）快開方！
程謙明：好了！（接唱）
　　　　草藥一劑保平安。
劉副官：拿來！（取過藥方）
程謙明：見笑，見笑。
　　　　（一偽軍由屋內走出。）
偽　軍：劉副官，司令叫。（下）
劉副官：哎。（把藥方放回桌上）阿慶嫂，替我盯著點，我這就來。
阿慶嫂：哎。
　　　　（劉副官進屋。阿慶嫂急命沙四龍、沙奶奶注意敵人的動靜。程謙明與阿慶嫂小聲交談。）
阿慶嫂：有不少鄉親被捕。
程謙明：哦！據我們得到的情報，胡傳魁已經是死心塌地地投靠日寇了。
阿慶嫂：那該怎麼辦？
程謙明：一定要拔掉這個釘子！我們的主力部隊馬上要過來了。
阿慶嫂：好。
程謙明：你了解一下敵人的兵力部署情況，過兩天我派人來取情報。
阿慶嫂：傷病員同志怎麼辦？
程謙明：立刻轉移紅石村！
阿慶嫂：是！
　　　　（沙四龍咳嗽。劉副官從屋內走出。）
劉副官：阿慶嫂，司令贏錢了，說你讓他請客，叫我買東西去。

阿慶嫂：那好哇。
劉副官：（向程謙明）哎，你怎麼還沒有走啊？
程謙明：（收拾藥箱）這就走。藥要早吃，可不能過了今天晚上。
劉副官：快走，快走。
程謙明：這就走，這就走。
沙奶奶：大夫，天陰下雨，小心路滑！
阿慶嫂：是啊，坑坑窪窪的，要多加小心！
程謙明：不怕，你們照顧病人要緊哪！
劉副官：快走！
　　　　（程謙明下。劉副官隨下。）
阿慶嫂：縣委指示，要同志們轉移紅石村，現在還得想辦法弄條船哪。
沙四龍：我倒有個主意。
沙奶奶：你有什麼主意？
沙四龍：我溜下水去，砍斷纜繩，推出一條船，不撐篙不使槳，船上沒人，動靜不大。只要推出半里路，大湖之中，煙霧彌漫，就更看不清了。到現在只能這麼辦了。
沙奶奶：阿慶嫂，他有一身好水性，讓他去吧。
阿慶嫂：事到如今，也只好按他的辦法去做了。四龍，你順着那條小道找個僻靜地方下水，可千萬要小心哪！
沙四龍：阿慶嫂！（唱）【西皮快板】
　　　　四龍自幼識水性，
　　　　敢在滔天浪裡行。
　　　　飛越湖水把親人接應——
　　　　媽！阿慶嫂！
　　　　你們放寬心！
　　　　（沙四龍、沙奶奶下。阿福上。）
阿　福：阿慶嫂！
阿慶嫂：（一驚，回身）阿福，有事嗎？
阿　福：昨兒晚上指導員派林大根、張松濤到我家裡來過。

阿慶嫂：他們幹什麼來了？
阿　福：瞭解胡傳魁的情況，弄了點草藥就走了。
阿慶嫂：你沒給他們弄點乾糧？
阿　福：弄了，他們都帶走了。
阿慶嫂：好，你先回去吧！
阿　福：哎。（下）
　　　　（阿慶嫂瞭望湖面。）
阿慶嫂：（唱）【西皮散板】
　　　　看小船破霧穿雲漸無影，
　　　　同志們定能轉移紅石村。
　　　　（阿慶嫂進屋，劉副官上。）
劉副官：阿慶嫂，東西買來了。（追進屋）
　　　　（刁德一、刁小三上。劉副官又從屋裡走出。）
劉副官：參謀長，鄒翻譯官哪？
刁德一：走了。劉副官，司令要結婚了。
劉副官：結婚？女家是誰呀？
刁德一：鄒翻譯官的妹妹。
劉副官：不用說，是參謀長的大媒嘍。
刁德一：嗨，派你一樁美差，到常熟城裡辦點嫁妝。
劉副官：（萬分感激）是！多謝參謀長！
　　　　（刁德一若有所思，走向湖邊高坡。用望遠鏡望了湖面。）
刁德一：（急叫）哎！這水面上仿佛是有條船！
劉副官：（大驚）船？刮了一天大風，恐怕是把纜繩刮斷了，空船漂出來了。
刁德一：不對！空船斷纜是順風順水而來，怎麼會逆風逆水而去哪？船底下一定是有人！
劉副官：有人？
刁德一：來！給我追這條船！
劉副官：是！
——幕閉

第七場　斥　敵

（前場後不久。刁德一家的廳堂。）
（幕啟：內劉副官、刁小三刑聲："快説,快説,説！"）
（胡傳魁煩躁地喝着酒,刁德一敞領挽袖,神色凶狠狠狠,手提皮鞭、踉蹌而上。）

刁德一：（念）新四軍平安轉移出蘆蕩,
胡傳魁：（念）這皇軍督催逼命可怎麼搪！
（內行刑拷問聲。）
刁德一：（念）抓來一些窮百姓,拷問他們誰是共産黨。
胡傳魁：（念）問了半天,也没問出個名堂！有一個招口供的没有？
（內劉副官、刁小三答："没有。"）
胡傳魁：我説老刁啊,咱們不會槍斃他幾個？
刁德一：我正琢磨着拿誰開刀呢。來呀,把王福根給我帶上來！
（劉副官、刁小三答："是！"）
（劉副官、刁小三架王福根上。）
胡傳魁：説！新四軍的傷病員哪兒去了？
刁德一：只要你説出來這鎮上誰是共産黨,馬上就放了你。
（王福根怒指胡傳魁、刁德一。二人驚恐後退。）
王福根：你們這些騎在人民頭上的漢奸！走狗！
胡傳魁：來呀！當着那些個窮百姓把他槍斃了！
王福根：漢奸！走狗！打倒日本帝國主義！打倒漢奸、走狗！
（王福根被押下。）
（內王福根高呼口號："中國共産黨萬歲！""毛主席萬歲！"）
（排槍聲。）
（內劉副官、刁小三嚎叫："你們瞧見没有？不説就像他這樣子——槍斃你們！快説！説！"）
刁德一：刁小三,把那個新四軍的家屬劉老頭槍斃！

（內刁小三嚎叫："劉老頭出來！"）
（內高呼："打倒漢奸賣國賊！"群眾憤怒高呼口號。）
（排槍聲。）

胡傳魁：來人哪！
（刁小三上。）
胡傳魁：把那沙老太婆拉出去一塊槍斃！
刁德一：慢着！把她給關起來！
刁小三：是！（下）
刁德一：司令！就是這沙老太婆不能斃，皇軍點着名要她的口供，不要她的老命。留着她為的是追問出在幕後活動的共產黨！
胡傳魁：共產黨！只怕是共產黨坐在咱們對面，咱們也認不出來！
刁德一：司令，有一人很值得懷疑。
胡傳魁：誰？
刁德一：那天，劉副官冒冒失失地打了陣槍，在哪兒？扣下的船丟了一隻，又在哪兒？都離春來茶館不遠！
胡傳魁：你是說……
刁德一：阿慶嫂！
胡傳魁：……
刁德一：太可疑了！
胡傳魁：怎麼？抓起她來？
刁德一：哪裡哪裡！司令的恩人哪能抓呀！司令不是派人請她去了嗎？
胡傳魁：我是請她幫着我辦喜事的。
刁德一：等她來了，咱們問問她。
胡傳魁：問問？怎麼問？——"你是共產黨嗎？"
刁德一：哪能這麼問！（耳語）怎麼樣？
胡傳魁：好，依着你！——來人！
（一偽軍上。）
胡傳魁：阿慶嫂來了，馬上報告！

一偽軍：是！（下）
　　　　（胡傳魁、刁德一下。）
　　　　（一偽軍内報："阿慶嫂到！"）
　　　　（阿慶嫂上，觀察周圍環境。）
阿慶嫂：（唱）【西皮散板】
　　　　新四軍反"掃蕩"回兵東進，
　　　　沙家浜即將要重見光明。
　　　　胡傳魁投敵寇把鄉親們蹂躪，
　　　　【流水】這一筆血債要記清。
　　　　奉指示探敵情十有九穩，
　　　　唯有這司令部尚未查清，
　　　　借題目入虎穴觀察動靜……
　　　　（胡傳魁、刁德一更衣整容上。）
胡傳魁：阿慶嫂！
阿慶嫂：胡司令！參謀長！（接唱）【散板】
　　　　恭喜司令要成親！
胡傳魁：你全知道了？
刁德一：真是消息靈通！
阿慶嫂：滿鎮上都知道了，劉副官通知各家各户"自願"送禮了。
刁德一：好，坐，泡茶！
　　　　（一偽軍送茶上，即下。）
阿慶嫂：胡司令！聽説新娘子長得很漂亮啊？
胡傳魁：哦！你也聽説過？
阿慶嫂：聽説過！常熟城裡有名的美人嘛。人品出衆，才貌超羣，
　　　　真是百里挑一呀！
胡傳魁：哈哈哈……阿慶嫂你可真會説話。我今天找你就為請你
　　　　幫助我辦喜事的，到了那天你可得多幫忙啊！
阿慶嫂：没什麽，理當的。到了日子我一早就來，什麽燒個茶遞個
　　　　水的，我都行啊…
胡傳魁：不！不！那些個粗活兒，哪能叫你幹哪。你就等花轎一

進門,給我張羅張羅,免得出錯。

阿慶嫂:行啊,行啊,花轎一進門,您就把新娘子交給我啦,我讓她該應酬的都應酬到了,親戚朋友決挑不了眼去。胡司令你儘管放心。

胡傳魁:那好極了,他們家的老親多,還愛挑個眼,有你當提調,那我就放心了。

阿慶嫂:新房在哪兒啊?

胡傳魁:就在後院。明天東西置辦齊了,我一定派人去請你。

阿慶嫂:好,我一定來!

胡傳魁:早點來!

刁德一:(以香煙筒擊案,厲聲而問)那個沙老太婆招了沒有?
　　　　(內劉副官、刁小三答:"没招!")

刁德一:把她帶上來!

阿慶嫂:胡司令,您這兒有事,我在這兒不方便,我走啦。
　　　　(阿慶嫂轉身欲下,刁德一攔住。)

刁德一:阿慶嫂,我們辦我們的事,你坐你的!

胡傳魁:既然是參謀長留你,那你再坐坐!

阿慶嫂:好吧,(向胡傳魁)那我就再坐坐。
　　　　(阿慶嫂略一思索,胸有成竹,沉着地走向桌邊,端然穩坐。)

刁德一:把她帶上來!

沙奶奶:(內唱)【西皮導板】
　　　　且喜親人已脫險……
　　　　(沙奶奶上。)
　　　　(阿慶嫂、刁德一、胡傳魁以不同的心情,不同的表情看着沙奶奶。)
　　　　(劉副官、刁小三上。)

沙奶奶:(唱)【西皮散板】
　　　　粉身碎骨也心甘。
　　　　挺身來把仇人見——(見阿慶嫂坐在一邊,心中一驚)

　　　　　　阿慶嫂為何在堂前？（略一思索，有所解悟）
　　　　　　只怕是敵人把她來試探，
　　　　　　我必須保護她，把天大的事一身擔！
胡傳魁：沙老太婆，你到底招不招？
沙奶奶：你要我招什麼？
胡傳魁：蘆葦蕩裡的新四軍是不是你兒子送走的？
沙奶奶：不知道！
胡傳魁：那麼你兒子哪兒去了？
沙奶奶：不知道！
胡傳魁：你跟你兒子幹的這些事，誰的主謀？誰的指使？
沙奶奶：我不知道！
胡傳魁：他媽的，一問三不知，今天叫你嘗嘗我的厲害！
　　　　（胡傳魁舉鞭欲打沙奶奶。刁德一制止。）
刁德一：司令，何必着急哪！坐，坐。嘿嘿嘿……沙老太，你受委屈了，坐坐坐，聽我跟你說！（唱）【西皮搖板】
　　　　　沙老太休得要想不開，
　　　　　聽我把話說明白。
　　　　　你不出鄉里年紀邁，
　　　　　豈能够出謀劃策巧安排？
　　　　　定是有人來指派，
　　　　　她在幕後你登臺。
　　　　　到如今你受苦刑難忍耐，
　　　　　她袖手旁觀穩坐在釣魚臺。
　　　　　只要你說出她的名和姓，
　　　　　刁德一我保你從此不缺米和柴！
　　　　（念）怎麼樣，想明白了沒有？
　　　　（沙奶奶昂首不理。）
刁德一：阿慶嫂，你勸她幾句！
阿慶嫂：我？
刁德一：啊，你跟她是街坊，勸她幾句嘛！（向胡傳魁）啊？

胡傳魁：對，阿慶嫂，你過去勸她幾句。
阿慶嫂：好吧。既是刁參謀長這麼看得起我，那我就試試看。不過這老太太的脾氣，我是知道的，恐怕也是要碰釘子的。（垂手走過去，邊走邊想主意，走到沙奶奶身邊，雙手往胸前一搭）沙奶奶，參謀長説，你的兒子給新四軍送船，是真的嗎？

（沙奶奶怒視三人。）

阿慶嫂：沙奶奶，你就這麼一個兒子，真捨得讓他走嗎？
沙奶奶：孩子大了，要走哪條路，由他自己挑！
胡傳魁：你説，新四軍對你有什麼好處啊？
沙奶奶：好！我説！我説！（痛斥敵人，唱）【二黄原板】
"八一三"，日寇在上海打了仗，
江南國土遭淪亡，
屍骨成堆鮮血淌，
滿目焦土遍地火光。
新四軍共產黨來把敵抗，
歷盡艱辛，東進江南，
深入敵後，解放集鎮與村莊，
紅旗舉處歌聲朗，
百姓們纔見天日光。
你們號稱"忠義救國軍"，
為什麼見日寇不發一槍？
我問你救的是哪一國？
為什麼不救中國助東洋？
為什麼專門襲擊共產黨？
你忠在哪裡？義在何方？
你們是漢奸走狗賣國賊，
少廉無恥，喪盡天良！
胡傳魁：住口！

劉副官
刁小三：胡說!

沙奶奶：（接唱）
你有理,敢當着百姓們講,
縱然把我千刀萬剮也無妨!
沙家浜總有一天會解放!
且看你們這些走狗漢奸（叫散）好下場!

胡傳魁：拉出去,槍斃!

劉副官
刁小三：走!

（刁德一急忙暗示刁小三,不能執行。刁小三領會。）
（沙奶奶昂首走下。劉副官、刁小三隨下。）

阿慶嫂：胡司令!

刁德一：慢動手! 阿慶嫂有話說!

阿慶嫂：（款款地站起身來,若無其事地）……我該走啦。

（刁德一、胡傳魁垂頭喪氣。）

阿慶嫂：您這是公事,我們可不敢隨便插嘴呀!

胡傳魁：不,不,今天要聽聽你的主意!

刁德一：是啊,司令要槍斃沙老太太,你跟她是街坊,能夠見死不救嗎?

阿慶嫂：沙奶奶會有人救的。

胡傳魁：誰啊?

阿慶嫂：她兒子四龍給新四軍送船,他就不救他的媽媽嗎? 再說新四軍也一定會救沙奶奶的!

胡傳魁：我馬上槍斃了她,看他們救誰!

阿慶嫂：是啊,您要是槍斃了她,誰也就不來了。没人來救沙奶奶,您可誰也就逮不着了!

胡傳魁：哦! 你是說要我放長線釣大魚,叫他們上鉤?

刁德一：照你這麼說,還是不槍斃沙奶奶的好哇?

阿慶嫂：槍把子在您手裡,主意您自己拿,我不過是替司令着

　　　　想啊！

胡傳魁：對對對！

刁德一：好啊,阿慶嫂真是自己人。這麼辦,我們打算馬上放了沙老太太,請你把她送回去,你看好不好？

阿慶嫂：參謀長這麼信得過我,我一定照辦。

刁德一：那好,來啊！把沙老太婆放了！
　　　　（內劉副官："是。走！"）
　　　　（沙奶奶上。劉副官隨上。）

沙奶奶：要殺就殺,不用搗鬼！

胡傳魁：老太婆,放你回去,別不識擡舉！

刁德一：沙老太,沒有你的事了。阿慶嫂,送她回去吧。

阿慶嫂：沙奶奶,走吧！
　　　　（沙奶奶下。阿慶嫂隨下。）

刁德一：（向劉副官）盯着她們,看她們說些什麼！

劉副官：是！（下）

胡傳魁：老刁,你這裡頭變的是什麼戲法呀？

刁德一：只要她們一熱火,就證明是一起的,馬上抓回來,一塊審問！
　　　　（內劉副官喊："報告！"急上。）

劉副官：報告！參謀長,打起來了！

刁德一：誰跟誰打起來了？

劉副官：沙老太婆跟阿慶嫂打起來了。

胡傳魁：把沙老太婆給我抓回來關起來！

劉副官：是！（下）
　　　　（阿慶嫂上,頭髮略微散亂,一隻鞋子被踏落。）

阿慶嫂：哎呀！哎呀！好厲害的老太婆呀！出了門就跟我打起來啦。嘴裡"漢奸"、"走狗"一個勁地罵,喏,衣裳也撕破了,（坐）牙也打出血來了！看哪！（提上被踏落的鞋子）

胡傳魁：老刁,別自作聰明了,這你明白了吧？阿慶嫂,打得不要緊吧？那麼你幫我辦喜事……

阿慶嫂：喜事儘管辦！哼，瞎了眼的，她倒想算計我，那老太婆哪是我的對手，早就被我打得落花流水了！

刁德一：阿慶嫂，你多心了吧？

阿慶嫂：哼！我要是多心哪，就不在多心人面前管閒事了！

（阿慶嫂以手絹撣鞋，昂首而坐。胡傳魁瞪著刁德一，刁德一垂頭喪氣。）

——幕閉

第八場 奔　　襲

（前場三日後，黎明之前。野外。）

（幕啟：沙四龍、葉思中偵察，下。）

郭建光：（內唱）【西皮導板】

月照征途風送爽………

（郭建光上，撫槍亮相，英氣勃勃，目光四射，巡視周圍，轉身招手，側身亮相。突擊排戰士隨上。）

郭建光：（唱）【西皮原板】

穿過了山和水、沉睡的村莊。

支隊撒下包圍網，

要消滅日寇、漢奸匪幫。

組成了突擊排兼程前往，

【快板】飛兵奇襲沙家浜。

將尖刀直插進敵人心臟，

打他一個冷不防。

管叫他全線潰亂迷方向，

好一似湯澆蟻穴，（叫散）火燎蜂房！

（沙四龍、葉思中上。）

葉思中：敵人的巡邏隊！

小　虎：幹掉它！

郭建光：（制止小虎，下令）隱蔽！

（眾隱蔽。）
（偽軍巡邏隊走過。）
（沙四龍、葉思中立起，巡視後，招手，郭建光等從土坡後"虎"躍出。）

郭建光：葉排長，沙四龍！

沙四龍
葉思中：有！

郭建光：你們看！（"跨腿"，"踢腿"，側身亮相）前面就是沙家浜，命你二人繼續偵察！

沙四龍
葉思中：是！（下）

郭建光：前進！

（突擊排戰士整裝。）

郭建光：（唱）【西皮快板】
説什麼封鎖線安哨布崗，
我看它只不過紙壁蒿牆。
眼見得沙家浜遥遥（叫散）在望，
此一去搗敵巢擒賊擒王！

（郭建光走"掃堂腿"、"鏇子"，與衆戰士組成前進塑像。）

——幕閉

第九場　突　破

（緊接前場，刁德一家後院牆外。）
（幕啟：一偽軍在站崗。）

偽　軍：司令結婚，請來皇軍，叫我們加崗，唉！倒楣了！
（葉思中等上，將偽軍擒獲，拉下。）
（郭建光、阿慶嫂同上，後隨突擊排戰士、民兵。）

阿慶嫂：指導員，翻過了這道牆，就是刁德一的後院！
（唱）【西皮快板】

　　　　　敵兵部署無更變，
　　　　　送去的情報圖一目了然。
　　　　　主力都在東西面，
　　　　　前門只有一個班。
　　　　　民兵割斷電話線，
　　　　　兩翼不能來支援。
　　　　　院裡正在擺喜宴，
　　　　　他們猜拳行令鬧翻天。
　　　　　你們越牆直插到後院，
　　　　　定能夠將羣醜（叫散）一鼓聚殲！
郭建光：沙四龍！
　　　　（唱）【西皮散板】
　　　　　你帶領火力組繞到前院，
　　　　　消滅敵人的警衛班！
　　　　（沙四龍帶二戰士下。）
郭建光：（接唱，向阿慶嫂）
　　　　　你迎接主力部隊到鎮邊……
　　　　（阿慶嫂帶民兵下。）
　　　　（郭建光上牆，瞭望，回身招手，翻下。）
　　　　（衆戰士越牆。）
——幕閉

第十場　聚　殲

　　　　（緊接前場。）
　　　　（刁德一家院內。）
　　　　（幕啟：黑田、胡傳魁、刁德一上。二日寇士兵隨上。鄒寅生迎面上。）
鄒寅生：汽艇準備好了。
黑　田：電話不通，情況不好，小心！

（炮聲。）

黑　田：哪裡打炮？

胡傳魁：不知道！

（一偽軍上。）

一偽軍：報告，新四軍打到後院了！

黑　田：頂住！頂住！（倉皇逃下）

（開打，突擊排消滅日偽軍。郭建光彈無虛發，連斃敵衆，最後把黑田踩在脚下，亮相。）

（突擊排戰士押俘虜過場。）

（程謙明率主力部隊戰士上。）

（阿慶嫂、趙阿祥率民兵上。）

（郭建光上，與程謙明、阿慶嫂等握手。）

（戰士押黑田、鄒寅生、胡傳魁、刁德一上。）

（沙四龍扶沙奶奶上。）

（沙家浜羣衆和被救出的鄉親們上。）

（鄉親們看見胡傳魁、刁德一，怒不可遏，舉鋤欲打，郭建光攔阻。）

郭建光：鄉親們！我們要把這些民族敗類，交給抗日民主政府審判！

阿慶嫂：對！我們一定要公審他們。

胡傳魁：你是……？

阿慶嫂：我是中國共產黨黨員！你們這些日本帝國主義者！民族敗類！

郭建光：把他們押下去！

（胡傳魁、刁德一、黑田、鄒寅生頹喪地低頭，被押下。）

（郭建光、阿慶嫂等與沙奶奶會見。沙家浜鎮的人民在毛主席和中國共產黨的領導下，清除敵偽，重見光明。）

——幕閉

曹操與楊修

（京劇）

陳亞先

【作者簡介】陳亞先(1948—)，湖南岳陽人。國家一級編劇，現任湖南省文聯副主席、湖南省劇協副主席、岳陽市文聯主席。出身貧苦，三歲成為孤兒。中學畢業後，做過農民與民辦教師。1979年開始從事戲劇創作，發表《曹操與楊修》、《胡笳》、《無限江山》、《天下歸心》、《宰相劉羅鍋》、《市長夫人》等多部劇作。出版劇作集《湖南當代劇作家選集‧陳亞先卷》、理論專著《戲曲編劇淺談》。曾獲全國優秀劇本獎、文化部優秀編劇獎、中國戲曲學會獎、中宣部"五個一工程"獎等多個獎項。《曹操與楊修》被譯成英、法、俄文在國外演出。

【劇情概要】赤壁之戰後，漢相曹操敗而不餒，力圖東山再起，期望改變三國割據的分裂局面，一統天下。他求賢若渴，發佈《求賢勿拘品行令》以廣羅人才，名士楊修讚賞曹操的壯志與對人才的態度，自薦為倉曹主簿。曹操亦賞識楊修的才幹，委以重任。正當楊修殫精竭慮地為大軍籌集軍馬糧草而成效卓著時，重用人才却又猜忌人才的曹操却殺了楊修的得力助手孔融之子孔聞岱，並謊稱是自己"夜夢殺人"所致。楊修憤恨曹操虛偽的品性，設計讓曹操的夫人倩娘在深夜中送錦袍給丈夫，以戳穿他有"夜夢殺人之疾"的謊言。曹操無奈，為證實自己確實有疾，逼使妻子自刎。自此，兩人由心心相印而變得針鋒相對。然而，曹操又捨不得放棄楊修的傑出才華，為了使楊修忠誠於自己，他將愛女鹿鳴嫁給楊修，讓其成為自己的女婿。然楊修不為所動，依然恃才傲物，竟在行軍途中逼使丞相曹操在雪地中為自己牽馬墜鐙。後又從口令中猜破曹操心意，自作主張，安排大軍後撤，給了曹操擾亂軍心的藉口而被殺。曹操與楊修，都是出類拔萃的風雲人物。但他們既高大又卑微的雙重品性，使他們無法攜手共事。曹操多麼不想殺楊修，又不得不殺他；楊修多麼不想得罪曹操，却又屢屢得罪了曹操。兩個卓絕的英才，兩個高傲的靈魂，在無情的撞擊中，一個過早的隕落了，一個也陷入痛苦和絕望之中。

【版本流傳】該劇劇本首次發表於《劇本》1987年第1期。後收入湖南文藝出版社1999年出版的《湖南當代劇作家選集‧陳亞先卷》與上海文化出版社2005年出版的《〈曹操與楊修〉創作評論集》等書中。

　　【演出情況】該劇由上海京劇院首演於1988年11月3日。馬科任導演，尚長榮飾曹操，言興朋飾楊修，夏慧華飾倩娘。演出之後，觀眾反響強烈，尤其是知識界評價甚高，劇目曾獲得中國戲曲藝術最高榮譽獎"中國戲曲學會獎"和首屆中國京劇藝術節"程長庚金獎"。對全國戲曲的發展方向起到了一定的引導作用。劇目組除了在全國許多城市演出外，還到中國臺灣、香港和俄羅斯等地演出，導演、主演、編劇因此劇而譽滿海內外。許多劇種都移植了該劇。

（高頤珊）

时间：後漢建安年間

地點：洛陽、斜谷等地

人物：曹操　楊修　倩娘　鹿鳴女　孔聞岱　蔣幹
　　　公孫函　僮兒　胡馬商　蜀米商　江南米商
　　　曹洪　夏侯惇　許褚　張遼　李典　樂進
　　　徐晃　張郃　孔融　軍士　丫鬟　劊子手
　　　敵軍兵將等

招賢者——此人首次出場時為翩翩少年，隨着劇情發展，漸見其老，至劇終時，已垂垂老矣。

第一場

（音樂悲壯。）

（招賢者上。他正值年少，黑髮無鬚。）

招賢者：招賢囉！漢相曹操，兵敗赤壁，招賢納士，重圖大業。（自語）唉！咱們八十三萬人馬，敗於東吳三萬兵將之手！仗打得這麼窩囊，咱們人家少點什麼？就少了周瑜、諸葛亮那麼幾個人才，所以……（光滅，隱去）

（二道幕啟。皓月當空，松林鬱鬱，郭嘉墓前。曹操、鹿鳴女、曹洪、夏侯惇、許褚、張遼、李典、樂進、徐晃、張郃、蔣幹、公孫涵等正籌備祭儀。）

曹　操：大漢丞相曹操，率領都護將軍曹子廉、陳濟太守夏侯惇、中郎將許褚、晉陽侯張遼、李典、樂進、徐晃、張郃等，中秋明月之夜，祭掃故參軍貞侯郭嘉墓廬。

（音樂起，曹操慷慨賦詩。）

（念）明月之夜兮，短松之崗；

悲歌慷慨兮，悼我郭郎；

天喪奉孝兮，摧我棟梁；

鹿鳴女：（接念）從此天下兮，難覓賢良；

曹　操：（接念）哀哉奉孝兮，伏惟尚饗！

你若不死,我焉有赤壁之敗呀……(哭)
衆： 丞相保重!
鹿鳴女：父相保重!
公孫涵：丞相如此禮賢下士,天下賢才,必然聞風來投哇。
蔣　幹：丞相你要節哀保重!
公孫涵：鹿鳴小姐即興續詩,與你老人家的氣韻意境,真是天衣無縫,中原才女果然名不虛傳。
曹　操：鹿鳴女兒,雖非親生,勝似親生,她的才思,不在蔡文姬之下。當年老夫欲將她許配郭嘉,只恨蒼天不佑,郭郎棄我而去了……
招賢者：(上)丞相,果不出您所料,他來了。
楊　修：(內唱)半壺酒一囊書飄零四方,
　　　　(曹示意,與衆隱入松林,下。)
　　　　(楊修與書僮上。)
楊　修：(唱)冷眼觀孫曹劉三霸爭強。
　　　　欲振國無明主心中惆悵,
僮　兒：相公,到了郭嘉先生的墓臺了。
楊　修：(接唱)因此上我也來祭奠郭郎。
僮　兒：相公,郭嘉先生的墓臺已有人祭掃過了。
楊　修：哦!
僮　兒：香爐還是熱的呐。
楊　修：年年今日,只有我楊修前來祭掃這冷落的墳臺,今年為何這樣地熱鬧起來了?
　　　　(僮兒發現曹操所書題款。)
僮　兒：相公,這祭掃人的名字叫曹操。
楊　修：曹孟德!
　　　　(唱)曹孟德他也曾南征北剿,
　　　　得荊襄滅劉表意氣自豪。
　　　　赤壁之敗如山倒,
　　　　十萬戰船被火燒。

残兵逃至在華容道，
幸遇當年的舊故交，
悲悲切切苦哀告，
纔得保下了命一條。
他若想力挽狂瀾於既倒，
就看他求賢的謀略高不高。

曹　操：(微服上)哈哈哈……說得好，說得好！既知曹操求賢納
　　　　士，先生何不投在他的麾下，以展濟世之才？
楊　修：老先生，你曉得我是何人？就叫我去投曹操？
曹　操：先生乃當今奇才楊德祖，那曹操正愁尋你不着。
僮　兒：你怎麼知道我們相公的名諱呀？
曹　操：方纔先生說過，"年年只有我楊修祭掃這冷落的墳臺"。
僮　兒：哈哈哈……
楊　修：老先生，你當真要我投奔曹操？
曹　操：正是。
楊　修：但不知曹操能封我個什麼官兒？
曹　操：以先生之才，少不得封你個長史之職。
楊　修：長史之職？忒小了吧。
曹　操：哦，大才小用了。封你為兵馬大都督！
楊　修：荒唐！
曹　操：怎說是荒唐？
楊　修：楊修豈是披堅執銳之人？
曹　操：但不知怎樣的官兒，纔稱先生的心意？
楊　修：我要做他的倉曹主簿官。
曹　操：怎麼，先生願為曹操掌管軍糧戰馬？
楊　修：掌管軍糧戰馬有何不可？
曹　操：先生，你不嫌棄這倉曹主簿，官卑職小麼？
楊　修：哈哈哈……不要小看了這倉曹主簿，如今曹操軍中缺戰
　　　　馬，倉中少米糧，他的當務之急，就是這國庫空虛！
曹　操：(大喜)哎呀呀，先生確有富國之策，來來來，老朽洗耳

恭聽。
楊　修：怎麽，説與你聽？
曹　操：不錯。
楊　修：對牛彈琴，對牛彈琴。
曹　操：實不相瞞，老朽便是曹操。
楊　修：哈哈哈，丞相你到底自報家門了。
曹　操：怎麽，先生早知曹操到此？
楊　修：丞相求賢一片誠，今晚焉能無此行？
曹　操：這……
楊　修：這……
曹　操：啊？哈哈哈……
楊　修：啊！（二人同笑）丞相，幸會，幸會！
　　　　（公孫涵上。）
公孫涵：呔！曹丞相在此，還不大禮參拜！
曹　操：休得胡言，快來見過楊德祖先生。
公孫涵：中原公孫涵見過德祖先生。
楊　修：原來是公孫先生，請問……
公孫涵：（打斷楊修）請丞相上馬回府。
曹　操：……今宵月色正好，我要與德祖先生安步當車，列公先行一步。
　　　　（公孫涵揮手，衆下。）
　　　　（曹操與楊修登高遠眺，馳目騁懷。）
楊　修：（吟誦曹操的舊詩作）
　　　　關東有義士，興兵討羣凶……
曹　操：鎧甲生蟣虱，萬姓以死亡……
楊　修：白骨露於野，
曹　操：千里無雞鳴……
楊　修：生民百遺一，念之斷人腸！
曹　操：老夫二十年前所做的小詩，德祖先生你竟還記得一字不差。

楊　修：楊修豈止是愛其詩文，我更敬其人憂國憂民的襟懷如斯也。
曹　操：你我相見恨晚吶！
楊　修：我生也晚吶。（二人同笑）
曹　操：明日就請先生上任理事如何？
楊　修：楊修敢立下軍令狀，擔保丞相在半年之內，軍糧滿倉，戰馬充廄！
曹　操：怎麼，先生敢立軍令狀，在半年之內軍糧滿倉，戰馬充廄？
楊　修：正是。
曹　操：真乃天下之福也！
楊　修：只是還須一人相助，方能建功立業。
曹　操：先生舉薦何人，你快快講來。
楊　修：就是那北海孔聞岱。
曹　操：怎麼，孔聞岱……？
楊　修：正是。
曹　操：他與我有殺父之仇！
楊　修：這個……
　　　　（燈暗。玉簫聲起。）

第二場

（二幕前，鹿鳴女吹玉簫，倩娘手執女紅，丫環在煎藥。）

倩　娘：（唱）楊修進京兮，已然半載。
　　　　　　　軍糧戰馬兮，何曾籌來？
　　　　　　　夙夜徘徊兮，孟德顏改。
　　　　　　　百轉柔腸兮，難解愁懷！
　　　　（丫環捧藥待命。）
倩　娘：兒啊，快侍候你父相用藥吧。
鹿鳴女：是。
　　　　（公孫涵上。）

公孫涵：公孫涵有要事求見丞相。
鹿鳴女：我父相身子不爽。
倩　娘：若無大事，改日再見。
公孫涵：卑職覓得三十年陳釀杜康名酒，與丞相解憂。
倩　娘：嗯！這豈是你謀士幕僚分所當為？
公孫涵：卑職告退。
曹　操：（內）轉來。
　　　　（二幕啟，曹操上。）
曹　操：（唱）慨當以慷，憂思難忘，
　　　　　　　何以解憂，唯有杜康。
　　　　（將碗中藥湯潑去，斟酒。）
公孫涵：丞相……卑職有要事稟報。
　　　　（曹操示意，倩娘、鹿鳴女退下。）
公孫涵：丞相，有人通敵！
曹　操：哪一個通敵？
公孫涵：就是楊修舉薦來的那個孔聞岱！
曹　操：嗯？爾敢誣陷賢良？
公孫涵：（取出袖折）丞相不信請看，我這裏記載得一清二楚，去年臘月初七，他西出龍門，北轉雁門，進入匈奴地界半月有餘。
曹　操：匈奴？半月！
公孫涵：今年正月初八，他過長江下洞庭，輾轉東吳七十餘天！
曹　操：東吳？七十餘天！
公孫涵：三月二十九，楊修與他執手相送。那孔聞岱繞漢中，走棧道到了劉備的成都，如今方纔回到洛陽。
曹　操：（震怒）楊修、孔聞岱今在哪裏？
公孫涵：孔聞岱正要去見楊修，被我略施小計，誆到轅門，請丞相定奪！
曹　操：先將孔聞岱拿來見我！
公孫涵：遵命！

曹　　操：（一想）慢！不要驚動楊修，孔聞岱書房敘話。
公孫涵：是！（下）
曹　　操：（唱）當初殺了孔北海，
　　　　　　　孔聞岱到今日耿耿於懷！
　　　　　　　舉賢良不避仇釀成禍害，
　　　　　　　孔門中多反骨他是孽障投胎！
　　　　　　　七年前殺孔融舊景猶在。
　　　　　（燈光凝聚，迴響曹操當年的聲音："將孔融推出帳去，斬！"）
　　　　　（劊子手架孔融出現，由飾孔聞岱的演員兼飾孔融。）
孔　　融：曹操哇，奸賊！
　　　　　（接唱）阿瞞豎子似狼豺！
　　　　　　　　孔融一死有何礙，
　　　　　　　　漢祚豈容你安排，
　　　　　　　　自有我的後來人。
　　　　　（劊子手大斧落下。從孔融屍體中蛻出孔聞岱。）
孔聞岱：（接唱）孔聞岱！
　　　　　（楊修幻影出現。）
楊　　修：（唱）楊修舉薦此賢才。（指孔聞岱）
報子甲
報子乙：（內喊）報！（上）啟稟丞相，大事不好。
曹　　操：何事驚慌？
報子甲：匈奴騎兵，奪關南下！
報子乙：劉備五虎上將，東出祁山！
曹　　操：啊！
報子丙：報！（上）東吳周郎逆江而上。
曹　　操：不、不、不、不好了！
　　　　　（念）孔聞岱北聯匈奴陰山道，
　　　　　　　　西川暗把劉備交。
　　　　　　　　江南勾結東吳賊，

　　　　　三面夾攻欲滅曹。
　　　　（殺聲震天，匈奴鐵騎突然而至。）
　　　　（五虎將出現。）
　　　　（吳"水師"殺來。）
　　　　（曹操三面受敵，孔聞岱手舉曹操殺孔融的大斧，追殺曹
　　　　操，眾人刀斧齊舉，
　　　　向曹操頭上劈來。）
曹　　操：啊！（燈暗）
　　　　（倩娘、鹿鳴女舉燈奔上。）
倩　　娘：相爺、相爺……
鹿鳴女：父相，父相你怎麼樣了？
曹　　操：唔……（回到現實中來）老夫麼，安然無事。
公孫涵：孔聞岱告進。
曹　　操：傳！
　　　　（曹操揮手示意，鹿鳴女、倩娘下，）
孔聞岱：（內唱）踏遍了陰山外蜀地吳邦，
　　　　（曹操拔出寶劍。入座。）
孔聞岱：（上，唱）
　　　　為糧馬孔聞岱四海奔忙。
　　　　苦匆匆，馬乏人又傷，
　　　　餐風宿露襤褸了身上的衣裳回洛陽。
　　　　拼着我七尺之軀報效丞相，
　　　　巧周旋賺來了戰馬與軍糧。
　　　　（公孫涵提示孔聞岱解下腰間劍，孔感激地把劍交公孫
　　　　涵，而後，近前行參拜禮。）
孔聞岱：倉曹主簿從事孔聞岱參見丞相。
曹　　操：孔聞岱……
孔聞岱：在。
曹　　操：我來問你，爾去過匈奴？
孔聞岱：去過。

曹　　操：去過西蜀？

孔聞岱：去過西蜀。

曹　　操：也去過東吳？

孔聞岱：也去過東吳。

曹　　操：是哪一個派你去的？

孔聞岱：楊主簿與我計議行事。

公孫涵：楊修跟你計議的是什麼？意欲何為？

　　　　（孔聞岱甚感意外，一時回答不出。）

曹　　操：自然是籌措軍糧、戰馬，你道是也不是？

孔聞岱：正是。

曹　　操：哼哼……爾勞苦功高，老夫賜你美酒一甌。

孔聞岱：謝丞相！（接酒喝）·

　　　　（曹操揮劍刺孔，孔倒地。）

招賢者：（幕內喊）：招賢囉！

——幕落

第三場

（二幕前。）

招　賢　者：（上）大漢丞相，明察秋毫，獎功罰罪，勝似舜堯。招賢嘍！

　　　　（東吳糧商上。）

東吳米商：哎呀，大老倌，請問你一聲訊，孔聞岱孔先生住在啥場合？

招　賢　者：你說什麼？

東吳米商：孔聞岱孔先生住在啥場合？

招　賢　者：請講普通話。

　　　　（東吳米商說"普通話"……）

招　賢　者：你找孔聞岱幹什麼？

東吳米商：上一次他到東吳來和我説好了大米生意呀。

招　賢　者：怎麼？孔聞岱到你們那裏,是去做生意？
東吳米商：是呀,是呀,我帶來了江南大米六萬六千六百六十六石。
招　賢　者：好好好你別找孔聞岱了,我領你去找一個人,管保買下你的大米。
東吳米商：好格,好格。（二人下）
　　　　　（二幕啟,倉曹主簿府後花園。）
　　　　　（楊修正在操持公務,小爐上煎着藥。）
楊　　修：（唱）青天外白雲閑風清日朗,
　　　　　　　　洛陽紅繞回欄一陣陣飄香。
　　　　　　　　處亂世遇明主欣喜過望,
　　　　　　　　酬知己哪顧得晝夜奔忙。
　　　　　　　　坐花間藥當酒無事一樣。
　　　　　　　　怎知我的胸臆間是沸水揚湯。
　　　　　　　　當初我立下了那軍令狀,
　　　　　　　　到如今恰正是半載時光。
　　　　　　　　孔賢弟無消息令人懸望。
　　　　　　　　為什麼無有那戰馬軍糧就來到洛陽？
　　　　　　　　難道說穩操的勝券成虛妄？
僮　　兒：（內喊）老爺——！（急上）老爺,大喜啦！
楊　　修：（唱）莫不是城外邊已到了戰馬軍糧？
僮　　兒：一點兒也不錯,數不清的胡馬,一羣一羣地從北邊來,千船米糧順着漢水黃河從西南兩路,都快到京城了。
　　　　　（內聲："有客商求見！"）
楊　　修：送糧送馬的人兒來了,快快有請。
僮　　兒：知道了。
楊　　修：（轉而一想）轉來,不見,一概不見。
僮　　兒：怎麼不見？
　　　　　（楊修向僮兒示意。）
僮　　兒：（一笑）明白了。

（三位客商上。）

僮　　兒：主簿老爺酒醉，今兒不見客。
西蜀米商：啥哉？不見！我們有大事相商，不見不得行！
東吳米商：做生意總要碰碰頭，哪好勿見面呢。
匈奴馬商：吃葡萄不吐葡萄皮，不吃葡萄倒吐葡萄皮……
西蜀米商：（對馬商）說漢語，說漢語。（對僮兒）他是匈奴人吶。
匈奴馬商：我們是做買賣的，不能不見。（甩馬鞭）
楊　　修：唔，何人在此喧嘩？
西蜀米商：聽你之言，敢莫就是主簿，楊大人？
楊　　修：正是！三位到此何事？
東吳米商：我倪三個人，全是孔聞岱的好朋友。
楊　　修：怎麼？你們是孔聞岱的好朋友？哎呀呀，失敬了，失敬了！
三　商　人：好說，好說。
西蜀米商：我們是誠心誠意來做生意的。
匈奴馬商：我帶來良馬十萬匹。
東吳米商：我帶來江南大米六萬六千六百六十六石。
西蜀米商：老子帶來天府之國上等大米五千船，順長江繞漢水輾轉到了洛陽。
楊　　修：哎呀，你們來遲了。
三　商　人：什麼，來遲了？

（三商人亂作一團。）

楊　　修：三位呀，

　　　　　（唱）做買賣靠的是眼明手快，
　　　　　　　你三人為什麼姍姍遲來？
　　　　　　　半年前，我也曾散盡千金把糧馬收買，
　　　　　　　到眼下庫銀短缺愧對三兄臺。

匈奴馬商：不像話！
楊　　修：買賣不成仁義還在呀，大家吃上一杯，來來來。
匈奴馬商：朋友，酒我們不要喝，馬你買不買？

楊　　修：馬匹已充足了。

東吳米商：這許多大米,你也勿要哉?

楊　　修：不是不要,怎奈庫銀短缺了。

西蜀米商：個老子,好一個巧舌如簧的孔聞岱呀,

（唱川調）

欺瞞好友太不該。

東吳米商：（唱評彈調）

說什麼馬到洛陽重金買,

說什麼米貴如珠是京街。

匈奴馬商：（唱西北調）

却原來,盡都是胡言一派,

你們漢人騙人不應該！不應該！

楊　　修：好了,好了,看在孔賢弟的分上,我就籌些個銀兩,買了戰馬米糧也就是了。

西蜀米商：大人功德無量,

匈奴馬商：好！講義氣。

東吳米商：謝謝,謝謝！

楊　　修：只是這價錢……

三 商 人：價錢好商量。

楊　　修：（故作沉思狀）這樣吧,石米半兩銀,匹馬二錢金。

西蜀米商：啥子?一石米半兩銀?

匈奴馬商：馬一匹,金子二錢?

東吳米商：哦喲大老倌,你比蘇州人煞半價還要結棍嘛！

西蜀米商：這個生意做不得！

匈奴馬商：不賣了,運回去！

東吳米商：勿賣哉！

（三人下,僮兒追趕。）

僮　　兒：哎,你們別走。別走呀！老爺,你怎麼讓他們走了?

楊　　修：嘿嘿,他們還是要回來的。

（唱）速準備屯糧圈馬莫遲頓,

（幕内："丞相駕到！"）

僮　　兒：丞相駕到。

楊　　修：他的消息來得好快呀，僮兒更換官袍。（下）
（衛士上，巡視畢。）

衆衛士：請丞相。
（曹操上。）

曹　　操：（唱）沖冠一怒殺了人。
　　　　　千思萬慮難安枕，
　　　　　歷歷往事好驚心。
　　　　　在赤壁我錯殺過蔡瑁、張允……
（楊修上。）

楊　　修：啊，丞相你這不速之客，敢莫是拿我這倉曹主簿官的弊病來了？

曹　　操：啊，這個……

楊　　修：哈哈哈……

曹　　操：哈哈哈（接唱）
　　　　　問聲主簿可安寧。

楊　　修：你看我，坐花間飲美酒，我是何其而不樂呀。

曹　　操：說什麼花間飲酒，楊主簿終日操勞，以藥當酒，難道老夫不知？

楊　　修：怎麼？楊修終日以藥當酒，丞相盡知？

曹　　操：巧婦難為無米之炊，德祖啊，實實地難為你了。

楊　　修：丞相，你的倉曹主簿實實地難當啊！我們已然到了家無隔宿糧的地步了，不過今日啊……
（僮兒邊喊邊上。）

僮　　兒：老爺，老爺，那三個外國人又回來了。
（曹操一怔。）

楊　　修：請丞相暫避一時。

曹　　操：怎麼？老夫必須回避？

楊　　修：丞相這巧取豪奪的壞名聲，只好由我楊修一人承擔。

就請丞相暫避一時……

曹　　操：（狐疑地）哦，哦……（隱入假山石後）
　　　　　（三商人上。）
西蜀米商：楊大人。
楊　　修：三位怎麼又回來了？
西蜀米商：（唱）左思右想實無奈，
　　　　　　　且把檀香當爛柴。
匈奴馬商：我情願十萬良馬當驢子賣。
東吳米商：唉！千船米糧當稻草灰。大老倌，您啊好把價錢
　　　　　再……
三　商　人：擡一擡？
楊　　修：方纔言過了，石米半兩銀，匹馬二錢金，這樣的價錢，我
　　　　　已是傾其所有，價錢擡不得了。
西蜀米商：龜兒子，王八吃秤砣。
東吳米商：鐵子心哉。
匈奴馬商：不賣了，運回去！
西蜀米商：運回去。
東吳米商：勿賣哉，運回去。
　　　　　（三人欲走。）
楊　　修：且慢！要運回去？運往哪裏去？你的十萬戰馬運往匈
　　　　　奴？你們的千船米糧運往東吳、西蜀？哼！在這大漢
　　　　　京都之地，竟有人將軍糧、戰馬資助敵邦！哎呀呀，這
　　　　　樣的話若被曹丞相聽見，你們的性命不要了？嘿嘿，運
　　　　　回去……
　　　　　（三商人怔住，東吳米商拽過二商人。曹操踱上。）
東吳米商：二位朋友，你們可曾見過曹操？
二　商　人：沒有見過。
東吳米商：我伲東吳人在赤壁之戰的辰光，全見過伊，曹操格老赤
　　　　　佬生得是青面紅髮，鋸齒獠牙，殺起人來是白相相樣。
　　　　　比後面那老赤佬還要結棍，我看還是保命要緊，便宜賣

把伊算哉吧!
西蜀米商：對,好漢不吃眼前虧。
匈奴馬商：我們贊助他們了。
東吳米商：(對曹操)大老倌,我俚便宜些賣把你,不過,方纔兩句不二不三的閒話你勿要告訴曹操。
楊　　修：好了,好了,三位一手交錢,一手交貨。僮兒,帶他們到有司交割去吧!
匈奴馬商：(驚惶地對東吳米商)怎麼,他們要絞割?(比劃自己的脖子)
東吳米商：這位外國赤佬"洋攀",交割就是結賬!
匈奴馬商：哦,給錢? 不是殺頭?
　　　　　(三商人隨僮兒下。)
楊　　修：啊,丞相,我用這點銀兩,辦下這戰馬、軍糧,我這個倉曹主簿官,可以交得軍令狀了吧?
曹　　操：楊主簿,我來問你,這些客商怎生到此?
楊　　修：丞相容稟：就是那孔聞岱,他在半年前,是這樣喬裝改扮,單人匹馬,西出龍門,北轉雁門,踏遍了塞外匈奴,歷盡了千辛萬苦,而後又從華容道東過長江,下洞庭,繞柴桑,入巴蜀。置生死於度外,謀大事於敵邦,纔賺來這十萬戰馬,千船米糧,解了我軍國大難,立下這不世之功,丞相你要格外地升賞啊!
曹　　操：呀!
　　　　　(唱)聞言如聽驚雷炸,
　　　　　　　孟德做事差差差!
　　　　　　　仇者快親者痛,貽笑天下,
　　　　　　　怕只怕招賢的大計流水落花。
楊　　修：丞相為何背地沉吟?
曹　　操：楊主簿,這軍糧戰馬,解了我軍國大難,真乃不世之功。老夫升你官階三級,為丞相主簿。
楊　　修：謝丞相!

曹　　操：來來來，這件錦袍隨我櫛風沐雨有年矣，贈與德祖，聊表曹某寸心！（解下錦袍，授與楊）

楊　　修：楊修肝腦塗地，當報知遇之恩。丞相，這軍糧戰馬的首功孔聞岱將是如何地升賞？

曹　　操：那孔、聞、岱——麼——！老夫素有夜夢殺人之疾。昨晚，孔聞岱回到洛陽，相府稟事，老夫正在書房朦朧困睡之中，不想我這一劍哪……

楊　　修：怎樣？

曹　　操：我將他誤殺了！

楊　　修：曹丞相，你……

（楊修驚呆！手中錦袍落地。）

（招賢者畫外音："山不厭高，海不厭深，招賢納士，一片誠心。"）

（曹拾袍，為楊披上。）

（曹捶胸頓足。）

（招賢者畫外音：招賢哪！）

——幕落

第四場

（二道幕前，招賢者上。）

招賢者：大漢丞相曹公，升賞主簿楊修，大設靈堂祭奠孔聞岱！招，招……咳……

（蔣幹捧寶劍上。）

招賢者：蔣先生，(指劍)您這是……？

蔣　　幹：唉，丞相夜夢殺人之時，這把寶劍若不在身邊，丞相焉能誤殺孔聞岱，都怪這把寶劍不好，理該將它靈堂示衆，告慰亡靈。（下）

招賢者：蔣幹先生也是好心，可惜……咳……

曹　　操：（畫外音）

夢中失手,錯殺無辜,
痛悔何及,淚落如豆!
(二道幕啟,莊嚴肅穆的孔聞岱靈堂。)

蔣　幹：千不怪萬不怪,只怪這倚天寶劍罪在不赦啊。
楊　修：(冷笑)呵,呵……
(背拱唱)
曹孟德大英雄令人欽敬,
有過錯為什麼不肯擔承?
夜夢殺人誰能信,
萬馬齊喑實堪驚。
非是我憤世疾俗甚,
我心頭悲,眼中淚,滿腹疑猜,一腔哀憤,我那苦命的孔賢弟呀!
楊　修：(接唱)楊修我豈能夠忍氣吞聲。
曹　操：人死不能復生,楊主簿,切莫過於悲傷。
楊　修：曹丞相,你的祭禮是如此豐厚,可歎我只有一樣。
曹　操：一樣什麼?
楊　修：一片真心!
曹　操：如此說來,旁人就無有真心了?
楊　修：他們自己心中明白!
曹　操：……老夫要為聞岱守靈一夜。
楊　修：哦?……少不得由我作陪?
曹　操：正要與先生清夜長談。
楊　修：不可不可!倘若丞相又要犯那夜夢殺人之疾,那便如何是好哇?
曹　操：呵呵呵呵,楊主簿,你也知道怕死?
楊　修：楊修一死不緊要,丞相你的大業要緊吶!
曹　操：……好,你安寢去罷,安寢去罷。
楊　修：(略一躊躇,計上心來,旁唱)
後堂我把夫人請,

　　　　　　來將丞相的好夢驚。
　　　　　　我看他犯不犯這夜夢殺人的病，
　　　　　　文過飾非怎服人？
　　　　　　（更鼓三響，楊修下。）
　　　　　　（曹示意衆退下。）
蔣　　幹：轉來！丞相徹夜守靈，爾等好生侍衛，不可大意。
衆　　　：遵命，參軍放心。
　　　　　　（衆下。）
曹　　操：（唱）寂寞三更人去後，
　　　　　　恰便似雪上覆霜愁更愁。
　　　　　　我謊稱在夢中失了手，
　　　　　　楊德祖咄咄逼人不甘休。
　　　　　　求才難哪才難求，
　　　　　　寒夜漠漠萬重憂。
　　　　　　（丫環捧錦袍引倩娘上。）
倩　　娘：（唱）亂世夫妻多憂患，
　　　　　　禍福相關同悲歡。
　　　　　　餐風宿露常相伴，
　　　　　　偕臥兵車度關山。
　　　　　　千危萬難終不散，（為曹披衣，曹睜開眼睛）
　　　　　　春宵風清也覺寒。
曹　　操：（唱）戎馬倥傯苦征戰，
　　　　　　賢妻伴我十餘年。
　　　　　　老夫今又遇危難，
　　　　　　連累賢妻夜不安。
倩　　娘：（唱）相爺你誤殺閭岱非本願，
　　　　　　白髮人徹夜守靈也堪憐。
　　　　　　說甚麼今又遇危難，
　　　　　　得道多助心放寬。
曹　　操：（唱）誤殺了孔閭岱我肝腸悔斷，

　　　　　設大禮祭亡靈為把衆人安。
　　　　　百般擔憂只一件，
倩　娘：哪一件？
曹　操：那楊修……唉！
倩　娘：那楊修，為相爺的軍國大事晝夜操勞，就是相爺的起居冷暖，他也常掛在心。適纔，就是他去至後堂，請我為相爺添衣。
曹　操：（一怔）怎麼？是楊修他、他、他……
　　　　（唱）他請你為我把衣添!?
倩　娘：正是。
　　　　（曹操看錦袍，赫然發現正是他贈給楊修的那一件，轉看寶劍，看倩娘，大驚。）
倩　娘：丞相為何如此驚慌？
曹　操：唉！
　　　　（唱）馬到臨崖收韁晚，
　　　　　進退維谷兩為難。
倩　娘：相爺你……
曹　操：（唱）牽玉手，睹芳容，
　　　　　　　可憐賢妻懵懂人！
　　　　　我在靈堂方入夢，
　　　　　你不該把我的好夢驚。
　　　　　我在夢中殺了孔聞岱，
　　　　　文官武將盡知情。
　　　　　偏有楊修來作梗，
　　　　　逼我在人前認罪名。
　　　　　不捨賢妻難服衆，
　　　　　欲捨賢妻我怎能？
　　　　　事到此間亂方寸，
　　　　　楊修陷我兩難人！
倩　娘：（唱）曹丞相握重兵天下縱橫，

　　　　　　難道説保一親人都不能？
曹　操：（唱）我的賢妻呀！
　　　　　　漢祚衰羣凶起狼煙滾滾，
　　　　　　錦江山飄血腥遍野屍橫。
　　　　　　只殺得赤地千里雞犬殆盡，
　　　　　　只殺得衆百姓九死一生。
　　　　　　獻帝初天下人丁五千萬，
　　　　　　殺到今剩下七百萬民。
　　　　　　兒郎鎧甲生蟣虱，
　　　　　　思之斷腸復斷魂。
　　　　　　曹孟德志在安天下，
　　　　　　赤壁折了百萬兵！
　　　　　　求賢納士重振奮，
　　　　　　誤殺了孔聞岱大錯鑄成！
　　　　　　怕只怕天下賢士心寒透，
　　　　　　我宏圖大業化灰塵！（向倩娘跪拜）
倩　娘：（唱）相爺一拜如山重，
　　　　　　拜得倩娘夢魂驚。
　　　　　　為妾一死不要緊，
　　　　　　怎忍心白髮人反送了黑髮人的身？
曹　操：（唱）流淚眼觀流淚眼，
倩　娘：（唱）斷腸人對斷腸人！
曹　操：賢妻呀！
　　　　　（同唱）
倩　娘：相爺呀，
曹　操：（唱）有朝一日狼煙盡，
　　　　　　我為你造一座烈女碑亭。
　　　　　　夫妻到此悲難忍，
　　　　　　英雄淚染透了翠袖紅巾。
　　　　（倩娘跪下。）

倩　娘：(唱)願相爺,金戈鐵馬多保重,
　　　　　　莫為我薄命女暗銷魂。
　　　　　　待到海晏河清把功慶,
　　　　　　到墳前奠半碗剩酒殘羹。
　　　　(向曹三拜,取劍自刎。)
曹　操：(曹操悲痛欲絕。淒厲呼喊)來人哪,來人哪!
　　　　(鹿鳴女、楊修、蔣幹、招賢者、丫環、衛士急上,見狀大驚。)
鹿鳴女：母親!
楊　修：曹丞相你……你這夜夢殺人之疾,就如此沉重嗎?!
曹　操：楊主簿,你看今日之事,怎樣處置方好?
楊　修：但憑於你!
曹　操：好!老夫作主,將我鹿鳴女兒許配楊主簿為妻!
楊　修：啊!?
招賢者：丞相千金之女,下嫁主簿楊修,再表求賢之誠,休息十分鐘。
——幕落

第五場

(二道幕前。招賢者上。)

招賢者：招賢囉,招賢囉!
　　　　大漢兵精糧足,定雪赤壁之辱;
　　　　大軍進駐斜谷,指日滅蜀吞吳。
　　　　(蔣幹手舉一封書信。騎馬上。)
招賢者：蔣先生,你回來了?
蔣　幹：回來了,丞相今在哪裡?
招賢者：曹丞相昨晚在中軍寶帳商議軍機大事,天一亮就帶領眾將踏雪巡營去了!
蔣　幹：(喊)丞相!丞……待我迎上前去。

（二道幕啟：風雪彌漫，戰馬齊鳴。中原健兒，金戈鐵馬，意氣昂揚。）

蔣　幹：啊，丞相，好興致呀。

曹　操：（躊躇滿志地）罡風捲戰袍，大雪滿弓刀。

（衆馬舞歌）：

罡風捲戰袍，

大雪滿弓刀。

看巴山蜀水湧波濤，

指山河魏侯揮鞭笑，

滅蜀吳功成在吾曹，

金戈鐵馬長嘯，

中原豪傑，膽氣直上雲霄！

（曹操、楊修、公孫涵、曹洪、夏侯惇、許褚、張遼等衆將，策馬走來。）

蔣　幹：哎呀呀，金戈鐵馬，踏雪巡營，好一幅英雄圖畫也。

曹　操：看看我軍天下無敵的陣勢，免得長他人威風，滅自家志氣。子翼，戰表可曾下達？

蔣　幹：諸葛亮收了丞相的戰表，不說戰，也不說降，回覆了小詩一首，刁鑽古怪，令人費解。

曹　操：衆位將軍。

衆　：丞相。

曹　操：哪一位解得諸葛亮詩中之意，老夫有賞。

衆　：但不知上面寫的甚麼？

蔣　幹：喏喏喏，

黃花逐水漂，

二人過木橋。

好景無心愛，

須防歹徒刀。

楊　修：呵呵呵，諸葛亮盼的就是我軍自以為天下無敵。

蔣　幹：哎呀呀，到底是丞相的女婿大官人，聰明過人，想必已然猜出詩中之意了。
曹　操：恐怕未必。列公有何高見？
衆：　　這個……
蔣　幹：公孫兄，你可曾猜出來呀？
公孫涵：（與蔣幹背白）蔣參軍，昨夜在中軍寶帳議論軍機大事，姓楊的那股狂勁兒又來了，丞相正壓着火呢。你小心馬屁拍到馬腳上……！
蔣　幹：哦！
許　褚：什麼鳥詩，待我看來！
公孫涵：蔣先生手捧此詩，在馬背上猜了十里之遙，尚未猜出，許褚將軍你嘛……
許　褚：馬行十里，我若猜出，你便怎樣？
公孫涵：除非有人暗地裏告訴你！
許　褚：你！……
蔣　幹：依我看來，你若猜了出來，楊主簿替你牽馬墜鐙，你若是猜不出來，你與楊主簿牽馬墜鐙。
　　　　（衆大笑。）
許　褚：我不猜了，不猜了，丞相你猜。（把詩呈曹操）
曹　操：（曹操接過諸葛亮的詩，睨視楊修。）
　　　　（楊修微微冷笑）
曹　操：如此說來，馬行十里，我若不能猜出這詩中之意，就要與楊主簿牽馬墜鐙了？
衆：　　啊……不！不！不！（大笑）
曹　操：（背唱）只為錯殺了孔聞岱，
　　　　　　　　楊德祖到今日不釋於懷。
　　　　　　　　兵出斜谷他再三阻礙，
　　　　　　　　借此詩他又要賣弄高才。
楊　修：（唱）阿諛聲如烈酒把他醉壞，
　　　　　　　　全不見危機四伏襲人來！
　　　　　　　　我甘願犯虎威將他勸誡，

丞相,前面絕壁懸崖,無有路了。
(接唱)勸丞相謹提防馬墜懸崖!
曹　　操:待老夫勒轉馬頭。
楊　　修:丞相,諸葛亮詩中之意,你已然猜出來了。
曹　　操:老夫尚未猜出。
公孫涵:十里未到,十里未到。
衆:十里未到。
楊　　修:哎!你我從左營來到右營,二十里都過了,就是這胯下的畜牲,它也明白!
曹　　操:昨晚吵到今日,你還不甘休麼?
楊　　修:丞相……
曹　　操:楊主簿!你當真要老夫與你牽馬墜鐙?
曹　　洪:丞相帶馬,哪個敢騎?
楊　　修:丞相言而有信,楊修不敢不騎!
曹　　洪:我把你這狂傲的……
曹　　操:嗯!爾等不必多言,楊主簿,你放開韁繩。
(曹下馬,衆皆下馬。)
(曹操為楊修帶馬。)
衆:(唱)丞相帶馬世少有,
曹　　操:(唱)曹孟德南征北戰數十秋,
　　　　　今日馬前把人伺候,
　　　　　宰相腹內好行舟。
(馬嘶跳,衆擔心。)
衆:丞相!
曹　　操:不妨事。
(圓場,曹操踏雪踉蹌。)
楊　　修:(極為關切地)丞相,緩緩而行吧……
曹　　操:是,緩緩而行。(牽馬下)
蔣　　幹:(唱)世間只有牛吃草,
公孫涵:(唱)幾曾見過草吃牛,

蔣　幹：（唱）楊德祖不知天高和地厚，
公孫涵：（唱）他自作自受難回頭。
蔣　幹：哎呀，公孫兄啊，我實實地走不動了，
公孫涵：我也走不動了。
蔣　幹：丞相偌大年紀，焉能經受得起？
公孫涵：你我趕上前去。
蔣　幹：趕上前去。
　　　　（二人同上馬。）
二　人：（同）丞相慢走！
　　　　（曹操牽馬上。步履艱難，跌跌撞撞。）
　　　　（楊修急下馬，欲扶曹，曹冷冷避開。）
楊　修：丞相，你早就猜出來了。
曹　操：不錯，我早就猜出來了。
蔣　幹：丞相，既已猜出，何不早說？
曹　操：我若早說，誰與楊主簿牽馬墜鐙！黃花本是一少女，女傍有水，是"汝"字。
公孫涵：木上二人？
曹　操：是"來"字。
公孫涵：無心之愛？
曹　操：是"受"字！
公孫涵：歹徒之刀？
曹　操：是個"死"字。諸葛亮的詩是"汝來受死"四字！
公孫涵：丞相大智大慧，天下無敵！
衆　　：天下無敵！
曹　操：唉！說什麼大智大慧天下無敵？老夫之才，不及楊修三十里！
楊　修：哎呀，丞相啊！說什麼不及楊修三十里，智者千慮，也有一失……
曹　操：不錯！老夫是智者千慮，也有一失，楊主簿你呢？
楊　修：這……

曹　　操：兵出斜谷，你再三爭論，何以見得錯的是我曹操，對的是你楊修？

楊　　修：我……

曹　　操：楊主簿，老夫替你牽馬墜鐙，你還不甘休嗎？

楊　　修：這……哎呀，丞相啦！這兵駐斜谷，危機四伏，眼看又是一場赤壁之敗呀！

曹　　操：住口，兵出斜谷，大計已定，敢再多言，軍法不容！

楊　　修：丞相……

曹　　操：衆將各歸營壘，待命決戰，帶馬！

（曹將諸葛亮的"詩"猛擲於地，上馬，下。）

（衆將分下。）

（楊修悵然獨立。）

（二道幕落。）

招賢者：許褚、張遼呀，你們跟他是好朋友，勸勸他，再有本事，也別這麼討厭行不行呀？不過，話又說回來了，要是沒有這種討厭的，那就討厭了！（例行公事地呼喊）討厭嘍……不，不不，招賢嘍！

第六場

（二幕啓。楊修軍帳前，僮兒身披小甲，正在升起帳前紅燈籠。）

（楊憂悶而上。）

二士兵：口令？（上）

楊　　修：楊修回來了。

（兵士接馬鞭下。）

僮　　兒：老爺，今晚軍中的戒嚴口令是（向楊修耳邊，輕聲說）"雞肋"二字。

楊　　修：怎麼，丞相傳下軍中戒嚴口令，乃是"雞肋"二字……？

僮　　兒：嘻嘻哈哈，往後，雞爪子、雞屁股都快出來了。夫人回來了。
(向遠處指，鹿鳴女抱緄褓，侍女捧容器上。)

楊　　修：(楊修低聲問僮兒)夫人往哪裡去了？
僮　　兒：夫人去給相爺送雞湯去的。
楊　　修：夫人到中軍帳做什麼去了？
鹿鳴女：你在父相面前做的好事。我手捧雞湯替你去賠笑臉。可憐老父相潸然淚下，言道女兒倒有父女之情，女婿卻無有半子之義。
楊　　修：你父女議論兵困斜谷之事。丞相舉起一塊雞肋，説道雞肋雞肋棄之可惜，食之無味，言罷就傳下軍中口令"雞肋"二字！你道是也不是？
鹿鳴女：你料事如神，可惜不懂人情世故……
楊　　修：丞相是要退兵了！
(鹿鳴女制止楊修對眾人説。)
鹿鳴女：爾等歇息去吧。(眾下)説什麼父相決計要退兵，依我看來，這"雞肋"二字説的是你楊修。
楊　　修：不，不不，這"雞肋"二字説的不是我楊修，他説的是兵困斜谷，進而無望，退又可惜，這纔是食之無味，棄之可惜。我料他三思之後，決計要退兵了。
鹿鳴女：若能退兵，乃天下之幸也。
楊　　修：不過，父相他，是萬萬不肯在人前認錯的，這"退兵"二字他已説不出口，此事只好由我楊修，替他周旋……帶馬！
鹿鳴女：且慢！你要往哪裏去？
楊　　修：我大軍一動，諸葛亮必然要趁火打劫，許褚、張遼兵扎險要之地，我要叫他們早做準備。
鹿鳴女：父相未曾傳令，你却要擅自調動兵馬？
楊　　修：調動兵馬，挽救三軍，有何不可？
鹿鳴女：縱然是挽救三軍，也該禀明父相，擅自行事，你也忒膽大妄為了！
楊　　修：膽大妄為？

鹿鳴女：依我看來，你還是先稟明父相的好。
楊　修：父相父相，口口聲聲都是父相，真不愧是你父相的好女兒，果然是有其父必有其女。
鹿鳴女：你！
（唱）一句話頓叫我心痛碎，
　　　你怎知鹿鳴女千愁萬苦何等傷悲。
　　　成婚來盼的是親如魚水，
　　　相敬愛相體貼比翼雙飛。
　　　誰料想姻緣未解舊怨懟，
　　　翁婿們屢屢反目意相違。
　　　到如今水火不容鋒芒對，
　　　生教他牽馬墜鐙踏雪歸。
　　　全不避三軍上下衆目睽睽，
　　　似這等恃才傲主你不思悔。
　　　竟還要擅調兵將犯軍規，
　　　我父縱有滄海量，
　　　滄海也會起風雷。
　　　怕只怕狂瀾未挽身先毀，
　　　空拋了少年頭悔恨難追。
（長跪而泣。）
楊　修：（心為震撼，唱）
只道是夫妻們同床異夢強聚首，
萬不料，中原才女情義厚，竟把我的禍福安危掛心頭。
我的賢夫人哪，（挽扶鹿鳴）
自從我投奔你父後，
事與願違壯志難酬。
到如今你年邁的父相，大小三軍，
兵困絕境，眼見得赤壁悲歌又重奏，
一場敗局無人來收，我豈能隨波逐流看水流舟。
縱然他，翁婿之情全無有；

　　　　　縱然他,一腔怒氣沖斗牛;
　　　　　宏圖大業未成就,
　　　　　我料定他斷然不敢殺楊修。
　　　　　帶馬!
　　　　(楊修上馬,下。鹿鳴女悵望楊修去向。帳中小兒啼哭聲傳來,鹿鳴女匆匆下。)
　　　　(二軍士與僮兒小聲議論着下。)
　　　　(曹操由二侍衛執燈引上。)
曹　操:(唱)入川來戰局險峻,
　　　　　果然是蜀道難行。
　　　　　再不下撤兵將令,
　　　　　只恐怕潰不成軍。
二軍士:(上)口令!
二侍衛:雞,
二軍士:肋!過去吧!
軍士甲:……這下兒可好了,咱們可以保住腦袋回洛陽過年去了。
軍士乙:人家楊主簿早就説過,這仗不能這麽打,不能這麽打,可咱們丞相就是不聽,這不,臨了,還得聽人家楊主簿的。
軍士甲:還是楊主簿有見識。
軍士乙:走,收拾行李,回家探母去嘍。
曹　操:轉來。
二軍士:哎喲,曹丞相在此,小人等罪該萬死。(伏跪)
曹　操:我來問你們,是哪一個講的,老夫要退兵?
二軍士:這個……
曹　操:敢有隱瞞,軍法不貸!
二侍衛:講!
軍士甲:楊主簿剛纔在這兒説的。
曹　操:他往哪里去了?
軍士甲:他說去到許褚、張遼二位將軍的帳中,叫他們早做準備。
曹　操:啊!他竟敢擅傳將令!

楊　　修：（內）馬來。（上）
楊　　修：參見丞相。
曹　　操：夜靜更深,你往哪裏去了。
楊　　修：軍情緊急,整裝侍命。
曹　　操：怎麽,你還要上陣廝殺?
楊　　修：數十萬大軍尚不能前進一步,我一介書生,上陣廝殺又有何用?
曹　　操：如此說來,老夫只有退兵了?!
楊　　修：丞相已有退兵之意了?
曹　　操：哼!我尚未傳令退兵,是哪一個自作聰明,擅傳將令?
楊　　修：哎呀!丞相啊,楊修只是體察丞相之意行事呀,我、我、我這是不得已而為之啊!
曹　　操：好一個不得已而為之,你可知今日三軍統帥還不是你!
楊　　修：……楊修我為天下大業,一片赤誠。
曹　　操：好,你對你的天下大業赤誠去吧。
楊　　修：丞相!
　　　　　（操欲去,楊扯住他,陳述衷情,操戟指怒罵,楊也怒而反責,鹿鳴上推開楊修,跪求父親,曹甩開女兒,拂袖而去。）
　　　　　（鹿鳴回首,又跪求楊修,楊修木然,鹿鳴女抱住楊修大哭!）
鹿鳴女：我父相屈殺你了。
楊　　修：（唱）休流淚,免悲哀,
　　　　　　　百年好也終有一朝分開。
　　　　　　　楊修必死難更改,
　　　　　　　後事拜託,拜託你安排。
　　　　　　　我死不必把孝戴,
　　　　　　　我死不必擺靈堂,
　　　　　　　休將我的死訊傳出外,
　　　　　　　免得那世人笑我,他們笑我呆。
　　　　　　　親朋問我的人何在,

你就说,我遠遊不歸來。
屍首運至在皇城外,
你將那酒醍醐與我同埋。
我要借酒將愁解,
做一個忘憂鬼酒醉顏開。
在生落得個聲名敗,
到陰曹我再去放浪形骸。
（公孫涵率眾上,拔下楊修帳前標旗。）

公孫涵：嗯哼！
楊　修：公孫先生,今日為何陡長了八面的威風！
公孫涵：楊主簿,你擾亂軍心,理當斬首,丞相命我接替主簿之職。您就交印吧！
楊　修：我這顆小小的主簿印信,你對它竟然是垂涎已久哇。
（公孫涵伸手接,楊修又把印縮回來。）
楊　修：真是可歎哪,這世間有多少大事,就壞在這種東西身上啊。
（公孫涵搶去大印,揮手令眾人動手。）
公孫涵：伺候了！
（楊修佩劍被繳,自己脫下曹操贈他的錦袍,狠狠摔在地上,被上了手銬。）
（鹿鳴女絕望自刎,侍女吃驚癱倒,繈褓幼兒落地,哭聲慘絕。）
（招賢者上,鳴鑼。例行公事,高呼）
招賢者：招賢嘍！
（二幕落,劊子手執手諭牌,擋住招賢者。）
劊子手：丞相有令,曉諭三軍！
招賢者：（念牌上字）
大漢丞相,
統兵百萬,
滅蜀吞吳,

勢如破竹，
主簿楊修，
擾亂軍心，
斬……

劊子手：念。
招賢者：(念)斬首示衆，
以儆效尤，
大小三軍，
校場觀刑啊！

(號角聲悲，衆兵將過場，張遼勒住馬韁，與許褚交頭接耳，毅然勒轉馬頭，與許褚向相反方向下。)

第七場

(斜谷，刑場。)
(冷月如盤，宛若當年曹、楊初會的地方。)
(夏侯惇等肅立。)

衆：　　參見丞相！
曹　操：(念)茫茫風雪兮，天地渺暝，
(劊子手押楊修上。)
曹　操：(念)法無姑寬兮，哀君喪命！
(報子急上。)
報　子：報！中軍探馬，有十萬火急軍情密報！
(曹示意近前，報子與曹耳語，曹大驚。)
楊　修：嘿嘿！諸葛亮已然派出奇兵，要斷我軍糧草，你道是也不是？
曹　操：……
楊　修：不必驚慌，許褚、張遼已然搶先一步了！
(報子上。)
報　子：報！敵軍襲劫我軍糧草，中了許褚、張遼的埋伏，他們大敗而回!

楊　修：(大笑)這就是楊修自作聰明,擅自行事之故耳!
　　　　(三軍議論沸然。)
曹　操：呀!
　　　　(唱)楊修智謀實少有,
　　　　　　料事如神更無儔!
　　　　　　欲留下這運籌帷幄的擎天手,
　　　　　　妙筆為我寫春秋。
　　　　　　難將這赦免二字說出口,
　　　　　　列公,
　　　　　　何人能解我心憂?
公孫涵：丞相,斬殺楊修乃大義滅親,三軍無不佩服,丞相莫憂。
蔣　幹：啊,丞相!楊修雖犯將令,但已將功折罪,丞相若不殺他,乃是仁者之懷,三軍將士無不心悅誠服。
夏侯惇：着哇!若非楊主簿足智多謀,大軍危矣,末將夏侯惇願保楊修不死。(跪)
曹　洪：末將曹洪也願作保!(跪)
徐　晃：徐晃願保!(跪)
李　典：李典願保!(跪)
衆　：我等願保!(跪)
曹　操：(大驚)呀!
　　　　(唱)平日裏一片頌揚對曹某,
　　　　　　却原來衆望所歸是楊修!
楊　修：列公啊,你們都幫了倒忙了!
曹　操：老夫有話與楊主簿言講,列公各歸隊伍。
　　　　(衆下。)
楊　修：曹丞相,你今日險些兒又失算了吧!
曹　操：楊修哇楊修,你不要聰明反被聰明誤哇,坐下來,我們談談心!
楊　修：我乃是臨死之人了,你還怕我高你一頭麽?

（曹拾級而上，與楊修同坐。）

曹　操：楊主簿，事到如今，你也該聽老夫說幾句知心的話了。

楊　修：只怕你那真心的話兒，是不敢對人言講啊。

曹　操：唉！老夫實實再三的不想殺你。

楊　修：你是再三要殺楊修。

曹　操：請問這一？

楊　修：當初，你殺孔聞岱時，就有意要殺我，此乃一也！

曹　操：二呢？

楊　修：你謊稱夢中殺人，被我點破，此乃二也！

曹　操：這三？

楊　修：踏雪巡營，你為我牽馬墜鐙，此乃三也！

曹　操：楊主簿啊！三次要殺你的是曹操；三次不殺你的，也是曹操，我已費盡了苦心。今日，我也實實再三不想殺你，卻又實實在在不得不殺！

楊　修：敢問丞相，你那心底深處，是為何不得不殺我？

曹　操：……你當初對我發下誓言，肝腦塗地，以報知遇之恩，此心此意，如今安在？

楊　修：當初，大漢天下五千萬人，被那羣凶混戰，殺得只剩下七百餘萬口，那時丞相"念之斷腸"的襟懷，如今還在也不在？

曹　操：初衷不改，天地可鑒！

楊　修：我更是初衷不改，天地可鑒！

曹　操：可惜呀可惜，可惜你，不明白！

楊　修：可惜呀可惜，可惜這不明白的是你呀！

曹　操：啊？

楊　修：啊！

曹　操：哼哼哼哼！

楊　修：嘿嘿嘿嘿！

（二人由笑變為痛哭失聲。）

（招賢者上。）

招賢者：他們兩邊都不明白。這不是明明白白的嗎？（戰鼓聲起，下）

（眾將士齊上。）

夏侯惇：(上)丞相，諸葛亮大軍猶如神兵天降，五虎上將從四面殺來了！

楊　修：丞相快快撤兵，免得全軍覆沒哇！

眾　將：丞相！丞相！丞相！

曹　操：大敵當前，敢有擾亂軍心者，以楊修為戒！

眾　：丞相！

曹　操：斬！

（劊子手斧落。燈滅。）

招賢者：(內聲)大漢丞相，斜谷慘敗！（追光引招賢者上。他已鬚髮盡白，步履蹣跚）招賢納士，再圖大業——招賢嘍！

（舞臺復明。）

（在現代歌曲《讓世界充滿愛》的歡快旋律中，"曹操"與"楊修"握手。）

（演員謝幕。）

——劇終

易 膽 大

（川劇）

魏明倫

【作者簡介】魏明倫（1941— ），四川內江人，當代著名的戲曲劇作家。因童年失學，九歲便登臺唱戲。1950年入四川省自貢市川劇團，先後任演員、導演、編劇。其父魏楷儒，川劇鼓師，然"通曉文墨，引文入戲，能自改舊劇，自編新劇"。受其父親的影響和在劇團、劇場中的熏陶，魏明倫雖然初小都未念完，但讀書極多，尤其對古今通俗文藝典籍有着濃烈的興趣，且在少年時就有了創作的欲望，十四歲即開始發表雜文，然在思想鉗制的極"左"政策的壓制之下，他因此而受責。"文革"結束之後，他橫溢的才華終於通過編寫戲曲劇本的方式而充分地表現了出來。從1980年開始，他"一戲一招"，先後創作了《易膽大》、《四姑娘》、《巴山秀才》（與南國合作）、《歲歲重陽》（與南國合作）、《潘金蓮》、《夕照祁山》、《中國公主杜蘭朵》、《變臉》等一批在國內外有影響的戲曲文學劇本。其中《巴山秀才》、《潘金蓮》的英譯本由美國夏威夷大學主辦的雜誌《亞洲戲劇》發表，《巴山秀才》還被收入王季思主編的《中國當代十大悲劇集》中，《潘金蓮》則被選進《二十世紀中國文學精品大系》、《八十年代文學新思想叢書》、《中國現代派作品大系》等書中。因他在戲曲創作上的傑出成就，曾被選為中國戲劇家協會副主席與中國戲劇文學學會會長。

【劇情概要】清朝末年，川南龍門鎮的碼頭熙熙攘攘。川劇"三和班"來鎮演出不久，當地惡霸麻大膽對坤旦花想容垂涎三尺，便暗算她的丈夫、身懷絕技的文武小生九齡童，讓他以抱病之身演出極為吃力的武功戲《八陣圖》，結果，九齡童活活地累死在舞臺上。臨死之前，他將妻子和戲班託付給師兄易膽大。麻大膽並不罷休，要新寡的花想容到茶館坐唱《寡婦思春》，而易膽大則利用鄉紳駱善人與麻大膽的矛盾，讓花想容拜駱善人為乾爹，以得到後者的保護。易膽大將《寡婦思春》的唱詞改為對惡霸的控訴，讓花想容痛斥麻大膽的胡作非為。在麻賊惱羞成怒、欲強搶花想容時，自詡是正人君子的駱善人出面干預。麻大膽為了達到霸占花想容的目的，提出要和易膽大比試誰的膽子大，約定深夜裡一起到捨身崖崖頂摘取牡丹花。易膽大將計就計，化裝成惡神，嚇得麻大膽墜崖受傷,逃回後又被家人當做復活的僵屍而殺死。麻大膽死後,駱善人露出了好色的嘴臉,他以戲班人害死麻大膽,要送官抵命相威脅,企圖逼迫花想容為妾。易膽大用移花接木之計,將麻大膽的妻子麻五娘裝成花想容,用轎子擡到駱家,並誘使麻大膽的弟弟殺死駱善人。然花想容覺得社會黑暗無邊,逃過了這個碼頭上的惡霸,下一個碼頭上的惡霸又怎能逃得過去,便悲憤地結束了自己的生命。

【版本流傳】該劇最初發表於1980年《劇本》雜誌,後收入由上海東方出版中心2007年出版的《魏明倫劇作精品集》中。

【演出情況】該劇由四川省自貢市川劇團首次搬上舞臺,榮獲首屆中國戲劇節"優秀劇目獎"。之後由多家川劇團演出。四川省川劇院憑藉該劇榮獲2006—2007年度國家舞臺藝術精品工程十大精品劇目優秀表演獎。1982年,魏明倫與南國合作將此劇改編成電影《梨園傳奇》,由峨眉電影製片廠拍攝。

(孫　凱)

時間：昏昏濁濁之年，渺渺茫茫之月，麻麻雜雜之時。
地點：堂堂天府之國，巍巍水陸碼頭，雅號龍門鎮，別名扯
　　　謊壩。
人物：易膽大——傳說中的著名川劇藝人。
　　　花想容——女伶，三和班臺柱。
　　　九齡童——花想容之夫，三和班當家文武小生。
　　　易大嫂——易膽大的妻子，女伶。
　　　駱善人——鄉紳，官宦世家，清水袍哥，五老七賢之類。
　　　麻大膽——惡棍，土匪出身，渾水袍哥，八大金剛之流。
　　　麻五娘——麻大膽的老婆，龍門鎮特産"寶貝"。
　　　麻老幺——麻大膽的兄弟，麻家二掌櫃。
　　　打雜師　花臉　小丑　琴師　鑼鼓匠　龍頭大爺
　　　聖賢二爺　桓侯三爺　紅旗管事　駱府家丁數人
　　　麻家狗腿數人　轎夫數人　堂倌數人　小販數人

序　　曲

滿臺荒唐戲，
一把辛酸淚！
破涕爲笑臉，
樂極復生悲。

第一場　名優之死

（大幕前。打雜師站到臺口，向觀衆抱拳施禮。）

打雜師：列位來賓，本來該開戲了，對不起，鎮上達官貴人尚未光
　　　臨。駱府老太爺還在做詩，麻家大五爺還在打牌。請來
　　　賓稍等片刻。我三和班初到貴龍碼頭，列位麻布裝鹽
　　　巴——包涵包涵。
　　　（花臉急上）

花　　臉：打雜師,打雜師,駱老太爺來了!
　　　　　(小丑急上)
小　　丑：打雜師,打雜師,麻五爺來了!
打雜師：(內向)吹哥,嗩吶接客。(向觀眾)馬上開戲。
　　　　　(打雜師與花臉、小丑急下)
　　　　　(三吹三打。大幕啟:萬年戲臺,上下馬門。一副對聯:戲臺小天地,天地大戲臺。橫額:梨園三和班在此做場。鑼鼓匠們坐在三星壁前敲鼓打鑼)
　　　　　(打雜師撩開門簾,花想容扮陳姑上。)
花想容：(繞場)艄翁,打舟來!
　　　　　(小丑內應聲:"來了!")
　　　　　(小丑扮艄翁上,剛出馬門亮相,忽然,臺下有人摔碎茶杯。麻大膽帶人在觀眾席中出現)
麻大膽：攔倒,唱的啥子戲?
小　　丑：(摘下髯口答話)陳姑趕潘,《秋江》。
麻大膽：碼頭上點的《八陣圖》,你們唱《秋江》。老子不看!弟兄夥,打上臺去!(帶人上臺大打出手)
　　　　　(鑼鼓匠們紛紛保護花想容躲進馬門。打雜師和小丑被麻家狗腿抓住。駱善人飄然而出,勸阻麻大膽)
駱善人：老弟息怒,動不得武。
麻大膽：駱老,戲班子無理,休怪麻某無情。
打雜師：駱老太爺做個好事,把麻五爺勸住。打不得呀!
駱善人：老弟拳頭一揮,焉有仁乎?有話好商量。(和顏悅色)打雜師,今天麻五爺早就點唱《八陣圖》,你們為何臨時改戲?
打雜師：回駱老太爺的話:九齡童勞累過度,昨夜吐了好幾口血,《八陣圖》實在不敢上。
駱善人：難怪難怪,跟麻五爺說幾句好話,我纔好幫你們調解。
打雜師：是,是。
小　　丑：(向打雜師)駱老太爺纔是善人伯伯呀。(進馬門)

駱善人：人吃五穀生百病，誠然，誠然，秦叔寶也怕害病……
（與麻耳語）尉遲恭慣於裝瘋。

麻大膽：明白了！（唱）
九齡童，九齡童裝瘋迷竅，
花想容，花想容自命清高。
戲班子不受八擡轎，
核桃性只服大錘敲。
大吼一聲刀出鞘，
各人碼頭各人"毛"！

駱善人：（唱）
稍安勿躁，
老弟心事我明瞭。
醉翁不在杯杯酒，
意在佳人步步嬌。
和事佬，微微笑，
鵝毛扇，輕輕搖。
如此這般好好好，
何必耍刀？（與麻大膽耳語）

麻大膽：高見，高見。

駱善人：總而言之，做事要蓋腳背。還有許多修橋鋪路之事，等我前去料理。這臺《八卦圖》，讓你老弟捧場罷了。

麻大膽：送駱老。

駱善人：留步。（飄然下）
（紅旗管事隨下）

麻老幺：哼，倚老賣老，陰陽怪氣。五哥，他想提你的上股子啊！

麻大膽：笑話，哥子們憑着一身膽量，占了龍門鎮半邊地盤。姓駱的只會"之乎者也"，想同我麻大膽掰手勁嗎？請他陪老子上捨身崖！

麻老幺：哈，亮出這張天牌，掃他駱府的面子。

麻大膽：莫忙，哥子們今天另有心事。暫且陪老頭打和牌，擺開

《八陣圖》，先整九齡童。
（打雜師引花想容上）

花想容：麻五爺。

麻大膽：小旦還沒下妝嗎？五爺今天不看你的《秋江》，要看你男人的《八陣圖》。

花想容：他在吐血，不敢上啊。

麻大膽：那就把東家請出來，退包袱。

花想容：我們是藝人打夥經營的班子，莫得東家。

麻大膽：你男人是當家小生，吃了五爺的泡糖，就得出來給五爺做點過場！

花想容：五爺呀！（唱）
病臥龍門，
勞累過度難起身。
九齡童連唱幾本，
本本是文武小生——
《紅梅閣》、《黃金印》
《盜冠袍》、《盜銀瓶》……
前天唱落魄英雄遇萬歲，
昨天唱落難公子遇千金。
看今朝落難戲子無人問，
馬門內名優嘔血困風塵。
秦瓊病了有馬賣，
藝人病了無分文，
空呻吟。
陸遜困陣有人救，
九齡童困陣求誰人？（飲泣）

麻大膽：小旦一哭，五爺的心就軟了。好。你男人的《八陣圖》，免了，免了。

花想容：多謝五爺。

麻大膽：不過，要請你幫他唱個戲。

花想容：我唱我唱。隨便五爺點啥子戲，我來。
麻大膽：來嘛，隨五爺回到麻記茶館，陪我唱《游龍戲鳳》！（動手調戲）
九齡童：（撩開馬門，大呼）住手！（掙扎上前，保護妻子）麻五爺，戲班子人窮骨頭硬，賣藝不賣身。
麻大膽：英雄，硬漢。我說你不出來，出來就好，弟兄夥等着看你的拿手好戲。
打雜師：五爺，你看他這一身病，咋個唱得？
麻大膽：用了錢就要唱，不唱退包袱。弟兄夥，把全班人抓出來，一個一個還老子的價錢。
九齡童：何苦逼迫全班人，有事找我九齡童。
麻大膽：名角既然承擔子，就請一擔承到底。
九齡童：麻五爺，你究竟要看哪本戲？
麻大膽：早就點了，《八陣圖》。
九齡童：等我師兄一到就開戲。
麻大膽：你師兄？
九齡童：他來唱。
麻大膽：唱得下來？
九齡童：包打包唱。
麻老幺："一根翎子鳳點頭"啊？
九齡童：有！
麻老幺："硬背殼"？
九齡童：有！
狗　腿："倒硬人"？
九齡童：有、有、有！
麻大膽：嘿，半天殺出個師兄來？
麻老幺：管你師兄師妹，我們今天不看別人，專門看你。
九齡童：豈有此理。你們點《八陣圖》，我們唱個《八陣圖》。不管誰人上場，只要絕技到家，手手亮采，來賓叫好，內行點頭，就算是還夠了你們的價錢。

麻大膽：（語塞，試探）時辰不早，你師兄何在？
九齡童：稍後片刻，自會趕來。
麻大膽：過了片刻，他若不來？
九齡童：這個……（決然）我就唱。
麻大膽：臨陣莫拉稀。
九齡童：拼命也出場。
麻老幺：一根翎子鳳點頭？
九齡童：有！
麻老幺："硬背殼"？
九齡童：有！
狗　腿："倒硬人"？
九齡童：有，有，有！
麻大膽：名角，值價，五爺端把椅子，坐在臺門口捧場。唱得好，碼頭上給你放火炮。（帶人下）
　　　　（花臉、小丑暗上）
花想容：師兄該要來喲？
小　丑：他在四喜班，離此百里之遙，今天恐怕趕不攏啊！
花　臉：（自告奮勇）有飯大家吃，有禍大家當。易師兄遠水難救近火，這臺《八陣圖》我來唱。
小　丑：你唱不如我唱！
打雜師：你唱不如我唱！
九齡童：隔行如隔山，老少師傅不用爭了。易師兄不來，只有我親自出場，大家纔能解圍。走，我扮起妝等候罷了。（跟蹌幾步）
花想容：（急扶）你不能冒險啦！
九齡童：不必為我擔心，要為全班著想。懂事些！（進馬門。花臉、小丑、打雜師隨下。）
花想容：（望眼欲穿）師兄，你還不來喲！（下）
　　　　（易膽大應聲："來囉！"易膽大背一雙靴子，從臺下穿過人叢，躍上舞臺。）

（麻家狗腿急上，卡住兩邊馬門，不准進出。麻老幺帶人擋住易膽大。）

麻老幺：此路不通！
易膽大：好狗不擋路，借光借光。
麻老幺：搞啥子綱的？
易膽大：（指靴子）搭班子的。
麻老幺：唱哪一行的？
易膽大：生旦淨末丑，昆高胡彈燈，五皮齊的先生。
麻老幺：出門人燈籠高照，眼下是什麼時候？
易膽大：渾渾濁濁之年，渺渺茫茫之月，麻麻雜雜之時。
麻老幺：隔場五里，先問鹽米。腳下是什麼地方？
易膽大：堂堂天府之國，巍巍水陸碼頭，雅號龍門鎮，別名扯謊壩！
麻老幺：可知本碼頭的水性？
易膽大：久聞。隆昌出豬兒，松潘出狗兒，貴龍碼頭出了幾個大頭貓兒——駱太爺的面子，麻五爺的膽子，麻五娘的鏡子，捨身崖的鬼影子，外搭一幫狗腿子！
麻老幺：喲，指着山寨罵賊子，好大膽的戲班子。
易膽大：麻布洗臉粗（初）相會，言語失敬。少時下妝之後，街口子上喝茶……
麻老幺：站倒，朝哪裏拱？
易膽大：噫，你們要看《八陣圖》，師弟身體欠安，我來幫唱。
麻老幺：你這副打扮，敢登大雅之堂嗎？
易膽大：好先生不在穿着上。撩開馬門，渾身都是戲。
麻老幺：你分明是個跑灘賣膏藥的。滾！開外找事。
易膽大：（正色）趕快讓路，我要幫師弟"倒硬人"！（撥開麻老幺等）
麻老幺：不聽招呼，弟兄夥，擡他的"硬人"！
　　　　（狗腿們擡起易膽大。）
易膽大：扯謊壩的生意，好燙啊！（被擡下）
　　　　（狗腿們放開馬門。打雜師和鑼鼓匠們出。）

麻大膽：時辰已到。開戲。
狗腿們：開戲！打鼓匠，打響。
　　　　（鑼鼓匠被迫打響。麻大膽、麻老么分坐兩邊臺口看戲。）
　　　　（狗腿噓風打哨。）
　　　　（九齡童扮陸遜上，演唱《八陣圖》。）
　　　　（趟馬，困陣，一根翎子鳳點頭。）
　　　　（麻大膽等怪聲叫好，鼓掌"捧殺"。）
　　　　（九齡童豁出命來，摔"背殼"，"倒硬人"；再也爬不起來。）
麻大膽：（獰笑）唱得好，放火炮！（帶人下）
　　　　（場上一片混亂。花想容奔出馬門，撲到丈夫身邊。）
　　　　（易膽大內呼："師弟！"從馬門沖出，抱起九齡童。）
九齡童：師兄，弟媳婦拜託你了……（氣絕）
　　　　（花想容撫屍大哭。）
易膽大：（悲憤疾呼）啥子世道，我走攏就唱"哭皇天"啦！
　　　　（"哭皇天"牌子淒厲地吹起，火炮也歡快地爆着……）
——幕落

第二場　立志復仇

　　　　二幕外。麻大膽、駱善人分頭上，各打各的主意。
麻大膽：（唱）臺上戲子哭皇天，
駱善人：（唱）台下爆竹慶豐年。
麻大膽：（唱）九齡童三魂已進閻王殿，
駱善人：（唱）花想容孤衾不耐五更寒。
麻大膽：（唱）袍哥正好嫖小旦，
駱善人：（唱）白髮何妨伴紅顏。
麻大膽：（唱）下一步？
駱善人：（唱）如何辦？
麻大膽：（唱）下毒手，
駱善人：（唱）打算盤……

駱善人
麻大膽：（繞台思忖，計上心來）有了！

麻大膽：（唱）先逼她賣淫供我看，
點她唱《弔孝思春》、《大劈棺》！

駱善人：（唱）用小恩去把新寡騙，
做一個假泣顏回送挽聯。

麻大膽：（唱）霸王硬上弓拉滿，

駱善人：（唱）太公穩垂釣魚竿。

麻大膽：（唱）快，肝子下鍋七八鏟，

駱善人：（唱）慢，老僧久坐必有禪。

麻大膽：（唱）妙！

駱善人：（唱）善！

麻大膽：（唱）豔！

駱善人：（唱）鮮！

幫　腔：真果是英雄好漢，菩薩聖賢。
（麻大膽、駱善人分下。）
（二幕起：戲園後臺，堆放着衣箱頭帽和刀槍把子，設有九齡童的素幃靈位，寒愴蕭瑟，與前臺花花綠綠形成對照。）
（哀樂聲中，易大膽心情沉重，徐徐踱上，擡頭望見靈牌，不禁悲從中來。）

易膽大：九齡童，好師弟，若不為你報仇，為兄枉稱易膽大！（唱）
報仇怒湧三江浪，
哭靈哀轉九回腸……
報靈牌，詼諧人兒變苦相，
情不自禁淚盈眶。
世人只看前臺戲，
誰知後臺倍淒涼。
世人見我哈哈笑，
誰解笑聲是佯狂！
唱戲生涯，

到處流浪,
少年子弟江湖老,
紅粉女伶兩鬢霜。
荊棘滿途知音少,
空將笙歌供虎狼。
多少師友死臺上,
你方去罷我登場。
又見師弟含冤喪,
只留下:
幾張當票,
一副靴網;
苦口的藥渣,
苦命的孤孀。
人間何處呼冤枉?
這就是身懷絕技的好下場!

幫　腔: 地茫茫,天蒼蒼!
易膽大: (唱)
天蒼蒼,地茫茫,
藝人復仇自主張。
五馬六道我會闖,
嬉笑怒罵皆文章。
要臊陪他臊個够,
要狂拉起大家狂。
藝高人膽大,
妙計藏錦囊。
腦殼栓在腰杆上,
鬧、鬧、鬧,
鬧它個狼奔豕竄狗跳牆。
(恢復其嬉笑怒罵常態)

(花臉打雜師上)

花　　臉：哎呀易師弟，依得我的脾氣，要搞爛就搞爛，捨得罎罎沖罐罐。邀約幾個跤腿武行，找姓麻的拼命！

打雜師：花臉，穩一點。悶起腦殼亂碰，多添幾個鵝公包！

易膽大：(指打雜師)你的穩勁兒可取，(指花臉)你的沖勁兒可用。人上一百，五藝俱全。再聯絡場上那些擡轎子的、提炊壺的、擺攤子的窮朋友，湊起來就是諸葛亮。

打雜師：大家團攏起來，

花　　臉：捆成把把柴。

易膽大：出的出點子，聽的聽安排。計策先想好，水到渠自開。

打雜師：易師兄有"沉着"。我去聯絡提炊壺的。

花　　臉：我去聯絡擡轎子的。

　　　　(打雜師、花臉下。小丑上。)

小　　丑：易師兄，易大嫂從四喜班趕來了。

　　　　(易大嫂風塵僕僕上。小丑暗下。)

易膽大：(接過妻子行李)娘子，你來遲一步，竟與師弟永別了！

易大嫂：師弟呀，師弟！(撲向靈位，泣)你人是人材，戲有戲德。我們梨園行道，一籠雞叫不倒幾個啊。師弟，你死得好可惜，死得好冤枉啊……(哽咽)

易膽大：娘子，這陣不是哭的時候。把弟妹引傷心了，大家哭一夥咋個"幺臺"？

易大嫂：我那個苦命的弟妹呢？

易膽大：倒床三天，水米未沾。

易大嫂：你快點設法，替她分憂解愁嘛！

易膽大：有件大事，要同弟妹商量。你去說，最合適。附耳過來——(耳語)

易大嫂：(愕然)吓喲，想精想怪，勸弟妹去拜乾爹！

易膽大：撈起半節就跑。我問你，師弟死得打不出噴嚏，難道就是一個字——罷？

易大嫂：彎刀把、鋤頭把，你罷我不罷。恨不得找麻家，以命償命，以牙還牙。

易膽大：麻家是地頭太歲，你我幾個江湖藝人，空手打老虎，四兩撥千斤。若不用點"騰挪閃戰，擒拿短打"，哼，要想報仇？連路都走不到！

易大嫂：是咧，倒是啊。

易膽大：依我之見，暫時借房子躲雨。用駱府招牌，鉗制麻家，使其不敢亂動抓扯，我纔好挽下圈圈，把仇人引進"八陣圖"。如此如此，這般這般，叫他也打不出噴嚏！

易大嫂：妙、妙、妙，這臺戲你唱主角，我打幫錘。

（花想容一身孝服暗上，聞聲止步。）

易膽大：有言我在先，我是提起腦殼耍，娘子妻要擔風險。萬一翻船，準備守寡喲！

易大嫂：這……（決然）為師弟報仇，兩肋插刀，幹。惹下包天大禍，你坐監獄，我來送飯；你砍腦殼，我會收屍。

花想容：（失聲）兄嫂千萬不可！

易膽大
易大嫂：（回頭）啊，弟妹！

花想容：師兄師嫂一片熱忱，小妹心領了。這場風波因我而起，怎能連累兄嫂前去冒險？你們快回四喜班，龍門鎮的戲，由小妹自己唱下去吧。

易大嫂：弟妹，你打算怎樣唱呢？

花想容：（淒然）生在這種世道，落在這個行道，聽天安命，有死而已。

易大嫂：哎呀，天老爺靠不住，你咋個盡想短路啊？

易膽大：（循循開導）生在這種世道，落在這個行道，梨園戲子又勁道，江湖藝人反霸道！弟妹，你來看！（唱）

戲園臺柱肩並肩，
忍辱負重幾多年？
經風經雨經雷電，
經受龍門大水淹。
累累傷痕皮已綻，

　　　　　苦苦撐持身未偏。
易大嫂：（唱）
　　　　　臺柱不偏人不軟，
　　　　　英雄兒女出梨園。
　　　　　千錘百煉藝人膽，
　　　　　千姿百態抗强權。
易膽大：（唱）
　　　　　笑吟吟，優孟衣冠鬧金殿，
　　　　　響噹噹，天寶樂工諷宦官，
　　　　　光閃閃，公孫大娘舞寶劍，
　　　　　秋瑟瑟，琵琶女兒訴辛酸，
　　　　　雷海清，憂國憂民化孤雁，
　　　　　李龜年，落花時節飄江南，
　　　　　王實甫巧改《鶯鶯傳》，
　　　　　關漢卿怒寫《竇娥冤》，
　　　　　李香君血染桃花扇，
　　　　　鄭妥娘撕毀燕子箋，
　　　　　紅娘子繩伎敢造反，
　　　　　李文茂藝人敢揭竿，
　　　　　鳳陽花鼓罵皇帝，
　　　　　秦淮絲竹羞漢奸，
　　　　　馬伶誓把嚴嵩演，
　　　　　柳湘蓮揮拳打薛蟠……
易大嫂：（唱）
　　　　　一樁樁，一件件，
　　　　　本行本道好祖先。
　　　　　可樹碑，可立傳，
　　　　　一脈九派往下傳。
易膽大：（唱）
　　　　　傳與為兄稱大膽，

打虎鬥狼談笑間。
易大嫂：（唱）
　　　　傳與為嫂潑辣旦，
　　　　七星海椒敢朝天。
易膽大：（唱）勸弟妹，休哀怨，
易大嫂：（唱）昂起頭來緊握拳。
易膽大：（唱）對惡人要用惡手段！
易大嫂：（唱）挽圈圈陪他挽圈圈！
易膽大：（唱）暫借駱府，
易大嫂：（唱）簷前站；
易膽大：（唱）好與麻家，
易大嫂：（唱）巧周旋。
易膽大：（唱）《八陣圖》，
易大嫂：（唱）重新演；
易膽大：（唱）引仇人，
易大嫂：（唱）上高山。
易膽大：（唱）智鬥！
易大嫂：（唱）巧幹！
易膽大：（唱）報仇！
易大嫂：（唱）伸冤！
花想容：（逐漸振奮，唱）
　　　　一陣陣暖風撲人面，
　　　　半池靜水起波瀾。
　　　　一根根臺柱壯人膽，
　　　　萬念成灰灰又燃。
　　　　燃起復仇火，
　　　　捏起雪恨拳，
　　　　陰雲漸驅散，
　　　　傷痕快結瘢。
　　　　弱女對天立志願，

跟隨兄嫂鬥霸天！
(打雜師上)

打雜師：駱善人親自送挽聯來了！
易膽大：嘿，纔說借房子躲雨……
易大嫂：房子自己走來了！
易膽大：大家聽著，看我眼色行事，當成戲來唱。請——
(吹打。駱府家丁送祭幛、挽聯上。
祭幛："廣陵散絕"。挽聯："功蓋三和班，名成八陣圖"。
駱善人上。易膽大接待。彼此打量，歸坐。花想容欠身一禮。)
易膽大：(不卑不亢)我弟妹扶病起床，不敢全禮。駱老太爺金盆打水銀盆裝——原諒原諒。
駱善人：你是？
易膽大：貴人頭上多忘事。那些年辰，駱老在外做官，在敘府？在瀘州？在自流井？對！是自流井。大公二公做生酒，品仙臺上唱會戲。你坐的上把位，我唱的《花子罵相》。
駱善人：似曾相識，面善面善。
易膽大：一日不見，如隔三秋。本人初到貴龍碼頭，只見麻五爺擺來擺去，駱老龍不現爪，少會少會。
駱善人：老朽偶感小疾，謝門未出。本鎮那位暴發戶提勁打靶，惹是生非。致使九齡童壯年夭折，惜哉，痛乎！
易膽大：死者含冤，新寡孤伶；麻家虎視眈眈，駱老太爺理應濟困扶危喲！
駱善人：老夫本欲主持公道，惜乎師出無名……
易大嫂：駱老太爺話都遞到嘴邊上了，乾脆，我弟妹就認你為義父，保她清淨平安！
駱善人：那，那就不敢當了……
易膽大：過場戲就不消做了，一言為定。
(花想容欠身施禮。)
駱善人：哈哈……從此情同骨肉。麻家再敢欺負我女兒，為父幫你扎起！

易大嫂：噫，你老人家斯文呆呆的，對方是赫赫有名的麻大膽，你恐怕不是他的下飯菜吧？

駱善人：（激怒）哼！老夫官宦出身，門前桃李遍佈川南，何懼一個小小渾水烏棒！哼，什麼"麻大膽"？何許人也？你們可知他的來歷？

易膽大：早有所聞，粗知梗概，要向駱老從頭請教。

駱善人：移座，聽我道來──（移座，唱）
雲霧深處捨身崖，
亂墳叢中牡丹開。
牡丹雖好出鬼怪，
夜雨秋燈擺"聊齋"！
那年官兵追匪首，
匪首亡命逃上崖。
官兵怕鬼實無奈，
重賞之下賣客來。
麻老五反水手腳快，
酷似"肖方打紅臺"。
暗殺匪首把花採，
兩手血腥下山來。
披紅又掛彩，
領賞遊長街。
從此人稱麻大膽，
依仗衙門作後臺。
小人得志成大害，
唉，禍及鄉里百姓哀。

易膽大：細聽駱老金言，可見傳聞不謬。麻大膽果然是靠捨身崖起家。

駱善人：小人沐猴而冠，炫耀匹夫之勇，威脅正人君子。老夫久欲與他決一雌雄，奈無契機。如今他逼死名優，引起公憤，老夫正好約集仁、義、禮、智、信幾堂賢達,鳴鼓而攻之!
(打雜師上。)

打雜師:麻五爺賞示下來,明天那本戲不唱了,改到麻記館打圍鼓。指名點了花想容唱一個戲。

衆　人:啥子戲?

打雜師:《弔孝思春》!

易大嫂:(勃然)好刮毒!人家的男人纔死,他偏要點唱《弔孝思春》,分明是謀夫霸妻,逼人當衆賣淫嘛!

駱善人:誰家没有姐兒妹子?他自己屋頭還有個麻五娘嘛!胡鬧!
(向花想容)乾女,這場圍鼓,你就斷然拒絶,看他又將如何?

易大嫂:對,就是不去唱!

易膽大:不,就是該去唱!

花想容:師兄?……

易膽大:(微妙地)戲,是戲班子的兒。唱嘛,陪他唱上捨身崖!
(易膽大向駱善人密語獻計……)

——幕落

第三場　一　鬧茶館

二道幕外。麻五娘乘小轎上。

轎夫甲:高照!

轎夫乙:兩靠!

轎夫甲:天上明晃晃,

轎夫乙:地下水氹氹!

麻五娘:(突吼)住轎!

轎夫甲:麻五娘,啥子事?

麻五娘:(出轎),無緣無故地生氣,我想罵人!(唱)
　　　　三天不罵人,

　　　　走路没精神。
　　　　五爺招牌硬,
　　　　五娘年紀輕。
　　　　丈夫膽蓋世,
　　　　嬌妻貌傾城。
　　　　叫大班:快拿梳妝鏡,
　　　　中途叫美人!
轎夫甲:麻五娘,這捨身崖下,照不得鏡子。山上不清淨,謹防照
　　　　出鬼影子!
麻五娘:青天白日,麻大膽的婆娘還怕鬼嘛?
轎夫乙:五娘,不要在半路上提勁兒,快點回去看易膽大亮采!
麻五娘:你兩個一路上把易膽大越吹越神,是他教起來吹的嘛?
轎夫乙:(與轎夫背白)噫,這句話還算伶醒。
轎夫甲:(轉向五娘)不是我吹,你在娘屋頭不曉得,龍門鎮上,易
　　　　膽大硬是打響了。今天在你茶館唱圍鼓,麻大膽遇上易
　　　　膽大,棋逢對手。麻五爺該不得虛喲?
麻五娘:打嘴。普天之下,膽子數我男人大。麻五爺都會虛,麻五
　　　　爺手板心煎魚!
轎夫乙:那就快回去打氣助威,請麻五爺亮一手。
麻五娘:走,把麻五娘擡起走!(上轎)
轎夫甲:(唱)
　　　　擡轎子,巧安排,
　　　　八陣圖,已擺開。
　　　　請君入甕還。
麻五爺:催命擡回來!(下)
(二幕起。麻記茶館,雅座一角。黑漆楹聯,流露俗氣:
"渴時飲茶開水燙,醉後品茗味道鮮。"茶館呼聲:"沱茶,
毛尖,開水……""張大爺茶錢,王大爺開了。"小販們呼
聲:"瓜子,紙煙,椒鹽花生米,五香豆腐乾……")
(四川大茶館風味十足。)

（高朋滿座。駱善人與龍頭大爺、聖賢二爺、桓侯三爺等前來"捧場"，間或暗遞眼色。麻大膽蒙在鼓中，以為"衆星捧月"，不禁心花怒放，發洩變態獸欲。）

麻老么：啞靜、啞靜。今天是本堂口麻五爺點三和班名角花想容唱《弔孝思春》，承蒙仁、義、禮、智、信五堂龍頭大爺、聖賢二爺、桓侯三爺前來捧場。圍鼓散後，對門館子的酒席，麻五爺包了！

袍哥們：（拱手）叨擾、叨擾！

麻大膽：聽嘛。打響，"南華堂"弔孝。

（圍鼓響起，易膽大司鼓。駱善人手弄茶碟，敲着節拍。麻大膽也得意地念着鼓點。）

花想容：（念詩）正是：
何必當年南華堂，
且看眼前小孤孀。
弔孝滿目皆秋景，
夫啊，人間黑暗無春光！……

麻大膽：（揮手打斷）慢着！你唱的，好像不是《弔孝思春》的詞兒？

易膽大：麻五爺沒有見到。河道不同，我們唱的是彈戲的路子。

駱善人：好哇。開頭詞章不錯，文采動人，不知出自哪位名家手筆？

易膽大：此乃"莫名堂"所編，他是上壩一個五皮的藝人。

麻大膽：（將信將疑）"莫名堂"？

龍頭大爺：麻五弟，我等興致勃勃來聽圍鼓，戲纔開頭，你就打斷，未免有些煞風景！

聖賢二爺：麻五弟，我等久居窮鄉僻壤，孤陋寡聞。缸鉢頭的魚鰍——只耍圍轉。
正好聽聽彈戲路子，開開眼界啊！

麻大膽：這個……

桓侯三爺：（虎生虎氣）麻老五，不要打岔。聽人家唱啊！

駱府家丁：（紛紛不滿）聽人家唱下去嘛。

麻大膽：（將信將疑，不懂裝懂）好，彈戲路子好。唱！
易膽大：出了錢慢慢聽嘛。
花想容：（接唱）
　　　　風蕭蕭，望夫招魂魂不返，
　　　　雨綿綿，拋妻別戲戲未完。
　　　　夫妻上臺扮笑臉，
　　　　哀絲苦弦跑四川。
　　　　滔滔的浪啊，小小的船，
　　　　浪急船搖川江險！
　　　　彎彎的路啊，高高的山，
　　　　山高路窄蜀道難！
　　　　上臺扮笑臉，
　　　　下妝淚偷彈。
　　　　口唱《紅鸞襖》！
　　　　身上《脫布衫》！
　　　　分明遇的《下山虎》，
　　　　強顏參拜《菩薩蠻》！
　　　　藝高難謀三餐飯，
　　　　名優不值半文錢。
　　　　溝死溝埋葬，
　　　　路死插標籤。
　　　　病臥高臺夫遇難，
　　　　月冷黃昏鬼喊冤！
易膽大：（邊打邊唱）
　　　　冤、冤、冤！
　　　　慘、慘、慘！
　　　　半支殘燭，
　　　　幾片紙錢。
　　　　一抔黃土，
　　　　七尺黑棺。

千行血淚紅斑斑……
（花想容泣不成聲。易膽大悲歌慷慨。三和班藝人及堂倌、小販等隨之嗚咽。）
（麻大膽如坐針氈，幾欲打斷，又被駱善人等勸阻，騎虎難下。）

花想容：（唱）
夫去也，妻孤單，
茶館清唱吐真言。
說什麼聲聲燕語明如翦，
道什麼嚦嚦鶯歌溜的圓？

易膽大：（唱）
這都是達官貴人閑消遣，
哪裏有良辰美景奈何天？

花想容：（唱）
倒不如，
毀了花容，
破了喉管，

易膽大：（唱）
砸了鑼鼓，
斷了琴弦。

花想容
易膽大：（合唱）空留下：

無廉無恥，
無道無理，
無詩無畫，
無歌無舞的萬惡人間！
（三和班羣起應和。聽眾掌聲如雷。）

麻大膽：（暴跳起來）不准唱了！不准叫好！啥子莫名堂的巫教戲？
（指易膽大）明明是你娃亂編的。弟兄夥，把女的抓了，把男的"毛"了!
（麻老幺上前抓人。紅旗管事和駱府家丁湧出保護。）

紅旗管事： 打明叫響——（指易膽大）他是駱府請來的客夥！
（指花想容）她是駱老新收的乾女！

麻大膽： 啊！（恍然大悟）像官老,好開寶。原來纔是駱老太爺扎起的哩！

駱善人： 濟困扶危,聖人之教；平風息浪,中庸之道。
駱某倒要看看,光天化日之下,誰敢動我乾女兒一根毫毛！

麻大膽： 袍哥人,月亮壩耍刀——明砍！這個女人,小弟早就看上了。她不是駱老千金,我要討；是駱府千金,我也要討！

駱善人： 老夫好打抱不平,她不是駱府螟蛉,我要保；是老夫義女,非保不可！

麻大膽： 小弟輸不下去！好嘛,三個錢一手的糖羅漢——拼了！
（蠢蠢欲動）

駱善人： 駱某奉陪到底！（拍案而起）

龍頭大爺： 慢伙些！（假裝中人,一副袍哥評理腔調）袍哥不開花,開花就分家。高擡龍頭,赦個左右。雙方坐下來"叫言語",斷公道！（行袍哥"江湖禮"）

駱善人： 龍歸龍臺！

麻大膽： 虎歸虎位！

眾袍哥： 得位！
（互行"江湖"禮,歸坐。藝人護花想容暗下。）

龍頭大爺： （急口令）你是鷹,他是鷂；你是來龍,他是坐豹。一方要討,一方要保；相持不下,如何是好？

聖賢二爺： 龍頭大爺！（按預謀步驟進行）古人先例,拋球擇婿,比武招親。依我愚見,雙方賭個彩頭,憑天而斷罷了。

桓侯三爺： （粗野地配合）聖賢二爺金言,發財就在今年。我看就抽籤？

紅旗管事： 搳拳？

駱府家丁：估"神仙"……
麻家狗腿：畫"雞脚杆"……
龍頭大爺：（訓示）俗了！
　　　　　（麻家狗腿龜縮。聖賢二爺故作思索之狀。）
聖賢二爺：諸位，賭個什麽彩頭為佳呢？……
麻老幺：（向麻大膽獻計）五哥，亮"天牌"！
麻大膽：（正中下懷）對，現成彩頭——上捨身崖！
駱善人：這……（故作懼怯）比招牌，比家財，比道德，比文才，哪個陪你比爬崖喲？
麻大膽：袍哥不比假斯文，上崖纔見真功夫！（得意地）諸位拜兄，駱老要保花想容，這也不難，今夜三更，陪小弟上崖搶摘牡丹，憑天而斷。
　　　　　（向駱善人）對紅星，走，走，走！
駱善人：這個……
易膽大：（應聲而出）好，好，好。冤有頭，債有主，我來奉陪！
麻大膽：你？（不屑地）五爺與駱老打賭，戲班子敢來插嘴。泗水關的劉備——啞坐！
駱善人：此人乃我駱府賓客。毛遂自薦，必有一得之愚。講！
龍頭大爺：賞他個面子，說。
易膽大：多承擡舉。請問麻五爺，打賭為了誰人？
麻大膽：花想容。
易膽大：好道！九齡童與我同師學藝，情長誼深，臨終之時，託我照看弟妹。我受人之託，忠人之事，理應拼命相保。五爺拉人上崖，自然而然該我出馬！
聖賢二爺：有理，有理。
桓侯三爺：落教，落教。
麻大膽：無名小卒，敢與五爺較量？
易膽大：略有虛名，斗膽登門領教。
麻大膽：來將通名！
易膽大：梨園怪傑易——膽——大！

麻老幺：啊！原來你是易膽大！
易膽大：豈敢，豈敢。
聖賢二爺：失敬，失敬。
麻大膽：喲，你來者不善？
易膽大：我善者不來。
麻大膽：山東鷂子山西來，鳥為食亡人為財。
易膽大：不求吃喝不貪財，為保弟妹闖櫃檯。
麻大膽：茶館門前一樹槐，
易膽大：手攀槐枝下招牌。
麻大膽：捨身崖上牡丹開，
易膽大：陪你深夜登懸崖。
麻大膽：你有摘星手？
易膽大：我有降龍拐！
麻大膽：你有上天梯？
易膽大：我有騰雲鞋！（亮"獨脚式口"）
麻老幺：哈哈，穿的一雙補疤鞋！
麻大膽：去喲！（指駱善人）要比膽我找紅對星。
　　　　（輕蔑地）窮戲班子，夠不上資格，船靠下碼頭。
易膽大：麻五爺是何言也？（嬉笑怒罵，有理有節）我輩梨園子弟，窮得志氣，餓得新鮮，憑手藝吃飯，靠膽子跑灘。七十二行，行行出狀元。想你麻五爺，文不能挑蔥賣蒜，武不能修脚剃頭。號稱大膽，其實不然。欺壓女伶孤孀，膽在哪裏？逼唱《弔孝思春》，膽在何方？豈只我三和班咬牙切齒，龍門鎮上，窮苦百姓，他、他、他——恨不能將你砍成段段，切成片片，燒成灰灰，磨成面面。麻五爺民憤太大，做賊心虛，只好把捨身崖掛在嘴上，威脅文人學士。今日易先生登門請教，你又巧言推辭。算了。你除了捏起一副腔子嚇娃兒外，其他莫得取方了。大家說，麻五爺的膽子是不是假的？
桓侯三爺：假的！

易膽大：是不是虛的？
駱府家丁：虛的！
麻大膽：（惱羞成怒）住口！（欲動武）
麻老幺：（急拉）五哥，出不得手……
紅旗管事：要出手大家出手！
易膽大：（幸災樂禍）好看！麻五爺要打爛自己的茶館，好笑，好笑啊！
　　　　（鑼鼓起"霸王鞭"。易膽大甩著髮辮嘲笑。駱府家丁控制麻氏弟兄。）
　　　　（麻大膽暴跳如雷，被麻老幺強行拉下。）
　　　　（麻五娘擠進茶館，一掌推開易膽大，叉腰大吼。）
麻五娘：做啥子？做啥子？叫花子朝王，吃大戶嘛？（尋找）哪個叫易膽大？站出來老娘看一下！
龍頭大爺：（正色）袍哥面禮有規矩，潑婦罵街，成何體統？
麻五娘：（橫不講理）啥子巫規矩？老娘是罵人的大王！
龍頭大爺：（歎息）俗了，俗了。龍門鎮是個"臊堂子"哩！
聖賢二爺：男不與女鬥。對手一家，可有女將否？
　　　　（易大嫂內應聲"來了！"）
　　　　（麻五娘聞聲，脫下一隻鞋子，舉鞋欲打。易大嫂上，扯個亮相式口。）
易大嫂：要打嗎？幼而學，鮑金花打擂！（起腿，比出武打架式）
堂　倌：（向五娘誇張地）她操過幾手，鞋尖下有鐵鉤鉤，謹防把五娘的眼睛鉤瞎！
駱善人：（微妙地招呼）麻五娘，你的秋波要緊，請勿出手，女面禮罷了。
麻五娘：（回了一個媚眼）駱老說的是正教，正教！
　　　　（穿鞋）武辣小旦，君子動口不動手，女面禮！
易大嫂：面禮更好，我有理走遍天下。
麻五娘：窮人話多，瘦狗筋多；抱雞婆打擺子，咯多咯多！
易大嫂：窮人氣大，煙鍋巴勁大；孫猴兒鬧天宮，膽大膽大！

麻五娘：哪個膽大？
易大嫂：我男人易膽大。
麻五娘：好大點膽膽囉？掉頭觀看：（炫耀地拉麻大膽上）麻五爺膽比斗大！
易大嫂：易先生渾身是膽！
麻五娘：我男人膽大吃雷！
易大嫂：我男人膽大包天！
麻五娘：膽大殺人不眨眼！
易大嫂：大膽救人出深淵！
麻五娘：（指易）他算啥子膽？
易大嫂：藝高人膽大！（指麻大膽）五爺呢？
麻五娘：（沖口而出）色膽大如天！
衆　人：（哄堂大笑）哈哈，哈哈……
麻大膽：（急拉五娘）哎呀，你失口丟醜了……
麻五娘：（不服輸）不要緊，我去撈轉來！（威脅地）武辣小旦，話是軟的，腳是硬的。要比膽量，請你男人上捨身崖！
易大嫂：易膽大敢去，麻五爺呢？
麻五娘：哈哈，那個地方是麻五爺的本錢。
易大嫂：他怕輸了老本，不敢再去了。
麻五娘：笑話，麻五爺都會輸嗎？輸了"矮起"，叩響頭！
易大嫂：君子一言，
麻五娘：駟馬難追。
衆　人：大家見證。
麻五娘：當衆擊掌！（三擊掌）
龍頭大爺：（立即拍板定局）五娘當衆擊掌，生米已成熟飯。立刻封山！
聖賢二爺：今夜三更，麻五爺與易膽大各顯神通，看誰採回牡丹？
易膽大：五爺輸了怎麽辦？
桓侯三爺："矮起"，當衆叩響頭！
麻大膽：（指易膽大）你娃輸了呢？

聖賢二爺：易膽大輸了，駱老就把花想容規規矩矩送上麻家，任憑五爺施為！

駱善人：（故作遲疑）這個……

麻大膽：口說無憑，立下字約！

駱善人：（搖頭）玩笑開大了……

麻大膽：你打縮脚錘了嗎？不行，拿紙來，寫——

嗩吶長鳴。

——幕落

第四場　二鬧墳山

（幕啟，捨身崖。）

（黑壓壓一片亂墳，磷火眨着鬼眼，陰風颯颯，滿臺灰暗。打雜師一身短打從亂墳堆裏躍出，焦灼地遙望山下。）

打雜師：（唱）

荒墳鬼火飛流螢，

封山之前捷足登。

神龍見首不見尾，

出奇制勝懲仇人。

三更已過，易師兄還不到來呀？（下）

（少頃，麻大膽一身短打，探路而上。）

麻大膽：（唱）

怪風撲面夜沉沉，

渾身是膽鐵錚錚。

捨得寶來寶掉寶，

捨得羅漢換觀音。

（麻大膽繞場上山。）

麻大膽：呀，崖上牡丹尚在，易膽大還未到來，待五爺搶先下手。

（絆着石碑，定睛一看）九齡童之墓！

（墳後轟然一聲，冒出一團青煙。九齡童頭戴紫金冠，雉尾飄飄,花槍閃閃,《八陣圖》重現。)
(麻大膽大驚失色,慘叫倒地。)
(九齡童翎子一擺,粉面朱唇變為一臉漆黑!麻大膽狹路遇鬼,魂不附體。)
(九齡童挺槍刺去。麻大膽只有招架,正欲拔刀反擊。)
(九齡童翎子一擺,黑臉又變朱砂紅臉。麻大膽驚呼"有鬼",奪路奔下。)
(九齡童追下。)
(打雜師手執煙火用具,從墳後躍出。)

打雜師:嘿嘿!麻五爺平時力大如牛,今夜遇鬼,四肢如綿。煙火助威,要他狗命!
(打煙火,追下)
(麻大膽內呼"有鬼呀"!赤腳逃上,手提一隻鞋子,當做武器,亂撲亂打。)
(九齡童追上,抓住麻大膽的後襟。麻大膽死命掙扎,急中生智,卸了上衣。)
(九齡童用力太猛,倒退幾步。麻大膽乘機跳下懸崖逃命。)
(九齡童搖身一變——易大膽也!打雜師追上,俯視懸崖。)

易膽大:(有些遺憾)麻賊命長,跳崖而逃!
打雜師:他渾身帶傷,滾下懸崖,就算爬回去,也只剩下一口氣了!
易膽大:死了也打不出噴嚏。九齡童,易膽大替你報仇了!
(易膽大登上崖頂,珍珠倒捲簾採下牡丹。打雜師在壁上題名。易膽大擎花含笑。)
(壁上閃大字——"易膽大到此"。)

——幕落

第五場 三鬧靈堂

（二幕外。麻家後院。）
（麻大膽爬上，已非人形，掙扎欲起，衰竭，昏死階前。拂曉，雞鳴。麻老幺上。）

麻老幺：（唱）
二里坳上陪五嫂，
紅中白板鬧通宵。
哥哥没得嫂嫂好，
五爺不及幺爸高。
（進院，絆着麻大膽）啥東西？（俯下細看）哎呀，是五哥！
（呼之不醒）五哥，五哥……完了，五哥歸天了！
（幕後人聲鼎沸，堂倌喊着急上。）

堂　倌：幺爸，幺爸，易膽大披紅掛彩，舉花遊街。
（仁義幾堂提着蒲團兒，請五爺出去"矮起"，叩響頭！）

麻老幺：他都死硬了，看！

堂　倌：哎呀，滿臉血污，斷氣了嗎？咋個辦？

麻老幺：關大門。草紙貼在門口，報喪嘛。
（麻老幺同堂倌急下。）
（麻大膽徐徐蠕動，回過氣來，掙扎坐起。麻老幺復上，見狀大驚。）

麻老幺：驚屍了！

麻大膽：八，八陣圖！九，九齡童顯聖了……

麻老幺：你撞鬼了？哎呀，我以為你已經歸天，哪曉得打個喝嗨又還陽。霉了，草紙都貼在大門口了！
（堂倌暗上，見狀躲進耳幕偷聽。）

麻大膽：快，快把草紙撕下來，攙我出去……

麻老幺：出去，出去該你叩響頭！

麻大膽：（呻吟）天哪，咋個有臉見人呢？

麻老幺：來了，仁義幾堂提着蒲團來了。
麻大膽：啊！（恨不能找個地縫鑽進去）老幺，拿計來……
麻老幺：（忙中無計）好漢不吃眼前虧。你暫且躺下，我三言兩句把他們打發走了，躲過叩頭這一關，老子要血洗三和班！
（二幕啟。麻家內室。麻老幺急扶麻大膽上床躺下。）
（駱善人及仁義幾堂湧上，聖賢二爺手捧打賭文約，桓侯三爺手提蒲團兒，麻老幺連忙應付。）
駱善人：生要見人，死要見屍！
麻老幺：請來觀看──（指床上）
桓侯三爺：啊呀，麻五爺叩不成響頭了！
麻老幺：蒲團兒提回去。人死仇散，送客。
駱善人：且慢！（懷疑）紅旗管事，有請易膽大！
紅旗管事：有請易膽大！
（嗩吶吹"將軍令"。三和班擁披紅掛彩的易膽大上。打雜師高舉牡丹，羣起舞蹈。）
三和班：（唱）
　　　　麻家惡霸哭皇天，
　　　　三和戲班笑開顏。
　　　　八陣圖昨夜山上演，
　　　　九齡童泉下心可安？
　　　　易膽大鬥垮麻大膽！
麻大膽：（背唱）下一回血洗三和班！
易膽大：（進內，驗明"屍體"）喲，當真爬回來就斷氣了嗎？
麻老幺：（故做憤慨）打賭打得好，打出人命了！
聖賢二爺：（指文約）親筆文約！
龍頭大爺：生死由命！
桓侯三爺：自作自受！
易大嫂：五爺自己亂想湯圓，上崖撞鬼，與我們屁相干。（信以為真，幸災樂禍）
易膽大：（暗拉易大嫂）娘子一生聰明一時憨，麻五爺他是裝死躺

　　　　　下！（唱）
　　　　　扯謊壩上彌天謊，
　　　　　百足之蟲死不僵。
　　　　　打狼須用無情棒——
　　　　　（堂倌上。）
堂　倌：麻五娘回來了！
易膽大：（計上心來）來得好！
　　　　　（接唱）催命還需麻五娘。
駱善人：（背白）麻五爺不還命債，九齡童死不瞑目！（急下）
　　　　　（駱善人與仁義幾堂低語。）
駱善人：梨園怪傑復仇心切，你我借他之手，除去碼頭隱患，何樂不為？大家睜隻眼……
衆袍哥：閉隻眼吧！哈哈……（同下）
　　　　　（衆藝人引麻五娘上。轎夫隨後。麻五娘直奔床前一看，嚎叫。）
麻五娘：我的五爺，你當真死硬了！
　　　　　（麻老幺急上，暗向麻五娘搖頭擺手，示意五哥未死，奈何麻五娘毫不懂竅。）
麻五娘：老幺你莫勸我。為嫂與你五哥夫妻情重，咋個不傷心啊……
　　　　　（麻老幺正待設法告知真情，堂倌急上，牽制麻老幺。）
堂　倌：幺爸，幺爸！五爺手下的兄弟夥，樹倒猢猻散，正在商量改換門庭，投靠駱府！
麻老幺：啊！（氣急敗壞）狗東西，有奶就是娘！走，找他們算賬！
　　　　　（被堂倌引下）
麻五娘：（嚎）我的呀，我的……（忽然尋找）我的鏡子，煙竿呢？
轎　夫：（呈上）在這裏。
麻五娘：（接過水煙竿）唉，我在二里坳打麻將熬了個穿夜，不曉得瘦成啥子樣兒了？
　　　　　（一邊顧影自憐，一邊吸煙嚎喪，唱）

　　　　我這樣年輕這樣美，
　　　　空房守寡去靠誰？
　　　　夫妻本是同林鳥，
　　　　大限來時各自……（吹燃紙撚）
　　　　飛！
　　　（易大嫂拉一人掩袖上，到臺口收袖——乃是易膽大改扮的"劉媒婆"！）
易大嫂：（向觀眾）看，《拾玉鐲》的劉媽媽來了啊！（暗笑，退下）
易膽大：（唱）：
　　　　梨園怪傑十八變，
　　　　媒婆飄然到堂前。
　　　　徐娘半老愛打扮，
　　　　風韻猶存步翩翩。
　　　　鯿魚上水耍眉眼——
　　　（一手耍長煙竿，一手耍帕子，仿女角身法眉眼，與前判若兩人）
　　　（麻五娘被吸引，大量來客。）
　　　（三和班幕內幫唱：妙在似與不似間！）
麻五娘：嘿！你好像戲上那個劉媽媽喲！
易膽大：戲上有，世上就有嘛。我也姓劉，家住無形坡，專門幫太太小姐跑腿效勞。今天受了貴人之託，特來替五娘分憂解悶。
麻五娘：劉媽媽，快來陪我哭靈嚎喪啊。
易膽大：（欲嚎，轉笑）五娘，不用做戲了。劉媽媽見多識廣，隔土能看花生。你此刻在打什麼主意，瞞不過我這雙金睛火眼啦！（唱）
　　　　龍門鎮上雙哭靈，
　　　　誰家做戲誰家真？
　　　　貧賤夫妻生死戀，
　　　　除卻巫山不是雲。

豪門夫婦兩冰冷,
蒙着鼻子哄眼睛。
五爺貪花丢性命,
五娘怎會守孤燈?
嚎喪不落淚,
無情空有聲。
明哭暗高興,
另有意中人!
那人託我把線引——
(穿針引線舞蹈,帶着五娘團團轉,唱)
恭喜五娘又迎新。

麻五娘:哈哈,我的心事硬是被他看穿了!
(依賴地)劉媽媽,既然是那人託你來穿針引線,我們就打攏來說!
(招手,與易膽大耳語)

易膽大:(大聲)啊,幺爸!
(床上"屍體"蠕動一下。)

麻五娘:是他嘛!老幺又年輕,又殷勤,比他五哥好得多。

易膽大:哈哈,五娘猜錯了。託我說媒的貴人,比老幺更強十倍!

麻五娘:(意外)哪一個?
(易膽大招手,與五娘耳語。)

麻五娘:(失聲)啊,是駱老太爺!
(床上"屍體"又蠕動。)

易膽大:實話給你說,駱老派我出來打賭,千方百計捶平五爺,還不都是為了五娘你呀!

麻五娘:(恍然)啊喲,怪不得,平時駱老總愛暗中對我擠眉弄眼,原來他硬是在迷我的竅!

易膽大:駱老有錢有勢有名聲,比五爺,比幺爸更高幾篾片。龍門鎮上幾個子:鬼影子拈了麻五爺的膽子,你五娘的鏡子去配駱老的面子,硬是享福一輩子。

麻五娘：（喜出望外）這纔巴實喲！（指床上）哎，死人咋個辦呢？
易膽大：管他的喲，明天擡出去埋了，後天你就過門。
麻五娘：要得，粑粑要吃得熱烙！
易膽大：我回去給駱老回聲信。
麻五娘：麻煩你了。
　　　　（易膽大出，暗伏室外。）
麻五娘：麻五爺，我對你不起了。不過，劉媽媽說得好，你平常奸淫占霸，我又何苦為你守寡？報應報應，活該活該！好啊，明天就擡你去安埋，我最後看你一眼……
　　　　（麻大膽霍地跳起。麻五娘怪叫跌倒。）
麻大膽：吔，《弔孝思春》，纔是你在唱啊！
麻五娘：打，打鬼呀！
易膽大：（高呼）驚屍了！
　　　　（麻大膽撲向麻五娘。麻五娘呼救，躲入桌下。易膽大從背後猛擊麻大膽，然後巧妙閃開。麻大膽呼痛，回頭尋人不見。正遇麻老幺聞聲趕來。麻大膽忽見其弟，勃然大怒，迎面一耳光，撲向麻老幺。麻老幺莫名其妙，被迫招架，俩兄弟扭在一起。）
　　　　（花想容執短棒上，復仇心切，欲打麻大膽，却又緊張過度，遲遲打不下去！易膽大奪過花想容短棒，遞給麻五娘，連呼"打鬼"！麻五娘接過短棒，劈頭猛擊麻大膽！麻大膽慘叫一聲，身子直了，眼睛定了。）
易膽大：（仿麻大膽逼九齡童之狀）倒硬人，倒硬人！
　　　　（麻大膽"倒硬人"死去。花想容見狀解恨，軟癱在椅上喘息。）
麻老幺：（逼視花想容）花想容，你執棒行凶，人命案關天關地，走，打官司！
　　　　（抓花想容）
　　　　（駱善人閃出。）
駱善人：（護花想容）豈有此理！

麻老幺：你？
骆善人：（振振有词）你麻家停尸在前，惊尸在后，丧是你幺爸口报的！鬼是你五娘亲手打的！打官司打到你自己头上，该你俩叔嫂挨板子！
麻老幺：（语塞）这个……
易胆大：这个那个！幺爸，你五哥死了是一场喜丧。偌大一份家业，该你俩叔嫂打夥享受。二掌柜升成大掌柜，恭喜发财！
麻老幺：（被点醒，傻笑）嘿嘿！
麻五娘：（傻笑）嘿嘿！
易胆大：（命令式的）傻笑干啥？快去嚎丧嘛！
麻五娘：我的五爷呀！
麻老幺：我的五哥呀！
　　　　（叔嫂俩做戏似的伏尸哭泣。）
易胆大：（向花想容）弟妹，大仇已报，随兄快走！
骆善人：（凝视花想容，旁白）走？（阴阳怪气）谢都不道一声，就想走吗？擺这一摊禍事交给哪个？知趣点，谨防乐极生悲！奇峰陡起，危机四伏。

——幕落

第六场　乐 极 生 悲

　　　　（二幕外，唢呐急吹。）
　　　　（桓侯三爷急上，到台口传令。）
桓侯三爷：龙门镇袍哥听着：分头把守水旱路口，没有骆老大红名片，不准放走戏班子！（下）
　　　　（锣鼓急促。骆府家丁引骆善人上。）
骆善人：（念）借刀除去麻大胆，
　　　　反手威胁三和班。
　　　　善人坐收渔人利，

时机成熟摘"牡丹"！

（二幕启。戏园，花想容寝室。室内挂有布帏，帏裏花想容床榻；桌上摆有女伶私人妆头镜匣，易胆大正在用其脂粉装扮。）

（骆善人进室。）

易胆大：骆老驾到，请坐。（边化妆，边应酬）我正说唱了午场，就上骆府辞行……

骆善人：何必如此匆忙？老夫挽留贵班再唱一个夜台，有意点你一齣好戏。

易胆大：骆老喜欢哪齣戏？

骆善人：《送妹》！

易胆大：啊，《锺馗送妹》吗？

骆善人：（试探地）锺馗深明大义，送妹从夫，嫁与富贵人家，了却一椿心事。值得效法啊！……

易胆大：（装癡）抱歉，师傅没教过我这齣戏哩！

骆善人：真的不会？

易胆大：不会！

骆善人：果然要走？

易胆大：要走！

骆善人：恐怕走不了啊！风闻麻家惊屍之事，官府已在追查！

易胆大：啊！（无所谓）不怕，天垮下来有长汉！

骆善人：事闹大了，长汉也无能为力。倘若盘根究底，有些人恰如俗话所说——脱不了爪爪吧？

易胆大：（笑）哈哈……凡事总有来龙去脉。倘若谁来打破砂锅问到底，也如俗话所说——牵着藤藤叶叶动啊！

骆善人：（一愣，随即圆滑地）哈哈……你们戏班子有句行话——站得拢来走得开！

易胆大：（略露愤慨）你们达官贵人有句雅词儿——人而无信，岂可相交乎？

骆善人：这……（翻脸无情）此一时也，彼一时也。万一官府铁面無情,老夫也只好揮淚斬馬謖!

易膽大:(狂笑)哈哈……(內心悲憤,表面玩世不恭)官有一問,民有一答。駱府麻家打賭之內幕,小人只好如實拉開。你駱老太爺家財萬貫,兒孫滿堂,尚且不怕連累;我輩窮戲班子,兩個肩頭搭一個嘴巴,叫花子賒了討口子在,又何懼捨命陪君子呢?

駱善人:這個……

(小丑上)

小　丑:易師兄,該候場了!

易膽大:(微笑向駱善人)失陪,失陪!(揚長而去)

駱善人:(威脅不成,低沉地)怪傑,怪傑,好大的膽量!

(花想容戲裝未卸,從另一方向上,進寢室,忽見駱善人,戒備地欲退回。)

駱善人:乾女!

花想容:(應酬)我,我正說下妝之後,來向乾爹辭行……

駱善人:走?(冷笑)實話告訴你,上面在催官司。沒有老夫大紅名片,麻雀也飛不出龍門!

花想容:(驚問)請問什麼官司?

駱善人:我倒想問問你:活蹦活跳一個麻五爺,是怎麼被易膽大整死的?

花想容:啊!(緊張地辯白)幺爸自己報喪,五娘自己打鬼,我師兄罪犯何條?

駱善人:乾女咃,條條款款是人編的。只要哪尊菩薩的刀頭沒有敬到,上面隨便添上一條,踩死了"梭老二"都要犯法!

花想容:(驚,委屈地)師兄替我復仇,是你老人家在抱膀子啊?

駱善人:乾女咃,抱膀子不嫌注大,中間人怎會賠錢?

花想容:賠多賠少?

駱善人:你師兄頂倒!

花想容:事大事小?

駱善人:見官就了!

花想容：（純真地）老天保佑，我師兄該要遇上一個清官啊！
駱善人：臺子上多，世間上不好找！上得公堂，只有他言，哪有你語？上面丟簽，下面啃磚。主犯易膽大，從犯花想容。朱筆一點，易膽大撕衣上綁，臉朝河對門，二世變好人。劊子手屠刀一舉，哧嚓——易膽大人頭落地！
花想容：天啦！（唱）

　　　　霹靂驚破平安夢，
　　　　亂棒敲響幽冥鐘。
　　　　連累師兄把命送，
　　　　斷頭臺上屠刀紅。
　　　　花想容罪孽如山重，
　　　　乾爹呀！（膝行）
　　　　不救小女救師兄。

駱善人：唉，偏偏我又是個糍粑心，起來起來。罷，駱某再當一次救命星君，拼着傾家蕩產，塞包袱，託人情，也要保你師兄滿身無罪。
花想容：（感激涕零）千謝乾爹，萬謝乾爹。
駱善人：（趁勢）你又拿啥來謝我呢？
花想容：我變牛變馬報答……
駱善人：用不着！（聲調忽變）駱某千般好，萬般好，這也保，那也保，究竟圖個啥？想容，難道你我之間，就不能改個稱呼嗎？
花想容：（後退）不能，不能。我是一小，你是一老。不能啦……
駱善人：老？哈哈！（唱）

　　　　老夫聊發少年狂，
　　　　黃梅更比青梅香。
　　　　救你兄妹出羅網，
　　　　龍門善人苦奔忙。
　　　　感恩者自開紅綃帳，
　　　　多情人自作嫁衣裳……（揮扇調戲）

　　　　小娘行，自思量，
　　　　兩條路究竟走哪方？
　　　　一條路綠油油桑間濮上，
　　　　一條路黑沉沉監獄公堂。
　　　　快伴老爺調風月，
　　　　莫隨師兄赴殺場！
花想容：啊！（唱）
　　　　左邊一碗辣子燙，
　　　　右邊一碗砒霜糖。
　　　　雅詞兒，更顯他骯髒本相，
　　　　紙扇兒，逼得我進退倉惶……
　　　　偌大個乾坤世界白茫茫，
　　　　無有我女藝人立腳地方！
　　　　罷罷罷救師兄逃出魔掌，
　　　　花想容捨身順從笑面狼！
駱善人：可願服從？
花想容：要我順從，也順依我三件。
駱善人：快說。一？
花想容：不准傷害易師兄一根毫毛！
駱善人：依你依你。二？
花想容：要你大紅片一疊，保我三和班老少師傅一路平安。
駱善人：使得使得。三？
花想容：三……待我告別亡夫，守孝三日，再進駱府。
駱善人：三日？（迫不及待地）夜長夢多，駱某連一刻都等不得了……
花想容：（毅然）既然如此，今夜三更，在這寢室等你！
駱善人：好，老夫先嘗後買！
花想容：少說黑話，片子拿來。
駱善人：拿去。你要明白，此片人人可行，單單對你本人無效。
花想容：（強作嫣然一笑）從此就是你的人了，我還捨得走嗎？

骆善人：（利令智昏）值得！哎呀，我醉了！（下）
花想容：（撲到靈牌前抽泣，手撫小行裝，取出一把剪刀，忽然異樣地笑了）哈哈，哈哈……
（易膽大夫婦上，見狀愕然。）

易膽大
易大嫂：弟妹！

花想容：兄嫂！
（吹打，花想容向兄嫂哭訴。）

易膽大：（沉着地）弟妹，你無意之中，助了為兄一臂之力。好個"三更幽會"，我就來個"移花接木"！

花想容：師兄不可再去冒險。你們快走吧！（交片子）

易膽大：為兄早有安排，弟妹不要固執了！
（打雜師上。）

打雜師：碼口我安起了，不知靈不靈？我看只有五成把握。

易膽大：只要有三成把握，易膽大都要幹！
（轎夫內呼："高照，兩靠！"）

易膽大：麻五娘來了。頭道碼頭，上！
（衆人退入幃內。麻五娘乘轎上。壩前住轎，轎夫下。）

易膽大：（殷勤接待）麻五娘硬是守信用。

麻五娘：（四顧）駱老呢？

易膽大：（指幃內）駱老吩咐，防備麻么爸出來打破鑼，今夜三更，先在這裏與你幽會。生米煮成熟飯，麻老么也就莫奈何了。

麻五娘：（樂了）這纔好呀，熱炒熱賣。

易膽大：五娘，先到書樓上去吃杯喜酒。
（伴麻五娘下。堂倌引麻老么跟蹤陪上。）

堂　倌：看，嘻哈打笑進去了。

麻老么：喲，她硬是朝姓駱的懷內飛嗎！

堂　倌：（挑動）老頭子心腸凶，謀夫霸妻占家財！

麻老么：好歹毒。謀死五哥，我麻家打不出噴嚏，忍了。他再來搶走五嫂,霸占家财,我麻老幺再忍是蝦娃!
(打雜師暗上。)

打雜師: 幺爸。
堂　倌: 幺爸,此事幸虧打雜師通風報信。
麻老幺: 快把根根底底透出來,幺爸重賞。
打雜師: 我幫你出個絕點子。喂,帶得有亮的嗎?
麻老幺: (指腰間匕首)有!
打雜師: 老頭啥都不怕,就怕下黃手!
(打雜師引麻老幺、堂倌下。幕內更鼓聲。)
(易膽大引花想容出幃。轎夫、堂倌分頭急上。)
易膽大: (交片子)好朋友,片子開路。我這弟妹,拜託諸位送走了。
花想容: 兄嫂受小妹一拜!
轎夫甲: 快上轎!(呼)駱老爺的片子,麻五娘的轎子!
(花想容上轎急下。)
易膽大: 嘿嘿,花的走了,留一個麻的。駱善人,你該不得天亮纔醒啊!
(駱善人內應:"醒了!"易膽大暗下,駱善人帶幾分酒意上。)
駱善人: (念)三杯酒下肚皮反轉清醒,
要防備易膽大釜底抽薪!
(紅旗管事上。)
紅旗管事: 禀駱老,麻五娘轎子出場去了。
駱善人: 可曾查看轎內?
紅旗管事: (搖頭)麻家堂倌引路,麻家轎夫擡轎,亮了你的片子……
駱善人: 那三人都是易膽大的朋友,轎內坐的定是花想容!(急問)走了多久?
紅旗管事: 纔走片刻!
駱善人: 哪個方向?

紅旗管事：捨身崖下！

駱善人：（狂笑）哈哈！早就派桓侯三爺坐鎮捨身崖下，花想容插翅難飛。紅旗管事！

紅旗管事：在！

駱善人：帶人火速追趕，兩邊夾住，甕中捉鼈。給我擡回來！
（紅旗管事帶人急下。）

駱善人：（繞場前室）易膽大移花接木。花的走了，給我留個麻的！
（撕開布幃）
（佳人搭着蓋頭，坐在幃內。）

駱善人：（向觀衆）如何？打扮酷似花想容！而那雙脚呢，我一看就知道是麻五娘！哼，花的跑不掉，麻的送上來。花的有姿色，麻的有家財。易膽大，你有小九九，我有大歸除。花的麻的一把抓！（揭開蓋頭，却見不是五娘，而是麻老幺）啊，是你？

麻老幺：是我！

駱善人：（窘迫）我，我以為是移花接木！

麻老幺：是接麻——麻幺爸！（進逼）五嫂灌醉了，我來聽你現身說法。

駱善人：誤會，誤會！（欲溜）

麻老幺：（擋路）姓駱的，果然你是謀夫霸妻占家財。（兜胸抓住，拔出匕首）

駱善人：（魂不附體）幺爸，下，下，下不得黃手啊……
（麻老幺刺死駱善人，欲走。幕後人聲。麻老幺縮回，躲進幃內。）
（紅旗管事急上。駱府家丁擡轎上。）

紅旗管事：（指轎內）花想容，天罩着的，你跑脫了是馬蝦！家丁守着轎子。（進室）駱老，花想容擡回來了……（見駱善人屍體）哎呀，來人，快來人！
（家丁聞呼，棄轎入室。）

紅旗管事：駱老被刺，搜！

（麻老幺躲不住了，出幃逃走。黑暗之中，你碰我，我碰你，狗咬狗，鬼打鬼。）
（一場混戰，各有傷亡，東躲西倒。）
（易膽大閃出。）

易膽大：（捧腹而笑）哈哈，狗咬狗來鬼打鬼！喜劇收場，好人大團圓！（向轎內呼）弟妹快出來，隨兄走！（轎內無動靜）弟妹，（撩開轎簾）

（一聲霹靂，閃電照亮轎內——花想容衣領解開，一手抱着靈牌，一手提着剪刀，直插咽喉！）
（易膽大驚呼倒地，膝行撲轎，取下剪刀，發現白綾血書。）

易膽大：（念血書）
插翅難飛陷火坑，
世間到處有"善人"！
這座碼頭兄保護，
下座碼頭怎防身？
師兄師嫂快逃命，
小妹隨夫葬龍門。
來年春暖花開日，
捨身崖上弔冤魂！
弔冤魂……

（慘呼）啊！什麼世道？我們哪天活得出來喲！
（雷電交加，暴雨傾盆。易膽大撲到轎前，悲憤欲絕……）
（幕後合唱"昆曲"：）

　　　　　　江湖啼笑夜深沉，
　　　　　　死水微瀾隱波聲。
　　　　　　來年春暖花開日，
　　　　　　捨身崖上弔冤魂！

金龍與蜉蝣

(淮劇)

羅懷臻

【作者簡介】羅懷臻(1956—　)，祖籍河南許昌，出生於江蘇淮陰。現任上海市劇本創作中心藝術指導、上海戲劇學院兼職教授、中國戲曲學院客座教授、中國戲劇家協會副主席。自20世紀80年代起，致力於"傳統戲曲現代化"和"地方戲曲都市化"的理論探索與創作實踐。主要作品有淮劇《金龍與蜉蝣》、《西楚霸王》；昆劇《班昭》、《一片桃花紅》；京劇《西施歸越》、《寶蓮燈》、《李清照》、《文姬歸漢》；越劇《真假駙馬》、《梅龍鎮》、《青衫•紅袍》；甬劇《典妻》；豫劇《曹公外傳》；黃梅戲《長恨歌》、《孔雀東南飛》；川劇《李亞仙》；瓊劇《下南洋》；滬劇《胭脂盒》等。出版劇作選集《西施歸越》、《九十年代》；出版文集《羅懷臻戲劇文集》(六卷)。作品曾多次獲得國家級各種獎勵，部分劇作被譯為英、法、日等國文字出版演出。

【劇情概要】故事發生在上古時期的華夏某諸侯國境內。皇城內發生了叛亂，橫屍遍地，皇宮玉碎。老王死在金鑾殿上，公子金龍狩獵歸來，目覩父王慘死，痛不欲生。叛軍見公子回宮，要斬草除根，搜尋追殺。在千鈞一髮時刻，將軍牛牯將自己的盔甲卸下與金龍交換，掩護金龍出逃。金龍以牛牯為名，流浪至一小島，與漁家女玉鳳相識、成親。三年後，生下一子，名為蜉蝣。金龍雖淪為漁夫，却難忘祖輩帝業與亡國殺父之仇，最終離開妻兒，召集牛牯等舊部，與篡權者進行殊死的拼搏。二十年後，金龍恢復帝業，登上王座，因疑牛牯搶奪王位而將其殺死。此時，已長大成人的金龍之子蜉蝣，亦已娶玉薔為妻並生有一子。他為了尋找父親也來到了京城，却被金龍的軍隊當作叛軍抓捕，金龍不知是自己的兒子，本要將其處死，見其伶俐，蜉蝣又自稱是牛牯之子，便將其閹割，以太監身份留在身邊。金龍做了國王後，荒淫無度。蜉蝣恨其殺父害己，故意慫恿其迷戀酒色，弄得金龍形衰神疲，然而蜉蝣仍然不斷地為其選妃調嬪，誰知蜉蝣之妻玉薔亦被徵入宮。夫妻相見，悲痛欲絕。金龍之妻、蜉蝣之母玉鳳攜孫子孑孓也尋至宮中。最後，孑孓將金龍刺死。金龍臨死之前，赦免了孫子的死罪，並將王位傳給了他。

【版本流傳】該劇首次刊登於《劇本》雜誌1994年第2期上。

後收錄在上海人民出版社2008出版的《羅懷臻戲劇文集》中。

【演出情況】該劇為上海淮劇團於1993年首演於上海,導演郭小男,舞美設計韓生,燈光設計尹天夫。主要演員則有何雙林、梁偉平、馬秀英、許旭晴等。該劇問世之後,得到了廣泛的好評,先後獲得了國家"五個一工程"獎、文華獎、首屆曹禺戲劇文學獎、全國地方戲交流演出一等獎等多種獎項。該劇以"都市新淮劇"相號召,在內容與形式上力求將傳統與現代相結合,在保持戲曲特質的前提下,融入現代的美學精神。越劇、豫劇等許多劇種移植了該劇目。

(朱　婕)

人 物 表

金龍——一代國君
蜉蝣——金龍的兒子
玉鳳——金龍的妻子
玉蕎——金龍的兒媳
牛牯——金龍的追隨者,將軍
孑孓——金龍的孫子
老王——金龍的父親
優伶甲、乙 小宦者 諸先王 兵士 衆嬪姬
時間:西周以降,華夏某諸侯國,大體為楚流裔一脈。

序幕　流　　亡

　　(幕啟)
　　(玉碎宮傾,一片死寂。老王懸掛在王座上,背後插着一柄劍。)
　　(馬蹄聲驟起。幕內一片歡呼聲:"公子金龍狩獵回宮!")
　　(金龍獵裝沖上,目覩慘狀,悲愴不已。)

金　龍:父王,你死得好慘!
　　(殺聲如潮,似由八方襲來。)
　　(牛牯——一員濃鬚戰將,緊張退上。)

牛　牯:叛軍殺回來啦,公子快走呀!
金　龍:(沉浸在哀傷裡,不可自拔)不,讓我與父王死在一起!
牛　牯:公子使命在身,不可憂傷誤國。公子快走,末將掩護你!
金　龍:(固執地)不,我死也不走!
　　(牛牯情急,踹倒金龍。金龍愕然。)
牛　牯:(催促地)公子快走!
　　(金龍退着步,轉頭欲下。)

　　　　　（突叫）回來！
　　　　　（金龍驀止，牛牯摘下頭盔與其交換。）
金　龍：（感激地）將軍姓名？
牛　牯：（示頭盔）在公子手裡！
金　龍：（讀誦）牛牯！
　　　　　（背景隱去。金龍頂盔潛逃。）
　　　　　（轉景：海天一角，一片湛藍。金龍在驚心動魄的奔突中，力漸不支。）
　　　　　（驀地，一張漁網淩空罩下，金龍被縛，動彈不得。）
　　　　　（玉鳳——一跣足露肘的漁家女小心逼上）
玉　鳳：男人有手有脚是只狼，没手没脚是只羊……
玉　鳳：漁家女兒喚玉鳳。
金　龍：玉鳳，你見過狼？
　　　　　（玉鳳搖頭）
金　龍：羊呢？
　　　　　（玉鳳再搖頭）
金　龍：其實，狼就是羊，羊就是狼！
玉　鳳：不對，狼是狼，羊是羊，我娘生前講過，不一樣！
金　龍：不信你放了我，保證一樣！
玉　鳳：我是個單身女子，怕你不老實！
金　龍：天地為證！
　　　　　（玉鳳猶豫着放開金龍。金龍隨手甩開頭盔，盯視玉鳳。）
玉　鳳：大哥，你看我？
　　　　　（金龍點點頭）
玉　鳳：我很醜？
　　　　　（金龍搖搖頭）
玉　鳳：不醜也不俊？
金　龍：俊！
　　　　　（金龍冷不防撲倒玉鳳，玉鳳掙扎無效。）
　　　　　（幕後如怨似憂的獨唱聲）

大哥哥心太黑,想得出就做得出;小妹妹心太軟,有辦法也沒辦法。從今只求你一件事,一輩子不離妹半尺……

第一場　出　海

（字幕:三年過後。）

（依山傍水,打魚人家。玉鳳一面燒煮頭盔中食物,一面搖晃着吊網中的嬰兒。）

玉　鳳:（唱）我家有個小兒郎,白白胖胖嫩汪汪。没病没災見風長,長大做個打魚郎。

（金龍肩網提簍,興沖沖地上。）

金　龍:（唱）打魚歸來心歡暢,又見妻子與兒郎。漁家自有漁家樂,太太平平度時光。
（放下漁具,直奔嬰兒）哈哈,我的兒子!

玉　鳳:看你,又把孩子嚇哭啦!

金　龍:是我把他嚇哭了?真是怪呀,這孩子看見爹爹就哭,看見娘倒笑,爹爹終日為兒下海打魚,真是白白辛苦一場啦!

玉　鳳:誰讓你風風火火,不好好逗他!

金　龍:（摩拳擦掌地）好,爹爹今天非要逗他一個笑!
（金龍逗嬰兒,嬰兒咯咯笑。）

金　龍:嘿,這頂頭盔倒叫你派上用場了。（讀誦頭盔,若有所思）牛牯……

玉　鳳:大哥,你看這頭盔上的名字,已經被水煮得模糊啦。

金　龍:模糊了好,模糊了就不再是頂頭盔,而是一隻鍋啦!

玉　鳳:大哥,你為什麼從來不肯說出自己的身世?

金　龍:（掩飾地）我的身世?哈,我有什麼身世,我只是一個日出而作、日没而息的漁夫。怎麼,你為何總要詢問我的身世?難道你對我還有什麼不放心嗎?

玉　鳳:不,我只知道你是我男人,這是我兒子,别的什麼都不管,不管……（幸福地偎着他）

金　龍：玉鳳，我會陪伴你一輩子！
玉　鳳：（甜美地）大哥……
金　龍：（愜意地）唉！
　　　　（陡地傳來龍舟號子，聲勢浩大。似有一支龐大船隊，從海上經過。玉鳳掙脫金龍，奔跑過去。）
玉　鳳：（歡呼地）謳謳，海上過龍船嘍！
金　龍：（愣愣地）天、子、巡、朝……
　　　　（唱）忽見龍船過水上，驀地心底起蒼涼。往事如煙重憶起，始覺悠然大夢長。
　　　　（踱步、沉思）
　　　　（金龍幻覺：死去的老王淩空顯現，神秘威嚴。）
老　王：金龍……
金　龍：（跪下，虔誠地）父王……
老　王：你是一代君主，不是一個漁夫……
金　龍：金龍知道……
老　王：回去吧，繼續祖先開創的基業，登臨萬民仰望的宮廷，不要忘記你是誰的子孫……
金　龍：是，父王……
　　　　（老王隱去）
金　龍：對！我應該走，我應該離開這地方，我應該去打天下！
玉　鳳：大哥，你怎麼了？
金　龍：我……
玉　鳳：拿來。
金　龍：什麼？
玉　鳳：（指頭盔）你這個不給我，我拿什麼煮飯呀？
　　　　（奪過頭盔）我說大哥，你還是好好地陪我打魚吧！
　　　　（用漁網套住他）
金　龍：（看着她，扯下漁網）不！玉鳳！（唱）
　　　　莫再為我披漁網，我本不是打魚郎。窮途末路相遭遇，懵懂逗留三載長。你知道我是誰，你曉我來何方？我只是匆匆過客相來往,雲鵠暫棲你身旁。
玉　鳳:(不解地)你在說些什麼?
金　龍:(唱)玉鳳啊,感激你患難之時相為伴,感激你療傷撫痛情意長。感激你果腹禦寒一張網,感激你三年相愛恩一場。今日飲你一泉水,他年報還十條江。
玉　鳳:(心碎)大哥!(唱)
　　　　(金龍欲下又止)
　　　　好似流水風樣輕。我問你忽然中了什麼邪,為什麼轉眼有情變無情?時到今日從頭問,你是何方一尊神?為何留三載,為何滯漁村,為何忍心拋妻子,為何要向遠方行?三年恩愛不算短,三年情義海樣深。三年共織一張網,一絲一扣不能分。
　　　　(金龍猶豫不決,老王重又出現。)
老　王:(重復地)金龍,你是君主,不是漁夫……
金　龍:(矛盾地)不、不、不……
玉　鳳:大哥,你就不要走了吧……
金　龍:(推開她)不!
老　王:金龍,你是個不肖的子孫……
玉　鳳:大哥,你不能這樣絕情……
　　　　(海上風浪驟起,金龍奔赴高處。)
　　　　(風雷疾電,天傾地旋。)
金　龍:(唱)風驟起,雷乍響,風雷催我去遠方。上天先人頻召喚,地下妻兒欲斷腸。撲面萬仞高山起,低頭腳下人一雙,一腔奔湧都是血,斬斷羈絆莫彷徨。
　　　　(接過繈褓,語重心長地)兒子,爹爹走了,你不要啼哭……好好陪伴母親,快些長大……記住,爹爹不是尋常之人,你也不是生在等閒人家……或許有那麼一天,爹爹成功了,到那時,你就知道爹爹是誰,爹爹會交給你一座江山!
玉　鳳:大哥,你真的要走?

金　龍：要走。
玉　鳳：你往哪裡走？還會回來嗎？
金　龍：（搖搖頭）不知道……
　　　　（嬰兒哭聲）
玉　鳳：大哥，我們的兒子還沒有姓名，日後長大，算是誰的子孫？
金　龍：不是漁夫，就是王侯！
　　　　（金龍毅然離去，玉鳳痛心疾首。）
　　　　（幕後獨唱）
　　　　大哥哥心太黑，想得出就做得出；小妹妹心太軟，有辦法也沒辦法。從今只求你一件事，一輩子不離妹半尺……

第二場　入　宮

（宮殿。一聲巨響，萬籟俱靜。激戰後的階石下，死屍狼藉。）
（階石之上，王座孤獨地立着。）
（字幕：二十年後。）
（牛牯得勝沖上，手舞足蹈，形似瘋狂。）
牛　牯：啊哈，勝利啦——
　　　　（兵士沖上，歡聲雷動。）
　　　　（金龍內唱："血泊中返宮廷悲喜交迸——"上。）
金　龍：（唱）償還我二十年戎馬艱辛。歎先朝失王政玉碎宮傾，撫王座一陣陣觸目驚心。
　　　　（泣聲）父王，金龍又打回來啦……
　　　　（牛牯忘形地跳上王座，振臂高呼。金龍見之，悚然一驚。）
金　龍：（一聲斷喝）牛牯！
牛　牯：（未曾經意，仍自歡呼）啊哈，老子又打回來啦，老子要坐江山啦！
金　龍：（忽地拔出劍，直指着他）你給我下來！

（靜場）
（牛牯猛然意識到了什麼,慌忙跪下。）
（金龍從容步上階石,款款入座。）
（牛牯斜睨着,冷不防飛起一脚,金龍撲倒在地。）
（全場譁然）

金　龍：兄弟,你——
牛　牯：（頑皮地）大哥,還記得這一脚嗎?
金　龍：（口氣旋轉溫和）金龍不敢忘記。
牛　牯：大哥尋思,若没有牛牯當初這一脚,公子能有今天?
金　龍：没有,斷然没有!
牛　牯：那你總該客氣一聲吧?
金　龍：（躬着身,佯裝小心）是,金龍該死,兄弟請上座!
牛　牯：（豪爽一笑）噯,大哥説到哪裡去啦!這王位本來就是大哥家裡祖傳的,兄弟我怎敢犯上?來,大哥請吧,兄弟一生一世都是大哥的忠臣!
金　龍：（固執地）不,兄弟請,還是兄弟請,兄弟稱君,金龍稱臣……
牛　牯：（看看他,信以為真）也罷,兄弟我就碰碰屁股,好歹也算過了帝王之癮!
　　　　（牛牯調皮入座,把玩有頃。金龍潛至背後,突起一劍。牛牯死去。金龍踢開牛牯屍體,沉穩坐定。）
金　龍：來呀!鳴鼓放炮,禱告列祖列宗,公子金龍,入主臨朝!
　　　　（鼓炮聲驟起,歡呼聲如潮。）
兵　士：大王萬歲!大王萬歲!
　　　　（兵士舞蹈,舞步踐踏在屍體周圍。金龍正襟危坐,不可一世。）
　　　　（蜉蝣忽從金龍王座下鑽出,東張西瞅,一臉冒失。）
　　　　（金龍及眾兵士大驚）
蜉　蝣：奇怪,明明在打仗,怎麼一眨眼就睡着啦?
金　龍：（緊張地）你是何人?

蜉　蝣：（望望金龍，有些自來熟）我叫蜉蝣，就是小蟲子，一點點，這麼大，浮在水裡，游呀游的！

金　龍：蜉蝣，這便是你的名字？

蜉　蝣：是呀，我娘說，起個賤名字，養得活！

金　龍：你是叛朝的兵勇？

蜉　蝣：什麼兵勇，我是被人抓得來的！

金　龍：抓來也是叛兵，孤王概殺無赦！

蜉　蝣：（撲通跪倒）哎呀，大王，可憐可憐我吧！想我蜉蝣上有老娘，下有妻房，一旦客死異鄉，豈不絕了全家生望？大王將心比心，慈悲心腸，蜉蝣給你老人家磕頭啦！（連連磕響頭，如雞啄米。）

蜉　蝣：（愈發起勁）大王喜歡蜉蝣，蜉蝣譬如就是大王的兒子，大王饒了蜉蝣，譬如饒了自己！

金　龍：（不禁笑出聲）哈哈，真是一個尤物！（俯身摸着他的頭）啊，蜉蝣，你是誰家的孩子，為何吃糧當兵，與孤王從實講來，孤王饒你不死。

蜉　蝣：（磕個響頭）多謝大王！（唱）
　　　　我名叫蜉蝣，蜉蝣小東西。從小命兒賤，有娘沒有爹。大王啊，對頭本無意，殺戮没道理。何不積一德，放我去尋爹。

金　龍：看你不出，倒是個孝子！

蜉　蝣：孝子孝子，饒個不死！（再磕頭）

金　龍：（點頭）唔，蜉蝣，看你言談舉止，倒令孤王有幾分不忍。告訴孤王，你爹爹是做什麼的？

蜉　蝣：聽娘說，他是一個威風凜凜的壯士！

金　龍：他叫什麼名字？

蜉　蝣：大王，我爹爹名叫牛牯！

金　龍：（一驚）牛牯？

蜉　蝣：是，叫牛牯。大王縱橫八方，見多識廣，想必認識我爹？

金　龍：（神色陡變）蜉蝣！你爹爹牛牯本是孤王手下一員大將，

只因他入宫之时，反状毕露，被孤王手起剑落，一命呜呼，你若早来一步，或许你父子还能见上一面，如今晚了！

蜉　蝣：哎呀，爹爹！（唱）
　　　　千山万水来找寻，待到相逢生死分。爹爹呀，早知父子无缘分，蜉蝣我何必离家来寻亲。

金　龙：蜉蝣，你听者！（唱）
　　　　牛牯功成露反骨，大王无奈才剪除。念他生前战功著，留你宫帷陪伴孤。

蜉　蝣：蜉蝣一不会行文，二不会杀人，大王留我何用？

金　龙：孤王乃是喜欢你，孤王要让你成为一个俯首贴耳的侍臣。来呀，送入内廷，施以宫刑。

蜉　蝣：宫刑……侍臣……啊！大王是要阉割我？不，我不当侍臣，不当阉人。大王，我家中还有妻子呀！

金　龙：（冷冷地）孤王留下叛臣之子，乃是要向天下人昭示仁慈。记住，不要学你的父亲，有始无终！带下去！
　　　　（兵士架蜉蝣下）

金　龙：（玩味地）牛牯的儿子成了阉人……哈哈……（十分惬意）
　　　　（传来蜉蝣受刑的一声惨叫，金龙蓦然一个趔趄，险些栽倒。）

金　龙：（唱）没来由手足冷，头眩晕，莫名惶恐漫上心。五脏如被人牵扯，一阵疼痛紧一阵。
　　　　我这是怎么啦？（唱）
　　　　玉柱似风摇，金殿如山倾。王座荡漾若飘飞，丹墀向下沉。抓也抓不住，唤又唤无声，旁顾四遭皆无应，真是急煞人！
　　　　（蜉蝣受刑惨叫声持续，金龙在王座上挣扎翻腾。有顷，惨叫声戛然停止，金龙硬挺于王座上，如同僵尸。一片寂静。）
　　　　（幕后伴唱）
　　　　蓦地里风起云奔，转眼时浪尽波平。

（兵士架受刑後的蜉蝣上，金龍見之，突覺茫然。）

金　　龍：他是誰？

一兵士：牛牯之子，大王吩咐閹割的少年。

金　　龍：是孤王的吩咐？孤王要閹割他？

一兵士：是，大王。

金　　龍：如此說來，牛牯的兒子閹啦？

一兵士：是，大王。

金　　龍：他再不能生兒育女，傳宗接代啦？

一兵士：是，大王。

金　　龍：這麼說來，這江山永遠是我金龍家的了……來呀，與孤王廣採美女，大選嬪姬，孤王要生一羣龍子龍孫！

（眾兵士簇擁金龍下場。蜉蝣掙扎呻吟，痛不欲生。）

蜉　　蝣：（唱）不提防受刑戮禍從天降，好端端蒙恥辱身心兩傷。不知我此時間身在何方。曾記得那一日尋父把路上，一家人送別我情深心意長。娘為我做乾糧淚水和麵淌，妻為我備行囊揉碎了肝腸。娘囑我路上須知寒與暖，妻囑我尋到爹爹早返鄉。誰知今日尋到此，爹爹死在玉階旁。恨昏王無故向我把刀舉，害得我整個身心鮮血流淌，投親不成，反受創傷，有家難回，有苦難講，萬種牽掛，都成斷想，欲死欲生，痛苦難當，思家鄉，想親娘——

（另一表演區。玉鳳與玉蕎佇立海岸，一臉期盼。）

玉　　鳳：（接唱）娘在家鄉想兒郎。

玉　　蕎：（唱）郎呀，你此時此刻在何方，可曾尋到爹，身心可健康？

蜉　　蝣：（唱）康健之軀不復有，何顏重歸我家鄉。玉蕎妻呀，新婚二載成永訣，一生累你守空房。

玉　　鳳：（唱）房裡無妻不成家，兒呀兒，你爹爹此刻在何處，哪年婆媳共成雙？

玉　　蕎：（唱）雙飛雙宿人嚮往，一旦分離苦難當。何日夫妻共鴛枕，雙雙重入溫柔鄉。

蜉　　蝣：（唱）雙飛雙宿成夢想，父子永遠難回鄉。丈夫腳下血泊

玉　薷：（唱）傷心淚，長流淌，淚水淌出一條江。
玉　鳳：（唱）江水這頭是女子，江水那頭是兒郎。
蜉　蝣：（唱）郎在階下跪——
玉　薷：（唱）妻在倚門望——
玉　鳳：（唱）娘在家中想——
蜉　蝣：（唱）一想一斷腸！
玉　鳳：（唱）想人的日子怎麼過？
玉　薷：（唱）娘啊，倒不如棄家遠走行四方！

（漫漫長路，一線延伸。）

（幕後獨唱）

尋兒歸，喚夫歸，一尋一喚一傷悲。他年親人重聚首，滿腹滋味說給誰？

第三場　盤　桓

（宮牆之內，花園一景。）

（字幕：又逾八年。）

（金龍踱步尋思，形神俱衰。）

（幕後伴唱）

後宮嬪姬三千眾，數年難得一龍種。試遍養精百味藥，終歸徒勞一場空。

金　龍：（唱）人是從前人，身是昔時身，為何不中用，憂心每如焚。愈是盼子愈無子，逐年減精神。
（白）那年流亡海島，也曾生下一子，入宮之後，派人找尋，竟然蹤影全無。難道說這竟是我的一個夢嗎？不，我是有過兒子的，有過……

（蜉蝣上。他經歷數載磨煉，已變得老成圓滑。）

蜉　蝣：（對一小宦者）坐在這裡幹什麼，還不去徵選民女？記住，要養過兒子的！

　　　　　（小宦者應聲下。蜉蝣走近金龍，一手搭肩，一手撫臂，輕
　　　　　揉慢捏，煞有介事。金龍頭也不回地配合着，二人似已
　　　　　默契。）
蜉　蝣：大王又在想什麼？
金　龍：蜉蝣，你説孤王還行嗎？
蜉　蝣：（明知故問地）大王什麼行不行啊？
金　龍：自然是生養兒子。
蜉　蝣：（眯着眼，有氣無力地）行啊，大王怎麼不行，大王是陽剛
　　　　　之人，哪裡會不行呢？行，大王就是行！
金　龍：可是……（有點難於啟齒）怎麼太醫説，縱慾過甚，反倒難
　　　　　成呢？
蜉　蝣：那都是胡説，太醫是吃大王的醋！憑大王這副鋼鐵身板，
　　　　　什麼兒子養不出來？大王行，大王真正行！
金　龍：經你這麼一説，孤王倒又精神些了。
蜉　蝣：精神好，精神妙，精神來了好睡覺！來呀，還不都來伺候！
　　　　　（數名美姬應聲上，金龍強打精神，勉力應付。）
蜉　蝣：（陰陽怪氣地）來呀！（唱）
　　　　　這一個姿容姣好，好一把剔骨鋼刀；這一個楊柳細腰，似
　　　　　一條毒蛇纏繞；這一個嫵媚萬分，絕掉你子子孫孫；這一
　　　　　個柔弱無比，纖纖手搬走金交椅！
　　　　　（金龍力不從心，終於氣喘坐地。）
蜉　蝣：（對衆美姬）大王今日到此，明日再請諸位，各自回宫
　　　　　去吧！
　　　　　（衆美姬昂首挺胸，列隊而下。）
　　　　　（優伶甲、乙上場）
優伶甲：宫裡養優伶，
優伶乙：大肉加白銀。
優伶甲：每天説笑話，
優伶乙：日子蠻開心。

優伶甲
優伶乙：見過大王，見過大宦者！

蜉蝣：（拉過一邊）昨日教給你們的節目，可曾記熟？

優伶甲：滾瓜爛熟。

蜉蝣：好，口齒要清，表情要真，有賞無賞，全看本領！

優伶甲
優伶乙：是！

（優伶甲扮君主，優伶乙扮王妃，一本正經。）

蜉蝣：大王，平平氣，定定神，一出優伶戲，看看長精神！
（金龍坐起，優伶甲乙放肆地跳上跳下。）

優伶甲：這是一方御榻，我朝上頭一睡，我就是國君。

優伶乙：這是一方御榻，我朝旁邊一睡，我就是王妃。

優伶甲：君王是一個男人。

優伶乙：王妃是一個女人。

優伶甲：兩人合在一起。

優伶乙：要養一個小人。

優伶甲：拿來？

優伶乙：什麼？

優伶甲：兒子。

優伶乙：拿去。

優伶甲：什麼？

優伶乙：種子。

優伶甲：我要的是兒子。

優伶乙：種子不發芽，兒子哪塊來？

優伶甲：明明怪你。

優伶乙：明明怪你。

優伶甲：怪你、怪你、就怪你！

優伶乙：怪你、怪你、怪自己！

（優伶甲、乙爭吵不休，扭打成團。蜉蝣幸災樂禍，撫掌竊笑。）

金　龍：（惱羞成怒）放肆！
　　　　（優伶甲、乙驚愕，蜉蝣溜向一側。金龍拔劍一揮，優伶甲、乙轟然斃命。）
蜉　蝣：（手舞足蹈）反啦，反啦！竟敢當面揭痛大王瘡疤！大王殺得好，大王一殺人，威風全出來啦！
金　龍：（猛然拋劍，恨歎一聲）唉！（唱）
　　　　二優伶裝神弄鬼似有心，揭出我隱在心頭一種疼。帝王也有帝王苦，身後常慮一傳人。巍巍宮廷總險峻，百年之後誰支撐？
蜉　蝣：只要大王捨得播種，何愁沒有收成？
金　龍：孤王不信，孤王就不是一個男人！
　　　　（金龍憤憤而下）
蜉　蝣：（一臉快意，唱）
　　　　這也叫一報一報還一報，一刀一刀償一刀。你把我廢了，我將你折腰。耗乾你的血，掐斷你的苗。絕掉你的下一代，心頭氣方消。
　　　　（小宦者上）
小宦者：啟稟大宦者，大王頒令征來的少婦，俱已在冊！
蜉　蝣：（拿腔作調）大王要找的乃是生過兒子的年輕婆娘，你可不要選錯了人！
小宦者：大宦者放心，個個都是養得兒子！
蜉　蝣：挨個帶上來，讓我先瞧瞧。
　　　　（小宦者應聲下。蜉蝣正襟危坐，一副傲態。）
　　　　（小宦者推搡玉薔上）
玉　薔：（唱）扶老攜幼到京都，八年漂泊消息無。街頭失散被徵選，強逼入宮唯嗚呼。
小宦者：見過大宦者！
　　　　（玉薔厭惡地看一眼，扭過頭去。）
　　　　（蜉蝣一驚，本能地直立起來。玉薔忽覺異樣，怔怔地回身打量。）

（幕後伴唱）

只道今生難再逢，相逢恍如在夢中。是驚是喜怎言表，一任熱淚逕自湧。

玉　蕎：你怎麼這身裝束？
蜉　蝣：你怎麼到了宮中？
玉　蕎：我被強徵而來，你……
蜉　蝣：（無言以對，滿面羞辱）我……
小宦者：他是大宦人。
玉　蕎：大宦人？
小宦者：對，就是閹人，我們都是閹人！
玉　蕎：閹人？夫啊，你……怎麼成了個閹、閹人……
小宦者：蜉蝣有女人，報與大王聽！（下）
蜉　蝣：（痛不欲生，砰然跪倒）玉蕎，我對不起你……
玉　蕎：這是為什麼……
蜉　蝣：你叫我從何說起……
玉　蕎：難道你忘了妻兒，忘了家鄉，忘了我嗎？
蜉　蝣：不，我沒忘，我一輩子忘不了，我每日每夜都在想、想你們呀……玉蕎……（泣不成聲）
玉　蕎：夫呀，你知道我們一家等你、尋你，已經整整漂泊了八年，想不到你竟醉生夢死，做了宦臣，你叫我白白辛苦一場啊……
蜉　蝣：玉蕎你聽我說，聽我說呀！
玉　蕎：我不要聽，不要聽……
（小宦者上）
小宦者：大王來啦！
蜉　蝣：（忽然驚悟，拉起玉蕎）玉蕎，快走！
玉　蕎：哪裡去？
蜉　蝣：（急切地）大王徵選民婦，乃是為了生養龍種，一旦被他看上，你可就永無出宮之日啦！
玉　蕎：啊……

蜉　蝣：快走！
　　　　（金龍突上，盯視玉蕎，玉蕎藏至蜉蝣身後，惶恐不已。）
蜉　蝣：（旋即換了一副面孔）大王來啦，大王以為這個女人如何？
金　龍：（斜睨着）天然秀色，全無塗抹。
蜉　蝣：大王喜歡，那就留着受用，瞧她這模樣，倒也是個天生的王妃，天生的娘娘！
玉　蕎：（不解地）蜉蝣，你……
蜉　蝣：（搖着手，暗示她）不要大驚小怪，蜉蝣這是為你好！
金　龍：蜉蝣，她是你的妻子嗎？
蜉　蝣：從前是，現在被大王選中，便是大王的了。
蜉　蝣：（故意一笑）蜉蝣是大王的侍臣，還要女人何用？玉蕎，聽我的話，留在大王身邊，享受寵愛，當王妃，當國母，當……
金　龍：美人，來，孤王並非好色之徒，孤王要把一座江山，託付在你的肩上，孤王要一個傳人啊！（乞求地張開手）
蜉　蝣：大王在叫你，還不快去！
　　　　（玉蕎羞怒地打蜉蝣一記耳光）
蜉　蝣：打得好，儘管打，蜉蝣侍候大王，自然也侍候娘娘。娘娘什麼時候想打奴才，就打吧！（湊上去）
玉　蕎：（捂面）天哪！他就是我從前的夫君嗎……
金　龍：蜉蝣啊，你勸勸她，你要讓她明白，伺候大王就是伺候國家；為大王養兒子就是替天下人生父母。叫她像你一樣，做大王的忠臣義僕，為大王排憂解難。不要把大王惹火了，惹火了，大王是要殺人的！
蜉　蝣：大王放心，奴才自會開導她，大王就耐心地等着吧。
金　龍：（點頭）好，你順便告訴她，普天之下，莫非王土；率土之濱，莫非王臣。想逃是逃不脫的！
蜉　蝣：（表情複雜地）是……送大王！
　　　　（金龍下）
玉　蕎：夫啊，你真的要把我獻給大王嗎？

蜉　蝣：不，不是……
玉　蕎：那是要帶着我逃走？
蜉　蝣：大王說了，你逃不出去……
玉　蕎：那你打算怎麽辦呢？
蜉　蝣：我也不知道……
玉　蕎：(走近他，央求地)蜉蝣，你要想個辦法逃走，我們去找母親和子丞。
蜉　蝣：不，我不能回去，我不能回家。玉蕎啊玉蕎，我已經不是你的男人了，我沒有臉再做人了……
玉　蕎：不，你是我男人，我不嫌棄你，只要你肯帶我出去，帶我回家。
蜉　蝣：回家，我跟你回家做什麽，我已經是個廢人了，難道你一點不明白嗎？
玉　蕎：可是，你總不能待在宫裡一輩子吧？
蜉　蝣：說得對，我就是要待在宫裡一輩子，我要陪伴大王，陪伴到死，我要報這殺父之仇啊！
玉　蕎：殺父之仇？
蜉　蝣：是的，我爹爹牛牯也是被大王殺死的。
玉　蕎：那你為什麽不也去殺了他？
蜉　蝣：我不要他這樣去死。他閹割了我的身子，我也要他生不出兒子，像我一樣，活得不舒服，活得不自在！
玉　蕎：你這又是何苦呢？
蜉　蝣：何苦？哼，我這都是他逼出來的。玉蕎，說句心裡話，我已經不想離開他了！
　　　　（内聲："大王傳蜉蝣問話！"）
玉　蕎：我與他拼了！（欲下）
蜉　蝣：回來！（忽然異樣地看着玉蕎）玉蕎，你能聽我的一句話嗎？
玉　蕎：你要說什麽？
蜉　蝣：我要你留下來當王妃，陪大王，用你的美貌和聰明去摧殘他,一直摧殘到死!哈哈,蜉蝣要用自己的婆娘來報這殺父之仇、閹割之恨啊!

玉　蕎:不,我不去,死也不去!

蜉　蝣:玉蕎,我求求你啦!

（小宦者上）

小宦者:啟稟大宦者,牆外有一老一小祖孫二人,要見玉蕎。

蜉　蝣:（緊張地）啊,我娘來啦!

玉　蕎:（掙脫蜉蝣）娘,娘!

（玉鳳拄杖摸上,子歹身背討飯頭盔跟上。）

玉　蕎:娘啊,他要將我獻給大王……

玉　鳳:他是誰?

玉　蕎:他就是你的兒子……（泣不成聲）

玉　鳳:蜉蝣,我的兒子?他怎麼會在這裡?

子　歹:蜉蝣不是我爹爹的名字嗎?

玉　蕎:正是你狠心的爹爹……

玉　鳳:蜉蝣在哪裡?我兒在哪裡?蜉蝣——

蜉　蝣:（慘不忍睹,雙膝跪下）娘,兒在這裡……

玉　鳳:（摸索有頃,忽然將蜉蝣摜翻在地）小畜生!

（唱）兒離家門無音訊,原來浪跡在京城。上有老母不奉養,下有妻兒不關心。八年生死兩不問,到頭來反將妻子獻宮廷。我問你爹爹可曾有下落,我問你為何忘記一家人?我問你如今良心在何處,我問你是否還認老娘親?

子　歹:奶奶,奶奶,你為什麼要打我爹爹?

蜉　蝣:子歹,我的兒子……（唱）娘啊娘,莫怪孩兒太絕情,兒被仇恨割碎心。娘不知,爹爹慘死在宮廷;娘不知,親生兒子成宦人;娘不知,兒媳入宮難逃走;娘不知,蜉蝣一顆復仇心。望求娘,領帶孫兒去逃命,我一家與大王結下仇恨海樣深。

玉　鳳:如此說來,都是那大王將我一家害到了這步田地?

（內聲:"大王有令,將玉蕎沐浴更衣,送入內宮!"）

玉　鳳：我要闖入內宮,與大王評理!(唱)
　　　　喚一聲我的兒子與孫孫,前有呼後有應緊緊圍定我這不怕死的人。牛牤一家敗到此,説理拼命入內廷。
　　　　走!
　　　　(蜉蝣凝眉思謀,繼而亮出利刃)

第四場　闖　宮

(沉香重帷,宮廷內景。)
(數名宦者捧玉蕎過場。金龍拈香祈神。)

金　龍：列祖列宗在天之靈,保佑金龍誕得子孫——無後之罪,金龍擔當不起。
　　　　(金龍深伏於地,蜉蝣執刃暗上。)
金　龍：(敏感地)是蜉蝣嗎?這裡用不上你,你下去吧。
蜉　蝣：是,大王。(隱下)
金　龍：(本能一怔)誰在叫嚷?
　　　　(小宦者上)
小宦者：啟稟大王,一個瞎眼婆婆闖了兩道宮門,攔都攔不住呀!
金　龍：她是誰?如此大膽?
小宦者：牛牤的妻子,玉蕎的婆婆。
金　龍：噢,她要做什麼?
小宦者：她向大王討要親人。
金　龍：放她進來!
小宦者：這瞎眼婆子可是凶得厲害呀!
金　龍：哈哈,孤王連牛牤都不怕,還怕他老婆不成。帶進來!
小宦者：是!(急下)
　　　　(玉鳳內唱:"一迭聲三項噩耗從天降——"跌撞上。)
玉　鳳：(唱)丈夫死,親兒傷,兒媳被逼入宮牆,好一似霹靂炸開我胸膛。絕了我萬種期盼、千回夢想、百般牽掛、一生希望,唯剩下,滿腔怨憤、沖天怒火,我顧不得年邁之身、橫衝直撞、面見君王論短長。昏王在哪裡？昏王在哪裡？

金　龍：（打量着）你是牛牯的妻子？

玉　鳳：（指點着）你是殺了我丈夫的大王？

金　龍：是我殺了他。

玉　鳳：你是殘害了我兒子的國君？

金　龍：是我閹割了你的兒子。

玉　鳳：你是搶奪我兒媳的狼麼？

玉　鳳：你這無道昏王！

金　龍：（大笑）哈哈……

玉　鳳：你笑什麼？

金　龍：我笑你這婆婆媽媽的事情，居然拿到我的官廷來講。

玉　鳳：難道官廷就不講理麼？

金　龍：講，當然講，但不是講這些家長里短，悲歡離合。孤王要講的乃是他的江山，他的基業，他的百歲千秋。這個你就不懂得了吧？

玉　鳳：我不懂。我只向你要兒子，要兒媳，要我的親人！

金　龍：念及於此，大王纔決定不殺你，大王決定與你了結這筆恩仇。説吧，你想要什麼？

玉　鳳：我要你償命！（唱）
　　　　罵一聲凶暴殘忍的無道昏王，我要你把我一家三口的冤債償。我丈夫牛牯他犯何罪，為什麼玉階之上把命喪？你可知我一家盼他多少載，我盼瞎了雙眼盼斷了腸。我兒蚌蜡來尋父，你一不殺，二不放，偏偏把他的身兒傷。你叫他有家難返、有苦難講、不死不活地守在你身旁——你是何等歹毒、何等凶狂、何樣的一副豺狼心腸。這世上多少美婦與姣女，你為何偏把我家兒媳搶？丈夫駕前供驅使，妻子深宮伴君王。你究竟存的什麼心，弄出這淒涼景象荒唐又荒唐。我斗膽犯上問一聲：你家可有姐和妹，你家可有爹和娘，你家如有這樣事，你將何顏立世上？我一怒之下，手舉起竹杖向前闖——罵一聲凶殘的狼，殺我丈夫,害我兒郎,占我兒媳,斷我希望,人走絕路,老命拼上。走一步,罵一聲,舞一杖,轟轟烈烈,張張揚揚,跌跌撞撞,乓乓乓乓,管你是什麽王不王!

金　龍:來呀,轟出去!
　　　　(兵士趕玉鳳下)
金　龍:(忿忿地)牛牿啊牛牿,想不到孤王這一劍竟招來如此的麻煩!(拔劍亂舞,似要驅散什麽。)
　　　　(孑孓尋上,覺着新奇。)
孑　孓:(冒失地)爺爺!
　　　　(金龍一怔,寶劍失手落地。)
金　龍:(詫異地)你是誰,你叫我什麽?
孑　孓:老爺爺,我在看你舞劍!(順便坐在階石上)
金　龍:你是誰家的孩子,你叫什麽名字?
孑　孓:我叫孑孓。
金　龍:孑孓?
孑　孓:就是小蟲子,一點點,這麽大,浮在水裡,游呀游的!
金　龍:(覺得熟悉)孑孓,小蟲子,游呀游的……這便是你的名字嗎?
孑　孓:我奶奶説,取個賤名字,養得活!
金　龍:你奶奶是誰?
孑　孓:是爹爹的娘!
金　龍:你爹爹是誰?
孑　孓:是爺爺的兒子!
金　龍:那你爺爺又是誰呢?
孑　孓:(想了想)我奶奶説,我爺爺叫牛牿!
金　龍:(一愣)牛牿?
孑　孓:(認真地)是牛牿,奶奶教孑孓從小記住爺爺的名字,不要忘了!
金　龍:(變色)如此説來,你是牛牿的孫子?牛牿他還有孫子!
孑　孓:是啊,老爺爺,你有孫子嗎?

金　龍：(陰沉地)老爺爺沒有孫子,老爺爺是孤家寡人!
孑　孓：(偏着頭)什麽叫孤家寡人,孤家寡人就是你的名字嗎?
金　龍：是的,是我的名字。可是,我也不許牛牪有孫子,我要掐死他的孫子!
　　　　(追趕)
　　　　(孑孓逃下,遺落頭盔。金龍拾起,神情頓異。)
　　　　(金龍的聲音:"模糊了好,模糊了就不是一隻頭盔啦……")
　　　　(玉鳳的聲音:"大哥,你為什麽不說自己的來歷?為什麽不說,為什麽不說……")
　　　　(玉鳳的聲音反復迴響,金龍似乎靈魂出竅。)
金　龍：天哪……
　　　　(蜉蝣潛上)
蜉　蝣：他在做什麽?難道他知道今天是他的末日嗎?
　　　　(逼近)昏王啊昏王,我要先下手啦……
　　　　(蜉蝣行刺,金龍本能避讓,受傷。)
金　龍：啊,是你!你為什麽要殺我?
蜉　蝣：(高舉利刃,訕笑着)哼哼,你還問我!你以為閹割了我身子,也閹割了我的仇恨嗎?我是要殺你,我要為我的父親報仇!
　　　　(蜉蝣追殺)
金　龍：(突然)蜉蝣,你看那是什麽!
蜉　蝣：(發現頭盔)我父親的頭盔!怎麽落在這裡?
金　龍：告訴我,你爹爹是誰?
蜉　蝣：我爹爹是被你殺死的牛牪!
金　龍：你娘是不是名叫玉鳳?
蜉　蝣：是又怎麽樣?
金　龍：你爹爹牛牪當年出走之時,你是不是還在繈褓之中?
蜉　蝣：是的,我是在繈褓之中,可是我記住了爹爹的名字。他叫牛牪!(繼續追殺)

金　　龍：(且逃且説)蜉蝣啊蜉蝣，難道説你一家數口，都相信這頭盔上的"牛牯"二字，便是你的爹爹嗎？

蜉　　蝣：我娘説是便是，難道我爹爹還有假麼？

金　　龍：蜉蝣，你聽我説，牛牯不是你的爹爹，你爹爹名叫金龍！

蜉　　蝣：金龍？你纔叫金龍！我爹爹叫牛牯，牛牯！(用刀抵住金龍咽喉)

金　　龍：(雙手力推，漸不能支)蜉蝣，你聽我説，聽我説呀！只因當年叛臣作亂，先王被殺，公子金龍為逃活命，與戰將牛牯交換頭盔，潛逃出宮。在那海島，與你母親玉鳳相愛三年，生下了你。因我樹大招風，舉國追捕，唯恐被人緝拿，連累你母子，所以一直不曾流露真實姓名。三年之後，我離開漁村，無意之中留下了這頂頭盔，誰知你們母子竟把這頭盔上的牛牯二字當作了我的名字，真是大錯特錯啊！

蜉　　蝣：(鬆力)啊？你説的這些，全是真的？

金　　龍：是真的，爹爹一句也不曾騙你！

蜉　　蝣：不，你不是我爹爹，你是殺我爹爹的仇人！(又欲刺殺)

金　　龍：蜉蝣，快放下刀子，你是我的兒子呀！

(金龍栽倒在地，蜉蝣舉刀欲殺。)

金　　龍：(乞求地)兒子，我可憐的兒子，你就饒了我吧……

蜉　　蝣：(利刃脱手)不，不，不是！我不是你的兒子，不是——(奔下)

金　　龍：(慘呼)兒子——

第五場　祭　　祖

(雷聲滾動，閃電曳空。帝王陵墓，一片荒涼。)

(金龍冠脱髮散，蹣跚尋上。)

金　　龍：兒子，我的兒子……

(雷霆炸響，諸先王出現，金龍驚駭跌坐。)

金　　龍：列祖列宗在上，金龍請罪來啦……

諸先王：金龍,你是個不肖的子孫……
金　龍：我是個不肖的子孫……
諸先王：你閹割了自己的傳人……
金　龍：是的,我閹割了自己的傳人……
諸先王：你要受到祖宗的懲罰……
金　龍：我是要受懲罰……可是,我為什麼會這樣做呢？我一生戎馬,苦苦征伐,好不容易奪回這座江山；我盼望兒孫,祈求傳人,到頭來却落得如此下場,我這是為什麼？
（諸先王無語,面面相覷。）
金　龍：（一躍而起,拔劍揮劈）唉,你們怎麼都不説話,怎麼都裝聾作啞？你説呀,你説呀,你們都説呀！（砍斫碑牌,形似瘋狂。）
（諸先王隱去）
金　龍：天回答我——
（一記驚雷轟然掠過）
金　龍：（唱）擎長劍,問蒼天,蒼天冷眼好漠然。轉對王陵聲聲喚,列祖列宗也無言。冷眼倒也罷,無言便無言,為何雷電劈打我,分明難恕我罪愆。我一生負重擔苦苦征戰,失江山奪江山二十餘年。入宮來殺牛牯也為防後患,除禍種閹蜉蝣勢使必然。我也曾登高處思深慮遠；我也曾想大海追憶從前；我也曾遣官吏四處尋親；我也曾盼兒孫苦不堪言。樁樁件件有何錯,誰知親兒在身邊。先聖若有後來眼,何不及時把靈顯。親手將,兒身殘；親手將,兒媳占；親手將,妻子撐；親手將,親人煎。大錯鑄成悔也晚,一副破碎怎補聯？一面是祖宗交予千秋業,一面是闔家老小共團圓。大路迢迢何處去——一片蒼茫在心田。
（蜉蝣慘然泣上）
蜉　蝣：天哪天,我到底是誰家的子孫,何人的後代呀……
金　龍：他就是我的兒子,他本該繼承先王的基業,可是,我已經把他廢了……

蜉　蝣：大王啊大王，你不該生我……
金　龍：蜉蝣，來，叫我一聲爹爹！
蜉　蝣：不，我沒有爹爹，我爹爹死了，他死了……
金　龍：他沒有死，他不會死，他就站在你的面前。他是一個君主，一個大王！兒啊，來，到爹爹身邊來！
蜉　蝣：不，大王，你的兒子死了，他死了……
金　龍：我可憐的兒子……
　　　　（金龍乞求着擁抱蜉蝣，蜉蝣恐懼地躲避着。金龍一個趔趄，重重栽倒。）
金　龍：蜉蝣，你還是殺了爹爹吧。
蜉　蝣：（終於感動）爹爹！
金　龍：兒子！
　　　　（父子相認，哭作一團。）
蜉　蝣：（唱）尋生父認生父噩夢一場，想爹爹怨爹爹歡喜悲傷。自幼兒只見娘長年淚淌，今日裡終見父動了肝腸。抹一把爹爹淚愛恨難講，望一望爹爹面猶自心慌。爹爹呀！你當年生兒子大海上，獨自闖蕩去遠方。不問娘親一聲短，不問孩兒一聲長。你可知人家的兒郎多歡喜，父母在堂喜洋洋。蜉蝣生來少父愛，沒有爹爹唯有娘。想不到一朝父子見了面，爹爹揮刀把兒傷。一顆心兒來尋父，生生劈碎在宮牆。早知落得這般樣，抱得什麼希望，尋得什麼親父，離得什麼親娘。如今是尋也悲傷，認也悲傷，親也悲傷，仇也悲傷，生也悲傷，死也悲傷。你叫我何顏喚你親爹爹，你有何顏認兒郎！
金　龍：（唱）心慘慘，淚悠悠，一行一行往下流。問蜉蝣，心中可把爹爹恨？
蜉　蝣：（唱）一半是淚水，一半是怨仇。
金　龍：（唱）問蜉蝣，你娘因何瞎了眼？
蜉　蝣：（唱）錯嫁了人兒淚長流。
金　龍：（唱）問蜉蝣，從前的日子怎麼過？

蜉　蝣：（唱）白日是辛苦，夢裡是擔憂。
金　龍：（唱）問蜉蝣，今後還有何所求？
蜉　蝣：（唱）只求一家再從頭。
金　龍：（唱）同在京城享富貴？
蜉　蝣：（唱）蜉蝣不願宮中留。
金　龍：（唱）留下大業誰廝守？
蜉　蝣：（唱）情願天涯去放舟。
金　龍：（唱）江山託付誰？
蜉　蝣：（唱）霸業早厭透。
金　龍：（唱）漁夫不是帝王後，
蜉　蝣：（唱）帝王與我是對頭！
金　龍：兒啊，你真的要走？
蜉　蝣：走！
金　龍：不能饒恕爹爹了嗎？
蜉　蝣：不能！
金　龍：好，你走吧，爹爹不留你，可要你將孑孓留下。
蜉　蝣：不，他是我的兒子！
金　龍：他是我的孫子！
蜉　蝣：孑孓是漁家的後代，理當打漁為生！
金　龍：他是龍子龍孫，理當成為一代傳人！
蜉　蝣：那我就殺死我的兒子！
金　龍：我先殺死我的兒子！
　　　　（金龍衝動拔劍，刺中蜉蝣，蜉蝣扭曲跪地。）
蜉　蝣：大王，你殺得好……可是，你要記住，孑孓他永遠忘不了自己的爹爹！
　　　　（猛一用力，抱劍死去。）
金　龍：（大慟）我的兒子……

尾聲 入　主

（宮殿輝煌。兵士匍匐。）
（金龍捧蜉蝣屍體上）

金　龍：孤王金龍，勞碌終身，不求世人寬恕，但求無負神明。
（玉鳳走上，身後跟着玉薔和孑孓。）

玉　鳳：（俯下去，撫摸着兒子）蜉蝣，你死了比活着歡活……
（氣絕）
（玉薔拾劍自刎，孑孓哭搶上去。）

金　龍：（挽定孑孓）來，孫兒，跨過你爹娘的屍體，走上去，你將成為一代新君！
（金龍將孑孓按坐在王座上，孑孓冷不防一劍洞穿了他。金龍艱難地回首注視孑孓，肯定地點了一下頭，寬慰地倒下去。）
（兵士呆立良久，忽然整齊地拜倒在孑孓腳下。）

兵　士：大王！
（孑孓一驚，旋即捧起那頂頭盔，臉上逐漸現出迷惑的神情……）
（兵士匍匐着）
（幕內伴唱）

大哥哥太心黑，想得出就做得出；小妹妹心太軟，有辦法也沒辦法。從今只求你一件事，一輩子不離妹半尺……
（大幕緩緩閉合）

傅山進京

（晉劇）

鄭懷興

【作者簡介】鄭懷興(1948—)，福建仙遊人，戲曲劇作家。1980年畢業於莆田師範專科學校，並開始從事戲曲專業創作。代表作有《新亭淚》、《晉宮寒月》、《要離與慶忌》、《乾佑山天書》、《奪印傳奇》、《上官婉兒》、《瀟湘春夢》、《傅山進京》、《青藤狂士》等。先後為莆仙戲、京劇、越劇、評劇、漢劇、潮劇、晉劇、高甲戲等劇種搬演。兼任的社會職務有中國戲劇家協會理事、福建省文聯副主席、福建省戲劇家協會副主席等。出版的著作有《鄭懷興戲曲劇本集》、《戲曲編劇理論與實踐》等。

【劇情概要】傅山是一位歷史人物，生於1607年，卒於1684年，清代著名思想家。初名鼎臣，字青竹，改字青主，又有真山、濁翁、石人等別名。漢族，山西太原人。明諸生。明亡後為道士，隱居土室養母。康熙中舉博學鴻詞科，屢辭不得免，至京，稱老病，不試而歸。顧炎武極服其志節。傅山於學無所不通，經史之外，又長於書畫醫學。著有《霜紅龕集》等。該劇用文學與藝術的表現手法，把傅山放在一個明清換代的歷史大背景下，在摹寫他威武不屈的民族氣節的同時，着力展現了他廣博的學術和樸素的親民思想。該劇從傅山進京開始，到重返故里結束，在有限的舞臺時空裡，以藝術的手法濃縮和再現了傅山最具光彩的生命樂章。既彰顯了傅山剛直不阿的學者風範，又刻畫出康熙皇帝尊儒惜才的博大氣度。"明亡於奴，非亡於滿"這一警句式的劇中人物的語言，是對劇意的高度概括，劇目用力塑造的傅山與玄燁這兩位主人公，雖然隔着一道誰都不肯逾越的朝代天河，但他們都不愧是遙遙先行於時代的奇才偉人。

【版本流傳】該劇最初以"傅青主"為名發表在2006年第10期《劇本》上，後收入中國戲劇出版社2011年出版的《鄭懷興劇作集》中。

【演出情況】該劇由山西太原市實驗晉劇院青年劇團首演於2007年。石玉昆導演，謝濤飾傅山，王波飾康熙，史佳花飾張靜君，梁忠威飾馮溥，王均飾戴夢熊，王鵬飾朱二，李潔飾傅蓮蘇，趙國良策劃舞臺美術。搬上舞臺之後，得到了戲劇界與知識界的高度評價,到北京、上海、甘肅、河北等地演出。先後獲得了中國戲曲學會獎、國家十大精品劇目等多種獎項。

（朱俊源）

人　物　表

傅　　山——時年七十三歲，明末清初學者，字青主。
馮　　溥——時年七十歲，清朝文華殿大學士，號易齋。
玄　　燁——時年二十五歲，康熙皇帝。
張靜君——傅山之妻，逝世時二十多歲，以幽魂的形態出現。
傅連蘇——時年十七歲，傅山之孫。
長　　老——北京崇文門外圓覺寺住持。
戴夢熊——陽曲縣縣令。
朱　　二——綽號疤二狗，陽曲無賴。

龐蓋郎、龐妻、道員（按察司分巡道、兼兵備銜）、老太監，男女鄉親、眾官員、眾太監、眾御林軍、眾衙役，兩位轎夫以及只聞其聲、不見其人的太皇太后。

（1678年初秋的下午）
（太原松莊農舍前。土屋、柴扉、小院。院落裡有個葫蘆瓜架，架下擺着一張桌子和兩三隻小方凳。）
（道員與戴夢熊由幾個衙役引上）
（衙役甲、乙、丙分頭上）

衙役甲：禀太爺，傅山不在松莊。
戴夢熊：不在松莊？
衙役乙：禀太爺，傅山不在青羊庵。
戴夢熊：不在青羊庵？
衙役丙：太爺，傅山他也不在衛生堂。
戴夢熊：也不在衛生堂？唉！（唱）

　　　　　傅山博學負盛名，
　　　　　朝廷徵召催不停。
　　　　　他偏稱病不從命，
　　　　　上司怪罪我無能。

　　　　　此番不能再遷就，
　　　　　死活都要擡進京。
　　　　　唉！不在這兒，也不在那兒，他躲到哪裡去了？
　　　　　（朱二氣喘噓噓跑上）
朱　　二：太……太爺！
戴夢熊：朱二，你小子來幹什麼？
朱　　二：太爺，我找到傅山了！
戴夢熊：找到傅山了，他在哪裡？
朱　　二：在雙塔寺看戲。
戴夢熊：啊，他還有閒心看戲？謝天謝地！
衙役乙：太爺，我們到戲棚下把他抓——
戴夢熊：且慢！百姓正在看戲，不要前往驚擾。朱二，戲快散了嗎？
朱　　二：快散了，快散了。
衙役甲：（忽有所見）哎，有一羣人翻過紅土溝，朝這邊走來了！
朱　　二：（指着前面）那個穿道袍的老頭就是傅山！
戴夢熊：哈哈哈，傅青主果然看戲回來了。
朱　　二：（拉住戴夢熊）太爺，剛纔是小的找到傅青主，求太爺——
戴夢熊：（厭惡地）少時會賞你。
朱　　二：謝太爺。不過小的還想求太爺，抓到傅青主之後，恩准小的拿一兩張字畫。
戴夢熊：放屁！你個疤二狗，雁過要拔毛。你想得美！總督大人向他求字畫都三年了，八字還沒見一撇呢！傅青主字畫，一字千金呀。
　　　　　（傅山內聲："姚大哥，叨擾了！"）
戴夢熊：快，且到一邊等候他。（與道員一起率衆衙役下）
朱　　二：嘻嘻嘻，只等傅山一抓走，朱二搶先就下手！（躲到一邊）
　　　　　（傅山內）："轉眼過了紅土溝——"
　　　　　（傅山拿個酒葫蘆，由傅蓮蘇引上，龐蓋郎等一羣鄉親隨上。）

傅　山：（唱）一直朝着松莊走。
　　　　　　　今日裡姚大哥請去看戲，
　　　　　　　板凳上坐着幾個村老頭。
　　　　　　　聽什麽飛龍鬧勾欄，
　　　　　　　消遣時光倒也忘了憂！
　　　　　　　他割了二斤肉，
　　　　　　　燉肉燒餅加饅頭。
　　　　　　　我喝了三盅汾清酒，
　　　　　　　吃了半碗大鍋粥。
傅蓮蘇：爺爺你慢點兒走。
傅　山：（唱）數月來裝病避徵召，
　　　　　　　連兒孫也認乃翁真衰朽。
　　　　　　　風聲漸息方露面。
　　　　　　　天高雲淡好個秋。
　　　　（欲往家裡走去）
朱　二：（從角落裡鑽出來）傅青主，皇帝請你進京，你却不肯去，真是個書呆子！太爺在此等你好久了！
　　　　（戴夢熊與道員、衆衙役上，羣衆被衙役們驅散下。）
戴夢熊：哈哈哈，傅老先生！
朱　二：太爺！（向戴夢熊討賞，待拿到了幾枚銅錢後，溜下）
戴夢熊：欣聞先生已康復，晚生特地來賀喜！
傅　山：貧道年過古稀，猶如風前殘燭，明滅不定，再亮也捱不了幾時！
道　員：先生，按司替你請辭之奏摺已被皇上批駁下來了！
傅　山：啊！
戴夢熊：皇上嚴令各省督、撫，把被推薦者作速起送來京。
道　員：按司今日又下急令——
戴夢熊：不立即送先生入京，就要把晚生就地免職！
　　　　（衆人聞言一愣。）
傅　山：啊，貧道不入京，要免你的職？

戴夢熊：晚生免職，還是小事，朝廷拿你以叛逆論罪，還要株連先生一家呀！
傅　山：（唱）召喚不成便加罪，
　　　　　　　對待士人甚蠻橫。
　　　　　　　昔日屠城毀文教，
　　　　　　　如今尊儒豈是真？
　　　　　　　我何甘俯首聽命，
　　　　　　　却不能害家人也莫累縣令失前程！
　　　　　　　且往故都尋舊夢，
　　　　　　　了却殘生目可瞑。
戴夢熊：先生答應了吧。
傅　山：知屬仁人不自由，病軀豈敢少淹留！
戴夢熊：先生答應了？先生，晚生奉命差遣，萬望先生見諒。（忽然向傅山跪下）
傅　山：起來，快起來！傅山一生不怕殺，就怕跪。也罷，事到如今，貧道就捨去老命赴京城吧。
傅蓮蘇：爺爺！
　　　　（龐蓋郎夫妻、朱二及男女鄉親上。）
傅蓮蘇：到北京跋山涉水，你怎麼走得動呀！
衆　人：是啊，你怎麼走得動呀！
戴夢熊：先生請放心。晚生已備籃輿一頂，專送先生到北京！
　　　　（兩個轎夫擡着轎子上。）
衆清兵：請先生上轎！
傅　山：生既須篤摯，死亦要精神。諸位鄉親，傅某拜別了！
衆　人：傅大爺，一路平安，早去早回。
傅　山：多謝諸位！
傅蓮蘇：爺爺。
傅　山：（發現鄉親們在拭淚）啊，大家莫要哭，莫要哭！
老大娘：傅大哥，你走了，俺要是舊病復發，找誰看呀！
傅　山：大妹子你這是病後虛弱，每天做一碗"頭腦"吃，補補身體,就好了!
老頭子:先生創製的"頭腦"真好,俺每天吃一碗,如今耳聰目明手腳健!
龐蓋郎:傅大爺,俺家為你做了雙鞋。
龐　妻:俺針線不好,大爺莫嫌棄!
龐蓋郎:剛好給你送行!(奉上一雙布鞋)
傅　山:(接過布鞋,唱)
　　　　手捧布鞋心頭暖,
　　　　故鄉熱土風俗淳!
　　　　孫兒!
　　　　文房四寶快端上,
　　　　臨行作畫慰鄉親!
傅蓮蘇:哎!(進內捧上文房四寶出來,擺於桌上,並研墨)
傅　山:蓋郎,你想要畫什麼?
龐蓋郎:大爺要送畫給小的?
傅　山:禮尚往來,你送我布鞋,我也該送你一幅字畫吧!
龐蓋郎:多謝大爺!多謝大爺!(問其妻)老婆,你說說,畫什麼好?
龐　妻:聽說大爺畫的東西都會顯靈。
龐蓋郎:都會顯靈?
朱　二:畫個財神送元寶。
龐蓋郎:大爺,小的求你畫頭牛,以後顯靈好耕地。
傅　山:畫牛?好,我就給你畫頭牛!(唱)
　　　　潑墨揮毫畫頭牛,
　　　　牛比老漢要自由。
　　　　拉犁翻地雖辛苦,
　　　　背馱牧童田野遊!
　　　　畫罷交與好鄰里,
　　　　見牛如見我老頭!
　　　　(交畫與龐蓋郎)

龐蓋郎：多謝大爺！
龐　妻：多謝大爺！
　　　　（眾人圍觀畫，讚不絕口。）
戴夢熊：先生，請來上轎！
傅　山：且慢！
傅蓮蘇：爺爺，你是不是要吩咐孫兒，別忘了帶一件寶貝？
傅　山：好聰明的蓮蘇啊！
龐蓋郎：蓮蘇，你家還會有什麼寶貝？
傅蓮蘇：先祖母所繡的《大士經》，爺爺看得比命還要重呀！（下）
龐蓋郎：大爺，大娘都過世幾十年了，你還如此念念不忘！
傅　山：歲數越大越念舊呀。
戴夢熊：來呀，下面奏樂放炮。
　　　　（內傳鑼鼓聲、鞭炮聲。）
　　　　（傅蓮蘇背一個包袱上。）
傅　山：戴大人，你奏樂放炮，要為貧道送終？
戴夢熊：不，不，不，傅先生，你奉旨進京，乃是陽曲縣的大喜事呀！
傅　山：紅喜事，白喜事，都是喜事。
戴夢熊：奏樂放炮，為傅山先生——
朱　二：送終！
戴夢熊：呸！是送行。
傅　山：哈哈哈！孫兒，與爺爺更衣上路。
　　　　（傅蓮蘇幫傅山換上朱衣。）
眾　人：傅大爺，保重！
傅　山：多謝諸位。
　　　　（燈暗。）

　　　　（南書房。壁上掛著董其昌與傅山的書法作品。）
　　　　（玄燁練寫了一個"福"字後，又去觀賞傅山的《草書七絕書軸》。）

（老太監侍立一旁。）

玄　燁：傅山的行草,高古純樸,直逼漢魏,勝過董太史!（唱）
　　　　久聞傅山善字畫,
　　　　今日有緣賞奇葩。
　　　　比起那董行草古淡瀟灑,
　　　　不愧是晉唐以下第一家。
　　　　大清國馬上得來這天下,
　　　　今須把鴻儒們招入京華。
　　　　若能與傅山一起論書法,
　　　　教寡人更上層樓筆生花。
　　　　（內報："文華殿大學士馮溥宮外候旨!"）

玄　燁：宣!
老太監：喳!
玄　燁：（對老太監）你到後宮去看看,太皇太后好些了嗎?
老太監：喳! 皇上有旨,宣馮溥馮大學士進宮!
　　　　（馮溥內聲："遵旨!"上。）
馮　溥：歷事兩朝豈容易,年屆古稀應優哉!（拜）臣馮溥見駕,吾皇萬歲!
玄　燁：賢卿平身!
馮　溥：（看到玄燁書寫的"福"字）皇上書法,已成大家,所書"福"字,別具一格,天下無不喜愛,能得一幅,如獲至寶。
玄　燁：與董、趙相比,朕纔登堂,尚未入室。賢卿,你看那一幅——
馮　溥：（擡頭一看）啊,這是傅山的《草書七絕書軸》!
玄　燁：是呀。賢卿,聽說黃道周曾稱傅山的書法為"晉唐以下第一家"。
馮　溥：這只是黃道周一家之言。以臣之見,傅山書法比董太史,還差一點兒!
玄　燁：哈哈哈,莫非見朕喜歡董太史,你就故意壓抑傅青主?
馮　溥：不是,不是,這也是臣一孔之見! 皇上,今日你看到其字,不日就可以見到其人了。
玄　燁：啊！傅山應徵來了？
馮　溥：是呀，傅山前日就抵達宛平，最遲明天就可以進城了！
玄　燁：這麼說，被薦者都快來齊了？
馮　溥：快到齊了。皇上求賢若渴，四海歸心哪！
玄　燁：四海歸心？未必吧，顧炎武以死拒聘，李顒行至中途，要拔刀自刎！
馮　溥：似此等性情古怪者，自甘淪落，何損聖德？
玄　燁：唉，人各有志，不好相強！朕將下詔，恩准顧、李兩人所辭！
馮　溥：皇上如此寬宏，必教士大夫感激涕零！
玄　燁：哼哼！該寬則寬，該嚴則嚴，傅山要是再不肯應徵的話……
馮　溥：皇上也要恩准他以疾辭？
玄　燁：不！顧、李可恩准，傅山却不行！
馮　溥：啊！
玄　燁：（唱）朕早知傅山他特立獨行，
　　　　　　而立年率百名秀才入京。
　　　　　　為山西提學袁継咸叫屈，
　　　　　　攔首輔鬧午門朝野震驚。
　　　　　　我大清入主中原他改字，
　　　　　　字青主着朱衣別有用心。
馮　溥：啊，皇上，他改字為青主，不過表白歸隱青山之意！
玄　燁：歸隱青山？不，他在《甲申守歲》中寫道："怕眠誰與聞雞舞，戀着崇禎十五年。"眷戀明朝之心，豈不昭然若揭？
馮　溥：秀才寫詩，癡人說夢，當真不得。再說傅山七十多了，沒什麼指望了。
玄　燁：他雖然年事已高，也不可等閒視之，聽說他熟諳兵法，精通劍術。
馮　溥：啊！莫非皇上這次要趁機捉他？

玄　燁：哈哈哈，傅山既然來了，朕就既往不咎了，還要格外優待他。他一歸順，大河以北的士大夫都入朕之彀中呀！

馮　溥：皇上聖明呀！

（老太監匆匆上。）

老太監：禀皇上，太皇太后還是覺得頭昏腦漲。

玄　燁：御醫怎麼說？

老太監：御醫們都把過脈了，就是診斷不出太皇太后所患何病。

玄　燁：（一愣）啊！

馮　溥：太皇太后前天聽戲還好好的，怎麼突然不豫？

玄　燁：（焦急地）是呀，朕原以為太皇太后偶感風寒，誰知御醫們都診斷不了！

馮　溥：皇上莫急，請御醫們再仔細會診！

玄　燁：朕幼失怙恃，全賴太皇太后扶養；她一不豫，朕就憂心如焚。賢卿，朕先去後宮探望，回頭再與你商量博學宏詞科如何殿試。

馮　溥：是。臣遙向太皇太后請安！

（玄燁由老太監陪着，就要走下去，突然想到什麼，又轉身過來。）

玄　燁：唉，傅山不是擅長醫道，尤其精通女科嗎？

馮　溥：是呀，太原百姓都譽他為仙醫。

玄　燁：太皇太后吉人天相呀！（唱）
　　　　靈機一動請傅山，

馮　溥：皇上的意思……

玄　燁：（唱）此乃是上天賜機緣。

馮　溥：這……

玄　燁：賢卿，你猶豫啥呀？

馮　溥：臣是怕……

玄　燁：是不是擔心傅山不肯入宮診治？（見馮溥點頭，便笑了笑）中原士大夫最講究面子，朕不計較繁文縟禮，這次趁機給他一個臺階，請他進宮，他還能不來嗎？

馮　溥：啊，皇上請傅山治病，是跟他在——
玄　燁：下棋。（點頭微笑）
馮　溥：啊！（旁唱）
　　　　皇上要請傅山入宮診斷，
　　　　頓叫我一顆心懸在半天。
　　　　多年前曾與傅山識一面，
　　　　道不同不相與謀却暗慚。
　　　　擔心他抗旨惹天怒，
　　　　一悉他奉詔我欣然。
　　　　要教野鶴朝天子，
　　　　需時日、莫倉促、怕野性、尚未改、入宮恐將亂子添！
　　　　（燈暗。）

（宛平城外。）
（秋天的傍晚。）
（兩個衙役內聲："閒人閃開了！傅老先生，快走啊！"）
（兩個衙役上。）
（傅山騎着驢，由傅蓮蘇伴隨上。）
傅　山：（唱）强召入京千里路，
　　　　半途籃輿換跛驢。
　　　　既不忍轎夫汗如雨，
　　　　也不願匆匆入故都。
傅蓮蘇：（唱）人老何堪奔波苦，
　　　　强徵豈是尊鴻儒？
　　　　爺爺，應試從來都是出自士人自願，怎能如此强迫？
傅　山：是呀！出仕隱居，各人志趣；官府當聽其便，不必橫加干預。清室此舉，要以功名籠絡士大夫，把野鶴馴化為鸚鵡。
傅蓮蘇：要把野鶴馴化為鸚鵡？

傅　山：是呀！（唱）
　　　　功名利禄相誘惑，
　　　　只恐鴻儒變奴儒。
傅蓮蘇：（唱）伴行更諳爺秉性，
　　　　一身正氣恥為奴！
傅　山：（唱）落照餘，好風徐，
　　　　與孫兒漫步且下驢。（下驢）
　　　　牽跛驢，穿桑榆，
　　　　蘆溝曉月花卷舒。
　　　　（兩個轎夫擡着馮溥上，四個官員騎馬跟隨上，與傅山公孫、兩個衙役走圓場。）
馮　溥：（唱）出城迎接傅青主，
　　　　未見蹤影疑慮生。
　　　　縱是龜爬也該到，
　　　　永定門離此只一亭。
四官員：（唱）傅山海内皆仰慕，
　　　　與他結識沾清名。
馮　溥：（唱）不見傅山難覆旨，
　　　　老夫心急如油煎。
四官員：（唱）數盡籃輿皆不是，
　　　　莫非他早已轉身返太原？
傅蓮蘇：啊！爺爺，你看，遠處來了一羣人馬！
傅　山：啊！孫兒，等他們到來，就說爺爺病了。
傅蓮蘇：爺爺放心，孫兒能應付。
　　　　（傅山坐下，依樹閉目養神。）
馮　溥：（下轎）青主老兄，易齋迎你來了。
四官員：傅老先生，晚輩迎你來了！
馮　溥：啊，青主怎麼啦？（對傅蓮蘇）他是……
傅蓮蘇：稟老爺，我爺爺因長途奔波，疲憊不堪，方纔昏迷過去。
衆官員：啊！

馮　溥：來呀,快把這位老先生背上轎,擡到萬柳園去!
衆官員：快快快,擡到萬柳園去!
傅蓮蘇：且慢,爺爺說,老人昏倒動不得,要讓他自己漸漸醒過來。
馮　溥：哦!青主老兄,你醒過來呀!
衆官員：傅老先生,你快醒過來呀!
傅　山：(慢慢睜開眼睛)孫兒,是前村的姚大爺在喊我嗎?
傅蓮蘇：不是姚大爺,是京城來的一位自稱易齋的老爺爺。
四官員：是馮相國親自來迎接老先生。
傅　山：哦!是山東益都的馮易齋?
馮　溥：是呀,老兄好記性!
傅　山：怎不記得,你是崇禎十二年的舉人,聽說如今在萬人之上、一人之下?
馮　溥：哪裡,哪裡!
傅　山：一晃幾十年,你也滿頭白髮了!易齋呀,榮華富貴也擋不住歲月匆匆!
馮　溥：老了,老了,都老了,我七十,你七十三,都年屆古稀了。青主兄,鄙人一直翹首以待,今天終於接到你了。你爺孫就在敝府萬柳園下榻吧。
傅　山：多謝盛情。貧道住慣草堂土屋,何堪豪門車馬紛擾?旅途勞累,就近投宿圓覺寺罷了。
馮　溥：這……
官員甲：圓覺寺十分荒涼,和尚都快跑光了,怎麼能住呀?
官員乙：不如搬到山西會館去吧,京城山西士商們早已拂榻以待。
四官員：是呀,住入山西會館,就像在老家一樣。
馮　溥：崇文門外就有一個三晉會館,離此不遠。
四官員：那就搬進三晉會館吧!
傅　山：多謝諸位美意,貧道好靜,只想住在荒村古寺。
四官員：啊!像先生這樣的高士,怎能住在荒村古寺呀!
傅蓮蘇：請諸位不要勉強他了,我爺爺心一煩,就會舊病復發。
四官員：這……(面面相覷,私下嘀咕)書呆子,迂夫子,怪老頭,真圪旭!

馮　溥：(唱)脾氣古怪莫再逼,
　　　　讓他荒寺暫安眠。
　　　　當務之急醫太后,
　　　　青主兄!
　　　　鄙人有話與你談。

傅　山：易齋,你如今身居宰輔,燮理陰陽,忙得很哪,快回城去吧,貧道也想早點兒安歇。

馮　溥：青主兄,鄙人想請你去看病!

傅　山：看病?哎呀呀,我自己都半死不活,還會給人看病!況且你所說的病人,絕非市井賤夫,必是達官貴人!貧道一向以為,奴人害奴病,自有奴醫與奴藥,高貴者不能治;貴人害貴病,自有貴醫與貴藥,貧賤者不能治。

馮　溥：老兄,時已不早,閒話不說。請你治者,乃是當今——

傅　山：當今什麼人?

馮　溥：當今是指萬歲呀!

傅　山：萬歲?萬歲不是在煤山賓天多年?

馮　溥：唉,是康熙皇帝請你入宮給太皇太后看病呀!

傅　山：哦,原來是指你新主。唉,可惜呀,我方外不嫻新世界,心中只記舊山河。

馮　溥：青主呀,你……你一向主張愛無差等,人無貴賤,治病救人怎麼能分新舊!

傅　山：治病救人?(唱)
　　　　玄燁請我醫祖母,
　　　　遵循醫道當應承。
　　　　進宮診治怎行禮,
　　　　不甘俯首來稱臣。
　　　　早知入京多尷尬……
　　　　情急忽有一計生!
　　　　也罷,看在治病救人的分上,貧道只得答應了!

馮　溥：老兄果然一副菩薩心腸！
四官員：是啊，菩薩心腸啊！
馮　溥：哈哈，走，立即坐轎進宮去！
傅　山：慢！看病不必進宮。
馮　溥：啊，不必進宮？這不進宮，如何為太皇太后看病？就是用牽線把脈，也得入宮呀！
傅　山：哈哈哈，你只須將患者頭髮拔一根送來，貧道依髮辨症！
馮　溥：（驚奇）什麼！依髮辨症？
四官員：（驚奇）什麼！依髮辨症？
　　　　（燈暗。）

　　　　（宮中。）
玄　燁：啊，依髮辨症？（唱）
　　　　說什麼依髮來辨症，
　　　　教朕滿腹起疑雲，
　　　　莫非他不願入宮拜天子，
　　　　纔出怪招糊弄人？
　　　　馮溥回宮可明真相，
　　　　看傅山是否在欺君。
　　　　（馮溥拿着一包草藥上。）
玄　燁：賢卿，傅山依髮辨明太皇太后得了什麼病？
馮　溥：傅山他，他細觀臣所帶之銀髮，沉默不語，走到圓覺寺外，抓了這一把草藥。
玄　燁：草藥呢？
馮　溥：（呈上草藥）說分三次煎服。
玄　燁：啊，這是什麼草藥？
馮　溥：他也沒說，只說這草藥務須由……
玄　燁：由什麼？
馮　溥：由患者子孫親手煎，服了纔靈驗。

玄　烨：這麼説，草藥還須由朕親自煎之？
馮　溥：皇上親自煎藥，孝感天地，太皇太后一定會藥到病除，康復如意。
玄　烨：太皇太后到底是患了什麼病症，傅山又是怎樣言講？
馮　溥：這……
玄　烨：你不如實説來，朕就不敢煎藥，耽誤太皇太后治療，重責如山。
馮　溥：啊！（旁白）哎呀，這回我是水豆腐掉到灰裡——吹不得也拍不得！
玄　烨：儘管説來！
馮　溥：皇上……
玄　烨：還不説！
馮　溥：傅山凝視銀髮半晌，説了兩句……
玄　烨：兩句什麼？
馮　溥：這病是前天下午纔發的。
玄　烨：（點點頭）還有一句呢？
馮　溥：臣不敢言。
玄　烨：朕讓你説，你就説！
馮　溥：臣遵旨！傅山説："年紀這麼大了，還患上相思病！"
玄　烨：（厲聲）胡説！
馮　溥：（跪下）臣罪該萬死，臣不過是照搬傅山的原話，一字不曾假！
玄　烨：傅山呀傅山！你要是不肯入宮看病，情猶可凉。你借診斷之機侮辱太皇太后，是可忍，孰不可忍！內侍！
（老太監匆匆上。）
玄　烨：立即傳旨刑部，到圓覺寺抓捕傅山，將之打入天牢！
老太監：喳！
（從珠簾後面傳來太皇太后的聲音："且慢，傅山神醫也！"）
（眾人一愣。）

（太皇太后的聲音："哀家前天下午翻箱時，無意發現你祖父太宗皇帝的一雙皮靴，不禁觸動心懷。他與哀家分別已三十六年了！皇上，傅山診斷得好準呀，哀家一聽，心頭頓覺輕鬆了！"）

馮　溥：（叩首）太皇太后安康，乃是大清之福！
玄　燁：傅山真奇人也，應該請入宮來！
馮　溥：哎，要是他肯入宮，何必取髮辨症！
玄　燁：哈哈哈，傅山善治世上奇難雜症，朕能治中原士大夫……
（燈暗。）

（圓覺寺大殿上。寺外雪花飄灑。）
（傅山內聲："好雪呀！"）
（傅山內唱："下了坑，步出禪房──"上。）

傅　山：（唱）大殿上，一盆炭火暖洋洋。
　　　　望野外銀裝素裹，
　　　　千里白茫茫。
　　　　謝上蒼還我個乾淨世界，
　　　　半日清閒清淨時光。
　　　　玄燁想借看病賺我臣服，
　　　　我依髮辨症將他巧抵擋。
　　　　寧死也不願去朝拜，
　　　　任憑眾人說短長。
　　　　偷閒且把大雪賞，
　　　　雪也賞我滿頭霜。
　　　　一時物我皆兩忘，
　　　　野茫茫兮天蒼蒼！
（練拳術）
（玄燁裝扮成居士，飄然而上。）
傅　山：（一愣）客官，你──

玄　燁：敢問道長，你可是太原傅青主嗎？
傅　山：你我素昧平生，何以認得貧道？
玄　燁：哈哈哈，字畫詩醫皆稱絕，天下何人不識君！
傅　山：啊，今日冰封雪蓋，天寒地凍，飛鳥盡，人蹤滅，客官如何而來？
玄　燁：慕名已久，神交多時；冰雪何能阻，靈犀一點通。
傅　山：哦，敢問客官是……
玄　燁：天地為逆旅，你我皆過客，何必究根底，相遇即有緣；踏雪來探訪，專為論書法！
傅　山：啊！（旁唱）
　　　　不速之客氣宇軒昂，
　　　　先聲奪人絕非尋常。
　　　　水來土掩我沉着，
　　　　談書論藝正氣揚。
　　　　不知客官對書法有何高見，願聞其詳！
玄　燁：道長！（唱）
　　　　晚生最愛翰墨香，
　　　　寬懷只有字幾行。
　　　　今日隨緣揮象管，
　　　　聊書"福"字獻道長！
　　　　（揮筆，書一"福"字）請道長指教！
傅　山：啊！（旁白）這個"福"字甚眼熟，多少官員曾臨摹！（恍然大悟）啊，莫非是他……（唱）
　　　　縱是玄燁待怎樣，
　　　　李太白視帝王如平常！
　　　　市井賤夫皆可擁天下，
　　　　任他是萬乘主揶揄又何妨！
玄　燁：請道長指點吧！
傅　山：客官這一"福"字，筆勢瀟灑隨意，可見功力匪淺。
玄　燁：哪裡，哪裡。晚生能得道長厚愛，不勝榮幸！

傅　山：客官筆法，是師法明太史董其昌的吧？
玄　燁：哎呀！好眼力，晚生正是師法董太史，也曾學過趙孟頫。
傅　山：董其昌稱趙孟頫為五百年之所無，可謂同氣相求。
玄　燁：道長莫非不服董太史所評？
傅　山：趙孟頫身屬趙宋皇族之後，而臣服於元朝，氣節喪，人品低，其書巧媚；董其昌為官不正，貪得無厭，其字清媚！
玄　燁：道長，你不可因人廢字呀！
傅　山：哈哈哈，作字如作人，亦惡帶奴貌。試看魯公書，心畫自孤傲！
玄　燁：啊！
傅　山：客官書學董、趙兩家，故此字也含俗態，未得正脈，難登逸品！
玄　燁：啊，你……
傅　山：當今推崇董、趙之字，別有用心；客官不可上當，誤入歧途。
玄　燁：噢！你説，當今推崇董、趙，用心何在？
傅　山：漸摧中原士大夫之氣節，添天下讀書人之奴性！
玄　燁：（一愣，倒吸一口涼氣）啊！
傅　山：（旁唱）借評書法來抒憤，
　　　　　　　他推崇趙、董喜奴人！
玄　燁：（旁唱）欲發作，又吞忍，
　　　　　　　馴服烈馬要耐心。
傅　山：（旁唱）坦言若惹他發怒，
　　　　　　　一死留下清白名。
玄　燁：（旁唱）容他犯顔顯我量，
　　　　　　　當教鴻儒識明君！
　　　　道長！
　　　　　　　帝王都喜臣民俯首貼耳，
　　　　　　　你可要設身處地體諒當今。
傅　山：客官！（唱）

　　　　　帝王們求臣民俯首貼耳,
　　　　　又何知俯首貼耳成奴人。
玄　燁：哈哈,道長,天下臣民,皆俯首聽命於天子,乃天經地義也!
傅　山：非也,非也,天下者,非一個人之天下,乃天下人之天下也,就是市井賤夫也可平治天下。
玄　燁：(震驚)啊!
傅　山：獨操其權,私營神器,而令天下不敢不從者,乃獨夫,非堯舜也;若以功名利祿誘人入其彀中,其臣下必多庸奴耳!
玄　燁：(旁唱)古稀老翁,一介草民,
　　　　　　　　出語竟然,石破天驚。
傅　山：(旁唱)皇帝草民本平等,
　　　　　　　　身雖貧賤骨錚錚。
玄　燁：(旁唱)他有意出言不遜激怒朕,
傅　山：(旁唱)他不動聲色涵養深。
玄　燁：(旁唱)我自信能叫他體察聖命,
傅　山：(旁唱)我偏要把定心旌不稱臣!
玄　燁：道長呀!(唱)
　　　　　言歸正傳再論字,
傅　山：好呀!(唱)
　　　　　只論書法心放平。
玄　燁：雪天古刹共爐火,
傅　山：歷代書家茗中評。(斟茶)
玄　燁：流派衆多百花豔,
傅　山：溯源書聖序《蘭亭》。
　　　　　(兩人相視,哈哈大笑。)
玄　燁：(唱)喜歡臨摹《蘭亭序》,
傅　山：(唱)勤學苦練得精神。
玄　燁：敢問道長,如何能得書法正脈?
傅　山：寧拙毋巧。

玄　燁：寧拙毋巧？
傅　山：寧醜毋媚。
玄　燁：寧醜毋媚？
傅　山：寧支離毋輕滑，寧直率毋安排，如老實漢走路，步步踏實，不左右顧，不跳躍趨！
玄　燁：好一個不左右顧，不跳躍趨。哈哈哈，聽君論書一席話，勝過臨摹十年帖！他日有機會，再移樽求教。告辭！
傅　山：一任清風來又去，心如周柏遠紅塵。
玄　燁：（旁白）今朝踏雪來探訪，要令枯木感春風！（飄然而下）（傅蓮蘇與長老上。長老看到桌上"福"字，一愣，走到大門口張望。）
傅蓮蘇：爺爺，方纔你與誰談天說地？
傅　山：與一不速之客！
長　老：道長，你剛纔跟來訪者說些什麼？
傅　山：嫌其書法未得正脈，難算逸品！
長　老：啊！阿彌陀佛！你可知來者是誰嗎？
傅　山：一看這"福"字，便知是康熙！
傅蓮蘇：啊！是康熙駕到？
傅蓮蘇、
長　老：你明知他是皇帝，也敢批評其字？
傅　山：哈哈哈，我傅山就是要讓高居九重者看到，天地間還有人敢在他面前說真話！
（燈暗。）

（内宮。）
（馮溥上。）
玄　燁：（念）博學宏詞今日殿試，
　　　　　要教傅山拜尊前。
　　　　賢卿，諸位鴻儒碩學可曾到齊？

馮　溥：稟皇上，一百四十二位賢士都已聚集保和殿，恭候聖駕！
玄　燁：明明是一百四十三位，還缺少何人？
馮　溥：只缺少一個傅山！
玄　燁：又是傅山！他為何拒試？
馮　溥：昨晚他突然腹瀉不止，無法前來應試。
玄　燁：腹瀉不止？哼，朕看他的病，不是下瀉，乃是上亢！傅山呀傅山！（唱）
　　　　明知朕禮賢下士追舜堯，
　　　　你還是不肯歸附立孤標！
馮　溥：傅山脾氣古怪，越老越孤僻，望皇上不必與之計較！
玄　燁：（旁唱）與他論字於古廟，
　　　　　　　朕已賞識他清高。
　　　　　　　要攬高士入吾彀，
　　　　　　　朕不妨再讓一遭！
　　　　（對馮溥）
　　　　相國求情朕且饒，
馮　溥：皇上恕傅山，士林更歸心！
玄　燁：（唱）專為傅山下一詔！
馮　溥：皇上要放傅山回去嗎？
玄　燁：不，傅山學術淵博，有膽有識，人才難得，不試也要授職於他！賢卿，你說，該授他何職？
馮　溥：這……皇上，不如授他一名八品正字！
玄　燁：只授八品正字？略嫌低些。授傅山內閣中書之職吧！
馮　溥：封他內閣中書？那是六品呀，皇上對傅山真是無比恩寵呀！
玄　燁：殿試之後，你親自到圓覺寺宣旨，命傅山明日金殿謝恩！
馮　溥：謝恩？皇上對他如此禮遇，倘若他再不謝恩——
玄　燁：傅山若再不肯謝恩，就怪不得朕先禮而後兵！（下）
馮　溥：遵旨！（走出宮，宣讀聖旨）傅山接旨："皇上念傅山有病，免其殿試，今授予傅山內閣中書之職，命傅山明日金殿謝恩。欽此。"

（深夜。）
（圓覺寺禪房裡。一盞青燈，殘焰如豆。牆上掛着一幅大士繡像。）
（幕後不斷傳來："傅山明日金殿謝恩！"的聲音。）
（傅山在禪房中徘徊。）

傅　山：（唱）寒蛩斷續促更殘，
　　　　　殘焰如豆照無眠。
　　　　　託病拒試偏授職，
　　　　　又逼謝恩躲避難！
　　　　　衆人勸我識時務，
　　　　　何必獨保漢衣冠？
　　　　　隨世沉浮作奴物，
　　　　　能享厚爵做高官。
　　　　　逆流而上多凶險，
　　　　　一葉扁舟陷狂瀾！
　　　　　多少舊知成新貴，
　　　　　我煢煢孑立，四顧茫然。
　　　　　多少人求醫求藥求字畫，
　　　　　有幾個背後不笑我狂顛？
　　　　　我始終不臣服豈戀明室，
　　　　　為的是把士人氣節保全。
　　　　　怕玄燁只以功名相籠絡，
　　　　　教士人氣節喪媚骨奴顏！
　　　　　士大夫能養得浩然正氣，
　　　　　纔不使中原文脈斷了源！
　　　　　玄燁他對我似步步退讓，
　　　　　實則是步步緊逼懸崖邊。

明日對弈於金殿，
再倔勢必墮深淵！
志已抱定何畏死，
敢灑熱血午門前。
小蓮蘇入睡後細寫遺囑，
訓子孫世世代代代代世世好好讀書與耕田。
布衣茅屋粗茶淡飯，
切不可存毫髮勢利富貴於心間！
提起筆恍惚見我子孫面，
與子孫相濡以沫苦亦甘。
從此後兒孫有難幫不上，
書一字雙行淚淚濕素箋！
傅山我命雖孤寒情却熱，
怎忍心捨下子孫赴黃泉！
（望着繡像）
此幅靜君生前繡，
撫之吾心又嬋媛。
見此如見靜君面，
夫妻一別幾十年！
陪我走南又闖北，
一路相伴勁倍增。
夏日你把清涼送，
冬夜你為我驅寒。
有苦朝你來訴說，
有淚由你來揩乾。
一想到你，我頓生憐！
明日黃泉尋妻去，
此幅不能帶身邊。
留與子孫作傳家寶，
盼此幅保傅家世世代代子子孫孫和和睦睦平平安安！

　　　　（正要轉身去寫遺囑）
　　　　（張靜君的幽靈從大士繡像後面飄出來。）
張靜君：（輕聲地）夫君！
傅　山：啊！靜君，你是回來接為夫到黃泉去的嗎？
張靜君：夫君呀！（唱）
　　　　靜君我配君子三生有幸，
　　　　恨命薄我只伴夫君幾春！
傅　山：賢妻呀！恨當年醫術未精難救治，害得你早早飲恨於
　　　　幽冥！
張靜君：（唱）夫君你念舊情誓不復娶，
　　　　　　　陰陽隔也難阻咱生死情！
　　　　　　　孤魂常深夜回鄉來探望，
　　　　　　　似輕風如月光悄然無聲！
　　　　　　　趁你擁兒熟睡際，
　　　　　　　為你輕拭滿面塵。
　　　　　　　聽你夢中將妻喚，
　　　　　　　欲啼又恐兒受驚！
　　　　　　　夫君呀！上天既賦你異秉，
　　　　　　　命何多舛志難伸？
　　　　　　　領秀才救恩師你敢蹈虎尾，
　　　　　　　恨屠城抗暴政你屢履薄冰！
　　　　　　　兒孫們跟着你流離顛沛，
　　　　　　　多少年嘗盡艱苦無怨聲。
　　　　　　　如今已入桑榆景，
　　　　　　　且幸天下漸息兵！
　　　　　　　奉勸夫君莫拗性，
　　　　　　　難得玄燁敬斯文。
　　　　　　　倘若罪犯大不敬，
　　　　　　　累及子孫心何忍？
　　　　　　　當把子孫來庇蔭，

　　　　　頤養天年樂天倫！
傅　　山：賢妻呀！（唱）
　　　　　勉強來應徵，
　　　　　以免累子孫。
　　　　　非我太拗性，
　　　　　膝下有黃金。
　　　　　威嚴不能屈，
　　　　　富貴不能淫。
　　　　　立世憑氣節，
　　　　　猶似竹淩雲！
張靜君：唉！撼山易，撼你之志難呀！
傅　　山：（唱）一生幾次履凶險，
　　　　　視死如歸古稀年。
　　　　　吾兒年已知天命，
　　　　　兩個孫孫皆弱冠。
　　　　　兒孫難捨終須捨，
　　　　　更何況妻在黃泉長孤單。
　　　　　上蒼若是憐青主，
　　　　　當還我四十年前之容顏。
　　　　　到黃泉也好與妻相做伴，
　　　　　免却那少婦配衰翁多少難堪！
張靜君：你呀，還像個頑童！
傅　　山：當初你笑我當了爹，還像個頑童；如今老了，就成老頑童了！哈哈哈！
　　　　　（外面傳來一聲驚鑼，張靜君幽靈頓時消失。）
　　　　　（老太監內傳："傅山聽宣。皇上有旨，宣內閣中書傅山金殿謝恩！"）
傅　　山：哈哈哈，催命符來了！
　　　　　（燈暗。）

（午門內外。）

（老太監匆匆上。）

老太監：來了，來了！

（玄燁上。）

玄　燁：是傅山來了嗎？

老太監：來了來了，連人帶床都擡進皇城來啦！

玄　燁：哦，連人帶床都擡進城來了？

老太監：今兒一大早，傅中書賴在床上不肯起來，馮大學士出於無奈，就命侍衛連人帶床擡進城來。文武百官一路護送，快擡到午門外了！

玄　燁：好，朕要在保和殿上接受傅山朝拜謝恩！

老太監：皇上，怕到不了保和殿啦！

玄　燁：從午門到保和殿，不到一箭之遙，為何來不了？

老太監：臨近午門，傅中書又哭又鬧，尋死覓活的，一班大臣勸也勸不了，哄也哄不得，已鬧成僵局了。

玄　燁：哈哈哈！（唱）

倔老頭，愛較勁，

令人又氣又好笑。

醫祖母他曾將朕逗，

朕不妨與他玩一遭！

（對太監）好吧！那就讓他在午門前伏闕謝恩！

老太監：遵旨！

玄　燁：（旁白）傅山呀傅山，人家都說你字不如詩，詩不如畫，畫不如醫，醫不如人。朕今天倒要試一試，你人品究竟有多高，骨頭有多硬！

（燈暗，玄燁隱下。）

老太監：皇上有旨，內閣中書傅山不必上殿，就在午門前伏闕謝恩！

（午門外表演區燈亮。）

（傅山內唱："連人帶床,強行擡到午門前——"）
（御林軍吶喊："伏闕謝恩!"）
（傅山坐在床上,被衆御林軍強行擡上。）

傅　　山：（唱）望午門,禁不住老淚潸潸!
　　　　　四十多年前我曾在此伏闕,
　　　　　泣血為袁大人來鳴冤!
　　　　　午門依舊朝代換,
　　　　　身邊不見漢衣冠!
　　　　　多少忠魂縈午門何曾消散,
　　　　　與傅山淚眼相對不忍看!
　　　　　蒼天哪!

衆御林軍：（吶喊）伏闕謝恩!

傅　　山：（唱）想不到玄燁已知興文教,
　　　　　欲恢復漢衣冠已難上難!
　　　　　哭上天柱賦我忠肝義膽,
　　　　　挽不回鋪天蓋地之狂瀾!

（保和殿表演區燈亮,玄燁坐在寶座,馮溥、老太監與四官員、御林軍分列兩邊。）

玄　　燁：（唱）他哭明室情可憫,
　　　　　大清也是敬忠臣。

傅　　山：（唱）明太祖曾刪《孟子》輕民本,
　　　　　嗣統者把士視若豬犬般。
　　　　　有多少鯁言者橫遭廷杖,
　　　　　當衆廷杖血斑斑。
　　　　　正氣蕩然奴物長,
　　　　　白蟻猖獗大廈坍。
　　　　　明亡於奴非於滿,
　　　　　故都啊,風雨中你見證自古奴物毀江山!

玄　　燁：內侍,傅山又哭什麼?
老太監：他哭明亡於奴,非亡於滿!

玄　燁：啊！明亡於奴，非亡於滿？（唱）
　　　　狂人哲語如雷震，
　　　　不可恃權辱斯文。
　　　　摧士氣節堪亡國，
　　　　前車之鑒銘於心！
　　　　（情不自禁從寶座上站起來）
　　　　（傅山從床上下來。）
　　　　（馮溥頓時緊張起來，與幾個官員一起走到午門。）
馮　溥：皇恩浩蕩，令傅山與臣等感激涕零！
衆官員：感激涕零呀！
玄　燁：傅先生，你還要怎樣？
馮　溥：（低聲地催促傅山）趕快下跪謝恩哪！
　　　　（傅山與玄燁午門內外相對視。）
傅　山：（唱）年過古稀怎做官，
　　　　　　　枉食民膏甚羞慚。
　　　　　　　當容野老返鄉去，
　　　　　　　採藥行醫度晚年！
玄　燁：（唱）姜太公遇文王年已八旬，
　　　　　　　七十翁莫言老抖擻精神。
　　　　　　　政餘陪朕遊郊外，
　　　　　　　縱情山水作閑雲。
傅　山：（唱）強按牛頭不喝水，
　　　　　　　豈能強迫我出山？
玄　燁：（唱）天下誰非朕臣民，
　　　　　　　君王有旨敢不遵？
傅　山：（唱）帝王應以民為本，
　　　　　　　草民一樣有尊嚴。
玄　燁：（唱）你恃才孤傲多任性，
　　　　　　　全不念朕之威嚴將何存？
馮　溥：唉，你，你……（低聲對傅山）若不謝恩，犯大不敬，論罪

　　　　　要斬！
傅　山：（唱）我只拜祖先師長聖賢與天地，
玄　燁：（唱）朕天子神威豈容你怠慢侵淩！
傅　山：（唱）可殺不可辱，寧死腰不彎。
玄　燁：（唱）天子不輕怒，一怒起雷霆！
傅　山：（唱）志已抱定，
玄　燁：（唱）假戲真做，
傅　山：（唱）神靜氣閑，
玄　燁：（唱）朕把弦繃得緊！
傅　山：（唱）相對視，
玄　燁：（唱）鋒與針！
傅　山
玄　燁：（唱）熊熊烈火見真金！

眾官員：傅中書，我的活祖宗，你就跪了吧！
　　　　（馮溥急中生智，指使兩個年輕官員猛然架起傅山，強制他下跪。）
　　　　（傅山跌倒在地。）
馮　溥：（急中生智）傅中書伏闕謝恩了！
眾官員：伏闕謝恩了！
老太監：傅中書謝恩已畢！
傅　山：（坐在地上，解下繫在腰間的酒葫蘆，昂起頭，喝了一口酒，自言自語）未得正脈，難算逸品！
馮　溥：（不解地）你，你，説啥呀！
玄　燁：（會意地）啊！傅先生，朕要送你一個字！（揮毫寫）
眾官員：（面面相覷）一個字——"斬"？
馮　溥：（慌張地跪下）皇上，方纔傅中書謝過恩了，你就饒了他吧！
眾官員：（跪下）饒了傅中書吧！
　　　　（玄燁把寫好的一幅字交與老太監，並對他耳語，望着傅山一笑，下。）

　　　　　　　（老太監把一"福"字交與馮溥。）
馮　　溥：（展開，觀看）啊！
衆官員：（圍觀）啊，"福"！馮大人，皇上怎麼賜給傅中書一個"福"字？
馮　　溥：和了！
衆官員：咋和了？
馮　　溥：棋和了！
衆官員：皇上與傅中書在下棋？
老太監：（高聲地）聖旨下！皇上有旨："傅中書謝恩已畢！特賜鳳閣蒲輪輿，放傅中書回歸故里，頤養天年。"
馮　　溥：（跪下）皇上聖明，萬歲！萬歲！萬萬歲！
衆官員：（跪下）萬萬歲！
　　　　　　　（馮溥把一幅字交與傅山後與衆官員隱下。）
傅　　山：（看着"福"字，發愣，突然怪笑）哈哈哈……（轉而又痛哭）
　　　　　　　（金鑾殿隱去，傅山獨立於午門外，傅蓮蘇上。）
傅蓮蘇：（望着傅山手中的"福"字）爺爺，康熙又請你品字了？
傅　　山：是呀！論字纔幾天，書已近正脈，漸臻佳境……難作魏徵，輔佐大唐；只效扁鵲，行醫村野。（脫下朱衣，交與傅蓮蘇）走，回太原去！
（幕後歌聲起。）
　　　　　　他坐龍廷我行醫，
　　　　　　一場對弈却相知。
　　　　　　和而不同養正氣，
　　　　　　重歸故里賦新詩。

梁山伯與祝英臺

(昆劇)

曾永義

【作者簡介】曾永義(1941—)，臺灣省臺南縣人，1971年獲文學博士學位。現任世新大學中文系所講座教授、臺灣大學名譽教授、財團法人中華民俗藝術基金會董事長、中研院文哲所諮詢委員等。學術專長為戲曲、俗文學、詩歌、民俗藝術。曾在美國哈佛大學、密西根大學、斯坦福大學、荷蘭萊頓大學為訪問學人，又曾在德國魯爾大學、香港大學為客座教授，1997年為胡適講座教授，2000年至2002年為台大講座教授。創作的戲曲劇本有《鄭成功與台灣》、《牛郎織女天狼星》、《孟姜女》、《梁山伯與祝英臺》、《楊妃夢》等十八種，學術著作有《明雜劇概論》、《臺灣歌仔戲的發展與變遷》、《俗文學概論》、《戲曲源流新論》等二十餘種。

【劇情概要】該劇源自於民間傳說。現存最早的文字材料是初唐梁載言所撰的《十道四蕃志》。晚唐時張讀所撰的《宣室志》，亦作了記載，云："英臺，上虞祝氏女，偽為男裝遊學，與會稽梁山伯者同肄業。山伯，字處仁。祝先歸。二年，山伯訪友，方知其為女子，悵然如有所失。告其父母求聘，而祝已字馬氏子矣。山伯後為鄞令，病死，葬鄞城西。祝適馬氏，舟過墓所，風濤不能進，問知山伯墓，祝登號慟，地忽自裂陷，祝氏遂並埋焉。晉丞相謝安奏表其墓曰'義婦塚'。"該劇寫浙江上虞縣祝家莊祝員外之女英臺，美麗聰穎，女扮男裝，往杭州訪師求學。途中，邂逅赴杭求學的會稽（今紹興）書生梁山伯，二人一見如故，在草橋亭上撮土為香，義結金蘭。英臺同時亦見到了太守之子、品貌不佳的馬文才。梁祝同學三年，情深似海，形影不離。英臺深愛山伯，但山伯却始終不知她是女子，只念兄弟之情。馬文才倒識破英臺為女子，趕回家中，讓父母到祝家求親。英臺被識破女子身份後，怕再起風波，只得退學回家。梁祝分手，依依不捨。在十八里相送途中，英臺不斷借物喻意，暗示愛情。山伯忠厚純樸，不解其故。英臺無奈，謊稱家中有九妹，品貌與己酷似，願替山伯作媒，山伯高興應允。然而待山伯去祝家求婚時，祝父已將英臺許配給馬文才。二人決定私奔，然被祝父與文才阻攔，山伯被打傷，英臺被鎖閉家中。山伯身心受創，不久辭世。英臺聞山伯靈耗，誓以身殉。在被迫出嫁時，繞道去梁山伯墓前祭奠。受英臺哀慟感應，風雨雷電大作，墳墓裂開，英臺躍入墳中，墓復合攏。風停雨霽，彩虹高懸，梁祝化為蝴蝶，在人間蹁躚飛舞。

【版本流傳】有演出臺本多種，皆為打印本。

【演出情況】梁山伯與祝英臺的故事很早就被搬上了戲曲舞臺，元代白樸著有雜劇《祝英臺死嫁梁山伯》，戲文有《祝英臺》，明代傳奇有《牡丹記》、《兩蝶詩》、《訪友記》，近代則有數十劇種搬演此故事，較為著名的有楚劇《梁山伯訪友》、川劇《祝莊訪友》、越劇《梁山伯與祝英臺》、秦腔《雙蝴蝶》、河南梆子《梁山伯下山》等等。該劇為首創崑劇劇目，由臺灣國光劇團與戲曲學院京劇團在2003年聯合首演於臺北，隨後到大陸的上海、杭州、佛山等地演出，2009年、2010年亦為江蘇省崑劇院兩度排演，2012年國光劇團亦重排，演於臺北城市舞臺。蔡正仁、曹復永、魏海敏、龔隱雷、錢振榮、李鴻良、魏春榮、溫宇航等曾擔任主角。

（朱恒夫）

家門大意（末上）

【南呂引子】【滿江紅】梁祝深情，遍寰宇、誰人不曉。只因為、精誠到底，千古皎皎。生死由來託知己，形神契合堪終老。歎人間，好事竟多磨，天何道。　　雙飛蝶，比翼鳥；連理樹，同心套。盡鴛盟可奈，化生懷抱。短調長歌付絲竹，古今悲恨知多少。借昆腔宛轉譜新詞，蘇門嘯。（末念）正是：

　　　　梁山伯憨厚虞杭道，
　　　　祝英臺雄妝管鮑交。
　　　　感天心墓裂埋幽恨，
　　　　化玉蝶雙飛向九霄。

（幕下）

一、草橋結拜

（幕啟時，場上作郊外景色，有小橋流水，鄉村山嶺，草橋亭在舞臺右後）（生扮梁山伯，儒服、摺扇；丑扮書僮事久挑行囊上。）（生唱）

【雙調引子】【夜行船】繼晷焚膏誦經典，虹霓志、磨損華年。多少聖賢，只聞不見。何日能償宿願。

（白）事久！快隨我來，杭州路上風光，足堪賞玩也。（接唱）

【仙呂入雙調】【夜行船序】柳絮飛天，趁香風成陣，亂撲人面。黃鶯軟，翠葉裡、細瑣鶯喧。芊綿，碧草無邊；上下周旋，爭春乳燕。涓涓，清響逐山谿，潄亂石、浮光輕濺。（丑置行囊介）相公！滿目春光，您會唱曲子，（內人心作聲，事久誤為貓叫聲）聽了這貓叫，我心頭也癢癢了。（丑吟唱）春叫貓兒貓叫春，看它越叫越精神，我心也有貓兒意，要向誰人叫一聲。

（作貓叫聲與內相應介）

（生白）事久！不要胡鬧！那邊有個亭子，我們歇息去。

（生、丑憩於亭，生觀覽景物介。旦扮祝英臺騎驢上，貼扮人心挑擔隨行。）（旦唱）

【前腔】〔換头〕如願，喜勝飛仙。作雄裝遊學，古今誰見。拜辭了、堂上豁達椿萱。揚鞭，紫陌紅塵；蛺蝶穿林，隱低高現。含煙，曖曖遠人村，李杏梅桃花殿。（貼揮汗歇擔介）小姐……（旦急，嘘止介）（貼猛悟介）哦！是是！是相公！相公！你騎驢不知行人苦！該歇會了！那邊有亭子，咱們歇去！（旦下驢，與貼入亭。生背旦吟介）茅蘆黃卷共黃齏，覽轡登車事可躋。求學杭城展懷抱，博施鄉國惠烝黎。（旦駐足聽介，喜介，和介）青燈有味是黃齏，立志精誠事可躋。求學杭城識知己，敢將微薄效烝黎。（生驚介，見介，喜介，白）仁兄高才，出口即能唱和，聞兄吟詠，徒見在下志大才疏，狂妄而不切實際，慚愧！慚愧！

（旦白）男兒立志自欲與星漢等齊，佩服吾兄才學宏志，何慚愧之有？聞吾兄欲求學杭城。……

（生白）閣下不是也要求學杭城？

（旦白）正是！

（生白）那就路途有伴了！

（旦白）正好同行！

（丑貼亦相見介，丑白）請問仁兄，你家相公和我家相公為什麼都說烝黎，梨子加冰糖蒸一蒸蠻好吃的！

（貼白）不好學，只貪吃！烝黎是眾百姓，你認錯字了！

（丑喜介）仔細聽你的聲音，剛纔林子裡的貓叫聲，敢是你學的！

（貼白）誰和您學貓叫，你聽錯了！

（生旦聞丑貼對談，不禁相顧莞爾。生對旦介）在下梁山伯，會稽人氏，家業清寒，堂上只有老母，無兄弟無姐妹，不免形影孤單。

（旦白）在下祝英臺，上虞人氏，自幼父母疼愛有加，亦無兄姐弟妹，今日有緣千里來相會，慕君俊逸高雅，心欲攀結金蘭，好相作伴，未知尊意如何？

（生喜介）君秀外慧中，明眸皓齒，宛似藐姑射神人，仰望不及。

在下榮幸,焉有不欣然應命之理!

（旦白）如此,何不在此亭前撮土為爐,以柳枝作香,祝告天地,結為金蘭。我年方二八。

（生白）賢弟！我年已弱冠,忝為兄矣！

（旦白）是！梁兄！祝告天地者！

（生旦撮土為爐,以柳枝作香,祝告天地於亭前。）（幕後合唱）

　　　　梁山伯與祝英臺,雙雙跪倒在塵埃；
　　　　鑒證神明作兄弟,英臺却是女裙釵。
　　　　草橋亭下結深緣,從此共擎有情天；
　　　　死生契闊成姻眷,贏得雙蝶舞翩翩。

（丑貼亦於他側拜為兄弟）

（生旦起,丑貼亦起）（生白）賢弟！

（旦白）梁兄！（相顧介）哈！哈！（旦唱）

越調過曲【山桃紅】（下山虎首至六）呵！皇天！可憐見誓為兄弟,相顧相隨。但願同悲喜,死生不離。（生唱）金蘭義,砥礪切磋,共那五更曉雞。呵！皇天！（小桃紅六至八）可憐見有志氣,上天梯。我兄弟相扶濟也。會當是龍虎榜中居殿魁。（生白）賢弟！攜手同行！（丑亦對貼白）賢弟！咱也攜手同行！（旦白）他們也拜為兄弟了！阿哈！這正是：梁山伯對祝英臺,事久見人心！（合唱）千里來相會,深情不移,須記得亭號草橋流水西。

（文丑扮馬文才騎馬上,作騎馬滑稽介,武丑扮小蠻推車隨行。生旦相視而笑。）

（文丑）（數念）馬文才呀！馬文才,下了馬（下馬介,跌介,念）實在是喬材,實在是喬才。父親做太守,耍錢會歪,騎馬會栽。家產萬貫,衙門八字開,常道是有理無銀莫進來。只因我斗字西瓜識幾袋,要到杭州求學覓裙釵。來到此,有亭臺,登臺階,喜哈哈,撞見兩個俊秀才。

（文丑跪介,白）在下叩頭！

（生旦白）緣何行此大禮！不敢！不敢！（扶起介）

（文丑白）二位品貌出眾,定是魁星下凡,咱既冒充為士子,不敢不敬！
　　（生白）在下梁山伯！
　　（旦白）在下祝英臺！
　　（生旦白）馬兄既然要到杭州求學，何妨同行！
　　（文丑白）你們怎知道我的臺甫，怎知道我要到杭州？
　　（武丑白）啊啾！你不是自己表白了麼！
　　（文丑白）既如此，同行去也！
　　（生）杭州求學拜名師，
　　（旦）朝夕須防貞秀姿。
　　（文丑）斗大西瓜多幾字，
　　（貼小丑武丑合）伴讀經典也吟詩。
　　（幕閉）

二、學堂風光

　　（幕啟時，場上作學堂景色，生旦文丑並學子二三人坐定，丑貼武丑侍立。末扮教諭官吳望上，末唱）
　　仙呂過曲【甘州歌】（八聲甘州首至七）平生壯志，付殘燈斷簡，雙鬢如絲。殷勤偉業，都落在弦歌吉士。春風桃李開滿枝，聖教鄒魯流洙泗。寒儒杭州教諭官吳望是也。諸生中祝英臺梁山伯品學兼優，馬文才等嬉遊無度。諸生受業已屆三年，當課其舊習，試其新藝。徒兒們！誦習詩經者！（祝英臺等合唱）（排歌合至末）溫經典，誦歌詩。窈窕淑女耀清姿，心嚮往，寤寐思，欲將鐘鼓樂娛之。
　　（衆合吟）蒹葭蒼蒼，白露為霜。所謂伊人，在水一方。遡洄從之，道阻且長；遡游從之，宛在水中央。
　　（末白）諸生有何心得？
　　（生白）看來美人之求，並非容易。
　　（旦白）"誰謂河廣，一葦杭之！"但有精誠，終必可得！
　　（文丑白）這要求到何年何月，一把摟過來，不就得了。
　　（衆哄堂大笑）

（末白）諸生盍各言爾志。
（生白）望能濟世利民。
（旦白）深願恩情美滿！
（文丑白）來世做母狗。
（眾訝然失笑，末白）何故？
（文丑白）禮不云乎哉！"臨財母狗得，臨難母狗免。"做母狗多好！
（末揮戒尺擊介）看仔細，"毋苟"非"母狗"！
（眾又哄然）
（末）諸生對對！"門前綠水流將去"？請！
（文丑搶先白）屋裡青山跳出來。
（末戒尺又將揮，文丑止之）慢着！一日我在學堂門口看見老師好友跛脚道士彭青山從屋裡一脚跳出來，豈不是"屋裡青山跳出來"，這樣妙對，老師豈可打我！
（末無奈白）說得有理！說得有理！諸生仔細領題：為師新買一馬，請諸君題贊，形容馬之快疾，用物比喻，不拘雅俗，要在出口成文。
（旦白）水面擱金針，老師騎馬到山陰；騎去又騎來，金針還未沈。
（末白）好！
（生白）火上放鵝毛，老師騎馬到餘姚；騎去又騎來，鵝毛尚未焦。
（末白）也好！文才！請！
（文丑沈吟，苦無搜索，忽然自放響屁一聲，道）有了！文才撒個屁，老師騎馬到會稽；騎去又騎來，屁門猶未閉！
（眾又哄然）
（末白）今日功課至此，諸生到庭園散心去者！
（燈暗，眾下，幕後合唱）

　　　　時光荏苒已三春，梁祝攻書倍有神。
　　　　朝夕相欣相煦嫗，切磋經典共詩文。

梁兄憨厚無疑問，英臺矛盾意難申。
　　咫尺天涯須謹慎，殷期他日美婚姻。
　（燈又亮，場上作庭園景色，春林春花燦然。諸生在場，三丑同三學子作踢毬之舞。）（同唱）
　【正宮小曲】【柳穿魚】身心活絡耍踢毬，好似蛟龍任意游。上下高低皆矯健，輪空拋地勢如流。好技藝，難罷休。山伯英臺賜一眸。
　【羽調小曲】【急急令】英臺山伯請來投，逗逗逗，逗無憂。一身汗雨四肢柔，鬥鬥鬥，鬥無儔。
　（二丑白）四海齊雲社，當場蹴氣球；作家偏著所，圓社最風流。
　（山伯、英臺鼓掌稱好。時蛺蝶穿花成對，翩躚於庭。英臺人心油然而起，以扇撲之，歌且舞。眾訝然觀之。）（旦唱）
　【仙呂過曲】【皂羅袍】放眼春來佳妙，似這般美蛺蝶、醉舞花梢。莊周曉夢盡逍遙，英臺心事誰知道。（貼合）唉呀！撲輕煙曼渺，翻飛又飄，託身靈巧，逞姿媚嬌。羨他成雙作對皆同調。（文丑、武丑相互擠眼示意）
　【好姐姐】（旦唱）想知交，古今多少。更誰問、郎才女貌。人心呵！似它雙蝶恩愛緊隨，竟誰魂不消。（貼合）春心惱，看他雙雙對對出林表，款款輕輕和紫簫。
　（旦、貼舞罷，文丑、武丑等圍攏觀旦介，老旦扮師母，暗上，旁觀介。）
　（文丑白）啊喲！耳穿孔、眉纖細、膚白嫩，分明是女子模樣，難怪會跳出這體態嫋娜的舞來！來來來！我們一起洗澡去！
　（旦推拒介）
　（生白）文才兄！不得無禮！對此，英臺賢弟皆已對我說明。耳穿孔乃因幼時多病，習俗使然；眉纖細、膚白嫩皆富貴之相，何須見怪！賢弟！我們走！
　（老旦暗下）（旦唱）
　【尾聲】春光撩亂庭園好，看了雙蝶恰如鸞鳳交，如何不興會淋漓來舞蹈。
　　　（生）賢弟舞姿真美妙，（旦）梁兄體貼能分曉。

（貼丑）一場美事橫遭攪，（二丑）山伯可憐是傻鳥。

（貼丑，二丑下，生旦弔場）

（旦白）感謝梁兄解圍！

（生白）說那裡話！無須記掛彼等無賴言語。

（旦白）梁兄平日照拂，處處呵護。師母吩咐劈柴，梁兄代我劈之；師母責令挑水，梁兄代我挑之。同窗共讀燈下，弟執筆、兄研墨。風寒暑熱，慰問備至；桑梓椿萱之思，山水遊憩寬解。梁兄啊！真個"感君情意感君恩"！（旦唱）

<u>高平過曲</u>【九廻腸】（<u>仙呂解三醒首至六</u>）感弟兄、共磨几案，歎光陰、三度暑寒。恰似銘心刻骨柔腸絆，更有那呵護難名淪肺腑，溫厚滿懷浹膽肝。非虛謾。（生）賢弟！莫要忘了你為我勤巧補衣裳，大國手為我字斟句酌正文章！（<u>南呂三學士首至四</u>）看你衣裳巧妙縫開綻，正文章、慧眼評看。似這般天孫巧織經緯手，伊尹調和鼎鼐盤。（<u>雙調急三槍末四句</u>）待有朝誇青鸞，便入金鑾殿，登高第，列朝班。

（旦白）梁兄過獎了！梁兄宅心仁厚，性情真摯自然、胸懷博大均衡，學問積漸、視野開展，將來必為國家棟梁，弟佩服不置！只是課堂之上，誦《蒹葭》之章，梁兄頗有美人之求並非容易之歎！請問梁兄，何故而云然？

（生白）愚兄雖亦立志不俗，然每感其達成艱難。請教賢弟！志願之達成，是否如美人之追求，同樣展轉難得？

（旦白）正是！

（生白）若此，"溯洄從之"、"溯游從之"，豈不身心俱疲！"衣帶漸寬"、"為伊憔悴"，豈不深切煎熬！"眾裡尋他千百度"，豈不無限徬徨！賢弟！難道美人之求是容易的？

（旦白）梁兄之見合情合理，只是顧慮稍多！君不見"滿堂兮美人，忽獨與余目成！"此一獨與我目成之美人，豈能再作第二人想！而此一"忽"字，豈不也正如"眾裡尋他千百度"之後的"驀然回首"？而"那人不就正在燈火闌珊處"嗎？這樣的美人，難道不教你興起"誰謂河廣，一葦杭之"的勇氣，難道不教你堅持"雖九死兮其猶未悔"的誠摯！若此，則"衣帶漸寬"、"為伊憔悴"，算得什麼煎熬！若此,則"所謂伊人",必然"宛在水中央",焉有求之不得的道理!

(生白)賢弟!謹受教!謹受教!賢弟之智慧與識見,誠非愚兄所及也!只是當今紅粉佳人,為世俗禮法所拘,不能上學受教育,不能施展智能惠及社會國家。愚兄每念及此,既感悲憫,又油然為之憤懣不平!

(旦白)正是呀!正是!桎梏人性,浪費人才,莫此為甚!可歎古之所謂聖賢者,怎的無一個似梁兄般的明達!(旦唱)

仙呂過曲【二犯桂枝香】(桂枝香首至四)聖賢荒謬,詞傳却久。漫將小人、鄙陋行為,却比女子、清純韻秀。(回時花四至合)休休,更說道女子無才品德優,餓死亦須貞節求。千百年、誰與剖。(皂羅袍五至八)幸得梁兄考究,小弟正糾。否則紅巾翠袖,永辱永羞。(桂枝香十至末)梁兄啊!今生今世為知己,相偎相依到白頭。

(旦白)難得今日與兄暢敘衷曲,感激振奮,實難名狀!

(生白)賢弟!昔屈原有香草美人之喻,漢武亦有懷佳人之思;莫不以美人佳人為心之所嚮往之聖哲賢達,今乃知賢弟為我之美人佳人矣!爾後當瞻之仰之,更不可一絲一毫褻瀆矣!

(旦白)梁兄言重了!梁兄乃真弟之美人佳人也!萬望不嫌不棄,永結同心!

(生白)今日天氣澄和,景物鮮美,待兄弟相攜,飽覽風光如何?

(旦白)美哉!梁兄!弟來也!

(燈漸暗)(幕後合唱)

一番言語一番心,梁祝恩情日轉深。
慧黠女兒衷底意,時時絃外動知音。

三、十八相送

(老旦扮師母上,唱)

正宮引子【梁州令】青青子佩在門牆,英臺女紅妝。可憐山伯厚心腸,經三載,頻相顧,又同床。

(老旦白)為人師母,料理學子生活,我早已看出英臺女扮男妝,世間那有堂堂鬚眉似此國色天香。可笑山伯一個書呆子,只知兄弟情誼,不疑有他。前日庭園中文才鬧起風波,英臺恐難自處矣!

（旦上,白）拜見師母!

（老旦白）英臺何事!

（旦忸怩欲語含羞介）師母!英臺有事稟告,望……望……望師母鑒諒!

（老旦白）英臺,有事放心説,師母不是別人!

（旦白）不敢隱瞞師母慧眼,英臺實為女兒身,為求學,喬妝投拜門下。與山伯結為金蘭,朝夕相欣相顧相激相勵,日久不免生出兒女之情,而山伯憨厚未能覺察。今同學既有疑英臺為女子者,恐難再依託門下。今來一者向師母辭行,二者託媒於師母,有香囊一隻,內置鸞鳳金釵,請師母於英臺返家之後,付與山伯,執為信物,速往祝家莊提親!

（老旦白）師母早已知之,憐你抱志不凡。所託乃天作之合,請放心回去。

（旦白）拜謝師母!

（老旦白）欣喜門牆出佳麗,伐柯自可配英才。（下）

（旦白）梁兄説送我啟程,敢待來也!

（丑挑行李,貼隨,同生上）賢弟返家省親闈,離情乍見柳芳菲。賢弟!今日不免悽惻依依!同行者!（行介）（旦唱）

【正宫南普天樂】看東風吹動垂楊浪,勸梁兄休把陽關唱。須知我、已斷愁腸,不怨兄、猶置行囊。三載形影相依傍,只合守、蕉窗雨夜梅花帳。却緣何吞離恨、獨自歸鄉,從今後定難穿、珠淚千丈。終落得孤雁悽楚,兩地彷徨。（場上作胡蝶雙雙而舞）（旦白）來時胡蝶成雙,去日胡蝶雙舞。梁兄呵!你可知胡蝶:（吟）雄雌雙雙對對舞,恩恩愛愛正歡娛。弟兄何日知男女,我是妻來你是夫。（生白）賢弟!離情雖苦,何故言語顛倒如是!呵!賢弟你聽來:（生唱）胡蝶雙雙對對舞,管它恩愛與歡娛。金蘭結義恩情重,兄弟怎能作妻夫。

（生白）賢弟莫傷感，今日離別必有重見之時。何況伯父母盼望已久！

【北朝天子】何傷，莫慌。酬他故里椿萱望，團圓骨肉慶高堂。樂在其中享。賢弟！你學比公羊，才過子長，謀略似張良。自強，必昌。賢弟！你功名歸掌上，一生爵祿皆無量。（旦白）梁兄誇獎，慚愧不敢當。（生旦等行走中，忽然風起雨下。生撐傘共旦持介，舞介，貼亦以傘遮丑並行舞介）（旦吟）感謝天公雨傘下，親親熱熱作一家。百花欲把東君嫁，為問梁兄可愛花？（生吟）瀟瀟風雨交相下，原野茫茫不見家。百花怎把東君嫁，梁兄多少也愛花。（生、旦等行到蓮花池塘，中有並蒂蓮、雙游魚。）（旦吟）池中並蒂睡蓮開，相偎相依巾與釵。我和梁兄共依賴，永生永世樂情懷。（生吟）池中但見睡蓮開，那有什麼巾與釵。兄弟自然共依賴，此生此世樂開懷。（旦白）梁兄！你看池中游魚！（旦吟）成對游魚嬉轉加，母嘲公的是呆瓜。分明紅粉不相迓，恰似梁兄眼目瞎。（生吟）是何言語是何話，咒詛愚兄眼目瞎。賢弟分明該受罵，不知魚兒得水似回家。

（生怒介，旦禮介。）（旦）唉！（旦唱）

【南普天樂】勞我生情睹物比真相，歎他煙迷霧瑣多魔障。恐他姻緣簿、空掛名堂，枉我薄命女、自作媒娘。梁兄呀！相思樹自有連理樣，比翼鳥、也相廝相守飛天上。請梁兄、仔細衡量，看英臺、為何惆悵。（生）為兄百思不得其故，但知離情惆悵。（旦唱）唉呀！只落得焚心抱恙，舉目昏黃。（生白）賢弟！莫悲傷！來日定能相見！（旦白）是！梁兄！（生旦等走到山路上，旦上山舉步維艱，生攙扶介；旦下山舉步俯仰，生攙扶介；攙扶而左右歪斜介）（生吟）賢弟留心步要牢，登山豈可弄楚腰。下山千萬莫焦躁，傍倚愚兄莫亂拋。（旦吟）梁兄攙擁入懷抱，顫顫巍巍步步搖。山嶽有情真正好，此時此際已魂銷。（生旦等來到月下老人廟）（旦吟）月下老人繫紅線，世上夫妻盡牽連。問梁兄：你是男來我是女，是否深願結姻緣？

（旦白）梁兄！願意就一起拜謝月下老人。

（生白）賢弟秀美非人間能有，求之唯恐不得，豈有不願之理！只是賢弟總是賢弟，豈能作賢妹看待！（生唱）

【北朝天子】盼佳偶鴛鴦，思伉儷鳳凰，兄弟皆相倣。形神契合溫柔鄉，恩愛如天樣。看賢弟文章，品貌軒昂，世家更輝光。只絕代窈娘，堪配俊郎，琴瑟相和暢。

（生白）賢弟返鄉後，父母作主，以賢弟之才學品貌、家世名望，必得佳偶，屆時為兄必登府道賀！（旦白）婚姻豈論家世，父母作主每從財勢衡量，難得佳偶。必須兩情相悅，如兄所云形神契合而為生死知己，方始為英臺之所願。否則，縱使孤星逐月，渺不可企及，亦終不為世俗所屈也。梁兄！臨別依依，殷勤致語，懇切相囑：祝家有九妹，與弟同年同月同日同時同分同秒生，品貌與弟如一，許兄為婚姻，萬勿推辭為幸！

【南普天樂】臨別離含羞致語殷勤講，聲聲是衷心肺腑非逞想。梁兄呵！託付你、九妹嬌娘，正是我、三生希望。婚娶事切勿輕拖宕。不應畏、那霜風凄緊江河廣。須知道托香腮、倚遍迴廊，只等待共花燭、同入羅帳。到那時**兩情歡愛，地久天長**。

（旦白）梁兄！意下如何？（生白）九妹之約，欣喜何限！天地有知，定不辜負！（丑拉貼至一旁，白）你家有沒有十妹！（貼白）有！也和我一模一樣，同年同月同日同時同分同秒生，許配給你！（丑喜不自勝）太巧了！太好了！我也定不辜負！（生白）賢弟！經你一說，為兄亦興會奮揚也。（生唱）

【北朝天子】那喜氣洋洋，充滿祝莊。花燭勝似功名榜。我當返家剋日備壺觴，花轎兼程往。拜過廳堂，鼓吹回鄉。匆忙卸粉妝，擁入洞房，盡意兒徜徉，其樂難名狀。（生白）多謝賢弟美意，為兄亦當儘速返家，稟報高堂，即訪祝家莊，必不勞久望也。（生、旦行至草橋亭，見勞燕分飛，又見黃鵠雙飛。）（生吟）東飛伯勞西飛燕，弟兄又到草橋前。三載同窗匆似箭，此去重逢不隔年。（旦吟）莫學勞燕學黃鵠，相噓相問更相呼。莫把佳期等閒誤，閨中盼望知何如！（生白）賢弟！為兄必不負九妹！不日必訪祝莊！正是：

（生）心中盼望美婚姻，（旦）為託終身勞費神。

（丑）死別生離難割捨，（貼）為憐才子與佳人。
（並下，幕落，中場休息。）

四、訪祝欣奔

（場上作郊原景色）（生上，唱）

【中呂過曲】【縷縷金】一席話，破懵懂。癡呆誰似我，實在不靈通。幸喜賢師母，説穿英臺假鳳。示與我金釵信物繡囊封。伊人好情重，伊人好情重。

（生對內白）事久，快快走，訪祝家莊去也。

（丑挑擔上白）來也。（丑唱）

【前腔】今朝裡，碧蒼穹。官人因甚喜，忽地不冬烘。

（丑見介）相公纔送走英臺相公和人心姐不兩日，就要訪祝家莊去，何不那天就跟他們回去！

（生白）事久！師母説英臺、人心都是女生，要我趕緊去提親，喏！你看這信物金釵鸞鳳香囊袋。咱們徑往祝家莊去也！

（丑嘟嘴介）又不關我事，幹嘛那麼急！

（生白）怎不關你事！我娶英臺你娶人心呀！

（丑喜介）這下敢待好也！（唱）使人驚心樂，翻疑作夢。

（生白）是真的！不是夢！

（丑唱）那就載欣載奔興匆匆，（大笑介）可笑三年被搏弄，三年被搏弄。（顧生介白）相公！你是大懵懂來我是小懵懂！走！快走！訪祝家莊去也！

（生、丑興匆匆行介）（生唱）

【剔銀燈】郊原裡，東君暖送，看林木、依然縱橫，花間蛺蝶雙雙擁，並蒂蓮、同心相奉。（生白）唉！可憐伊胡蝶喻夫妻，蓮開並蒂示巾釵。而我勸以官宦動以名利，可恥可笑啊！更可笑啊！（生唱）那水中，游魚順從。（白）伊説母嘲公的是呆瓜，恰似梁兄眼目瞎！哈哈！我尚且、心靈幼沖。

（生、丑行至月下老人廟）

（生白）在途中風雨共傘，伊說"親親熱熱作一家"，上山下山時相擁而行，伊說"此時此際已魂銷"。而在這月下老人廟裡，伊更說"你是男來我是女，是否願意結姻緣！"這不是在濃情蜜意之餘，明白的說出伊是女人了嗎？怎的我混沌如此，毫無了悟呢！居然要伊回去找美女、配鳳凰！（生唱）

【前腔】可笑我癡愚性、天生忒重，使得伊、芳心疼痛。（生白）唉！為此伊不免有孤星逐月渺不可企及之恨，終假以九妹相託！唉呀！可笑啊！縱使孿生，世間那有生辰年月日時分秒相同之兄妹，而且品貌如一，這豈不分明說英臺就是九妹，九妹就是英臺嗎！唉喲喲！呆頭笨腦啊！可悲又可恨呀！事久！你從小跟隨我，怎在這節骨眼上不提醒我？（丑白）相公！我不是說了嗎？你是大懵懂來我是小懵懂。（生白）幸伊情種，將香囊金釵託付師母，乃有今日之喜也！（生唱）喜弟兄翻作鸞和鳳，這恩義、古今堪頌。恰似那駕輕風，莊周夢中，逍遙雙蝶在長空。（生白）事久！加緊腳步者！（丑白）是！相公！（急下）

（幕內合唱）訪祝莊喜躍匆匆，恰似那胡蝶駕東風。世間事、多少無奈堪慟，只蒙在、蕭蕭一夢中。

五、花園相會

（場上作祝家後花園，亭上排設酒席。）（貼女裝上，唱）

_{越調}引子【浪淘沙】雖有主婢名，比姊妹深情。可憐小姐意難平，近日飯茶皆不省，困守鴛盟。小姐與我女扮男妝，在杭州讀書三年，她與山伯相公，我與事久哥，彼此結為金蘭，弟兄相稱。日久愛意萌生，送別時，小姐多方比喻，可笑山伯相公憨厚異常，始終不疑，那事久哥更渾然不覺，實在辜負我倆一片女兒心。返家之後，不意老爺已將小姐許配那其蠢如豬的馬文才，雖說老爺羨慕馬太守權勢，不為小姐終身着想，但那蠢豬却能識破小姐，先下手為強，早在小姐歸來之前就請媒說親。小姐為此傷心，甚於沈疴折磨。今日聽家僮說梁相公與事久哥來訪，幸老爺不在家，奉小姐之命，備好

酒席，在這後花園裡相會。酒席已備，小姐與相公、事久敢待來也！

（生旦同行上，丑隨後，旦白）梁兄請！

（生白）賢妹請！

（丑見貼喜介）（生、旦坐介，生喜介，旦舉杯敬生介）

（旦白）梁兄遠來，一路辛苦，請以杯酒洗塵。（生飲介，唱）

【四季花】^{羽調近詞}看賢妹易弁佩環輕，這婀娜態、無限娉婷。含情，重逢尚恐夢初醒。却緣何、太瘦生。（旦白）梁兄！那日勞煩遠送，含羞忍耻，自託終身！（唱）只因情深義重，恰似風清月明，不惜眼中比況訴雲英。又怕它遠路遥程，時移作梗，空落得風冷月冷花冷夢冷人冷。（生白）賢妹，愚兄仔細想想，深情厚意，臨歧之時，賢妹已屢屢微露於言語之中，只恨愚兄確實愚魯笨拙，未能體會美意。幸喜賢妹情重，託媒於師母，以鸞鳳金釵為證，愚兄感激何極，不就即刻欣奔來訪了嗎？諾！看這……（出示鳳釵介）（生吟唱）天定姻緣託鸞鳳，堅貞更與鳳釵同。若將弄玉比賢妹，山伯自應跨矯龍。（旦白）梁兄！妹心許於兄，兄盡知之矣！此中情意尚待何言？只是妹有難言之苦之痛也！（旦吟唱）欲説未言先淚流，聖賢為教理應休。婚姻何必雙親命，却令至情難到頭。（生白）賢妹！聖賢為教，婚姻大事，父母之命，自有道理；家母得知欲聘賢妹，十分欣喜！而今為兄不是奉鸞鳳金釵前來求親嗎？諒伯父母必然應允也！（生吟唱）山伯載欣奔過來，祝家有女叫英臺。高堂拜過泰山水，緣定三生鸞鳳釵！（生白）賢妹！當收淚含笑纔是啊！（旦白）梁兄啊！你有所不知，不意妹歸來，那馬文才早先一步求聘矣！（旦唱）

【鶯簇一金羅】^{商調過曲}（黃鶯兒^{首至三}）提起便心疼，只為妹雄裝、露實情，馬文才急速來求聘。（簇御林^{第五句}）更兼仗財富、用權柄。（一封書^{七至八}）我那老父呵！勢難憑，口無名。（金鳳釵^{六至七}）終究是攀附高門便承應，那管我抵死不從拋性命。（皂羅袍^{合至末}）梁兄呵！幾多恩義，剩得魂銷淚零。雖閨門枯寂，但為君牢守鴛盟證。（旦淚介）（生悵然悲切）賢妹呵！（生唱）

【山坡五更】（山坡羊^{首至四}）聞言道亂昏昏、滿腔悲哽；憤昂昂、淚珠交迸;蕩悠悠、魄飛魂縈;痛察察、萬箭穿喉頸。(五更轉六至末)情緣盡,信誓零,天地暝。縱能牢守,牢守須終竟。賢妹呀!不如拚向黃泉將駕盟牢牢守定。

(旦哀傷難抑而理智清明,白)梁兄!妹之悲憤豈下於吾兄,然既為人,何可輕生;輕生必仰愧上天,下慚父母。你我意志堅決,必不相負;何妨三思,別開生路:一者可以實現駕盟,二者可以示吾父不易之堅貞,三者可告馬家財富權勢之無用。但不知如何是好?

(貼白)相公!小姐!今日老爺不在家,是個好機會,不如即奔赴梁相公府上,即刻成婚,待生米煮成熟飯,再作道理!

(丑白)機不可失!人心言之有理!

(生、旦白)這個……好!走!(生唱)

【前腔】喜駕盟、牢牢守定,霎時間、精神耿耿。(旦)歎爹爹,輕許馬家,未能知、兒女全貞性。(五更轉六至末)(丑唱)恰似開生路,脫檻籠,忙奔命。(貼唱)可憐癡情一點,一點無催請。踏上前途,心存僥倖。(貼開花園後門,四人奔下,又復上場作奔介,場上改為路途景色。)(生)急忙奮發向前行,(旦)軟弱弓鞋走又停。(丑)一路行來心不定,(貼)喊聲大作使人驚。

(末扮祝父與文丑率家丁圍上)

(文丑白)膽敢搶劫我家媳婦,打!給我重重打!(家丁打介)

(外白)馬公子!不可造次,人命關天,且饒他這一次!人心!還不快扶小姐回家!(轉對山伯介)梁相公!你讀聖人書所學何事!豈不知婚姻大事,聽命父母!竟作如此寡廉鮮耻之事!還不快走!

(末與文丑家丁下。旦回首大叫:梁兄!被拉下;生悲甚,亦大叫英臺!丑扶下。)(燈漸暗)

六、逼嫁殉情

(老旦扮祝母,婢女隨上。此場用分割畫面,燈光先在英臺家室。老旦唱)

【中呂引子】【粉蝶兒】老去無他,為閨女、放心不下。美姻緣、陡起波查。暗操持,難布擺,如何禁架。坐愁城、望中牽掛。

(老旦白)女兒祝英臺不願嫁與馬家,原因是與梁山伯同學,情投意合,臨別自許終身。只是婚姻大事,那有兒女自主的。也是老相公不精細,只顧得馬太守財富權勢,不問馬文才品學拙劣。英臺抵死不從也是有理。昨日山伯來訪,趁老爺不在家兩人在後花園相會,竟然私奔。老爺和馬文才得知消息,急忙追趕,不知究竟如何,好教人傷懷也!

(報老爺趕得小姐、人心回來,末上)家門羞恥事,怎可教人知。

(與老旦見介)夫人!氣死我也!女兒落得今日,都是當日你百般不忍求我縱容她杭州求學!

(老旦)老爺也有所不是,婚姻大事怎能不徵求女兒同意,就輕易許人,何況馬文才也真的不成才!

(末)無論如何,馬家催促甚急,花轎三日之後來擡!你做母親的好好勸她,否則我這老臉往哪裡擺!(怒下)

(老旦)人心扶小姐出來!

(貼扶旦上)(旦唱)

【中呂過曲】【粉孩兒】恨匆匆被撕離、分兩下,更那堪無情語、向伊亂說胡罵。望會稽遠在天一涯,渺茫茫、肝痛心麻。想他兩三分、氣息猶存,千萬點、血淚飄灑。

(旦白)母親啊!女兒受盡委屈、受此屈辱,梁兄傷情,憂心如焚,您要為女兒討回公道!女兒斷然不嫁與馬文才!

(貼)老太君!如果您見過馬文才,笑都笑死了!哪會把如花似玉的小姐嫁給他!小姐和梁相公不止是郎才女貌,而且志氣相投,是天生的一對!

(老旦)做母親的也這麼想!只是老爺收了人家聘禮了!

(貼)收了退了不就得了嗎!

(老旦)馬太守豈肯罷休!

(旦)做官的!豈能仗勢欺人!馬文才豈可使計奸狡!(旦唱)

【紅芍藥】官有勢、豈可橫加,仗威權、豈可刁猾。何況強人作婚嫁,論奸行、比天還大。告訴你馬家村沙,妄想的癩蝦蟆,莫狂言、弄虛裝假。

　　(老旦白)馬文才說與你杭州同學,識破你女扮男妝,與你兩情相悅,故來求親。你父說,既已如此,豈能拒絕。因收下聘禮。等你們返家,說明原委,為娘悔之何及。你爹却說,馬太守財富權勢甲於一方,亦不辱沒英臺,執意不理你反對;又說兒女婚姻自當父母作主,英臺喬裝已是背俗,若再自媒山伯,必成笑柄,英臺!非母親不為你設想也!

　　(旦白)母親!馬文才播弄狂言固屬可惡,父親執意媚於高門亦非慈愛,全不為女兒終身着想也!(哭介)

　　(燈漸暗,燈光轉移山伯陋室。山伯傷勢沈重,臥於木床之上。淨扮梁母,陪於側。丑扇爐煮藥介,生強起,丑扶介。生白)母親!孩兒不孝,未盡反哺。

　　【耍孩兒】此際凌凌驚又怕,驚從責罵恩情斷、怕從病情重、將我折殺。對娘親、說句傷心話,自保重、拋兒罷。

　　(淨白)孩兒振作些!不可如此!聞說英臺小姐精通岐黃,請事久前往求取良方,必可救兒一命!孩兒!振作些!

　　(燈漸暗,燈光轉移至英臺居室。)

　　(末上,旦、老旦、貼如上在場。)(末白)夫人,女兒是否改變主意,我已無耐心!

　　(老旦白)女兒言之有理,是逼不得的!

　　(末白)何理之有!女扮男妝已够勉强,被文才識破已足羞耻,憑媒妁之言,奉父母之命而嫁,自古而然,尚何理之有?英臺!過來!有何言語,今日必弄得明白!

　　(旦白)父親母親生養大恩,女兒銘記在心!女扮男妝杭州求學,女兒亦感寬厚之仁!只是嫁給馬文才這般人物,女兒抵死不從!(旦唱)

　　【會河陽】天大婚姻,玉潔無瑕。女兒好比御苑牡丹花,奇葩,不意風吹浪打。直恁的、遭强霸。(哭介)父親呵!人間有愛不驚怕,母親呵!天地無私自榮華。(末白)冥頑不靈,真氣死我也!

（忽報事久來求藥方，燈漸暗，場景轉到山伯陋室，人物如前，燈又亮。事久已求得藥方回來。）（淨）事久！藥方如何！（丑）小姐有信在此！（呈生介）（生強起，作病態，看信吟唱介）

爹爹之命如羅網，馬家凶惡勝虎狼。
若要婚姻有指望，艱難恰似尋藥方。
一要北斗星七個，二要南箕挹酒漿。
三要老子金丹藥，四要織女錦繡裝。
五要玉山雲一片，六要日月星三光。
七要銀河無浪水，八要孤雁作文章。
九要韓娥歌繞梁，十要哭泣淚孟嘗。
倘若有了藥十樣，梁兄病體得安康。
倘若無有藥十樣，等我陰山大路旁。
生不同偕死同葬，不枉結拜一爐香。

（生白）哎呀！我與英臺婚姻無望矣！我病體不起矣！母親！孩兒不孝！

（吐血介）好個"生不同偕死同葬，不枉結拜一爐香！"（生唱）

【攤破地錦花】恨漆加，恨同心、難結髮。恨我太差，不掙扎、命隕黃沙。恨我英臺，遠隔天涯。只啼鴉，逐我魂魄，到伊家。

（生大吐血介，白）母親呀！英臺呀！（死介）

（淨白）兒呀！

（丑白）相公呀！

（燈漸暗，場景轉向祝家府第。人物如前。馬氏家丁上）

（家丁白）稟員外、夫人！我家公子說他耐心已用盡！不再等候，明日就來娶，迎娶也好，強娶也好！任你們選擇！

（末白）是！是！回報公子！放心來迎娶！

（家丁下）

（末白）英臺！你若再忤逆不肖，休怪我不顧父女之情。

（忽報事久來，丑上，朝英臺跪介）小姐！我家相公死了！

（旦昏眩介，貼扶之，悠然醒介，唱）

【哭相思】晴天霹靂斷肝腸，如夢醒來氣忽壯。

（旦白）事久！你家相公葬於何處？
（丑白）就在陰山大路旁！
（旦白）你回去告訴伯母，明日在陰山大路旁等我！
（丑白）是！拜別小姐。（下）
（旦）父親大人！母親大人！女兒主意已決，遵照大人之意，明日出嫁！在此先拜辭大人養育之恩！（旦唱）

【越恁好】養育恩重，養育恩重，顧看我、盡優洽。拜辭椿萱，心中事，亂如麻。回看白日剩明霞，怎割離周匝。（泣介）父母親呀！怎知我一命兒只共梁兄化，一靈兒只傍陰山下。

（旦）只請求父母親大人，明日迎娶隊伍，路過陰山，容兒一祭梁兄，以全同學之誼！

（末、老旦白）答應你就是！（旦泣介）

【尾聲】雙親萬望無悲詫，今世今生只要他。拚將一縷芳魂散成血淚花。

（末、老旦白）女兒勿悲傷，隨我來！（下）

七、哭墓化蝶

（幕啟，迎親隊伍走向陰山大道。文丑領轎前行、武丑隨側，各作得意滑稽狀。）（合唱）

【仙呂入雙調·朝元令】洋洋快哉，喜氣多驕態。山光蕩開，水色深如黛。迎親的隊伍逶迤，大張光彩。鬧鑼鼓橫敲豎擺，樂壞文才。今宵得將花燭臺，擁抱美裙釵。

（內作風起雲湧天昏地暗狀，場上設山伯墳墓，淨、丑立兩側。）

（眾呼叫介）哎呀！（唱）風雲忽地來，昏昏靉靉。原來是、陰山危隘，陰山危隘。

（旦掀簾介）來到陰山大路旁，停轎着！

（旦下轎介，脫去鳳冠霞帔，素服膝行向山伯墓，貼隨介）

（文丑）娘子！要少哭一些！

（淨、丑）小姐！（旦唱）

雙調
引子【搗練子】腸已斷,恨如山,子規啼血血斑爛。一叫梁兄天地暗,空林寂寂抱淒寒。(吟)

子期終斷伯牙琴,一死一生交入心。但把形神相契合,高山流水定知音。

(撫碑介)梁兄!三載同學,形影不離;照顧逾於骨肉,關愛實勝夫妻。感君溫厚,不疑蛾眉;而妹心實已相託,殷切成為比翼。不意事與願違,乃致人天兩隔。梁兄啊!(唱)

南呂
過曲【三仙橋】往事空餘夢幻,渡微雲斜日晚。新墳苦冷,一靈猶未散。梁兄若有知、當感歎,緣何有情人、總是和淚看。想想當日我那態翩姍,想想當日你那文煥爛。自應該、相惜互攀。那料得你朱顏,就已肌銷骨炭。(悲介)而今你我隔人天,怎能够、琴瑟合彈。

(旦問介)梁相公去世時有何言語!

(丑白)相公説,為人一生事業無成,為子不能事親盡孝,與英臺有鴛盟而不能成就,不堪瞑目。

(旦白)我一哭梁兄啊!(唱)

【前腔】本指望讀書仕宦,到底成荒誕。二哭梁兄啊!本指望為人子、冬溫夏清,又怎知高堂空望眼。三哭梁兄啊!本指望效孟梁、同舉案,却落得無限恨、傷身命短。問憾恨幾時殘,問鴛盟何日完。同心結若今生不綰,(悲介)願與你地下那陰間,同眠共挽。(哭介)我的梁兄啊!你若有靈有性呵!墳墓快開翻,祝英臺與你不再分散。

(場上陰風大起,煙雲中出現山伯形影,衆人不見,唯英臺見之。)(生唱)

【前腔】長眠處忽然不安,聽伊言語聲哀歎。墳冢寂寞,同心自相感。英臺啊!聽我言證鴛盟、不虛謾,這地下、猶似人間。但有一點那癡情,神明能鑒看。請地祇、與我行威合辦,縱屍骨未全寒、墳頭未蔓,只可憐祝英臺與梁山伯死生永相守,便將這一座墳、分為兩半。

(場上忽然雷電交加、飛沙走石,一聲霹靂而墓裂,英臺投墓而山伯擁之，形消於煙雲之中。衆人大驚，欲有所挽救而墓已合，但餘英臺裙裾露於外。）

（衆驚呼）天地發威了，梁山伯顯聖了！

（文丑奔向墳墓，白）我的娘子！我的娘子！

（撕下裙裾，一陣風來，吹揚於天，倏地轉化為一雙白色大蝴蝶，翩翩而舞，羣蝶亦相繼而出，幕在蝶舞中款款落下。幕後合唱尾聲。）

尾　　聲

　　梁祝深情千百年，精魂羽化作神仙。
　　真誠一點牢相惜，金石三生自可憐。
　　黃鵠長天飛比比，碧林雙蝶舞翩翩。
　　相欣相賞還相顧，琴瑟和鳴夙昔緣。

附錄十五種

望 湖 亭

(傳奇)

明·沈自晉

【作者簡介】作者生平見《翠屏山》。《望湖亭》是一齣世俗喜劇，體現了明代後期戲曲創作重戲劇性、娛樂性和世俗化的特點，也很好地實踐了沈氏自己對於戲曲創作要求人物情節自然、和諧的理論。

【劇情概要】該劇以馮夢龍《醒世恒言》中的《錢秀才錯占鳳凰儔》為素材，講述了萬曆年間發生在吳江的一個真實故事。吳江財主顏秀攜友共遊洞庭，偶遇少女高白英，迷其美貌，急求友人尤少梅做媒。但高家定要面相女婿。顏秀自知貌醜才短，委實難中高家之意，情急之下，央求在自己家設館的表弟錢萬選代往相親。錢萬選風流倜儻、滿腹經綸，甚中高家之意，親事遂成。孰料高家為誇耀鄉里，定要新郎親自迎娶，顏秀無奈，再請萬選代往。不料返程時，洞庭湖上風浪大作，舟船無法過湖。為不誤良辰，高家決定在其家完婚。萬選推辭不得，勉行合卺之禮。然新婚之夜，端坐至明。風浪持續三日，兩人並不及亂。三天后，錢萬選攜新娘同歸。望湖亭上，顏秀聞知萬選已代己拜堂成親，怒火中燒，毆打錢萬選。高家遂以騙婚一事狀告顏秀。最後，錢萬選喜中狀元，縣官成全了錢萬選與高白英的美滿姻緣。

【劇本流傳】現存刻本有：一、清初玉夏齋刻《十種傳奇》所收本，《古本戲曲叢刊二集》據之影印，題《望湖亭記》，署"吳郡鞠通生筆"；二、1919年貴池劉世珩暖紅室刻《匯刻傳奇》所收本；三、中華書局2004出版的由張樹英點校的《沈自晉集》本。本書以《古本戲曲叢刊二集》本為底本，參校以他本。

【演出情況】據記載，此劇在崇禎十一年（1638）演出於紹興，想必在作者的家鄉吳縣亦會演出全本。之後，昆劇常演出該劇的折子。較早收錄該劇折子的為《玄雪譜》，錄有《醜欺》、《不亂》、《判歸》三齣。《醉怡情》收錄了其中的《自欺》、《題詩》、《合卺》、《激怒》、《子歸》等五折。《綴白裘》僅收錄《照鏡》一折。

（宋希芝）

第一齣　敘　略

【臨江仙】（末上）詞隱登壇標赤幟，休將玉茗稱尊。鬱藍繼有槲園人，方諸能作律，龍子在多聞。香令風流成絕調，幔亭彩筆生春，大荒巧構更超羣。鯫生何所似？顰笑得其神。

【滿庭芳】萬選錢生，羨芸窗篤志，感格文星。閨淑白英高氏，二八娉婷。顏秀偕遊，妙香陡遇傾城。倩少梅、頻頻作伐，高公欲面覷郎君。伯雅自慚貌醜，託子青表弟，代往相親。覆浼錢生迎娶，天阻良辰。強令合卺，操德行誓保清名。望湖亭，令公明斷，成全百歲姻盟。

【紅渠歌】
　　　　揀得中郎君是高白英，挨得着兒夫是黃小正。
　　　　砑不上風光是顏伯雅，推不脫姻緣是錢子青。
　　　　認得真東床是高德頌，撮得成月老是管淞城。
　　　　辨不來喜筵是顏小乙，閃不過荊條是尤玉成。
　　　　阻得斷人謀是封十八，填得就天榜是文昌星。
　這是那來的，非別，坐懷不亂的錢狀元是也云云。

第二齣　暗　祐

【望遠行】（生巾服上）雲奔電掃，吐盡心花腹稿。醞彩驚春，須信開芳及早。奮取射虎雄圖，懶寄求鳳雅操，爭肯負終軍英妙？

【浣溪紗】昨夜春回又一年，朝來旅況轉蕭然，梅花書屋恍如仙。　　十里亂紅思驟馬，三秋仙影欲登天，寒雞孤館且心堅。小生姓錢，名萬選，字子青，祖貫臨安郡中，寓籍淞城人氏。先朝武肅王孫，慢誇世系；當代文章人望，早占名流。但只年華十八，尚列子衿；學業無幾，未登仙籍。正是：嘖嘖珠聲應不愧，悠悠玉價總無憑。這個，也只要盡其在人，說不得聽天由命。（歎介）噯，所恨小生孤蹤泛梗，自幼飄蓬。雖然腕底生花，却是脚根乏線。朋友都云：錢生，似此人材，何不早尋鴛侶？小生只信，我輩豈無佳偶？還當決奮鵬程。舊歲在玄真觀中，寄跡半椽，讀書一載。今日乃新正元旦，起來盥漱了，早向文昌閣上禮拜一番，代我喚道童出來。清風師父哪裡？

（小丑內應）來了。

（上）窗外誰來聒噪？睡裏忽然驚覺。翻身跳出門來，却是清風一道。呀，錢相公，小道拜年。相公昨夜好夢，準定是聯科狀元了。

（生）好説，好説。小生要到文昌閣叩拜梓潼帝君，勞你點燭，然後拈香。

（小丑）當得。相公請。（同行介）

【八聲甘州】（生）祥煙麗紫霄，（小丑合唱）看層梯直上，香靄雲飄。靈符高颺，丹樓更插仙桃。（到介）（小丑）請相公禮拜。（生）小生入籍淞城，讀書本觀，茲當元旦，特叩文星。（拜介）念我錢萬選呵，學成早齡堪製錦，技進於今將奏刀。（小丑跪祝介）伏願錢相公時來風送，福至心靈。（合）似乘潮，趁天風，早占金鰲。

（小丑）錢相公，今日是年初一，你看城隍廟爆竹喧天，耍的是小兒每喝笙搖鼓；華嚴寺梵音震地，聽的是一簇簇彈唱説書。好不熱鬧！和你去走走何如？

（生）今日要靜坐，不出去閒耍了。

（小丑）那望湖亭顏家是你至親，難道節也不去拜？

（生）是小生母姨，家裏也罷了，改日去望他罷。

（小丑）相公這般用功，待小道自去字相。

（生）請了。

（小丑）正是：將軍不下馬，各自奔前程。（下）

（生）道童去了，不免回轉書房，閉上門兒，且靜坐一會。咳！小生如此旅寓，光景蕭條，却不道

【前腔】箪瓢，書生氣盡驕。願乘時刻勵，豈在溫飽？古人有云：分陰宜惜，休言今日、不學而有來朝。乘此一往無前，鑿鄰慢誇匡氏策，佩印羞看蘇季貂。不免閉目構思，試筆一篇文字。待揮

毫,且潛心免蹈虛囂。

（衆作仙樂,二旦持符節,引末扮梓潼帝君行上）

【不是路】（末）鶴駕回飆,玉殿霏香染繡袍。吾神乃文昌星主是也。元旦早朝玉皇,遞送來秋天榜。蒙恩賜宴,撤御前天樂送歸。（衆仙合）仙音導,呀聽,何方書館誦聲高？（末）行到此間,那裏書聲透碧,銳氣干霄。按下雲頭,却是錢生萬選在此苦志攻書,可敬可羨！（沉吟介）（小旦扮風神執旗飛上）問前茅,莫不是文星羽從霓旌到？（末）呀,何事封姨趁海濤？請了。（小旦）小神封十八姨,奉上八洞仙眞之命,遠邀星駕,早赴瓊臺。蓬壺嶠,請君來唉安期棗。急乘雲幨,（衆仙合）急乘雲幨。

（俱下）

（生）小生構思一會,文字已完,不免謄寫出來。

【解三酲】試拈題撰將新草,筆尖兒遠勝時髦。文章千古堪憑弔,得失處在心苗。願斲輪妙手一時能湊巧,只怕刻鶩難成空自勞。休相誚,一任我三都賦左,七步成曹。坐了一個更深,有些困倦起來,再強坐一回兒。（坐打盹介）

【尾聲】（衆仙樂迎末）（合）返雲旗,奎光耀,文星應已照江臯。（末看介）呀,錢生恁般苦功,只是可惜他命中利於小試,不利於科場,怎生是好？如此勤讀,不一薦鄉書,何以勸士？雖然天榜已定,將來善惡更移,少間將錢生萬選填上一名,那時奏聞玉帝便了。（衆）抵多少太乙燃藜慰寂寥。

（俱下）

（生醒介）呀,方纔朦朧睡去,恍聞天樂異香,又見文昌帝君對我說什麼填上天榜,或者是妄想所致,不必提他。正是：

青雲器業豈應疎？酒熱封侯快未如。
富貴必從勤苦得,男兒須讀五車書。

第三齣　辭　媒

【逍遙樂】（外角巾上）少小關河迴,尤喜逍遙樂無窮。追思往昔興偏濃,腰纏十萬,暢飲紅樓,垂柳驕驄。家世為商賈,往來積贏錢。小小多田宅,累累足果園。生兒能步武,有女在膝前。齊眉應白髮,同樂太平年。老夫姓高名贊,表字德頌。俺這裏洞庭人家,俱在外廂經紀。惟我老夫年邁,把生意付託孩兒,自家只與山妻金氏,受用些安閒茶飯。所生一女,小字白英,年方二八,才貌無雙,看來不是個富室之妻,多應作士人之配。況老夫妝奩既肯從厚,婿家何必愁貧?揀得個好對頭兒,俺就心滿意足了。只是姻緣在天,一時也急性不得。呀,說話中間,媽媽與孩兒出來了。

【前腔】(老旦上)愛女超凡種,一撚嬌雛太惺惚。(旦上)春來即漸趲春工,墨花試楷,繡蕊爭鮮,(小丑扮丫鬟上)(合唱)忙亂春容。

(旦)爹爹、母親,萬福!

(外、老旦)孩兒到來。

【蝶戀花集句】(老旦)鐘送黃昏雞報曉,百舌無端,又作枝頭鬧。(外)相對一樽歸計早,天涯一點青山小。　　(旦)獨上小樓雲杳杳,燕子來時,綠水人家繞。(小丑)盡日垂簾人不到,未教舒展閒花草。

(老旦)員外,女孩兒年紀不小,親事未諧,你也該上心。

(外)媽媽,我也留心擇婿,只為做媒的終日絮聒,連我老人家也沒了主張。

(小丑)員外、安人,這般一個姐姐,怕不招個狀元姐夫?愁他做甚!

(外笑介)這丫頭倒也講得好!如此春明天氣,和你們同到莊前,一看湖光山色,消遣回兒。

(老旦)如此甚好。

(外)呀,來到莊門,你看波心插柳,石面生苔,山靜泉幽,天空遠照,好一派景色也呵!

【金井水紅花】【梧葉兒】一水平蕪遠,(合)雙巒映碧空,真個隔斷武陵紅。(外)這裏雖則村居僻陋,却也人物敦厖。(合)【水紅花】古樸風,恰似秦時溪洞,更喜衣冠隨世,耕鑿與人同,何須雞犬避漁翁也囉！（老旦指介）向東那壁，隱隱兒的，甚麼所在？（外）是淞城地方，那箇嘴角兒與俺兩山劈對，就是望湖亭去處哩。（合）【柳搖金】蒼茫一帶，在有無中，隔岸湖橋，往來相送。（小丑）呀，兀的不是兩個小船兒，飛的一般泊將攏來了。（合）【皂羅袍】你看飄飄竹葉，正好風來自東，只道雙雙鳧鳥，却是舟橫短篷，倩取王維畫筆堪清供。

（外）看這兩個船兒，來做甚麼？（小丑）呀，却是一個女娘家上涯來了。

【普賢歌】（小旦扮媒婆上）媒婆終日走千家，怎得仙郎貌似花？東家又有麻，西家又有疤，折盡了船錢沒處話。借問一聲，哪裏是高員外家裏？

（外）老夫這裏就是。

（小旦）難得這般湊巧，奴家特來做媒。

（老旦）翠兒，隨了姐姐先進去。

（旦）閉門不管窗前月，

（小丑）分付梅花自主張。（隨旦先下）

（小旦）不要避，便見見也何妨？（背白）好一位姐姐啊！

【前腔】（丑扮媒婆上）媒婆終日嘴喳喳，說得天花亂墜麼。這邊說向他，那邊說向咱，嚼碎了舌頭只得罷。一路問來，這裏是高員外家了。阿呀，你是蘇州方娘子阿，這媒人要讓客，搶我不得的。

（小旦）你是湖州袁媽媽阿，大人家走動，各有主顧，與你何干？（推丑介）請出！

（丑）咄，這般撒潑，可惡！人家作伐是美事，這般樣氣質，你道是生得標緻些，欺負我老娘麼？

（撞小旦，各跌鬧介）

（外笑介）阿呀，像什麼規矩！大家說出來，若天緣，自然成就。

（老旦）不要相爭，請到裏邊講。

（丑、小旦）再相見。老員外、安人，萬福！

（外、老旦）二位娘子少禮。

（外）勞娘子遠來，不知所言誰家親事？

（丑）倒讓你先説。

（小旦）奴家説的是施狀元之孫。

（外）長遠了。

（小旦）祖籍原是洞庭，如今在城居住，小官人第一聰明。

（外）曉得了。

（丑）我的是金翰林府上。

（小旦）妙阿！

（丑）累代為官，公子又十分標緻。聞得與老安人祖上，又是同宗。

（小旦、丑合）今日吉辰，特來請姐姐的庚帖。

（老旦）實不相瞞，做媒的個個誇强，還要細訪端的。

（外）如今也不必爭論。據老夫的意思，要請女婿當面一相，待老夫眼中看得過，就許親便了。

（老旦）這句話兒極是。

（外）娘子，我每家世雖則寒微，

【好姐姐】怎如他家暴發？也有名目山居銷夏。深閨有女，似花人更佳。（合）言非耍，但有貌和才相亞，穩做乘龍女婿誇。

【前腔】（丑、小旦）我每從來作伐，見千萬那得恁般嬌姹？丹山鳳雛，怎教隨亂鴉？（合前）（丑、小旦）既如此，改日再來商議。

（外）濕雲如夢雨如塵，（老旦）似近東風別有因。

（丑）不用再三多囑付，（小旦）想來都是會中人。

告別了。

（外）這般大風，渡湖不得阿。

（老旦）家下安歇了。明日早行罷。

（丑、小旦）多謝，多謝！

（同下）

第四齣　懷　甥

【雙勸酒】（淨時巾色衣上）鶯喧燕忙，春風飄蕩，宵寒夢長，怎熬孤曠? 好教咱没計思量,又何日燕爾新房? 小子生來不俗,從幼有些蠻福。身是淞城縣人,家在望湖亭北。雖則是祖宗掙下這田園,也虧俺娘親勤儉多勞碌。莫道平沙萬頃少人煙,却是腴田四石多收穀。那怕他春水汪洋,更喜是秋風淅肅。春來湖畔梅花白雪香,桃花歷盡菜花黃,秋到鱸魚正美蟹又肥,黃雀堆金野鳧綠。如此受用更風流,不見兩袖吳綾飄大幅? 新興摺帽薄沿邊,寸半靴頭雙纏足。雖然打扮能在行,怎奈龐兒忒齷齪。千圈萬圈總一麻,不黃不白難收捉。為此姻緣湊得遲,夜夜淒涼獨自宿。真個高來低不就,且是貧貪富不欲。俺娘說,你娶妻莫恨無良媒,却不道書中有女顏如玉? 我的娘,寧可一世孤眠,教我把書兒怎讀?

(貼旦内叫)我的兒,讀書自有好處。

(淨)啊呀,説什麽金榜題名,哪些是洞房花燭? (笑介)小子不是別人,淞城顏秀是也。年過二十,未有妻房,又有母親拘管讀書,甚是苦惱。只得到書房中呷幾聲兒,也應一應故事。(看書介)呀,怎麼一般的書,又有粗細不同,高低兩樣? 却是為何? 待我想一想。

【前腔】粗書數行。字兒疎爽,蠅頭幾雙,把眼兒遮障。(拍案介)啊,我如今曉得了! 只道是筆尖摹仿,却原來是印板傳揚。噯,今日纔知書是印,何勞筆底太匆忙? 如今也些悟頭了,且到亭前閒步步兒。

(小旦扮青衣上)綠慘雙蛾不自持,數聲啼鳥上花枝。如今不在花紅處,為報東風且莫吹。奴家黃氏,名喚小正。從幼在顏家,蒙老安人養育為義女。今年一十六歲了。雖是相看不薄,只是未有對頭。仔細想來,嫁得一個好郎君,也不枉為人一世。方纔主母教道,悄悄看大官人在書房中怎生讀書,不免走去看他。(咳嗽介)

(淨見介)小正來得妙啊。

(小旦)老安人教我來看你讀書。

(淨)正在這裏想你。

(小旦)想他何干?

(淨)小正,可憐兒,寂寞得緊,和你摟摟兒去。

（摟介）（小旦閃介）

（淨）小正，你不要這般不在行，我對你說啊。你看，

【玉抱肚】春光一晌，霎時間紅銷翠亡。值錢時不做人情，到頭來歲老珠黃。那時節呵，(小旦)那時却怎麽？(淨)雙雙把手去招郎，郎不來時枉斷腸。

【前腔】(小旦)官人閒講，沒來由心癡態狂。讀書人一味虛花，哪些兒伴得嬌娘？(淨)難道罷了不成！(小旦)巫山不是雨雲鄉，又在巫山西壁廂。

（貼旦內叫）小正哪裡？怎麼不來回話？

（小旦）來了。

（貼旦扮顏母上）從來健婦持門戶，絕勝屓夫受苦辛。我孩兒不肯讀書，不免去訓誨他一番。

（淨見，揖介）

（貼旦）我兒，傳聞縣中考快了，怎麼不用心讀書？

（淨）孩兒為此，日夜用功。

（貼旦）果然麽？不要哄我啊。孩兒我與你說，自你大姨沒後，只有外甥錢子青，一嚮往來親密，為何這幾時不見他來？

（淨）表弟在玄真觀中讀書，不肯出來幸相。待孩兒差顏小乙去請他來會會，何如？

（貼旦）如此甚好。我想錢家外甥啊，

【月上海棠】他名早彰，垂髫已跨羣英上。(淨)豈翩翩年少，紙貴洛陽？(貼旦)不要是這般說，那小官人雖則孤窮，歎蕭鹽此日家風，羨鐘鼎他年宅相。快寫封書去。(淨)又來多事。差人去，口請便了，我哪裏耐煩寫什麼書？何必郵筒往？口傳母命，絕勝八行。

（小旦）說哪裡話？還是寫封書去請他纔是。你在此寫，我喚顏小乙來送去。正是：因過大雷澤，莫忘幾行書。(下)

（丑上）上命差遣，蓋不由己。自家孔一，淞城縣中一個陰陽生。本縣大老爺看了觀風卷子，上司發落案來，今早許多秀才們，謝考者紛紛喜色，領賞者嗷嗷待哺。真個是百樣鑽求，千般奔競。

只不見那領案的錢萬選到來,我們老爺倒發一個名帖去請他相見,又分付道,錢秀才是個貧儒,不許索他酒錢。晦氣,教俺哪裡去尋他?聞得望湖亭顏家是他至親,特地跑到這裏來。有人麼?

(小生應)來了。(上)莊門非似海,容得外人敲?自家顏小乙便是。是哪一個?

(丑)來請錢相公的。

(小生)錢相公不在這裏。

(淨)誰在外邊?呀,是孔兄。一向此來為何?

(丑)本縣老爺取中錢萬選相公第一,特來相請。這是名帖兒。

(淨)錢子青取了批首,好眼睛啊!這般窮儒得他提拔,難得這位好縣公哩!

【前腔】他來此邦,廉名遠近馳清望。(丑)更無私天地,有用文章。(淨)子青是俺表弟,你不要小覷了他。割雞兒小試鉛刀,奮鵬翼大魁金榜。小乙,你就拿本縣太爺的名帖,到玄真觀中去請錢相公。(小生)就來。(合)郵筒往,試問何如、夢草池塘?(丑)小弟就同顏阿叔去走一遭。(淨)是麼,薄意三釐,一壺自飲。(丑)倒要顏大官費鈔,多謝了!(淨)小乙,你就與孔兄一同前去。

青門路接鳳凰池,(小生)邑人爭識馬相如。

(丑)多才自有雲霄望, (合)誰道皇家結網疏?

(丑)請了。(同小生下)

(淨)也虧這小官人,待我說與母親知道。

(下)

第五齣 憐 才

【破陣子】(二旦執事,引小生冠帶上)(小生)試飲三江秋水,來尋九月蓴羹。魯邑鳴琴作宰,錯節誰將百里稱?人懷廉吏能。澤國恩波淼淼,春江化雨饒饒。催科慚政拙,撫字識心勞。下官姓管,名六飛,本貫臨淄,初宰淞邑。本縣有個錢生萬選,一介少年,取冠多士。我則慕其才望,他倒不肯輕投,已差人請他去了。叫左右,

（旦）有。

（小生）今日投文日期，凡有上司明文，先來投遞。

（旦）嘎。

（淨、末扮史、書上）連城為重寶，茂宰得才華。

（淨）自家禮房吏員，

（末）自家工房書辦。（進見介，投文書介）稟老爺，學院公文呈上。

（小生）起來伺候。

（淨、末）嘎。

（小生看文書介）

【前腔】（丑引生巾服上）（生）夜舞聞雞客舍，時逢買駿燕城。敢笑寒儒懷刺往，何似邀賓倒屣迎？春風不世情。

（丑）錢相公，老爺堂上簽押，消停一會兒相見。

（生）曉得了。（隨意立等介）

（小生）原來學院為科考生儒，限四月縣試，初秋按臨。我想此事，下官甫脫青衿，難道頓忘其苦？

【玉芙蓉】才名應斗星，寸晷憑風影。願人投藥籠，愧有遺苓。書辦過來，（末）有。（小生）你鳩工搭廠須堅整，（末）嘎。（小生指淨介）你把卷子呵，（淨）是，（小生）鱗次彌封早遞呈。（淨）嘎。（合）時方盛，總蒐羅俊英，怎教他、待年不嫁惜娉婷？

（丑）稟老爺，錢秀才候久了。

（小生）後堂相見罷。

（二旦開門，與淨、末、丑俱下）

（生進介）大人請上，容門生拜見。

（小生）下官也有一拜。

（生拜見介）夙欽御李，遂許識荊。敢借雕蟲，薄言執雉。

（小生）未遑適館，先辱掃門。久把芳聲，欣瞻芝宇。

（生遞帖介）薄儀求老師笑存。

（小生）多謝。（隨意點時物介）

（旦扮門子暗上，接帖介）

（生送文介）拙作求老師賜教。

（小生）還要從容細玩，請坐下。

（生）告坐了。

（小生）錢兄，

【前腔】你承家在請纓，超世須脫穎。奈何陽樹底，鋏冷歌聲。休將壯志銷萍梗，（促坐近生介）我欲把枯腸潤斗升。（生拱介）不敢。（合）安時命，待風吹玉京，那時節、展開眉眼說伶俜。

（生）老師聽稟，

【前腔】我煙消范釜清，鶉結原衣冷。但蕭然樂道，似葛詠伊耕。多感老師陽春有脚多恩請，（打躬介）只是錢萬選呵，願松柏無枝獨挺生。

（小生點頭介）承教了。

（合前）（生）就此告別。

（小生）試期已近，就要請教了。

（生）清風明月獨離居，（小生）年少今開萬卷餘。

（生）正是與君一席話，（小生）果然勝讀十年書。

（生）請了。（別下）

（小生吊場歎介）下官訪知錢子青貧。欲諷他說件公事，他到淡然無欲，將來必是偉器。只是我這裏此念未酬，如何是好？

（想介）淞城有個顏秀，聞他是個鄉間富户，不免將錢生薦與他家，得個館地，少助紙筆之資。門子過來，

（旦）有。

（小生）把個帖兒拜上錢相公，說我薦你到顏家，為讀書之計。這裏另差人知會顏秀便了。

（旦）小的知道。他與顏秀是至親。

（小生）這更好。況此舉斯文盛業，錢生也不好推辭。

正是：

今日得吾提掇起，（旦）免教人在污泥中。

（旦對內）老爺進衙門，門上擊雲板。

（小生）說了，快來回話。

（旦）曉得。

（各下）

第六齣　赴　館

【西江月】（末小帽色衣上）青果行中買賣，時與籛片生涯。百般果品盡堪誇，更是鋪排精雅。　　顆顆櫻桃似口，雞頭軟剝無瑕。琵琶若是這枇杷，長盡桃梅聲價。自家尤玉成，別號少梅。淞城縣中開個青果行，向在顏家借錢做本。今年生意頗通，賺些利息，不免將賬目清楚他一半，後邊也好挪移。一路行來，已到望湖亭了。此間已是，大官人在家麼？

（淨）是哪個來了？（上）

【秋夜月】貌忒嬌，一面麻中俏。黑主兒生來有鳥的要，緣何不見花星照？却如何是好？又何日是了？啊呀呀，尤少梅哪裡來？終日哄我做媒、做媒，你這油嘴！

（末）不要忙，自然就有。今日且收了這注債兒，待我尋頭好親事與你。

（淨）只是月不過五，今日是第六日了，怎麼好？

（末）大官人，此時還是早上，若是晚些兒，就不敢討饒了。

（淨）這也罷了。只是銀子要足白，不要拿這九九半的來。

（末）錠錠都是冰汪細絲粉邊，十二成。這是一包橄欖，三十福橘，送與大官人解渴。

（淨）妙，妙！待我兌明白了，記賬就是。

（末）大官人，還有句話兒。

（淨）怎麼說？

【西江月】（末）感得伊家周濟，須將生意勤拿。洞庭橘柚始開花，先把銀兒定下。

（淨）又來定橘子了？早啊！

（末）欲泛湖中一棹，邀君同往乘槎。一尊魯酒一壺茶，直到西山瀟灑。去孛相相兒，何如？

（淨）絕妙！只是今日有件煞風景的事，去不得。
（末）為何呢？
（淨）老堂要我讀書，恰好前日本縣縣公薦一個先生來。
（末）妙啊，恭喜！恭喜！
（淨）你道是誰？就是俺兩姨兄弟錢子青。
（末）是個好秀才，又是至親。妙，妙！
（淨）約今日到館，因此不得工夫，有負老兄美意。
（末）只消送些束脩罷了，難道又供給他？
（淨）是呢。只是老堂主意，不好推卻。
（末）既如此，大官人坐幾日，再來相約，何如？
（淨）如此甚好。尤少梅呵，

【前腔】我久想着，那壁湖山妙，有興和伊同登眺。還有一件，姻緣或在深山奧。（末）又來好笑。（淨）莫將咱笑倒，（末合）倘相逢湊巧。

（末）這也未可知。小弟告別了。
（淨）就來相約啊。
（末）是了。正是：山色依然在，隨人着意看。請了。（下）
（淨對内）小厮，把書房中像夥收拾收拾，錢相公就到了啊。

【搗練子】（生便服上）辭別館，到他齋，（小生隨上）（合）青氈一片且須捱，是處江花能夢彩。

（生）小生蒙令公清盼，與我薦一個館，不好辭他。況且母姨家裏，就與表兄相處，到也坐得，今日負笈而來。
（小生）已到家主門首，待小乙先去説知。錢相公到了。
（淨）母親有請。
（貼旦上）來了。

【前腔】延貴客，喜盈腮，傳家耕讀是生涯，更喜賢甥模範楷。

（生）母姨，拜揖。
（貼旦）賢甥少禮。孩兒過來相見，拜師纔是。
（生）兄弟相處，豈有受拜之理？
（淨）近來不作了，大家唱個喏罷。（揖介）賢弟，

（生）大哥。

（貼旦）賢甥請坐。我且問你，

【鎖南枝】因何事，久不來？教人想伊縈望懷。幸然得明府提攜，（淨合）兩下裏相擔戴。難得恁般相敘哩，誰是君，英妙才？只是淡相看，你莫嗔怪。

（生）母姨，

【前腔】尊前久相待，非是甥兒戚誼衰。只為書囊無底，因此撇下塵囂，捱却青燈債。大哥今日裏呵，和你同下帷，把頭苦埋。（合）他日倘身榮，怎得棄管蒯？

【前腔】（小旦上）佳客至，心暗猜，緣何妙齡婚未諧？（背看介）覷着他絕樣清標，惹得人無聊賴。（小生）小正過來，見了錢相公。（小旦）來了。羞整容，把雙鬢揣。（淨）走來叩了就是，做這許多身份。（小旦福介）且殷勤、行個萬福拜。

（生）是小正？這般長成了。

（貼旦）便是小正，你去廚下分付，說道：

【前腔】瀕湖討蝦菜，把清樽舊醞開。（小旦）曉得。（淨合）市遠無他兼味，只索隨意盤餐，沒甚珍饈買。（生）也不必過費。（小旦）待小正去看來。（虛下）（貼旦）孩兒，你把兄弟行囊快些收拾呵。書與筆，須端整排。（淨）不須母親分付，你看劍和琴，已先擺。（貼旦）孩兒，你把賢甥的琴劍、書箱，都收拾到後園去。賢甥，請先用些點心。（生）多謝。

　　　　年來何事乞西賓？（小旦）遥想風流第一人。

　（貼、丑）一飯未曾留俗客，　　（淨）賈生才調更無倫。

（貼旦扯生）賢甥，這邊來。

（淨）賢弟請。

（生）大哥請。

（相攜下）

第七齣 女　　學

【小蓬萊】（旦上）喜是春眠慵起，聽曉來何處鶯啼？看輕風撲絮，飛花碎粉，吹到書帷。

【江城子】（旦上）文鴛碧沼水融融，書簷東，又春風。（小丑）今歲看花，花勝去年紅。把酒問花花不語，（旦）含笑處，思重重。

（小丑）留春無計莫匆匆，秉金籠，夜寒濃。可惜風流，年紀與誰同？（旦）始信傷春真浪説，（小丑）姐姐多少意，不言中。

（旦）奴家高氏白英，只為性近幽閒，喜工文墨，爹媽十分珍愛，就請着母舅來家，教道些書史，講説些故事。每日上午外廂讀書，晚些繡房針指。

（小丑）小姐，和你先到書房。少停晚，金舅舅就來了。

（金舅方巾白鬚上）才微歲老尚虛名，湖月林風相與清。草木榮枯似人事，黃鵬空囀舊春聲。老夫金本謙，因外甥女兒聰慧，我妹夫高德頌道俺是至親，又是飽學，請我來教他女兒讀書。此間已是書館中了。

（旦）舅舅，萬福。

（金舅）甥兒少禮。你把昨日講的書再看一遍，少停要熟背。

（小丑）爛熟的了，不消背得。

（金舅）我想起來，女學生又不比男子家，要甚麼經書本領。俺只把古來婦女編成一書，喚做《古今女鑒》，其孝女貞姬、賢妻烈婦，這幾篇都已講解過了。今日講的是美女一篇，甥兒過來，聽我道呵。

【北後庭花】俺只待説夷光和鄭威，（旦）是吳楚美人。（金舅）俺只待表鉤弋和邢李。曾有個合德把昭陽妬，曾有個甄姬被郭后摧。（旦）似漢魏以來官掖。（金舅）笑殺張孔輩與潘妃。（小丑）好雙小腳兒。（金舅）那傾粉黛有太真虢國，（小丑）好個淡眉兒。（金舅）卓文君可似崔。（旦）是名姬。（金舅）夜來容比杜韋，這是名妓啊。（小丑）如今也老了。（金舅）是古人。（小丑唱介）却不道杜韋娘非舊時？（金舅）又來打諢。金谷珠羞步非。（小丑）我曉得的，這是美妾。（金舅）羨紅綃紅拂美，羨紅綃紅拂美。

（旦）是女俠了。

（小丑）仕女肩兒，狹的為美。

（金舅）都明白了麼？

（旦）明白了。

（金舅）再把今日講過的書，細看一回。

（旦）理會得。

（金舅）我回家去也。正是：村原門巷多相似，處處春風枳殼花。（先下）

（小旦扮尼姑上）出門流水住，回首白雲多。小尼妙香庵中，來送佛豆，方纔見過老安人，説姐姐在書房中。呀，貧尼稽首。

（旦）師父何來？

（小旦）明日四月初一，本庵起建七晝夜道場。至初八日回向。特請老安人拈香，姐姐同來拜佛。

（旦）老安人去的麼？

（小旦）自然去的。

（旦）既如此，到初八日同來也。

　　　　　　新妝宜面下朱樓，（小丑）欲採蘋花不自由。
　　（小旦）風動自然雲出岫，　　（合）青山歷盡水悠悠。

（小旦）小尼去了。

（小丑）待慢你啊。

（各下介）

第八齣　泛　　景

【懶畫眉】（生上）旭影宵燈映紗幮，弩力難勝千卷餘，似茂陵風雨病相如。何時却賜金莖露，可解當年消渴無？瓦雀行書案，楊花入硯池。小窗讀《周易》，春去幾多時？小生來此讀書，已將兩月。承母姨看待，甚是感他。兩日前為送表兄縣試，人叢中鬧了一晚，身子不快起來，今日幸得好些。只是精神疲倦，辛苦不得，倒把個閒書消遣一會罷。
（淨上）禮樂攻吾短，
（丑上）山林引興長。
（淨）老尤，今日洞庭山去，畢竟合了錢子青同行。
（末）正是。你對他說便好。
（淨）是了。
（見，揖介）
（淨）尊體平和了？
（生）今日疎爽些。
（淨）啊呀，這一個用功朋友，看這般閒書。
（末）是《水滸傳》麼？
（生）病餘在此消遣。
（淨）老弟，我顏伯雅的考試何如？
（生）好，略覺浮泛些兒。
（淨）又來世故。有了"浮泛"兩字就好了。
（生）此位是誰？
（末）在下姓尤。
（淨）是我好朋友尤少梅，要到洞庭販橘。有個便船，特地拉我們同去遊玩遊玩。
（生）這使不得。
（淨）又來古板。左右尊體不健，不好用功，況洞庭山有名好景。不過一水之隔，過一晚兒就回家的啊。
（末）錢相公的書，又是讀足在肚子裏的，倒去消遣一回，把這些文字都鬆一鬆，何如？
（生）倒講得有理。
（淨）肯去了。妙，妙！
（生）明日早回的麼？
（末）自然。船在望湖亭下，船中風爐、泉水、新芥頭俱已備下，還有個小榼兒，做個遊山主人。
（生）倒要相擾。

（淨）是極相知的，我們就此同行。不爭三五步，

（末）咫尺望湖亭。

（生）呀，好一個湖景！你看，

【前腔】震澤連江控全吳，只見水面雙螺入畫圖。（淨、丑）好景啊！（生指介）銅官玉女遠模糊。西來苕霅通天目，（合）指點三州一望浮。

（淨）寒家久居於此，這般景致，到也見慣，不為奇了。

（末）這裏下船啊。

（小丑扮船家、小旦扮艄婆搖船上）

（小丑唱山歌）天上個雙星弗動移，蝴蝶在園中了對對飛。西太湖裏野鴨也有雌個配，那了船裏個官人無子個妻。這裏來。

（淨）啊呀，好一個女客。標緻啊！

（末）是有家小的浪船。

（生）不可囉唣！

（末）還是錢相公正經。（下船介）

（末）這一路好東風，扯篷去。

（生）呀，下的船來，果然片帆如駛，一葉欲飛，體骨若輕，病魔頓醒，好個湖天景色也！

（淨）好快活！

（末）錢相公病都好了，妙啊！

【前腔】鏡裏舟行景堪模，真個一片冰心冷玉壺，布帆無恙影兒孤，春波渺闊天邊路，縱葦憑虛拍掌呼。

（小丑）到了。

（小旦）你們先上崖走走，待我整備酒肴送上來。

（末）妙！請登岸。

（眾作上岸介）（小丑、小旦搖船下）

（生）呀，你看高峰插霄。平川夾浪，湖山好景，盡在目前。大家緩步而行。

【夜行船序】屐底尋幽，（合）漫追蹤林屋，洞天還九。隔凡處，直接峨眉羅浮。堪愁，禹跡丹文，荒蘚斷崖，靈威難叩。奇否？仄

趾向屏岩，攢石嵌空如闥。

（小丑持酒檯上）主人不相識，偶坐為林泉。酒檯在此。這裏正是銷夏灣，那高的就是縹緲峰了。

（末）大家飲杯酒兒再走。

（淨）使得。（坐地飲介）

【錦衣香】（生合）銷夏灣，風生驟。縹緲峰，雲飛陡。扶筇直上危巓，懸崖絕竇。仰天狂叫漫凝眸，環湖似玦，繞砌三周。想蘇臺一帶，望煙霞依稀回首。何處遙山秀，是吳興南岫，更毗陵路渺，層巒輻輳。我每乘醉而行，再上，閒走走。

【漿水令】浪猜疑湖稱蠡口，總荒唐山呼角頭。陶朱嬌載五湖遊，何嘗跳海，此地名留？商山叟，綺夏流，縱教遁跡人非舊。今和古，今和古，白雲蒼狗；天和地，天和地，浪影沙鷗。

【尾聲】（生）豪情反被詩懷耨，（淨）好倩爾上林作手，（合）且當歌對酒忘憂。

（內打鐘鼓介）

（生）行到此間，那鐘鼓之聲，甚麼所在？

（末看介）啊，這是妙香庵裏，都是女師父道場。

（淨）進去看看。

（生）既是女衆，還不該進去。

（淨）又來了。

（敲門介）開門！

（內應介）哪個？

（末）隨喜的。

（內）本庵是女衆，天晚了，男客們進來，不當穩便，明日來燒香罷。

（末）曉得了，明日早來也。

（生）明早該回去了。

（淨）做這半日工夫，明日是四月初八，畢竟整齊，再字相相兒，午後開船就是。老錢，你不見滔滔東逝波？（生）莫令歲月易蹉跎。（末）遇飲酒時須飲酒，（合）得高歌處且高歌。

（生）果然天晚了。
（末）快些下船安歇了。
（淨）明日再來亭相樂樂。
（同下）

第九齣 奇 遇

（小丑扮尼姑上）洞庭多作客，良家没丈夫。不用男和尚，只作女師姑。小尼在妙香庵出家，今日四月初八，回向道場，衆檀越都來禮拜，師父們快來，完了功課。
（貼旦、小旦應上）來了。
（打鼓鈸介）
【頌子】急急修來急急修，好將貪欲盡皆勾，甘露不生油鑊底，莫教蹈着比丘頭。南無佛、無量壽佛。
（貼旦）徒弟，聞得高老安人的身子不快，自己不來，只教白英姐姐來拈香。
（小旦）他是個好施主，素菜俱要整齊些。
（老旦）正是。還有隨喜的到來，要備攢盒茶水，募化些香錢，我與你去整理整理。正是：柳箄入林僻，
（小丑）茶瓜留客遲。（同小旦下）
【出隊子】（淨、生、末同上，合唱）松蘿一帶，萬壑千岩暗綠苔，白雲深處洞門開，却聽鐘聲連翠臺，片片爐香，飛出院來。
（淨）老錢不肯上崖。
（末）被我一把扯到這裏，已是妙香庵前了。
（生）既到此間，便步步也何妨。
（末）我説錢相公原是極活動的。
（貼旦）列位何來？怎般早。
（末）我們從淞城來，到此隨喜，香金三星，請收了。
（老旦）阿彌陀佛，承佈施。相公們佛堂參拜，大家通誠通誠。
（衆拜介）（貼旦助鈸介）

（生）小生錢萬選，

【出隊帶滴溜】【出隊子】怕流光不再，何日還徵鄴下才？願日邊紅杏倚雲栽。（淨）區區顏秀，【滴溜子】可憐姻緣多礙，從今月下人，把紅絲亂揣。（末）只願幾貫青蚨，百倍進財。

（老旦）請相公各處隨喜，前堂素齊。

（生）不消。

（淨）我們那邊走走。

（末）這裏來。

（衆）正是：竹逕逢初地，蓮峰出化城。

（貼旦引下）

【真珠簾】（旦上，小丑隨上）（旦）拋書更且停針線，出香閣，（小丑合）隨喜到岩嶤深院。

（小丑）功課已畢，專待姐姐拈香。

（旦跪介）信女高氏，本貫洞庭。這一炷香，保佑雙親康健。

（小丑）這一炷香，舊規是梅香替說的。願姐姐招個狀元姐夫。

（小旦）那邊觀音閣、羅漢堂、伽藍殿、木香亭子、假山石上，都去隨喜隨喜。呀，那壁廂有幾個男客來了，我們這邊走。

（旦）曲逕通幽花木繞，山園細路石苔斜。（虛下）

（淨上）啊呀呀，妙啊！行來翠竹深深處，

（末上）何必輕羅小扇遮。

【江水繞圓林】【江水兒】（淨）瞥見如花貌，教人眼欲穿。（生上）大哥走遠些，女客行動，大家尊重便好。（淨、末合）分明是觀音出現在潮音殿，一道霞光開生面，側身兒立向蓮花片，只少個鸚鵡盤旋。（生）小生自在石欄杆上閒坐一回。【圓林好】笑他空着眼柱垂涎，俺只跌坐久似枯禪。（作垂頭端坐介）

（淨）老尤這裏來，不要睬他假道學。（虛下，暗隨上）

（小旦、旦上介）

【園林見姐姐】【園林好】（旦）繞山池輕輕步蓮，（小旦合）映花屏行行並妍，（小旦）相公們，閃開些！（小丑合）未許那東風窺見。

（小丑）這般不達時務！【好姐姐】你也知慚腆，（指淨介）如傀儡線牽多歪纏！怎不學那一個官人，（小旦合）他穩坐雕欄體態便。

（小丑）倒是我們避了你，姐姐這邊來。（虛下）

（生）尤少梅，我對你說，我們今日呵，

【姐姐插交枝】【好姐姐】偶來閒情自遣，怎不學老成諳練？休教戲耍，把少年心性顛。（淨）老錢又來好笑。【玉交枝】難道莽張生到西廂那邊，見了俏鶯鶯不魂飛夢牽？

（淨將扇打生頭介）

（生）怎麼打我？

（淨）打你個心裏頭怎麼樣哩。

（末）又來衝撞。

（淨笑介）取笑而已。

【交枝催撥棹】（小旦、旦、小丑上）【玉交枝】（旦）只見峰陰西偃，翠煙斜高幢影懸。只聽得空山鳥雀枝頭囀，（小旦）姐姐佛前拜辭。（內擊磬介）（旦福介）更深林寒磬悠然。（小旦）小尼保佑姐姐蟾宮貴客及早圓，銀河織女乘橋便。（小丑）師父拜禱得好。（指生介）只是招着這樣一個，【川撥棹】好郎君是夙世緣，（指淨介）若遇了這魔頭寧獨自眠。

（淨譚介）

（小丑）呸！一萬年沒有老公，不要嫁你這個鬼臉！（與淨略譚介）

（旦）翠兒回去。

（小丑）來了。

（小旦）待我送姐姐。正是：情到不堪回首處，

（旦、小丑）一齊分付與東風。（俱下）

（淨）呀，美人去了！（側耳聽介）

【尾聲】這是隔林風送嬌音轉，（末指介）這一帶似黛眉深淺。（生）俺只有眼底松雲耳畔泉。

（對內叫）師父擾齋啊。

（淨、末）我們去了。

（内應）多慢了。
（末）好一位姐姐啊！
　　　　碧玉今時鬭麗華，（淨）此身哪得更無家？
　　　（生）落花有意隨流水，（合）流水無情戀落花。
（生）天色晚了，快下船回去。
（急下）（淨）老尤走來，顏伯雅酥壞在這裏了。
（末）怎麼樣好？
（淨）要你打聽個仔細，是哪一家女兒，連夜與我做媒，重重花紅相謝。
（末）是了。只是錢子青古怪，要回去哩。
（淨）沒奈何，讓這船兒與我陪了這厭物回去，留你在此，打聽了，明日回來罷。
（末）曉得了。
（淨）快些打聽！
（末）是了。
（淨）做媒！
（末）是了。
（淨）明日絕早回話！
（末介）是了。
（淨對內叫）錢子青，等了我同走。老尤請了，千萬千萬！（下）
（末）惹厭！甚麼相干？要我在此耽擱。罷，朋友面上，只得寧耐他。（下）

第十齣　自　嗟

（小生上）你道好笑不好笑？旱田掘鱔是生要。你道好怪不好怪？挑水河頭没處賣。俺小乙為何道此兩句？大官人在洞庭遊玩，遇見了個美貌姐姐，就魂也不在身上。留着那尤少梅打聽，要他做媒。這幾日飯也不餐，睡也不着，等他來回話，竟一去不回。杳無音信，却不急斷了大官人的肚腸？只管連批兒教俺去看他。

早晚走上幾次。

（淨內叫）小乙，怎麼還在這裏閒話，不去盯了尤大官回來？

（小生）就去了。嗳，這般催逼，只得再去走遭。行行去去，去去行行，這裏是了。（叫介）尤少梅回家了麼？

（內不應）

（小生叫）尤大娘子，

（內）哪個？

（小生）尤大官怎麼再不回來？

（內）今日敢待來也。

（末上）你是心中急，他人不肯忙。啊呀，顏大叔。

（小生）啊呀呀，大官人眼睛也望穿了，同去回話。

（末）不消去了。

（小生）嗳，急驚風撞了慢郎中，曾打聽麼？

（末）打聽了。

（小生）做媒？

（末）做什麼媒？

（小生）親事何如？

（末搖手介）你道是誰？就是前日去定橘子的高員外家，十分美貌，三千嫁資。

（小生）妙啊！何不作成作成？

（末）要相女婿。

（小生驚介）要相女婿啊，這個臉兒！

（末）這個臉兒不那，左右不成，說他怎麼！

（小生）是麼。

【賞宮花】他龐兒果奇，並咱們忍見伊。（小生）若要為媒妁，須是不相宜。（合）正是夜靜水寒魚不食，滿船空載月明歸。

（末）不耐煩，你自去回話，請了。（下）

（小生）嗳，尤少梅又不肯去，只得自去覆他。來時多意興，回去沒風光。已到家了，大官人，

（淨上）來了。眼望旌捷旗，耳聽好消息。尤大官人呢？

（小生）回來了。

（淨）回來了？在哪裏？

（小生）在家裏。

（淨）教你隨他同來,

（小生）他没興,不肯來。

（淨）怎麼樣啊？

（小生）他説那姐姐是高員外家的,果然才貌無雙,嫁資若干。

（淨）妙啊！

（小生）只是一件,

（淨）一件便怎麼？

（小生）那老兒古怪的,要相女婿。尤少梅道,是大官人尊容,生得不十分標緻,不肯來做媒。

（淨）哐,哐,哐！狗才,像了顏大官這一個也罷了,還説"不十分"！哐！你自去,不要在這裏。

（小生）干我甚事？倒罵起我來,好笑！（下）

（淨）嗄,不要忙啊。這句話兒,尤一這廝也不當冤枉哩。區區這副臉兒,怎生樣看？如今怎麼處呢？（想介）且住。不要胡思亂想。自古道：求人不如求己。俺顏伯雅不是爺生娘養的？不過一般眉眼,待我把鏡兒照一照,或者照些好處出來。（取鏡介）鏡兒,鏡兒,這段姻緣,都在你身上！

【太師引犯】把鏡兒磨得似冰輪破,對着咱把雙睛兒打皷,逼得我顰眉無那。（做鬼臉介）啊呀,委實看不中哩！怪道這些人,動不動叫我是一個醜漢,將諢名兒喚俺非訛。還有一策,不免將臉兒洗淨了,再看一回。（洗面,照介）浣却了浮塵積涴,越顯得那累累珠顆。噯,我曉得了。若是天生個如玉貌阿,【刮皷令】總教他亂頭粗服美如何？雖然如此,佛是金妝,人是衣妝,打扮也是極要緊的。（叫介）小廝,拿我新結的福雲駿巾、新裁的冰紗夾褶子出來。

（小生）來了。

（持巾衣上）為報空潭橘,無媒寄洛橋。駿巾、紗褶在此。大官人,今日拜客？

（淨）不是。

（小生）是赴宴？

（淨）不要你管。

（小生）做甚麼把戲？

（淨）唉！往常要你做身份，今日只管來歪纏。出去了！（推小生介）

（小生虛下）

（淨換巾褶介）嘖嘖，換過新巾，穿了新褶，別是一位顏大官人了啊。

【前腔】慢瞧科也瞧得過，料非關容衰鬢皤。（照介）啊呀，一發不妙！說甚麼新標驚座，抵多少諕鬼妝儺。難道這件新衣有甚麼魘倒在裏頭，着了他反增其醜。敢被那鮫絲作禍，（除巾脱衣介）反不若裂冠兒赤裸。噯，我曉得了。君是風流貨，衣不在多，又何必羽衣鶴氅任婆娑。

（小旦暗上，笑介）好一個新女婿！被我瞧見了。

（淨）你來笑我麼？

（小旦）不笑你，笑誰？

（淨）這等可惡！（打小旦，帶摟介）

（小旦）打了我，又討我的便宜，去告訴老安人。

（淨）告訴，我不怕。

（小旦）我也不怕。

（淨）還不拿了巾服進去。

（小旦笑譚下）

（淨）啐，我顏伯雅見鬼了，這是尤少梅見我着急，把那話兒奚落我，我到認了真。好個遲貨，只是去求他，要他幫襯，姻緣有分，一說一成，哪裡相什麼女婿？（叫介）小乙，

（小生內應）怎麼樣？

（淨）包了五斗新冬春，封了五錢銀子，送到尤大官人家去。你說道，明日絕早，大官人自來造宅，一定要央你做媒。

（小生）曉得。

（淨）你就叫個船兒，隨他去走遭。

（小生）是了。

（淨）走來，與他說：成了親事，花紅不消開口，連舊賬都不要還。快去！

（小生）就去了。

（淨）却不道，

錢多方色濃，麻布染乾紅。得他心肯日，是我運兒通。

只是央他，在他身上成這段姻緣便了。（下）

第十一齣　作　　伐

【大勝樂】（外上）榆景悠閒尋歡宴，兒女事每常縈絆。（老旦上）東床若個風流？管教佳婿腹坦。

（老旦）員外，老身夜來得一夢，未知主何吉祥，要你圓解圓解。

（外）做甚夢來？

（老旦）夢見園中梅樹開花，梅花結子。

（外）好啊，夢中光景何如？

（老旦）聽我道，

【瑣窗寒】見南枝日暖回寒，暗香飄花正繁，橫斜影動，秀色堪餐。又早垂垂結子，青梅如彈。（外）這也不難解。梅者媒也。或者有個良媒到來。況開花結子，都是好讖。（老旦）解得有理。若是遇冰人定須着眼。（外）媽媽，你忘了我這句話兒了。（老旦）怎麼說啊？（外）說道：老夫眼裏看得過，就許親與他。（老旦）正是呢。（合）倘教觸目見琅玕，願承百歲梁案。

（老旦）女兒在書房中，待老身去看他。

（外）正是：有女頗知書，

（老旦）絕勝經商子。（先下）

（末上）姻緣姻緣，事非偶然。

（小生上）謀事在人，成事在天。

（末）小乙哥，被你大官人催逼，央我做媒，送了東西，又許我若干好處,只得來到這裏。

（小生）正是。我們進去,大家都在行些,或者團得這頭親事,大官人也許我一件異樣的賞賜哩。

（末）不要忙,且聽下回分解。這裏是高家門首了。

（末）有人麼?

（外）哪個?

（小生）淞城尤大官人在此。

（外）可是青果行裏,前日來定橙橘的尤少梅?

（小生）正是。

（外）請進,請進。（見介）呀,尤兄,前日計較了。

（末）承讓,承讓。

（外）今日下顧,又有何見教?

（末）員外在上,小弟原不是慣做媒的,只因令愛才貌,遠近聞名,就是舍親那邊,其實有一頭好親事。今日此來呵,

【前腔】為吾翁可喜門闌,（外沉吟介）恰好來做媒。是誰家?（丑）舍親呵,是淞城家姓顏。（外）人物何如?（末）不消說得。不惟標緻,又且聰明,縣考童生第二。那才華品樣,盡沒包彈。（小生合）家聲舊遠,傳聞間閈,盡寬饒是傍湖良產。（外）這都不消說了。只是老夫有言在前,立意要看女婿,就請令親與咱覿面一相攀,勝却絕樣稱讚。

【前腔】（小生）做媒的非敢拿班,那小官人呵,果丰姿如玉山。只是讀書一室,未出塵圜。（末合）些兒禮數,都無習慣。（外）只要認一認兒,也不必拘禮。（末）員外也不須多疑,小弟從來老實,（末合）怎得個半言虛誕?（外）既然人才出色,門戶相當,若小官人不好出來,倒是老夫造宅,求兄指引,到令親那邊,只當偶然不作意中看,但教經眼一盼。

（小生）若員外至淞城,反覺不便。

（末）過一日小弟陪了舍親,特地登堂相會何如?

（外喜介）這個妙得緊!約在何日,老夫拱候。

（末）揀個好日子過來,告別了。

（外）豈有此理，園亭上坐坐，明日回府。
（末）既如此，領了盛意。小乙，你先下船罷。
（外）還有下程相送。
（小生）多謝。

（外）竹塢無塵水檻清，（小生）微風林裏一枝輕。
（末）百花仙醞能留客，（合）不覺前汀月又生。

（外）難得尤少梅到此，
（末）只是叨擾不當。
（外）説哪裡話，這裏來。
（攜末下）

第十二齣　裝　　婿

【駐馬聽】（淨上）一葉浮萍，能使春心滿洞庭。這時候，尤少梅船兒還不見轉來，莫不是煙迷欹岸，柳暗平橋，因此路渺孤城？且到門首探望一回，只見萋萋野渡小舟橫，望得盈盈一水雙波冷。好了，兀的不是那船兒來也。（末上）捩柂揚舲，（小生上）（合）霎時波浪，轉到舊溪門徑。

（淨叫介）來了麽？
（末拱手介）日昨，日昨。
（淨）有勞，有勞。
（扯末進介）裏邊去，請坐了。尤少梅呵，

【前腔】我心似懸旌，不忿朝來喜鵲聲。（末）也曉得你盼望的，倒被他留了一宿。（淨）有些好意思？（末）不要忙，畢竟是人逢何粉，坐有荀香，方肯雀啟金屏。（合）你想着芙蓉錦帳擁娉婷，怎得個蒹葭玉樹親相並？大官人，你道去得也去不得？

（淨攢眉介）便是呢。
（末）叫我也没法計較。別了，改日再會。
（淨扯介）且住，再商量呵。有了！撮個棉包何如？
（末）也使得啊。只是撮哪一個去？

（淨想介）有一個絕妙的在這裏了。
（末）是哪個？
（淨）我就浼表弟錢子青，假扮了我去相一相，他的龐兒何如？
（淨）妙，妙！
（淨）倩託錢生，（合）倘得騰真換假，却不萬分僥倖？
（末）別了。若云云有些話頭，再來相會。請了。正是：一時孫行者，翻作者行孫。（下）
（淨）小乙過來，快去開壇香雪酒，打些線餅，備幾件好下飯，請錢相公飲酒，好開口求他。
（小生）曉得。
（淨）待我與老安人商議一番就來。快些整備。
（小生）是了。
（淨下）
（小生）不免到書房中説聲。錢相公，
（生上）來了。讀書隨淨土，開户即深山。小乙，怎麽説？
（小生）請錢相公出來飲酒。
（生）曉得了。
（小生）在涼亭上坐。（下）
（生笑介）此酒為何而設呢？
（淨上）酒逢知己飲，有話必投機。子青，和你到水亭上飲杯酒兒。
（生）多感厚情。
（小生上，擺酒介）
（生）呀，為何這般盛設？
（淨）與你敘敘兒，没甚麽請你。（隨意對飲介）
（小生暗下）
（淨）賢弟，我
【風入松】開將一語共君談，（生）有何見教？（淨）説着他蜂愁蝶慘。（生）為何呢？（淨）一自多嬌那日相逢俺，魆地裏把柔情癡感。（生）果然癡。（淨）那時節呵，就央月老將芳音細探，待要求淑女配孤男。

（生）若是門當户對，這是美事。

（淨）誰知

【前腔】他每不肯賦《周南》。（生）他要怎麽呢？（淨）要把兄郎親覽。（生）啊，要看女婿了。（淨揑胸介）恨只恨鯫生面目多嶄坎，坐不穩這東床搖撼，（生）這也不論呢。（淨）咱自揣情知不堪，只得勞你一勞。（生）要小弟怎生效勞？（淨）要你權相代且裝憨。

（生搖頭介）這也難。

【急三槍】（淨）若得你、行方便、把姻緣就，（揖介）那時須結草、把環啣。

（生）大哥又來好笑！

【前腔】却不道、婚姻事、非小可，教我怎錯把、這擔兒擔？這個斷然使不得。

【風入松】（貼旦、小旦隨上）兒曹何苦語喃喃？休得將情瞞咱。（生）呀，母姨來了。（揖介）（貼旦）我已知道此事，但不知賢甥意下若何？（淨）絕妙好計，只是賢弟有些不肯，還要母親來勸他。（貼旦）小正斟酒過來，再勸錢相公一杯。（生）吃不得了。（貼旦）賢甥，這是好事啊，成人美事須天鑒，況勞伊去不過時暫，相見了便納將聘緘，定過了親，就不妨了，那時他知道也情甘。

（生）雖然如此，只是愚甥去相，怕也看不中哩。

（貼旦）休得太謙，

【急三槍】畢竟是、賢甥去、多才貌，兼禮節、總皆諳。

（小旦）我曉得，錢相公是害羞了。我對你説，你也少不得要到人家做女婿的，

【前腔】譬如道、伊親往、參岳丈，難道閃得過、這羞慚？

（貼旦）這丫頭倒説得是啊。

（淨）只是求賢弟周旋周旋，要我拜就拜，跪就跪。（淨跪拜介）

（小旦旁諢笑介）

（生立起，背白）我想此事，只是尤少梅一個在此撮空。

【風入松】隨他暮四與朝三，好把顔郎掇賺。這廝哄動了一

番,沒有個收拾,把些言語一時掉謊遮人談,哪裡是紅牽幕毯?(轉身白)凡事須要細察,尤少梅未必非誑言,從今後切莫信讒。(貼旦、淨)他的話也不差的。(小旦)還是錢相公去好。(生)就要去也不難麼,待明日裏再詳參。

(貼旦)我兒,只是一件。

(淨)為何?

(貼旦)你表弟身上衣衫不整,怎生樣去?

(淨)待我把新巾、新海青,盡有借與表弟穿戴了就是。母親快去取來。

(貼旦)小正快去取大官人的新巾、新海青來。

(小旦應,虛下,笑持巾服上)錢相公,穿戴穿戴看。

(生穿戴介)

(淨)待我再敬一杯。

(生)醉了,吃不得了。待小弟穿戴就是。

(淨送酒)(生再飲,作微醉介)

【剔銀燈】(淨)央及恁騰那脫卸,(貼旦合)頭直至腳跟兒裝借。(小旦送巾笑與生戴介)恰是正好,似黑雲籠着芳姿雪,(又送衣與生穿介)一發標緻了,弱柳態照來春月。(眾笑,合)癡絕,把金蟬計設,(生)則怕藏不過那乖張怎遮?呀,不覺醉了。

青雲無路笑窮途,(小旦)酒憶郫筒不用酤。

(淨)計就月中擒玉兔,(貼旦)謀成日裏捉金烏。小正進來。

(小旦)錢相公有些醉了。大官人伴他出去。

(淨)不要你管。(小旦隨貼旦先下)

(淨)揀個好日,請尤少梅和你去走一遭。

(生)不干我事。

(淨跪介)好兄弟,作成了這段姻緣,做個狗來報你。

(生笑介)請了。(同下)

第十三齣　拒　色

（小旦持茶壺上）解道佳人應有意,莫言紅粉太無情。奴家小正,擲果未逢,破瓜宜惜。自分貌非傾國,誰知士有連城。可憐我辱在泥中,哪得他歌勞《漢廣》?喜的是錢郎既係中表之戚,主母亦無內外之嫌。只是此生性度難干,笑言不苟,雖則齋頭屢叩,未曾言下相挑。方纔見他劇飲半酣,因此送至清茶一盞,暫移蓮步,來探玉人。（看內外）呀,錢相公却在此讀書,還未曾睡哩。

【梁州序】（生持書上）餘酣雖倦,孤燈猶燒,不必囊螢相照。（小旦）開門!（生）空齋宵掩,何當月下推敲?（小旦）是奴家。(生)是小正。俺睡了,不開門了。（小旦）知你酒醉,要飲些湯水,特地把龍湫甘水,蟹眼浮花,點下新茶妙。（生）酒渴因思嗽却晚來潮,七椀攜來把枯吻消。（開門,接茶立飲介）果然好茶!來意美,何以報瓊瑤?

（小旦）錢相公,好個書館啊!你看,

【前腔】香消殘鼎,文成新稿,月映紗廚清悄。（生）小正姐倒也形容得有趣。（小旦）梅魂淒斷,誰來慰解無聊?（生）讀書人最愛清靜,不喜人來纏繞。那些個竹深留客,荷淨納涼,午夜煩卿到?（端坐看書介）（小旦背唱）借得瓊漿此際是藍橋,怕縮雨推雲好待招,錢相公,奴家見你冷落,來伴你,這的影飄蕭。

（生立起介）

【前腔】覷青衣玉螢冰綃,把書生勾情搭梢。恐無端鶯燕,礙却扶搖。來意雖佳,不是俺讀書人的勾當。小正,老安人知道也,進去罷。（小旦）錢相公,却不道飛花着眼,流水忘情,苦被韶光笑。（生）小正,你可曉得麼?（小旦）怎麼説?（生）魯國男兒縱不閉門牢,一點冰心將袄火澆,誰為爾,使我玷青袍?

（小旦）奴家一片好心,錢相公只做不理會。既到此間,不得不把真情告訴了。

（生）有何情事,就説不妨。

【前腔】(小旦)羨君家潘岳儀標,(生)小生相貌也看得過。(小旦)更不讓東阿才調。(生)文字是通得的。(小旦)料他年發跡,願結貧交。(生)啊,小正姐道是小生後來發達,為此有意結交。我多感,多感!可惜是蘭房有約,草徑無媒,怎遂把衾裯抱?(小旦哭介)我那錢相公啊,負得小正這段好情也!(生)不須啼哭,既承美意,待小生中舉、中進士之後,那時明對老安人說了,娶你為妾,何如?(小旦)多謝錢相公。一諾千金這語誓難逃,你莫待身榮眼色高。(對天福介)蒼天在上,(對生拜介)錢相公親口許下,今日裏,早得訂夭桃。

(生)好笑,到拜將起來!

【尾聲】權將樸塞辭乖巧,(小旦)早難道讀書人弄喬,(合)莫笑渾身惹下騷。

(生)小正只管在此絮聒,却不道門外有人聽?

(小旦)沒有人啊。

(生)你去看,

(小旦出看介)(生關門介)正是:

人非木石豈無意?座上箴銘自有書。(下)(小旦推門)噯,我本將心託明月,誰知明月照溝渠!

(淨暗上)溝渠,溝渠!小丫頭吃了些虧!(暗中相撞介)小正,你到去喫這錢子青麼?對老安人說了,打你個半死!(暗中打,小旦推跌,諢笑下)

(小丑、旦扮二仙童上)善哉,善哉!

(小丑)地啞原非啞,

(旦)天聾不是聾。

(小丑)無言應有意,

(旦)入耳更心通。

(合)小仙乃文昌座下兩個仙童是也。

(小丑)奉星主命,察訪讀書人所為善惡,來見錢生萬選,果然絕色不移,剛腸難動。

(旦)正是。節操如此,功名可知。

（小丑）前日星主已將錢生填上秋闈，
（旦）如今少不得又要掛名金榜了。
（合）不免回報星主，早行定奪。正是：
　　　　莫道一生都是命，舉頭三尺有神明。
（下）

第十四齣　題　　詩

【桃李爭放】（外上）燈花綻紅，更籌前靈鵲聲喧，可應得前夜好夢？佳期不可失，終願在衡門。前日尤少梅來作伐，他説有頭好親事，今日領那小官人上門，恰好媽媽又有個夢兆，因此老夫心上喜歡，不免在此相候。高壽哪裡？

（丑應上）來了。山靜似太古，日長如小年。員外有何分付？

（外）尤少梅到來，即便通報。

（丑）嗄。（俱暫下）

【前腔】（生上）無端鑿空，（末上）不知成與不成？（末、生合）來時只當個打哄。

（生）尤少梅，都是你做作，一時被母姨、表兄央求不過，只得到此，如今怎生去相見？

（末）索性放了膽，只當宇相一場，或者有些意思，便作成小子賺些媒人錢。

（小生）如今人家討便宜，媒人錢也不能夠像意。

（末）就少些，譬如又軋了一個媒人出來。小乙哥，連你也造化了，你家大官人説，要你相幫，成了親事，把小正與你做老婆。

（小生）許便許我，到得手纔是哩。

（末）説話之間，已到高家門首。大家記着，叫顏大官啊。

（小生）曉得，曉得。

（末）有人麼？

（丑上）哪個？

（末）尤少梅陪一位新客人拜訪。（末遞帖介）

（丑看生介）好個新客啊。員外有請,尤少梅在外邊。

（外上）他來了?

（丑）還有一位新客,帖兒在此。

（外看帖介）"晚生顏秀頓首拜",道有請。（出迎,進,揖介）新客請上坐。

（生）不敢。

（外）休得過謙。

（末）只是一個蘇坐罷。

（外）既如此,昭穆坐了。

（生）告坐了。

（外）看茶來。

（丑暗下）

（末）前日多多打擾。

（外）待慢得緊。既承相約,拱候多時了。

（末）小子再不説謊的,此間就是舍親錢……

（小生接口介）顏、顏大官人。

（外）是令親顏兄,幸會,幸會! 敢問貴客,尊庚是多少?

【祝英臺】（生）數年華,方十九。（外）一向用功?（生）立志把書攻。（外）到不曾動問得尊字?（生）年幼尚無表。（末）還是説了,好稱呼。（生）伯雅字稱,（外）啊,伯雅。（末）伯仲之伯,雅俗之雅。（生）欲稱名呼。（末）不但稱名,且稱其實。（外點頭介）堂上何人?（生）堂北壽萱還榮。（外）不知尊府家世?（生）家風,係出東魯名賢,唐世忠良傳永。（末）是個舊家人物。（外）老夫斗膽,再問個端的。讀書人志氣何如?（生）願擎天跨海,撐個金梁玉棟。

（外）好志氣!（背介）看來人物盡佳,不知胸中學問何如? 金舅舅是個飽學秀才,請他試問一番。小廝,書房中請金相公出來,説一位新客人要相見。

（内應）來了。

（金舅上）共言東閣招賢地,自有西征作賦才。（見介）

（外）是顏兄,尊字伯雅,請老舅敍談敍談。

（金舅）是伯雅兄，好一位新客！
（指末介）此間？
（外）尤少梅，就是伯雅兄令親。
（末指金介）此位？
（外）是妻兄金本謙。
（末）久仰，久仰！是尊舅公了。
（金）貴縣是淞城？
（生）是。
（金）淞城出得好人才。見識高廣，休笑山居僻陋。
（生）豈敢。
（金）學生前年曾到貴縣，見有個三高祠，不知是哪三個古人？
【前腔】（生）閒誦，真個見江流，懷往事，千載尚堪詠。是春秋范蠡、晉張翰、唐陸龜蒙。（金）事蹟何如？（生）浮海泛湖，鱸鱠尊羹，茶竈筆床遺蹤。（末）就是看見的。（金）既祀三高，復有個三忠祠，相峙而立，其間更有說否？（生）還恐，怒濤欲鬪扁舟，此地椒漿難共。（末）是啊，這是《浣紗記》上有的。伍相國見了范大夫，自然有些着惱。（生）算不如，只將雙高相對孤忠。
（金）這般妙論，果然卓越千古。
（外）胸中抱負，不言可知。敬服！敬服！
（末）舍親年紀雖小，從來是這等鑿鑿議論的。
【香柳娘】（小丑上）看何方貴客，（看介）看何方貴客，標緻啊！呀，有些廝認。（想介）啊，就是那庵中遇着的少年。看他龐兒俊雅身端穩。還好。若相着了那一個醜漢，了不得！（外走出問介）老安人呢？（小丑）在照壁後邊，看新客人。（外叫）媽媽，（老旦上）把郎君細窺，（偷看介）把郎君細窺，（外）人品何如？（老旦）好啊！貌相已堪親，還兼好學問。（外）如今人都乖巧了，女孩兒年紀長成。也教他過眼，看一看人物，纔不是老人家喬做主張。（老旦）有理。只是女孩兒怎肯出來？（丑）有個計較在此。（附老旦耳語介）（外聽介）（丑）如此如此，這般這般，姐姐就出來了。（外，老旦）是啊。（丑合）料三生宿因，料三生宿因，若得閨中意欣，方諧秦晉。

（老旦、小丑下）
（生）告別了。
（外）難得這般相會，小園池中，今早開一朵並頭蓮。
（小生）奇異啊！
（末）好佳兆！
（外）已備下小飯，到請新客園廳上看看荷花。
（生）怎好叨擾？
（外）小廝，陪了顏宅大叔前廳酒飯。
（小生）多謝員外。（下）
（外）尊客請。（生）豈敢占先？
（外）是老夫引導，這裏來。
（生看介）呀，這朵並頭蓮，
（眾合）果然開得好！
（外）看酒來。
（淨扮老僕上）有酒。
（外遞酒介）

【前腔】愧山居簡褻，（小生合）愧山居簡褻，（生、末）盛叨佳醖。（眾合）歡情促坐人堪近。（外）請酒。（合）這相逢恁巧，這相逢恁巧，五百會從新，千年好無盡。（生）小生淺量，飲不得了。（外）再坐坐兒。勸碧筒幾巡，（小生、末合）勸碧筒幾巡，還看玉人，落得添些嬌暈。

（小丑上）姐姐快來！

【前腔】喜雙荷乍開，我每去看看。（旦上）喜雙荷乍開，（小丑合）並頭紅噴。（旦）呀，園廳上有客人，怎生去得？（小丑）不妨。是金舅舅內親，員外留他飲酒。我和姐姐南樓上去一看罷。（同旦登樓介）（旦）看池蓮坐客同標韻。（金）既有奇花，敢求新詩一首。（外）妙阿！（末）難他不倒。（生）獻醜不當。（金）請教。（旦）在那裏題詩。（小丑）聽着麽。（生吟介）俄看一葉長青錢，（末）不是錢，是顏阿。（外）是錢字，韻腳。（生）忽作紅顏開並蓮。（金）來得好！（末）好個紅顏。（生）蓮子同心誰共結？鴛鴦比翼若為眠？（金）

妙！妙！妙！（外大喜介）再斟大杯來！（小丑）姐姐，聽新詩怎生？（旦）聽新詩怎生？開府共參軍，清新與逸俊。（衆合）謝奇葩獻珍，謝奇葩獻珍，今日欣逢主賓，果是冰清玉潤。

（旦、小丑下）（生）就此拜謝。

（外攜手介）少梅，老夫到捨不得令親相別。

（末）成了姻緣，便久遠相與，不須留戀。

（外）既不好勉留，送到尊舟奉別罷。

相送柴門月色新，（生低白）寂寥未是探花人。

（末背）雖然邂逅錯中錯，（金舅）管取纏綿親上親。

（末）厚擾了。

（外）多慢了。

（合）請了！（各別下）

（外吊場叫介）尤少梅，

（末又上）怎麼説？

（外）方纔備些舟金、下程、酒米，都發到舟中去了。

（末）感謝，感謝！

（外）這段姻緣，全在老兄身上，千萬主盟，重當酬報。

（末）自然出力，在小弟身上圓成，請了！（下）

（外）好個小官人，難得啊！（下）

第十五齣　和　　韻

【全醉半羅歌】（旦上）【醉扶歸】感着感着心間事，（回頭低唱）愛殺愛殺會題詩。（小丑上）只道玉樹欣着謝家兒，却是東床醉寫羲之字。（萬福介）姐姐，恭喜恭喜！萬千之喜！（旦）這丫頭癡了？（小丑）昨日那官人，員外、安人十分中意，已當面許下成親了啊。姐姐，你道是誰？（旦）我想起來了。（小丑合）是法堂瞥見這好丰姿，（小丑）你不記得那一個花臉麼？（旦合）眼中怕見他輕薄子，（小丑）快活，快活！快活得翠兒睡得一夜眼不合。（滾地笑介）（旦）為何這般歡喜？（小丑）【皂羅袍】想他多才多思，（旦合）怎不念茲在茲？（旦）女孩兒家怎說這話？也是天緣天賜，（小丑合）怎得無私有私？却不道深閨徹底清冰漬，（小丑）姐姐，還聽翠兒句話哩。（旦）怎麼説？（小丑）那官人做得好詩，姐姐恁般才調，何不和他一首？（旦）怕做不過哩。（小丑）休得謙辭。碧紗櫥邊，白粉壁上，也少不得姐姐的佳句，待翠兒取筆硯過來。（旦執筆想介）（小丑）頭一句是錢字住脚的。（旦吟詩題壁介）佳句爭如萬選錢，（小丑）就好起了。（旦）無顔得似六郎蓮。（小丑）果然才貌雙全。（旦）春風得意連登第，莫上紅樓並醉眠。（小丑）好詩啊！只是親也不曾做，先吃寡醋了。（旦）咄！（合）【排歌】酬新句，屬和詞，教人一字幾回思。思金範，懷玉趾，意中百轉似揉絲。

【前腔】（老旦上）美客美客翩翩至，願足願足喜孜孜。（小丑）呀，老安人，頭報過了。（旦福介）（老旦）我兒，且喜你爹爹看過新郎，已許下親事了。（小丑）姐姐不開口，待翠兒回覆。百歲良緣定無辭，（老旦合）夫妻兩好應無二。（小丑）老安人看見姐姐的新詩麼？（老旦）在哪裡？（小丑指介）這不是？七言絕句，和韻一首。（老旦念前詩介）做得好！（合）只道他風流儒雅獨稱師，誰知妝臺拔却詞壇幟。（老旦）我兒，何不把他新句，一對兒寫在那邊壁上，應個成雙的話兒？（旦不應）（小丑）老安人之命，姐姐怎生不依？姐姐，筆硯在此，翠兒是記得的，姐姐寫罷麼！（旦笑執筆介）（小丑）吟介）俄看一葉長青錢，（旦寫介，自念介）忽作紅顔開並蓮。（小丑）姐姐自家記得的。（旦又念寫介）蓮子同心誰共結？鴛鴦比翼若為眠？（老旦看介）好啊！似此兩詩，可稱雙絕。只願佳兒佳士，（合）歌斯詠斯；還是雙飛雙止，情滋意滋，焚香禮拜氤氳使。（老旦）我兒啊，若是秋間受了聘，一面整備嫁妝，到冬就要圓房了。（小丑）是了麼。（老旦）牽紅線，（小丑合）合巹卮，洞房花燭配雄雌。（合）沾花雨，折桂枝，聯登金榜掛名時。

　　　　（旦）落花流水認天臺，（老旦）王子求仙月滿臺。
　　　　（小旦）別後相思在何處？（合）且將團扇共徘徊。
（老旦）舅舅來了，出去讀書罷。
（旦）是。如此，

（小丑）就去了。
（各下）

第十六齣　發　　盤

（淨笑上）略施小小周郎計，騙得嬌嬌一夜夫。只認云云是濁漢，有誰道區區是壯士無？我顏伯雅，虧着一個棉包，成了這頭親事，只要早晨種樹，到夜乘涼。那老兒只管攤州慢府，又要謝允行盤，催妝導日，這許多禮數。我想起來，吊桶在他井中，一時沒法，只得依他，捱兩個月，少不得娘子到手。還有一節，我每送禮去，那邊回盤，各局都在船中打發，不消到我家來，省得露出馬脚。倒虧那尤少梅講過，那老兒依允了。昨日送草帖，定了聘期，那邊色色要好看，不免與母親商議，早些整備便好。母親有請！

（貼旦上）男子生而願有室，慈母之心皆有之。孩兒怎麼説？
（淨）母親，

【北耍孩兒】兒年長大愁孤另，喜今日雙鸞照影。（貼旦）媒人怎麼講的？（淨）他道人家體面也須爭，幾般兒禮數非輕。（貼旦）多少禮數呢？（淨）釵鐶每對須珍重，珠翠穿花各數莖。（貼旦）聘金許多？（淨）銀百兩當成錠，更有其他物彩，總要相應。

（貼旦）費事啊！
（淨）母親不須煩惱，待孩兒與他説，每項輕省些。
（貼旦）這個纔是。快去糶米，湊成銀兩，幫你整備便了。（下）
（淨）噯，怎麼處？他家要整齊，母親又要省事，如今説不得，只得私房借些銀子補湊罷。且喚小乙出來，分付説話。小乙，小乙！
（小生内應）來了。
（淨）叫你再不來。
（小生病裝上）妻妾紅鸞照，奴僕病符臨。
（淨）怎麼這個身份？
（小生）太湖裏鎮日搖來搖去，湯風露水，生起病來。
（淨）噯，家主喜事匆匆，不要做這模樣。快與我整備！

（小生）病，去不得。

（淨）你出力幫了我，待我花燭之後，也辦桌喜酒，並小正與你為妻。

（小生）果然？小乙先拜謝了。病也説不得，只得去整備。

（淨）聽我分付，

【四煞】備三簷一傘兒，製雙龍一對燈，披紅執事都齊整。（小生）幾般緞疋？（淨）潞州綢共彭家緞，機上官紗定織綾。並盤籍，皆鮮映。（小生）用待詔麽？（淨）還要喚將掌禮，鼓樂喧騰。

（淨）先拿二十兩銀子，付尤少梅買果子。對他説，少停大官人到尊店來講話，不要勞他來了。

（小生）是了。（下）

（淨）又是一頭了。不免喚小正出來。小正，

（小旦內應）就來了。

（淨）我的娘，走來麽！

（小旦）要梳頭。

（淨）厭！快些！

（小旦）鎮日苦奔忙，終朝没梳洗。大官人有何分付？這般要緊。

【三煞】（淨）要勞伊費巧心，待開言告小正。（小旦）只管叫名叫姓！（淨）把諸般對果先裝定。同心帶結鴛鴦串，巧勝鋪排絨線精。盤頂上，花枝盛，還有掛紅搭彩，毬綴銀鈴。

（小旦）一個人有這許多工夫？

（淨）不要拿班，幫了我，配個好老公與你。

（小旦）不敢勞。（下）

（淨）這丫頭不怕他不做，還是走到尤少梅家，買辦果品要緊。出得門來，轉彎抹角，此間已是。呀，尤少梅怎麽不見？

（內）出去了。

（淨）哪裡去了？就回來的麽？

（內）顏大官坐坐，就來的。

（末上）只要當頭肯，媒人意吃鵝。呀，大官人，失迎，失迎。

(淨送封筒介)小意折飯,就當起媒。

(末)多謝,多謝!方纔收過二十兩,辦了果盤,總算罷。

(淨)是了。聽我道來,俺要

【二煞】酒雙罈羊兩牽,辦葷盤十二羹,(末)幾般茶食?(淨)定下桃酥果餡和糖餅,河南矖棗長三寸,蒙頂新茶價倍增。(末)果品都是小店有的。(淨)那果品,須名稱,假如狀元荔子,和那桂水龍睛。

(末)自然件件都是有名色的。不道地的,也擔不去。

(淨)別了。千萬有勞。

(末)不消分付,請了。(下)

(淨)啊呀,又有一件要緊的,倒忘了與錢子青說,教他寫禮書、禮目,不免走回家去。(到介)這是他書房門首,(看介)啊,宗師考快了,又在裏邊用功。說不得,老錢開門!

(生上)正爾埋頭坐,俄驚剝啄聲。呀,大哥連日没工夫坐坐。

(淨)前日有勞,感激不盡,如今還有一事相煩。

(生)又要怎麼?

(淨)子青,你是曉得我的,我顏伯雅平日呵,

【一煞】待揮毫指下疎,敢煩伊照式謄。銷金四六為納聘,還將晉國書家望,莫把彭城寫郡名。(生)自然不差。(淨)此一節,君須省,再有端肅頓首,忝眷稱生。

(生)這個容易,當得效勞。

(淨)說過了,你自去讀書。

(生下)

(淨)這一齣戲文,就如十面埋伏,一個個出了將令,待我顏大官人自家也分付一番。顏伯雅,"有。有何分付?"過來,聽我道,你便怎生打扮?

【煞尾】穿着個襯的擺襯的擺,襯着個圓的領圓的領,把儒巾兒挺起將京靴蹬,那庚帖進門時呵,鞠躬兒四拜當先,熬熬的把洞房等。(下)

第十七齣　納　　聘

（丑上）八月湖水平，涵虛映洞庭。明珠歸合浦，應逐使臣星。自家高員外管家的高壽便是。奉主人之命，今日是姐姐受聘日期，分付俺管待來使大叔。擺酒在廳園堂上，一應從人酒飯；那大媒到在木樨亭上坐了。又分付本宅回盤出去，各局人等只消送到船中，吃了糕茶，就發下犒金，俱不到顏宅去了，這也是近來省便之策。方纔酒席已完，遠遠聽得鼓樂之聲，想聘船將到也。

（二旦扮鼓樂、淨扮掌禮、末扮尤大媒、小生扮小乙廳使、生帶須扮從人，撥聘禮同迎上）

【窣地錦襠】揚帆一棹入空濛，來到吳山第一峰。今朝喜事正匆匆，簫鼓聲喧蒼翠中。到了。

（丑）老員外有請！

【意難忘】（外角巾行衣上）老去情寬，喜藍田種玉，子女團圞。

（淨）大媒相見。

（末、外見介）

（淨）只行常禮：揖成雙，再揖；廳使拜見，請員外受禮。

（外）長揖罷。

（淨喝小生拜介）

（末遞帖介）請看禮書、禮目。

（外看介）喜茶、喜棗；金釵、金鐲；羊酒二對，羹果若干；彩緞二十端，聘金一百兩。

（末指介）這項是月老。

（外看盤笑介）也來得整齊。

（衆雜人俱下）

（外）少梅，

（末）員外，

（外）我老夫呵，

【柰子宜春】【柰子花】論家聲清舊難瞞，喜深閨德淑容端。

(丑合)冰人幸把、紅評綠判,引得個吹簫合伴。(衆合)【宜春令】願取、六禮告成,百年圓滿。

(外)請大媒園亭少坐。

(末)領命。(同下)

(淨)喜筵已畢,請庚帖出門。

(小生)待我進去,拜謝員外,請大媒出來。(虛下)

(衆上吹打)(小生捧庚帖盤上)(小旦、淨婆扮送帖阿大披紅迎上)(丑、末同上,隨行介)

【窣地錦襠】盛來琥珀酒杯濃,引得桃花上臉紅,金庚還與玉人同,雲想衣裳花想容。到船了。

(淨)高宅叔叔嬸嬸,奉過糕茶。(送庚帖介)這是擡帖、壓帖,男使、女使、值廳、庖丁,各局犒賞,請收了。

(小生)多謝。告辭了。

(丑)多慢列位老叔、阿大。

(相揖、萬福送介)

【前腔】(男家衆人唱)今朝喜事正匆匆,簫鼓聲喧蒼翠中。(女家衆人唱)金庚還與玉人同,雲想衣裳花想容。

(女家衆人俱下)

(小生)事體俱已完畢,該開船了。

(末)恰好又是秋風得令了,使過船去。

(淨)親事裏頭,順風最難得。

(對內叫)船上開船罷!

(內應,點鼓板吹打介)

【奈子宜春】(合)正中秋十五團團,意兒中好事般般。(末對小生唱)誰知就裏,胎移骨換?(小生對末)這機括怎生消拚?(合前)(俱下)

第十八齣　延　賓

【一剪梅】(淨儒巾圓領上)鳳管聲頻吹滿縰,眼在山頭,人在心頭。不施萬丈深潭計,怎得驪龍領下珠?我顏伯雅親事成了,昨

日送過聘儀,今日回盤船轉,吉時將到,叫小廝,家堂上點蠟燭,廳上供天地紙馬,門前三燈火旺,快些端整啊!(虛下)

【燒夜香】(二旦扮鼓樂、淨掌禮、末大媒、小生捧庚帖盤上,衆扮從人掇回盤禮,同迎上介)夕陽鼓角正紛紛,半入江風半入雲,一介傳書彩鷓新,彩鷓新,和你轉家門,有酒如泉,教人醉釅。到家了。(小丑)公相攛身。(淨上)(小丑)請拜天地。(喝淨拜介)(小丑)禮畢。大媒相見。(淨揖末介)重勞,重勞!(末)恭喜,恭喜!請看回盤。(淨)齊整啊!樂請了庚帖進去,大媒該坐席了,各局衆人,俱到前廳管待。(小生應介)曉得。(拉衆介)(衆唱)有酒如泉,教人醉釅。(小生同衆下)

(淨)待我請了錢子青出來。子青!

(生上)來了!

【一剪梅】煙波湖畔使人愁,水自東流,月自中流。大哥恭喜!

(淨)多承老弟周旋。看酒來!

(小生上)有酒。

(淨)今日是尤少梅首席了。

(末)錢相公在上,怎麼敢。

(生)奉陪大媒,豈有占坐之理?

(淨)既如此。恭敬不如從命了。

(小生)起樂!

(内作樂)(淨遞酒介,脱公服介)

【賀新郎】喜託成言,(合)這良緣敢辭非偶?幸無他委禽廝鬪。(浮對生笑唱)雖相倩,料不學公孫強再求。(對末唱)繫赤繩豈韋生錯走?(合)羨屈指算,佳期陡,看笑銀河碧海長拖逗,天上喜也不能够。

(末)酒多了,告別罷。

(淨)豈有此理,取大杯來。

(生)到月下立回兒。

(淨)妙!

(送酒立飲介)

【節節高】花枝當酒籌,影香浮,冰蟾正滿瑤光透。清商奏,謔浪謔,歡懷又。自今不把雙眉皺,百年夫婦從玆遘。(合)此夜陽臺訂雲期,寬情任取歸巫岫。

【尾聲】秋光轉盼寒生驟,暖雲兜錦簇畫樓,好向河洲雙賦鳩。

(生)萬里無雲月正中,(丑)韶光隨酒着人濃。
(淨)結成鸞鳳青絲網,(合)碾就鴛鴦碧玉籠。

(內作樂送客介)(末做醉揖介)(各相別下)

第十九齣　踏　勘

(丑上)縣古槐根瘦,官清馬骨高。衙門真似水,隸役也心焦。自家孔陰陽,在縣中伏侍,難得這一位清官,果然是萬民感德。只為淞城時遭水患,喚各鄉里長造册修圩,俺老爺要自行踏勘哩。呀,來的是錢相公,他平日不到公門。今日來此做甚?

【燕歸梁】(生上)足涉公門似請託,酬謝耳,豈幹索?
(丑)錢相公來此貴幹?
(生)為學院考試過了。你老爺索取文字,特來送卷。
(丑)老爺公務匆忙,門上不好通報。錢相公留下名帖,待小弟填上門簿,並文字一同送進,何如?
(生)既如此,留這帖兒,與卷子送進,休得誤事。
(丑)錢相公一向相知,豈敢有誤。
(生)酒錢在此。
(丑)造化。相公請回,都在我身上。
(生)正是:不須倒屣迎佳客,只要閽人寫到門。(下)

【前腔】(二旦執事引小生上)(小生)為官須是念民瘼,親踏勘,且出郭。筮仕銅章貴,君恩尚未酬。雖云吳地薄,猶喜歲多收。下官宰此淞城,喜得士民悅服,所慮邑地瀕湖,苦於淹沒,乘此農隙,預作堤防,這正是有備無患。叫左右,先喚兩名頭上的圩長進來。

(旦應)嗄。

望湖亭

（對內白）圩長走動！

（淨、末上）來了，來了。村逕月明無犬吠，琴堂晝永只鳴絃。圩長磕頭。

（小生）你兩個是為首的麼？

（淨）是。小人是大户，

（末）小人是排年。

（小生）着你們督率修圩。其中情弊，仔細説上來。

（淨、末）事雖一體，弊有公私。老爺勿罪，容小人細稟。

（小生）但説不妨。

（淨）據小人愚見呵，此是民間事，民間未盡心。惰農無遠慮，里甲有漁侵。富主多慳費，貧租少剩金。徒然應故事，實效恐難尋。

（小生）這是私家之弊了，那官弊怎麼樣呢？

（末）老爺在上，小人豈敢隱瞞。此是公家事？公家認作私。官差偏嚇詐，委吏索常支。奸滑多科派，愚民易怨諮。樂成他日見，慮始在恩慈。

（小生）這官弊更講得有理。取圩册過來。（看册介）原來淞城一邑，橫山等處最高，望湖亭一帶最低，我如今親往各鄉，自高而低，細行踏勘，止求實效，勿務虛名。起來，聽我道，

【福馬郎】你須把高低來忖度，各自勤工做，休怠落。我便挨巡去，怎差錯？（合）若把事耽擱，難逃避官府有明約。

【前腔】（淨、末）俺朝暮勤劬須趕作，奉着恩官教，勞更樂，況又乘時令，趁水涸。（合）

（小生）分付該房快備船雙下鄉，不許騷擾。

（旦）嘎。

（丑）稟老爺，錢秀才求見，知老爺堂事匆忙，填了門簿去了，送考卷在此。

（小生）取上來。（看文介）好！似此佳章，必然首選。可喜，可喜！正是：

　　文章莫道無憑據，定有朱衣暗點頭。

公爾忘私君獨有,守官如水古難求。

(關門下)

第二十齣 導 日

【繡衣郎】(外上)盼良媒花燭佳音,(老旦上)兒女圓成免掛心。(合)哪能安枕?遣嫁多般辛勤甚。願夫妻對詠瑟琴,待爹娘莫生悲喑。看門楣,羨他年畫錦,看門楣,羨他年畫錦。

(外)媽媽,這幾時整備妝奩,虧你怎般勞碌。

(老旦)兒女分上,須辦得十全,纔放心得下。

(外)正是。

(老旦)前日尤少梅來送催妝,說十二月十五是好日,未知果否?

(外)待他來送導日禮,自然明白。只是新官人來親迎,俺這裏須整備筵席接待他。高壽哪裡?

(丑應上)堂上聞呼喚,階前聽使令。員外有何分付?

(外)新官人過來親迎。酒席要好看。

(丑)小人理會得。

(老旦)員外,女孩兒還有幾件細微事體,待我再去整理。正是:娶婦雖多費,爭如嫁女難?(下)

【前腔】(末上)一肩兒擔到如今,(小生捧盒上)且喜佳期已迫臨。(丑合)還教聲噤,捏鬼妝胎喬廝賃,但求得免拜雙禽,便圖他如今天福蔭。那行藏,正不知是怎?那行藏,正不知是怎?

(末)說話之間,已到高家門首,

(丑報介)尤少梅送起話到了。

(外)請進來。(相見介)

(末送帖介)這是成親吉期,這是導日之禮。

(外)謹領,謹領。只是日子要揀得好,不是當耍的。

(末)員外聽我道,

【桂枝香】不將無忌,周堂挨對,鸞期正十五良辰,正人月團圓之際。(外)曉得了。(末)只時俗尚省,時俗尚省,(外)省些甚麼來?(末)近時人家,俱不作親迎了。(小生合)但使仙舟歸妹,不必郎君臨賁。(外驚介)呀,新官人不來麼?豈有此理!(末、小生)這是兩便宜,一來免費翁家事,且惜新郎道路疲。

(外)嗳,少梅差矣!

【前腔】婚姻非細,休教談議,讀書達古人家,豈不曉得親迎從來不廢?(末)這也通融得的。(外)説哪裡話?況喧傳近遠,(丑合)喧傳近遠,(末)為甚麼來?(外、丑)哪一個不爭看嬌婿?只是新郎回避,(末)不過省這一番勞碌。(外)嗳,(丑)却不被人譏?寧教發下空船轉,莫笑書生不得妻。

(末)這句是《孟子》上的古話,也認了真?難得迎船空轉?

(外)老夫索性如此説了,這般就是這般,不過依禮而行,也拗我不得啊。

(末)既如此,且不須煩惱。

(小生)回去商量,再來回話。

(外)也不消商量,老夫這裏發了妝奩,一面就整備筵席,管待新郎了。

　　　他每既讀孔孟之書,　(丑)為何於不可已而已?

(末)雖云不親迎則不得妻,(小生)難道踰東牆而摟處子?

(外)嗳,説哪裡話?請了!(別下)

第二十一齣　玉　　旨

【北點絳唇】(二旦扮風部,引小旦上)(小旦)噫氣成風,調刁堪詠,灰飛孔,破甲開萌,廣漠時應動。搖颺下蓬瀛,蕭條起塞城。驅煙人閭户,捲霧出山楹。吾乃風神十八姨是也。目下陽生之後,不周得令,六出呈祥,少不得俺風部每披拂一番,且待天庭旨意到來,便知分曉。

(內)太白星官齎詔來了。

(小旦)快排香案迎接。

【南亭前送別】（外捧詔上）（小旦跪介）（外）【亭前柳】奉旨敕封姨，合逞朔風威，助成三尺雪，多瑞豈相宜？【江頭送別】為此陽和一放即使冰開釋，慮蒼生凍苦無衣。

【前腔】（小旦叩頭介）風部謹遵依，刻日限難違，飄颻滕六舞，潑浪有馮夷。（合）只是寒威暫借便把風恬息，使雪灘釣艇休迷。

（小旦起接詔書，對外打拱介）

（外）還要奉旨到馮夷君、滕六郎那邊走遭。

（小旦）既如此，不敢久稽星駕了。

（外）還將水府叩，更向雪中游。請了。（下）

（小旦）更有一事，昨在湖畔閒行，照見淞城顏秀，他覷人美色，局騙成婚，若此番風信，把他佳期阻斷，雖則適逢其會，也算天不相容了。風部們過來，

（二旦跪應）有。

（小旦）奉玉皇敕旨，限本月十四日子時發風，至十六日亥時風息，時刻不得有違。起來，聽我道，

【北清江引】冷颼颼猝的把風袋扯，撩亂叮咚鐵，掀翻水底天，吼斷波心月，刮得個暖汀沙凍將來連地結。

（二旦）知道了。

第二十二齣　再　倩

【光光乍】（淨上）雙眼望生花，望着那嬌娃，捱到而今多瀟灑，帽兒整得光光乍。我顏伯雅一路相思，也當做十分美滿，扳指頭兒，不想也有今日。已備下迎船，取過新娘子。（做鬼臉介）啊呀，那時、那時不知怎麼樣哩？只是一件，那老兒苦苦要小婿親迎，我想起來，如今怕他怎的？少不得自去走遭，且待大媒到來，就該發迎了。

【前腔】（末上）親迎事兜搭，事體怎收煞？弄出來時擔驚諕，怕鬢兒擋得光光乍。（見介）大官人，你便帽兒光光，要去做新郎；我便心頭忒忒，道你去不得。

（淨）啊呀，尤少梅，今日是我大了，我不去，哪個去！

（末跌足介）啊呀呀，前日女婿上門時，料想行樂圖也畫得出，今番又換了一個面貌，教做媒的怎生措辭？好事定然中變，連學生也要受累了啊。

（淨）噯，當時我原說，該是姻緣，自然成就。若起初自家去了，哪見得今日進退兩難？都是你捉弄我，說老高十分古怪。

（末）果然古怪。

（淨）教表弟去替相，誰想那老兒甚好，並不作難，你的話一些也聽不得，都是哄我。我想，這是我命中註定，該做他家女婿，難道見了錢子青，方纔肯成？

（末笑介）也差不多。

（淨）況他已受了聘儀，女兒就是我家人了，敢道個"不"字？你看，我今番自去，他怎麼發付我，就賴了親事不成？

（末搖頭介）使不得。大官人，你也不須焦躁，今日事到其間，只得

【皂袍鶯】【皂羅袍】與你從長商話，見如今、貨也還在他家，料想無法奈何他，却不道矮簷前索把頭低下？（淨）我不管，多帶些人從，肯便肯，不肯時打進去，搶將回來。（末掩耳介）你的話忒不中聽，只好向自家竈脚跟前話。（淨）就是淞城，當初有一人家，迎船到門，那丈人為沒有妝奩，做勢不肯，被丈母做了路。（末）做路便怎麼？（淨）大吹大擂，把花花轎兒擡進，新官人一溜到房，把一個新娘子順勢兒捉將出去，後邊原是好來好往。（末）啊呀，甚麼說話！弄出事來，怎好？（淨）呀，少梅我對你說，既是納其庚帖，須當嫁咱；就是鳴於官府，終無過差。【黃鶯兒】搶將入手他也索甘休罷。（末）若弄到官府，訴出情由，求親一個，娶親又是一個，語休誇，難道龐兒作怪，好臉變成麻？

（淨點頭介）是麼。

（末）若是動刑之時，小子實說出來，連那錢相公身上，也兩敗俱傷了。

（淨）走來，依你說時呵，

【前腔】此事難行強霸,只是不去罷,免教人、往返受却波查。(末)成不得,老高看上了佳婿,到處傳揚,哪一個親鄰不要來廝認?(淨)啐!這個癡老兒,就是錢子青,有甚麼標緻在這裏?我也從不曾嗅他。哪些個仙郎玉無瑕?早難道相逢眼色多增價。(末)算來算去,別無良策,索性哄他到底。若是錢郎肯去,重教泛槎,取得新人歸院,雙龍絳紗,(淨)啊,那時便怎麼?(末)大官人,做了花燭,結親之後有話也全不怕。(淨沉吟介)都是胡言。少梅,且休諱,直恁一天好事,讓與這風華?

(末)事體只索如此,那風光是一時,大官人終身受用哩。

(淨)罷,也沒奈何。只得央他再去,只怕他還要作難。

(末)他在館中麼?

(淨)在啊,他是不回去的。

(末)好,索性和你同去求他。(對內叫)錢相公,

(生內應)哪個?

(末)是小子尤少梅。

(生)來了。(上)不知殘日下欄杆,人物蕭條屬歲闌。但使主人能醉客,強移棲息一枝安。(見介)大哥,喜事匆匆了。

(淨)喜便喜,還有一事相煩你。

(生)有何事體呢?

(末)錢相公,請坐了,好講話。明日是發迎之期了,只道

【啄木兒】迎仙舫,歸洞房,誰想那高員外呵,要堅請東床親自往。(生)近來吳下,不作親迎,此舉也可省得了。(末)有個緣故,他家已備下接親酒,請下陪親客,潑開勢面,一時間衆口謳傳,怎教他抹倒風光?(生)既如此,大哥只索去走遭罷了。(淨)啊呀呀,我老顏一去,就弄出來。我對你說,既然造成瞞天謊,終須掩咱乖劣相。(末合)算來沒法,(淨指生,合末唱)因此上欲倩仙姿重換裝。

(生)老兄說哪裡話?

【前腔】前番事,如戲場,免不得旁人譏話講。(淨)沒有人講啊。(生)起初少梅說時,也只道浪語無稽,又誰知捏口成腔?(末)這正是無心插柳之意。(生)大哥,勸伊這番休廝誑,乘龍怎教人相

傍？那些個竊取紅綃飛過牆。

（淨）一定要你去。

（生）前日代勞，不過泛常之事；今日親迎，是個大禮，怎生去得？

（淨）一時間如此，若是變了卦，涉起訟來，連賢弟也有干礙了。那時呵，

【三段子】漏穿此網，只怕累君家池魚受殃。（生）好笑，娶親怎麼是我去？（淨）事豈有妨？只作袖行雲攜歸夢裏。老弟有心，這般好了。（末合）要你做一床錦衾都遮障，況功勞已撮在塔尖上，這的一切權宜應不算莽。

【歸朝歡】（生起沉吟介）當日裏，當日裏，草草未防，好教我遲疑着想。終非似，終非似，謾親賈香，罷，待我去呵，與吾兄做一個氤氳的使長。明日裏看太湖片帆移東向，門闌喜氣從天降，（合）整備着花燭迎仙返畫堂。

（淨）賢弟，既蒙全始全終，事體已妙在這裏了。待我喚小乙分付他。小乙快來！

（小生）來了。大官人，事體怎麼樣？

（淨）原是錢相公替我去親迎。

（小生）妙啊。

（淨）分付衆人，不許洩漏。取得親回，

（末合）俱有重賞。

（小生）曉得了。

（淨）要你盡心幫襯，待家主成就姻緣。我就辦下喜酒，待你回家，與小正做親啊。

（小旦）呸！誰要你亂道？不識羞！扯淡！（下）

（小生）多感大官人擡舉，小人自當效力。

（丑）今晚整備停當，明日早些發舟。

（小生）是了。

　　　　（淨）大船一隻坐新人，（丑）一隻媒人陪娶親。
　　　　（末）更有護船十數隻，（合）流星爆竹滿湖春。

（淨）動勞了你們，我學生自在做個新官人了。快活，樂煞！（作擺下）

第二十三齣　迎　婚

【梨花兒】（小丑扮翠兒上）嫁女般般費事多，莫教養下賠錢貨。累得連宵磕睡魔，嗏，還要臨時上轎穿耳朵。自家翠兒，伏侍姐姐明日出閣了。虧着老員外辦這副嫁妝，真個是頭上戴的，般般珠玉；身上穿的，色色綾羅；房中動用的，哪一件不齊齊整備？老安人還割捨不得，私房又兌幾多珍珠，穿些時樣花朵，不免擺下針線帖兒，待姐姐趁早穿花則個。

【羅江怨】（旦上）【香羅帶】妝奩錦片鋪，盈箱滿籠。（小丑）姐姐，工夫忙促，穿了這幾珠花兒罷。（旦穿花介）更有時新幾朵花未簇，巧將翡翠點珊瑚也，（小丑）姐姐，這對花兒更穿得好，與你戴着。（與旦插花，看介）好一位標緻新娘子！（旦）羞看嬌養，（掩淚介）拋却掌珠，來朝出閣還事姑。（小丑）這是人人如此，姐姐不須感懷。與你南樓一望，想迎船也將到了。（旦作登樓介）呀，這般寒冬，好似個春和景色。（小丑合）【一江風】喜的是霧斂雲開，暖色歸前浦。（小丑指介）（合）想仙舟已在途，仙舟已在途，笙簫正滿湖，瀟灑向溪山路。（同下）

【北金字經】（小旦扮風姨執黑旗上）瀟灑向溪山路，吾神風十八姨是也。風期未到，且在此遊衍片時。拂晴沙掩翠蕉，逗却空林木葉疏，木葉疏，轉彎兒把雲脚扶，待彌漫了三朝霧，趁寒威朔吹呼，趁寒威朔吹呼。（下）

（內作點鼓行船）

【梨花兒】（丑扮舟子上）萬頃湖光浮巨舸，彩旗閃爍雲中磨，不怕風回潑浪波，嗏，只要船家浪裏牢扶舵。小人張一，在淞城撐個捲梢。今日望湖亭顏家喚俺去下親，誰想新官人有些毛病，去不得。昨晚下船的，不是那話兒，分付我們水手，都不可洩漏，這也不須提起。今早開了船，且喜日暖風和，波恬浪息，順風兒使過半湖了。(望介)呀,你看天色,有些轉風的意思啊。(對內叫)轉了篷脚,再使將去。若轉得西風,明日回來,又是順風了,好快活!呀,那新官人走出艙口來了,不免聽他説些甚麽。

【羅江怨】(生上)鷦鷯强借居,隨流泛漁。(末)相公,待我把窗兒盡開了,看看外邊景致。(生)好一個湖光也!只見層波渺渺入望虛,好將心事付彫菰也。(叫介)尤少梅,出來,講些閒話。(內應)睡着在此。(生)也罷了。我想起來,無情人去,探將鳳笅,做個相如返璧何玷瑜?家長,此時甚麽時候了?(丑)點心時了。相公,船已將到,好個山村景色,且到船頭上,來閒玩一回。(生走出介)(合)喜的是水落波平,小岸縈村樹。(丑指介)(合)看嵐光已半模,嵐光已半模,煙消落鶩孤,慘澹却雲山暮。已到了,就此泊船罷。(衆打扶手上岸介)

【朝元令】(二旦扮金鼓手上,引生、末、小生行路介)煙浮暮嵐,日影山腰晻;人行鏡潭,水色波心黯。岸上舟停,依崖結纜。(小丑扮掌禮上)請新官人慢慢行。一應執事,擺列前行。(淨、小生扮雜人擎打燈同行介)免慮山行坷坎,月上溪南,紗籠照人乘玉驂,花簇繡輿籃,笙歌咽翠岩,風光盡攬,好去把玉窺香探,玉窺香探。

(衆)到門了。(雜衆俱下)

(小丑)請新貴人奠雁。伏以:今夜春從天上來,鵲橋仙渡小蓬萊。從此雙雙雁兒舞,賀新郎去傍妝臺。(喝生拜介)

(小丑)奠雁禮畢,請老員外擡身。

(內作樂,引外、金舅同上)

(外)此位是尊舅公。

(小丑)曉得了。請岳翁大人受禮。(喝生拜)

(外旁還拜介)

(小丑)請見尊舅公,

(金舅)只常禮罷。

(小丑)從命了。(喝生再揖介)

(小丑)大媒相介。(喝總揖介)

（小丑）告坐行禮。

（外）看坐。

（生上坐，末上陪）（外、金舅合坐介）（淨扮老僕掇茶上）

（外）妄意攀蘿，獲承採菲。

（金舅）凡為姻戚，同慰睽懷。

（末）執斧有權，牽絲多幸。

（顧生不開口，末又代白）諺稱嬌婿，禮在謹言。

（外喜笑介）好一位嬌婿啊。

（金舅）新官人不須做客，令岳這裏，雖則山居，頗知禮敬。因甥丈到來，特尋郡中第一班梨園，管待新客。

（末）絕妙的！若是脚色少，學生也在裏頭。

（小生）休說本相。

（淨）稟員外，梨園已到，酒席已完，請安席罷。

（內作樂）（眾照常定席介）（副末執戲目上，照常規讓點介）

（外）請。

（生）不敢。

（金舅）自然新官人點戲。

（生又讓介）

（末）待我看，可有甚麼新戲在上邊？（看介）

（副末）有新戲，這柳下惠的故事，是新開的。

（生）就是這本，何如？

（外、金舅）妙。（副對內）《柳下惠》。（內篩鑼）

（副末上，開場介）堪笑戲中作戲，誰知場上登場。雖則微傷大雅，動人觀聽何妨？那來的，好個前村女子，一樣的交過排場，緊做慢唱。（下）

【駐雲飛】（小旦提酒籃上）罕出閨門，偶爾山莊來探親。脚小難前進，風雨來如陣，嗏，燈火已黃昏。（作寒嗦介）暮寒加緊，今夜誰家，草宿棲塵坌？哭向郊原何處村？開門，開門！

（小丑內應）是誰？來了。

（方巾便服上）

（小丑）魯男子，乃魯國諸生，書館之內，如此更深，不知哪一個叩門？

（小旦）是奴家。

（小丑）是個女子聲音，到此何幹？

（小旦）奴家是村中女子，前往探親，途中遇了雨雪，趕不到家，特來投宿。

（小丑）不免向雪光之下，門縫中間，看他怎生模樣？

【前腔】試覰佳人，却似帶雨梨花迥出羣，瀟灑多風韻，急切堪憐憫。（小旦）可憐，救人一命啊！（小丑）嗏，瓜李總須分，敢教親近？小娘子，我這裏斷然留不得，到那邊柳樹之下，有個姓柳人家，及早忙投奔。（小旦）倘然那邊又不開門，怎生是好？（小丑）你豈不曉得，惟賢守節，惟聖達權。那柳下惠是個聖人，自然容你進去。縱使跡涉嫌疑何足云。

（小丑下）（小旦）只索往那邊走遭。這裏是柳樹之下了，開門，開門！

（末戴大鈸帽、色衣上）下官柳下惠，見任魯國士師，掌刑名之職。兩日休沐回家，如此暮寒，叩門之聲甚急，不知是誰？

（小旦）奴家是失路的，來此借宿。救命，救命！

【前腔】（末）何處釵裙，暮夜倉皇聲喚頻？若不相援引，一命荒郊殞。（小旦）開門啊！（末）嗏，容你暫棲身。（開門介）（小旦福介）多謝恩人！（作凍倒介）（末叫）那女子甦醒！怎全危困？不免抱向懷中，把雙袖將他搵。（扶起坐懷仲介）只得挨聽寒雞促曉輪。

（淨結巾扎袖、帶髯上）莫信直中術，須防人不仁。吾乃盜跖是也。叵耐柳下惠，裝個道學模樣，暮夜無人，却恣行奸騙。可惱！可惱！就此趕進，一拳揮死他。開門！

（末驚介）呀，是盜跖聲音，怎麼好？

（小旦）此人不可力敵，有計在此。柳大人把大帽與奴家戴着，換奴家坐轉了，你只將袖兒掩面，不要開口，待他來，你便脫身，留我在此，隨機應付他。

（末除帽與小旦戴介，反坐在小旦懷中，掩面介）

（淨）不免跳牆進去！（跳入叫介）幹得好事！

（小旦）奴家在此，並與柳大人無干。

（淨）就一拳打死這假道學。只怕打錯時，可惜這女子。（摸着末，問介）這是誰？

（小旦應）就是奴家。

（淨又摸着小旦帽，問介）你便是？

（小旦應）便是柳下惠了。

（淨推起末介）與你這小妮子無干，躲過一邊，待我打着那廝。

（末逃下）

（小旦）大王爺不要亂打，奴家不是柳下惠。

（淨）呀，他去了？好怪啊。既如此，難得萍水相逢，與娘子成其夫婦罷。

（小旦）奴家害怕。你戴着這帽兒，也是這般端坐，閉着眼，待我暖這壺酒來，共飲三杯，成其夫婦便了。

（淨）妙！憑你。（淨戴帽坐地介）

（小旦跳下）

（小丑持牌索上）自家魯男子，奉柳士師之命，拿着盜跖，須索走遭。

（淨）呀，小娘子來了也，坐在我懷中。

（小丑）咦，你看！

（淨）呀，那女子走了？你來，也想偷他麼？

（小丑）胡說！柳士師拿你。（縛淨介）

（淨）不要忙，且飲杯酒兒走。

（小丑）將酒勸人，終無惡意。從權一飲何妨？（席地共飲介）

【前腔】（淨）杯酒殷勤，莫把愁懷在閒處盡，誰是聰和俊？又誰是愚和蠢？（小丑合）嗏，一醉總休論。跖何殊舜？滿眼蓬蒿，千載同歸盡。不見玄鬢相催白似銀？

（小丑醉盹介）（淨除帽與小丑戴，自帶小丑方巾，又除髯與小丑帶介，又將索纏小丑介，淨躲介）

（小丑醒介）好醉也！呀，奇怪。這是大帽，這是索子。（抒須介)好笑,一個盜跖倒在這裏,那魯男子哪裡去了?

　　(淨出叫介)魯男子在這裏,隨我去。你曉得麼?世情宜假不宜真,乖的反被愚的笑。

　　(小丑)噯,若不是魯男子獨頂缸,怎顯得戲場中三脫帽?

　　(淨笑拽,小丑諢下)(內作煞鑼完戲介)(衆客起身介)

　　(末)好戲!妙得緊!

　　(生)告辭了。

　　(外)不曾勸酒,還要奉敬一杯。

　　(金舅)學生奉陪。

　　(生)淺量不堪多飲。

　　(末)小弟代飲,何如?

　　(外)妙,取大觥來!

　　(送末飲醉介)吃不得了。

　　(小丑扮掌禮上)新官人起身作謝。

　　(小生捧各局禮盒上)

　　(小丑喝)送過賞封。

　　(內作樂)(生、末揖謝介)

　　(小丑喝)趁此良辰,奉請新人登轎,

　　(小生)船上人說,外邊風大,難以行動,且消停片時。

　　(外)風大?幾時起的?

　　(金舅)想堂上喧闐,倒也不覺。

　　(外)住了吹打!

　　(衆聽介)

　　(內作大風聲介)呀,果然一片風聲。

　　(末)吹得這響,怎麼好?

　　(外不樂介)且住,再翻過小席面兒,請新官人少坐。小廝們,外邊候着風色何如,緩些兒就來說啊。

　　(內應)曉得了。

　　　　(末)山間頃刻就揚塵,(金舅)湖內騰波起浪紋。
　　　　(生)不比石尤留客棹, (外)願教穩渡太湖津。

（攜生手介）新官人請進。

（金舅）少梅請。

（末）只得再等一會兒。（同下）

第二十四齣　降　雪

（淨扮河伯舞上）一自西門豹，分開娶婦緣。至今常拍浪，愁殺送親船。吾乃太湖水神，昨奉玉皇敕旨，令風伯揚塵，着俺隨風鼓浪；雪神降瑞，着俺稱雪凝冰。三日之後，便得雪睍回陽，風和解凍，此乃天庭旨意，怎敢少違？只是那淞城顏秀娶親的船兒，怎生過渡？這也是其短行所致，不必提他。目下正當風雪之期，不免領着蝦臣蟹士，助着陣兒。待兩家酬酮，吾神解紛，有何不可？正是：乾坤都一照，人在暗中行。（下）

【行香子】（外上）寒色增岩，雪滿雕簷，（金舅上）（合）北風吹却利如銛。（金舅拱末上）（丑）空教月老，冰上難拈，（外攜生上）（生）正事忙，忙情脈，意謙謙。

（外）少梅，自昨晚停舟，只道早上風兒可緩。如今不惟風勢如狂，又且雪飛不止，如之奈何？

（末）便是。只怕如此風雪，還要河膠，怎生行動呢？

（金舅）這般大雪，就是沒有風，水也怕行不得。如今且不須煩惱，快備早膳，請新官人飲杯熱酒沖寒，再作區處。

（外）已分付整酒，在暖閣上少坐，不知完備未曾？

（淨老僕上）稟員外，有酒了。

（外）既如此，請新官人到暖閣，少奉一杯。（到介）

（衆）呀，那雪看看大了。

（外）看酒來。（外總揖遞酒介）

【古輪臺】（外）下珠簾，沖寒把酒又何嫌？（合）蕭蕭落木隨風颭。掀翻茅店，更亂舞青簾，帶雨飛花欠。霙蕊初飄，霎時白占，把溪山分做了幾堆鹽。縈回絕豔，總不如清夜冰蟾。繞籬羃篆，攢林木介，浸膚珠點，此景果誰饮？休過剡，怕子猷船返興難添。

（金舅）你看外邊風雪愈盛，何不捲起簾兒，同到月臺兒邊觀看一回？

（外）使得。

（衆登臺介）

（小丑急上，舞介）吾乃風神十八姨是也。

（副末急上，舞介）吾乃雪神滕六郎是也。

（小旦）主風者來此發風，

（副末）主雪者來此降雪。這一場好鬭也。

（小旦、副末鬭陣，降雪介）（淨扮河伯領衆趕舞介）

（外）這雪比着上午，一發更大。（金舅、末）那光景又不同了。（俱下臺介）

【前腔】（外）遥瞻，好教我一望愁兼。（合）誰鬭起玉甲銀鱗，從空拋閃？密灑輕霑，一片片似公孫挾劍。怎得山色回青，水光叠灩，澄湖三萬頃喜風恬？－杭涉險，早掇成魚水鰜鰜。奈雙星不偶，飛橋難渡，冰崖雪壍。此事怎留淹？難把愁懷斂，且拚斗酒共厭厭。

（末）我學生吃了幾杯早酒，就有些意思了。（倚椅醉睡介）

（外）金舅，我和你說，今日這般天色，料想渡湖不成。錯過吉期，那殘冬臘月，未必又有好日了。

（金舅）正是。

（外低白）況且笙簫鼓樂，乘興而來，難道教他空轉？

（金舅）這個不難。賢甥坦既已到宅，何不備個喜筵，就此結了花燭？待三朝風水平靜了，從容送回，豈不全美？

（外喜介）妙啊！老夫正有此意，領教了。（對內）管家的，快備喜筵，明日吉時，新官人和姐姐就在此成花燭了。約身進去，與他們說知。

（內應）曉得。

（生驚背介）小生身雖在此，本是個局外之人，若在此成親，此事怎生佈擺？尤少梅，起來和你講話。

（末醉語介）沒有甚麼話，回家去講。

（生）咳，你醉了！

（末）我不醉啊，老錢，不要與我纏。

（生喝介）咄，咄，呸！這酒鬼，事已如此，只得自家開口罷。（轉身對外白）婚姻大事，豈可草草？不妨另選吉期，再來奉迎。

（外）說哪裏話？吉日既定，豈可愆期？況翁婿一家，何分彼此？

（生又對金舅白）小生實不願在此結親，再煩尊親轉達。

（金舅）此是萬全美事，不必推辭。

【尾聲】權移花燭應無忝，指日同舟返贈奩，（生、末）怎得個回首西山雙翠尖？

　　　　（外）百年夫婦從今就，（金舅）一對夫妻此夜新。

　　　（生背）得意事成失意事，　　有心人遇沒心人。

（同下）

（生復上）顏小乙哪裏？

（小生上）來了。

（生）高員外要留我在此結親，怎生是好？

（小生）呀，有這等事？相公只是推辭罷了。

（生）我已辭之再四，其如員外不從。若執意推却，反起其疑，我如今只要委曲周旋，完你家主一樁大事，並無半點欺心。若有苟且，天地誅滅！

（小生）連小乙也沒有理會，但憑相公主意若何。正是：

　　　　假作癡呆漢，（生）權為懵懂人。

（下）（小生扶末，末醉諢下）

第二十五齣　盼　棹

【一江風】（淨新衣上）雪花飛，攪得我心間碎。這般好天，變了如此風雪，怎麼好？（對內叫）快些吹打，親事人家，興頭些。簇旺了圓爐，生炭火，新娘子就到了啊。（取傘走介）不免撐着傘兒，且走向湖邊覷，步難移。（跌介）呀，絆了一交，兀的不疼死人也！

這裏是望湖亭了。(望介)啊呀,這的吼地寒飆,何處把仙舟滯?只見高高簇浪堆,高高簇浪堆,又怕層層結水衣。不要説船兒没有蹤影,太湖一望,連那洞庭兩山,早是白茫茫不見個山兒意。咳,這般景色,見着也悲酸,只得且走回家去罷。啊呀,我顏伯雅這般薄福,受了許多懊惱,巴到今日,又遇着個不做美天公,把人奚落。正是:屋漏更遭連夜雨,船遲又被打頭風。好冷呵!(下)

【前腔】(小旦上)夢魂迷,惹得我心如繫。奴家只為盼着錢郎,欲與他結好。那晚呵,雖無一時苟且之事,却有幾句安慰之言。好當做星前誓,是耶非?他説有日身榮,許俺去鋪床被。聽他叨叨説向誰?教我沉沉信轉疑。這又是奴家不是了,看他怎般誠實,難道虛颺颺,不管個人兒悴?呀,説話中間,老安人出來了。莫不被他聽見?早則噤聲!

【前腔】(貼旦上)事多違,惱得我心頭氣。風息也應還未,望如癡。小正,大官人怎的不見?一定走到湖邊去看望了。小正,你來,外邊風色何如?(小旦)也不見得暖哩。(貼旦)小正過來,你也從幼在我身邊,撫育如生,愛你這多伶俐。你也剛剛正及笄,剛剛正及笄,欲待雙雙配與伊。(小旦)呀,小正蒙老安人恩育,如此長成。説起嫁丈夫呵,一腔心事,不敢細陳。若不遂奴家本心,只願終身伏侍老安人便了。(貼旦)噯,這丫頭又未癡了!(背介)看他意孜孜,不有個情兒瘵?閒話休提,你且到門首,看看風雪何如?大官人怎不見回來了?

(小旦)曉得。(出看介)

【大迓鼓】(淨上)淒其獨自歸,天涯一望,淚眼偷垂。(小旦)消息何如?(淨)迎船已望着了,新娘子就到,快整備結親。(小旦)不要忙,看看身上,跌得這般模樣哩。(淨)不曾跌啊。(小旦)不曾跌?這件好新衣,半身泥水,哪裏來的?(淨)幾乎跌了一交,只滾得一個骨累。(貼旦)呀,孩兒怎麽恁般苦惱,(淨)母親豈不曉得?孩兒有事在心,起來粒米不曾食,況是連宵入睡稀,(合)怎得扁舟返却舊蹊?

(貼旦)孩兒也不須煩惱,再消停半日。

【前腔】舟回倘到遲,就黃昏花燭,也合相宜。(小旦)做個黃昏親,就來得及了。(淨)說得有理。(合)等將明日天開霽,鼓樂樓船到水湄,那時節呵,好把新人擁入繡幃。

(貼旦)星河寥落水雲深,(淨)碧海青天夜夜心。

(小旦)但願應時還得見,(合)果然勝似岳陽金。

(淨)待我再去看來,

(小旦)吃些點心兒再走。

(同下)

第二十六齣　合　巹

【蔔算】(老旦上)女婿近乘龍,得遂于飛願。(外上)一時駕侶喜從權,好事成方便。

(老旦)員外,如此風雪,怕錯過佳期,自然在此花燭。

(外)此乃萬全美策也。

(老旦)只是新郎再四推醉,如何是好?

(外)也由他不得,方纔又託金舅舅去勸他,不怕他不肯。

(老旦)已教湯喜娘伏侍女兒梳妝了。

(外)待我喚掌禮,分付就此結親了。蒼頭們,喚掌禮進來。

(小丑上)本是淞城主顧,來成山下姻緣。員外有何分付?

(外)因風水不便,趁此良時,新官人就在寒家花燭,待三朝之後,送過門罷。

(小丑背白)呀,這一塊爛羊肉,倒落在那人口裏。(轉身介)既如此,吉時已到,就請新人。伏以:春羅簇錦帶鮮妍,雪裏紅牽雙鳳仙。金線柳穿魚水樂,美人此夜落金錢。二位新人,緩步請行。

【前腔】(生上)披錦復簪花,強把人相纏。(丑扮喜娘扶旦上)黛痕羞蹙怯花鈿,彩扇遮羞面。

(小丑)二位新人,先拜天地。

(喝生、旦拜介)就拜本堂。(喝拜老旦介)

(生、旦交杯遞酒介)(外、小丑下)

【排歌】（生）玉潤懷漸，冰清意堅，（合）促成錦幪紅牽。六花飛灑映瓊筵，喜氣翻成暖色偏。三生結，百歲緣，抛毬江底永團圓。金屏中，玉殿宣，小登科後遂登仙。

（丑）喜筵已畢，請新人入洞房。

（外）正是：玉樓巢翡翠，

（老旦）金殿鎖鴛鴦。（同外先下）

【前腔】（小旦，小丑扮二梅香提紗燈上，作送入房介）（合）花燭歸房，蓬壺洞天，似雙雙擁却雲駢。（生背介）一腔心事倩誰言？何日漁郎返舊船？（合）鶯還嫩，雀怎喧？强行同傍小巢邊。郎從後，女向前，外家規矩古來傳。

（小旦先下）

（丑）新官人脫了圓領，新娘子卸了花冠，乘此良宵，早尋歡會。只怕老身伏侍不中，請姑娘早些安置罷。

（旦不睡，閒坐介）

（丑）姑娘還不肯睡。既如此，新官人過來，挽着新娘子作伴兒，一同睡了罷。

（生）你先去安歇，我還要消停片時。

（小丑）湯娘娘，新官人是不消勸得的，你先去睡麼。

（丑）老身撮合慣的，大家略者者兒就攏去了，怎麼這般不在行？

（生）不要你管，你自去啊。

（丑）曉得了。新官人自有手段，要我老身幫襯，希甚麼罕？翠兒姐，你就在這邊睡，我在間壁房裏，停一會兒再來看他。正是：人人要如此，個個不須推。（下）

（小丑）連我也等得不耐煩，啊呀，睡罷麼。少不得的，要是這般的。（坐地打盹介）

【北新水令】（生）沒來由惹動一天愁，向誰行說將機縠？做不得雙鸞棲樹底，恰便似小鹿撞心頭。把死誓先投，（對天拱手介）狠罰下殞身咒。

【南步步嬌】（老旦上）雪影蟾光凝鴛瓦，正暖閣宵深候，為甚香奩語未休？（門外張看介）（小丑起介）呀，老安人來了。（低白）老人家好不達事務，新官人和姐姐正好睡了。走來做甚麼？（老旦）這倒是我不是。為子女關情，討却僝僽。翠兒，我去了，你好生伏侍二位新人。（小丑合）你看衾枕粲雲兜，却不道千金一刻休拖逗？

（老旦下）

（小丑）新官人請睡罷，夜深了。

（生）你先睡，我還要閒坐一回。

（小丑）這也奇怪。（睡地介）

【北折桂令】（生）傍流蘇懶趁着香篝，說甚雙雙，俏影相伴？呀，你看那粉牆上，兩行兒壁上題留，墨痕猶動，筆法纖柔。待我仔細看來。（念介）"俄看一葉長青錢"呀，這是小生所題並頭蓮詩，却被姐姐寫在這裏，何幸！何幸！又不是青錢出藕，那些比並蒂成逑。誰承望比翼綢繆，好待紅顏，載詠河洲？呀，倒好一庭月色，只是寒冷些兒。不免向回廊深處，閒步步兒。（步介）

【南江兒水】（旦）漫整雲鬟翠，慵支玉臂韝，閃身兒還傍着銀釭後。篆冷寒侵聽却更兒又，那綿藤絮語向誰廝叩？索把屏軀禁受，瀟灑房櫳，情到不堪回首。

【北雁兒落帶德勝令】（生）也只為友和朋事可周，怎下得叔與嫂親相授？縱不去擺殘書映雪階，早難道入暖幙偎紅袖？抵多少秉燭夜光遊，博得個眨眼不回眸。須不似聖者但懷中坐，好將咱凡夫在李下求。誰謀，這婚姻翻成寇？胡也麼謅，笑空巢一拙鳩，笑空巢一拙鳩。

【南僥僥令】（丑婆暗中摸上）新郎不唧溜，侍婢好擔憂。但見閃爍燈光燒殘絳，只怕夜深寒不上鉤，夜深寒不上鉤。老身做個喜娘，也是一把干係。新官人、新娘子在行的，一些力也不吃。有個不唧溜，費人周折，還要埋怨喜娘哩。高家這一個聰俊的新郎，為何這般嬌怯？老身放心不下，只得挨將起來，看他房中話兒又不停，燈兒又不滅，難道還不曾動手？（聽介）如今響聲已靜，想是上床睡了。（低叫介）翠兒姐，翠兒姐！好個蠢丫頭，虧他睡得着！不

免再聽回兒去睡罷。（下）

（生）呀，你看燈光不亮，却早月轉牆來，那東壁兒上又有幾行字兒，却又是何題詠？（看詩吟介）"佳句爭如萬選錢，無顏得似六郎蓮。春風得意聯登第，莫上紅樓並醉眠。"原來是和韻一首，好詩！好詩！這清新妙句，兀的不是姐姐的新題也。

【北收江南】呀，你恰將咱名字筆間搜，我又何心詩識好相酬？寧負却春風十里上好樓，那廂兒情怎丟？那廂兒情怎丟？笑殺那無顏美比六郎優。

【南園林好】（旦）贊新題連聲出口，忒羞慚怕詩詞出醜，早則被玉人識透。看他神黯黯思悠悠，愁輾轉為何由？

【北沽美酒兼太平令】（生）謾勞伊參彼籌，謾勞伊參彼籌，似猜謎者且藏鬮。待雪霽波平送彩舟，（背介）那人兒自有，少不得赤繩收。司花吏另須看守，行雲使早來合巹。我呵，只索似水流緊逐武陵花片浮，呀，隔窗紗一任那月寒梅瘦。

（小丑醒介）好一覺兒睡也。呀，不覺天明了。新官人，新娘子，

【尾聲】你鴛幃一夜歡情耨，（揩眼、伸腰介）（丑婆上）怕不似烈火乾柴添上油？新娘子，好起身梳妝了。呀，怎麼起得恁早啊？呀，呀，兩個端端的坐着，難道不睡的？（合）早則是相敬如賓舉案羞。

（生）一點靈犀尚未通，（旦）兩人心事正忡忡。
（丑）朝來剩把銀釭照，（小丑）猶恐相逢是夢中。
新官人，書房中梳洗罷。
（生下）
（丑）伏侍姑娘插帶了，
（小丑令）就出去相叫。
（旦下）
（丑）奇怪啊，難道此人是沒入刁的？
（小丑）湯娘娘，你去試試。
（丑）唗，你們姑娘也不是二雄人啊。

（小丑）連我也好笑。（譚下）

第二十七齣　踏　　雪

（小旦上）冷，冷，冷！笑殺孤眠人獨等，前宵撥棹去如梭，隔斷湖山没蹤影。潑浪將矬冰又堅，風頭少殺雪還猛。村郎坐等捱如年，假婿風光正俄頃。那厢就裏怎支吾？只恐當場成畫餅。弄巧翻成拙計多，一場笑話愁堪醒。那時湖畔說新聞，只剩顏郎煞風景。

（淨暗上）咄，這丫頭敢在此笑我！

（小旦）不說甚麼。

（淨）還要口強？

（小旦）大官人，你不須着惱更心焦，（指介）望裏依稀來畫艇，

（淨）哄我！

（小旦）天喜紅鸞將照臨，教你一對鴛鴦共交頸。說得何如？

（淨）妙，妙！快活殺我也！我每在此，說也没干，和你門首去探望一回。

（小旦）正是。如今風也暖了，雪也住了。

（淨）天也將晴了，冰也將開了，怎得個迎船兒，一飛飛到湖邊，兀的不盼殺小生也！（望介）小正，你看，你看！那來的呵，

【紅衲襖】莫不是送歸帆一程程轉畫橋？（小旦）這是酒標的影兒。（淨聽介）你聽，你聽！那響的呵，莫不是**競鼓角一聲聲穿樹杪**？（小旦）這是前村的賽社。（淨）噯，你在聽麼，這不是**棹歌中夾雜些人歡笑**？（小旦）哪裏甚麼歌笑？是浪打灘頭的聲音。（淨）噯，你再看，這不是彩船頭閃爍的風斾飄？（小旦）是船上彩旗？眼花了，這是幾片落霞。（淨）望得我頸兒長雙足翹，猜得我眼昏花塞耳窮。好了，如今迎船來了！（小旦）在哪裏？（淨）兀的這亂擁成堆、鬧炒炒一簇登崖也，呸，却原來鶩陣鷩寒逐暮飆！

（小旦）果然是一個野鴨陣。大官人，大官人，我對你說，你

【前腔】恨不似孝王祥臥堅冰把凍消，（淨）身子是鐵做的？

（小旦）恨不似幻長房施巧術能縮到。（淨）我也不是個仙人。（小旦）做不得莽張騫遠泛個星河棹，（淨）没有這等快船。（小旦）做不得狠秦皇急趕着石海遥。（淨）一發荒唐了。（小旦）怎麽好啊，白茫茫覓瑶臺望處迢，急切切被漁簑間裹僗。如今有個法兒，（淨）怎麽樣呢？（小旦）算不如一帶垂虹、接將他兩岸湖山也，妙啊，免得個冒險沖風拍雪濤。（先下）

（淨）這丫頭都是誣言亂道，倒被他纏了一會。如今天色將晚，不免再到湖邊探望一回。啊呀，怎麽好啊？（行介）

【山坡羊】望無涯冰湖一帶，遠難尋雲峰何在？杳不通鶯分影孤，事多磨辛苦曾擔戴。難道這時候呵，船不開？教咱怎地捱？若還路阻只得略寧耐，又恐弄出謊張便難佈擺。我如今猜着哩，這船兒一定從那邊遠轉。遲挨，為胥口移舟轉過來，不免對天禱告。（拜介）老天，你就把個船兒飛擡，願河伯垂慈早放乖。望得不耐煩了，回家去也没干，且在亭子上坐等一會兒，再作區處。（呆坐介）

【水紅花】（丑、小生上）咱們該裏是官差，要銷牌，無如之奈。（小生）我們都是本鄉里長，為修理岸塍，明日知縣老爺要自行踏勘，（丑）只得在此支值。哥啊，快些打掃，擺設圍屏案桌。（小生合）把望湖亭上早安排，（見淨介）呀，這怎麽説？（丑合）冷荒階，那人兒堪怪，好把郵亭雪掃，烹茗寫詩懷。難道咱偏着緊那人駭也囉？

（小生）甚麽人？

（淨）咄，你是甚麽人？大驚小怪！

（丑）走開！待我們來收拾。

（淨）啊，船到了。收拾做親麽？

（小生）啊呀，你就是顏大官啊。

（丑）説道恭喜了，為何不去伴房，倒在這裏灑落？

（淨）一言難盡。風水不便，佳期有阻，在此盼望多時了。二兄没甚要緊，此來為何？

（丑）明日縣裏老爺下鄉，要在此駐扎，

（小生）我們先來打掃打掃。

（淨）原來如此，適間衝撞，二兄不棄，到家下飲杯熱酒。
（丑）使得。
（小生）吃了喜酒，明日來奉賀。
（淨）豈敢。正是：

　　　　　歧路忽生悲，相思未可期。
　　　　（合）情知不是伴，偶爾暫相隨。

（淨）這裏來。（拉下介）

第二十八齣　達　旦

【繞池遊】（生上）形擔影戴，寄跡愁無奈，又昏黃月朧雲靉。小生一時至此，事到其間，只是矢心不亂。不要說挨昏到曉，早則是度日如年。方纔夜筵已畢，却被伴娘和侍女們簇擁進房，不住的許多絮聒。沒奈何，已發脫他們去了。那姐姐尚未入來，只得強坐片時，好生愁悶也。（坐打盹介）

（小丑笑上）堪笑，堪笑，好個東床才貌！敢是沒有雞巴？對着嬌娘不要。俺翠兒與湯娘娘商議，今夜直待新官人進來睡了，然後姐姐上床，湊將上去，却不是個妙方兒？方纔燈已點了，香已裝了，新官人也進房了。不免伏侍姐姐進去，大家知趣些兒罷。

【前腔】（旦上）新妝未改，俏眉兒誰描誰待？意闌珊鸞和鳳喈。

（小丑）新官人，姑娘進來了，也該相叫啊。
（生驚起，與旦對揖、福、默坐介）
（小生上）要知心腹事，但聽口中言。錢相公雖則君子之言，俺顏小乙只是小人之腹。被我挨進穿堂，悄悄兒到房門左近，打探光景何如。（戲看介）
（生欠身作倦態介）
（小丑）新官人請睡罷。
（生）倦得緊，也就要睡了。
（小丑）姐姐，身子奈何不得的，今晚也早些安歇。老安人分付,外廂看看門户,翠兒就出去睡了罷。

（旦）你自去麼。

（小丑出見小生介）咄！甚麼人？有賊？

（小生低白）不要嚷,是我。

（小丑）是誰？

（小生）顏小乙,尋大官人説句話。

（小丑）油嘴！你家大官人,嬌滴滴一個新娘子,手也不曾沾；你便來暗裏偷情,先要拐梅香了麼？快快出去！

（小生）我就出去,嚷他怎的？原來錢官人是個好人。正是：欲識杯中飲,誰知壁上弓。（下）

（小丑）没廉耻！新官人知道了,打折這狗腿便好。（下）

（生）啊呀,連宵勞頓,困倦難禁,那睡魔蟲磕將下來,只得和衣臥寐片時罷。（睡介）

（旦起看介）呀,先睡了。不免再向燈兒下消遣一回。噯。玉作彈棋局,心中自不平。夢魂花月下,形影未分明。

【二郎神】情瀟灑,這花燭欠旁人口債,道宴爾相攜雙廝愛,那堪訕臉,連宵没甚歡懷。（想介）應是同害嬌羞難佈擺,空使我芳心暗揣。（生醒介）（旦）恁多才,敢則是裝呆弄巧藏乖？

（内打二更介）

（旦）呀,又早二更時分了。夜深懶倦,也只得和衣睡睡兒。（睡介）

（生起立介）

【前腔】休猜,他每就裏,應難自解。豈是個裝喬將巧賣？却不道男兒娶婦,緣何却自成駭？（旦醒,坐聽介）（生）須信是野蔓閒藤莫浪採,敢認作牆花露色？慢裁劃,一任他峰疑路渺天臺。不免挑起燈兒,再睡一回。（剔燈又睡介）（旦起立介）

【囀林鶯】聽伊話兒我心下駭,教人喜去愁來。這唧唧噥噥,不知有何心事？我就問他一聲,既然是雙雙合巹盟如海,便相呼廝叫也索應該。（低叫介）官人,（住口介）呀,奴家錯了,我是個幽姿弱態,女孩家怎地不教禁耐？（生醒介）（旦）強安排,為一點情苗,

赧暈桃腮。（內打三更介）呀，又是三鼓了，再睡一回兒。（睡介）

（生起立介）

【前腔】我愁懷顫驚還細裁，何須捏鬼擔胎？我想起來，明人不做暗事，何不把真情告訴他？須知道偷鈴掩耳人無賴，即向伊家說個明白。（叫介）小娘子，（住口介）這就是我不是了，雖則身當局外，不把雙手兒將人遮羞？且延捱，索閉口深藏，有話難開。呀，燈已滅了，怎生是好？如今倒不好睡得，且坐個更次兒，捱到天明罷。（端坐介）

（旦醒起介）呀，你看

【黃鶯兒】燈火暗樓臺，我怯纖腰懶瘦鞋，豈當好事多尷尬？（低唱）非關玉人意衰，還怕閫德欠諧。我如今猜着了，應只為未曾雙轉向高堂拜，（沉吟介）且把兩情偕，當年德耀，好待荊布識裙釵。

（內打四更介）

（旦）呀，四更了也，只得坐坐兒罷。

（生起背唱）

【前腔】雲雨斷空齋，我熱心擔冷面捱，怎教識破連環寨？（內打五更介）（生）呀，好了，聽得更鑼驟篩，又見落月墮階，（內雞鳴介）（生）亂雞咿喔想天明快，（出步介）只得轉蒼臺，三千弱水，做個咫尺隱蓬萊。

【尾聲】（旦背唱）何時共綰同心帶？（生背唱）那壁廂人兒還在，（生、旦各背唱）兩下裏相看各一涯。

（生）呀，天明了，不免向外廂梳洗，早些打點回去。（背白）正是：難將我語和他語，你是何人我是誰。（先下）

（旦吊場介）

【二犯朝天子】他說甚麼"你是何人我是誰"，豈得人如玉，語似癡？有緣千里會來奇，漫驚疑，一雙兒曉夜禁持，知他甚的？雖然是蝶閃蜂欺，只得把芳情再窺，把芳情再窺。（下）

第二十九齣　激　怒

　　（小生上）受人之託，必當終人之事。俺小乙領着大官人囑付而來，誰想弄出這番事情？錢相公不敢推却，尤少梅又沒有主張，此事怎麼了？大官人，你在家望眼將穿，哪知這壁廂許多緣故？錢相公說，只要周旋大事，誓不欺人，此話又不好輕信。今日雪霽冰開，將迎船送轉，男客一船，女客一船，方纔各自開船去了。俺不免下個小船兒，先趕到家，說與大官人知道。（對內叫）小船上家長！

　　（內應）下船麼？

　　（末）下船了，使起篷來，待我先趕回去。

　　（內應）是了。

　　（末）正是：寸心忙似箭，一葉去如梭。（急下）

　　（內作樂）（外、生、末上，淨扮船家隨上）

　　【泣顏回】（合）雪眼耀晴巒，幾帶玉山圍滿。平湖新漲，船如直上雲端。（生背唱）我堅心暗矢，（末背對生唱）這幽情，倩託誰拘管？（外）兩日恁般嚴寒，不想今日這一天日色，好不快人也！（末）員外，這是俗語說的，天養人便風光了。（合）幸中流盡釋冰山，望高春乍湧金盤。

　　（淨）出湖了，快扯篷兒，使將過去。（俱下）

　　（內又作樂）（老旦、旦、小丑上，船家隨上）

　　【前腔】（合）昨朝何苦雪漫漫，到今日早似春回日暖。正是一番寒徹，梅花撲鼻香鑽。（旦背唱）我柔腸自揣，（小丑對旦唱）恁嬌羞，若個通情款？好笑這新官人，恁般不出蕩，果然是個嬌客哩。（老旦）今日回家，他却喜歡了。（合）喜孜孜笑逐歸帆，絕勝是強留甥館。

　　（船家）好順風，霎時就收港了。（俱下）

　　【太平令】（小生上）不敢盤桓，一棹如飛轉急湍，疾忙說與長和短，就兒裏恐悲酸。呀，大官人在門首探望，也走將來了。

　　（淨上）心慌隨路走，事急出門頻。呀，小乙回來了，迎船呢？

（末）就到了。
（淨）錯過了好日，怎麼處？
（小生）高員外為此煩惱，把錢相公，
（淨）把錢相公便怎麼？
（小生）把錢相公和新娘子，
（淨）怎麼說？
（末）和新娘子權做花燭。
（淨）啊呀，不好了，親也權做得的？
（小生）他說只要周旋大事，怕十分推辭，惹人疑惑，只得曲從員外之命，說過並無半點欺心。
（淨）啊，走來，他便在書房中睡的？
（小生）是睡在新娘子身邊，只是不曾動彈。
（淨發怒，連打小生掌幾下介）咦！狗才，放你娘的臭屁！與新娘子睡了，還說不曾動彈！這班奴才幹得好事，氣殺我也！
（小生）不要嚷，錢相公先上崖來了，問他就是。
【前腔】（生急上）擁護嬌鶯，不把孤辰擬合歡，回來送與吹簫伴，先說向也心寬。小弟回來了。
（淨）天殺的！你好快活啊！（揪身打倒介）
【撲燈蛾】打着賊賤胎，此事怎生算？（小生）錢相公不動彈。（淨）咄！餓狗見糠時，哪些個坐懷不亂也？（生）不要打，待我說。（淨）說甚麼？你將人來戲玩，不思量天理難瞞。（小生勸介）錢相公是個好人。（淨）好人麼？假乖張一心欺謾。（又打生）（生叫介）救人！（小生勸介）斯文人，打不起的。（淨）偏要打這些賣弄斯文！打着他、才如子建貌如潘！好，好！別人費了錢財，把你見成受用！
（外上）自不整衣毛，
（末上）何須夜夜號？呀，大官人不可粗糙，有話好好說。
（外）啊呀，你是甚麼人？把我們女婿打得這個模樣！
（淨）他是你女婿？不識羞！我便是你女婿！
（外）啊呀，好笑，倒來討我的便宜！
（淨）好端端定下一房新婦，這老賊倒把來併與別人了。

（外）這醜漢駭了！口中胡言亂語，說些甚麼？（淨趕打外）（小生、末攔住介）

（淨）打你這老賊！

（外）啊，這廝怎麼要打我起來？

（小生）員外不要着惱，有個緣故。

（外）你說，你說！

（小生）當初定親下聘的，其實是顏大官。

（外）不是顏大官是誰？

（末）不是這個，是那一個。

（外）怎麼說啊？

（末）那個相女婿和那娶親的，是那一個錢相公。

（外）哪個錢相公？

（末）就是那一個了。當初撮了綿包，為此這般廝鬧。

（外怒撞倒末介）啊呀，罷了，罷了！你這光棍，幹出這般樣事體，我

【前腔】撞殺潑棍徒，你只哄錢和饅，翻嘴弄脣皮，混把個綿包撮換也！（打末介）（末）不要打，不干我事。（外）好個媒人手段，霎時間做出多般。我就撞死了你，却不道滿其惡貫。（淨）知縣老爺在望湖亭上看册，我們去告狀。（外）正是，少不得、當堂明鏡有清官！

【尾聲】（小生、末）一番奇事向公庭斷，（生）去，去！（末扶起生介）錢相公不像模樣，挽了頭髮，戴了巾去。（生）那些個笑倩旁人為正冠，（淨）怎得個合浦珠還趙璧完？

（生）此事心知無隱慝，　　（小生、末）好姻緣做惡消息。

（淨指生介）教你渾身是口不能言，（外指末介）遍體排牙說不得。

去，去，去！（扯下）

第三十齣　于　　歸

【賀聖朝】（小丑、小旦執事，引小生冠帶上）十年憔悴青燈，此

時雨露江城,把《甘棠》遺頌付蒼生,且出舍郊亭。

（副末上）望湖亭里長迎接老爺。

（小生）起來伺候。下官為百姓修圩一事,每鄉踏勘,將已周巡。今日且駐扎望湖亭上,把本圩册籍,細驗一番。（看册介）

（外、淨、生、末扭上）爺爺,告狀！

（小生）怎麼擾嚷？

（小丑）告狀的。

（小生）帶進來！

（小丑）告狀人進。

（衆搶上告介）（小生）都扯下去,喚那個年老的上來。

（外）爺爺,小人是洞庭山百姓,喚高讃。為女擇配,相中了女婿才貌,將女兒許嫁與他。十五日女婿上門親迎,因被風雪所阻,小人就留女夫在家,完了親事。今日送女兒到此,不期遇了這醜漢,將小人女夫毒打。小人問其緣故,却是那醜漢買囑媒人,要哄小人的女兒為婚,却將那姓錢的後生,冒名到小人家裏。老爺只問媒人,便知奸弊。

（小生）那原媒是誰？

（外）喚尤成,見在臺下。

（小生）喚上來。（對末白）弄假成真,以非為是,都是你做出這些圈套,從實供來,免受刑罰。

（末）爺爺,都是那顏秀,並與小人無干。

（小生）咦！還要抵賴,取夾棍伺候！

（末）爺爺,待小人實説罷。

（小生）説上來。

（末）那日央小人做媒,高老堅執要看女婿呵,只為那

【玉交枝】龐兒不整,假裝喬把錢生冒名。（小生）那錢生是看得中的了麽？（末）是啊,爺爺。許親以後呵,釵環禮物為納聘,到娶親之時,那高讃要兒郎親到門庭。（小生）親迎則得娶。（末）只得又央錢生去親迎。爺爺,誰知連朝雨雪兼阻冰,只得權將花燭把良辰應。（小生）這是實情了。我想,那人費了許多事,倒被別人奪

了頭籌,也怪不得他發惱。只是設心哄騙,如何使得?喚那個醜漢過來,你姓甚名誰?(淨)小人姓顏,名秀,有志讀書。(小生)啊,是顏秀。方纔那原媒所供,料非誑言。你便怎麼說?(淨)爺爺,真情實是這般的,小人也沒有別話。那情由依他口稱,望青天高擎冰鏡。(磕頭介)

(小生)都下去。不知是哪個姓錢的後生?喚上來。

(生)小生錢萬選。

(小生)呀,就是錢萬選。你是個端方之士,為何有此勾當?

(生)此事實非本願,只為顏秀是生員表兄,在他家讀書之時,他

【前腔】將人央倩,只道一時間把良緣玉成。誰想風波促就乘龍興?(小生)那時怎不推辭?(淨)青天爺爺,他應承花燭,就是欺心了。(小生)扯下去!(小丑扯淨介)(生)若再推辭呵,恐反生疑將好事中更。(小生)難道沒有所欺?(生)一宵秉燭直到明,聯床兩夜和衣掙。(小生笑介)好一個柳下惠!少年家血氣未定,豈有三夜同床,並不相犯之理?此話哄誰?(生)生員自陳心跡,大人未必相信,只教高贊去問女孩兒方知實情。(小生)那女兒若有私情,如何肯實說?叫左右。(小丑)有。(小生寫票介)着地方喚誠實穩婆到船,試驗高氏是否處女,速來回話。(小丑)曉得。(急下)(生)若大人不肯相信,蒼天在上,這真情神明可證。

(淨)還是原生的便好。

(末)若原生的,奉還原物何如?

(淨)只願如此。

(末)噁心吃個楊梅乾。

(小丑帶老旦上)稟爺,穩婆回話。

(小生)喚進來。

(老旦)老爺聽稟。果是

【前腔】一樁奇行。信書生多般志誠。(小生)可曾親驗否?(老旦)小婦人承老爺之命,到舟中與高氏呵,揣其結束親相迸,尚依然凍蕊含英。只見瓊溝渥丹春自凛,火齊欲吐珠全瑩。(淨)既

然不曾破壞，求老爺原斷與小的罷。（小生）咦，胡説！扯下去！（老旦）罕曾聞言清行清，（小生合）又誰云文人薄倖？

（老旦下）

（小生）高讚過來，你心下願將女兒配哪一個呢？

（外）小人與錢生呵，只為

【前腔】相看心稱，感天教休言浪萍，雖則是無欺暗室歸於正，早已結夫婦之盟。若教女兒另嫁顏秀，不惟小人不敢聽，就是女孩兒也不願從別姓。（小生）顏秀既不該央人相親，哄騙人家女子，而狂風陡作，大雪從空，便是天意有屬。我曉得了，聽來因情詞可憑，理合**斷歸錢**，不須執競。

（外磕頭介）謝老爺方便，萬代恩德。

（淨跪上要爭，小丑扯下介）

（生）生員此行，實不為私。若斷歸此女，把生員三夜衣不解帶之情，全然沒了。寧可將此女別嫁，決不敢冒此嫌疑，惹人談論。

（小生）此女若歸他人，你過湖兩番，替人誆騙，便是行止有虧，干礙前程了。今日與你成就姻緣，乃是天作之合。況此番心跡，已自洞然，女家兩相情願，有何嫌疑？休得過讓，我自有明斷。（寫審單，念介）高讚相女配夫，乃其常理；顏秀借人飾己，實出奇聞。東床已招佳選，何知以羊易牛？西鄰縱有責言，終難指鹿為馬。兩次渡河，不讓傳書柳毅；三宵隔被，何慚秉燭雲長？風伯為媒，天公作合。佳男猶配佳婦，兩得其宜；求妻到底無妻，自作之孼。高氏斷歸錢生，不須另作花燭。顏秀既不合設騙局於前，又不合奮老拳於後，事已不諧，姑免罪責。所費聘儀，合助錢生，以贖一擊之罪。尤成往來煽誘，實啟釁端，重懲示警。

（生）謝老大人周旋。

（小生）叫原媒！

（末）有。

（小生）打二十板。

（小丑打末介）

（小生）俱免畫供，趕出去！（俱下）

（雜上前）報，報！稟老爺，學院科舉發案了。

（小生看介）呀，錢萬選第一名，可喜，可喜！請錢秀才公服進來相見。

（小丑）請錢相公相見，換了公服進來。

【碧玉令】（生巾服上）朔風一夜吹合罨，為功名早把路途隨趁。

（小丑）錢秀才到了。

（小生）道有請。

（生揖介）門生年幼無知，幾被詿誤，承師臺曲庇，感荷二天。

（小生）古今以來，似此篤行有幾？適纔走報的到來，喜科試又是領案了。

（生）若非作養之恩，何以得此？門生目下急欲赴京，就此告別前往。

（小生）呀，難得這般銳志。既如此，叫該房快備盤費銀兩，並贐儀卷資，就此相贈。

（小丑）都有了。（送介）

（生揖介）多謝了。

（小生）備酒過來。

（小丑）嗄。

（小生）錢兄，你看旗亭風景，雪霽山明，借此清樽，少壯行色。

（生）荷恩師盼睞，不致塵埋，一往兼程，圖報知己。

（小丑）有酒了。

（小生遞酒介）

【催拍】聽驪歌樽前共論，解虞刀臨歧贈君，此行當空冀羣。（生）此行當空冀羣，自愧無能，絕影驚塵。感殺伯樂稱奇，使我駿骨銜恩。（合）從此去願筆掃千軍，平步穩，上青雲。

（小生）去住關情莫自支，（生）出門何處望京師？

（小生）花開上苑看君折，（生）柳盡離亭空爾思。請了。

（別下）

（小生）分付眾百姓，把冊籍送到船中，不須在此伺候了。

（執事引小生，喝道下）

第三十一齣　長　程

（淨扮腳夫上）一鞭為活計，千里是生涯。小人乃丹陽路上趕腳的便是。好笑一個大新年，有個淞城秀才上京，寫了我的牲口。造化，發個利市，賺了這貫錢鈔，却不大大一個彩頭？且待他上崖，趁早行路。（虛下）

【水底魚】（生上）西望金陵，行行又一程，人逢新歲，路看長短亭。小生為功名事大，與令公相別。即欲早些到京，便離了外家，拉伴前來赴試。前日起身急促，承老員外美情，留着家人高壽，要整備客衣路費，趕送上來，為何還不見到？這也不必等他。掌鞭的，

（淨上）來了，來了。相公請上牲口行路，如今那"甘州歌"也不耐煩唱了，隨分謅個小曲兒，走幾步，當了一出戲文罷。

（生）又來取笑。（上驢行介）

【六么令】長途浩淼，挈伴同遊，來到丹陽，書生一介悉匆忙。（淨）人得意，氣軒昂，（合）會看此去登金榜，會看此去登金榜。

（丑內叫）前面的相公，等一會兒走！

（生）哪一個在後邊叫喚？

【水底魚】（丑急上）忙忙奔併，趕來將到京，前途少待，等咱一路行，等咱一路行。

（生）高壽，你來了。

（丑）小人連夜趕來的。員外、安人致意相公，這是幾件衣裳，這是幾品食物。怕盤纏缺少，又是五十兩送上。

（生）噯，老員外、老安人這般費心，怎得小生一舉成名，報其恩德？

（淨）相公聯科及第，不消說的。只是天色將晚，趕行前去罷。

【六么令】（生）頻行念想，匹馬西風，珍重行囊。（丑）受恩深處便為鄉，榮歸里，有輝光。（合前）

（生）驛路風悲欲暮天，（丑）壯懷何事亦蕭然？
（淨）正是雁飛不到處，（合）果然人被利名牽。

第三十二齣　報　　喜

【二犯江兒水】（外上）歲杪東床別去，（老旦、旦、小丑上）流光早迅速。（合）又秋過冬寒，春色芬敷，感經時憶去途。【朝元令】正桃浪禹門過，杏花雲外浮。【柳搖金】聽鵲聲聒噪高梧，喜燈花焰吐珊瑚，應是仙郎身掛綠。早難道賓鴻鯉魚，隔斷了秦淮煙樹？眼巴巴望泥金捷報促。

（外）媽媽，此時揭榜已過，想報人將已到了，不知新官人如何？
（老旦）便是。新官人若中，只怕報錄的先到淞城，還不到俺洞庭山來哩。
（旦）若有好消息，少不得高壽也就回家，爹媽不須掛念。
【縷縷金】（丑急上）辭家去到京城，才郎登虎榜，占魁名。帶却家書返，萬金歡慶。感天差嬌倩耀門庭。臧獲也榮幸，臧獲也榮幸。
（外）呀，高壽回來了。
（丑磕頭介）錢相公高中了！
（外）新官人高中了？
（二旦）謝天地！
（小丑）好快活！老員外，好雙眼睛啊！
（老旦）果然相得好女婿！
（旦）不知幾時回來？
（丑）他就到長安會試，說道待明年衣錦榮歸。
（外）一發有志氣！
（丑）家書在此。（外看書介）
【蠻牌令】劣婿拜尊前，別後意惓惓。不才叨蔭庇，一舉獲高選。望長安刻期北上，喜及第金紫榮旋。（外）果然上去了。（老旦）既如此，即差高壽前去，還該寄送盤纏。（外）待我看完了書，家書外，還附寸箋，寄與顏兄，乞命攜傳。這是為何？

（丑）錢相公分付，有書寄到顏大官，也要與他幹辦前程，教他趕到京師相會。

（外）噯，這般好人，只重親情，不念舊惡。

（老旦）果然難得。

（丑）這般一位好夫人作成了他，怎麼不感激？

（外）哦，胡說！媽媽，我想起來，

【二犯江兒水】那日萍蹤相聚，（合）天教逢玉杵。幸風幫雪贈，冰湊花燭，怎知他設詐局？好一對水中鳧，幾成越與胡。倒虧着鶩遇官符，博得個巧斷婚牘。但願一朝發跡身掛綠，嫁的是讀書大儒，脫却了蓬門荊布，喜孜孜看榮華達帝都。

（外）渺渺天涯君去時，（二旦）春風先發上林枝。

（合）十年窗下無人問，　　一舉成名天下知。

第三十三齣　預　　夢

【七娘子】（生便衣上）行行帝闕三千里，又經時歲除一夕。江草空迷，燕塵如寄，遨遊偏喜長安地。小生忝中鄉魁，來此會試，流光飛電，又是一個歲除之夜了。前日寄書回去，只為母姨親誼，又是顏表兄相處一番，小生既然僥倖，也要幫他圖個功名。為何此時還不見他到來？好生掛念。方纔主人家請我飲了幾杯，且向書窗再坐一個更次，聊借青燈，以作守歲耳。

【錦芙蓉】盼春闈，迅鵬程於今奮飛。此事空言何用？不如把宿學且溫習。自心知，只須自忖消息。這些兒風簷寸晷，憑着俺筆下天機。（外扮店主人上）窗下莫言命，場中不論文。淞城錢相公，在小店作寓，今夜是個除夕，如此更深，還不曾睡哩。（見介）相公還在此讀書？（生）呀，有勞主人家相看。（外）相公還是養些精神，安歇了罷。（生）多謝，好說，小生就睡了。主人家，你也收拾睡罷。（外）小人先睡也。（睡介）（生）主人家也是愛我之言，須索聽他。

【玉芙蓉】況論文藝，恁功夫久矣，縱教他、待渴時掘井又何益？不免收拾書房，進去睡罷。正是：客館經千里，孤燈又一年。（下）

（丑、旦扮二仙童，引末扮文昌帝君上）

（末）淡月疏星繞建章，仙風吹下御爐香。侍臣鵠立通明殿，一朵紅雲捧玉皇。吾神文昌星主是也。因見淞城錢萬選，苦奮鹾鹽之志，堅持冰蘗之操。始學閉戶魯男，繼作坐懷柳下，命雖不達，人足以風。奏過玉皇，將他填上天榜，聯登高第，特賜狀頭。今日元旦傳臚，先着魁星下界，暗助錢生，夢魂到此，朝天授其制策。道猶未了，魁星早上。

（小丑扮魁星上舞介，舞畢，作引生上介）（小丑先下）
（生巾服上）
（末）大抵乾坤都一照，免教人在暗中行。

【神仗兒】盤龍舞鳳，盤龍舞鳳，天高雲擁。看百靈朝貢，（末）貢士們就此朝見。（生舞蹈介）帝極凝然不動。微臣願學，衆星環拱，將赤膽報重瞳，將赤膽報重瞳。

（末）策問曰：今欲丕振國威，削平夷虜，繼祖宗神聖之治，何道而可？

【滴溜子】（生）臣愚昧，臣愚昧，上達聖聰。朝廷上，朝廷上，是四方治總，表正國威益重。行看繼祖宗，遐荒一統。選將除戎，不足獻忠。

（內傳）玉旨下！

（末）錢萬選所奏，灼見治原，賜狀元及第。並袍笏冠帶。即着文昌星送歸下界，早赴瓊林。謝恩！

（生叩頭山呼介）

（丑、淨扮內臣持節，二旦扮宮人捧紗帽、袍笏上）

【神仗兒】天恩誰共？天恩誰共？宮袍高捧。更有蒼龍節送，取作國家梁棟。（生叩頭介）書生一旦，遂蒙殊寵。（合）將赤膽報重瞳，將赤膽報重瞳。

（生起冠帶介）（丑、淨、二旦下）（衆仙樂上迎，末、生同行介）

【滴溜子】青霄裏，青霄裏，漸離九重。紅塵裏，紅塵裏，紫騮輕縱。看取六街喧哄，科名豈偶逢？千秋足誦。莫負高科，寵極望隆。莫負高科，寵極望隆。（下）

（外醒介）天明了。呀，好怪！明明夢見魁星出現，那文昌帝君奏過錢萬選狀元及第，仙樂送歸。有這般好夢，待我説與錢相公知道。正是：

夢中光景分明是，莫道無神定有神。

第三十四齣 嗜 酒

（淨冠帶笑上）一生都是命，半點不由人。下官顏伯雅是也。花簇簇一個老婆，倒白白的讓與人去了。誰想那子青表弟，連科中了狀元，我老顏一跑，跑到京中，他倒端端正正與我圖下一個前程。又虧淞城管公，欽取在臺中，也借重他扶持。一番造化，選了個洞庭山巡簡。雖然九品之職，也當一命之榮。比着那巡撫衙門，只少個開門放銃了。前日衣錦還鄉，便娶下一房奶奶，雖然不比高氏姿容，却不道"醜婦良家之寶"？還有一件，那小正賤人，抵死要嫁那錢子青，我母親意欲贈與他為妾。這丫頭左右與我無緣，也憑他罷了。今日表弟衣錦榮歸，那高員外雖則有些齟齬，如今我老爺身在宦途，這肝火就用不着了。只在子青面上，一味修好。昨日到任，就去拜他；他就來答拜，又請我母親同一會，少敘親情。不免請母親出來，須索去走遭。

（末上）喜酒不下口，老婆不上手，笑殺一村人，出殺一場醜。高家下邀帖在此，老爹早些去罷。

（淨）快，快，快！叫弓兵打執事。

（二五扮弓兵上）老爹哪裏去？

（淨）咄，咄！昨日高員外下了請帖，你們今早就該伺候，還是慢騰騰的説老爹那裏去。太湖中緊要事情，也是這般行徑？打，打，打！

（末）這是巡簡打弓兵，熱鬧衙門了。（勸，諢介）

（淨）就此起身赴宴。

（二五喝道，引淨走介）到了。（二五下）

（末）老員外有請。

【新荷葉】(外行衣上)溪畔新荷葉漸抽,又烘日海榴欲皺。(金舅上)枇杷摘盡酒如油,西園一醉將傾斗。

(外出迎介)老父母請。

(淨)晚生怎敢占先?還是老親家請,尊舅公請。

(金舅、外)豈有此理?(進,相見介)

(外)昨日薄儀奉賀,不蒙見收。

(淨)不敢。(送帖介)些須土宜,若不嫌菲薄,望乞笑留。

(外)何以克當?

(淨)這是淞城豆生,這是敝村的芽穀餂餅,倒是中用的。

(金舅)果然妙!

(外)多謝了。

(淨)今日又來叨擾。

(外)山居簡慢,老父母不棄,足見厚情。看酒來!

(丑)有酒了。(外遞酒介)

【朱奴兒】喜今日相逢故友,(淨)承臺命怎敢淹留?(金舅)賢主嘉賓樂未休,料斷送一生惟有酒。(淨)我學生也有些飲酒不下。(外,金舅)歡情湊,何物是愁?天大事權落後。

【前腔】(淨)論人世難開笑口,酒入腹事在心頭。(金舅、外)好把閒情一筆勾,破除却萬事無憂。(淨)勞生受,從無宼讎,休只把磚兒厚。

(金舅)顏老先何出此言?

(外)我老夫也不曾薄待你。

(淨)也厚得有數。

(金舅)顏老先有些醉了。

(淨)唗!吃了你的麼?

(金舅)甚麼氣質!

(淨)不干你事,待我打這老頭兒便了。

【四邊靜】我是風流子弟名顏秀,把我姻緣事拖逗。老賊,你若不飽咱拳,須索把伊咒。(外怒介)走來,我也不怕你!(金舅勸介)萍蹤邂逅,須是息爭解鬬。(末合)酒後莫乖張,也要想親舊。

【前腔】(外怒指淨介)狂生恁地不唧溜,出言太粗謬。偌大好前程,當筵敢僝僽?(淨趕打外介)(金舅攔介)顏兄,你如今做了官了,却不道峨冠大袖,又不道文先武後?(淨)有理。是學生酒興重了,多多唐突!(揖介)挺撞着親翁,有累了尊舅。是我學生不是了。

(金舅)明日備小東和事。

(淨)豈敢。是學生下情,明日奉邀高老親家,就屈尊舅公奉陪何如?

(金舅)領命,領命。正是:

　　　　酒逢知己飲千鍾,(淨)自笑書生量未洪。

(外)兩葉浮萍歸大海,(合)人生何處不相逢?請了。

(淨)明日早來,請罪。

(各下)

第三十五齣　書　　錦

【三學士】(外、老旦、旦同上)(合)邑里喧傳飛報馬,說狀元書錦旋家。(外)莫嫌老拙迷雙眼,識却書生早看花。(內作樂介)(合)一派樂聲盈耳聒,應是仙郎返天上槎。

【前腔】(貼旦扮顏母領小旦上,生扮小乙跟上)(貼旦)感得親情存舊雅,兒曹也與有榮華。(小生)欲將月底深盟踐,(小旦)不惜攜來一麗娃。(小生)這裏已是高宅門首。(貼旦)小正,你且暫在門外,待我先說個明白,喚你進來。(小旦)曉得。(暫下)(小生進,報介)顏老安人到了。(外、老旦、旦出迎介)姨婆請進。(貼旦)親家翁、親家母,老身有一拜。(外)姨婆,老夫婦也有一拜。孩兒過來,拜見了。(貼旦)免勞罷。(旦拜介)骨肉欣逢歡笑洽,相看處喜氣加。

(貼旦)呀,鼓樂之聲已近,想狀元將到了。

(外)快完酒席。

(老旦)整備了。我們出去迎接。

【三學士】（淨、丑鼓樂迎生上，丑扮高壽跟上）去日孤篷如片瓦，今來百槳爭嘩。休言山僻門楣小，盡道高門合喚銜。不枉當年成美話，魁金榜，人更誇。

（小生）已到本宅門首。
（先進磕頭介）狀元老爺到了。
（衆出迎介）
（丑對生白）顔老安人也先在此了。
（生進見介）岳父、岳母請上，母姨請上。
（外、老旦、貼旦）免拜罷。
（生拜外、老旦介）只為功名，半子禮缺。
（生拜貼旦介）當時館穀，實感姨娘。
（外、老旦、貼旦）自家骨肉，説哪裏話？
（生與旦拜介）看承父母，多謝賢妻。
（旦）膝下之常，何足為念。
（貼旦扯生白）狀元賢甥，老身有句話。
（生）母姨怎麽説？
（貼旦）當初小正這丫頭，有心於你，説你曾有言許他。今日見你身榮，老身送在這裏伏侍夫人，不知肯容否？
（旦）既是姨婆送來，相公就收他為侍妾，有何不可？
（外、老旦）孩兒恁般賢慧！
（貼旦）是一位海量夫人。
（生）既然夫人肯容，但憑母姨主意便了。
（貼旦）小正進來。
（小旦上）來了。
（貼旦）過來，見了老員外、老安人。
（小旦對外、老旦叩頭介）
（老旦扶介）好一個端麗女子。
（貼旦）見了相公、夫人。
（小旦對生、旦叩頭介）
（旦）起來罷。

（貼旦）小心伏侍啊。

（醜）稟員外，酒席完備了。

（外）看酒來！（遞酒介）

【馱環着】羨英姿邁往，羨英姿邁往，一蹴騰驤。（生遞酒介）偶幸科名，有何才望？深荷岳翁借獎，並賴母氏門牆。（衆）喜及第臚傳，早儲卿相。馳四牡聊乘仙舫，候五夜常趨仙仗。恩波廣，化日長，看座入三台，五雲天上。

【越恁好】夢開天榜，夢開天榜，報中狀元郎。士人豈可，虧獨行説文章？由他咳唾珠玉香，也是尋常伎倆。好教人一點點無邪詿，好教人一步步邀天貺。

【紅繡鞋】讀書不必輕狂，輕狂。埋頭探取書囊，書囊。功名就，賴文章；精彩煥，透奎光。盡人時，感穹蒼。

【意不盡】多情莫笑無情戇，節操須關名教場。羞稱豔冶，詞還正雅規放蕩。

    梨園至再請新聲，請得新聲字字精。
    只管當場詞態好，何須留與案頭爭？